U0030322

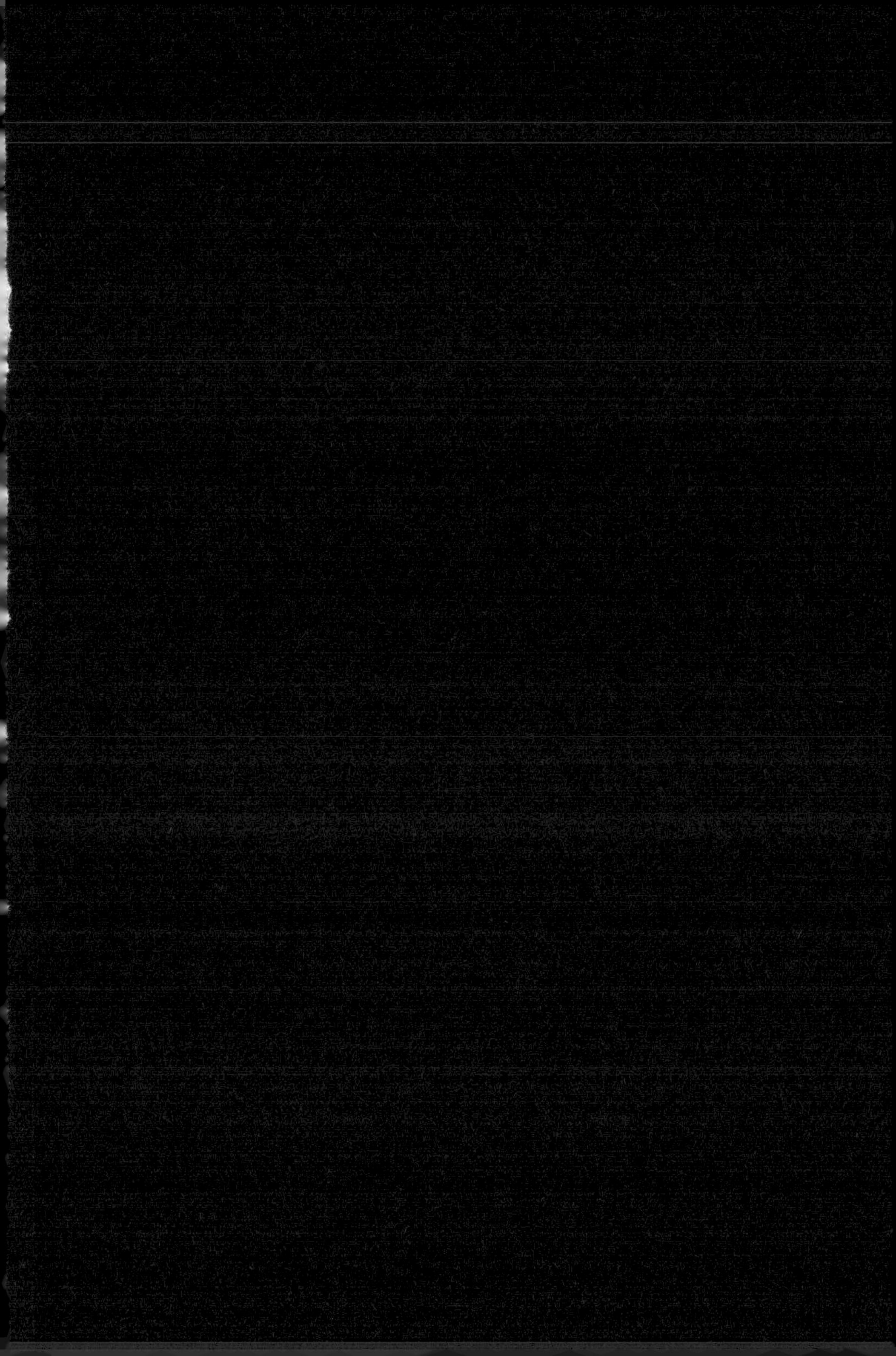

ISAAC ASIMOV
以撒・艾西莫夫
基地後傳之二
Foundation and Earth
基地與地球

【各界推薦】

「基地是我的經濟學啓蒙之作。」

——保羅．克魯曼（Paul Robin Krugman，二〇〇八年諾貝爾經濟學獎得主）

「科幻大師的星際預言，歷久不衰的璀璨經典。歷史與銀河交織而成的星圖，映照出人性的勇敢，同時也見證了人心的墮落，眼見時代無情遞嬗，人們該如何傳承寶貴的文明與記憶？且讓我們搭乘艾西莫夫巧手鑄造的太空船，航向不可知的宿命終站。」

——何敬堯（奇幻作家、《妖怪臺灣》作者）

「艾西莫夫的《基地》系列以充滿懸疑的精彩情節，形塑出瑰麗壯闊的銀河史詩！毫無疑問是一部老少咸宜、值得代代相傳的科幻經典！」

——李伍薰（海穹文化總編輯）

「『基地三部曲』與後續系列，一部接著一部翻轉讀者的思維，一步接著一步開展宏大的計劃。科幻界不可多得的巨構，不看到最後絕不能罷手！衷心期盼這部經典著作在台灣再度掀起熱潮。」

——李知昂（梅林.W，科幻作家，第一屆倪匡科幻獎首獎得主）

「……科幻長篇作品之最，令人廢寢忘食的經典之作。」

——李相勳（台大星艦學院前任社長）

「我小時候就是看艾西莫夫長大的。」

——唐鳳

「本書所要描述的，便是全宇宙的精英們如何窮盡一切知識與智慧，來推演出一場橫跨千百年的鬥智決戰。」

——夏佩爾（作家，第二屆倪匡科幻獎首獎得主）

「艾西莫夫的重要科幻小說都能提出令人耳目一新的奇幻因素，成爲後來科幻小說的典範。」

——張系國（知名科幻作家）

「艾西莫夫從年輕就創造了一個宏大的宇宙，萬萬沒有料到，會是他終其一生都說不完的偉大史詩。」

——張草（作者兼醫師兼科幻作家）

「科幻小說是個極具彈性的文類，不只能夠帶領讀者探索未來，也能包容過去歷史的脈絡。且看艾西莫夫，如何藉著基地這千年的未來史詩，帶領我們穿越帝國衰亡的時代，反思人類文化發展途中的必然與意外。」

——陳心一（文大科幻科學社前任社長）

「基地的偉大，不是莎士比亞那種偉大，而是因爲它最初是刊登在一本兩毛錢的科幻雜誌上，讀者平均年齡是十二歲，而十二歲的孩子看到基地裡的人類遍布整個銀河，跨越幾萬年的興衰起落，他們對世界的想像就不一樣了，例如比爾．蓋茲和伊隆．馬斯克。」

——陳宗琛（鸚鵡螺文化總編輯）

「在艾西莫夫的《基地》中，歷史並非翻過的書頁，而是滾滾洪流，下一秒出乎讀者預料，卻都在謝頓的掌握中。」

——陳湘婷（文大科幻科學社前任社長與創社社員）

「基地三部曲，以及後續的『基地系列』，不僅是首開銀河史詩的一部經典科幻，還卓然傲立於其他一切太空科幻的創作之上。它的價值、內涵、深度、情節、構思，遠非其他作品所能望其項背。『基地三部曲』不只是一套提供娛樂故事的小說，它還飽藏了科學、人文、社會、歷史和哲學的豐富意涵。它也不只是一部科幻經典，還可列入世界文學經典而當之無愧。」

——陳瑞麟（中正大學哲學系講座教授）

「艾西莫夫以其無限想像展示其快意飛越，引領讀者馳騁銀河星空，穿梭億萬光年宇宙。」

——黃海（知名科幻作家）

「未來的歷史、科幻的極致、城邦的《基地》。」

——葉李華（科幻作家）

「沒有艾西莫夫的《基地》，大概就沒有喬治盧卡斯的《星際大戰》……」

——難攻博士（【中華科幻學會】會長兼常務監事）

「在『基地』系列中，本身便是科學家的艾西莫夫獨創了一個貫通全書的『心理史學』，綜合了『氣體運動論』（物理學）、『群衆心理學』（心理學）、『歷史決定論』與『群體動力論』（歷史學），以一位不世出的心理史學巨擘謝頓爲主要人物，讓他以宏觀的角度預知了書中銀河帝國行將出現的悲慘命運，並試圖力挽狂瀾，改變似乎無可避免的大黑暗時期到來……

——**蘇逸平**（科幻作家）

還有**冬陽**（推理評論人）、**郝廣才**（格林文化發行人）、**臥斧**（文字工作者）、**張元翰**（中央研究院物理研究所研究員）、**陳穎青**（資深出版人）、**廖勇超**（國立台灣大學台灣文學研究所副教授）、**詹宏志**（知名文化人）、**謝哲青**（《青春愛讀書》節目主持人）、**譚光磊**（知名版權人）等人列名推薦。

【譯者序】

生命中最美好的事物

葉李華

在元旦假期剛剛結束，即將恢復單調作息之際，心有不甘的加菲貓想方設法要延續節慶的氣氛，最後找到一個絕佳的藉口，開始大張旗鼓慶祝艾西莫夫的生日……

這是整整三十年前，發表在許多報紙上的一則漫畫。由於只是幽默小品，漫畫家並沒有特別指出，正如十二月廿五日之於耶穌，一月二日也並非艾西莫夫眞正的生日。原因有點難以置信，艾西莫夫的父母居然忘了他是哪天呱呱墜地的，於是他在懂事後，便很有主見地替自己做了決定。至於爲何選這一天，或許可說他希望自己盡量年輕點，因爲有證據顯示，他眞正的生日介於一九一九年十月和次年的年初。

這個看似無關痛癢的決定，後來在他生命中激起了一次蝴蝶效應。一九四五年九月，美國陸軍徵召了一批年齡不滿二十六歲的青年，名單裡赫然有艾西莫夫，據說還是最「年長」的一員。他就這麼陰錯陽差當了九個月的大頭兵，最後以下士官階退伍。幸好這時二次大戰已經結束，否則他爲國捐軀的機率恐怕不小。

假如在另一條歷史線上，艾西莫夫眞的英年早逝，當然是科幻界的一大損失。不過即便如此，我敢說他仍會在二十世紀科幻文壇享有盛名，甚至仍有可能和克拉克及海萊因鼎足而三，正如享年三十七歲的拉斐爾仍能躋身文藝復興三傑之列。

這主要是因爲艾西莫夫成名甚早，二十一歲就以科幻短篇《夜歸》（Nightfall）一炮而紅，而他最重要的兩大科幻系列——基地與機器人——在他從軍前已打下重要基礎，例如《基地三部曲》已經完成三分之二，機器人系列的重要角色也出現了大半。這麼豐盛的成果，已經超越不少奮鬥一生的專業作家，然而事實上，那時的他尚未正式踏出校園。

想必有人不禁要問，這位年紀輕輕的業餘作家怎能如此多產，而且靈感源源不絕？針對這個問題，艾西莫夫晚年寫了一篇短文，爲我們提供了第一手資料。在這篇題爲《速度》的文章中，他把自己的快筆歸納成三個原因：

一、他從未上過任何文學創作課程，也未曾讀過這類的書籍，所以心理上沒有包袱，只知道把自己想到的故事一股腦寫出來，然後不管成果如何，一律盡快交卷。

二、打從九歲起，他放學後還得在自家的雜貨店幫忙，寫作的時間少之又少，逼得他不得不下筆如飛，更正確地說是運鍵如飛，不過當然還不是電腦鍵盤。

三、他勤於筆耕有個非常實際的目的，那就是貼補自己的大學學費。當時的小說稿酬相當微薄，爲了確保收入穩定，他必須成爲多產作家，因爲並非每篇小說都賣得出去。

至於靈感源源不絕這個問題，我在他的第三本自傳《艾西莫夫回憶錄》中，找到了這麼一段話：

「原因之一，我不寫作時其實仍在寫。當我離開打字機的時候，不論是吃飯、打盹或盥洗，我的腦子仍在工作。偶爾，我能從自己的思緒中聽到幾句對白或幾段論述，內容通常都跟我正在寫或準備寫的故事有關。即使沒聽到這些聲音，我也知道自己的潛意識在朝這方面運作。因此之故，我隨時隨地都能寫作。或許可以說，我早已寫好完整的腹稿。只要坐下來，讓大腦開始複述，我便能以每分鐘最多一百字的速度打出來。」

除此之外，艾西莫夫的靈感偶爾也有意想不到的來源。在我搜集的資料中，要數下面三個最有代表性：

一、想當年，一位教父級的科幻主編相當賞識艾西莫夫，要他定期到雜誌社討論自己的寫作計畫，頗為類似指導教授和研究生的互動。話說一九四一年八月一日（這個日子比他的生日更眞實），雖然早已約好要面見主編，但由於忙著碩士課程，艾西莫夫的靈感掛零。他只好在前往雜誌社的途中，利用「自由聯想」強行製造一個點子：他隨手翻開一本書，讓思想不斷自由跳躍，如此連三跳之後，銀河帝國就在腦海中誕生了。

二、一九五七年，艾西莫夫已經是著名的教授作家，有一天，他正在校對一本生物化學教科書新版的校樣，突然接到科幻雜誌的邀稿電話。抽不出時間的他不得不忍痛推辭，因為校對雖然是苦功，他卻絕對不敢假手他人。沒想到剛掛了電話，正準備上樓工作的時候，他就在樓梯上想到一個好點子。等到進了書房，他不管三七二十一，把一大疊校樣丟到一旁，開始創作一篇以訴訟為主軸的科幻小說，主角則是協助教授校對文稿的機器人。

當年我翻譯這篇小說，最頭痛的就是題目，因爲艾西莫夫玩了一個巧妙的雙關語遊戲（Galley Slave），直到我將正文翻譯完畢，才終於想到《校工》兩字。

三、一九七五年年初，艾西莫夫接到一個頗具挑戰性的稿約，請他以「兩百歲的人」爲主題寫個短篇，用以慶祝美國開國二百週年。他覺得這是個有趣的構想，不久就完成了自己最滿意的機器人故事《雙百人》，並於一九七七年榮獲雨果獎與星雲獎雙料冠軍。唯一美中不足的是，原定的國慶科幻專集胎死腹中，因爲其他答應撰稿的作家，不是後來跳票了，就是寫得文不對題或品質不佳……

對我而言，艾西莫夫是個永遠談不完的話題（倪匡這位「東方艾西莫夫」也一樣），爲了避免一發不可收拾，今天就聊到這裡吧。最後請容我再引述一句「壽星」的自白，當作本文的結語：「我一生所做的事都是自己最想做的，我絕不惋惜花在寫作上的一分一秒，也從不覺得錯過了生命中任何美好的事物。」

葉李華・二〇二一年一月二日

【推薦序】

科幻大師艾西莫夫的三塊磨刀石

郝廣才

劍要鋒利需要什麼？

磨刀石。人呢？什麼是人的磨刀石？

一九四一年八月一日，紐約一個二十一歲年輕人，在地鐵坐立不安。他要去見科幻雜誌的大編輯坎貝爾（John W. Campbell），談寫書計畫。但腦中一片漆黑，沒有一點燭光。他翻開手邊的書，目光在字裡行間散步。突然看見「哨兵」，聯想到帝國，他讀過兩回《羅馬帝國興亡史》，寫一個「銀河帝國」興亡史如何？

坎貝爾聽了，毛髮都站起來，他要年輕人立刻寫，每集要有開放式結局。年輕人心虛的回家，開始動手，從一九四二年連載八年，寫完《基地系列》。是的，他就是三大科幻小說家艾西莫夫（Isaac Asimov）。

艾西莫夫是猶太人，出生在俄國，一九二三年三歲時，父母帶他移民到紐約，爸爸日夜打工，存錢開了糖果書報店。九歲起，天天清晨五點起床，六點顧店，再去上學。放學後繼續顧店，沒事就拿店裡雜誌來讀，特別愛讀科幻小說，十一歲動手自己寫。

大量閱讀，練就過目不忘的功夫。在功課比記憶力的時代，十五歲讀完高中，申請哥倫比亞大學。校方說他「年齡不足」，叫他讀附屬社區學院。入學後，他發現問題不是年齡，而是種族，當時猶太人等同有色人種受歧視。一九三八年，學院倒閉，哥大只好收了所有學生，他轉入哥大。轉學空檔，創作短篇小說，成功賣出第一篇作品。一九三九年，大學畢業。窮人翻身的捷徑是什麼？當醫生。他申請醫學院，收到五封拒絕信。不是不夠優秀，眞的原因是「猶太人」。不信邪再敲一次門，再吃五回閉門羹。等待中寫了第一則機器人故事，原本想寫令人同情的機器人，越寫越覺得，機器人是工程師設計的產品，內建的邏輯和安全機制，不該引發情緒，也不可能威脅人。這段思考，埋下日後「機器人三大法則」的種子。

被醫學院拒絕，沒有澆熄深造的熱情。他改申請哥大化學研究所，結果呢？被拒絕。他跟校方談先試讀一年，表現不好自動離開。哥大同意，他拼命讀書，用力打工，努力寫短篇小說投稿賺錢。兩年拿到碩士，累積登出三十一篇作品，認識很多編輯，他遇到文學生涯第一個高人《驚奇科幻》雜誌主編坎貝爾。

坎貝爾習慣找作者聊天，丟出問題給作者接招，激發創作潛力。他跟艾西莫夫談愛默生的詩：「如果蒼穹繁星，千年方得一見。面對上帝之城乍現，人類如何敬畏、讚嘆、膜拜、世代流傳這份記憶？」

他好奇如果用這首詩爲題，能寫出什麼故事？艾西莫夫接過挑戰，二十二天寫出《夜幕低垂》Night Fall。坎貝爾投出變化球，艾西莫夫擊出全壘打！這篇作品讓艾西莫夫一炮而紅。

兩人不斷思想交鋒，推動他寫出架構龐大的《基地系列》。而且歸納出「機器人三大法則」，

一、機器人不得傷害人類，或坐視人類受到傷害。

二、在不違反第一法則的前提，機器人必須服從人類的命令。

三、在不違反第一與第二法則的前提，機器人必須保護自己。

他寫出《機器人系列》，被尊稱爲「現代機器人故事之父」。二戰期間，在海軍實驗室從軍三年。戰後再深造，一九四八年拿到化學博士，留在哥大研究瘧疾。隔年到波士頓醫學院擔任生化講師，堂堂學生爆滿。講課太受歡迎，即使沒有研究成果，也升任教授，得到終身俸。

期間寫出三大系列的《銀河帝國》首部曲，這是他第一本長篇小說，書在「雙日出版社」Doubleday出版。編輯布雷伯利（Walter Bradbury）是第二個高人，他是科幻出版的造神手，他捧紅跟他同姓的雷．布雷伯利（Ray Bradbury），《華氏451度》的作者。

長篇小說出版，如同棒球員登上大聯盟。他興奮地寫新書，每一個句子都精雕細琢，反覆修改。布雷伯利客氣地問他，知不知道海明威會怎麼寫「第二天太陽升起」The sun rose the next morning？

他想了想，回答說不知道。布雷伯利說海明威寫的就是「第二天太陽升起」！這個當頭棒喝，敲醒艾西莫夫。從此他保持句子簡潔的風格，不再胡思亂想。同時用筆名「法國保羅」Paul French，寫兒童故事《幸運星》Lucky Star系列。

一九五七年十月四日，蘇聯成功發射衛星史普尼克一號，震驚美國。他看到美國媒體如大夢驚醒，決定來寫科普文章來教育大衆。於是放下教書，專心寫作。一路寫了二十年，等於是最好看的科學百科全書。他一生寫超過五百本書，範圍涵蓋圖書所有分類，給書迷回了十萬封信；爲影集《星艦迷航記》Star Trek做科學顧問，打造科幻劇的經典。美國兒童能對科學深入理解，並產生巨大想像，都是經過艾西莫夫這道門。

他能有巨大產量，歸功三大習慣，

一，大量閱讀。他寫作的房間都堆滿上千本書。

二，專心寫作。他刻意在旅館租個房間來工作，只有一扇窗戶，打開看不見公園、街道，是一面磚牆。吃東西叫房間服務。早上八點寫到晚上十點，從不接受午餐和晚餐應酬。

三，快速切換。他在房間放六台打字機，每台顏色不一樣，上面要寫的東西也不同。一旦靈感卡住，立刻換到另一台打字機。他經常同時寫五個故事，最多是九個。

那人生的磨刀石是什麼？

三大磨刀石是書本、高人、還有挫折。寧靜的海是練不出傑出水手！如果你還沒有碰到什麼困境，那你的夢想就還沒有下床！

【推薦序】

宏大架構，有趣情節，以及重要啓發——關於「基地系列」

臥斧

一九四一年，美國紐約，年輕作家找雜誌編輯討論一個新點子。

雜誌編輯叫坎貝爾，一九一〇年生，二十出頭時以科幻作品邁入文壇成爲作家，一九三七年成爲《驚奇雜誌》的編輯；作家比編輯年輕十歲，十九歲時發表科幻小說，不到二十歲就拿到大學文憑。因爲投稿的因緣，作家和坎貝爾成爲好友，當時幾乎每週見面。一九四一年八月一日那天，作家告訴坎貝爾，他想寫個短篇小說，以眞實世界裡羅馬帝國衰亡的歷史爲底，講一個正在緩慢頹傾的銀河帝國。坎貝爾很喜歡這個點子，兩人聊了很久，最後作家決定寫一系列短篇，描述銀河帝國逐步崩解及緩慢重建的過程，一個月之後，作家交出第一個短篇。

這個故事名爲〈基地〉，這名作家叫艾西莫夫。

坎貝爾買下這個短篇，隔年在雜誌上發表，陸續交稿的三個短篇，分別在一九四二年及一九四四年刊登。艾西莫夫繼續創作系列故事，除了原先的四個短篇，又添四個中篇，《驚奇雜誌》在一九五〇年將八個故事全數發表完畢，一九五一年，原初的四個短篇集結成冊出版，艾西莫夫增寫了另一個短篇，做爲全書的序章；後續四個中篇則兩兩集結，在一九五二、一九五三年出版。三部作品，合稱爲「基地三部曲」。

艾西莫夫自承創作靈感來自吉朋的歷史鉅作《羅馬帝國衰亡史》，但「基地三部曲」讀來並無任何沉重遲滯。艾西莫夫的筆法平實流暢，尤其是收錄在首部曲《基地》中的五個短篇，幾乎可用「輕巧」形容。艾西莫夫選擇以短篇形式敘述宏觀歷史，將每個短篇發生的時點定在歷史即將發生劇變的關鍵，一方面簡化長時間裡的時局變遷，一方面聚焦短時間裡的勢力拉鋸，藉以創造情節轉折與劇情張力，技法相當巧妙。

故事能夠如此進行的重要因素，來自「心理史學」這個設定。心理史學是艾西莫夫虛構的科學，揉合歷史學、社會學、社會心理學、統計學及數學等等學科，從設定裡還能發現艾西莫夫也參考了氣體動力學的部分理論。《基地》的故事由心理史學家謝頓的預言開場，按照心理史學的計算，他指出銀河帝國將在三百年內崩潰，人類會因此進入長達三萬年的黑暗時期；謝頓說服高層，在銀河邊陲行星建立「基地」，供各種專業人士居住並編寫百科全書，保存人類知識。此舉無法避免帝國毀滅，但能將黑暗時期縮短為一千年。

「基地三部曲」以謝頓的預測為主軸發展。銀河歷史初看一如謝頓所言，轉變的關鍵都以謝頓的預言為基礎變化；時序拉長之後，謝頓的預言似乎也失去精準，但在必要時刻又會發現謝頓明白心理史學的侷限，準備了不只一套應變措施。

「基地三部曲」出版三十年後，艾西莫夫寫了續集。

續集由兩部長篇構成，合稱爲「基地後傳」。在這兩部長篇裡，艾西莫夫將他其他兩個系列作品——「機器人系列」及「銀河帝國三部曲」——的故事線也整合進來，形成他的完整架空宇宙。因此在「基地後傳」中有時會出現其他系列的角色，不過艾西莫夫會適時增補說明，單獨閱讀並無障礙。

又過幾年，艾西莫夫寫了前傳。

前傳由一部長篇、四個短篇構成，分成兩冊出版，合稱爲「基地前傳」。「基地三部曲」中影響最深遠、但戲份非常少的謝頓，在前傳中成爲主角，故事描述他的生平、發展心理史學的過程、預測銀河帝國未來及構思基地的經過，最後收尾在他完成佈局、接到《基地》故事開始的時分。

不計其他系列，以「基地」爲主的七部作品都相當精采。

艾西莫夫寫作不賣弄花巧，讀來愉快，故事裡的科技想像現今看來自然不很實際——事實上，八〇年代之後與網際網路相關的科技發展，已經大幅顚覆了七〇年代之前大多數科幻作品的描述——但艾西莫夫對於人類社會轉變的觀察，對歷史的看法，對商業、宗教、軍事及政治制度等等交互影響的解讀，以及對人性的刻劃，仍然準確有力。閱讀「基地系列」，不只讀到有趣的科幻情節，也是思考歷史、社會，以及人類的重要啓發。

【導讀】

基地與機器人

不朽的未來史

葉李華

艾西莫夫雖然是公認的世紀級科幻大師（參見本書附錄「艾西莫夫傳奇」），不過他一生的科幻創作，卻集中於早年（1939-1957）與晚年（1981-1992）兩個時期。正如在《基地前奏》「作者的話」中，艾西莫夫所特別強調的「有長達二十五年的斷層」。這是因爲在那四分之一世紀的悠悠歲月裡，他將寫作重心從科幻轉移到科普（即通俗科學），立志以一己之力提振美國國民的科學水準。而他所撰寫的科普文章與書籍，內容從天文、數學、物理、化學、地球科學到生命科學與各種科技，幾乎涵蓋自然科學與應用科學所有的領域。後來，果然有許多功成名就的科學家和工程師，當面感謝艾西莫夫的啓蒙。而在許多英美讀者心目中，艾西莫夫早就是科普的同義詞。

一九八〇年代，在全世界科幻迷千呼萬喚之下，艾西莫夫終於與雙日（Doubleday）出版社簽約，重拾他最有名的兩大科幻系列「機器人」與「基地」。而且在一開始，他就悄悄立下一個心願——利用這個機會，建立一個統一的、龐大的「未來史」架構，以囊括早年所有的重要科幻系列。除了「機器人」與「基地」這兩大支，還要包括相對而言名氣較小的「帝國系列」。（其實三本『帝國系列』也都是一流作品，卻因爲三本書彼此間聯繫太弱，以致一直活在另外兩大系列陰影之下。）

然而，這個雄心壯志執行起來卻困難重重，甚至遭到不少出版界朋友反對。好在艾西莫夫擇善固執，無論如何也要克服所有的艱難險阻。難題之一，艾西莫夫早年寫科幻的時候，刻意不讓這兩大系列彼此間有任何關係。換句話說，「機器人系列」與「基地系列」的故事發生於不同的虛擬宇宙中，是兩套互相獨立的虛擬歷史。難題之二，在「基地系列」裡，科技顯然比「機器人系列」更爲先進，時代則更爲遙遠，卻偏偏看不到機器人的蹤跡（更誇張的是「基地三部曲」幾乎連電腦也沒有）。當然還有難題之三、之四……不過相對而言，其他困難也就不算什麼了。

艾西莫夫如何克服這兩大難題呢？一來，他藉著擴充「機器人系列」，建立起「機器人」與「基地」兩者的關係；讓兩段原本毫不相干的虛擬歷史，逐漸發生千絲萬縷的聯繫。二來，他在不違背「基地三部曲」的設定下，分別在「基地前傳」與「基地後傳」裡，巧妙地延續了機器人的氣數。三來，在那些晚年期作品中，他提出一個無懈可擊的理論，圓滿解釋了機器人爲何在早年的「基地三部曲」缺席。如此，「機器人系列」與「基地系列」終於得以隔著「帝國系列」遙相呼應，而最後的成果，則是三大系列融鑄成一個科幻有機體，化爲一部俯仰兩萬載、縱橫十萬光年的銀河未來史。

基地後傳

艾西莫夫一生總共寫了七大冊的基地故事，其中「基地三部曲」是早年的成名作，由九篇中短篇集結而成。至於兩本「前傳」與兩本「後傳」，則是艾氏暮年以爐火純青功力所創作的四部長篇小說。

必須強調的是，艾西莫夫當初是先完成「後傳」，才回過頭來補寫「前傳」。這是因爲「基地三部曲」擁有一個標準的開放式結局，照理說應該還有更精采的續集。根據艾西莫夫自己的說法，幾十年來，有無數的讀者向他抱怨：非常氣憤，故事居然就這麼結束了！因此一旦決心創作第四本基地小說，艾西莫夫自然而然接著三部曲寫下去。於是他以基地紀元四九八年爲時代背景，寫成《基地邊緣》以及《基地與地球》兩本後傳。

不過，雖然根據創作順序，「前傳」應該排在「後傳」之後，但是考慮到基地系列的整體脈絡，以及與機器人系列的呼應關係，對於首次接觸的讀者而言，還是先閱讀前傳較爲合適。正因爲如此，奇幻基地版的基地系列，採取三部曲→前傳→後傳這樣的出版順序。

凡是看過兩本前傳的讀者，一定都已經注意到，基地前傳的小說形式，和基地三部曲有著明顯的不同。一言以蔽之，三部曲是以浮光掠影的方式，敘述將近四百年的銀河歷史。而兩本前傳（尤其是《基地前奏》），則是以極其詳盡且細膩的文字，對謝頓這位「心理史學宗師」兼「基地之父」的一生，做了深入的分析與刻劃。

就小說形式而言，兩本後傳極爲接近《基地前奏》。換言之，這兩本書是以極長的篇幅，描寫一連串歷時僅數個月的重大事件（參見本書「時空背景與故事年表」）。然而，基地後傳最大的特色，在於捨棄「歷史演義」的筆法，也不再引用《銀河百科全書》的任何條目。這個嶄新的嘗試，讓整個故事不再像是早已發生的歷史，甚至無形中變成了「現在進行式」，令人感到一切尚在未定之天。如此一來，讀者自然更有參與感，並對故事的結局更能充滿樂觀的期待。

特別值得一提的是，無論《基地邊緣》或《基地與地球》，都曾經榮登《紐約時報》的暢銷書排行榜。尤其是前者，艾西莫夫尤爲驕傲，曾在自傳中這麼說：「我當了四十三年的作家，《基地邊緣》是我的第二百六十二本書，但在此之前，我一直和這個排行榜無緣。」後來，在那個最具指標性的排行榜上，這本書停留了二十五週，最高曾經衝到第三名。次年，《基地邊緣》果然不負衆望，贏得一九八三年雨果獎的最佳長篇小說獎。

集科幻大師與科普大師於一身的艾西莫夫，總是喜歡將最新的科學知識巧妙地融入科幻小說中。例如在撰寫基地前傳時，他就悄悄借用了當時頗爲熱門的「混沌理論」，爲心理史學的學理背書。而這兩本後傳，則是將出現於一九七〇年代的「蓋婭理論」，直截了當轉化成故事的核心科幻因素。至於轉化得多麼奇妙，就得由小說本身揭曉了。

機器人學法則

根據艾西莫夫的自述，十幾歲的他早已是堅定不移的科幻迷。他讀了許多機器人小說，發現它們可歸納爲兩大類：佔絕大多數的是第一類「威脅人類的機器人」，而第二類「引人同情的機器人」則極爲罕見。前者幾乎千篇一律，很快便令他生厭，至於後者，「在這類故事中，機器人是可愛的角色，常常遭到人類的殘酷奴役。它們讓我著迷。」

雖然艾西莫夫對「引人同情的機器人」情有獨衷，但身爲理性主義者，他自己在創作機器人故事的時候，卻隱隱瞥見另一種機器人的影子。他逐漸將機器人想成是工程師所製造的工業產品，它們具有內建的安全機制，不會對主人構成「威脅」；又因爲是用來執行特定工作，所以它們和「同情」更沾不上邊。

經過一段時間的醞釀與摸索，艾西莫夫終於在一九四二年，在〈轉圈圈〉這篇小說裡，逐字逐句寫下「機器人學三大法則」。不久之後，西方科幻作家筆下的機器人紛紛改頭換面；上述兩類窠臼正式走入歷史，服從三大法則的「實用型機器人」成爲新的典範（請注意這是指科幻小說，並不包括科幻電影，尤其是好萊塢的科幻電影）。艾西莫夫因此十分得意，一直大言不慚地承認自己是「現代機器人故事之父」。當然，這也是科幻文壇公認的事實。

寫出「機器人學三大法則」的內容之後，艾西莫夫從未做過版本上的修訂。自始至終，三大法則都是如下的形式：

一、機器人不得傷害人類，或袖手旁觀坐視人類受到傷害。
二、除非違背第一法則，機器人必須服從人類的命令。
三、在不違背第一法則及第二法則的情況下，機器人必須保護自己。

然而在科幻世界裡，沒有任何事是一成不變的。一九八五年，在《機器人與帝國》這本書的後半，艾西莫夫破例將三大法則擴充成如下的四大法則：

零、機器人不得傷害人類整體，或袖手旁觀坐視人類整體受到傷害。
一、除非違背第零法則，機器人不得傷害人類，或袖手旁觀坐視人類受到傷害。
二、除非違背第零或第一法則，機器人必須服從人類的命令。
三、在不違背第零至第二法則的情況下，機器人必須保護自己。

如前所述，無論是在「基地前傳」或「基地後傳」中，都出現了機器人的神祕身影。這些機器人最大的特色，正是一律服從擴充自三大法則的「機器人學四大法則」。

艾西莫夫未來史（依故事序，括號內為出版年份）

◆機器人系列

機器人短篇全集（The Complete Robot, 1982）
鋼穴（The Caves of Steel, 1954）

裸陽（The Naked Sun, 1957）

曙光中的機器人（The Robots of Dawn, 1983）

機器人與帝國（Robots and Empire, 1985）

◆帝國系列

繁星若塵（The Stars, Like Dust—, 1951）

星空暗流（The Currents of Space, 1952）

蒼穹一粟（Pebble in the sky, 1950）

◆基地系列

前傳

基地前奏（Prelude to Foundation, 1988）

基地締造者（Forward the Foundation, 1993）

三部曲

基地（Foundation, 1951）

基地與帝國（Foundation and Empire, 1952）

第二基地（Second Foundation, 1953）

後傳

基地邊緣（Foundation's Edge, 1982）

基地與地球（Foundation and Earth, 1986）

參考資料：

Asimov, Isaac. I. Asimov: A Memoir. Doubleday, 1994.

Asimov, Isaac. It's Been a Good Life. Prometheus Books, 2002.

不朽的科幻史詩：http://sf.nctu.edu.tw/yeh/fundation_2.htm

科幻大師的科普緣：http://sf.nctu.edu.tw/yeh/fundation_5.htm

【目錄】

「基地系列」時空背景與故事年表

葉李華整理

科幻設定

1. 故事距今約二萬年，人類後裔早已移民銀河系各角落。然而除了人類，從未發現任何其他智慧生物。（在《永恆的終結 The End of Eternity》這本書中，艾西莫夫對此有詳細解釋。）
2. 銀河系已有二千五百萬顆住人行星，總人口數介於千兆與萬兆之間。
3. 整個銀河系皆在「銀河帝國」統治下，已長達一萬二千年之久。
4. 帝國的首都行星「川陀」位於銀河中心附近，是最接近「銀河中心黑洞」的住人行星。

科學事實

1. 銀河系的形狀：外形類似凸透鏡，但由內而外伸出數條螺旋狀的「旋臂」。
2. 銀河系的大小：直徑約十萬光年，或約三萬秒差距（一秒差距＝三．二六光年）。
3. 銀河系的規模：至少有二千億顆恆星，行星數目不詳。
4. 銀河中心的巨型黑洞：質量超過二百五十萬個太陽。

「基地系列」故事年表（銀紀：銀河紀元，基紀：基地紀元）

葉李華整理

年代	作品
銀紀一二〇二〇年	前傳《基地前奏》全書
銀紀一二〇二八年	前傳《基地締造者》第一篇：伊圖・丹莫刺爾
銀紀一二〇三八年	前傳《基地締造者》第二篇：克里昂一世
銀紀一二〇四八年	前傳《基地締造者》第三篇：鐸絲・凡納比里
銀紀一二〇五八年	前傳《基地締造者》第四篇：婉達・謝頓
銀紀一二〇六七年	三部曲《基地》第一篇：心理史學家
銀紀一二〇六九年（即基紀元年）	前傳《基地締造者》第五篇：尾聲
基紀四九－五〇年	三部曲《基地》第二篇：百科全書編者
基紀七九－八〇年	三部曲《基地》第三篇：市長
基紀一三四年	三部曲《基地》第四篇：行商
基紀一五四－一六〇年	三部曲《基地》第五篇：商業王侯
基紀一九五－一九六年	三部曲《基地與帝國》第一篇：將軍
基紀三一〇－三一一年	三部曲《基地與帝國》第二篇：騾
基紀三一六年	三部曲《第二基地》第一篇：騾的尋找
基紀三七六－三七七年	三部曲《第二基地》第二篇：基地的尋找
基紀四九八年	後傳《基地邊緣》全書
基紀四九八年	後傳《基地與地球》全書

主要參考資料：http://www.asimovonline.com/oldsite/insane_list.html

「基地」背後的故事

一九四一年八月一日，我還是個二十一歲的小伙子，正在哥倫比亞大學化學研究所準備攻讀博士，同時已經正式當了三年的科幻作家。那天，我趕著去見《震撼科幻小說》的主編約翰．坎柏，當時該刊已經登過我的五篇小說。我急著見他，是因為我有了一個嶄新的科幻點子。

這個點子，是撰寫一部發生於未來的歷史小說，描述銀河帝國衰落的始末。想必我的興奮有感染力，因為坎柏很快變得和我一樣興奮。他告訴我，別把這個題材寫成短篇，應該寫成系列故事，把第一銀河帝國衰亡和第二銀河帝國興起之間的一千年動盪期，做一個概括性的完整敘述。坎柏還和我共同發明出「心理史學」這門虛構的科學，作為這段黑暗時期唯一的明燈。

這個系列的第一個故事，發表於《震撼科幻小說》一九四二年五月號，第二個故事則於次月刊出，立刻變得很受歡迎。於是在坎柏的監督鼓勵之下，我在一九四〇年代結束之前，總共為這個系列寫了八個故事。而且故事愈寫愈長，第一篇只有一萬二千（英文）字，倒數第三篇以及最後一篇則各有五萬字。

到了一九五〇年代，我對這個系列逐漸厭倦，於是將它擱下來，開始創作其他的題材。然而，就在那個時候，許多出版社不約而同開始出版精裝本的科幻小說。其中，一家小型且業餘色彩頗濃的「格言出版社」（Gnome Press）以三本書的方式，出版了上述的基地系列，分別是《基地》（一九五一年）、《基地與帝國》（一九五二年）以及《第二基地》（一九五三年）。後來，這三本書便合稱爲「基地三部曲」。

這套書並未賣得太好，因爲格言出版社欠缺宣傳和行銷的資金，所以我從未拿到任何版稅或對帳單。

後來，由於我和「雙日出版社」合作愉快，一九六一年初，雙日的編輯提摩太．謝德斯告訴我，國外有一家出版社，找他們接洽基地系列的翻譯授權。但是這套書並不屬於雙日出版社所有，所以他將那封信轉給我。我聳了聳肩，答道：「我沒興趣，這套書從沒爲我賺過任何版稅。」

謝德斯嚇壞了，馬上著手向（當時已經奄奄一息的）格言出版社購買這套書的版權。同年八月份，基地三部曲（加上《我，機器人》）就變成了雙日出版社的財產。

從那時候開始，基地系列才終於揚眉吐氣，爲我帶來愈來愈多的版稅。雙日出版社將這套三部曲合訂成一大冊，透過「科幻書俱樂部」這個管道銷售。這樣一來，基地系列很快就變得家喻戶曉。

一九六六年，一年一度的「世界科幻大會」於克利夫蘭舉行。會中，科幻迷要投票選出「歷年最佳系列小說」，當作雨果獎的獎項之一。那是雨果獎有史以來第一次（也是至今最後一次）包含這樣一個獎項。最後，基地三部曲贏得這項殊榮，使它的知名度更加錦上添花。

過去許多年來，有愈來愈多的書迷要求我續寫這個系列，但是我都婉拒了。話說回來，我仍然十分高興知道，那些比基地系列年齡還小的讀者，竟然也會迷上這套書。

然而，面對這些聲浪，雙日出版社的態度遠比我嚴肅得多。雖然有整整二十年的時間，雙日一直尊重我的意願，可是隨著千呼萬喚與日俱增，他們終於喪失了耐心。一九八一年，雙日直截了當告訴我，無論如何要再寫出一部基地小說。爲了讓這個要求更具吸引力，合約上所註明的預付金，十倍於我通常的價碼。

我提心吊膽地答應下來。當時，距離我完成上一個基地故事，已經過了三十二個年頭。而我這次奉命要寫十四萬字，那是三部曲任何一部的兩倍——即使其中最長的一篇，字數也只有這本書的三分之一。於是，我重讀了一遍基地三部曲，深深吸了一口氣，便一頭鑽進這個寫作計畫裡。

一九八二年十月，基地系列的第四本書《基地邊緣》終於出版，隨即發生一件非常奇怪的事，它立刻登上《紐約時報》暢銷書排行榜。事實上，這本書在該排行榜停留了二十五週，令我萬分驚訝。在此之前，這種事從未發生在我身上。

雙日出版社立即找我再簽下幾本小說的合約，不久，我就為另一個系列（機器人長篇）再多寫了兩本書。然後，是該重回基地懷抱的時候了。

因此，我寫成了你手中這本《基地與地球》，它的故事緊接著《基地邊緣》。讀者諸君若能先複習一下《基地邊緣》，對於閱讀本書或許有些幫助，但其實也大可不必，因為《基地與地球》是個自給自足的故事。最後我要說，希望你會喜歡這本書。

以撒·艾西莫夫　一九八六年於紐約市

第一篇　蓋婭

第一章：尋找開始

1

「我爲什麼這樣做？」葛蘭．崔維茲喃喃自問。

這是個老問題了，自從來到蓋婭後，他就時常這樣問自己。在涼爽的夜晚，他有時會從甜美的睡夢中驚醒，感到這個問題像個小鼓似的，在他心中無聲地敲著：我爲什麼這樣做？我爲什麼這樣做？

不過直到現在，他才終於下定決心來問杜姆——蓋婭上的一位老者。

杜姆很清楚崔維茲的焦慮，因爲他能感知這位議員的心靈結構。但他未曾做出任何回應，因爲蓋婭絕對不能觸碰崔維茲的心靈，而抵抗這個誘惑最好的辦法，就是狠下心來漠視自己所感知的一切。

「你指的是什麼，崔？」杜姆問道。他在交談時很難不用簡稱，不過沒關係，反正崔維茲也逐漸習慣了。

「我所做的那個決定，」崔維茲答道：「選擇蓋婭當作未來的藍圖。」

「你這麼做是正確的。」杜姆坐在那裡，一面說一面抬起頭來，一雙深陷的老眼凝視著這位站在面前的基地客人。

「你是說我做對了？」崔維茲不耐煩地說。

「我/們/蓋婭知道你不會犯錯，這正是我們重視你的原因。你具有一項特殊的本領，能在資料不全的情況下做出正確決定，而你也已經做出決定，選擇了蓋婭！你否決了植基於第一基地科技的銀河帝國，也否決了以第二基地的精神力學所建立的銀河帝國，因爲兩者皆無異於無政府狀態，你判斷它們無法常治久安，所以你選擇了蓋婭。」

「沒錯，」崔維茲說：「正是如此！我選擇了蓋婭，一個超級生命體，整個行星共享同一個心靈以及共同的個性，所以必須發明『我/們/蓋婭』這種代名詞，來表達一種根本無法表達的概念。」他一面說，一面不停地來回踱步。「而最後它會發展成蓋婭星系，一個涵蓋整個銀河的超特級生命體。」

他突然停下腳步，近乎無禮地猛然轉向杜姆，繼續說道：「我跟你一樣，也覺得自己是對的。但你是一心盼望蓋婭星系的來臨，所以對這個決定十分滿意。然而，我並非全心全意歡迎它，因此無法輕易相信這是個正確決定。我想知道自己爲何做出這個抉擇，想要好好衡量和鑑定一下它的正確性，然後我才會滿意。對我而言，光憑感覺認定是不夠的。我又怎麼知道自己是對的？究竟是什麼機制使我做出正確的選擇？」

「我/們/蓋婭也不瞭解你是如何做出正確決定的。既然已經有了決定，知不知道原因難道很重要嗎？」

「你代表整個行星發言嗎？你代表了每一滴露珠、每一顆小石子，甚至這顆行星的液態核心所構成的共同意識？」

「沒錯。而且不僅是我，在這顆行星上，凡是共同意識夠強的部分，都能像我這樣做。」

「那麼，是否整個共同意識都樂意把我當黑盒子？只要這個黑盒子能起作用，就不需要再去細究內部？我可不接受這一套，我絕不喜歡當黑盒子。我想知道這裡面有何玄機，想知道自己究竟如何和為何選擇蓋婭以及蓋婭星系當作人類未來發展的藍圖，唯有這樣我才能心安理得。」

「可是你為何這麼不喜歡，或說不信賴自己所做的決定呢？」

崔維茲深深吸了一口氣，以低沉有力的聲音緩緩說道：「因為這個超級生命體為了整體的利益，隨時可能將我拋棄，我不想變成這樣可有可無的一份子。」

杜姆若有所思地望著崔維茲。「那麼，你想改變自己的決定嗎，崔？你知道的，你可以這麼做。」

「我十分希望能改變這個決定，但我不能僅憑個人好惡行事。在有所行動之前，我必須知道這個決定是對是錯，單憑感覺判斷是不夠的。」

「如果你覺得正確，那就錯不了。」杜姆緩慢而溫和的聲音一直沒有任何變化，與崔維茲內心的激動恰成強烈對比，令崔維茲更加心亂如麻。

在直覺與理智間擺盪多時之後，崔維茲終於掙脫這個無解的困局，以微弱的聲音說：「我一定要找到地球。」

「因為它和你迫切想要知道的答案有關？」

「因為它是另一個令我寢食難安的問題，而且我覺得兩者之間一定有關聯。我不是一個黑盒子嗎？既然我覺得這兩者有關，難道還不足以說服你接受這個事實？」

「或許吧。」杜姆以平靜的口吻說。

「就算已經有數千年——甚至可能長達兩萬年——銀河中不再有人關心地球，但我們怎麼可能完全忘卻這顆起源行星呢？」

「兩萬年的時間太久了，不是你所能理解的。關於帝國早期，我們所知極其有限，很多幾乎可以肯定是虛構的傳說，我們卻一而再、再而三地傳誦，甚至完全採信，因爲實在找不到其他資料。而地球的歷史要比帝國更爲久遠。」

「可是一定有些記錄流傳下來。我的好友裴洛拉特專門蒐集有關早期地球的神話傳說，任何可能的資料來源都不放過。那是他的工作，更是他的興趣。不過有關地球的資料，卻也只有神話和傳說流傳下來，如今已找不到任何確實的記載或文獻。」

「兩萬年前的文獻？任何東西都會由於保存不當或是戰禍，因而腐朽、變壞和損毀。」

「可是總該有些相關的記錄，例如副本、副本的謄本、副本的謄本的拷貝，這類資料沒有那麼陳舊，但一樣有用，卻也全都被清光了。川陀的銀河圖書館理應保有地球的相關文獻，事實上，這些文獻在其他可考的史料裡也曾提及，可是在銀河圖書館中卻找不到了。提到這些文獻的資料也許還在，但所有的引文全部失蹤。」

「你應該還記得，川陀在幾世紀前經歷過一次浩劫。」

「銀河圖書館卻安然無恙，第二基地人員將它保護得很好。不久以前，正是第二基地的成員發現地球的相關資料不翼而飛，那些資料是最近才被刻意移走的。爲什麼呢？」崔維茲停下腳步，目不轉睛地瞪著杜姆。「如果我能找到地球，就能找出它在隱藏什麼——」

「隱藏？」

「隱藏也好，被隱藏也罷。我有一種感覺，一旦讓我解開這個謎，我就能知道當初為何捨棄個體的獨立性，選擇蓋婭和蓋婭星系。屆時，我想，我會眞正明白自己的抉擇爲何正確，不再只是感覺而已。而如果我是對的——」他無奈地聳起肩膀，「就讓它繼續吧。」

「如果你眞有這種感覺，」杜姆說：「而且覺得必須尋覓地球，那麼，我們當然會盡全力幫助你。不過，我們能提供的協助實在有限。譬如說，我／們／蓋婭並不知道，在由數不清的世界所構成的浩淼銀河中，地球到底位於哪個角落。」

「縱使如此，」崔維茲說：「我也一定要去尋找——就算銀河無盡的星辰令我的探尋希望渺茫，就算我必須獨行到天涯海角。」

2

崔維茲置身蓋婭宜人的環境中。這裡的溫度總是令人感到舒暢，快活流動的空氣清爽而無寒意。天空飄浮著幾朵雲彩，偶爾會將陽光遮蔽一下。如果戶外某處的水汽密度下降太多，立刻會有一場及時雨來適時補充。

此地樹木生長得十分整齊，好像一座果樹園，而整個蓋婭想必都是如此。無論陸地上或海洋裡的動植物，都維持著適當的數量與種類，以保持良好的生態平衡。當然，各類生物的數量只會在「最適度」附近小幅擺盪，甚至人類的繁衍也不例外。

崔維茲目力所及，唯一顯得與周遭物件無法協調的，就是他那艘名爲**遠星號**的太空艇。

蓋婭的數名人類成員已將**遠星號**清理得乾乾淨淨，並完成了各項保養，工作做得又快又好。太空艇添置了充足的食物與飲料，該換的陳設一律更新，機件的功能也重新檢驗過，崔維茲還親自將電腦仔細檢查了一遍。

這艘太空艇是基地少數幾艘重力驅動的航具之一，它從銀河各處的重力場抽取能源，因此不必添加任何燃料。銀河重力場蘊含的能量簡直無窮無盡，即使所有的艦隊全靠它驅動，直到人類不再存在的那一天，重力場的強度也幾乎絲毫不減。

三個月前，崔維茲還是端點星的議員。換句話說，他曾經是基地立法機構的一員，就職權而論，可算是銀河中一位重要人物。這只是三個月前的事嗎？他感覺好像是十六年前，也就是他半輩子之前的經歷。那時，他唯一關心的就是偉大的「謝頓計畫」是否眞有其事；是否眞有個預先規劃好的藍圖，可以讓基地從一個行星村，慢慢攀升爲銀河中最大的勢力。

就某些方面而言，變化其實不算大。他仍舊具有議員的身分，原來的地位與特權依然不變。不過他相信，自己絕不會再回到端點星，去重拾往日的地位與特權。雖然他與蓋婭的小規模秩序格格不入，但同樣無法適應基地龐大的混亂局面。銀河雖大，卻沒有他立足之處，不論走到哪裡，他都像個孤兒。

崔維茲緊縮下顎，憤怒地將手指插進一頭黑髮中。現在不是長吁短嘆的時候，當務之急是要找到地球。假如尋找有了結果之後，自己尙能全身而退，還有得是時間坐下來慢慢哭泣。或許，那時會有更好的理由這樣做。

毅然硬起了心腸後，他的思緒開始飄回過去——

三個月前，他與詹諾夫．裴洛拉特——一位博學而性格純眞的學者——一起離開了端點星。裴洛拉特受到滿腔懷古熱情的驅使，一心一意想要發掘失落已久的地球遺址。崔維茲利用裴洛拉特的探索作掩飾，眞正目的是要尋找自己心中的目標。結果他們並未找到地球，卻意外地發現了蓋婭，崔維茲還懵懵懂懂地被迫做出一個重大決定。

現在，情況有了一百八十度的改變——換成崔維茲決心要尋找地球。

至於裴洛拉特，他也有意外收穫。他遇到了寶綺思，一位黑頭髮、黑眼珠的年輕女子。寶綺思就是蓋婭，其實杜姆也是——甚至身邊的一粒砂、一根草，也全都等同於蓋婭。即將邁入晚年的裴洛拉特，懷著這個年紀所特有的激情，和年紀小他一半有餘的寶綺思墜入情網。說來也真奇怪，寶綺思這個年輕女郎，對年齡的差距似乎毫不在意。

這段戀情實在非比尋常，但裴洛拉特的確很快樂，令崔維茲不得不承認，每個人找尋快樂的方式各有千秋，這也正是獨立個體的特點之一。但在崔維茲所選擇的銀河中，（若干時日之後）個體的獨立性將完全遭到摒棄。

想到這裡，莫名的痛楚再度浮現。當初自己出於無奈所做的抉擇，無時無刻不是心頭的重擔，而且……

「葛蘭！」

一聲叫喚闖入崔維茲的思緒，他抬起頭，朝著陽光射來的方向望去，眼睛不停眨動。

「啊，詹諾夫。」他用熱誠的聲音答道——熱誠得有些過分，因為他不想讓裴洛拉特猜到自己的苦悶，甚至還努力裝出高興的樣子。「我看你一定費了好大勁，才和寶綺思扯開來。」

裴洛拉特搖了搖頭。微風吹亂了他一頭絲般的白髮，而他那又長又嚴肅的面容，此刻將這兩個特點發揮到極致。「事實上，老弟，是她建議我來找你的……來……來討論一件我想討論的事情。當然，這並不代表我自己不想找你，而是她似乎比我先想到這件事。」

崔維茲微微一笑。「沒關係，詹諾夫。我想，你是來跟我道別的。」

「喔，不，並不盡然。事實上，幾乎可說剛好相反。葛蘭，當我們，你和我，剛離開端點星的時候，我的目的是要尋找地球。我成年之後，幾乎把所有的時間都花在這個工作上。」

「我會繼續的，詹諾夫，這個工作現在是我的了。」

「沒錯，但也是我的，仍然還是我的工作。」

「可是——」崔維茲舉起手臂比了比，好像指著周遭的一切。

裴洛拉特猛然吸了一口氣。「我要跟你一道去。」

崔維茲著實嚇了一跳。「你這話不可能當眞吧，詹諾夫，你現在已擁有蓋婭。」

「將來我還會回到蓋婭的懷抱，可是我不能讓你一個人去。」

「當然可以，我能照顧自己。」

「你別生氣，葛蘭，但是你知道得不夠多。而我卻知道很多神話和傳說，我可以指導你。」

「你要離開寶綺思？別開玩笑了。」

裴洛拉特突然雙頰泛紅。「我並不想那樣做，老弟，可是她說……」

崔維茲皺起了眉頭。「是不是她想甩掉你，詹諾夫？她答應過我……」

「不是，你不瞭解，請聽我說下去，葛蘭。你實在有個壞毛病，事情沒弄清楚就急著下結論。我知道，這是你的特長，而我又好像總是無法把自己的意思表達清楚。可是……」

「好吧，」崔維茲的口氣緩和下來，「請告訴我寶綺思她心裡究竟想些什麼，隨便你用什麼方式說，我保證會非常有耐心。」

「謝謝你，只要你有耐心，我想我馬上就能講清楚。你可知道，寶綺思也要去。」

「寶綺思也要去？」崔維茲說：「不行，我又要爆發了。好，我不發作，告訴我，詹諾夫，爲什麼寶綺思想要一起去？我是用很冷靜的口氣在問你。」

「她沒說，只說她想跟你談談。」

「那她爲什麼沒來，啊？」

裴洛拉特答道：「我想，我是說我猜想，她多少有點認為你不喜歡她，葛蘭，所以有些不願接近你。老友，我已經盡力向她保證，說你對她完全沒有敵意。我相信任何人見到她，都只會對她產生無比的好感。然而，這麼說吧，她還是要我來跟你提這檔子事。我能不能告訴她，說你願意見她，葛蘭？」

「當然可以，我現在馬上去見她。」

「你會講理吧？你是知道的，老友，她多少有點緊張。她說這件事很要緊，她一定要跟你去。」

「她沒有告訴你原因嗎？」

「沒有，但如果她認為非去不可，蓋婭也一定非去不可。」

「這就代表我無法拒絕，對不對，詹諾夫？」

「沒錯，我想你無法拒絕，葛蘭。」

3

在崔維茲暫住蓋婭的短暫時日中，這是他第一次造訪寶綺思的住處——現在這裡也是裴洛拉特的窩。

崔維茲四處瀏覽了一下。在蓋婭上，房舍的結構都顯得很簡單。既然幾乎沒有任何不良氣候，既然這個特殊緯度的氣溫常年適中，既然連地殼板塊在必須滑動時，也都曉得平穩地慢慢滑，因此並沒有必要給房舍添加過多的保護功能，也不必刻意營造一個舒適的環境，將不舒適的大環境隔絕在外。換句話說，整個行星就像一幢大屋子，容納著其上所有的居民。

在這座星球屋中，寶綺思的房子是一棟不起眼的小建築，窗戶上只有紗窗而沒有玻璃，家具也相當少，但優雅而實用。四周牆上掛著一些全相像，有不少都是裴洛拉特的，其中一張表情顯得既驚愕又害羞。崔維茲看了忍不住咧開嘴，但他盡量不讓笑意顯現，索性低下頭來仔細調整寬腰帶。

寶綺思凝視著他。她不像平常那樣面帶微笑，而是顯得有些嚴肅，一雙美麗的眼睛張得很大，微鬈的黑髮披在肩上，像是一道黑色的波浪。只有塗著淡淡口紅的豐唇，爲她的臉龐帶來一絲血色。

「謝謝你來見我，崔。」

「詹諾夫顯得很著急，寶綺思奴比雅蕊拉。」

寶綺思淺淺一笑。「答得妙。如果你願意叫我寶綺思，這是個很不錯的簡稱，那麼我也願意試著以全名稱呼你，崔維茲。」最後兩個字她說得有點結巴，但幾乎聽不出來。

崔維茲舉起右手。「這是個好主意。我知道蓋婭人平常在交換訊息時，習慣用簡稱來稱呼對方，所以你如果偶爾稱呼我『崔』，我並不會介意。不過，我更喜歡你盡可能試著叫我崔維茲，而我會稱呼你寶綺思。」

如同以往每次碰面一樣，崔維茲又仔細打量她。就個體而言，她是個二十出頭的妙齡女郎，然而身爲蓋婭的一部分，她已經有好幾千歲。這點從外表雖然看不出來，但有時她說話的方式，以及環繞在她身邊的氣氛，還是多少會顯現出差異。他希望一切衆生都變成這樣嗎？不，當然不！可是——

寶綺思說：「讓我開門見山，你特別強調想要找尋地球——」

「我只跟杜姆提過。」崔維茲決定爲自己的觀點力爭到底，絕不輕易向蓋婭讓步。

「我知道，但是你跟杜姆說話的時候，同時也在跟蓋婭以及其中每一部分說話，譬如說，就等於在跟我說話。」

「我說的話你都聽到了?」

「沒有,因爲我並未仔細傾聽。不過事後我如果集中注意力,有辦法記起你說的每句話。請你相信這點,以便我們回到原來的話題——你特別強調想要找尋地球,並且堅持這件事極爲重要。雖然我看不出其中的重要性,可是既然你天賦異稟,能夠做出正確判斷,我/們/蓋婭就必須接受你的說法。如果這項任務和你選擇蓋婭有著重大關聯,那麼蓋婭也會認爲它是件極重要的任務,因此蓋婭必須跟你一道去,即使只是爲了試圖保護你。」

「你說蓋婭必須跟我一道去,意思就是你自己必須跟我去,我說得對不對?」

「我就是蓋婭。」寶綺思乾脆地答道。

「在這顆行星上的一切,每樣東西都是蓋婭,那麼爲何是你呢?爲何不是蓋婭的其他部分?」

「因爲裴希望跟你去,如果他去了,他不會喜歡蓋婭的其他部分同行,只有我跟去,他才會開心。」

裴洛拉特原本一言不發坐在角落的椅子上(崔維茲注意到,他剛好背對著牆上自己的相片),此時他輕聲說道:「這是實話,葛蘭,我的蓋婭就是寶綺思。」

寶綺思突然露出微笑。「你這麼想可眞令我興奮。當然,這種說法相當新奇。」

「嗯,讓我想一想。」崔維茲雙手放在後腦勺,將椅子向後傾,細瘦的椅腿隨即嘎嘎作響。他立刻發覺這張椅子沒那麼堅固,不能讓他玩這種遊戲,趕緊讓四隻椅腿回復原位。「如果你離開蓋婭,你還會不會是它的一部分?」

「不一定需要。舉例來說,假如我有受重傷的危險,或是有其他特殊理由,我可以把自己孤立起來,這樣一來,我受到的傷害就不會連累蓋婭。但這僅限於緊急狀況,通常我都是蓋婭的一部分。」

「即使在我們進行超空間躍遷的時候？」

「即使是那時候，只不過情形比較複雜。」

「我總覺得有點不太對勁。」

「爲什麼？」

崔維茲皺起鼻子，彷彿聞到什麼怪味。「這就代表說，在太空艇中的一言一行，只要給你聽到看到，就等於被所有的蓋婭聽到看到。」

「我就是蓋婭，因此我所看到、聽到、感覺到的一切，蓋婭都看得到、聽得到、感覺得到。」

「一點也沒錯，連那道牆也看得到、聽得到、感覺得到。」

寶綺思望了望他所指的那堵牆，聳了聳肩。「對，那道牆也可以。它只具有極微小的意識，所以只有極微小的感覺和理解力。可是我想，比如我們現在說的這些話，也會導致它產生某種次原子尺度的移位，讓它更能和蓋婭融爲一體，而更加造福這個大我。」

「可是如果我希望保有隱私呢？我也許不想讓這道牆知曉我在說什麼或做什麼。」

寶綺思看來生氣了，裴洛拉特趕緊插嘴道：「你知道的，葛蘭，我本來不想多嘴，因爲我對蓋婭的瞭解顯然有限。不過，這陣子我都和寶綺思在一起，多少能做些推斷。這麼說吧，如果你走在端點星的人群中，你會看到和聽到很多事情，也會記得其中一部分。事後，在適當的大腦刺激下，你甚至可能全部記起來，可是這些事你大多不會注意，會隨看隨忘。即使你看到一些陌生人演出感性的場面，即使你感到很有趣，然而如果事不關己，你便會當作耳邊風，你會很快忘掉。蓋婭的情形也一定如此，即使整個蓋婭都對你的舉動瞭若指掌，卻不代表蓋婭一定在乎——這樣說對不對，寶綺思吾愛？」

「我從未這樣想過，裴，但你的說法的確有些道理。然而，崔——我是說崔維茲——所說的隱私，在我們眼中一點價値也沒有。事實上，我／們／蓋婭感到難以理解──不想成爲整體的一部分，不讓自己的聲音被人聽到，不讓自己的行動曝光，不讓自己的思想被他人感知──」寶綺思使勁搖了搖頭，「我剛才說，在緊急狀況下，我們可以讓自己和蓋婭隔絕，可是誰會想要那樣活著，哪怕只有一個鐘頭？」

「我就想要，」崔維茲說：「這就是我必須找到地球的原因。我想知道究竟是什麼特殊理由──如果眞有的話──促使我爲人類的未來選擇了這麼可怕的命運。」

「這並不是可怕的命運，不過我們別再爭論這個問題了。我跟你一起去，不是要去監視你，而是以朋友的身分幫助你；蓋婭跟你同行，也不是要監視你，而是以朋友的身分幫助你。」

崔維茲以陰鬱的口吻說：「蓋婭如果想幫我，最好的辦法就是領我到地球去。」

寶綺思緩緩搖了搖頭。「蓋婭並不知道地球的位置，這點杜姆已經告訴過你。」

「這點我可不大相信。無論如何，你們一定有些記錄，但我來到蓋婭之後，爲什麼從未看到任何記錄？即使蓋婭眞的不知道地球的位置，我也有可能從那些記錄中，找到一些蛛絲馬跡。我對銀河相當熟悉，絕對要比蓋婭在這方面的知識更豐富，我可能有辦法從你們的記錄中，解讀出或許連蓋婭也不完全瞭解的線索。」

「你指的是什麼樣的記錄，崔維茲？」

「任何記錄，書籍、影片、錄音、全相相片、工藝製品等等，只要你們有的都好。自從來到蓋婭，直到目前爲止，我還沒發現什麼可以視爲記錄的東西──你呢，詹諾夫？」

「沒有，」裴洛拉特以遲疑的口氣說：「但我並未認眞找過。」

「我找過了，暗地裡找的。」崔維茲說：「而我什麼都沒看到，什麼都沒有！我唯一能想到的答案，是有人故意將那些記錄藏了起來。我很納悶，這是爲什麼呢？你能不能告訴我？」

寶綺思皺起細嫩光滑的前額，顯出很訝異的樣子。「你以前怎麼不問呢？我／們／蓋婭不會隱藏什麼，我們也從來不說謊。一個孤立體——孤立的個體——可能會說謊，因爲他是有限的，所以他會感到恐懼。然而，蓋婭是個具有強大心靈力量的行星級生命體，根本就沒什麼好怕的，因此蓋婭完全不需要說謊，或是杜撰一些與事實不符的陳述。」

崔維茲嗤之以鼻。「那麼爲何刻意不讓我見到任何記錄？給我一個說得通的理由。」

「當然可以，」她伸出雙手，手掌向上。「因爲我們根本沒有任何記錄。」

4

裴洛拉特首先回過神來，他似乎沒有崔維茲那麼吃驚。

「親愛的，」他溫柔地說：「這實在不大可能，任何像樣的文明都不會沒有任何記錄。」

寶綺思揚起一對柳眉。「這點我瞭解，我只是說我們沒有崔——崔維茲所說的或想找的那些記錄。我／們／蓋婭沒有任何種類的手稿、印刷品、影片或電腦資料庫，完全沒有。我們甚至沒有石刻文物。既然這些東西通通不存在，崔維茲自然什麼也找不到。」

崔維茲問道：「如果你們沒有任何我所謂的記錄，請問你們到底有些什麼？」

寶綺思一個字一個字說得很仔細，彷彿跟小孩子說話一樣。「我／們／蓋婭有一組記憶，我都記得。」

「你都記得些什麼？」崔維茲問。

「每一件事。」

「你記得所有的參考資料？」

「當然。」

「前後多久時間？可以延伸到多少年前？」

「無限久遠。」

「你是說包括了歷史、傳記、地理以及科學的資料？甚至地方上的里巷之談？」

「包括任何資料。」

「通通裝在這個小腦袋裡？」崔維茲以嘲諷的動作，指著寶綺思右側的太陽穴。

「並不盡然，」她答道：「蓋婭的記憶並不僅限於我頭顱中的成分。聽著——」此時她的神情變得十分莊重，甚至有些嚴肅；現在的她不只是寶綺思，同時也是蓋婭其他單位的混合體。「在有歷史記載之前，人類一定有過一段原始時期，當時的人類雖然也有記憶，可是根本不會說話。後來人類發明了語言，作爲表達記憶的工具，記憶才能在人與人之間流傳。爲了記錄各種記憶，並將它們一代一代傳下去，文字終於應運而生。從此以後，科技發展都是爲了創造更多傳遞和儲存記憶的空間，並且盡量簡化取得某項資料的手續。然而，當所有的個體都融合成蓋婭之後，那些發展就全部過時了。我們可以重新回歸最原始的記憶，也就是最基本的記錄保存系統，你明白了嗎？」

崔維茲說：「你的意思是，蓋婭上所有頭腦的總和，能比單一頭腦記得更多的資料？」

「當然。」

「假如蓋婭把所有的記錄散佈在行星級記憶中，這對身爲蓋婭一部分的你，又有什麼好處呢？」

「好處太多了。我想知道的任何資料，都一定儲存在某人或某些人心靈中。如果是非常基本的資料，例如『椅子』這兩個字的意思，那麼每個心靈中都會有。但即使是一些十分奧祕的事物，僅存在於蓋婭心靈中某一小部分，如果我有需要，也隨時可以叫出來，只不過會比取得普通的記憶多花一點時間。聽好，崔維茲，如果你要查一項原本不知道的資料，你會去查閱相關的影視書，或是查詢電腦資料庫，而我的做法則是掃瞄蓋婭的全心靈。」

崔維茲說：「你怎樣防止大量資訊湧入你的心靈，以免把你的顱腔撐爆？」

「你諷刺成癮了嗎，崔維茲？」

裴洛拉特趕緊說：「拜託，葛蘭，別討人厭。」

崔維茲輪流瞪視他們兩人，顯然在一番努力之後，才終於放鬆了臉上繃緊的肌肉。「很抱歉。我被一個強行加在身上的重擔壓得喘不過氣，又不知道該如何解脫。或許由於這個緣故，我的口氣聽來不大好，但這絕非我的本意。寶綺思，我眞的很想知道答案。你如何能取用他人腦中的記憶，卻不會很快塞滿自己的腦袋？」

寶綺思回答說：「我也不知道，崔維茲，正如你不瞭解自己頭腦運作的細節。我想，你應該知道你們的太陽和最近一顆恆星的距離，可是你未必一直放在心上。你把這個數字儲存在某處，不論何時被人問起，你隨時都能想起來。如果你沒有機會用到，久而久之也許就會忘記，但你總能在某個電腦資料庫中查到。你可將蓋婭的頭腦視爲一座大型電腦資料庫，我隨時能使用它，卻不需要刻意記住曾經用過的資料。用完某一項資料或記憶之後，我就可以讓它從自己的記憶中消失，換句話說，可以專程把它放回原處。」

「蓋婭上有多少人，寶綺思？有多少人類？」

「大約有十億，你要知道目前確實的數字嗎？」

崔維茲露出一抹苦笑。「我很明白，只要你願意，就能把正確的數字叫出來，但我知道大概數目就夠了。」

「事實上，」寶綺思接著說：「人口數目一直很穩定，總是在比十億多一點的地方上下起伏。我可以延伸我的意識——嗯——到達蓋婭的邊緣，查出目前人口數和平均值的差距。對於沒有類似經驗的人，我實在無法解釋得更清楚。」

「可是我以爲，十億人口的心靈，其中還有不少是兒童，當然容納不下一個複雜社會所需要的一切資料。」

「可是人類並非蓋婭上唯一的生物，崔。」

「你的意思是動物也能記憶？」

「動物腦部儲存記憶的密度沒有人腦那麼高，而且不論人腦或其他動物的頭腦，大部分空間都用來儲存個體的記憶，那些記憶對行星級意識幾乎沒什麼用處。儘管如此，仍有許多高等資料可儲存在動物大腦、植物組織以及礦物結構中，事實上也的確如此。」

「礦物結構？你是指岩石和山脈？」

「還有幾類資料儲存於海洋和大氣層，它們通通都是蓋婭。」

「無生物系統能容納些什麼呢？」

「太多了。比如說，岩石的記憶能力雖然低，但是由於體積龐大，所以蓋婭的全記憶有一大部分存在那裡。由於岩石記憶的存取時間較長，所以最適合儲存一些『死資料』，也就是平常極少用到的資料。」

「假設一個腦部存有十分重要資料的人死了，那又會怎麼樣？」

「裡面的資料並不會遺失。人死了之後，隨著大腦組織解體，資料會慢慢擠出腦部，這些記憶有充分的時間分散到蓋婭其他部分。每個新生兒都有一個新的大腦，這些大腦隨著年齡逐漸發育，不但會發展出個體的記憶和思想，還會從其他來源吸收適當的知識。你們所謂的教育，對我／們／蓋婭而言，完全是自動自發的過程。」

裴洛拉特說：「坦白講，葛蘭，我覺得這種活生生的世界，是個具有許多優點的概念。」

崔維茲瞟了這位基地同胞一眼。「這點我也同意，詹諾夫，可是我不怎麼感興趣。這顆行星不論多大，不論如何多樣化，仍然等於只有一個頭腦，只有一個！新生的頭腦個個都和整體融合為一，怎麼會有反對意見出現的機會？如果回顧人類的歷史，你將會發現，某些人的想法雖然一時無法見容於社會，卻能贏得最後的勝利，進而改變整個世界。可是在蓋婭上，有什麼機會出現創造歷史的偉大叛逆？」

「蓋婭也會有內部衝突。」寶綺思說：「並非蓋婭每一部分都會接受共同的觀點。」

「但是一定有限。」崔維茲說：「在單一生物體內，不可能容許過多的騷動，否則就無法正常運作。在這種情況下，整體的進步和發展縱使沒有完全停滯，步調也一定相當緩慢。我們能冒險將這種情形強行加諸整個銀河嗎？加在全體人類身上嗎？」

寶綺思毫不動容地答道：「你是在質疑自己的決定嗎？難道你已經改變主意，認為蓋婭不適合做人類未來的典範？」

崔維茲緊抿著嘴唇，遲疑了一下，然後緩緩說道：「我很想這樣做，不過，還不到時候。我所做的決定是有根據的——某種潛意識的根據——除非我找出它的真面目，我還不能決定要不要變卦。所以說，我們還是回到地球這個題目吧。」

「你覺得在地球上，能領悟到促使你做出那個決定的根據，對不對，崔維茲？」

「我的感覺正是這樣。杜姆說蓋婭不知道地球的位置，我相信你一定同意他的說法。」

「我當然同意，我和他同是蓋婭。」

「你有沒有什麼事瞞著我？我是指刻意瞞著我？」

「當然沒有。即使蓋婭能說謊，也不會對你這麼做。無論如何，我們得仰賴你所做的決斷，而我們希望它正確無誤，這就需要一切皆以事實為基礎。」

「既然如此，」崔維茲說：「咱們來利用你們的世界級記憶吧。往前回溯，告訴我你能記得多久以前的事。」

寶綺思茫然地望著崔維茲，遲疑了好一會兒，彷彿處於一種精神恍惚的境界。然後她說：「一萬五千年。」

「你爲什麼猶豫了一下？」

「這需要些時間。陳舊的記憶，尤其是那些實在陳舊的，幾乎都藏在群山根部，要花點時間才能挖出來。」

「一萬五千年前？是不是蓋婭剛創建的時候？」

「不，據我們所知，那還要再往前回溯約三千年。」

「你爲什麼不能肯定？你，或者蓋婭，難道不記得嗎？」

寶綺思說：「當時蓋婭尚未發展出全球性記憶。」

「可是在你們仰賴集體記憶之前，蓋婭一定保有些記錄，寶綺思。一般性的記錄，錄下來的、寫下來的、拍下來的等等。」

「我想應該有吧，可是過了那麼久，這些東西不可能還存在。」

「也許會有副本，或者，當全球性記憶發展成功之後，它們就被轉移到那裡去，果眞如此就更好了。」

寶綺思皺了一下眉頭，接下來又是一陣猶豫，這次持續的時間更久。「你說的那些早期記錄，我找不到任何蹤跡。」

「怎麼會這樣？」

「我也不知道，崔維茲，我想是因爲它們看來不太重要。我猜，當這些早期的非記憶性記錄開始腐壞時，就被認定已經過時和沒有用了。」

「你並不知道實情，你只不過在猜在想罷了。其實你不知道，蓋婭也不知道。」

寶綺思垂下眼瞼。「一定是這樣。」

「一定是這樣？我可不是蓋婭的一部分，因此我不需要同意蓋婭的看法。這是個很好的例子，讓你知道獨立性有多重要。我，身爲一個孤立體，我有不同的看法。」

「你的看法如何？」

「首先，有一點我相當肯定，一個現存的文明不太可能毀掉早期的記錄。非但不會判定那些資料陳舊無用，還很有可能過分珍惜和重視，並且想盡辦法保存。如果蓋婭在全球性記憶出現之前的記錄被毀壞殆盡，寶綺思，那不太可能是自發性的行爲。」

「那麼你要如何解釋呢？」

「在川陀那座圖書館中，有關地球的參考資料全被移走，主事者不知是何方神聖，反正不是川陀的第二基地份子。所以說，蓋婭上有關地球的參考資料，會不會也是被外力清除的？」

「你又怎麼知道早期記錄提到了地球？」

「根據你的說法，蓋婭至少是在一萬八千年前建立的。那是銀河帝國尚未興起的時代，當時人類正在大舉殖民銀河，而殖民者的主要來源正是地球。裴洛拉特可以證實這一點。」

突然聽到被人點名，裴洛拉特有點驚訝，趕緊清了清喉嚨。「根據傳說的確如此，親愛的。我對這些傳說相當認眞，而且我和葛蘭．崔維茲都認爲，人類這個物種原本局限在一顆行星上，那顆行星就是地球。最初的殖民者全部來自地球。」

「因此，」崔維茲接口道：「蓋婭若是在超空間旅行初期建立的，就非常可能是地球人的殖民世界；即使那些殖民者不是地球人，也該來自某個由地球人所建立的新興世界。因此，蓋婭的開拓史，以及其後數千年的記錄，一定提到了有關地球和地球人的史實，可是這些記錄通通不見了。似乎有什麼神祕力量，不讓地球在銀河的任何記錄中曝光。果眞如此，其中一定有重大的隱情。」

寶綺思氣呼呼地說：「這只是臆測罷了，崔維茲，你沒有任何證據。」

「可是蓋婭一直堅持我有特殊的天分，在證據不足的情況下，我也能做出正確的結論。所以，在我做出一個確切的結論之後，請別再說我缺乏證據。」

寶綺思沉默不語。

崔維茲繼續說道：「所以說，尋找地球也就更形重要。我打算在**遠星號**準備就緒後馬上出發，你們兩位還是要去嗎？」

「要去。」寶綺思不假思索立刻回答。「要去。」裴洛拉特也這麼說。

第二章：首途康普隆

5

現在正下著細雨，崔維茲抬頭一看，天空是濃密的灰白一片。

他戴的那頂雨帽不但能阻止雨水落到身上，還能將雨滴向四面八方彈開老遠。裴洛拉特站在崔維茲雨滴飛濺的範圍外，並未穿戴任何防雨裝備。

崔維茲說：「我不懂你爲何要讓自己淋濕，詹諾夫。」

「我一點也不在意，我親愛的兄弟。」裴洛拉特的神情如往常般肅穆，「雨勢很小，而且相當溫暖，又完全沒有風。此外，套句古老諺語：在安納克里昂行，如安納克里昂人。」他指了指站在**遠星號**附近默默圍觀的幾個蓋婭人。他們分散得很均勻，彷彿是蓋婭樹叢中的幾株樹木，沒有任何一人戴著雨帽。

「我想，」崔維茲說：「他們不怕被淋濕，是因爲蓋婭其他部分都濕了。所有的樹木——青草——泥土——現在都是濕答答的，而蓋婭的其他成員也一樣，當然包括所有的蓋婭人。」

「我想你的話很有道理。」裴洛拉特說：「太陽馬上會出來，到時每樣東西都將很快被曬乾。衣物不會起皺或縮水，不會讓人覺得寒冷，而此地又沒有不必要的病原性微生物，不必擔心會傷風、感冒或染上肺炎。所以說，一點點潮濕又有什麼關係？」

崔維茲當然明白這個道理，可是他不願就此罷休，於是又說：「儘管如此，也沒必要專挑我們離開時下雨。畢竟雨水是隨意降下的，蓋婭若不想要，就一定不會有雨。它現在下這場雨，簡直像是故意表示對我們的輕蔑。」

「或許，」裴洛拉特微微抿了一下嘴唇，「是蓋婭捨不得我們離開，正在傷心哭泣呢。」

崔維茲說：「也許吧，但我可沒有這種感覺。」

「事實上，」裴洛拉特繼續說：「我想可能是因爲這一帶的泥土過於乾燥，需要雨水滋潤，而這個因素比你盼望見到陽光更重要。」

崔維茲微微一笑。「我懷疑你眞的愛上這個世界了，對不對？我的意思是，即使不爲了寶綺思。」

「是的，的確如此。」裴洛拉特帶著一點自我辯護的味道說：「過去許多年來，我一向過著平靜而規律的生活，你應該想像得到，我多麼適應這個地方——整個世界都在努力維護生活的平靜和規律。無論如何，葛蘭，我們建造一棟房子，或是那艘太空艇，目的正是希望有個理想的棲身之所。我們在裡面裝配了所需的一切，並且設法控制和調節內部各種環境因素，例如溫度、空氣品質、照明採光等等，讓我們能在這個棲身之所住得舒舒服服。蓋婭則是將這種對於舒適和安全的追求，延伸到了整個行星，這又有什麼不對呢？」

「問題是，」崔維茲說：「我的房子或太空艇，是爲了符合我的需求而設計建造的，我不必去適應它們。倘若我成了蓋婭的一部分，不論這顆行星設計得多麼理想、多麼符合我的需要，我也還得設法適應它，這個事實令我極爲不安。」

裴洛拉特噘了噘嘴。「我們可以這樣說，每個社會都會刻意塑造它的組成份子。風俗習慣在社會中自然而然形成後，人人就不得不嚴格奉行，以符合社會整體的需要。」

「在我所知的衆多社會中，成員也可以反其道而行，因此總會有些怪人，甚至是罪犯。」

「你希望有怪人和罪犯嗎？」

「有何不可？事實上你我就是怪人，我們當然不能算是端點星的典型居民。至於罪犯嘛，定義其實見仁見智。假如罪犯是產生叛逆、異端和天才所必須付出的代價，那麼我很願意接受，我堅持這個代價一定要付。」

「難道罪犯是唯一可能的代價嗎？我們爲何不能只要天才，而不要罪犯呢？」

「如果沒有一群異於凡夫俗子的人，就不可能出現天才和聖者，而我不信異於常人的人都集中在好的一端，我認爲一定有某種對稱存在。總之，蓋婭光是一個行星級的舒適住宅還不夠，我還要一個更好的理由，來解釋我爲何選擇蓋婭當作人類未來的典範。」

「喔，我親愛的夥伴，我不是在試圖說服你接受自己的抉擇。我只是提出我的觀……」

說到這裡他突然打住，因爲寶綺思正朝他們大步走來。她一頭黑髮全淋濕了，外袍緊緊貼在身上，突顯出相當豐滿的臀部。她一面走，一面向他們點頭打招呼。

「很抱歉耽誤你們的時間。」她有點氣喘吁吁，「我沒料到和杜姆討論要這麼久。」

「當然會，」崔維茲說：「他知道的事你全都知道。」

「但我們對事情的詮釋往往各有不同，我們畢竟不是相同的個體，所以必須經常溝通。聽我說，」她的語氣變得有點不客氣，「你有兩隻手，每一隻都是你的一部分，除了互爲鏡像，它們沒有任何不同。可是你不會對兩隻手一視同仁，對不對？有些事你大多用右手做，有些事則慣用左手，這也可以說是不同的詮釋。」

「她讓你無話可說。」裴洛拉特顯然十分滿意。

崔維茲點了點頭。「這是個很生動的類比，至於是否眞正貼切，我可不敢肯定。閒話少說，我們現在是否可以登上太空艇了？正在下雨呢。」

「可以，可以。我們的工作人員都離開了，**遠星號**一切已準備就緒。」然後，她突然好奇地望著崔維茲。「你全身都是乾的，雨點沒有淋到你身上。」

「的確沒錯，」崔維茲說：「我故意不讓自己淋濕。」

「偶爾淋濕一下的感覺不是很好嗎？」

「這話完全正確，可是得由我來選擇時機，而不是讓雨點決定。」

寶綺思聳了聳肩。「好吧，隨你的便。我們的行李都裝載好了，我們也上去吧。」

於是三人便向**遠星號**走去。此時雨勢變得更小，不過草地已經相當潮濕。崔維茲小心翼翼地一步步走著，寶綺思卻踢掉涼鞋拎在手上，光著雙腳大剌剌地踏過草地。

「感覺眞過癮。」她這麼說，算是回應崔維茲投向她腳下的目光。

「很好。」他隨口應道，然後又有點不高興地說：「其他那些蓋婭人，他們站在那裡，到底在幹什麼？」

寶綺思答道：「他們在記錄這件事，因爲蓋婭認爲這是個重大事件。你對我們十分重要，崔維茲。想想看，萬一這趟探索的結果，竟是使你改變初衷，轉而決定否決我們，我們就永遠無法發展成蓋婭星系，甚至連蓋婭本身也保不住。」

「如此說來，我掌握著蓋婭整個世界的生死。」

「我們相信就是這樣。」

這時藍天在烏雲的隙縫中出現，崔維茲突然停步，伸手摘掉雨帽，然後說：「可是此時此刻我仍然支持你們，如果你們當下殺了我，我就再也無法變卦。」

「葛蘭，」裴洛拉特嚇了一大跳，低聲道：「這麼說實在太可怕了。」

「這是孤立體的典型想法。」寶綺思以平靜的口吻說：「你必須瞭解，崔維茲，我們所重視的，並非你這個人或是你的支持，而是眞理和事實。你的重要性在於能引導我們尋獲眞理，而你的支持就是眞理的指標，這才是我們需要你的眞正原因。如果爲了防止你變卦而殺死你，那我們只是自欺罷了。」

「如果我告訴你蓋婭並非眞理，你們是否全都會欣然就義？」

「或許不是絕對欣然，但最後並沒有什麼兩樣。」

崔維茲搖了搖頭。「如果有一天，我終於認定蓋婭是個可怕的怪物，不該存在於世上，很可能就是你這番陳述帶給我的啓示。」說到這裡，他的目光又回到那些耐心圍觀（想必也在耐心傾聽）的蓋婭人。「他們爲何這樣散開來？爲何需要這麼多人？即使只有一個人旁觀，然後儲存在他的記憶中，這顆行星上的每一個人不也都能取用嗎？只要你們喜歡的話，不是可以把它儲存在百萬個不同的地方嗎？」

寶綺思答道：「他們從不同的角度來觀察這件事，將它儲存在各人不盡相同的大腦中。如果仔細研究這些觀察記錄，不難發現衆人觀察所得的綜合結果，要比單一的觀察結果更爲詳實易懂。」

「換句話說，整體大於部分的總和。」

「完全正確，你領悟了蓋婭之所以存在的基本理由。你，一個人類個體，大約是由五十兆個細胞所組成，但是身爲一個多細胞個體，你要比這五十兆個細胞的總和更爲重要，這點你當然應該同意。」

「沒錯，」崔維茲說：「這點我同意。」

他走進太空艇，又回頭看了蓋婭一眼。短暫的陣雨帶給大氣一股清新的氣息，眼前呈現的是一個蔥綠、豐饒、靜謐且祥和的世界；彷佛是一座與世無爭的公園，座落在紛擾不堪的銀河中。

——崔維茲卻衷心期望永遠不要再見到它。

6

氣閘在他們身後關上的時候，崔維茲感到擋住的不僅是一場惡夢，更是某個恐怖至極、令他連呼吸也無法順暢的異形怪胎。

他心中很明白，這個怪物的一部分化身爲寶綺思，仍然緊跟在自己身邊。不論她到何處，蓋婭也等於到了那裡——但他也深信她是不可或缺的一員。這又是黑盒子在起作用，崔維茲卻誠心希望自己別再對黑盒子太有信心。

他四處瀏覽了一下，感覺一切都太好了。當初，是基地的赫拉·布拉諾市長強迫他登上太空艇，將他送到銀河群星之間——當一根活生生的避雷針，以吸引她心目中的敵人所放出的電花。如今這項任務已告一段落，但太空艇仍舊屬於他，他也根本沒有打算歸還。

他擁有這艘太空艇不過幾個月，已經對它有了一種家的感覺。至於端點星上那個家，他卻只剩下一些模糊的記憶。

端點星！這個位於銀河邊陲的基地中樞。根據謝頓計畫，基地注定要在未來五世紀內，形成另一個更偉大的帝國。然而他，崔維茲，竟讓這個計畫出了軌。根據自己的抉擇，他將基地的角色完全否定，取而代之的是一種新型社會，一個新的生命宏圖，一場驚天動地的革命。自從多細胞生命出現後，再也沒有任何演化能與之媲美。

此刻，他即將踏上一個關鍵性的旅程，準備向自己證明（或反證）當初的抉擇正確無誤。

崔維茲發現自己想得出了神，已經呆立良久，遂滿肚子不高興地甩了甩頭。然後他快步走到駕駛艙，見到他的電腦仍在原處。

電腦閃閃發光，駕駛艙各處都閃閃發光，一看就知道經過極仔細的清拭。他隨手按下幾個開關，反應都是完美無缺，而且顯然比以前更得心應手。通風系統一點噪音也沒有，他不得不將手掌放在通風口旁，以確定氣流的確順暢無阻。

電腦上的光圈發出動人的燦爛光芒，崔維茲碰了一下，光線立刻擴散，灑遍整個桌面，上面現出左右兩隻手的輪廓。他深深吸了一口氣，才發現自己已屏息了一會兒。蓋婭人對基地科技完全不懂，很有可能出於無心之失弄壞這台電腦。還好直到目前為止，尚未發現損壞的跡象，兩個手掌輪廓還在那裡。

接下來，應該是進行關鍵的測試，也就是將自己的雙手擺上去。不過他遲疑了一下，因為若有任何問題，他幾乎立刻就能發覺——可是萬一真有什麼問題，他又該怎麼辦？若想要修理，就必須返回端點星，而如果回去了，他相信布拉諾市長一定不會再讓他走。但如果不回去……

他可以感到心臟怦怦亂跳，沒道理再讓這種不安的情緒持續下去。

他猛然伸出雙手，一左一右按在桌面的輪廓上。在同一瞬間，他感到像是有另一雙手抓住自己。他的感官開始向外延伸，已經能從各個方向觀看蓋婭。外面依然是一片蔥綠與濕潤，那些蓋婭人還在原地圍觀。他動念令自己向上望，見到了覆蓋著大片雲層的天空；他繼續驅動意念，雲層立時消失無蹤，呈現出萬里無雲的蔚藍晴空，以及又大又圓的蓋婭之陽。

他再次運用意志力，藍天隨即碎裂，群星顯現眼前。

撥開群星之後，他又動了一個念頭，就見到了整個銀河，形狀像是望遠鏡中看到的紙風車。他測試電腦化的影像，調整相對方位，並且改變表觀時間，讓風車開始緩緩旋轉，不久再轉向反方向。他找到了賽協爾的太陽，那是距離蓋婭最近的一顆重要恆星。接著，他又依序找到端點星的太陽，以及川陀的太陽。從一顆恆星跳到另一顆，他在電腦內部的地圖中暢遊整個銀河。

然後他縮回手來，再度置身現實世界，這才發覺自己一直站著，在電腦前半彎著腰，雙手按在桌面上。他覺得全身僵硬，必須將背部肌肉伸展開來才能坐下。

他凝視著電腦，有如釋重負之感。電腦一切運作正常，若硬要說有何不同，就是它的反應變得更靈敏。崔維茲對它的感覺，只有「愛」這個字可以形容。畢竟，當他握著它的雙手時（其實他早已認定那是「她」的雙手，只是堅決不肯承認），感覺彼此已經成了渾然一體；他的意志指揮、控制、經驗著一個更大的自我，同時也是這個大我的一部分。剛才，他與它必定體會到一種小規模的「蓋婭感」（他突然有了這種令自己不安的想法）。

他搖了搖頭。不對！電腦與他的融合，是由他——崔維茲——完全掌控，電腦只是個絕對馴服的器具。

他起身走出駕駛艙，來到了狹窄的廚艙與用餐區。那裡滿是各式各樣的食物，還有合宜的冷藏庫與簡便加熱設備。他剛才已經注意到，自己艙房裡的影視書都有條不紊，而且他相當肯定——不，應該說完全肯定——裴洛拉特的個人藏書也保存得很妥當，否則一定早就聽到他的抱怨。

裴洛拉特！他好像突然想到什麼，立刻走到裴洛拉特的艙房。「寶綺思在這裡擠得下嗎，詹諾夫？」

「喔，當然沒問題。」

「我可以把公用艙改裝成她的寢艙。」

寶綺思抬起頭來，雙眼睜得老大。「我不想要一間單獨的寢艙，我很喜歡跟裴住在一起。不過我想，有必要的時候，我會借用其他艙房，譬如健身艙。」

「當然可以，只有我的艙房例外。」

「很好。如果由我決定，我也會做這樣的安排。不用說，你也不能踏進我們的艙房。」

「不在話下。」崔維茲說完，低頭一看，發現自己的鞋子已經越界。他趕緊退後半步，正色道：「這可不是蜜月套房，寶綺思。」

「照這間艙房的擁擠程度，我看就算蓋婭將它的寬度擴增一半，它仍是個十足的蜜月套房。」

崔維茲努力克制住笑意。「你們彼此得非常和睦才行。」

「我們的確如此，」裴洛拉特顯然對這個話題感到很不自在，「不過說眞的，老弟，你就讓我們自己安排一切吧。」

「恐怕不行。」崔維茲緩緩說道：「我還是要把話說清楚，這艘太空艇可不是蜜月旅行的交通工具。你們雙方同意做的事，我絕不會反對，可是你們必須明白，你們無法享有隱私。我希望你瞭解這一點，寶綺思。」

「這個艙房有道門，」寶綺思說：「門一旦鎖起來，我想你就一定不會打擾我們——除非有什麼緊急狀況。」

「我當然不會，然而，這裡並沒有隔音設備。」

「崔維茲，我想你的意思是說，」寶綺思道：「我們之間的任何談話，以及從事性行爲時發出的任何聲音，你都會聽得一清二楚。」

「沒錯，我正是這個意思。既然你明白這點，我希望你能自我約束一下。這樣也許會讓你感到不方便，但我只能說聲抱歉，因爲情況就是如此。」

裴洛拉特清了清喉嚨，溫和地說：「事實上，葛蘭，我自己早就必須面對這種問題。你該瞭解，我和寶綺思在一起的時候，無論她有任何感覺，整個蓋婭都體驗得到。」

「這點我想到過，詹諾夫。」崔維茲像是壓抑著不以爲然的表情，「我原本無意提起，只是怕你們自己沒想到。」

「只怕你多慮了。」裴洛拉特說。

寶綺思又說：「別小題大作，崔維茲。在蓋婭上，隨時都可能有數千人在享受性愛，有數百萬人在吃喝玩樂，這些活動合成一片愉悅的氛圍，蓋婭每一部分都能感同身受。而較低等的動物，以及植物和礦物，同樣能產生一些比較輕度的歡樂，這些情緒也會加入整體的喜悅意識。蓋婭所有的部分總是能分享這個意識，這樣的經驗在其他世界是感受不到的。」

「我們有我們自己的喜悅，」崔維茲說：「如果我們願意，也能以某種形式和他人分享；如果不願意，則大可獨自品嘗。」

「如果你能感受到我們的喜悅，你將明白在這方面，你們孤立體有多麼貧乏。」

「你怎能知道我們的感受？」

「我雖然不知道你們的感受，仍然能做出合理的推論：一個全體同樂的世界，感受到的樂趣一定比孤立個體更爲強烈。」

「大概是吧，可是，即使我的樂趣貧乏得可憐，我仍希望保有個人的悲喜。雖然這些感覺那麼薄弱，我卻心滿意足。我寧可保持孤立，也不願和身旁的岩石稱兄道弟。」

「別嘲笑我們。」寶綺思說：「你身上的骨骼和牙齒，裡面每個礦物晶體所具備的意識，雖然並未超過相同大小的普通岩石晶體，你仍然非常珍惜這些礦物，不想讓它們受到任何傷害。」

「你說得很對，」崔維茲不大情願地說：「可是好像有點離題了。我不介意蓋婭全體分享你們的喜悅，寶綺思，但我自己可不想加入。我們的艙房相距很近，我不希望被迫參與你們的活動，哪怕只是間接參與。」

裴洛拉特說：「這實在是無謂的爭論，我親愛的兄弟。我同樣不希望侵犯到你的隱私，同理，我也不想喪失自己的隱私權。寶綺思和我會很謹愼，對不對，寶綺思？」

「一定會讓你滿意，裴。」

「畢竟，」裴洛拉特說：「想必我們待在各個行星上的時間，會比在太空中多得多。而在行星上，擁有眞正隱私的機會……」

「我不管你們在行星上做些什麼，」崔維茲打斷他的話，「可是在這艘太空艇上，凡事都得由我作主。」

「那當然。」裴洛拉特說。

「既然這件事已經說清楚，該是升空的時候了。」

「等一等，」裴洛拉特伸手拉住崔維茲的袖子，「要飛到哪裡去？你不曉得地球在哪裡，我和寶綺思也不清楚，甚至你的電腦也不知道。我記得很久以前，你曾經告訴我，電腦沒有任何有關地球的資料。那麼，你究竟打算怎麼做？總不能在太空中胡亂遊蕩吧，我親愛的兄弟。」

崔維茲的反應只是微微一笑，好像很開心的樣子。自從落入蓋婭掌握之後，他首度感到又能爲自己的命運作主。

「我向你保證，」他說：「我無意在太空中遊蕩，詹諾夫，我萬分清楚該到哪裡去。」

7

裴洛拉特輕輕敲了敲門，在門外等了許久，卻一直沒有聽到任何回應。他終於悄悄走進駕駛艙，這才發現崔維茲正盯著星像場出神。

裴洛拉特喚了一聲：「葛蘭——」便靜靜等著他的回答。

崔維茲抬起頭來。「詹諾夫！請坐。寶綺思呢？」

「在睡覺——原來我們已經進入太空了。」

「完全正確。」對於裴洛拉特輕微的詫異，崔維茲一點也不覺得奇怪。身處這種新型重力太空艇中，根本無法察覺起飛的過程。從頭到尾，沒有慣性效應，沒有加速推力，沒有任何噪音，也沒有一點震動。

遠星號能將外界的重力場部分或全部隔絕，因此當它從行星表面升空時，彷彿漂浮在宇宙之洋中。在此期間，說來也眞奇怪，太空艇內的重力效應卻始終維持正常。

太空艇尚未脫離大氣層之際，自然沒必要加速，因此並沒有氣流急速通過所引起的呼嘯與振動。然而，在離開大氣層後，太空艇便能迅速加速，同樣不會令乘客有任何感覺。

這已經是舒適的極限，崔維茲無法想像還有什麼能改進的地方。除非將來人類發現某種方法，能讓人直接在超空間中倏忽來去，無需借助任何航具，也不必擔心附近的重力場可能太強。而如今，**遠星號**必須花上幾天的時間，盡快駛離蓋婭之陽，直到重力強度減低到適當的程度，才能開始進行超空間躍遷。

「葛蘭，我親愛的夥伴，」裴洛拉特說：「我可不可以跟你說一會兒話？你不會很忙吧？」

「根本不忙，我一旦下達了正確指令，電腦就能處理一切。有些時候，它似乎能預先猜到我的指令，幾乎在我未曾好好想一遍之前，它就搶先完成了。」崔維茲輕拂電腦桌面，流露出鍾愛的樣子。

於是裴洛拉特說：「葛蘭，我們認識沒有多久，就成了非常要好的朋友。雖然我必須承認，我覺得這段時間可不算短，其間發生了太多的事情。說來眞是難以置信，當我靜下心來，回顧我這不算短的一生，竟然發現我一輩子的經歷，有一半都集中在過去幾個月，或說好像是這樣子。我幾乎可以認定……」

崔維茲舉起一隻手。「詹諾夫，我確定你是愈扯愈遠了。你原來說的，是我們在很短的時間內成為非常要好的朋友，沒錯，的確如此，現在也沒有任何改變。話說回來，你認識寶綺思的時間更短，而你們現在卻更親密。」

「這當然是兩回事。」裴洛拉特清了清喉嚨，顯得有點尷尬。

「當然，」崔維茲說：「可是從我們不久卻彌堅的友誼，你要引申出什麼來？」

「我親愛的夥伴，倘若正如你剛才所說，我們依舊是朋友，我就必須將話題轉到寶綺思身上。而也正如你剛才所說，我對她特別珍愛。」

「我瞭解，所以呢？」

「我知道，葛蘭，你不喜歡寶綺思。可是，看在我的份上，我希望……」

崔維茲又舉起手來。「慢著，詹諾夫。我雖然沒有拜倒在寶綺思裙下，卻也不憎恨她。事實上，我對她並沒有任何敵意。她是個迷人的年輕女性，就算不是，看在你的份上，我也願意認為她很迷人。我不喜歡的是蓋婭。」

「但寶綺思就是蓋婭。」

「我知道，詹諾夫，這就是事情變得複雜的原因。只要我把寶綺思當普通人，一切都沒問題，但我若是把她想成蓋婭，問題馬上就來了。」

「可是你並沒有給蓋婭任何機會，葛蘭。聽著，老弟，我要向你坦白一件事。寶綺思和我親熱的時候，有時會讓我分享她的心靈，時間頂多一分鐘，不能再久了，因為她說我的年紀太大，已經無法適應——喔，別咧嘴，葛蘭，你同樣早就超齡了。如果一個孤立體，譬如你或我，和蓋婭融合的時間超過一兩分鐘，就有可能導致腦部的損傷；如果長達五到十分鐘，則會造成無法復原的傷害。我希望你有機會體驗一下，葛蘭。」

「體驗什麼？無法復原的腦部傷害？不，謝了。」

「葛蘭，你故意曲解我的話，我指的是短暫的結合。你不曉得自己錯過了什麼，那簡直無法形容，寶綺思說那是一種愉悅的快感。就像你快要渴死的時候，終於喝到一點水的那種感覺，我甚至不知道該怎樣向你描述。想想看，你能分享十億人所有的喜樂。那並不是一成不變的快感，否則你很快就會麻木。它不斷在顫動，在閃爍，具有一種奇特的脈動節奏，緊緊抓住你不放。它比你單獨所能體驗的快樂更多——不，不是更多，而是更美好。當她關上心扉的時候，我幾乎要哭出來……」

崔維茲搖了搖頭。「你的口才實在驚人，好朋友，但你很像是在形容『假腦內啡』的毒癮，或是其他迷幻藥的癮頭。你可以從它們那裡得到短暫的快感，代價卻是長久活在痛苦的深淵。我可不願意！我絕不要出賣我的獨立性，以換取某種短暫的快感。」

「我還是擁有我的獨立性啊，葛蘭。」

「如果繼續耽溺下去，你還能堅持多久，詹諾夫？你對劑量的要求會愈來愈高，直到大腦損壞爲止。詹諾夫，你不能讓寶綺思對你這樣做——也許我該跟她談談。」

「不！別去！你自己也知道，你說話不夠婉轉，我不願讓她受到傷害。我向你保證，在這方面她對我的保護超乎你的想像，她比我更擔心腦部受損的危險，這點你大可放心。」

「好吧，那麼我跟你說就好了。詹諾夫，千萬別再這樣做。在你五十二年的生命中，你的大腦一向承受慣有的快樂和喜悅，別再染上新奇的不良嗜好，否則你一定得付出代價。即使不是近在眼前，最後還是逃不掉的。」

「好吧，葛蘭。」裴洛拉特一面低聲回答，一面低頭望著自己的鞋尖。然後他又說：「也許你可以這麼想，假如你是個單細胞生物……」

「我知道你要說什麼，詹諾夫。算了吧，寶綺思和我已經談論過這個類比。」

「我知道，可是値得再想一想。讓我們假設一群單細胞生物，它們擁有人類般的意識，以及思考判斷的能力，再假設它們遇到難得的機會，可以組成一個多細胞生物。這些單細胞會不會惋惜喪失了獨立性，會不會因為將被迫組成單一生物體而感到厭惡？它們這樣做有沒有錯？單細胞能夠想像人腦的威力嗎？」

崔維茲猛力搖了搖頭。「不對，詹諾夫，這是個錯誤類比。單細胞生物並沒有意識和思考能力——即使有，也極其微小，根本可以忽略。對這種生物而言，組合之後雖然會失去獨立性，其實等於毫無損失。然而，人類卻有意識，也的確具有思考能力，人類將喪失的是眞正的意識和獨立的心智，所以你的類比並不成立。」

兩人好一會兒不再說話，這種沉默幾乎令人窒息。最後裴洛拉特決定改變話題，於是說：「你為什麼盯著顯像螢幕？」

「習慣成自然。」崔維茲帶著苦笑答道：「電腦告訴我，並未發現蓋婭的太空船跟蹤我們，也沒有賽協爾的艦隊等在前面，但我仍然不安地盯著螢幕。唯有我自己的眼睛看不見任何船艦，我才能眞正放心，雖說電腦感測器比我的肉眼更敏銳、更有力數百倍。此外，電腦能夠靈敏偵測出太空中許多性質，是我自己的感官無論如何察覺不到的——雖然這些我都明白，我卻仍盯著它。」

裴洛拉特說：「葛蘭，如果我們眞是朋友……」

「我答應你，不會做出任何讓寶綺思為難的事，至少在我能力範圍之內。」

「我現在講的是另一件事。你還沒把你的目的地告訴我，好像不信任我似地。我們到底要去哪裡？你認為自己知道地球在何處嗎？」

崔維茲抬起頭，同時揚起了眉毛。「抱歉，我一直緊抱著這個祕密不放，對不對？」

「對，可是爲什麼呢？」

崔維茲說：「是啊，老友，我也在想，是不是因爲寶綺思的關係。」

「寶綺思？你不想讓她知道嗎？眞的，老夥伴，你可以完全信任她。」

「並不是這個問題，我不信任她又有什麼用？如果她眞想知道，我猜她能從我心中揪出任何祕密來。我想，我自己有個更幼稚的理由，我覺得你現在的注意力都擺在她身上，好像我這個人不存在了。」

裴洛拉特看來嚇了一大跳。「可是這並非事實，葛蘭。」

「我知道，我只是試圖分析自己的感受。你來找我，是擔心我們的友誼生變，現在我想想，感到自己好像也有同樣的疑懼。我尙未眞正對自己承認，但我想我自認爲被寶綺思取代了。也許我故意賭氣瞞著你一些事，想要以此作爲『報復』。這實在很幼稚，我這麼想。」

「葛蘭！」

「我說這實在幼稚，對不對？可是誰不曾偶爾做些孩子氣的事？不過，既然我們仍是朋友，這點我們已經達成共識，我不會再玩這種遊戲了。我們要去康普隆。」

「康普隆？」一時之間，裴洛拉特想不起來有這麼一個地方。

「你一定還記得我的朋友，那個出賣我的曼恩．李．康普，我們曾在賽協爾碰到他。」

裴洛拉特露出恍然大悟的表情。「我當然記得，康普隆是他祖先的母星。」

「或許是，我並不完全相信康普說的話。但康普隆是個衆所周知的世界，而康普說過其上居民知道地球的下落。嗯，所以嘛，我們要去那裡調查一下。這樣做也許根本徒勞無功，卻是我們目前唯一的起點。」

裴洛拉特又淸了淸喉嚨，露出一副不大相信的神情。「喔，我親愛的夥伴，你能肯定嗎？」

「這件事無所謂肯不肯定。我們只有這一個起點，不論機會多麼渺茫，我們都沒有其他選擇。」

「沒錯，但我們若要根據康普的說法行動，或許就該把他說的每一點都納入考量。我好像記得他告訴過我們，而且是以相當肯定的口氣說，地球不再是個活生生的行星，它的表面充滿放射性，上面完全失去生機。果眞如此的話，我們去康普隆注定只是白忙一場。」

8

他們三人正在用餐區吃午餐，幾乎將小小的空間塞滿了。

「眞好吃，」裴洛拉特的口氣聽來相當滿意，「這是我們從端點星帶來的食物嗎？」

「不，全都不是，」崔維茲說：「那些早就吃完了。這是我們航向蓋婭之前，在賽協爾採購的食物。很特別，是不是？這是一種海鮮，不過挺脆的。至於這個，我當初買的時候以爲是甘藍菜，現在吃起來卻覺得根本不像。」

寶綺思靜靜聽著，但什麼話也沒說，只是仔細地在餐盤中挑挑揀揀。

裴洛拉特柔聲道：「你必須吃一點，親愛的。」

「我知道，裴，我正在吃呢。」

崔維茲說：「我們也有蓋婭食物，寶綺思。」他的口氣透著些許不耐煩，但他實在無法完全掩飾。

「我知道，」寶綺思說：「但我寧願保留下來。我們不知道要在太空待多久，我終究還是得適應孤立體的食物。」

「這些東西難以下嚥嗎？還是蓋婭非吃蓋婭不可？」

寶綺思嘆了一口氣。「事實上，我們有句諺語：『蓋婭食蓋婭，無失亦無得。』只不過是意識在不同層級上下移動而已。在蓋婭上，我吃的東西都屬於蓋婭，當食物經過消化吸收，大多變成我的一部分之後，它們仍然屬於蓋婭。事實上，藉由我進食的過程，食物的某些部分才有機會參與較高級的意識。當然，其他部分則變成各式各樣的廢物，因此在意識層級中下降不少。」

她堅決地咬下一口食物，用力嚼了一會兒才吞下去，又說：「這算是個巨大的循環，植物長成之後被動物吃掉，而動物既是獵食者也是獵物。任何生物死亡之後，都會變成黴菌細胞或細菌細胞的一部分——依舊屬於蓋婭。在這個巨大的意識循環裡，甚至無機物質也參與其中，而組成循環的每個成分，都有機會週期性地參與較高級的意識。」

「你說的這些，」崔維茲道：「可以適用於任何世界。我身上每個原子都有一段久遠的歷史，它過去或許曾是許多生物的一部分，當然也包括人類；它也可能曾有很長一段時間身為海洋的一員，或者曾經構成一團煤炭、一塊岩石，乃至吹拂到我們身上的風。」

「然而在蓋婭上，」寶綺思答道：「所有的原子也始終屬於一個更高的行星級意識，而你對這個意識一無所知。」

「嗯，這麼說的話，」崔維茲道：「你現在吃的這些賽協爾蔬菜會起什麼變化呢？它們會變成蓋婭的一部分嗎？」

「會的，只是過程相當緩慢。而從我身上排泄出去的廢物，則會慢慢脫離蓋婭。由於我具有高層級的意識，所以能和蓋婭維持比較間接的超空間接觸，但是任何東西一旦離開我，就會和蓋婭完全失去聯繫。這種超空間接觸，可以——慢慢地——將我吃下的非蓋婭食物轉變成蓋婭的一部分。」

「我們儲藏的蓋婭食物又會有什麼變化？會不會慢慢變成非蓋婭物質？若是這樣，你最好趁早吃掉。」

「這倒不必擔心。」寶綺思說：「我們的蓋婭食物都經過特殊處理，可以長時間保持為蓋婭的一部分。」

裴洛拉特突然說：「但我們倘若食用蓋婭食物，那又會怎麼樣？還有，我們在蓋婭時吃了不少蓋婭食物，本身究竟發生了什麼變化？我們自己也會慢慢轉變成蓋婭嗎？」

寶綺思搖了搖頭，臉上掠過一絲莫名的愁容。「不會的，你們吃下的食物是我們的損失。至少，經過消化吸收後，成為你們身體組織的那部分，我們永遠要不回來了。不過，你們的排泄物仍然屬於蓋婭，或說會慢慢變成蓋婭的一部分，因此最後將達到一個平衡。但是無論如何，你們的造訪仍使眾多的原子脫離蓋婭。」

「為什麼會這樣呢？」崔維茲好奇地問道。

「因為你們無法承受轉換的過程，甚至極小部分也受不了。你們是我們的客人，可說是被迫來到我們的世界，所以我們必須保護你們，即使損失蓋婭的一小部分也在所不惜。這是我們願意付出的代價，雖然不能算是欣然付出。」

「這點我們很遺憾。」崔維茲說：「反之，你確定每一種非蓋婭食物都對你無害嗎？」

「是的，」寶綺思說：「你們能吃的食物，我全都能吃。只不過我多了一道麻煩，除了要將這些食物消化吸收，成為我的身體組織，還得將它們轉換成蓋婭。這就形成一種心理上的障礙，讓我多少有些倒胃口，所以我才吃得這麼慢，但我會慢慢克服的。」

「傳染病呢？」裴洛拉特問道，高亢的聲音充滿了驚慌。「我怎麼一直沒想到這個問題，寶綺思！我們要降落的每個地方，都可能有許多微生物，而你對它們毫無抵抗力，隨便一種輕微的傳染病就會要你的命。崔維茲，我們必須掉頭回去。」

「別慌，親愛的裴。」寶綺思帶著微笑說：「當微生物藉由食物，或是其他任何方式進入我體內，也會全部同化為蓋婭。如果它們有傷害我的傾向，同化的速度就會更快。一旦成為蓋婭的一部分，它們就不會再傷害我了。」

此時正餐已經用完，裴洛拉特正呷著一杯溫熱的調味綜合果汁。「親愛的，」他一面說，一面舔著嘴唇，「我想現在又該換個話題了。我實在有種感覺，我在這艘太空艇上，唯一的工作就是改變話題。為什麼會這樣呢？」

崔維茲以嚴肅的口吻說：「因為我和寶綺思總是抓著一個話題不放，至死方休。我們得仰仗你，詹諾夫，幫助我們保持清醒。你想換個什麼話題，老朋友？」

「我查遍了有關康普隆的參考資料，康普隆所在的那個星區，每個世界都擁有許多古老的傳說。根據這些傳說，那些世界都是很久以前建立的，是在超空間旅行出現後的第一個仟年。在康普隆的傳說中，甚至還提到一位名叫班伯利的締造者，不過並未提到他來自何處。他們流傳著一種說法，康普隆這顆行星原來叫作『班伯利世界』。」

「詹諾夫，依你看，這些記載的眞實性有多少？」

「也許只有核心吧，可是誰猜得出哪一部分是核心呢。」

「在正史記載中，我從來沒見過班伯利這個名字。你呢？」

「我也沒聽說過。不過你該知道，在帝政末期，帝國之前的歷史曾經遭到刻意打壓。帝國的最後數個世紀，時局始終紛擾不安，皇帝們都忙著壓制本土意識，因為他們有充分的理由，相信本土意識是導致分裂的原因。因此，幾乎銀河中每個星區的正史，包括完整的記錄和確切的年表，都變成從川陀興起的年代開始寫起，當時那些星區不是已和帝國結盟，就是已經被帝國併吞。」

「我很難相信歷史會如此輕易銷毀。」崔維茲說。

「很多方面並非如此，」裴洛拉特答道：「但是一個有決心的強勢政府，卻能大大削弱歷史的影響力。這樣一來，早期歷史就只剩下零散的資料，很容易淪爲民間傳說。這類民間傳說一律充滿誇大不實的記述，多半將自己的星區說得比實際上更古老、更強盛。可是不論某個傳說多麼愚蠢，或者多麼不切實際，仍會成爲本土意識的一部分，該區居民一定全部深信不疑。我可以證明，銀河各個角落都有一些傳說，提到最早的星際殖民是從地球開始的，雖然他們對這顆母星可能有不同的稱呼。」

「還有什麼別的稱呼？」

「名稱可多了，有時管它叫『獨一世界』，有時稱之爲『最古世界』。也有人用『有衛的世界』，根據某些權威的解釋，這個名稱源自地球有個巨大的衛星。可是也有人堅持它的意思是『失落的世界』，而『有衛』則是『久違』的轉音，那是個流行於銀河標準語之前的詞彙，意思是『失落』或『不見蹤影』。」

崔維茲溫和地插嘴道：「詹諾夫，暫停！你的權威和反權威理論會說個沒完沒了。這種傳說到處都有，你是這個意思嗎？」

「喔，是的，我親愛的夥伴，幾乎俯拾即是。你得通通看過之後，才能體會人類這種共通的習性——一旦有了某個事實當種子，便會在上面加上一層又一層美麗的謊言，就像芮普拉星牡蠣那樣，可以由一粒砂慢慢生成一顆珍珠。這個極佳的譬喻是我在……」

「詹諾夫！別再說啦！告訴我，在康普隆的傳說中，有沒有跟其他世界不同之處？」

「喔！」裴洛拉特木然地凝視著崔維茲，一會兒之後才說：「不同？嗯，他們聲稱地球就在附近，這點頗不尋常。其他的世界如果提到地球，不管選用哪個名稱，大多都有一種傾向，就是將它的位置講得曖昧不明——不是說不知道有多遠，就是說位於虛無飄渺之處。」

崔維茲說：「是呀，就像在賽協爾上，有人告訴我們蓋婭位於超空間中。」

寶綺思突然哈哈大笑。

崔維茲立刻瞥了她一眼。「這是眞的，我們親耳聽到的。」

「我不是不相信，只是覺得很有意思。當然啦，這正是我們希望他們相信的事。如今我們只希望不被打擾，難道還有比超空間更安全、更隱密的地方嗎？如果大家都以爲我們在那裡，即使事實並非如此，也跟我們藏在超空間中沒有兩樣。」

「沒錯，」崔維茲冷冷地說：「同理，大家會相信地球不存在，或者位於很遠的地方，或者它的地殼具有放射性，也一定是有原因的。」

「可是，」裴洛拉特說：「康普隆人相信地球和他們距離相當近。」

「但卻說它的地殼具有放射性。凡是擁有地球傳說的民族，不論說法如何，都一致認爲地球無法接近。」

「差不多就是這樣。」裴洛拉特說。

崔維茲又說：「賽協爾上有許多人相信蓋婭就在附近，有些人甚至還能正確指出它的恆星，偏偏一致公認蓋婭是個去不得的地方。而在康普隆上，或許有人能指認出地球的恆星，雖然他們會堅持地球具有放射性，而且早已失去生機。即使他們這樣說，我們仍然要向地球進發，我們要拿當初進軍蓋婭的行動作榜樣。」

寶綺思說：「當初是蓋婭願意接納你，崔維茲。你在我們的掌握中一籌莫展，但我們根本無意傷害你。如果地球也是一樣威力強大，卻對我們並不友善，那該怎麼辦？」

「我不計一切後果，無論如何都要試圖接近它。然而，這是我個人的任務，等我找出地球的下落，準備前進時，你們再離開仍不算太遲。我會把你們留在最近的基地世界，如果你們堅持的話，我也可以帶你們回蓋婭去。然後，我再一個人前往地球。」

「我親愛的兄弟，」裴洛拉特顯然很難過，「別說這種話，我做夢也不會想丟下你。」

「而我做夢也不會想丟下裴。」寶綺思一面說，一面伸出手來摸摸裴洛拉特的臉頰。

「那就太好了。我們很快就能進行躍遷，直奔康普隆，然後嘛，希望下一站——就是地球。」

第二篇　康普隆

第三章：入境太空站

9

寶綺思一面走進艙房，一面說道：「崔維茲有沒有跟你說，我們隨時可能躍遷到超空間？」

正埋首盯著顯像盤的裴洛拉特抬起頭來說：「事實上，他剛才順便來打個招呼，告訴我說『半小時之內』。」

「我不喜歡想到這種事，裴。我向來不喜歡躍遷，它讓我有一種內臟要跑出來的古怪感覺。」

裴洛拉特顯得有些驚訝。「我從來沒想到你也是太空旅人，寶綺思吾愛。」

「我並非這方面的專才，我也不是專指我個人的這一部分。蓋婭本身並沒有機會經常做太空旅行，基於我／們／蓋婭的天性，我／們／蓋婭並不從事探索、貿易或太空遊歷。話說回來，還是需要有人駐守入境太空站……」

「所以我們才有幸遇到你。」

「是呀，裴。」她對他投以深情的一笑，「基於種種理由，我們也需要派人到賽協爾或其他星域探訪——通常都是在暗中進行。但不論是明是暗，總是需要經歷躍遷。當然，不論蓋婭哪一部分進行躍遷，所有的蓋婭都感覺得到。」

「那實在很糟。」裴洛拉特說。

「還有更糟的事。因為蓋婭絕大部分並未經歷躍遷，所以效應被大量稀釋，可是，我好像比大部分的蓋婭感覺更為強烈。這正是我一直試圖告訴崔維茲的事，雖然所有的蓋婭都是蓋婭，各個成分卻並非完全相同，我們也有個別差異。由於某種原因，我的身體構造對躍遷特別敏感。」

「等一等！」裴洛拉特好像突然想到什麼，「崔維茲跟我解釋過，只有在普通船艦中，你才會有那種糟透了的感覺。普通船艦進入超空間之際，一定會離開銀河重力場，而在重返普通空間時，又會重新回到重力場中，那種感覺便是一去一來所產生的。但**遠星號**卻是一艘重力太空艇，它絲毫不受重力場的作用，在進行躍遷時，並未真正離開和重返重力場。因此，我們不會有任何感覺，親愛的，這點我能以個人經驗向你保證。」

「那實在太好了，我真後悔沒早點跟你討論這件事，否則我大可不必那麼操心。」

「此外還有個好處。」難得有機會擔任太空航行解說員，裴洛拉特感到精神大振。「一般的船艦必須在普通空間中遠離巨大物體，例如恆星，然後才能進行躍遷。原因之一，愈接近恆星重力場愈強，躍遷引起的感覺就愈劇烈。此外，重力場愈強的話，想要進行一次安全的躍遷，來到預期的普通空間目的地，需要解的方程式就愈複雜。

「然而，在重力太空艇中，根本不會引起『躍遷感』。況且，這艘太空艇有一台新型電腦，比普通的電腦先進許多倍，能以非凡的功能和速度處理複雜的方程式。所以說，**遠星號**不必為了避開一顆恆星，抵達一個安全舒適的躍遷地點，而在太空中航行幾週的時間，它只需要飛兩三天就夠了。尤其是我們不受制於重力場，也就不受慣性效應的影響，因此**遠星號**能比任何普通船艦加速更快——我承認自己並不瞭解這些理論，但這些都是崔維茲告訴我的。」

寶綺思說：「很好啊，這都要歸功於崔有辦法駕馭這艘非凡的太空艇。」

裴洛拉特微微皺了一下眉頭。「拜託，寶綺思，請說『崔維茲』。」

「我會的，我會的。不過當他不在的時候，我想輕鬆一下。」

「別這樣，你絲毫不該縱容這種習慣，親愛的，他對這點相當敏感。」

「他敏感的不是這個，他是對我敏感，他不喜歡我。」

「不是這樣的。」裴洛拉特一本正經地說：「我跟他討論過這件事——哎，哎，別皺眉頭，我講得萬分技巧，小寶貝。他向我保證，他不是不喜歡你，而是對蓋婭仍有疑慮。他不得不選擇蓋婭作爲人類未來的藍圖，這點令他悶悶不樂，我們一定要體諒他。等他慢慢瞭解到蓋婭的優點，他就會沒事了。」

「我也希望這樣，但問題不只是蓋婭。不論他跟你說什麼，裴——記住，他對你很有好感，不希望讓你傷心——但他就是不喜歡我這個人。」

「不，寶綺思，這是不可能的。」

「不能因爲你喜歡我，就得人人都喜歡我，裴。讓我解釋給你聽，崔——好吧，崔維茲——認爲我是個機器人。」

一向面無表情的裴洛拉特，此時臉上佈滿訝異之色。他說：「他絕不可能認爲你是個人造人。」

「這有什麼好大驚小怪的？蓋婭就是靠機器人協助而創建的，這是衆所皆知的事實。」

「機器人或許有些幫助，就像機械裝置一樣，但是創建蓋婭的是人類，是來自地球的人類。崔維茲的想法是這樣的，我知道他是這樣想的。」

「我告訴過你和崔維茲，蓋婭的記憶並未包含任何有關地球的資料。不過，機器人的確存在於我們最古老的記憶中，即使在蓋婭建立了三千年之後，機器人仍舊存在，它們的工作是將蓋婭轉變成適宜住人的世界。與此同時，我們也致力發展蓋婭的行星級意識，這項工作花了很久時間，親愛的裴。我們的早期記憶之所以模糊不清，這是原因之一，也許並非如崔維茲所想像的，是來自地球的力量將它們抹除……」

「好的，寶綺思，」裴洛拉特以焦急的口吻說：「可是那些機器人呢？」

「嗯，蓋婭形成之後，機器人就全部離開了。我們不希望蓋婭之中包含機器人，因爲我們始終深信，不論是孤立體的社會或行星級生命體，只要含有機器人這種成分，終究會對人類有害。我不知道我們是如何得到這種結論的，有可能是根據銀河早期歷史中的一些事件，因此蓋婭的記憶無法延伸到那裡。」

「既然機器人離開了……」

「沒錯，可是假如有些留下來了呢？假如我就是其中之一，也許我已經有一萬五千歲，崔維茲就是懷疑這一點。」

裴洛拉特緩緩搖了搖頭。「但你不是啊。」

「你確定自己眞的相信嗎？」

「我當然相信，你絕不是機器人。」

「你怎麼知道？」

「寶綺思，我知道，你身上沒有一處是人工的。要是連我都不知道，就沒有人知道了。」

「有沒有可能是我的設計太過精妙，因此不論哪一方面，從最大到最小，我都和自然生成的一模一樣？果眞如此的話，你如何能看出我和眞人的差別？」

裴洛拉特說：「我不相信你會是個設計精妙的假人。」

「暫且不管你怎麼想，萬一眞有這個可能呢？」

「我就是不相信。」

「那麼，讓我們把它當作一個假設的案例。假設我是個幾可亂眞的機器人，你會做何感想？」

「這個，我……我……」

「說得具體一點，你對於跟一個機器人做愛有什麼感想？」

裴洛拉特突然右手拇指與中指相扣，發出「得」的一聲。「你可知道，銀河中流傳著一些女性愛上男性人造人，或是男性愛上女性人造人的故事。我一直認爲那些傳說具有寓言的功能，從未想到它們會是千眞萬確的事實。當然啦，在我們降落賽協爾之前，我和葛蘭從來沒聽說過機器人，可是我現在想想，那些男女人造人一定就是機器人。在銀河歷史早期，這種機器人顯然曾經存在，這就表示必須重新考量那些傳說……」

裴洛拉特陷入沉思，寶綺思等了一會兒，突然用力拍了拍手，嚇得他跳了起來。

「親愛的裴，」寶綺思說：「你在用你蒐集的神話來迴避問題。我的問題是：你對於跟一個機器人做愛有什麼感想？」

他不安地凝視著她。「一個完全足以亂眞的機器人？一個和眞人無法區分的機器人？」

「是的。」

「我認爲，和眞人無法區分的機器人就是人類。如果你是這樣一個機器人，對我而言，你就是不折不扣的人類。」

「我想聽的正是這句話，裴。」

裴洛拉特頓了一下，然後說：「嗯，既然你聽到了我的回答，親愛的，現在你是不是該告訴我，你是自然的人類，好讓我不必再跟假設的情境奮戰？」

「不，我不會那樣做。你將自然的人類，定義成具有一切自然人類特質的物件，而你如果認為我具備所有這些特質，那我們的討論可以就此結束。我們已經得到一個操作性定義，不需要再加油添醋。畢竟，我又怎麼知道你不是機器人，只是剛好做得和眞人一模一樣？」

「因爲我跟你說我不是。」

「啊，但如果你是個足以亂眞的機器人，也許你本身的設計，會讓你跟我說你是個自然人類，你甚至可能被設定成相信自己是個眞人。操作性定義是我們僅有的依據，我們也只能推論出這樣的定義。」

她將手臂攬在裴洛拉特脖子上，開始親吻他。她愈吻愈熱情，幾乎欲罷不能，裴洛拉特好不容易才擠出一點聲音，像是被蒙住嘴巴似地說：「可是我們答應過崔維茲，不會把這艘太空艇變成蜜月小屋，以免令他尷尬。」

寶綺思哄誘他說：「讓我們達到忘我的境界，就不會有時間去想什麼承諾。」

裴洛拉特感到很爲難。「可是我做不到，親愛的。我知道這一定會讓你不高興，寶綺思，但我無時無刻不在思考，我天生不願意讓自己被感情沖昏頭。這是我一輩子的習慣，也許會讓別人感到非常討厭。凡是曾經和我共同生活的女人，遲早會對這點表示不滿。我的第一任妻子——不過我想現在不適合討論這……」

「是的，的確不太適合，不過沒有那麼嚴重，你也不是我的第一個愛人。」

「喔！」裴洛拉特有點不知所措，但隨即注意到寶綺思淺淺的笑意，連忙道：「我的意思是，這理所當然，我從來就沒有奢望自己是。總之，我的第一任妻子不喜歡我這個習慣。」

「可是我喜歡，我覺得你不斷陷入沉思的習慣很迷人。」

「我眞不敢相信，但我的確有了另一個想法。我們已經同意，機器人和眞人沒有什麼差別，然而，我是個孤立體，這點你是知道的，我並不是蓋婭的一部分。我們在親熱的時候，即使你讓我偶爾參與蓋婭，你仍是在分享蓋婭之外的情感，而這種情感的強度，也許比不上蓋婭和蓋婭的愛情。」

寶綺思說：「愛上你，裴，自有一種特別的喜悅，我已心滿意足。」

「但這不僅僅是你愛上我這麼簡單，你不只是你個人而已。假如蓋婭認爲這是一種墮落呢？」

「如果它那麼想，我一定會知道，因爲我就是蓋婭。既然我能從你這裡得到快樂，蓋婭一樣可以。當我們做愛時，所有的蓋婭多少都會分享到快感。當我說我愛你，就等於說蓋婭愛你，雖然只是由我這部分擔任直接的角色——你好像很困惑。」

「身爲一個孤立體，寶綺思，我眞的不太瞭解。」

「我們總是可以拿孤立體的身體來做類比。當你吹口哨的時候，是你整個身體，你這個生物，想要吹出一個調子，可是直接擔任這項工作的，卻只有你的嘴唇、舌頭和肺部，你的右腳拇趾什麼也沒做。」

「它也許會打拍子。」

「但那並非吹口哨的必要動作，用大腳趾打拍子不是動作的本身，而是對動作的回應。事實上，蓋婭每一部分多少都會對我的情感產生些反應，正如我對其他成員的情感也會有所回應一樣。」

裴洛拉特說：「我想，實在沒有必要對這種事感到臉紅。」

「完全不必。」

「可是這為我帶來一種古怪的責任感。當我努力使你快樂的時候，我覺得必須盡力使蓋婭所有的生物都感到快樂。」

「應該說所有的原子——但你做到了。我讓你短暫分享的那個共有喜悅，你的確對它做出了貢獻。我想由於你的貢獻太小，所以很難察覺，但是貢獻的確存在，而你知道了它的存在，就會使你更加快樂。」

裴洛拉特說：「我希望自己能確定一件事，就是葛蘭正忙著駕駛太空艇穿越超空間，有好一陣子無法離開駕駛艙。」

「你想度蜜月嗎？」

「是的。」

「那麼拿一張紙來，寫上『蜜月小屋』，然後貼在門外。如果他硬要進來，就是他自己的問題。」

裴洛拉特依言照做。在他們接下來的雲雨之歡中，**遠星號**終於進行了躍遷。裴洛拉特與寶綺思都未曾察覺，即使兩人特別留意，也不可能會有任何感覺。

10

其實，裴洛拉特遇見崔維茲，以及離開端點星，進行生平首度的星際之旅，只不過是幾個月前的事情。在此之前，他的大半生完全在端點星上度過，前後已超過半個世紀（根據銀河標準時間）。

在他心目中，自己在這幾個月間已成了太空老兵。他曾經從外太空看過三顆行星：端點星、賽協爾以及蓋婭。如今，他又從顯像螢幕上看到另外一顆，不過這回是藉著電腦控制的望遠裝置，而這顆行星就是康普隆。

然而，這是他第四度感到莫名的失望。不知道什麼原因，他始終認爲從太空俯瞰一個適宜住人的世界，應該可以看到鑲在海洋中的大陸輪廓，而若是一個乾燥的世界，也該看得到鑲在陸地中的衆多湖泊。

可是他從來沒有看到過。

倘若一個世界適宜住人，就該同時擁有大氣層與水圈；既然又有空氣又有水分，表面一定會有雲氣；而只要有雲，外表看起來便相當朦朧。這次也不例外，裴洛拉特發現底下又是無數白色漩渦，偶爾還能瞥見一些蒼藍或銹褐色的斑點。

他悶悶不樂地想到，如果某顆距離遙遠的行星，比方說位於三十萬公里之外，它的影像投射到螢幕後，是否有人能分辨出它是哪個世界？誰又能分辨兩團渦狀雲的異同？

寶綺思以關懷的眼神望著裴洛拉特。「怎麼啦，裴？你似乎不大高興。」

「我發現所有的行星從太空看來都差不多。」

崔維茲說：「那又怎樣，詹諾夫？假如你在端點星的海洋中航行，那麼出現在地平線的每道海岸線，也都是大同小異。除非你知道要找的是什麼——一座特別的山峰，或是一個形狀特殊的離島。」

「我想這話沒錯，」裴洛拉特說，但他顯然並不滿意。「可是在一大片移動的雲朵中，你又想找些什麼呢？即使你試著去找，在你確定之前，可能已經進入行星的暗面了。」

「再看仔細點，詹諾夫。假如你好好觀察雲朵的形態，將會發現它們都趨向同一個模式，那就是圍著某個中心，環繞著行星打轉，而那個中心大約就是南北兩極之一。」

「是哪一極呢？」寶綺思顯得很感興趣。

「相對於我們而言，這顆行星以順時鐘方向旋轉，因此根據定義，我們俯瞰的這端是南極。由於這個中心和晝夜界線，也就是行星的陰影線，距離大約十五度，而行星自轉軸和公轉平面的法線夾二十一度角，所以現在的季節應該是仲春或仲夏，至於究竟是何者，要由南極正在遠離或接近晝夜界線而定。電腦可以計算出這顆行星的軌道，如果我問它，就能立刻得到答案。這個世界的首府在赤道北邊，因此那裡的季節是仲秋或仲冬。」

裴洛拉特皺起眉頭。「這些你全都能看出來？」他望著雲層，彷彿認爲它現在會（或者應該）開口跟他說話，但這當然是不可能的。

「還不只這些呢，」崔維茲說：「如果你仔細觀察兩極地區，將會發現那裡的雲層沒有裂縫，這點跟其他地區很不一樣。事實上裂縫還是有的，不過裂縫下面都是冰層，所以你看到的是白茫茫一片。」

「啊，」裴洛拉特說：「我想兩極的確應該有這種現象。」

「任何適宜住人的行星當然都有。至於毫無生機的行星，上面也許根本沒有空氣或水分，或者，有可能具有某些徵狀，顯示其上的雲氣並非『水雲』，或是冰層並非『水冰』。這顆行星完全沒有那些徵狀，因此我們可以知道，眼前的確是水雲和水冰。

「接下來，我們應該注意日面這一大片白晝區，有經驗的人一看就知道，它的面積大於平均值。此外，你可以從反射光中，觀察到一種相當昏暗的橙色光芒。這表示康普隆之陽比端點星之陽溫度低，雖然相較於端點星，康普隆和它的太陽距離較近，但由於這顆恆星溫度偏低，因此就適宜住人的世界而言，康普隆算是寒冷的世界。」

「你像是在閱讀影視書一樣，老弟。」裴洛拉特以敬佩的口吻說。

「別太崇拜我。」崔維茲露出誠摯的笑容，「電腦將有關這個世界的統計資料都給了我，包括它稍微偏低的平均溫度。既然知道了結果，就不難反過來找些理由推論一番。事實上，康普隆正瀕臨冰河期，若非陸地型態的條件不合，它早已進入冰河期。」

寶綺思咬了咬下唇。「我不喜歡寒冷的世界。」

「我們有保暖的衣物。」崔維茲說。

「話不是這麼說，人類天生就不適應寒冷的氣候，我們沒有厚實的毛皮或羽毛，也沒有足以禦寒的皮下脂肪。一個具有寒冷氣候的世界，似乎多少有些漠視各個成員的福祉。」

崔維茲說：「蓋婭是不是處處氣候都很溫和？」

「大部分區域都是，我們也提供一些寒帶地區給寒帶動植物，以及一些熱帶地區給熱帶動植物。不過大多數地區都四季如春，從來不會太冷或太熱，讓其他生物都過得舒舒服服，當然包括人類在內。」

「當然包括人類在內。就這方面而言，蓋婭所有的部分一律平等，不過有些成員，例如人類，顯然比其他成員更加平等。」

「別做不智的挖苦。」寶綺思顯得有點惱怒，「意識的層級和程度是很重要的因素，一個人類成員和同樣重量的岩石相比，自然是人類對蓋婭比較有用。整體而言，蓋婭的性質和功能必須以人類爲標準來衡量——然而不像孤立體世界那麼樣看重人類。此外有些時候，蓋婭這個大我如有需要，也會以其他標準自我衡量，甚至也許每隔很長一段時間，需要以岩石內部的標準來衡量。這點也絕對不可忽視，否則蓋婭每一部分都會受連累。我們可不希望來一場沒有必要的火山爆發，對不對？」

「當然不希望，」崔維茲說：「如果沒有必要的話。」

「你不以爲然，是嗎？」

「聽我說，」崔維茲道：「我們有氣溫低於或高於平均值的世界，有熱帶森林佔了很大面積的世界，還有遍佈大草原的世界。沒有哪兩個世界一模一樣，對適應某個世界的生物而言，那個世界就是家園。我個人習慣端點星相當溫和的氣候——事實上，我們將它控制得幾乎和蓋婭一樣適中——可是我也喜歡到別處去，至少暫時換個環境。和我們比較之下，寶綺思，蓋婭欠缺的是變化。倘若蓋婭擴展成蓋婭星系，每個世界是否都會被迫接受改造？這種千篇一律的單調將令人無法忍受。」

寶綺思說：「如果眞的無法忍受，如果眞的希望有些變化，仍然可以保留多樣性。」

「這算是中央委員會的賞賜嗎？」崔維茲諷刺道：「在它能容忍的範圍內，撥出一點點的自由？我寧可留給大自然來決定。」

「但你們並未眞正留給大自然來決定，銀河中每個適宜住人的世界，全都受到過改造。那些世界剛被發現的時候，自然環境都無法讓人類舒適地生活，因此每個世界都被盡可能改造得宜人。如果眼前這個世界過於寒冷，我確定是因爲它的居民無法做得更好。即使如此，他們眞正居住的地方，也一定用人工方法加熱到適宜的溫度。所以你不必自命清高，說什麼留給大自然來決定。」

崔維茲說：「我想，你是在替蓋婭發言吧。」

「我總是替蓋婭發言，我就是蓋婭。」

「如果蓋婭對自己的優越性那麼有信心，你們爲什麼還需要我的決定？爲什麼不自己向前衝呢？」

寶綺思頓了一下，彷彿在集中思緒。然後她說：「因爲太過自信是不智的。我們對於本身的優點，自然看得比缺點更清楚。我們渴望做正確的事，它不一定是我們自認為正確的，但是必須具有客觀正確性——如果所謂的客觀正確性真正存在。我們經過多方的找尋，發現你似乎是通向客觀正確性的最佳捷徑，所以我們請你來當我們的嚮導。」

「好一個客觀正確性，」崔維茲以悲傷的語氣說：「我甚至不瞭解自己所做的決定，因而必須千方百計尋求佐證。」

「你會找到的。」寶綺思說。

「我也這麼希望。」崔維茲應道。

「說句老實話，老弟，」裴洛拉特道：「我覺得這次的對話，寶綺思輕而易舉佔了上風。你怎麼還看不出來，她的論證已經足以說明，你決定以蓋婭作為人類未來的藍圖是正確的？」

「因為，」崔維茲厲聲道：「我在做決定的時候，還沒有聽到這些論證，當時我對蓋婭這些細節一概不知。是另一個因素影響了我，至少是潛意識的影響。那是個和蓋婭的細節並無關聯的因素，可是一定更為基本，我必須找出的正是這個因素。」

裴洛拉特伸出手來拍拍崔維茲，安慰他說：「別生氣，葛蘭。」

「我不是生氣，只是覺得壓力大得幾乎無法承受，我不想成為全銀河的焦點。」

寶綺思說：「這點我不怪你，崔維茲。由於你天賦異稟，才不得不接受這個角色，我實在感到抱歉。我們什麼時候登陸康普隆？」

「三天以後，」崔維茲說：「我們得在軌道上某個入境站先停一下。」

裴洛拉特說：「應該沒什麼問題吧？」

崔維茲聳了聳肩。「這要由許多因素來決定，包括前來這個世界的太空船有多少、入境站有多少，還有更重要的一點，就是核准或拒絕入境的特殊法規，這種法規隨時都有可能改變。」

裴洛拉特憤慨地說：「你說拒絕入境是什麼意思？他們怎麼可以拒絕基地公民入境？康普隆難道不是基地領域的一部分？」

「嗯，可以說是，也可以說不是，這是個微妙的法政問題，我不確定康普隆會如何詮釋。我想，我們有可能被拒絕，但我相信可能性並不太大。」

「如果遭到拒絕，我們該怎麼辦？」

「我也不知道。」崔維茲說：「讓我們靜觀其變，別把精神耗在假想的狀況上。」

11

現在他們已經相當接近康普隆，即使不借助望遠設備，呈現眼前的也是個可觀的球狀天體。如果經由望遠鏡放大，那就連入境太空站都看得見了。這些入境站比軌道上大多數的人造天體更深入太空，而且個個燈火通明。

遠星號由南極這端慢慢接近這顆行星，能看到行星表面的一半始終沐浴在陽光下。位於夜面的入境站是一個個的光點，自然顯得特別清楚，全都均勻排列在一個弧圈上。有六個入境站清晰可見（在日面上無疑還有六個），一律以相同等速環繞著這顆行星。

裴洛拉特面對這個景象，敬畏之情油然而生。他說：「那些距離行星較近的燈光，都是些什麼東西？」

崔維茲說：「我對這顆行星不太瞭解，所以答不上來。有些可能是軌道上的工廠、實驗室或觀測站，甚至是住人的太空城鎮。有些行星喜歡讓人造天體外表看來一片漆黑，只有入境站例外，例如端點星就是如此。就這點而言，康普隆顯然比較開放。」

「我們要去哪個入境站，葛蘭？」

「這得由他們決定，我已經送出登陸康普隆的請求，早晚會收到回音，指示我們該向哪個入境站飛去，以及何時該去報到。這主要取決於目前有多少太空船等候入境，如果每個入境站都有成打的太空船排隊，我們除了耐心等待，根本沒有其他選擇。」

寶綺思說：「在此之前，我只有兩次超空間旅行的經驗，兩次都是去賽協爾或附近的星空，我從來沒到過這麼遠的地方。」

崔維茲以銳利的目光盯著她。「這有關係嗎？你依然是蓋婭，對不對？」

寶綺思一時之間顯得有些惱怒，但不久就軟化了，發出一聲帶點尷尬的笑聲。「我必須承認這次被你抓到語病，崔維茲。『蓋婭』這個名稱有雙重含意，它可以代表太空中一個球狀的固體星球、一顆具有實體的行星，也可以代表包括這顆行星在內的生命體。嚴格說來，對於這兩種不同的概念，我們應該使用兩個不同的名詞，不過蓋婭人總能從上下文的意思，瞭解對方指的是哪一個。我承認，孤立體有時可能會被搞糊塗。」

「好吧，那麼，」崔維茲說：「目前你距離蓋婭這顆星球有數千秒差距，你仍是蓋婭這個生命體的一部分嗎？」

「就生命體的定義而言，我仍是蓋婭。」

「沒有任何衰減？」

「本質上並沒有。我確定自己曾經告訴你，跨越超空間而想繼續身爲蓋婭，的確有些困難存在，但我仍然保持這種狀態。」

崔維茲說：「你是否想到過，可將蓋婭視爲一個銀河級的魁肯——傳說中充滿觸鬚的怪獸，那些觸鬚無孔不入。你們只要派幾個蓋婭人到每個住人世界，就等於建立了蓋婭星系。事實上，你們也許已經這樣做了。那些蓋婭人都在哪裡？我想至少有一個在端點星上，也至少有一個在川陀。這項行動進行到什麼程度了？」

寶綺思看來相當不高興。「我說過我不會對你說謊，崔維茲，但並不表示我有義務告訴你全部真相。有些事情你不需要知道，蓋婭獨立成員的位置和身分便是其中之一。」

「就算我不需要知道他們的下落，寶綺思，我是否有必要知道這些觸鬚存在的原因？」

「蓋婭認爲你也不需要知道。」

「不過，我想我可以猜猜，你們相信自己是銀河的守護者。」

「我們渴望有個安全、穩固、和平且繁榮的銀河，而謝頓計畫，至少是哈里·謝頓當年擬定的那個計畫，則是準備發展出比第一銀河帝國更穩定、更可行的第二帝國。後來，謝頓計畫經過第二基地的不斷修正和改良，直到目前爲止，似乎都進行得很順利。」

「蓋婭卻不希望謝頓計畫中的第二帝國付諸實現，對不對？你們期盼的是蓋婭星系——一個活生生的銀河系。」

「既然已經得到你的准許，我們便希望蓋婭星系終能出現。假使你不准，我們便會努力經營謝頓的第二帝國，盡可能使它變得安全穩固。」

「可是第二帝國到底……」

崔維茲耳際突然響起一陣輕柔的隆隆聲，於是他說：「電腦對我發出訊號，我想它收到了有關入境站的指示，我去去就來。」

他走進駕駛艙，將雙手放在桌面的手掌輪廓上，便感應到該當前往哪個入境站的指示——包括那個入境站相對於康普隆自轉軸（從中心指向北極）的座標，以及指定的前進航線。

崔維茲發出同意的訊號，然後仰靠在椅子上休息了一會兒。

謝頓計畫！他已經很久沒想到了。第一銀河帝國早已土崩瓦解，而基地起初與帝國爭霸，後來在帝國的廢墟中崛起，至今已有五百年——一切都在按照謝頓計畫進行。

其間也曾經由於「騾亂」而中斷，騾一度對謝頓計畫形成致命威脅，差一點粉碎了整個計畫，但基地終究度過了難關。或許是一直隱身幕後的第二基地伸出援手，不過援手也可能來自行蹤更爲隱密的蓋婭。

如今謝頓計畫所受到的威脅，卻遠比騾亂更爲嚴重。原定浴火重生的帝國遭到淘汰，取而代之的是一種史無前例的組織——蓋婭星系。而他自己，竟然同意了這樣做！

可是爲什麼呢？是謝頓計畫有什麼瑕疵？有根本的缺陷嗎？

一刹那間，崔維茲似乎覺得缺陷的確存在，也知曉這個缺陷究竟是什麼，而且當初在做出決定之際，他就已經明白了一切。可是這個乍現的靈光……如果的確是眞的……卻來得急去得快，沒有在他心中留下任何印象。

也許當初做出決定的那一刻，以及剛才的靈光一閃，兩次頓悟都只是一種幻覺。畢竟，除了心理史學所植基的基本假設之外，他對謝頓計畫一竅不通。此外，對於其中的細節，尤其是數學理論，他根本沒有絲毫概念。

他閉起眼睛，開始沉思……

結果是一片空白。

是不是電腦曾經供給自己額外的力量？他將雙手放在桌面上，立時感到被電腦的溫暖雙手緊緊握住。他闔上雙眼，再度凝神沉思……

依舊是一片空白。

12

登上**遠星號**的康普隆海關人員，佩戴著一張全相識別卡，上面映出他圓圓胖胖、留著稀疏鬍鬚的臉孔，看來簡直維妙維肖。全相像下面則是他的名字：艾．肯德瑞。

他個子不高，身材和臉孔一樣渾圓，表情與態度都顯得既隨和又有精神。此時，他正帶著明顯的訝異神情，打量著這艘太空艇。

他說：「你們怎麼來得這麼快？我們以爲至少要等兩個鐘頭。」

「這是新型的太空艇。」崔維茲以不亢不卑的口氣回答。

不過，肯德瑞顯然沒有看起來那麼嫩，他剛走進駕駛艙，立刻問道：「重力驅動的？」

崔維茲認爲沒必要否認那麼明顯的事實，於是以平淡的口吻答道：「是的。」

「眞有意思，我們聽說過，可是從來沒見過。發動機在艇體中嗎？」

「沒錯。」

肯德瑞看了電腦一眼。「電腦線路也一樣？」

「沒錯，至少就我所知是這樣，我自己從來沒看過。」

「好吧。我需要的是這艘太空艇的相關文件，包括引擎編號、製造地點、識別碼，以及一切相關資料。我確定這些都在電腦中，它也許只要半秒鐘，就能吐出一份正式資料卡。」

資料果然很快就印出來，肯德瑞又四處張望了一下。「太空艇上只有你們三個人嗎？」

崔維茲答道：「是的。」

「有沒有活的動物？植物呢？你們健康狀況如何？」

「沒有動物、沒有植物、健康狀況良好。」崔維茲答得很乾脆。

「嗯！」肯德瑞一面做著筆記，一面說：「可不可以請你將手放進這裡？只是例行檢查——請伸出右手。」

崔維茲向那個儀器隨便瞥了一眼。這種檢查儀器愈來愈普遍，而且很快就改良得愈來愈精巧。只要看看一個世界使用的「微偵器」多麼落後，幾乎就能知道那個世界本身的落後程度。然而，如今不論多麼落後的世界，也鮮有完全不用這種儀器的。微偵器是隨著帝國崩潰而出現的產物，由於銀河中分崩離析的各個世界，變得愈來愈懼怕其他世界的疾病與異種微生物，因此無不全力加強防範。

「這是什麼？」寶綺思低聲問，似乎很感興趣。然後她伸長脖子，看了看儀器的左右兩側。

裴洛拉特說：「微偵器，我相信他們是這麼叫的。」

崔維茲補充道：「並不是什麼神奇的東西。這種儀器可以自動檢查你身體的某一部分，從裡到外，看看有沒有會傳染疾病的微生物。」

「這台還能將微生物分類呢，」肯德瑞以稍嫌誇大的驕傲口氣說：「是康普隆本地研發出來的——對不起，你還沒把右手伸出來。」

崔維茲將右手插進去，看到一串小紅點沿著一組水平線不停舞動。肯德瑞按下一個開關，機器立刻將螢幕的彩色畫面列印出來。「請在這上面簽名，先生。」他說。

崔維茲簽了名，接著問道：「我的健康情況多糟？我不會有什麼大危險吧？」

肯德瑞說：「我不是醫生，所以無法說明細節，不過這些症狀都沒什麼大不了，不至於讓你被趕回去或隔離起來。我關心的只是這點。」

「我多麼幸運啊。」崔維茲一面自嘲，一面甩了甩右手，想要甩掉輕微的刺痛感。

「換你了，先生。」肯德瑞說。

裴洛拉特帶著幾分猶豫，將手伸進儀器中。檢驗完畢後，他也在彩色報表上簽了名。

「接下來是你，女士。」

過了一會兒，肯德瑞看著檢查報告說：「我從來沒見過像這樣的結果。」他抬起頭來望著寶綺思，臉上露出敬畏的表情。「你沒有任何症狀，完全沒有。」

寶綺思露出迷人的笑容。「眞好。」

「是啊，女士，我眞羨慕你。」他又翻回第一張報表，「你的身分證件，崔維茲先生。」

崔維茲掏出證件，肯德瑞看了一眼，又露出驚訝的表情，抬起頭來說：「端點星的議員？」

「沒錯。」

「基地的高級官員？」

崔維茲以淡淡的口氣說：「完全正確。所以請讓我們盡速通關，好嗎？」

「您是船長？」

「是的。」

「來訪的目的？」

「有關基地安全事宜，這就是我能告訴你的一切，明白了嗎？」

「明白了，閣下。你們預計停留多久？」

「我不知道，大概一個星期吧。」

「沒問題，閣下。這位先生呢？」

「他是詹諾夫．裴洛拉特博士。」崔維茲說：「你已經有了他的簽名，我可以替他擔保。他是端點星的學者，我這次的訪問任務，由他擔任我的助理。」

「我瞭解，閣下，但我必須查看他的身分證件。規定就是規定，我只能這麼說。希望您能諒解，閣下。」

於是裴洛拉特掏出他的證件。

肯德瑞點了點頭。「你的呢，小姐？」

崔維茲冷靜地說：「沒有必要麻煩這位小姐，我也替她擔保。」

「我知道，閣下，但我還是要看她的身分證件。」

寶綺思說：「只怕我身邊沒有任何證件，先生。」

肯德瑞皺起眉頭。「請問你說什麼？」

崔維茲說：「這位小姐沒帶任何證件。她是一時疏忽，不過一點也沒關係，我可以負完全責任。」

肯德瑞說：「我希望能讓您負責，可是我愛莫能助，要負責任的人是我。這種情況沒什麼大不了，取得一份副本應該不難。這位年輕女士，我想也是來自端點星吧。」

「不，她不是。」

「那麼，是從基地領域的某個世界來的？」

「其實也不是。」

肯德瑞以銳利的目光望了望寶綺思，又望了望崔維茲。「這就有些麻煩了，議員先生。要從非基地的世界取得證件副本，可能就得多花點時間。由於你不是基地公民，寶綺思小姐，我需要知道你出生的世界，以及你是哪個世界的公民。然後，你得等證件副本來了再說。」

崔維茲又說：「聽著，肯德瑞先生，我看不出有任何理由浪費這個時間。我是基地政府的高級官員，我來此地執行一項重大任務，絕不能讓一些無聊的手續耽誤我的行程。」

「我無權決定，議員先生。如果我能作主，現在就會讓你們降落康普隆，可是我有一本厚厚的規章手冊，規範了我的每一項行動。我必須依照規章辦事，否則規章會反過來辦我——當然，我想此刻一定有康普隆的政府官員在等候您，如果您能告訴我他是誰，我馬上跟他聯絡，如果他命令我讓您通關，那我一定照辦。」

崔維茲猶豫了一會兒，然後說：「這樣做不太高明，肯德瑞先生。我可不可以跟你的頂頭上司談談？」

「當然可以，可是您不能說見他就見他……」

「只要他知道想見他的是一名基地官員，我確定他立刻會來……」

「老實說，」肯德瑞道：「這話別傳出去，但那樣只會把事情愈弄愈糟。我們並非基地的直轄領域，這您是知道的。我們名義上是基地的『聯合勢力』，這點我們十分在意。民眾絕不希望政府表現得像基地的傀儡——我只是在說明大衆的意見，希望您能瞭解——因此，他們會竭盡全力展示獨立的地位。如果我的上司拒絕一名基地官員的要求，他很可能因此獲得特殊的嘉獎。」

崔維茲的表情轉趨陰鬱。「你也會嗎？」

肯德瑞搖了搖頭。「我的工作和政治還沾不上邊，閣下。不論我做了什麼，都不會有人給我嘉獎，他們只要肯付我薪水，我就謝天謝地了。我非但得不到任何嘉獎，而且動輒得咎，很容易受到各種處分，我可不希望因此受到連累。」

「以我的地位，你該知道，我可以照顧你。」

「不行的，閣下。對不起，這樣說或許很失禮，但我可不認爲您有辦法。此外，閣下，這句話很難出口，但請您千萬別送什麼貴重東西給我。最近抓得很緊，接受這些東西的官員，會被他們拿來殺一儆百，而且他們抓賄的本事高明得很。」

「我不是想賄賂你。我只是在想，如果你耽誤了我的任務，端點市長能怎樣對付你。」

「議員先生，只要我拿規章手冊當擋箭牌，我就百分之百安全。萬一康普隆主席團的成員受到基地責難，那是他們的事，跟我可沒關係。但如果有必要的話，閣下，我可以讓您和裴洛拉特博士通關，駕著你們的太空艇先行著陸。只要您將寶綺思小姐留在入境站，我們會負責收容她，等到她的證件副本送來之後，我們立刻送她下去。倘若由於特殊原因，無法取得她的證件，我們會以商用交通工具送她回到她的世界。不過這樣一來，只怕有人就得支付她的交通費用。」

崔維茲注意到裴洛拉特的表情變化，於是說：「肯德瑞先生，我們能不能到駕駛艙私下談談？」

「當然可以，但我不能在這裡停留太久，否則會令人起疑。」

「不會太久的。」崔維茲說。

進了駕駛艙後，崔維茲故意把艙門緊緊關上，然後低聲道：「我到過很多地方，肯德瑞先生，卻從來沒見過像你們這樣，如此刻板地強調各種瑣碎的入境法規，尤其是面對基地公民和基地官員的時候。」

「但那個年輕女子不是基地來的。」

「即使這樣也不應該。」

肯德瑞說：「這種事情時鬆時緊，前些時候發生了一些醜聞，所以目前凡事都很嚴格。如果你們明年再來，也許根本不會有任何麻煩，可是現在我一點辦法也沒有。」

「試試看，肯德瑞先生。」崔維茲的語氣愈來愈柔和，「我全仰賴你開恩了，我把你當成哥兒們來拜託。裴洛拉特和我從事這項任務已有一段日子，他和我，就只有他和我兩個人。我們是好朋友沒錯，可是旅途中仍舊難免寂寞，相信你懂得我的意思。不久前，裴洛拉特遇到這個小姑娘，我不必告訴你事情的經過，反正我們最後決定帶她一塊上路。偶爾用用她，可以讓我們保持身心健康。

「問題是裴洛拉特在端點星已有家室。我自己無所謂，這你應該瞭解，但裴洛拉特年紀比我大，他已經到了那種有點——不顧一切的年齡。這種年紀的男人，都會想盡辦法重拾青春，所以他無法放棄她。然而，如果她出現在正式文件中，等到老裴洛拉特回到端點星，就要吃不了兜著走，可有受不完的罪了。

「我們沒有做什麼壞事，你應該瞭解。寶綺思小姐——她說那就是她的名字，想想她是幹哪行的，這個名字實在貼切——她不算個精明的孩子，我們也不需要她多精明。你非登記她不可嗎？能不能說太空艇上只有我和裴洛拉特？我們離開端點星的時候，記錄上只有我們兩人。其實根本不必登記這個女子，反正她完全不帶任何疾病，這點你自己也注意到了。」

肯德瑞露出一副愁眉苦臉。「我真不想爲難你們。我瞭解這種情況，而且請您相信，我也十分同情。聽我說，如果你們認爲在入境站一次値班好幾個月，是一件很有意思的事，那就大錯特錯了。而且入境站中沒有任何女性，康普隆不允許這種事情。」他搖了搖頭，「我也有老婆，所以我能瞭解。可是，請聽我說，即使我讓你們通關，一旦他們發現那個——呃——小姐沒有證件，她馬上會入獄；您和裴洛拉特先生也將惹上大麻煩，消息很快就會傳回端點星。而我自己，則注定會丟掉這份差事。」

「肯德瑞先生，」崔維茲說：「請相信我，我只要踏上康普隆就安全了。我可以向某些適當人士透露我的任務，等我講清楚後，就不會再有任何麻煩。對於現在這件事，萬一有人追究，我會負完全責任——但我想這不大可能。更重要的一點，是我會舉薦你升官，而且一定能成功，因爲若是有人遲疑，我保證會讓端點星對他全力施壓。這樣一來，裴洛拉特就可以鬆一口氣了。」

肯德瑞猶豫了一下，然後說：「好吧，我讓你們通關。可是我得警告你們，爲了預防事跡敗露，我這就要開始設法自保，而我絕不會爲你們著想。更何況我很瞭解康普隆處理這種案子的方式，你們卻完全沒有概念。不守規矩的人，在康普隆是沒有好日子過的。」

「謝謝你，肯德瑞先生。」崔維茲說：「不會有任何麻煩的，我向你保證。」

第四章：康普隆

13

崔維茲一行三人終於通關。回頭望去，入境站正迅速縮成黯淡的小光點。再過幾個小時，他們便要穿越雲層。

像**遠星號**這樣的重力太空航具，不必藉著逐漸縮小的螺旋路徑慢慢減速，卻也不能高速俯衝而下。雖然它絲毫不受重力影響，並不代表空氣阻力對它也沒有作用。即使能以直線下降，仍然必須相當謹慎，降落的速度絕不能太快。

「我們準備去哪裡？」裴洛拉特滿臉困惑地問道。「在重重雲層中，我根本分不清哪裡是哪裡，老夥伴。」

「我一樣不知道，」崔維茲說：「但我們有一份康普隆官方發行的全相地圖，其中錄有每個陸塊的形狀，還特別突顯陸地的高度和海洋的深度，此外還包括政治領域的劃分。地圖就在電腦裡面，電腦會自動處理，能將行星表面的海陸結構和地圖資料比對，藉此將太空艇正確定位，然後循著一條『擺線』的路徑將我們帶到首府。」

裴洛拉特說：「我們若到首府去，會一頭栽進政治漩渦中心。如果正如那個海關人員暗示的，這是個反基地的世界，那我們就是自找麻煩。」

「但另一方面，首府也必定是這顆行星的學術中心，假如我們要找的資料果真存在，就一定會在那裡。至於反基地的心態，我不信他們會表現得太明目張膽。市長對我也許沒什麼好感，卻也不能坐視一名議員受辱，她絕不會允許這種先例出現。」

此時寶綺思從廁所走出來，剛洗完的雙手還濕淋淋的。她一面旁若無人地整理內衣，一面說：「對了，我相信排泄物會完全回收。」

「沒有其他選擇。」崔維茲說：「若不回收排泄物，你想我們的清水能維持多久？我們除了冷藏的主食之外，還能吃到風味獨特的酵母蛋糕，你以爲是用什麼培養出來的？我希望這樣說不會令你倒胃口，效率至上的寶綺思。」

「怎麼會呢？你以爲蓋婭、端點星，還有下面這個世界的食物和清水是怎麼來的？」

「在蓋婭上，」崔維茲說：「排泄物想必和你一樣是活生生的。」

「不是活生生，而是具有意識，這兩者是有差別的。不過，排泄物的意識層級自然很低。」

崔維茲輕蔑地哼了一聲，不過沒有搭腔。他只是說：「我要到駕駛艙去陪陪電腦，雖然它現在並不需要我。」

裴洛拉特說：「我們能不能跟你一塊去陪它？我還是很難接受讓電腦處理一切，包括自動控制太空艇降落、感測其他船艦或風暴，或是別的什麼東西。」

崔維茲露出燦爛的微笑。「你一定得想辦法適應，拜託。將這艘太空艇交給電腦控制，比由我控制要安全得多。不過當然歡迎，來吧，看看這些過程對你只有好處。」

此時他們正在日照面上方，因爲正如崔維茲所說，在日光下將電腦地圖與實景進行比對，要比在黑暗中來得簡單。

「這個道理顯而易見。」裴洛拉特說。

「並非全然顯而易見，即使在黑暗中，電腦也能藉著地表所輻射的紅外線，進行同樣迅速的判讀。然而，波長較長的紅外線無法像可見光那樣，提供電腦充分的解析度。也就是說，在紅外線之下，電腦無法看得那麼清晰細膩。除非有必要，否則我希望盡量讓電腦處理最簡單的狀況。」

「假如首府在黑夜那邊呢？」

「機會是一半一半，」崔維茲說：「就算真是那樣，一旦在白晝區完成地圖比對，雖然首府在黑夜中，我們仍能準確無誤地飛去那裡。在距離首府還很遠的時候，我們就會截收到許多微波波束，還會收到那裡發出的訊息，引導我們到最合適的太空航站。根本沒什麼好擔心的。」

「你確定嗎？」寶綺思說：「你們將帶我一起下去，但我沒有任何證件，也說不出一個他們曉得的星籍——而且我已下定決心，無論如何不會對他們提到蓋婭。所以說，我們降落之後，萬一有人要查我的證件，我們該怎麼辦？」

崔維茲說：「這種事不太可能發生，人人都會假設在入境站已經檢查過了。」

「但如果他們眞的問起呢？」

「那麼，等事到臨頭的時候，我們再來面對問題。此時此刻，我們不要憑空製造問題。」

「等到我們面對問題的時候，很可能就來不及解決了。」

「我會用我的智慧及時解決，不會來不及的。」

「提到智慧，你是怎麼讓我們順利通關的？」

崔維茲望著寶綺思，嘴角慢慢扯出一個笑容，看來像個頑皮的少年。「只是用點頭腦罷了。」

裴洛拉特說：「你到底是怎麼做的，老友？」

崔維茲說：「只不過找到了求他幫忙的正確法門罷了。我先試著用威脅和不著痕跡的利誘，然後又訴諸他的理智，以及他對基地的忠誠，結果都沒有成功。所以我不得不使出最後一招，說你對你的妻子不忠，裴洛拉特。」

「我的妻子？可是，我親愛的夥伴，我目前並沒有妻子啊。」

「這點我知道，但是他不曉得。」

寶綺思說：「我猜你們所謂的『妻子』，是指男性的固定女性伴侶。」

崔維茲說：「要比你說的還複雜些，寶綺思。應該說是法定的女性伴侶，由於這種伴侶關係，對方依法獲得了某些權利。」

裴洛拉特緊張兮兮地說：「寶綺思，我現在沒有妻子，過去有些時候有過，不過都是很久以前的事。如果你希望舉行一個法定的儀式……」

「喔，裴，」寶綺思揮了揮右手，「我何必在意這種事？我擁有數不清的親密伴侶，親密的程度有如你的左臂和右臂。只有充滿疏離感的孤立體，由於缺乏眞正的伴侶，才必須以人為方式約定一個薄弱的代用品。」

「但我就是個孤立體，寶綺思吾愛。」

「你遲早會變得不那麼孤立，裴。你或許無法成爲眞正的蓋婭，可是不會再像以前那麼孤立，而且將會擁有許許多多的伴侶。」

「我只要你，寶綺思。」裴洛拉特說。

「那是因爲你根本不瞭解，你慢慢就能體會了。」

這段對話進行的同時，崔維茲一直緊盯著顯像螢幕，盡量不流露出不耐煩的神情。雲層早已近在眼前，不久之後，四面八方全是灰濛濛的霧氣。

微波視訊，他動念一想，電腦立刻開始偵測雷達回波。層層雲霧隨即消失不見，螢幕上出現了經過電腦著色的康普隆地表，其中，不同結構的分界線有點模糊不清且搖擺不定。

「是不是一直都會像這樣子？」寶綺思問，聲音中帶著幾分驚訝。

「等飄到雲層下方就不會了，到時會再換回可見光。」他還沒說完，陽光已經重新出現，正常的能見度也恢復了。

「我懂了。」寶綺思道。然後她轉身面對崔維茲，又說：「但我不懂的是，裴有沒有欺騙他的妻子，對那個入境站的海關人員來說，又有什麼差別呢？」

「我跟那個叫肯德瑞的傢伙說，如果他將你扣下，消息可能就會傳回端點星，然後再傳到裴洛拉特妻子的耳朵，那麼裴洛拉特就有麻煩了。我沒說他會有哪種麻煩，但我故意說得好像會很糟。男人彼此之間，都有一種同舟共濟的默契，」崔維茲咧嘴笑了笑，「男人不會出賣朋友，如果受人之託，還會拔刀相助。我想其中的道理，是因爲助人者人恆助之。我猜想——」他以較嚴肅的口吻補充道：「女性之間應該也有這種默契，但我不是女性，所以從來沒機會仔細觀察。」

寶綺思的臉孔立刻浮現一重陰霾。「這是個笑話嗎？」她追問。

「不，我是說眞的。」崔維茲答道：「我沒說肯德瑞那傢伙之所以放我們走，只是因爲想要幫詹諾夫的忙，以免他的妻子生氣。我對他說的其他理由都起了作用，男性默契只不過是最後一股推波助瀾的力量。」

「但是這太可怕了。社會需要靠法規來維繫，才能結合成一個整體。爲了微不足道的原因，竟然就能漠視法規，這難道不算嚴重嗎？」

「這個嘛，」崔維茲立刻自我辯護：「有些法規本身就是小題大作。在和平而經濟繁榮的時代，例如現在——這都要歸功於基地——沒有幾個世界會對進出太空規定得太嚴。而康普隆由於某種原因，卻跟不上時代，也許是因爲內政方面有外人不得而知的問題。我們又何必蒙受其害呢？」

「話不能這麼說。如果我們只遵循自己認爲公正合理的法規，就不會有任何法規還能成立，因爲不論哪條法規，都會有人認爲是不公正或不合理的。假如我們想要追求個人心目中的利益，對於那些礙事的法規，我們永遠有辦法找到理由，認定它們不公正和不合理。這原本可能只是精明的投機伎倆，結果卻會導致失序和災難。即使是那些精明的投機份子，也不會得到任何好處，因爲一旦社會崩潰，是沒有任何人能倖存的。」

崔維茲說：「任何一個社會都不會輕易崩潰。你是以蓋婭的身分說話，而蓋婭不可能瞭解自由個體的結合方式。建立在公理和正義之上的法規，隨著環境的變遷，雖然已經不再適用，但是由於社會的慣性，卻很可能繼續存在。這時候，我們打破這些法規，等於宣告它們已經過時，甚至是實際上有害的，這樣做不但正確，更是一種建設性的行動。」

「這麼說的話，每個竊賊和殺人犯都可以辯稱是爲人群服務。」

「你太走極端了。在蓋婭這個超級生命體中，對於社會準則有一種自發的共識，因此沒有任何成員想要違背。其實我們還不如說，蓋婭是一灘陳腐僵化的死水。在自由個體結合而成的社會中，不可否認存在著脫序的因素，但若想要誘發創新和變化，這卻是不可避免的代價——就整體而言，這是個合理的代價。」

寶綺思將音量提高一倍說：「如果你認爲蓋婭陳腐僵化，那就是大錯特錯。我們的一舉一動、我們的行事方法、我們的各種觀點，都在不斷接受自我檢驗。它們絕不會毫無道理，僅僅由於慣性而殘存至今。蓋婭藉著經驗和思考來學習，因此在有需要的時候，便會進行調適和改變。」

「儘管你說的都對，自我檢驗和學習的過程卻一定很慢，因爲蓋婭上除了蓋婭還是蓋婭。然而，在自由社會中，即使大多數成員同意某件事，一定還會有少數人反對。某些情況下，那些少數也許才是對的，而只要他們夠聰明、夠積極，而且觀點眞的夠正確，就會獲得最後勝利，而被後人奉爲英雄。例如使心理史學臻於完美境界的哈里·謝頓，他有勇氣以自己的學說對抗整個銀河帝國，結果最後的勝利果然屬於他。」

「他的勝利到此爲止，崔維茲。他所計畫的第二帝國不會實現，蓋婭星系將取而代之。」

「會嗎？」崔維茲繃著臉說。

「這是你自己的決定。不論你在跟我辯論時多麼偏袒孤立體，甚至贊成他們有做蠢事和犯罪的自由，可是在你內心深處某個暗角，仍然隱藏著一點靈光，驅使你在做抉擇的時候，同意我／們／蓋婭的看法。」

「我內心深處所隱藏的，」崔維茲的臉色更加難看，「正是我要尋找的東西。而那裡，就是我的第一站。」他指著顯像螢幕，上面映著展開在地平線上的一座大城市。在一群低矮的建築物中，偶爾有一兩棟較爲高聳，四周則環繞著點綴有薄霜的褐色田野。

裴洛拉特搖了搖頭。「太糟了，我本想在降落時欣賞一下風景，結果只顧聽你們的爭論。」

崔維茲說：「不要緊，詹諾夫。我們離開的時候，你還有一次機會。我答應你到時一定閉上嘴巴，只要你能說服寶綺思也別張嘴。」

接著**遠星號**便緩緩下降，循著導航微波束，降落在某個太空航站中。

14

當肯德瑞回到入境站，目送**遠星號**離去的時候，他的表情相當凝重。直到快要交班時，他顯然還十分沮喪。

此時他坐在餐桌前，正在吃今天的最後一餐。一位同事在他身邊坐下，那人身材瘦長，兩眼生得很開，稀疏的頭髮顏色相當淡，金色的眉毛不仔細看根本看不出來。

「肯，有什麼不對勁？」那位同事問。

肯德瑞噘了噘嘴，然後說：「蓋堤思，剛剛通過的是一艘重力太空艇。」

「樣子古怪，零放射性的那艘？」

「那正是它沒有放射性的原因，根本不用燃料，全靠重力推動。」

蓋堤思點了點頭。「就是我們奉命注意的那艘，是嗎？」

「是的。」

「結果給你碰到了，讓你成為那個幸運兒。」

「沒那麼幸運。上面有個女的沒帶身分證件，我卻沒告發她。」

「什麼？喂，千萬別跟我講，我可不要知道，一個字也不要再聽。你或許是個好兄弟，但我可不想在事後成為共犯。」

「我並不擔心這一點，並不十分擔心，因為我必須將那艘太空艇送下去。他們想要那艘重力太空艇，或者任何一艘重力航具，這你是知道的。」

「當然，但你至少可以告發那個女的。」

「我不想這麼做。她沒結婚，她只是被拿來——拿來用用而已。」

「上面有多少男的？」

「兩個。」

「而他們只拿她一個來——來做那件事，他們一定是端點星來的。」

「沒錯。」

「端點星的人，行為都不檢點。」

「沒錯。」

「真噁心，他們竟然還安然無事。」

「其中一個已經結婚，他不想讓他老婆知道。如果我告發她，他老婆就會發現這件事。」

「他老婆不是在端點星嗎？」

「當然啦，可是她總有辦法知道。」

「如果讓他老婆發現了，那是他活該。」

「我同意，可是我不願做那個惡人。」

「你沒告發這件事，他們一定會好好修理你。不想給一個傢伙惹麻煩，不是什麼正當理由。」

「換成你，你會告發嗎？」

「我想，我必須這麼做。」

「不，你也不會。政府希望得到那艘太空艇，假如我堅持要告發那個女的，那兩個男的一定不願降落，而會飛往其他行星，政府不會希望看到這種結果。」

「可是他們會相信你嗎？」

「我想應該會。她還是個很可愛的女人，想想看，像這樣一個女人，竟然願意陪兩個男人同行，而已婚男人又有膽量利用這種機會。你可知道，這實在很誘惑人。」

「我想你不會希望尊夫人聽到你這番話，甚至只是知道你有這種想法。」

肯德瑞氣沖沖地說：「誰會去告訴她？你？」

「得了吧，你自己心裡明白。」蓋堤思的憤慨很快就消退，他又說：「這樣做對那些傢伙沒有好處，我是說，你就這樣讓他們通關。」

「我知道。」

「下面的人很快便會發現，就算你僥倖不受處罰，他們可不會那麼幸運。」

「我知道，」肯德瑞說：「我替他們感到遺憾。不管那個女的會帶給他們多少麻煩，跟那艘太空艇比較之下，簡直就不算什麼。那個船長還說了些……」

肯德瑞突然住口，蓋堤思急忙問道：「說了些什麼？」

「算了。」肯德瑞說：「如果傳出去，倒霉的是我。」

「我不會告訴任何人。」

「我也不會。不過，我還是替那兩位端點星來的感到遺憾。」

15

任何一個經歷過太空旅行，體驗過那種單調的人，都知道太空飛行眞正令人興奮的時刻，就是即將降落另一顆行星之前。此時向下望去，地表景觀迅疾後退，可以不時瞥見陸地、湖海，以及像是幾何圖形的田野與道路。這個時候，肉眼已能分辨各種色彩，包括綠色的植物、灰色的混凝土、褐色的曠野、白色的積雪等等。而最令人感到興奮的，莫過於看到人群聚集之處。在每個世界上，各個城鎮都各有各的幾何構圖與建築特色。

假如乘坐的是普通太空船，還能體會到著陸以及在跑道上滑行的興奮。**遠星號**的情況則不同，它緩緩飄浮在空中，很技巧地平衡了重力與空氣阻力，最後靜止在太空航站正上方。由於此刻風速很高，使得著陸的困難度相對增加。如果將**遠星號**的「重力響應」調得很低，不單它的重量會減到不可思議的程度，連質量亦將同時變小。倘若質量太接近零，它很快會被強風吹跑，因此現在必須增加重力響應，並且巧妙地利用噴射推進器，以抵抗行星的引力與強風的推力，而後者需要密切配合風力強度的變化。若是沒有一台稱職的電腦，絕不可能順利做到這一點。

遠星號不斷往下降，其間難免需要小幅修正方向，最後終於落在航站標示出的指定地點。

當**遠星號**降落時，天空是一片蒼藍，還摻雜著些許慘白的色彩。即使已到達地面，風速絲毫不減，雖然不再有飛航安全的威脅，強風帶來的寒意仍令崔維茲退避三舍。他立刻明白，他們的備用衣物完全不適於康普隆的氣候。

反之，裴洛拉特卻在四處觀望，露出一副十分欣賞的神情，還津津有味地深深吸了一口氣，好像陶醉在刺骨寒風中，至少暫時如此。他甚至故意拉開大衣，讓風吹進他的胸膛。他知道，不久就得再把大衣拉起來，並將圍巾裹緊，不過現在他要感受大氣的存在，這是在太空艇中所無法體驗的。

寶綺思用大衣緊緊裹住自己，還用戴著手套的雙手把帽子拉低，蓋住兩隻耳朵。她的五官皺成一團，顯出一副可憐相，眼淚似乎都快要掉下來。

她喃喃抱怨道：「這是個邪惡的世界，它憎恨並虐待我們。」

「並不盡然，寶綺思吾愛。」裴洛拉特態度認眞地答道：「我確定此地居民都喜歡這個世界，而這個世界——呃，如果照你的說法來說——也喜歡他們。我們很快就要進入室內，裡面一定很暖和。」

他突然想起該怎麼做，趕緊敞開大衣將她圍住，她則依偎在他胸前。

崔維茲盡量不理會寒冷的溫度。他從航站管理局取得一張磁卡，並用口袋型電腦檢查了一下資料是否齊備——包括停泊的位址、太空艇番號與引擎號碼等等。他再一次四下查看，以確定太空艇絕對安全，然後買了最高額的意外險（其實並沒有必要，因爲就康普隆的科技水準而言，看來還無法對**遠星號**構成威脅。萬一事實並非如此，不論花多大代價，也根本不可能修復得了）。

崔維茲在預期的地點找到了計程車站。（一般說來，太空航站的許多設施，不論是位置、外觀或使用方法，都已經全部標準化。由於旅客來自各個世界，這當然是有必要的。）

他送出召喚計程車的訊號，但只按下「市區」作為目的地。

一輛計程車藉著反磁滑板滑到他們面前，車身被風吹得輕微飄蕩，同時還不停發顫，那是被聲音不小的引擎所帶動的。這輛計程車外表是深灰色，後門貼著白色的計程車徽，司機穿著深色外套，頭上戴著一頂白色毛皮帽。

裴洛拉特若有所感，輕聲道：「這行星似乎偏愛黑白兩色。」

崔維茲說：「到了市區，也許就會比較多彩多姿。」

司機對著一個小型麥克風講話，可能是爲了省去開關車窗的麻煩。「三位，到市區去嗎？」

他講的銀河方言音韻平板，但相當動聽，而且不難懂。在一個陌生的世界，這總是能令人鬆一口氣。

崔維茲答道：「是的。」後車門便立刻滑開。

寶綺思先坐進去，接著是裴洛拉特，最後才是崔維茲。車門關上之後，一股暖氣向上湧來。

寶綺思搓了搓手，長長吁了一口氣。

車子慢慢開出航站，司機問道：「你們駕駛的是重力太空艇，對嗎？」

崔維茲冷冷地說：「照它降落的方式看來，你還會懷疑嗎？」

司機說：「那麼，它是端點星出廠的嘍？」

崔維茲說：「你還知道哪個世界會造這種太空艇嗎？」

司機一面將計程車加速，一面似乎在咀嚼對方的回答。然後他說：「你總是用問句來回答問題嗎？」

崔維茲忍不住說：「有何不可？」

「這樣的話，假如我問你，你的名字是不是葛蘭·崔維茲，你會怎麼回答？」

「我會回答：你為何要問？」

計程車在航站外停了下來，那司機說：「好奇！我再問一遍：你是不是葛蘭·崔維茲？」

「關你什麼事？」崔維茲的聲音變得嚴厲且充滿敵意。

「朋友，」司機說：「我們就停在這裡，直到你回答這個問題為止。如果你在兩秒鐘內，不肯明確地回答是或不是，我便將乘客隔間的暖氣關掉，我們就這樣一直耗下去。我再問一遍，你是不是葛蘭·崔維茲，端點星的議員？假如你的回答是否定的，你必須拿出身分證件讓我看看。」

崔維茲說：「沒錯，我是葛蘭·崔維茲。身為基地的議員，我希望受到和這個身分相符的禮遇。你不這麼做，將會吃不了兜著走，老兄，怎麼說？」

「現在我們可以帶著比較輕鬆的心情上路。」計程車繼續向前開去，「我很仔細地選擇乘客，我該接的只有兩位男士，沒料到竟然還有個女的，所以我有可能弄錯了。不過也無妨，只要我接到你，等我們到達目的地之後，就由你負責把這個女的交代清楚。」

「你不知道我的目的地。」

「我恰巧知道，你要去運輸部。」

「我不是要去那裡。」

「這絲毫不重要，議員先生。假如我真是計程車司機，自然會載你到你要去的地方；既然我不是，我就要載你到我要你去的地方。」

「對不起，」裴洛拉特俯身向前，「你當然應該是計程車司機，你開的是計程車。」

「誰都可能開計程車，但不是每個人都有執照，也不是每輛看來像計程車的都是計程車。」

崔維茲說：「別再玩遊戲了。你是誰？你到底在做什麼？別忘了你得將這一切向基地交代清楚。」

「不是我得交代，」那司機說：「也許是我的上級吧。我是康普隆安全局的人，奉上級的命令，以完全合乎你身分地位的方式接待你，但是你必須跟我走。請你凡事三思而後行，因爲這輛車備有武裝，而我奉命遇到攻擊必須自衛。」

16

計程車加速到經濟速度之後，車身變得絕對平穩而安靜。崔維茲坐在那裡一動不動，似乎全身都僵住了。他雖然沒有望著裴洛拉特，也曉得他不時瞥向自己，臉上帶著不安的表情，彷彿在說：「我們現在該怎麼辦？請告訴我。」

至於寶綺思，崔維茲只是很快瞄了一眼，就知道她冷靜地端坐著，顯然根本不在乎。當然，她本身就是整個世界，雖然與蓋婭有著天文數字的距離，整個蓋婭仍然裹在她的皮囊中。在眞正緊急的情況下，她還有一個穩當的靠山。

可是，到底發生了什麼事？

顯然，入境站的那個海關人員循例將報告送了下來，只不過沒提到寶綺思。這份報告引起安全人員的興趣，甚至連運輸部也插上一腳。但是爲什麼呢？

現在是承平時期，據他所知，康普隆與基地之間並沒有特殊的緊張關係。而自己又是基地的重要官員……

慢著，他曾經告訴那個海關人員肯德瑞，自己有重要公事要與康普隆政府交涉。爲了順利通關，他特別強調這一點。肯德瑞的報告中一定也提到這件事，這當然會引起各方面的注意。

他未曾預料到會有這個結果，他早該想到的。

那麼，他那所謂正確無比的判斷力呢？難道他也開始相信自己是個黑盒子，就像蓋婭（所聲稱）認爲的那樣。是否由於建立在迷信上的過度自信不斷膨脹，使自己陷入泥沼而無法自拔？

他怎麼會突然變得那麼蠢？他一生之中難道沒犯過錯嗎？他能預知明日的天氣嗎？他在賭運氣的遊戲中大贏過嗎？答案都是否定的，否定的，否定的。

那麼，是否只有尙在醞釀中的大事，他的想法才會永遠正確？他又怎能分辨呢？

算了吧！反正當初他只不過提到，自己身負重要的公務——不，他用的字眼是「基地安全事宜」……

那麼，光是他爲基地安全事宜而來這一點——而且是祕密行動，事先未曾知會對方——就足以引起他們的注意。可是，他們在弄清楚究竟之前，行動一定會萬分謹愼，應該對自己相當禮遇，將自己奉爲上賓。他們不該使用綁架的手法，也不該對自己威脅恫嚇。

但他們正是這樣做的，爲什麼呢？

是什麼因素，讓他們感到已有足夠強大的力量，膽敢採取這種方式對待端點星的議員？

會不會是地球？會不會是那個將起源世界成功隱藏起來的力量？甚至第二基地那些偉大的精神學家，都不是那個力量的對手。如今，是不是他剛踏上尋找地球的第一站，那個力量就先發制人？

地球難道無所不知、無所不能嗎？

崔維茲搖了搖頭，這樣會導致妄想的。難道要將每件事都記到地球帳上？難道他遇到的每一個古怪行動、每一條歧路、每一項情勢的逆轉，都是地球祕密策劃的結果？一旦開始有這樣的想法，他就已經不戰而敗了。

這時，他覺得車子開始減速，思緒一下子被拉回現實。

他突然想到，在通過市區的時候，他連一眼也沒有向外望去。現在他才匆匆四下望了望，發現建築物都相當矮。但這是一顆寒冷的行星，想必建築結構大部分在地底。

他看不到任何一絲色彩，這似乎跟人類的天性不合。

他偶爾才會看到一個行人，一律全身緊緊裹著。不過，人群或許也跟建築物一樣，大多數都在地底。

計程車在一座低矮、寬闊、位於窪地的建築物前停下，崔維茲看不到那建築物的底層。過了一陣子，車子仍舊停在該處，司機自己也紋風不動，他的高筒白帽幾乎碰到車頂。

崔維茲突然冒出一個疑問，這司機要怎樣進出車子，才不會將帽子碰掉？然後他說：「好啦，司機，現在怎麼樣？」他壓抑著怒氣，和任何一位受辱的高傲官員無異。

康普隆人用來隔開司機與乘客的力場隔板絕不落後，聲波完全能夠通過這個閃爍的無形力場。不過崔維茲相當肯定，有形物質若非帶有巨大能量，是絕對不可能穿透的。

司機說：「有人會上來接你們，現在好好坐著，放輕鬆點。」

他的話還沒說完，就有三個人頭從建築物所在的窪地緩緩且穩穩地冒出來。接著，三人身體的其他部分才逐一出現，顯然他們是乘坐類似自動扶梯的裝置上來的。不過從崔維茲現在的位置，還無法看清楚那個裝置。

當那三個人走近時，計程車的客用車門打了開，大量的冷空氣立刻刮進去。

崔維茲走出來，順手將大衣一路拉到領口。另外兩人也跟著他下了車，寶綺思顯得很不情願。

那三個康普隆人完全看不出身材，因爲他們穿的衣服像氣球般鼓脹，裡面或許還有電暖設備。崔維茲對這種服裝很不以爲然，它們在端點星幾乎派不上用場。有一年冬天，他從鄰近的安納克里昂借來一件電暖大衣，結果發現它會一直慢慢加溫，當他覺得太熱的時候，已經出了一身大汗，令他渾身不舒服。

三名康普隆人走近時，崔維茲注意到他們都帶著武器，心中不禁十分惱怒。他們非但無意掩飾，而且恰恰相反，每個人的外衣都大剌剌掛著一個皮套，裡面裝著一隻惹眼的手銃。

其中一名康普隆人走到崔維茲面前，粗聲道：「失禮了，議員先生。」隨即以粗魯的動作拉開他的大衣，雙手伸進去，很快將崔維茲的上下左右、前胸後背，以及兩條大腿都摸索了一遍。接著，他還將崔維茲的大衣甩了甩，摸了摸。崔維茲被這突如其來的舉動嚇得不知所措，直到一切完畢，才明白已被迅速又有效率地搜了身。

裴洛拉特則拉長下巴，扭曲著嘴角，任由另一個康普隆人對他進行類似的羞辱。

第三個康普隆人正走向寶綺思，但她早有心理準備，不等對方伸出手來，便將大衣猛然褪下，身上只剩一層單薄的衣裳，就這樣站在呼嘯的寒風中。

她說：「你看得出我沒有任何武裝。」她冰冷的聲音恰似四周的低溫。

的確，任何人都看得出來。那個康普隆人抖了抖她的大衣，彷彿從它的重量就能判斷是否藏有武器（或許他真有這個本事），然後退了開來。

寶綺思匆匆將大衣裹在身上，一時之間，崔維茲對她的行動不禁肅然起敬。他知道她有多怕冷，但她剛才穿著寬鬆而單薄的上衣長褲站在那裡，卻一點也沒有發抖或打顫。（但他又不禁懷疑，是否在緊急情況下，她能從蓋婭的其他部分吸取一些溫暖。）

其中一個康普隆人做了個手勢，三位外星人士便尾隨著他，另外兩個康普隆人則走在他們後面。此時街上有一兩個行人，根本懶得向這裡多望一眼。也許他們對這種事司空見慣，更可能是因為他們心中只有一個念頭，那就是盡快走到室內某個目的地。

崔維茲現在終於知道，那三個康普隆人剛才是用滑動坡道上來的，此時他們一行六人則順著坡道下滑。不久，他們通過一道閘門——看來簡直跟太空船的閘門一樣複雜，不過顯然並非為了鎖住空氣，而是避免熱量外逸。

然後，他們立刻置身一座巨大的建築物中。

第五章：太空艇爭奪戰

17

崔維茲的第一個觀感，是身處於一個超波戲劇的場景，尤其像是以帝國為時代背景的歷史傳奇劇。那種戲劇有個特定的場景，幾乎千篇一律，沒有什麼變化（據他所知，或許每個超波戲劇製作人都是沿用同一個佈景）。那個場景模擬的是全盛時期的川陀，一個偉大的環球大都會。場景中有龐大的空間，有來去匆匆的行人，還有些小型交通工具，沿著它們的專用道路急馳而去。

崔維茲抬起頭來，幾乎以為會看到計程飛車爬升到幽暗的穹頂深處中，但此地起碼還欠缺這一部分。事實上，他驚魂甫定之後，注意到這座建築顯然比川陀上的小得多。這只是一座單一建築物，並非向四面八方綿延數千哩的建築群。

此外，色調也完全不同。在超波戲劇中，川陀的絢麗色彩被誇張到不可能的程度，而人物的服飾若認真考究起來，則完全不實際又不實用。不過，那些五顏六色與褶邊繐帶都只具有象徵性意義，是用來影射帝國——尤其是川陀這座城市——的頹廢與墮落（如今，這種觀點有絕對的必要）。

然而，這樣說來，康普隆與頹廢墮落可說完全背道而馳。裴洛拉特在太空航站對色調所做的評語，在此地可以找到充分佐證。

牆壁幾乎是一片灰色，天花板則是白色的，人們身上的衣服也只有黑、灰、白三色。偶爾可以看到一套全黑的服裝，全灰的則更常見，不過崔維茲一直沒看到全白的。然而衣服的式樣卻各有不同，彷彿人們雖然被剝奪了色彩，仍堅持要設法塑造個人的風格。

每個人不是面無表情，便是緊繃著一張臉。女性一律留短髮，男性的頭髮則比較長，不過都往後梳成短辮。路人擦肩而過時，彼此都不會多望一眼。此地見不到悠然或茫然的人，彷彿人人心中都有正事，找不到空位裝別的事情。男女的穿著沒什麼不同，唯一的分別在於頭髮的長度、胸部的輕微隆起，以及臀部的寬度。

他們三人被帶進一座電梯，一口氣下了五層。從電梯出來後，又被帶到一扇門前，灰色的門上有一行不顯眼的白色小字，寫的是「運長：蜜特札・李札樂」。

帶頭的康普隆人在那行字上按了一下，不久之後整行字都亮起來。房門隨即打開，一行人便魚貫而入。

那是個很大的房間，而且相當空蕩，沒有什麼陳設。如此設計或許是故意的，用來突顯空間使用的奢侈程度，以展現主人的權威與氣派。

遠處的牆邊站著兩名警衛，他們臉上毫無表情，眼睛緊盯著進來的每一個人。房間中央擺著一張大辦公桌，位置比正中僅略偏後方。坐在辦公桌後面的，想必就是蜜特札・李札樂。此人身材壯碩，黑眼珠，臉上毫無皺紋，強有力的雙手放在桌上，手指很長，指尖接近正方形。

這位運長（崔維茲假定應該是指「運輸部長」）一身暗灰色的服裝，只有外套的翻領是顯眼的白色，並有兩道白色線條從翻領向下延伸，在胸前正中交叉，然後繼續向下走。崔維茲看得出來，雖然這套服裝的剪裁刻意淡化女性胸部曲線，那個白色交叉卻具有突顯的作用。

這位部長無疑是女性。即使從她的胸部看不出來，她的短髮也是明顯的標誌；她臉上雖然沒有化粧，五官也足以顯出她的性別。

她的聲音也是不折不扣的女性化，彷彿是渾厚的女低音。

她說：「午安，我們難得有這個榮幸，接待來自基地的男性訪客，再加上一位報告中未曾提到的女子。」她的目光掃過每一個人，最後停在崔維茲身上。崔維茲則眉頭深鎖，僵直地站在那裡。

「其中一位男性還是議員。」她補充道。

「是基地的議員。」崔維茲試圖使自己的聲音聽來很有派頭，「葛蘭·崔維茲議員，正在執行基地的任務。」

「執行任務？」部長揚起眉毛。

「執行任務。」崔維茲重複了一遍，「所以，為何把我們當成重犯一樣對待？我們為何會被武裝人員逮捕，然後像犯人一樣被帶到這裡？我希望你能瞭解，基地議會絕不會喜歡聽到這種事。」

「姑且不論這些，」寶綺思說，她的聲音跟那位較成熟的女性比起來，似乎尖銳了一點。「我們得永遠這樣站著嗎？」

部長神態自若地盯著寶綺思，好一會兒之後，才舉起一隻手臂。「三張椅子！快！」

一道門打開來，出現了三名穿著康普隆典型樸素服裝的男子，動作敏捷地搬來三張椅子，原本站在辦公桌前的三個人立即坐下。

「好，」部長帶著冰冷的笑容說：「大家舒服些了嗎？」

崔維茲可不那麼想，這些椅子都沒有襯墊，坐起來冷冰冰的，而且椅面與椅背都是平面，完全沒有考慮到人體曲線。他說：「我們為什麼會在這裡？」

部長看了看擺在桌上的文件。「我會解釋的，但我首先要確定一下，你的太空艇是端點星出廠的**遠星號**。這點是否正確，議員先生？」

「正確。」

部長抬起頭來。「議員先生，我對你說話都加上了頭銜。爲了禮貌起見，你也能這樣做嗎？」

「部長閣下成不成？或是有別的尊稱？」

「沒有別的尊稱，閣下，而且你不必多費唇舌，『部長』就足夠了。如果你不喜歡一直重複，偶爾用『閣下』也行。」

「那麼對於你的問題，我的回答是：正確，部長。」

「這艘太空艇的艇長是葛蘭·崔維茲，基地的公民，端點星議會的一員——事實上，還是新科議員——而你就是崔維茲。我說的這些是否完全正確，議員先生？」

「你說的都沒錯，部長。既然我是基地的公民……」

「我還沒說完，議員先生，等我說完你再抗議不遲。與你同行的是詹諾夫·裴洛拉特，學者，歷史學家，也是基地的公民。那就是你，對不對，裴洛拉特博士？」

當部長銳利的目光轉向他時，裴洛拉特不禁有點吃驚。「是的，沒錯，我親……」他突然住口，又重說一遍：「是的，沒錯，部長。」

部長生硬地拍了一下手。「送到我這裡來的報告，並未提到有一名女子。這女子是太空艇的固定成員嗎？」

「是的，部長。」崔維茲說。

「那麼我自己跟這名女子談談，你的名字是？」

「大家都叫我寶綺思，」寶綺思坐得筆直，以冷靜而清晰的口吻說：「不過我的全名很長，閣下，你需要全知道嗎？」

「我暫時不需要。你是基地的公民嗎，寶綺思？」

「我不是，閣下。」

「你是哪個世界的公民，寶綺思？」

「我沒有任何文件，能證明我是哪個世界的公民，閣下。」

「沒有證件，寶綺思？」她在面前的文件上做了一個註記，「這點我記下了。你在這艘太空艇上做什麼？」

「我是一名乘客，閣下。」

「你登上太空艇之前，崔維茲議員或裴洛拉特博士有沒有要求查閱你的證件，寶綺思？」

「沒有，閣下。」

「你曾經主動告訴他們，你沒有身分證件嗎，寶綺思？」

「沒有，閣下。」

「你在太空艇上的職務是什麼，寶綺思？你的名字和你的職務相符嗎？」

寶綺思以傲然的口氣說：「我只是乘客，沒有其他的職務。」

崔維茲插嘴道：「你爲什麼要爲難這女子，部長？她觸犯了哪條法律？」

李札樂部長將目光從寶綺思轉到崔維茲身上。「你是一位外星人士，議員先生，你不清楚我們的法律。然而，如果你決定來我們的世界訪問，就得接受這些法律的管轄。你不能隨身帶著你們的法律，我相信這是銀河法的通則。」

「這點我同意，部長。可是光這麼說，我還是不知道她犯了你們哪條法律。」

「議員先生，銀河中有一條通則，任何人造訪另一個世界，只要這個世界和他的母星屬於不同政治領域，他就必須隨身攜帶身分證件。許多世界在這方面睜一隻眼閉一隻眼，也許是因爲重視觀光業，或者根本就是漠視法律規章。我們康普隆則不同，我們是個法治的世界，而且嚴格執行各項法令。她是個沒有星籍的人，這就違反了我們的法律。」

崔維茲說：「這件事她根本沒有選擇。太空艇由我駕駛，我把太空艇降落到康普隆，她只好跟我們一起來。部長，難道你認爲她該請求我將她拋到太空中嗎？」

「這只表示你也觸犯了我們的法律，議員先生。」

「不，事實並非如此，部長。我可不是外星人士，我是基地的公民，而康普隆和它的藩屬世界都是基地的聯合勢力。身爲基地公民，我可以在此地自由旅行。」

「當然可以，議員先生，只要你有證明文件，證明你的確是基地的公民。」

「我的確有，部長。」

「但即使身爲基地公民，你也沒有權利觸犯我們的法律，而你帶著一名無星籍人士同行，便已經觸犯我們的法律。」

崔維茲遲疑了一下。顯然那位海關人員肯德瑞並未信守承諾，所以自己也沒有必要再保護他。於是崔維茲說：「我們在入境站沒被攔下來，我認爲，這就等於默許我可以帶這名女子同行，部長。」

「你們的確沒遭到攔阻，議員先生。入境當局的確未將這名女子報上來，反而讓她一起通關。然而據我猜想，入境站的官員判斷——相當正確地判斷——讓你的太空艇登陸，要比追究一個無星籍人士更重要。嚴格說來，他們這樣做是違法的，這件事我們自然會做適當處置。但我可以肯定，他們的違法行爲將獲判無罪。我們是個絕對法治的世界，議員先生，但並未嚴苛到不講理的程度。」

崔維茲立即接口：「那麼，我現在要以子之矛攻子之盾，部長。如果你眞的沒有從入境站得到太空艇上有個無星籍人士的消息，那麼當我們降落時，你還不知道我們是否觸犯了任何法律。但很明顯的是，在我們降落的那一刻，你已經準備逮捕我們，事實上，你也的確這麼做了。在不可能知道我們犯法的情況下，你爲什麼會採取這種行動？」

部長微微一笑。「我能瞭解你的疑惑，議員先生。我可以向你保證，你們遭到逮捕這件事，和我們當初知不知道你的乘客沒有星籍無關。我們如今是在替基地辦事，正如你指出的，我們是基地的聯合勢力。」

崔維茲瞪著她說：「但這是不可能的事，部長。簡直比不可能更糟，根本就是荒謬。」

部長發出咯咯的笑聲，聽來好像一串緩緩流動的蜜汁。「我覺得你這種說法眞有意思——比不可能更糟，根本就是荒謬。議員先生，我同意這個說法。然而不幸的是，這兩者對你都不適用。你爲什麼會這樣想呢？」

「因爲我是基地政府的官員，正在爲基地執行任務。他們絕不可能想逮捕我，他們也根本沒這個權力，因爲我擁有立法者豁免權。」

「啊，你漏掉了我的頭銜，但你實在太激動了，也許情有可原。話說回來，我受託之事並非直接將你逮捕，我這樣做只是爲了完成我的眞正任務，議員先生。」

「什麼任務，部長？」崔維茲說。面對這個難纏的女人，他努力控制著自己的情緒。

「就是扣押你的太空艇，議員先生，然後把它送還基地。」

「什麼？」

「你又漏掉了我的頭銜，議員先生。你實在太過懶散，這樣對你自己沒好處。我想，這艘太空艇並不是你私人的。難道它是你設計的，你建造的？還是你自己出錢買的？」

「當然都不是，部長，它是基地政府撥給我使用的。」

「那麼，基地政府想必有權將它收回，議員先生。我猜，這是一艘很有價值的太空艇。」

崔維茲沒有回答。

部長又說：「這是一艘重力太空艇，議員先生。這種太空艇不可能太多，即使基地也只擁有少數幾艘，他們一定後悔撥了一艘給你。也許你能說服他們，撥給你另一艘不那麼珍貴的，但仍足以應付你的任務需要。不過，我們必須將你駕來的這艘扣下。」

「不行，部長，我不能放棄這艘太空艇，我也不相信基地要求你這麼做。」

部長微微一笑。「不是專門要求我，議員先生，也不是特別找上康普隆。我們有理由相信，在基地管轄範圍內，以及跟基地結為聯合勢力的各個世界和星域，全都收到了這項請託。從這一點，我可以推論基地不知道你的行蹤，正在氣急敗壞地到處找你。我還可以更進一步推論，你來到康普隆，根本不是來執行基地的任務——那樣的話，他們就應該知道你在哪裡，直接找我們幫忙即可。總而言之，議員先生，你一直在對我說謊。」

崔維茲有些心虛地說：「我想看看基地政府給你的那份公函，部長。我想，我應該有這個權利。」

「如果一切訴諸法律，當然可以。我們對於法律程序極端重視，議員先生，你的權益能夠獲得完全的保障，我向你保證。然而，如果我們能在這裡達成一項協議，不必對外張揚，不讓法律行動耽誤時間，那將會更理想、更簡單。我們比較喜歡這樣做，我確信基地也是一樣，它絕不願讓全銀河都知道有個立法者逃亡，否則基地將處於『荒謬』的難堪情境，據你我的估計，那要比『不可能』更糟。」

崔維茲再度保持沉默。

部長等了一下，又繼續以一貫的沉著口氣說：「好啦，議員先生，不管走哪條路，非正式的協議或是法律行動，反正那艘太空艇我們要定了。你帶來一個沒有星籍的乘客，這究竟會使你受到什麼懲罰，將決定於我們所採取的途徑。若是訴諸法律，她將使你罪加一等，你們都會被判最重的徒刑。我向你保證，刑罰絕對不輕。假如能達成一項協議，我們將以商用太空船，送這位女乘客到她想去的任何目的地，如果你們希望的話，你們兩位也可以跟她一起去。或者，假如基地同意，我們可以提供一艘我們自己的太空船給你，絕對足敷你的需要。當然，前提是基地必須償還我們一艘同型的太空船。此外，如果由於任何原因，你不希望回到基地控制的疆域，我們或許會願意提供你政治庇護，最後你還有可能成爲康普隆公民。你看，倘若你和我們達成一項友善的協議，將會有很多有利的選擇；假使堅持自己的合法權益，你將落得一無所有。」

崔維茲說：「部長，你太過熱心了，你答應了一些自己無法做到的事。基地既然要求你們將我遣返，你就不能爲我提供政治庇護。」

部長說：「議員先生，我從來不做無法實現的承諾。基地的要求只是收回那艘太空艇，並未提到要你這個人，或是其上任何人，他們唯一想要的只有那艘航具。」

崔維茲很快瞥了寶綺思一眼，又說：「部長，能否請你允許我跟裴洛拉特博士，以及寶綺思小姐商量一下？」

「當然可以，議員先生，你們有十五分鐘時間。」

「私下商量，部長。」

「議員先生，會有人帶你們到另一個房間，十五分鐘之後，再將你們帶回來。在那個房間裡，不會有人打擾你們，我們也不會監聽你們的談話。我可以對你們做出承諾，而我一向信守諾言。然而，外面會有足夠嚴密的警衛，所以請別愚蠢得妄想逃走。」

「我們瞭解，部長。」

「而當你們回來的時候，我們希望你能主動同意放棄那艘太空艇。否則，法律程序將隨即展開，那樣你們的下場會很慘。議員先生，明白了嗎？」

「明白了，部長。」崔維茲極力控制住怒火，因為此時表露怒意對他根本沒有好處。

18

這是個小房間，但光線很充足。裡面有一張長椅與兩張椅子，還能聽見通風扇的輕微聲響。整體而言，比起那個又大又空的部長辦公室，這裡顯然使人覺得更為舒適自在。

他們由一名警衛帶領，來到這個房間。那名警衛身材高大，表情嚴肅，一隻手始終擺在銃柄附近。三個人走進房間後，警衛並未跟進來，他站在門口，以嚴肅的聲音說：「你們有十五分鐘。」

他的話還沒說完，房門就「砰」地一聲拉上了。

崔維茲說：「我只能希望他們不至於竊聽我們的談話。」

裴洛拉特說：「她的確對我們做過承諾，葛蘭。」

「你總是以自己的標準判斷別人，詹諾夫。她所謂的『承諾』並不算什麼，只要她高興，她會毫不猶豫地變卦。」

「沒關係，」寶綺思說：「我可以把這個地方屏蔽起來。」

「你身上有屏蔽裝置？」裴洛拉特問。

寶綺思微微一笑，雪白的牙齒一閃即逝。「蓋婭的心靈就是一種屏蔽裝置，裴，那可是個碩大的心靈。」

「我們會落到這個地步，」崔維茲氣呼呼地說：「就是因為那個碩大的心靈有先天性限制。」

「你是什麼意思？」寶綺思說。

「三邊聚會結束之後，你們將關於我的記憶，從市長和第二基地的堅迪柏兩人心中抽除。他們再也不會特別想起我，頂多有些模糊而毫不重要的印象，我應該可以從此無憂無慮。」

「我們必須這麼做，」寶綺思說：「你是我們最重要的資源。」

「是啊，我是永遠正確的葛蘭・崔維茲。但你們並未從他們的記憶中，將我的太空艇也除掉，對不對？布拉諾市長沒有要我這個人，她對我一點興趣也沒有，可是她卻想把太空艇要回去，她沒有忘記那艘太空艇。」

寶綺思皺起眉頭。

崔維茲說：「你想想看，蓋婭理所當然假設太空艇是我的一部分，我們兩者是一體的，只要布拉諾不再想起我，她就不會想到太空艇。問題是蓋婭不瞭解什麼叫個體性，它把太空艇和我想成了一個單一生命體，這卻是一種錯誤的想法。」

寶綺思柔聲說：「這的確有可能。」

「好了，所以說，」崔維茲斷然道：「現在應該由你來糾正這個錯誤。我一定要保有我的太空艇，還有那台電腦，沒有任何東西能取代它們。因此，寶綺思，請確保我不會失去太空艇，反正你可以控制心靈。」

「沒錯，崔維茲，可是我們不會輕易控制任何人。爲了促成三邊聚會，我們的確動用了這種力量，但你可知道那次聚會花了多少時間籌劃、計算、衡量嗎？花了許多年，這絕不誇張。我不能爲了提供某人方便，就這樣走到一個女人面前，開始調整她的心靈。」

「現在難道不是……」

寶綺思繼續有力地說：「一旦開始這樣的行動，我要做到什麼程度爲止？當初在入境站，我就可以影響那人的心靈，那我們便能立即通關；困在計程車裡的時候，我也可以影響那人的心靈，那麼他就會讓我們離去。」

「嗯，既然你提起這件事，當時你爲什麼沒那樣做？」

「因爲我們不知道會導致什麼結果，也不知道會有什麼後遺症，情況很可能會變得更糟。如果我現在調整那個部長的心靈，將會影響到她今後待人處事的方式。由於她是政府的高級官員，這就有可能影響到星際關係。除非把這些問題完全釐清，否則我們根本不敢碰觸她的心靈。」

「那你爲什麼還要跟著我們？」

「因爲你的生命可能遭到威脅，我必須不計一切代價保護你，甚至犧牲我的裴或我自己也在所不惜。在入境站，你的生命並未受到威脅，而現在也沒有。你必須自己設法解決問題，至少，在蓋婭估量出某種行動的後果，並眞正採取行動之前，你一切都要靠自己。」

崔維茲陷入一陣長考，然後說：「這樣的話，我必須做些嘗試，但也許不會成功。」

此時房門突然打開，「啪」地一聲滑進門槽，聲音和剛才關門時一樣響。

那警衛說了一句：「出來。」

他們走出來的時候，裴洛拉特悄聲問道：「你準備怎麼做，葛蘭？」

崔維茲搖了搖頭，也悄聲答道：「我還不完全確定，必須見機行事。」

19

他們回到部長辦公室，李札樂部長仍坐在辦公桌後面。看到他們走進來，她臉上立刻現出獰笑。

她說：「我相信，崔維茲議員，你現在準備告訴我，你已經決定放棄這艘基地太空艇。」

「部長，」崔維茲冷靜地說：「我是來跟你談條件的。」

「沒什麼條件可談，議員先生。如果你堅持，我們很快就能安排一場審判，還能更快地審理終結。我向你保證，即使在一場絕對公正的審判中，你也一定會被定罪，因爲你帶了一位無星籍的人士入境，這點證據確鑿，毫無辯白的餘地。將你定罪後，我們就能合法扣押那艘太空艇，而你們三人將受到嚴厲的懲處。不要只爲了拖延一天的時間，而將重刑攬到自己身上。」

「然而，部長，還是有些條件可談，因爲不論你多快將我們定罪，也無法未經我的同意就扣押那艘太空艇。沒有我的幫助，無論你用什麼方法強行進入，都會令太空艇炸毀，而太空航站和其中每一個人也會跟著陪葬。如此一來必將激怒基地，這是你沒有膽量做的事情。要是你爲了強迫我打開太空艇，而以威脅或凌虐的手法對付我們，當然就違反了你們的法律。但如果你不顧一切，不惜違法也要讓我們受酷刑，甚至將我們關進最不人道的黑牢中，那麼基地一定會發現這件事，而且會更加氣憤。不管他們多麼想把太空艇要回去，也絕不會容許虐待基地公民的先例出現。我們是不是能談談條件了？」

「眞是一派胡言，」部長的臉色變得很陰沉，「如果有必要，我們會向基地求援，他們一定知道如何打開自家製造的太空艇，不然他們也會逼你打開。」

崔維茲說：「你漏掉了我的頭銜，部長，但你的情緒實在太激動了，所以也許情有可原。你自己明明知道，向基地求援是你最不願做的一件事，因爲你根本不想將太空艇交還他們。」

部長臉上的笑容消失了。「你在胡說八道什麼，議員先生？」

「我的胡說八道，部長，也許不宜讓第三者聽到。請把我的朋友和這位小姐送到一間舒適的套房，他們需要好好休息一下。讓你的警衛也離開，他們可以留在門外，你還可以讓他們留下一柄手銃。你不是個嬌小女子，再握著一柄手銃，你就根本不用怕我，我並未攜帶任何武器。」

部長隔著辦公桌，將上身傾向崔維茲。「不論在任何情況下，我都不會怕你。」

她頭也不回，就向一名警衛做了個手勢。那名警衛立刻驅前，在她身邊「啪」地一聲站定。她說：「警衛，把那個人，還有那個人，帶到五號套房，讓他們待在那裡，好好招待並嚴加看管。如果他們受到任何不良待遇，或者安全上有什麼閃失，你要負全責。」

接著她便站了起來。崔維茲雖然決心保持絕對鎮定，仍免不了感到有點膽怯。她個子相當高，至少和一八五公分的崔維茲一樣高，或許還多出一公分左右。不過她的腰肢很細，交叉在胸前的兩道白條向下延伸，在她的腰際圍了一圈，使得原本的纖腰看起來更細。雖然她如此高大，舉止卻另有一種優雅。崔維茲沮喪地想到，她剛才說根本不怕他，看來八成沒錯，假如兩人扭打起來，他想，她一定能毫不費力地將自己按倒在地。

她說：「跟我來吧，議員先生。如果你準備胡說八道一番，那麼爲了你的面子著想，愈少人聽到愈好。」

她以輕快的步伐走在前面帶路，崔維茲跟在她後面。她的巨大身影帶來一種無形壓迫感，令他感到整個人縮小一號，以前他跟任何女性在一起，都從來沒有這種感覺。

他們走進一座電梯，當電梯門關上的時候，她說：「現在只剩下我們兩個人，議員先生。但如果你有個錯覺，以爲用武力對付我，就能達到某種幻想中的目的，請趕快打消這個念頭。」她又用愈來愈平板的聲調，以及明顯的調侃語氣說：「看來你是個相當強壯的人種，但我向你保證，若有必要，我輕而易舉便能折斷你的手臂，或是你的脊背。我身上有武器，但我根本不必動用。」

崔維茲一面搔著臉頰，一面上下打量她的身軀。「部長，在摔角比賽中，我不會輸給同量級的任何男人。但我已經決定向你認輸，在我不敵的時候，我還有自知之明。」

「很好。」部長說，她看來十分高興。

崔維茲說：「我們要到哪兒去，部長？」

「下面！很下面！不過你不必驚慌。我想，在超波戲劇中，這是把你帶去地牢的第一步。但我們康普隆並沒有地牢，只有合乎人道的監獄。我們要去我的私人寓所，雖然比不上帝國黑暗時期的地牢那麼刺激，但想必較為舒適。」

當電梯門向一側滑開，兩人踏出電梯的時候，崔維茲估計他們至少距離行星表面五十公尺。

20

崔維茲四下打量這間寓所，顯然相當驚訝。

部長繃著臉說：「你對我的住處不以為然嗎，議員先生？」

「不，我沒理由那麼想，部長，我只是感到訝異，實在出乎我意料之外。自從我來到你們的世界，根據眼見耳聞所得到的一點點印象，我以為它是個——是個很有節制的世界，戒除了一切無謂的奢侈。」

「的確如此，議員先生。我們的資源有限，因此生活必定和此地氣候一樣不理想。」

「部長，可是這些，」崔維茲伸出雙手，彷彿要擁抱整個房間。自從來到這個世界，他現在才真正見到了色彩。這裡的長椅鋪著厚實的襯墊，牆壁發出柔和的壁光，地板則鋪著力場毯，走在上面既有彈性又安靜無聲。「這些無疑是奢侈的享受。」

「正如你剛才所說，議員先生，我們戒除無謂的奢侈、浮誇的奢侈、過度浪費的奢侈。然而這些，則是私人的奢侈，而且自有用處。我的工作繁忙，責任又重，我需要一個地方，能讓我暫時忘掉工作上的煩惱。」

崔維茲說：「在他人背後，是不是所有的康普隆人都過著這樣的生活，部長？」

「這取決於工作的性質和責任的輕重。這種生活很少有人過得起，或是有資格享受，但多虧我們的倫理規範，也很少有人會有這種欲望。」

「可是你，部長，卻過得起、有這個資格，而且想要過這種生活。」

部長說：「隨著地位而來的，除了責任還有特權。現在請坐下，議員先生，然後告訴我，你到底有什麼瘋狂的想法。」她已經坐在一張長椅上，襯墊承受著她扎實的重量，緩緩沉了下去。她指著不遠處一張同樣柔軟的椅子，示意崔維茲坐在那裡，以便他能面對著她。

崔維茲坐了下來。「瘋狂，部長？」

部長顯然放鬆許多，將右手肘倚在一個枕頭上。「私下談話時，我們無需太過拘泥正式晤談的規範。你可以叫我李札樂，而我叫你崔維茲。告訴我，崔維茲，你到底在打什麼主意，我們一起來研究一下。」

崔維茲雙腿交叉，往椅背上一靠。「聽我說，李札樂，你給我兩個選擇，一是自願放棄那艘太空艇，二是接受一場正式審判，兩者都會使你得到那艘太空艇。但你又想盡辦法說服我接受第一種選擇，還願意拿另一艘太空船來交換，讓我和朋友們得以繼續我們的旅程。如果我們願意，甚至能留在康普隆，並歸化為公民。而在一些小事上，你願意給我十五分鐘的時間，讓我和我的朋友商量對策。你甚至願意把我帶到你的私人寓所，而我的朋友，此刻想必正在舒適的套房中休息。總而言之，李札樂，你拚命想收買我，希望我會自動將太空艇交給你，而不必動用審判。」

「得了吧，崔維茲，難道你一點也不覺得我是基於人道？」

「絕不。」

「或是我認為讓你主動屈服，會比一場審判更迅速、更方便？」

「不！我認為另有原因。」

「什麼原因？」

「審判有個很大的缺點，它是個公開事件。你曾經好幾次提到，這個世界擁有嚴格的司法體系，所以我猜想，你很難安排一場不留記錄的審判。而只要有記錄，基地就會知道這件事，一旦審判結束，你就必須將太空艇交還基地。」

「當然如此，」李札樂面無表情地說：「太空艇是屬於基地的。」

「可是，」崔維茲說：「如果和我私下達成協議，就不必在正式記錄中提到這件事。你可以從我手中接過那艘太空艇，而由於基地根本不知情——甚至不知道我們在這個世界——康普隆就能將太空艇留下。我很肯定，這才是你們眞正的意圖。」

「我們為什麼要這樣做？」她臉上依然沒有任何表情，「難道我們不是基地邦聯的一部分？」

「不完全是，你們的身分是聯合勢力。在銀河地圖中，基地的成員世界如果以紅色表示，康普隆和它的藩屬世界則是一片淡粉紅色。」

「即使如此，身為聯合勢力，我們當然會跟基地合作。」

「你們會嗎？康普隆難道不曾夢想完全獨立的地位，甚至領導權？你們是個古老的世界，幾乎所有的世界都故意拉長自己的歷史，但康普隆的確是個古老的世界。」

李札樂部長臉上閃過一絲冷笑。「甚至是最古老的，若是我們相信某些狂熱份子的主張。」

「有沒有可能曾有一段時期，康普隆的確是一小群世界的領導者？你們難道不會夢想重拾失落的權柄嗎？」

「你認為我們有這麼不切實際的夢想嗎？在我知道你的想法之前，我將你的懷疑稱為瘋狂；現在我知道了，證明我的說法一點都沒錯。」

「夢想或許不可能實現，卻仍然有人懷抱著夢想。端點星座落於銀河極外緣，僅僅擁有五個世紀的歷史，比任何世界的歷史都要短，如今卻統領整個銀河。康普隆難道沒有這種夢想嗎？嗯？」崔維茲露出微笑。

李札樂仍然保持嚴肅的神情。「據我們瞭解，端點星能達到今天的地位，是哈里．謝頓的計畫付諸實現的結果。」

「那是一種心理支柱，讓大家相信端點星是無敵的。它恐怕只存在於人們的信仰中，而康普隆政府可能就不相信。話說回來，端點星還擁有一根科技支柱，它能稱霸銀河，無疑是靠先進的科技作後盾──你們急於得到的重力太空艇，就是個很好的例子。除了端點星，沒有任何世界會製造重力太空艇，康普隆若能得到一艘，並從中學到詳盡的運作原理，你們的科技一定會向前跨出一大步。我並不相信這就足以使你們趕上端點星，但你們的政府可能就是這麼想。」

李札樂說：「你這話是在說笑。既然基地希望收回那艘太空艇，任何政府若想保有它，都注定會觸怒基地。而歷史告訴我們，觸怒基地絕對不是好玩的事。」

崔維茲說：「除非基地發現了值得發怒的事，否則怎麼可能被觸怒呢？」

「這樣的話，崔維茲──讓我們假設，你對這個狀況的分析並非全然瘋狂──如果你將太空艇交給我們，趁機敲我們一筆竹槓，不是對你很有利嗎？根據你的論點，若有可能神不知鬼不覺地得到太空艇，我們會願意付出極高的代價。」

「你們指望我在事後不會向基地報告？」

「當然。假如你要報告，自己也會受牽連。」

「我可以辯稱當時受到威脅。」

「是啊，不過你的常識告訴你，你們的市長絕不會相信你的說法。來吧，咱們做個交易。」

崔維茲搖了搖頭。「我不要，李札樂部長，那艘太空艇是我的，我絕不會讓給別人。我已經跟你講過，如果你們試圖硬闖進去，會引發威力強大的爆炸。我向你保證我說的是實話，別指望這只是虛聲恫嚇。」

「可以由你將它打開，重新設定電腦。」

「這點無庸置疑，但我不會那樣做。」

李札樂深深吸了一口氣。「你知道的，我們有辦法令你改變心意。如果不是直接對付你，也能向你的朋友裴洛拉特博士，或是那個年輕女子下手。」

「嚴刑拷打嗎，部長？這就是你們的法律？」

「不，議員先生。但我們也許不必那麼殘酷，心靈探測器總是屢試不爽。」

進了部長的寓所之後，崔維茲首度感到一陣心寒。

「你同樣不能那麼做。將心靈探測器用在非醫療用途上，不論在銀河哪個角落，都是一種非法行爲。」

「但我們如果逼不得已——」

「我願意賭一賭，」崔維茲冷靜地說：「因爲那樣做對你們沒好處。我的護艇決心如此堅定，在心靈探測器扭轉我的意志之前，我的大腦就會受到嚴重損傷。」（這只是在唬人，他想，同時內心的寒意更甚）「即使你們技術高超，能夠令我回心轉意，而不傷及我的大腦，我又眞的打開了太空艇，並解除它的武裝，將它雙手奉上，你們仍然得不到任何好處。那上面的電腦甚至比太空艇本身更先進，它設計得——我也不知道如何做到的——唯有跟我配合才能充分發揮潛能，它是我所謂的『私人電腦』。」

「那麼，假如讓你保有那艘太空艇，由你繼續擔任駕駛員，你願考慮爲我們駕駛嗎？你將成爲康普隆的榮譽公民，領取巨額薪資，享受極豪奢的生活，而你的朋友也一樣。」

「不行。」

「那麼你有什麼建議？我們就這樣看著你和你的朋友駕駛太空艇升空，飛回銀河中？我要警告你，在被迫放棄之前，我們也許會索性通知基地，說你和你的太空艇都在這裡，將一切交給他們處理。」

「讓你們自己也得不到？」

「如果一定得不到，或許我們寧願將它交還基地，也不願讓一個傲慢無恥的外星人士撿便宜。」

「那麼我來建議一個我自己的折衷方案。」

「折衷方案？好，我洗耳恭聽，說吧。」

於是崔維茲謹愼地說：「我正在執行一項重要任務，這項任務最初由基地資助。如今資助似乎暫時中止，但任務的重要性並未消失。希望康普隆能繼續資助我，我若順利完成任務，康普隆將因此受惠。」

李札樂現出半信半疑的表情。「事後你不打算把太空艇還給基地？」

「我從未計畫那樣做。假如基地認爲我還有可能想到歸還這件事，就不會那麼拚命尋找這艘太空艇。」

「但這並不表示你會把太空艇交給我們。」

「一旦我完成任務，太空艇可能對我就沒用了。在那種情況下，我不會反對由康普隆接收。」

兩人默默對望了好一陣子。

然後李札樂說：「你用的是條件句，太空艇『可能』怎樣怎樣，這種話對我們沒什麼意義。」

「我大可信口開河，但那樣做對你們又有什麼意義？我的承諾既謹愼又有限，至少顯示我是誠心誠意的。」

「眞聰明，」李札樂點了點頭，「我喜歡你這番話。好吧，說說你的任務是什麼，又如何能使康普隆受惠？」

崔維茲說：「不，不，該輪到你表態了。我若能證明這項任務對康普隆很重要，你可願意支持我？」

李札樂部長從長椅中站起來，又變成一個高大且具有壓倒性優勢的身軀。「我餓了，崔維茲議員，空著肚子我沒法再談下去。我要招待你一些吃的喝的，但不會太豐盛。吃完之後，我們再來談出個結果。」

此時，崔維茲覺得她臉上露出一種饑渴的期待，因此他緊閉嘴巴，心裡多少有點不自在。

21

這一餐或許相當營養，但並不怎麼可口。主菜包括一客燉牛肉，上面澆著芥末醬，下面鋪了一層青葉蔬菜。崔維茲認不出那是什麼蔬菜，也不喜歡那種又苦又鹹的味道，後來他才弄明白，原來那是一種海草。

主菜之後是一道水果，吃起來像是帶點桃子味的蘋果（味道還眞不錯），還有一杯熱騰騰的黑色飲料。由於飲料味道實在太苦，崔維茲只喝了一半，就表示能否換杯冷開水。每樣食物的份量都很少，不過此時此刻，崔維茲也不會在意。

這一餐完全自理，沒有任何僕傭服務，部長親自下廚，親自上菜，飯後還親自將碗盤刀叉收拾乾淨。

「我希望你吃得愉快。」他們離開餐廳時，李札樂這麼說。

「相當愉快。」崔維茲並不熱絡地答道。

部長又在長椅上坐下來。「我們回到原先的話題吧，」她說：「你剛才提到，康普隆可能憎惡基地在科技上的領導地位，以及在銀河中的政治霸權。就某方面而言，這的確是事實，可是相較之下，只有少數熱中星際政治的人，才對這方面的問題感興趣。更貼切的說法是，一般康普隆人對基地的道德淪喪相當反感。雖然許多世界都有道德淪喪的情形，但端點星似乎最爲惡名昭彰。我敢說，這個世界的反端點星敵意即根源於此，而不是那些更抽象的問題。」

「道德淪喪？」崔維茲不解地問道：「不管基地有什麼缺失，你都必須承認，在它管轄的那一部分銀河，行政相當有效率，財政也很清廉。一般說來，民權普遍受到尊重，而且……」

「崔維茲議員，我是指兩性間的道德。」

「這樣的話，我就更不瞭解你的意思了。就這方面而言，我們是個絕對道德的社會，不論在社會哪個層面，都有許多女性成員。我們的市長就是女性，而且議會裡將近半數……」

部長臉上迅疾閃過一絲怒容。「議員先生，你在逗我嗎？你當然知道兩性間的道德是指什麼，在端點星上，婚姻究竟是或不是一件神聖的事？」

「你所謂的神聖是什麼意思？」

「有沒有正式的結婚儀式，將一男一女結合在一起？」

「當然有，只要當事人希望這樣做。這種儀式有助於簡化稅務和繼承的問題。」

「但離婚也是允許的？」

「當然可以。如果硬要將兩個人永遠綁在一起，那才是不道德呢。當夫妻兩人……」

「難道沒有宗教上的約束嗎？」

「宗教？的確有人根據古代祭儀創出一套哲學，可是這和婚姻又有什麼關係？」

「議員先生，在康普隆上，凡是和性有關的事物，都會受到嚴格控制。非但絕對不能有婚外性行爲，即使夫妻之間，性的體現也受到重重限制。我們感到極其震驚，有些世界——尤其是端點星——似乎把性當作無傷大雅的單純社交娛樂，不論什麼時間、什麼方式、什麼對象，只要高興即可放縱一番，一點也不顧及宗教上的意義。」

崔維茲聳了聳肩。「我很遺憾，但我無法著手改造銀河，甚至對端點星也無能爲力。可是，這又和我的太空艇有何相干？」

「我是在講公衆對太空艇這個事件的意見，以及輿論如何限制了我的妥協程度。假如康普隆民衆發現，你在太空艇上藏了一個年輕迷人的女子，用來供你和你的夥伴發洩性慾，將會引起他們強烈的反感。我考慮到你們三人的安全，才力勸你接受和平的妥協方案，以免受到公開審判。」

崔維茲說：「我想你是利用剛才的用餐時間，想出這個新的威脅勸誘方式。我現在是不是應該害怕暴民對我動用私刑？」

「我只是指出潛在的危險。難道你能否認，那名同行的女子並非專供發洩性慾之用？」

「我當然否認。寶綺思是我的朋友裴洛拉特博士的伴侶，沒有別人跟他分享。你也許不會將他們的關係定義爲婚姻，但我相信在裴洛拉特心目中，以及在那女子心目中，他倆的確有著婚姻關係。」

「你是在告訴我，你自己沒有介入其中？」

「當然沒有，」崔維茲說：「你把我當成什麼了？」

「我無法判斷，我不瞭解你的道德觀。」

「那麼讓我來解釋一下，我的道德觀告訴我，自己不該覬覦朋友的財產，或是玩弄他的伴侶。」

「你甚至不受誘惑？」

「我無法控制誘惑的浮現，可是想要我屈服，卻絕無可能。」

「絕無可能？或許是你對女人沒興趣。」

「你可別那麼想，我當然有興趣。」

「距離你上次跟女人發生性關係，已經多久了？」

「幾個月吧，我離開端點星之後，就從來沒有過。」

「你一定不喜歡這樣。」

「當然不喜歡，」崔維茲的情緒十分激動，「可是情非得已，我毫無選擇餘地。」

「你的朋友裴洛拉特看到你這麼苦，一定願意把他的女人和你分享。」

「我沒有在他面前表現出來，但我即使讓他知道，他也不會願意和我分享寶綺思。我想那女子也不會同意，況且我對她並沒有吸引力。」

「你這麼說，是因為你曾經嘗試過？」

「我沒有嘗試過，我覺得不需要嘗試就能下這個判斷。總之，我並不特別喜歡她。」

「眞是難以置信！男人應該公認她是迷人的女性。」

「就肉體而言，她確實迷人，然而她並不合我的口味。原因之一是她太年輕，有些地方太孩子氣。」

「那麼，你比較喜歡成熟的女人？」

崔維茲頓了一下，這是個陷阱嗎？他小心翼翼地答道：「我的年紀夠大了，足以欣賞一些成熟的女人。這跟我的太空艇又有什麼關係？」

李札樂說：「暫且忘掉你的太空艇。我今年四十六歲，一直單身；我太忙了，始終沒有時間結婚。」

「這樣說來，照你們的社會規範，你必定一直過著禁慾的生活。你問我多久沒有性生活了，難道就是這個原因嗎？你是不是要我提供這方面的意見？如果眞是這樣，我會說這種事不像飲食，沒有性生活的確令人不舒服，但是不會活不下去。」

部長微微一笑，再度露出饑渴的眼神。「別誤會我，崔維茲。地位自然會帶來特權，而且我可以小心行事，所以我並非全然的禁慾者。然而，康普隆的男性無法令我滿足。我承認道德是絕對的美德，但它確實令這個世界的男性產生了罪惡感。他們失去了冒險犯難、勇往直前的精神，來得慢，去得快，而且普遍缺乏技巧。」

崔維茲非常謹愼地說：「這點我也幫不上任何忙。」

「你在暗示這可能是我的錯？我無法挑起他們的慾望？」

崔維茲舉起一隻手。「我完全沒有這個意思。」

「這樣說來，如果給你機會，你將如何反應？你，一個來自荒淫世界的男人，一定有過各式各樣的性經驗。而且你已經被迫禁慾好幾個月，卻有個年輕迷人的女子不斷出現在你面前。面對著一個像我這樣的女人，她正是你自稱喜歡的那種成熟典型，你會有什麼樣的反應？」

崔維茲說：「我會循規蹈矩，對你敬愛有加，這才配得上你的地位和尊貴。」

「別傻了！」部長說。她一隻手挪到右側腰際，解開束腰的白色帶子，再將那條帶子從胸前與頸部扯下，這時她的黑色上裝明顯地鬆開了。

崔維茲僵坐在那裡。她這個念頭，是從——什麼時候開始的？或者，這是她在各種威脅都失敗之後，另一種收買自己的手段？

她的上裝已經連同堅硬的束胸一起落下。這位部長就這樣坐著，腰部以上完全赤裸，臉上帶著驕傲無比的神情。她的胸部可說是她本人的縮影——碩大，堅挺，散發出令人無法抗拒的魅力。

「怎麼樣？」她說。

崔維茲老老實實地答道：「太壯觀了！」

「那你打算怎麼做？」

「根據康普隆的道德觀，我該怎麼做，李札樂女士？」

「那對端點星的男人有什麼意義？你們的道德觀又會叫你怎麼做？開始吧，我的胸部很冷，渴望得到溫暖。」

崔維茲站起來，隨即開始寬衣。

第六章：地球的眞面目

22

崔維茲覺得像是吃了迷幻藥，不知道時間過了多久。

他身旁躺著運輸部長蜜特札．李札樂。她趴在床上，頭轉向一側，張著嘴巴，不時發出清晰的鼾聲。知道她睡著了，崔維茲才放心一點。他希望她醒來之後，清清楚楚記得自己曾經睡了一覺。

崔維茲其實也睏極欲眠，但他感到自己必須保持清醒，不能讓她醒來的時候，發現他正在呼呼大睡。這點相當重要，必須讓她瞭解，當她筋疲力盡、不省人事之際，他仍然精神飽滿。她會希望「基地浪子」一直保持生龍活虎的狀態，而此時此刻，最好不要令她失望。

就某方面而言，他做得很好。他猜對了，雖然李札樂魁梧強健、擁有極大權力、輕視她碰到過的所有康普隆男性，並且對於有關基地浪子性技巧的傳說（她從哪裡聽來的？崔維茲感到納悶）交雜著恐懼與神往，不過，她卻樂於被男人征服。這甚至可能是她長久以來的願望，只是她一直沒機會表達這種慾望與期待。

崔維茲的行動便是以這個猜測爲指導原則，結果很幸運，他發現自己猜對了。（永遠正確的崔維茲，他自嘲地想。）如此不但取悅了這個女人，也讓崔維茲取得了主導權，將她的精力完全榨乾，自己卻沒有花太多氣力。

不過這也不容易，她擁有令人讚嘆的胴體（她說已經四十六歲，卻絲毫不比二十五歲的運動員遜色），以及無窮無盡的精力。只有與她自己揮霍無度的慾望相比，她的精力才甘拜下風。

事實上，若能將她馴服，教她懂得如何節制，並且在不斷的練習中（可是他撐得過來嗎？）讓她對自己的能力更有自知之明，而更重要的是，對他的能力也更加瞭解，那麼，這也許會是一件愉快……

鼾聲突然停止，她微微動了一下。他將右手放在她肩膀上輕輕撫摩，她的眼睛就張開了。崔維茲用手肘撐著身子，盡量使自己看來毫無倦容且精力充沛。

「我很高興你睡著了，親愛的。」他說：「你實在需要休息。」

她睡眼惺忪地對他微微一笑，崔維茲突然有點不安，以爲她會提議再來雲雨一番。但她只是努力翻了個身，變得仰躺在床上，然後用柔和而滿足的口吻說：「我一開始就沒看錯，你的確是個性愛高手。」

崔維茲盡量表現出謙遜的態度。「我應該更節制一點。」

「胡說，你做得恰到好處。我本來還在擔心，怕你一直保有性生活，精力都給那個年輕女子耗盡了。但你的表現使我相信事實並非如此，你說的都是實話，對不對？」

「我剛開始就表現得像個半飽的樣子嗎？」

「不，你一點都不像。」說完她就爆笑出來。

「你還想要用心靈探測器嗎？」

她又哈哈大笑。「你瘋啦？我現在還願意失去你嗎？」

「但你最好能暫時失去一下。」

「什麼！」她皺起眉頭。

「如果我永遠待在這裡，親……親愛的，是不是要不了多久，就會有人竊竊私語，指指點點？

然而，如果我能離去，繼續執行我的任務，我自然會經常回來向你報到，而我們自然會關起門來敘舊一番——況且我的任務極為重要。」

她一面考慮，一面隨手搔了搔右臂。然後她說：「我想你說得對，我不喜歡這個提議，但是——我想你說得對。」

「你不用擔心我不會回來。」崔維茲說：「我不會那麼傻，忘記這裡有什麼在等我。」

她對他笑了笑，輕輕碰了碰他的臉頰，又望著他的眼眸說：「你覺得快樂嗎，吾愛？」

「快樂得難以形容，親愛的。」

「但你是基地人，你正處於人生的黃金歲月，又剛好來自端點星，你一定慣於和具有各種技巧的各種女人……」

「我從未遇到任何一個——任何一個——有一分像你的女人。」崔維茲毫不費力就說得理直氣壯，畢竟這是百分之百的實話。

李札樂以得意的口吻道：「好吧，既然你這麼說。話說回來，你知道的，有道是積習難改，我想我不能沒有任何保證就輕易相信一個男人。你和你的朋友裴洛拉特，在我瞭解並批准你們的任務後，應該就能上路，繼續執行這項任務，但我要將那年輕女子留在這裡。她會受到很好的款待，你不用怕，但我相信裴洛拉特博士會想念她，所以他一定會要你經常返回康普隆，即使你對這項任務的狂熱，可能讓你想在外面逗留很久。」

「可是，李札樂，這是不可能的。」

「是嗎？」她的雙眼立刻透出懷疑的目光，「為什麼不可能？你需要那個女的做什麼？」

「我跟你講過，不是為了性，而我講的都是實話。她是裴洛拉特的，我對她沒興趣。何況，如果她想學你剛才得意洋洋地擺出的那些招式，我確定她會立刻斷成兩截。」

李札樂差點笑起來，但她克制住笑意，以嚴厲的口吻說：「那麼，如果她留在康普隆，對你又有什麼影響？」

「因爲她對我們的任務極爲重要，這就是我們必須要她同行的原因。」

「好吧，那麼，你們的任務到底是什麼？現在是你告訴我的時候了。」

崔維茲只遲疑了非常短的時間。如今必須實話實說，他根本編不出那麼有說服力的謊言。

「聽我說，」他道：「康普隆也許是個古老的世界，甚至是最古老的世界之一，但它絕不可能是最最古老的。人類這種生物並非發源此地，最早在這裡生存的人類，是從別的世界遷徙來的；但人類可能也不是從那裡發源，而是來自另一個更古老的世界。不過，這種回溯的過程終究有個盡頭，我們一定會回溯到最初的世界，也就是人類的發祥地。我要尋找的正是地球。」

蜜特札·李札樂突如其來的強烈反應令他嚇了一大跳。

躺在床上的她，雙眼睜得老大，呼吸突然變得急促，身上每條肌肉似乎全都僵住，兩隻手臂硬邦邦地向上舉起，雙手食、中兩指交叉在一起。

「你說出了它的名字。」她嘶啞地悄聲道。

23

她沒有再說什麼，也沒有再望他一眼。她的雙臂慢慢垂下，兩腿移到床沿，然後背對著他坐起來。崔維茲仍舊躺在那裡，一動也不動。

曼恩·李·康普所說的一番話，此時在他腦際響起，當時，他們是在那個空洞的賽協爾旅遊中心裡面。他現在還記得很清楚，當康普提到自己的祖星，也就是崔維茲如今立足之處，他是這麼說的：「他們對地球有著迷信式的恐懼，每當提到這個名字，他們都會舉起雙手，食指和中指交叉，藉此袪除霉運。」

事後才想起這些話有什麼用！

「我應該怎麼說呢，蜜特札？」他喃喃問道。

她輕輕搖了搖頭，站起身來，朝一扇門大步走過去。她穿過之後，那扇門隨即關上，不一會兒，便有水聲從裡面傳出來。

現在的他全身赤裸，模樣狼狽，除了等待別無良策。他也想到是否應該跟她一起淋浴，卻很肯定最好別這樣做。但由於他覺得似乎被排拒在浴室之外，想洗澡的衝動反而立刻劇漲。

她終於走出來，開始默默挑選衣服。

他說：「你介不介意我——」

她什麼也沒說，崔維茲便將沉默解釋為默許。他本想昂首闊步走進浴室，表現得像個健壯的男子漢，卻又覺得很彆扭，就好像小時候，他不守規矩惹母親生了氣，母親並不處罰他，只是不再跟他說話，令他感到極為難過而沮喪。

進了那間四壁光滑的小浴室之後，他四下望了望，發現裡面空空如也，什麼東西都沒有。他又更加仔細地檢查了一遍，仍舊什麼也找不到。

他把門打開，伸出頭來說：「我問你，怎樣才能開啟淋浴？」

她把體香劑（至少，崔維茲猜想它具有類似功效）放在一旁，大步走進浴室，依舊看也不看他一眼，只是舉起手來指了指。崔維茲的目光順著她的手指望去，這才看到牆上有個淡粉紅色的圓點，顏色極淺，彷彿設計師不願為了標示一個小小的功能，而破壞那種純白的美感。

崔維茲輕輕聳了聳肩，向那面牆湊過去，伸手碰觸那個圓點。想必那就是他該做的動作，因為下一瞬間，大蓬細碎的水花便從四面八方襲來。他大口喘著氣，趕緊再碰一下那個圓點，水花立即停止。

他又打開門，知道自己看來一定更加狼狽，因為他全身抖得十分厲害，幾乎連話都說不清楚。他以嘶啞的聲音問道：「熱水怎麼開？」

現在她終於正眼瞧他，他滑稽的模樣顯然使她忘了憤怒（或是恐懼，或是任何困擾著她的情緒），因為她吃吃竊笑起來，接著，又毫無前兆地衝著他哈哈大笑。

「什麼熱水？」她說：「你以為我們會把能源浪費在洗澡水上？你剛才開的是暖和的溫水，已經除掉了寒氣，你還想要什麼？你這個溫室養大的端點星人！給我進去洗！」

崔維茲猶豫了一下，不過只是一下而已，因為他顯然沒有其他選擇。

他心不甘情不願地又碰了一下那個粉紅圓點，這次他已有心理準備，咬緊牙關忍受著冰冷的水花。溫水？他發現身上開始冒起肥皂泡沫，判斷現在是「洗滌週期」，想必不會持續太久，於是趕緊這裡搓搓，那裡搓搓，全身上下到處都搓了搓。

接下來是「沖洗週期」，啊，眞暖和！嗯，也許並非眞正暖和，只不過沒有先前那麼冷，但是對完全凍僵的身體而言，當然要算相當暖和。不久水花突然停了，當時他正想將水關掉，並納悶李札樂剛才如何全身乾爽地走出來，因為這裡絕對沒有毛巾或其他代用品。此時，突然出現一陣急速的氣流，若非各個方向風力相當，他一定馬上被吹得東倒西歪。

這是一股熱氣，幾乎可說太熱了。崔維茲想，那是因為與熱水比較之下，加熱空氣所消耗的能源要少得多。熱氣很快將他身上的水珠蒸乾，幾分鐘後，他已經能乾爽地走出浴室，就像一輩子從未碰過水一樣。

李札樂似乎完全恢復了。「你覺得還好嗎？」

「相當好。」事實上，崔維茲覺得全身舒暢異常。「我唯一要做的就是洗冷水的心理準備，你沒告訴我……」

「溫室裡的花朵。」李札樂略帶輕蔑地說。

他借用了她的體香劑，然後開始穿衣服，這才發覺只有她有乾淨的內衣可換，自己卻沒有。他說：「我應該怎樣稱呼——那個世界？」

她說：「我們管它叫『最古世界』。」

他說：「我又怎麼知道剛才說的那個名字是禁忌？你告訴過我嗎？」

「你問過嗎？」

「我怎麼知道該問？」

「你現在知道了。」

「我一定會忘記。」

「你最好別忘。」

「這有什麼差別呢？」崔維茲覺得火氣來了，「只是一個名字，一些聲音罷了。」

李札樂以陰鬱的語氣說：「有些字眼是不能隨便說的，你會隨時隨地說出你知道的每個字眼嗎？」

「有些字眼的確很粗俗，有些不適於說出口，有些在特殊場合會傷人。我剛才用的那個字眼，屬於哪一類？」

李札樂答道：「它是個可悲的字眼，是個嚴肅的字眼。它代表我們的祖先世界，而這個世界已不復存在。它很悲壯，我們感覺得到，因為它距離我們很近。我們盡量不談到它，如果不得不提及，也不會提到它的名字。」

「手指交叉對著我又是什麼意思呢？這樣怎能撫慰痛苦和悲傷？」

李札樂漲紅了臉。「那是一種反射動作，我是給你逼的。有些人相信那個字眼會帶來不幸，甚至光是想想都會倒霉，他們就是用那個動作祛除霉運。」

「你是否也相信交叉手指眞能祛除霉運？」

「不相信——嗯，也可以說相信。我要是不那麼做，心中就會感到不安。」她在說話的時候，目光一直避開他。然後，她彷彿急於改變話題，馬上又說：「你們那位黑髮姑娘，對於你們尋找——你所說的那個世界，究竟有什麼重要性？」

「說最古世界吧，或是你連這個稱呼都不願意用？」

「我寧可完全不討論這件事，但我問了你一個問題。」

「我相信，她的祖先就是從最古世界移民到現在那顆行星的。」

「跟我們一樣。」李札樂驕傲地說。

「可是她的族人擁有一些口傳歷史，她說那是瞭解最古世界的關鍵線索。但我們必須先找到它，才能利用那個線索，研究上面的記錄。」

「她在說謊。」

「或許吧，但是我們必須查清楚。」

「既然你有了這個女子，以及她那些不可靠的知識，你又已經準備和她一起去尋找最古世界，爲什麼還要來康普隆呢？」

「因爲想要找出最古世界的位置。我以前有個朋友，他跟我一樣是基地人，不過他的祖先來自康普隆。他曾經肯定地告訴我，許多有關最古世界的歷史在康普隆是家喻戶曉的。」

「他眞這麼說？他有沒有告訴你任何有關它的歷史？」

「有的。」崔維茲再次實話實說，「他說最古世界已經死了，上面充滿放射性。他也不清楚爲什麼，但他認爲可能是核爆的結果，也許是在一場戰爭中發生的。」

「不對！」李札樂巨聲吼道。

「不對？是不曾有戰爭，還是最古世界沒有放射性？」

「它有放射性，但並非由於戰爭的緣故。」

「那麼它是如何變得具有放射性呢？它不可能一開始就有放射性，否則根本不會有任何生命存在，但人類這種生物正是起源於最古世界。」

李札樂似乎在猶豫，她站得筆直，呼吸沉重，幾乎是在喘氣。她說：「那是一種懲罰。它是使用機器人的世界之一，你知道什麼是機器人嗎？」

「知道。」

「他們使用機器人，因此受到懲罰。每個擁有機器人的世界都受到了懲罰，全都不存在了。」

「李札樂，是誰懲罰他們？」

「是『懲罰者』，是歷史的力量，我也不確定。」她的目光又避開他，眼神有些不安。然後，她壓低聲音說：「去問別人吧。」

「我願意問別人，但我該找誰問呢？康普隆上有人研究過太古歷史嗎？」

「有的，他們不受我們歡迎，我是指不受一般康普隆人的歡迎。可是基地，你們的基地，卻堅持他們所謂的學術自由。」

「我認爲這個堅持很好。」崔維茲說。

「凡是被外力強迫的，都是不好的。」李札樂回嘴道。

崔維茲聳了聳肩。辯論這種題目好像沒有任何意義，於是他說：「我的朋友裴洛拉特博士，可以算是一位太古歷史學家。我相信他一定希望見見康普隆的同道，你能幫忙安排嗎，李札樂？」

她點了點頭。「有個名叫瓦希爾．丹尼亞多的歷史學家，寄身在本市的大學裡。他沒有開課，不過你們想知道的事，他也許都能告訴你們。」

「他為什麼沒開課？」

「不是政府不准，只是學生都不選他的課。」

「我想，」崔維茲盡量避免透出譏諷的口氣，「是政府鼓勵學生不去選他的課。」

「學生怎麼會想上他的課？他是個懷疑論者，到處都有這樣的人，你知道的。總有些人喜歡跟一般的思想模式唱反調，而且這種人都十分高傲自大，以為只有自己的看法才正確，其他大多數人都是錯的。」

「難道許多時候不正是這樣嗎？」

「從來沒有！」李札樂怒吼道，她的語氣萬分堅定，表示顯然沒有必要就這個問題再討論下去。「縱然他死守著他的懷疑論，他告訴你的答案，也注定和任何康普隆人說的一模一樣。」

「什麼答案？」

「如果要尋找最古世界，你一定會無功而返。」

24

在指定給他們的套房裡，裴洛拉特仔細聽完崔維茲的敘述，又長又嚴肅的面容始終毫無表情。然後他說：「瓦希爾．丹尼亞多？我不記得聽過這個名字，但若是在太空艇上，我或許能從我的圖書館中找到他的論文。」

「你確定沒聽過這個人？好好想一想！」崔維茲說。

「此時此刻，我實在想不起來聽過這個名字。」裴洛拉特十分謹慎地說：「但無論如何，我親愛的兄弟，銀河中稍有名望的學者，我沒聽說過或記不起來的，少說也有好幾百個。」

「話說回來，他不可能是第一流的學者，否則你一定聽過。」

「研究地球……」

「練習說最古世界，詹諾夫，否則會讓事情變得更複雜。」

「研究最古世界，」裴洛拉特又說：「在學術界並不吃香，因此第一流的學者，即使是鑽研太古歷史的一流學者，都不願意涉足其間。或者，讓我們換個說法，那些已經鑽入這個領域的學者，不可能藉著一個大家都沒興趣的世界，使自己在學術界揚名立萬，成爲公認的一流學者，即使他們當之無愧。比方說，就沒有任何人認爲我是一流的，這點我相當肯定。」

寶綺思溫柔地說：「在我心目中就是，裴。」

「對啊，在你心目中當然不一樣，親愛的，」裴洛拉特淡淡一笑，「但你的評斷並非根據我的學術成就。」

根據鐘錶所指的時間，現在幾乎入夜了。崔維茲又開始感到有點不耐煩，每當寶綺思與裴洛拉特打情罵俏之際，他總會有這種感覺。

他說：「我會試著安排明天一起去見這位丹尼亞多，但如果他知道的和那位部長一樣少，我們就等於白跑一趟。」

裴洛拉特說：「他也許能帶我們去找對我們更有幫助的人。」

「我可不信。這個世界對地球的態度——但我最好也練習改用拐彎抹角的稱呼——這個世界對最古世界的態度是愚昧且迷信的。」他背過臉去，又說：「不過這實在是辛苦的一天，我們應該準備吃晚餐了——只要我們能夠接受他們那種平平的烹飪術——然後再準備睡上一覺。你們兩位學會怎樣用淋浴了嗎？」

「我親愛的夥伴，」裴洛拉特說：「我們受到非常殷勤的款待，學到了所有設備的使用方法，大部分我們都用不著。」

寶綺思說：「我問你，崔維茲，太空艇的事怎麼樣了？」

「什麼怎麼樣？」

「康普隆政府要沒收它嗎？」

「不，我想他們不會。」

「啊，眞令人高興。他們爲什麼不會？」

「因爲我說服了部長改變心意。」

裴洛拉特說：「眞是難以置信，我認爲她不像是特別容易被說服的人。」

寶綺思說：「這點我不清楚，不過從她的心靈紋理看來，她顯然被崔維茲吸引了。」

崔維茲突然氣呼呼地瞪著寶綺思。「你那麼做了嗎，寶綺思？」

「你這話什麼意思，崔維茲？」

「我是說影響她的……」

「我並沒有影響她。不過，當我注意到她被你吸引的時候，我忍不住扯斷她一兩道心靈禁制。這是微不足道的一件小事，那些禁制自己也可能掙斷，然而確保她對你充滿善意，則似乎是件很重要的事。」

「善意？不只如此而已！沒錯，她的確軟化了，卻是在我們上床之後。」

裴洛拉特說：「你顯然是在開玩笑，老友……」

「我爲什麼開玩笑？」崔維茲氣沖沖地說：「她也許不再年輕，但她精通此道。我向你保證，她可不是生手。我不會裝出一副道貌岸然的樣子，也不會爲她掩飾什麼。那是她的主意——這都要感謝寶綺思拉斷了她的心靈禁制——在那種情況下我根本無法拒絕，即使想到應該拒絕，我也不會那麼做，何況我並沒有拒絕的念頭。得了吧，詹諾夫，別表現得像個清教徒，我已經好幾個月沒這種機會了，而你卻有——」他朝寶綺思的方向隨手揮了揮。

「相信我，葛蘭，」裴洛拉特尷尬地說：「如果你將我的表情解釋爲清教徒的反應，那就是誤會我了，我一點都不反對。」

寶綺思說：「她卻是個標準的清教徒。我本來只想讓她對你熱絡點，並沒有想要利用性衝動。」

崔維茲說：「但你引發的正是這種結果，愛管閒事的小寶綺思。在公開場合，那位部長也許必須扮演清教徒，但這樣一來，似乎只會使她的慾火更熾烈。」

「而你只要搔到她的癢處，她就會背叛基地……」

「她無論如何都會那麼做，她想要那艘太空艇……」崔維茲突然住口，又壓低聲音說：「我們有沒有被竊聽？」

寶綺思說：「沒有！」

「你確定嗎？」

「確定。以任何未經允許的方式侵入蓋婭的心靈，都不可能不讓蓋婭發覺。」

「這樣就好。康普隆自己想要這艘珍貴的太空艇，用以充實他們的艦隊。」

「基地一定不會允許的。」

「康普隆不打算讓基地知道。」

寶綺思嘆了一口氣。「這又是你們孤立體演出的鬧劇。部長爲了康普隆，本來準備背叛基地，結果爲了回報一場魚水之歡，立刻又準備背叛康普隆。至於崔維茲嘛，他很樂意出賣自己的肉體，來引誘部長叛國。你們的銀河簡直處於無政府狀態，根本就是一團混沌。」

崔維茲冷冷地說：「你錯了，小姐……」

「我剛才說話的時候，可不是什麼小姐，我是蓋婭，我是所有的蓋婭。」

「那麼你錯了，蓋婭。我並沒有出賣肉體，而是心甘情願地付出，我樂在其中，沒有傷害到任何人。至於結果，就我的觀點而言，其實是圓滿收場，我願意接受這一切。康普隆若是出於私心而想要那艘太空艇，這又能說是誰對誰錯呢？它雖然是一艘基地的太空艇，可是基地已經撥給我，作爲尋找地球之用，在我完成這項任務之前，它都是屬於我的，我想基地沒有權利違背這項協議。至於康普隆，它不喜歡受基地支配，因此夢想著獨立。站在它的立場，追求獨立和欺騙基地都是正當的，因爲這並非叛變的行動，而是愛國的表現。誰能說得清呢？」

「正是如此，誰能說得清呢？在一個無政府狀態的銀河中，該如何分辨合理和不合理的行爲？該如何判斷是與非、善與惡、正義與罪愆、有用與無用？部長背叛她自己的政府，讓你保留太空艇，這個行動你要如何解釋？難道是因爲她對這個令人窒息的世界不滿，而渴望個人的獨立？她究竟是個叛徒，還是個忠於自己、追求自主的女人？」

「老實說，」崔維茲道：「她願意讓我保有太空艇，我不敢說只是爲了感謝我帶給她的快樂。我相信，是在我提到正在尋找最古世界之後，她才做出這個決定的。對她而言，那是個充滿惡兆的世界，而我們三人，以及載運我們的太空艇，由於從事這項探索，也都變成了惡兆。我有一種想法，她認爲奪取那艘太空艇的行動，已經爲她自己以及她的世界招徠噩運，現在她心中可能充滿恐懼。或許她感到，如果讓我們和太空艇一起離開，繼續執行我們的任務，就能使噩運遠離康普隆，而這可算是一樁愛國之舉。」

「雖然我很懷疑，崔維茲，但如果眞如你所說的，那麼迷信就成了行動的原動力。你認為這是好現象嗎？」

「我既不稱讚也不譴責這種事。在知識不足的情況下，迷信總是會指導人們的行動。基地上上下下都相信謝頓計畫，雖然我們之中沒有誰能瞭解它、沒有誰能解釋它的細節，或是能用它來進行預測。我們出於無知和信念，盲目奉行這個計畫，難道不也是一種迷信嗎？」

「沒錯，可能就是。」

「而蓋婭也一樣，你們相信我做了正確的抉擇：蓋婭應該將整個銀河併成一個超大型生命體，但你們不知道我的選擇為何正確，以及遵循我的決定有多保險。你們甘願在無知和信念上展開行動，而我試圖尋找證據，想幫助你們突破這個窘境，你們竟然還不高興。這難道不也是迷信嗎？」

「我認為這回他把你駁倒了，寶綺思。」裴洛拉特說。

寶綺思說：「沒有。這次的尋找只會有兩個結果，不是一無所獲，便是找到足以支持他那個決定的佐證。」

崔維茲又說：「而你這個信心，也只是靠無知和信念來支持。換句話說，就是迷信！」

25

瓦希爾．丹尼亞多是個小個子，又生得一副小鼻子小眼睛，但他看人的時候並不抬頭，只是將眼珠向上翻轉。這副尊容，再加上他臉上經常閃現的短暫笑容，使他看來像是一直在默默嘲笑這個世界。

他的研究室相當狹長，裡面堆滿磁帶，看來凌亂不堪。倒不是因爲眞有多亂，而是由於磁帶在架子上排列很不整齊，像是好幾排參差不齊的牙齒。他請三位訪客坐的椅子並不屬於一套，而且看得出最近才撣過灰，卻沒有清理得很乾淨。

他說：「詹諾夫．裴洛拉特，葛蘭．崔維茲，以及寶綺思。我還不知道你的姓氏，女士。」

她答道：「通常大家就叫我寶綺思。」說完便坐下來。

「反正這樣也夠了，」丹尼亞多一面說，一面對她眨眼睛，「你這麼迷人，即使根本沒有名字，也不會有人見怪。」

大家坐定之後，丹尼亞多又說：「雖然我們從來沒通過信，但我久仰你的大名，裴洛拉特博士。你是基地人，對不對？從端點星來的？」

「是的，丹尼亞多博士。」

「而你，崔維茲議員，我好像聽說你最近被議會除名，並且遭到放逐，但我一直不瞭解究竟是爲什麼。」

「我沒有被除名，博士，我仍是議會的一員，雖然我不知道何時會再重拾權責。我也不算眞的遭到放逐，而是接受了一項任務。我們希望向你請教的問題，就和這項任務有關。」

「樂於提供協助。」丹尼亞多說：「這位引人綺思的小姐呢？她也是從端點星來的嗎？」

崔維茲立刻插嘴道：「她是從別處來的，博士。」

「啊，這個『別處』，眞是個奇怪的世界，最不平凡的人類都是那裡土生土長的。不過，既然你們兩位來自基地的首都端點星，這位又是個年輕迷人的女郎，而蜜特札．李札樂對這兩種人向來沒有好感，她怎麼會如此熱心地把我推薦給你們呢？」

「我想，」崔維茲說：「是爲了要擺脫我們。你愈快協助我們，你該知道，我們就會愈快離開康普隆。」

丹尼亞多看了崔維茲一眼，顯得很感興趣（又露出一閃即逝的微笑），然後說：「當然啦，像你這樣生龍活虎的年輕人，不論是打哪兒來的，都很容易吸引住她。她把冷冰冰的聖女這個角色演得不賴，可是並非十全十美。」

「這點我完全不清楚。」崔維茲硬邦邦地說。

「你最好別清楚，至少在公開場合。但我是個懷疑論者，我的職業病使我不會輕易相信表面的事物。說吧，議員先生，你的任務是什麼？我來看看自己是否幫得上忙。」

崔維茲說：「這方面，裴洛拉特博士是我們的發言人。」

「我沒有任何異議。」丹尼亞多說：「裴洛拉特博士？」

裴洛拉特開口道：「用最簡單的方式來說，親愛的博士，我把成年後的所有歲月，全部花在鑽研一個特殊的世界上，試圖洞視一切相關知識的基本核心，而這個世界就是人類這個物種的發源地。後來我和我的好友葛蘭．崔維茲一同被送到太空，不過實際上，我原來根本不認識他。我們的任務是要尋找，盡可能尋找那個——呃——最古世界，我相信你們是這麼叫的。」

「最古世界？」丹尼亞多說：「我想你的意思是指地球。」

裴洛拉特長下巴，然後有點結結巴巴地說：「在我的印象中……我是說，有人告訴我說，你們都不……」

他望向崔維茲，顯然不知如何是好。

於是崔維茲接口道：「李札樂部長曾經告訴我，那個名字在康普隆不能使用。」

「你是說她這樣做？」丹尼亞多嘴角下垂，鼻子皺成一團，然後使勁向前伸出雙臂，雙手的食中兩指互相交叉。

「對，」崔維茲說：「我正是那個意思。」

丹尼亞多收回雙手，大笑了幾聲。「愚不可及，兩位先生。我們做這個動作只是一種習慣，偏遠地區的人也許很認眞，但一般人都不把它當一回事。康普隆人在生氣或受驚的時候，都會隨口喊上一聲『地球』，我還從來沒見過一個例外，那是我們這裡最普通的一句粗話。」

「粗話？」裴洛拉特細聲道。

「或者說感嘆詞，隨你喜歡。」

「然而，」崔維茲說：「當我使用這個字眼時，部長似乎相當慌亂。」

「喔，對了，她是個山地女人。」

「那是什麼意思，博士？」

「就是字面的意思。蜜特札．李札樂來自中央山脈，那裡的孩子是由所謂優良舊式傳統培養出來的。也就是說，不論他們後來接受多好的教育，也永遠無法戒除交叉手指的習慣。」

「那麼地球兩字對你完全不會造成困擾，是嗎，博士？」寶綺思問。

「完全不會，親愛的小姐，我是個懷疑論者。」

崔維茲說：「我知道『懷疑論者』在銀河標準語中的意思，但你們是怎麼個用法？」

「跟你們的用法一模一樣，議員先生。我只接受具有合理可靠的證據而令我不得不接受的觀念，但我仍然保持存疑，等待更進一步的證據出現。這種態度使我們不受歡迎。」

「爲什麼？」崔維茲說。

「我們在任何地方都不會受歡迎。哪個世界的人不喜歡輕輕鬆鬆、平易近人又老掉牙的信仰——不論多麼不合邏輯——反倒偏愛令人心寒的不確定感呢？想想看，你們又是如何相信缺乏證據的謝頓計畫。」

「沒錯。」崔維茲一面說，一面審視自己的指尖，「我昨天也舉過這個例子。」

裴洛拉特說：「我可不可以回到原來的題目，老兄？有關地球的種種說法，哪些是一名懷疑論者可以接受的？」

丹尼亞多說：「非常少。我們可以假設，人類這個物種的確發源於單一行星。若說這麼相近的物種，相近到能偶配的程度，竟然發源自數個世界，那是極端不可能的。人類甚至不會是在兩顆行星上獨立發展的，我們可以姑且將這個起源世界稱為地球。在我們這裡，一般人都相信地球就在附近的星空，因為這裡的世界都特別古老，而最初的殖民世界想必都比較接近地球。」

「地球除了是起源行星之外，還有沒有其他獨一無二的特色？」裴洛拉特急切地問道。

「你心裡有什麼特定的答案嗎？」丹尼亞多帶著一閃即逝的笑容說。

「我想到了地球的衛星，有些人稱之為月球。它應該頗不尋常，對不對？」

「這是個誘導性的問題，裴洛拉特博士，你可能正在將一些想法灌輸給我。」

「我沒說月球哪方面不尋常。」

「當然是它的大小，我說對了嗎？沒錯，我想我說對了。所有關於地球的傳說，都提到它擁有一大堆物種，以及一顆巨大的衛星，直徑約在三千到三千五百公里之間。一大堆的生命型態不難理解，因為生物的演化自然會導致這種結果，除非我們所瞭解的演化過程並不正確。一顆巨大的衛星卻較難令人接受，銀河中其他住人世界都沒有這樣的衛星，大型衛星總是環繞著不可住人也無人居住的氣態巨星。因此，身為一名懷疑論者，我不願接受月球的存在。」

裴洛拉特說：「如果擁有幾百萬種物種，是地球獨一無二的特色，它為何不能也是唯一擁有巨大衛星的可住人行星呢？一個唯一性有可能導致另一個唯一性。」

丹尼亞多微微一笑。「地球上的數百萬物種，如何能夠無中生有地創造一顆巨大的衛星，這我可眞不明白。」

「但是將因果顚倒過來就有可能，也許一顆巨大的衛星有助於創造幾百萬種物種。」

「我也看不出有這個可能。」

崔維茲說：「有關地球具有放射性的故事，又是怎麼一回事？」

「那是個普遍的說法，大家也都普遍相信。」

「可是，」崔維茲說：「地球生養萬物已有數十億年的歷史，當初它不可能有那麼強的放射性，否則根本不會有生命出現。它是如何變得帶有放射性的？一場核戰嗎？」

「那是最普通的解釋，崔維茲議員。」

「從你說這句話的態度，我猜你自己並不相信。」

「沒有證據顯示發生過這樣的戰爭。普通的說法，甚至普遍爲人接受的說法，本身並不等於證據。」

「還有可能發生什麼其他變故嗎？」

「沒有證據顯示發生過任何事，放射性也許和巨大的衛星一樣，純粹只是杜撰出來的傳說。」

裴洛拉特說：「有關地球的歷史，哪些故事是一般人所接受的？在我的職業生涯中，我蒐集了大量有關人類起源的傳說，其中許多都提到一個叫作地球的世界，或者是非常接近的名稱。但我沒有蒐集到康普隆上的傳說，只發現有些資料中，模糊地提到班伯利這個名字。不過，即使康普隆許多傳說中都有這號人物，他仍有可能是憑空杜撰的。」

「這沒什麼好奇怪的。我們通常並不對外宣揚我們的傳說，你能找到有關班伯利的參考資料，已經令我十分驚訝——這也是一種迷信。」

「可是你不迷信，談一談應該沒什麼顧忌吧？」

「說得對。」這位矮小的歷史學家將眼珠向上揚，看了裴洛拉特一眼。「我要是這麼做，一定會使我討人厭的程度暴增，甚至可能帶來危險。不過你們三人很快就會離開康普隆，而我相信你們絕不會指名道姓引用我的話。」

「我們以人格向你擔保。」裴洛拉特立刻說。

「那麼以下就是整個歷史的摘要，其中超自然理論和教化的成分皆已剔除——過去曾有一段無限久遠的時間，地球是唯一擁有人類的世界，然後，大約在兩萬到兩萬五千年前，人類發明了超空間躍遷，進而發展出星際旅行，開始向其他行星殖民。

「那些行星上的殖民者大量使用機器人。早在超空間旅行出現之前，地球上就發明了機器人，而……對了，你們知不知道機器人是什麼？」

「知道。」崔維茲說：「我們被問過不只一次，我們知道機器人是什麼。」

「在完全機器人化的社會中，那些殖民者發展出高等科技和超凡的壽命，因而開始鄙視他們的祖星。根據更戲劇性的說法，他們開始支配並壓迫地球。

「最後，地球送出另一批殖民者，這些人都將機器人視為禁忌。康普隆是這些新殖民者最早建立的世界之一，此地的愛國份子堅持它是最早建立的世界，可是沒有任何證據支持這一點，因此一名懷疑論者無法接受。後來，第一批殖民者滅絕了，接著……」

崔維茲插嘴道：「第一批殖民者為什麼會滅絕呢，丹尼亞多博士？」

「為什麼？在我們的浪漫主義者想像之中，通常都認為由於他們罪孽深重，因而遭到懲罰者的懲罰。至於祂為何等那麼久才出手，則無人追究。但我們不必求助於這些神話，也很容易解釋這件事。一個完全倚賴機器人的社會，由於極度單調無趣，或者說得更玄一點，由於失去了生存的意志，終究會變得孱弱、衰頹、沒落且奄奄一息。

「而捨棄機器人的第二波殖民者，則漸漸站穩腳跟，進而接掌整個銀河。可是地球卻變得帶有放射性，因此漸漸退出銀河舞台。對於這一點，通常的解釋是地球上也有機器人，因爲第一波星際殖民促進了機器人的發展。」

寶綺思聽到這裡，顯得有點不耐煩了。「好吧，丹尼亞多博士，不論地球有沒有放射性，也不論有過多少波星際殖民，關鍵問題其實很簡單：地球究竟在哪裡？它的座標是什麼？」

丹尼亞多說：「這個問題的答案是——我不知道。不過嘛，中飯的時候到了，我可以叫人將午餐送來這裡，我們就能一面用餐，一面討論地球，隨便你們想討論多久都行。」

「你不知道？」崔維茲說，他的聲調與音量同時提高。

「事實上，據我所知，沒有任何人知道。」

「但那是不可能的事。」

「議員先生，」丹尼亞多輕嘆了一聲，「如果你硬要說事實是不可能的，那是你的權利，可是這樣對你毫無幫助。」

第七章：告別康普隆

26

叫來的午餐是許多鬆軟的丸子，有很多種不同顏色，麵皮裡面包著各式各樣的餡。

丹尼亞多首先拿起一樣東西，攤開之後原來是一雙透明的薄手套。他戴上手套，客人們也都有樣學樣。

寶綺思說：「請問這裡面包了些什麼？」

丹尼亞多說：「粉紅色的裡面包著辛辣魚漿，那可是康普隆的一大美食；這些黃色的，裡面的餡是清淡的乾酪；綠色的則是什錦蔬菜。你們一定要趁熱吃，待會兒還有熱杏仁派以及飲料，我推薦你們喝熱蘋果汁。這裡氣候寒冷，我們習慣將食物加熱，甚至甜點也不例外。」

「你吃得不錯嘛。」裴洛拉特說。

「並不盡然，」丹尼亞多答道：「現在我是在招待客人。我自己一個人的時候，吃得非常簡單。我身上沒有多少肉需要養，你們也許已經注意到了。」

崔維茲咬了一口粉紅色丸子，發覺的確有很重的魚腥味，魚漿外面包的佐料也相當可口。不過他也想到，這個味道再加上魚腥味，將會整天揮之不去，或許還得帶著這些味道入夢。

咬了一口之後，他發現麵皮立即合上，把裡面的餡重新包起來，不會有任何汁液濺漏。他突然起了一個疑問，不知道那副手套有什麼作用。即使不戴手套，也不必擔心雙手會弄濕或變黏，因此他斷定那是一種衛生習慣。在不方便洗手的時候，可以用手套代替，演變到現在，即使已經洗過手，或許習慣上還是必須戴上手套。（昨天，他與李札樂一同進餐時，她並未使用這種手套，可能由於她是山地女人的緣故。）

他說：「午餐時間談正事會不會不禮貌？」

「依照康普隆的規範，的確不禮貌，議員先生。但你們是客人，我們就遵循你們的規範吧。如果你們想談正經事，而不認為或不介意會破壞你們的食慾，那就請便吧，我願意奉陪。」

崔維茲說：「謝謝你。李札樂部長曾經暗示——不，她很不客氣地明說——懷疑論者在這個世界並不受歡迎，這是真的嗎？」

丹尼亞多的好心情似乎更上一層樓。「當然啦，如果不是這樣，我們不知會多傷心呢。你瞧，康普隆是個充滿挫折感的世界。儘管過去的歷史誰也不清楚，一般人卻有一種空幻的信仰，認為在許多仟年以前，當仕人銀河的規模還很小的時候，康普隆曾經是領袖群倫的世界，這點我們一直念念不忘。但在可考的歷史中，我們卻從未居於領導地位，這個事實令我們很不舒服，讓我們——我是說一般民眾——心中有一種憤憤不平的感覺。

「可是我們能怎麼辦？政府曾經被迫效忠帝國的皇帝，如今則是基地的忠誠附庸。我們愈是明瞭自己的次等地位，就愈相信傳說中那段偉大的歲月。

「那麼，康普隆人能做些什麼呢？過去他們無法和帝國抗爭，如今又不能公開向基地挑釁。於是他們攻擊我們、憎恨我們，用這種方式來尋求慰藉，因為我們不相信那些傳說，並且對那些迷信嗤之以鼻。

「然而，我們不必擔心受到更大的迫害。我們控制了科技，而在大學擔任教職的也是我們這些人。其中有些人特別敢說話，因而難以公開授課。比如說，我自己就有這個麻煩，不過我還是有學生，我們定期在校外悄悄聚會。但是，如果真的禁止我們公開活動，那麼科技便要停擺，每一所大學都會失去全銀河的認可。事實上，這種學術自殺的嚴重後果，也許還無法令他們收斂仇恨的心態，想必這就是人類的愚昧，幸好還有基地支持我們。所以說，雖然我們不斷受到漫罵、譏嘲和公開抨擊，卻仍舊能安然無事。」

崔維茲說：「是不是由於大眾的反對，使你不願告訴我們地球在哪裡？雖然你剛才那麼說，但你是否害怕如果做得太過分，反懷疑論者的情緒會升高到危險的程度？」

丹尼亞多搖了搖頭。「不是這樣，地球的位置的確無人知曉。我並非由於恐懼，或是任何其他原因，才對你們有所隱瞞。」

「可是你聽我說，」崔維茲急切道：「在銀河這個星區中，自然條件適宜住人的行星數量有限，而且，大多數的可住人行星必定都已有人居住，因此你們應該相當熟悉。想要在這個星區尋找一顆特殊的行星，它除了帶有放射性，具有其他一切適宜住人的條件，這究竟有多麼困難呢？此外，你還有另一個線索，就是那顆行星有一顆巨大的衛星相伴。既然有了放射性和巨大衛星兩個特徵，地球絕不會被誤認，甚至隨便找一找，也應該找得到。或許需要花點時間，但那卻是唯一的麻煩。」

丹尼亞多說：「就懷疑論者的觀點而言，地球的放射性和旁邊那顆巨大衛星，當然都只是傳說而已。如果我們去尋找這些特徵，就跟尋找麻雀奶和兔子羽毛一樣荒唐。」

「或許吧，可是那還不至於使康普隆人完全放棄。如果他們能找到一個充滿放射性的世界，大小剛好適宜住人，旁邊還有一顆巨大的衛星，那麼康普隆民間傳說的可信度不知會提高多少。」

丹尼亞多大笑幾聲。「也許正是由於這個原因，康普隆從未進行這類探索。假如我們失敗，或是找到一個跟傳說顯然不符的地球，便會產生適得其反的效果。康普隆的民間傳說馬上會垮台，變成大家的笑柄。康普隆不會冒這個險。」

崔維茲頓了一下，再用非常認眞的口氣說：「好吧，即使我們不強調放射性和巨大衛星這兩個『唯一點』——姑且假設銀河標準語有這種說法——根據定義，一定還有第三個唯一點，它和任何傳說都毫無瓜葛。那就是如今在地球上，即使沒有衆多生機盎然、多彩多姿的生命型態，也總會有一些留存下來，不然至少也該保有化石記錄。」

丹尼亞多說：「議員先生，雖然康普隆未曾有組織地找尋過地球，我們有時還是得做些太空旅行。偶爾會有船艦由於種種原因而迷途，它們照例要將經過做成報告。躍遷並非每次都完美無缺，這點或許你也知道。然而，在所有的報告中，從未出現跟傳說中的地球性質相似的世界，或是擠滿各種生命型態的行星。船艦又不可能只爲了蒐集化石，而在一顆看似無人居住的行星登陸。如果說，過去數千年來，從來沒有疑似地球的報告出現，我就絕對願意相信找尋地球是不可能的事，因爲地球根本不在這裡，又怎麼找得到呢？」

崔維茲以充滿挫折感的語調說：「可是地球一定在某個地方。在銀河某個角落，存在著一顆行星，人類以及人類熟悉的其他生命型態，都是從那裡演化出來的。如果地球不在銀河這一區，就一定在其他星區。」

「或許如此吧，」丹尼亞多冷冷地說：「但是直到目前爲止，它還沒在任何一處出現過。」

「大家未曾眞正仔細找過。」

「嗯，顯然你們就會。我祝你們好運，但我絕不會賭你們成功。」

崔維茲說：「有沒有人試圖以間接的方法，就是除了直接尋找之外的其他方法，來判定地球可能的位置？」

「有！」兩個聲音同時響起。丹尼亞多是其中之一，他對裴洛拉特說：「你是否想到了亞瑞夫計畫？」

「是的。」裴洛拉特答道。

「那麼可否請你跟議員先生解釋一下？我想他比較容易相信你。」

於是裴洛拉特說：「你可知道，葛蘭，在帝國末期，所謂的『起源尋找』曾經風靡一時，許多人把它當作一種消遣，也許是爲了逃避令人不快的現實。當時帝國已漸漸土崩瓦解，這你是知道的。

「李維星的一位歷史學家韓波．亞瑞夫，就想到了一個間接的方法。他的依據是，不論起源行星是哪一顆，一定會先在附近的行星建立殖民世界。一般說來，一個世界距離那個原點愈遠，殖民者抵達的時間就愈晚。

「那麼，假使將銀河所有住人行星的創建日期整理出來，然後以仟年爲單位，把歷史同樣久遠的行星連成網絡。比如說，具有一萬年歷史的行星構成一個網絡，具有一萬兩千年歷史的行星構成另一個網絡，具有一萬五千年歷史的行星又構成另一個網絡。理論上來說，每個網絡都會近似一個球面，而且差不多是同心球。較古老的行星所構成的網絡，半徑應該小於較年輕的行星網絡。如果把每個網絡的球心都找出來，它們在太空中的分佈範圍應該相當小，而那個範圍就應該包含起源行星——地球。」

裴洛拉特雙手做成杯狀，畫出一個個球面，臉上的表情非常認眞。「你明白我的意思嗎，葛蘭？」

崔維茲點了點頭。「明白，但我猜沒有成功。」

「理論上應該辦得到，老夥伴。麻煩的是創建年代都不正確，每個世界多少都會將本身的歷史誇大拉長，可是除了傳說，又沒有其他簡單的方法能夠斷定歷史的長短。」

寶綺思說：「古老樹木中的碳十四衰變。」

「當然可以，親愛的，」裴洛拉特說：「但你必須得到那些世界的合作才行。事實上從來沒有人願意那麼做，每個世界都不希望誇大的歷史遭到推翻。帝國當時又不能爲了這麼小的事，強行壓制各地的反對聲浪，它有更重要的事需要操心。

「因此亞瑞夫所能做的，只是利用那些歷史頂多兩千年，而且創建經過在可靠的情況下仔細記錄下來的世界。那些世界爲數不多，雖然它們的分佈大致符合球對稱，球心卻相當接近川陀，也就是昔日帝國的首都。因爲那些並不算多的新世界，最初的殖民者全部來自川陀。

「那當然是另一個問題。地球並非星際殖民的唯一起點，一段時日之後，較古老的殖民世界便會送出自己的殖民隊伍，而在帝國全盛時期，川陀成了殖民者的主要出產地。說來眞不公平，亞瑞夫因此成爲衆人的笑柄，他的學術聲譽也因而斷送。」

崔維茲說：「來龍去脈我聽懂了，詹諾夫。丹尼亞多博士，這樣說來，你甚至連一絲渺茫的希望都不能給我？請問在其他世界上，有沒有可能找到關於地球的線索呢？」

丹尼亞多陷入遲疑的沉思，好一會兒之後才終於開口。「嗯——嗯，」他先發出一聲猶豫的感嘆，接著才說：「身爲一名懷疑論者，我必須告訴你，我不確定地球如今是否存在，或者是否曾經存在過。然而——」他再度沉默不語。

最後終於由寶綺思接口：「我猜，博士，你想到一件可能很重要的事。」

「重要嗎？我很懷疑。」丹尼亞多輕聲說：「不過也許很有意思。地球不是唯一行蹤成謎的行星，第一波殖民者——在我們的傳說中，稱他們爲『太空族』——他們的世界如今也不知所蹤。有些人管那些世界叫『太空世界』，也有人稱之爲『禁忌世界』，後者現在較爲通用。

「傳說是這麼說的，在他們的黃金時代，太空族使壽命延長到數個世紀，並且拒絕讓我們的短壽命祖先登陸他們的世界。在我們擊敗他們之後，情勢有了一百八十度的逆轉，我們不屑和他們來往，禁止我們的船艦和行商跟他們接觸，要讓他們自生自滅。因此那些行星變成了禁忌世界。根據傳說的記述，我們確定根本無需插手，懲罰者便會毀滅他們，而祂顯然做到了。至少，據我們所知，已經有許多仟年，不曾見到太空族在銀河出現。」

「你認為太空族會知道地球的下落嗎？」崔維茲問。

「想必如此，他們的世界比我們任何一個世界都要古老。但前提是必須還有太空族存在，而這是極端不可能的事。」

「即使他們早就不存在了，他們的世界總該還在，或許會保有一些記錄。」

「前提是你能找到這些世界。」

崔維茲看來冒火了。「你的意思是，想要尋找下落不明的地球，應該能在太空世界上找到線索，可是那些世界同樣下落不明？」

丹尼亞多聳了聳肩。「我們已經有兩萬年未跟它們來往，連想都沒有想到它們。而它們也像地球一樣，隱藏到了歷史的迷霧中。」

「太空族分佈在多少個世界上？」

「傳說中有五十個這樣的世界——一個可疑的整數，實際上可能少得多。」

「你卻不知道其中任何一個的位置？」

「嗯，這個，我想——」

「你想些什麼？」

丹尼亞多說：「由於太古歷史是我的業餘嗜好，我和裴洛拉特博士一樣，有時會翻查些古老的文件，找找看有沒有任何提到太古時期的記載，我是指比傳說更可靠的記載。去年，我發現了藏在一艘古代太空船中的記錄，那些記錄幾乎已經無法解讀。它的年代非常久遠，當時我們的世界還不叫康普隆，而是使用『貝萊世界』這個名稱。我認爲，我們傳說中的『班伯利世界』，可能就是從那個名字演變而來的。」

裴洛拉特興奮地問：「你發表了嗎？」

「沒有。」丹尼亞多說：「正如一句古老格言所云：在我確定泳池有水沒水之前，我可不願往下跳。你可知道，那個記錄中提到一件事，那艘太空船的船長造訪過某個太空世界，還帶了一名太空族女子離去。」

寶綺思道：「可是你剛才說，太空族不允許他人造訪。」

「沒錯，這正是我未將記錄發表的原因，它聽來實在難以置信。有些曖昧不明的傳說事蹟，可以解釋爲太空族的故事，包括他們和我們的祖先『銀河殖民者』之間的衝突。這類傳說事蹟並不是康普隆的特產，許多世界上都有大同小異的故事，但有一點完全一致——太空族和銀河殖民者絕不會在一起，雙方沒有社交接觸，更別提兩性間的接觸。可是那個記錄中的殖民者船長和太空族女子，卻顯然因愛情而結合，這實在太不可思議。我不相信這個故事有可能被人接受，頂多只會被視爲一篇浪漫的歷史小說。」

崔維茲顯得很失望。「就這樣嗎？」

「不只這樣，議員先生，還有另外一件事。我在太空船殘存的航行日誌中，發現了一些數字，可能代表幾組空間座標，但也可能不是。假如眞是的話——我再重複一遍，懷疑論者的榮譽心使我必須這樣說，也有可能並不是——那麼，內在證據使我得到一個結論，它們是三個太空世界的空間座標。其中一個，或許就是那名船長曾經登陸的世界，他就是從那個世界帶走了他的太空族愛人。」

崔維茲說：「就算這個故事純屬杜撰，有沒有可能座標仍是眞實的？」

「有這個可能。」丹尼亞多說：「我會把那些數字給你，你喜歡怎樣利用都可以，不過你可能一無所獲——但我有個很有趣的想法。」他又展現了短暫的笑容。

「什麼想法？」崔維茲問。

「萬一其中一組座標代表地球的位置呢？」

27

康普隆的太陽射出純正的橙色光芒，看來比端點星的太陽還要大，但它在天球上的位置相當低，只能送來微弱的熱量。好在風並不強，不過吹在崔維茲臉頰上，仍然令他感到冰冷刺痛。他的身子瑟縮在電暖大衣裡發抖，那件衣服是蜜特札．李札樂送給他的，她現在就站在他身旁。他說：「總該有暖和的時候吧，蜜特札。」

她很快瞥了太陽一眼。站在這個空曠的太空航站裡，她並未顯出任何不適。高大的她身上穿的大衣比崔維茲的還薄，即使她對寒冷並非完全麻木，至少一點都不在乎。

她說：「我們有個美麗的夏季，雖然爲時不長，但農作物都能適應。作物品種全部經過精挑細選，能在陽光下迅速生長，而且不容易受霜害。本地的動物都生有厚實的毛皮，舉世公認全銀河最佳的羊毛即產自康普隆。此外，康普隆的軌道上還有許多太空農場，上面種植各種熱帶水果，我們還外銷風味絕佳的鳳梨罐頭。大多數的人都不知道這些，只知道我們是個寒冷的世界。」

崔維茲說：「我很感謝你來爲我們送行，蜜特札，並感謝你願意跟我們合作，讓我們能繼續完成任務。然而，爲了讓我自己心安理得，我必須問一句，你會不會爲自己惹上大麻煩？」

「不會！」她驕傲地搖了搖頭，「不會有任何麻煩。首先，不會有人來質問我，一切運輸系統皆由我控制，也就是說，這座太空航站和其他航站的法規，以及有關入境站、船艦來去的所有法規，通通由我一個人制定。我全權處理這些事情，不必總理爲任何細節煩心，他高興還來不及呢。其次，就算我受到詰問，也只要據實相告即可。政府獲悉我未將太空艇交給基地，一定會爲我喝采；如果不妨讓民衆也知道，他們的反應想必也一樣。至於基地，則根本不會曉得這件事。」

崔維茲說：「政府或許願意見到基地未能如願，但是你放走了我們，他們會贊成你的決定嗎？」

李札樂微微一笑。「你是個高尙的君子，崔維茲。你爲了保住太空艇，不屈不撓奮戰到底，現在你成功了，又開始爲我的安危操心。」

她試著向他靠近，彷彿忍不住想做個親暱的動作。不過，顯然在經過一番掙扎後，她終於克制住這個衝動。

她又恢復了率直的口氣，說道：「即使他們質疑我的決定，我只消告訴他們，你一直都在尋找最古世界，他們就一定會說我做得對，的確應該盡快擺脫你們，連太空艇一塊趕走。然後他們會進行一些贖罪儀式，以彌補當初准許你登陸的錯誤，雖然我們原先無法猜到你在做什麼。」

「你當眞擔心由於我的出現，而爲你自己和這個世界帶來不幸嗎？」

「的確如此。」李札樂生硬地答道，再改用較緩和的語氣說：「你已經爲我帶來不幸，我認識你之後，康普隆的男人會顯得更加索然無味。我的渴求從此再也無法滿足，懲罰者已經決定讓我萬劫不復。」

崔維茲遲疑了一下，然後說：「我並非希望你改變自己的想法，但我也不希望你被無謂的憂慮困擾。你必須知道，所謂我會帶來不幸這種說法，只不過是迷信罷了。」

「我想，是那個懷疑論者告訴你的。」

「他不必告訴我，我也一樣知道。」

李札樂伸手抹了抹臉，因爲她突出的雙眉上積了一道細霜。「我知道有些人認爲這是迷信，可是最古世界會帶來噩運，卻是千眞萬確的事。過去已經有許多實例，不管懷疑論者如何巧言善辯，也無法否定既有的事實。」

她突然伸出右手。「再會了，葛蘭。進太空艇跟你的夥伴會合吧，免得你那嬌弱的端點星身子，在我們寒冷的和風裡凍僵了。」

「告辭了，蜜特札，希望我回來的時候能再見到你。」

「是啊，你答應過會回來，我也試著讓自己相信。我甚至告訴自己，到時我將飛到太空，在你的太空艇中和你相會，這樣噩運就只會降臨在我身上，不至於殃及我的世界——可是你不會再回來了。」

「不！我會回來！你曾帶給我這樣的快樂，我不會那麼輕易放棄。」此時此刻，崔維茲堅決相信自己是認眞的。

「我不懷疑你的浪漫衝動，可愛的基地人，可是那些冒險尋找最古世界的人，全都永遠回不來了——回不到任何地方，我自己心裡很清楚。」

崔維茲盡力不讓牙齒打顫，雖然只是因爲天氣寒冷，他的牙齒才不受控制，但他不願讓她以爲那是由於自己膽怯。他說：「那也是迷信。」

「不過，」她說：「那也是事實。」

28

回到**遠星號**駕駛艙的感覺眞好。它或許只是無盡星空中的一個小囚籠，當成房間實在太擠了些，然而，它卻令人感到那麼熟悉、友善而溫暖。

寶綺思說：「我很高興你終於上來了，我正在想，不知道你還要跟那位部長廝磨多久。」

「沒有多久，」崔維茲說：「天氣冷得很。」

「我有一種感覺，」寶綺思說：「你曾經考慮留下來陪她，而將尋找地球的行程延後。我不願探觸你的心靈，哪怕只是輕輕一碰，可是我關心你，而你受到的誘惑似乎感應了我。」

崔維茲說：「你說得相當正確，至少有那麼片刻，我的確感受到了誘惑。部長是個不同凡響的女人，我從未遇到過第二個。你加強了我的抵抗力嗎，寶綺思？」

她答道：「我告訴你多少次了，我不能也不會以任何方式影響你的心靈，崔維茲。我猜，你是藉著強烈的責任感，自己戰勝了這個誘惑。」

「不，我倒不那麼想。」他苦笑了一下，「不可能那麼崇高、那麼戲劇性。我的抵抗力的確被強化了，一來是由於天氣太冷，二來是我有個不祥的預感，假如我繼續跟她在一起，不出幾回合就會要我的命，我永遠無法跟上她的步調。」

裴洛拉特道：「嗯，不管怎麼說，你畢竟安全返回太空艇了。下一步我們要做什麼？」

「眼前要做的，是以輕快的速度離開這個行星系，直到距離康普隆的太陽夠遠了，我們再來進行躍遷。」

「你想我們會被攔截或跟蹤嗎？」

「不，我眞心相信部長渴望我們盡快離去，而且永遠不會回來，以免懲罰者的報復降臨這顆行星。其實——」

「什麼？」

「她相信報復一定會降在我們身上，她堅決相信我們再也不會回來。我得說明一下，並不是她料到我可能會背信，她沒有機會估量我的信用。她的意思是，地球是個可怕的不祥之物，任何人試圖尋找它，都一定會死在半途。」

寶綺思說：「康普隆有多少人尋找過地球，才使得她這麼肯定？」

「我懷疑沒有任何康普隆人嘗試過。我曾告訴她，她的恐懼只不過是迷信。」

「你確定自己相信這一點嗎，還是你也被她動搖了？」

「我知道她所表現的恐懼純屬迷信，但是她的恐懼仍然可能有根有據。」

「你的意思是說，如果我們試圖登陸地球，放射性會要我們的命？」

「我不相信地球具有放射性，但我的確相信地球會保護自己。還記得嗎，川陀那座圖書館中有關地球的資料全被移走了。此外，蓋婭雖然擁有驚人的記憶，行星的每個部分都參與其中，甚至包括地表的岩層和地心的熔融金屬，卻也無法回溯到夠遠的過去，以致不能告訴我們任何有關地球的事。

「顯然，假如地球果眞那麼有力量，或許也能調整人類的心靈，迫使大家都相信它具有放射性，這樣便能嚇阻任何尋找它的念頭。可能是因爲康普隆和地球極爲接近，對地球形成特別的威脅，所以又被加上一重詭異的茫然。丹尼亞多是個懷疑論者，也是一位科學家，他百分之百相信尋找地球是白費力氣，認爲地球不可能找得到——這就是部長的迷信也許有根據的原因。地球這麼希望隱藏自己，難道不會將我們殺害，或是將我們引入歧途，而會任由我們找到它嗎？」

寶綺思皺著眉頭說：「蓋婭……」

崔維茲立刻打斷她的話。「別說蓋婭會保護我們，既然地球有辦法消除蓋婭最早的記憶，那麼在雙方的任何衝突中，地球顯然都會是贏家。」

寶綺思冷冷地說：「你怎麼知道那些記憶是被消除的？也許只是因爲蓋婭需要一段時間來發展行星級記憶，才無法回溯到那個記憶尚未完成的時代。不過，即使在此之前的記憶的確遭到外力消除，你又怎能確定是地球幹的？」

崔維茲說：「我不知道，我只是提出我的臆測罷了。」

裴洛拉特突然插嘴，怯生生地說：「假如地球那麼有力量，又如此堅持保留隱私——姑且這麼說——我們的努力又有什麼用？你似乎認爲地球不會讓我們找到，而且若有必要，它還會將我們全部殺害。在這種情況下，難道我們不該放棄整個計畫嗎？」

「我們似乎應該放棄，這點我承認，但我如此強烈地堅信地球存在，就一定要也一定會把它找到。蓋婭不斷在提醒我，當我有這麼強烈的信念時，我的想法總是正確的。」

「可是我們發現地球之後，如何才能全身而退，老弟？」

「有一個可能，」崔維茲盡力以輕鬆的口吻說：「由於我具有這種非比尋常的正確判斷力，地球或許也會體認到我的價值，而不會對我下手。可是——這就是我想要指出的——我無法確定你們兩位是否也能生還，而我擔心的正是這件事。我一直有個念頭，如今這個念頭更強了，那就是我應該帶你們兩位回到蓋婭，然後由我自己繼續進行探索。首先斷定我必須尋找地球的人，是我而不是你們；看出其中重要性的人，也是我而不是你們；不得不這麼做的人，更是我自己而不是你們。所以說，讓我來冒這個險吧，你們沒有這個必要。讓我一個人繼續好嗎，詹諾夫？」

裴洛拉特將下巴埋在頸際，使他的長臉顯得更長。「我不否認自己感到嫉妒，葛蘭，可是如果棄你不顧，我會萬分羞愧，會無地自容。」

「寶綺思？」

「蓋婭絕不會棄你不顧，崔維茲，不論你做什麼都一樣。假如地球真是個危險的地方，蓋婭會盡全力保護你。而扮演寶綺思這個角色的我，無論如何也不能捨棄裴，如果他決定緊跟著你，那我當然要緊跟著他。」

崔維茲繃著臉說：「很好，我已經給過你們機會了，讓我們一起上路吧。」

「一起走。」寶綺思說。

裴洛拉特輕輕一笑，伸手抓住崔維茲的肩頭。「永遠走在一起。」

29

寶綺思說：「你看這裡，裴。」

她剛才以手動方式操縱著太空艇的望遠鏡，但是並沒有什麼特定目標，只不過想換換腦筋，以免終日沉溺在裴洛拉特的地球傳說圖書館中。

裴洛拉特走過來，一隻手臂搭在她的肩膀，雙眼則向顯像螢幕望去。康普隆行星系的氣態巨星之一已經出現，經過多次放大後，畫面看來就像實物一般龐大。

在彩色的顯像中，它的表面呈淡橙色，並帶有一些較暗的條紋。由於這顆行星比**遠星號**距離太陽更遠，又是從行星軌道面上向它望去，因此看來幾乎是個完美的光圈。

「真美麗。」裴洛拉特說。

「中央的條紋延伸到了行星之外，裴。」

裴洛拉特緊皺著眉頭說：「你知道嗎，寶綺思，我相信眞是這樣。」

「你想這是一種『光幻視』嗎？」

裴洛拉特說：「我不敢肯定，寶綺思，我跟你一樣是太空新兵——葛蘭！」

崔維茲對這聲叫喚的回應是一句相當微弱的「什麼事？」他隨著這聲回答走進駕駛艙，衣服顯得有點皺，好像剛才在床上和衣打過盹——事實也正是如此。

他帶著幾分不悅說：「拜託！別動那些裝置。」

「只不過是望遠鏡罷了。」裴洛拉特說：「你看那個。」

崔維茲依言看了一眼。「那是一顆氣態巨星，根據我獲得的資料，他們管它叫葛里亞。」

「只是這樣看看，你怎麼知道就是那顆？」

「理由之一，」崔維茲說：「根據我們現在和太陽的距離，再考慮各行星的大小以及它們在軌道上的位置——擬定航道時，我已經把這些資料研究得很透徹——此時此刻，它是你唯一能放大到這種程度的行星。另一個理由，是它有個行星環。」

「行星環？」寶綺思困惑不已。

「你們現在能看到的，只是個又細又暗的條紋，因爲我們幾乎是從正側面取景。我們可以急速拉升，離開行星軌道面，讓你們有個較佳的視野。你們想不想這麼做？」

裴洛拉特說：「我不想讓你重新計算位置和航道，葛蘭。」

「喔，放心，電腦會幫我處理，不怎麼麻煩。」他一面說，一面坐到電腦前，將雙手放在那兩個手掌輪廓上。接下來，與他的心靈精密調諧的電腦，便開始負責所有的操作。

沒有燃料問題也毫無慣性效應的**遠星號**立即加速。對於做出如此回應的電腦與太空艇，崔維茲再度感到一股強烈的愛意。彷彿他的思想化成了動力與指令，又彷彿它就是自己意志的延伸，不但強而有力，而且溫馴服從。

難怪基地想把它要回去，也難怪康普隆想將它據為己有。唯一令人訝異的事，是迷信的力量竟然如此之大，令康普隆自動放棄了這個野心。

若有適當的武裝，**遠星號**能追擊或打敗銀河中任何一艘船艦，甚至任何一支艦隊，只要別碰到另一艘同型太空艇就好。

當然，它現在沒有任何武裝。布拉諾市長將太空艇撥給他的時候，至少還有足夠的警覺性，沒讓它配備任何武器。

裴洛拉特與寶綺思注視著顯像螢幕，葛里亞星正緩緩地，緩緩地朝他們傾斜。上方的那一極（姑且不論是南極或北極）已經出現，周圍有一大圈湍流，下方那一極則被球體的鼓脹部分所遮掩。

在行星頂端，暗面不斷侵入橙色部分，使這個美麗的圓盤變得愈來愈不對稱。

但更令人興奮的，或許是中央那道暗紋不再是直線，而漸漸變成一個弧形，就像其他偏北或偏南的條紋一樣，只是弧度更為顯著。

現在能夠看得非常清楚了，中央暗紋的確延伸出行星的邊緣，在兩側形成狹窄的弧形。這絕對不是幻象，其本質十分明顯。那是由物質所構成的環狀天體，沿著行星周圍繞一圈，另一側則隱藏在行星背後。

「我想，這便足以給你們一個概念。」崔維茲說：「假如我們飛到這顆行星的正上方，你們將會看到一個圓形的環，它和這顆行星是同心圓，不過兩者完全沒有接觸。你們還有可能發現，它其實並非單一的環，而是由數個同心環組成。」

「我認為簡直不可能，」裴洛拉特愣愣地說：「是什麼讓它停留在太空的？」

「跟衛星能停留在太空的道理相同。」崔維茲說：「行星環由許多細微的粒子都環繞著行星運轉。由於這些環距離行星太近，『潮汐效應』使它們無法聚結成一個球體。」

裴洛拉特搖了搖頭。「想想實在太令人難過了，老友。我當了一輩子學者，怎麼可能對天文學知道得那麼少？」

「而我則對人類的傳奇一無所知，沒有人能夠擁抱所有的知識。事實上，這些行星環沒什麼稀奇，幾乎每顆氣態巨星都有，即使有時只是一圈稀薄的塵埃。端點星的太陽所領導的行星家族，碰巧沒有眞正的氣態巨星，因此端點星上的居民，除非是個星際旅行者，或者在大學裡修過天文學課程，否則很可能不知道行星環是什麼。如果行星環十分寬廣，因而明亮且顯眼，像現在這個這樣，那才是不尋常的現象。它實在壯麗，一定至少有幾百公里寬。」

此時，裴洛拉特突然彈響一下手指。「正是這個意思。」

寶綺思嚇了一跳。「什麼意思，裴？」

裴洛拉特說：「我曾經讀過某一首詩的片段，那是一首非常古老的詩，用一種古體的銀河標準語寫成，很不容易讀懂，正好證明它的年代十分久遠。不過，我不該抱怨古文體難懂，老弟。由於工作的關係，我精通好幾種古銀河語文，即使在工作領域之外對我沒什麼用處，仍然讓我很有成就感——我剛才說什麼來著？」

寶綺思說：「一首古詩的片段，親愛的裴。」

「謝謝你，寶綺思。」然後，裴洛拉特又對崔維茲說：「她總是很注意我在說什麼，以便我一旦離題——這是常有的事——她隨時能把我拉回來。」

「這是你的魅力之一，裴。」寶綺思微笑著說。

「總之，那個片段主要是在描述地球所在的行星系，至於爲何要做這個描述，我並不清楚，因爲完整的詩句已經散軼，至少我從來沒辦法找到。流傳下來的只有這一部分，或許是由於其中的天文學內容。總之，它提到第六顆行星擁有光輝燦爛的三重行星環。『既寬且大，與之相較，世界相形見絀。』你看，我現在還能吟誦呢。以前我不明瞭行星環是什麼東西，我記得曾經設想，也許該行星的一側有三個圓圈排成一列，但這似乎十分無稽，所以我懶得收在我的圖書館中。我當初沒有追根究柢，現在想來十分遺憾。」他搖了搖頭，又說：「在今日銀河中，神話學家是個很孤獨的行業，使人忘了追根究柢的好處。」

崔維茲安慰他說：「你當初沒理會它，也許是正確的態度，詹諾夫，對詩意的文字不可過分認眞。」

「但那正是它的意思，」裴洛拉特指著顯像螢幕說：「那首詩所提到的景象，正是三個寬闊的同心環，寬度超過了行星本身。」

崔維茲說：「我從來沒聽過這種事，我認爲行星環不可能那麼寬，相較於它們所環繞的行星，行星環總是非常狹長。」

裴洛拉特說：「我們也從未聽說哪個可住人行星擁有一顆巨大的衛星，或是它的地殼具有放射性，現在這個則是它的第三項唯一性。我們若能找到一顆除了放射性之外，具有一切適宜住人條件的行星，它擁有一顆巨大的衛星，而且在那個行星系中，另一顆行星擁有寬闊的行星環，那就毫無疑問，代表我們發現地球了。」

崔維茲微微一笑。「我同意，詹諾夫，假如我們找到這三項特徵，我們就一定找到了地球。」

「假如！」寶綺思嘆了一口氣。

30

他們已經飛越這個行星系各主要世界，此刻正在最外圍兩顆行星之間繼續往外衝，因此在十五億公里內，並沒有稍具規模的天體存在。前方只有一大團彗星雲，不會產生多大的重力效應。

遠星號已加速到光速的十分之一。崔維茲很清楚，理論上來說，這艘太空艇可加速到接近光速，不過他也明白，實際上，十分之一光速已是合理的極限。

以這個速度飛行，能夠避開任何稍具質量的物體，卻無法閃避太空中無數的塵埃粒子，而為數更多的原子與分子更不在話下。在極高速航行時，即使那麼微小的物體也會磨損或刮傷艇體，造成十分嚴重的損害。假如以接近光速的速度飛行，每個撞向艇體的原子都具有宇宙線的性質。而曝露在無孔不入的宇宙線輻射下，太空艇中每一個人都無法倖免。

在顯像螢幕上，遠方的恆星看不出任何動靜。雖然太空艇以每秒三萬公里的速度運動，各方面看起來，它都顯得像是靜止在太空中。

電腦正在進行長距離掃瞄，以偵測任何可能與太空艇相撞的物體，它們即使體積有限，仍會構成嚴重的威脅。在必要的情況下，太空艇會稍微轉向閃避，不過這種情形極不可能發生。由於可能來襲的物體都很小，相對速度也不太大，而且太空艇改變航向時又不會產生慣性效應，因此身在太空艇中，根本無法知道是否出現過堪稱「千鈞一髮」的狀況。

因此崔維茲一點都不擔心這種事，甚至連想都不想。他把所有的注意力，全都集中在丹尼亞多交給他的三組座標上，而他特別注意的，則是與目前位置最接近的那組座標。

「座標有什麼問題嗎？」裴洛拉特緊張兮兮地問。

「我現在還不能確定。」崔維茲說：「座標本身並沒有用，你還得知道零點在哪裡，以及設定座標的規約——比如說訂定距離所依據的方向，用什麼當作本初子午線等等。」

「你怎麼找得出這些東西？」裴洛拉特茫然問道。

「我取得了端點星以及其他幾個已知點相對於康普隆的座標，只要我將它們輸進電腦，電腦便會算出究竟該用哪種規約，這些座標才能對應端點星以及其他幾個點的正確位置。我只是想將這些事在腦中整理一下，這樣我就能對電腦發出適當的指令。一旦確定了規約，我們手中的三組禁忌世界座標值就可能有意義了。」

「只是可能而已？」寶綺思問。

「恐怕只是可能而已。」崔維茲說：「那些畢竟是相當古老的座標，想必用的是康普隆規約，但無法絕對肯定。萬一它們是根據其他規約呢？」

「萬一眞是這樣呢？」

「萬一眞是這樣，我們得到的就只是一堆毫無意義的數字。可是，我們好歹也要確定一下。」

他雙手在微微發亮的按鍵上輕快滑動，將必要的資料輸進電腦，然後將雙手放在桌面的手掌輪廓上，靜待電腦確定這些已知座標所用的規約。答案出來之後，他頓了一下，隨即命令電腦使用相同的規約，算出最近一個禁忌世界的位置，最後終於在電腦記憶庫的銀河地圖中，找出了這組座標對應的地點。

螢幕上出現一個星像場，並且自動迅速移動，在達到停滯狀態後又開始不斷擴大，將周圍各個方向的星辰都擠出螢幕，直到幾乎所剩無幾。肉眼完全跟不上這種迅疾的變化，以致畫面看來只是一團模糊的斑點。最後碩果僅存的，只有邊長十分之一秒差距的一個正方範圍（根據螢幕下方標示的數值）。然後就一直沒有進一步的變化，在漆黑的螢幕上，只剩下六個黯淡的光芒點綴其間。

「哪個才是禁忌世界？」裴洛拉特輕聲問道。

「全都不是。」崔維茲說：「其中四顆是紅矮星，一顆是準紅矮星，另一顆是白矮星。在這些恆星的軌道上，都不可能有可住人世界。」

「單憑這樣看一眼，你怎麼就知道那些是紅矮星？」

崔維茲說：「我們現在看到的並不是眞實的恆星，而是電腦記憶庫中銀河地圖的一小部分，其中每顆恆星都標有簡介，只不過你無法看到，通常我同樣也看不到。可是一旦我的雙手和電腦進行接觸，像現在這樣，那麼當我注視某顆恆星時，我就能知道不少的相關資料。」

裴洛拉特以悲傷的語調說：「那麼，這些座標毫無用處了。」

崔維茲抬起頭望著他。「不，詹諾夫，我的話還沒說完。我們還要考慮時間因素，這組座標是兩萬年前的，在這段時間中，那個禁忌世界和康普隆都繞著銀河中心公轉，兩者的公轉速度、軌道傾角和離心率都很可能並不相同。因此，隨著時光的流逝，這兩個世界不是漸漸接近，就是愈來愈遠。過了兩萬年之後，那個禁忌世界如今的位置，和座標值的偏差可能在半個到五個秒差距之間，當然不會在這個邊長十分之一秒差距的方格內。」

「那麼，我們該怎麼辦？」

「我們以康普隆爲原點，讓電腦將銀河的時間往前推兩萬年。」

「它能這樣做嗎？」寶綺思的聲音聽來有點肅然起敬。

「嗯，它無法使銀河本身回到過去，但能讓記憶庫中的地圖時光倒流。」

寶綺思說：「我們能看到任何變化嗎？」

「看！」崔維茲說。

螢幕上原有的六顆恆星開始緩緩挪動，此外另有一顆恆星出現在螢幕左側，並且漸漸向中央漂移。裴洛拉特興奮地指著它說：「來了！來了！」

崔維茲說：「抱歉，又是一顆紅矮星。它們非常普遍，銀河中的恆星至少有四分之三是紅矮星。」

螢幕上的畫面停下來，不再繼續移動。

「然後呢？」寶綺思說。

崔維茲答道：「這就是了，這就是銀河那一小部分在兩萬年前的樣子。如果那個禁忌世界以平均速度進行星移，就應該出現在螢幕正中央。」

「應該出現，可是沒有啊。」寶綺思尖聲道。

「的確沒有。」崔維茲表示同意，聲音幾乎不帶任何情緒。

裴洛拉特長長嘆了一口氣。「啊，太糟了，葛蘭。」

崔維茲說：「且慢，不要絕望，我原本就並未指望看到那顆恆星。」

「並未指望？」裴洛拉特顯得極為訝異。

「是的。我跟你說過，這並不是真實的銀河，而是電腦中的銀河地圖。某顆恆星若沒收錄在地圖中，我們就看不到。如果一顆行星被稱為『禁忌』，而且這個名稱沿用了兩萬年，它就八成不會被收在地圖裡。事實上果真如此，因為我們看不到它。」

寶綺思說：「或許因為它不存在，所以我們才看不到。康普隆的傳說可能是杜撰的，也可能這些座標並不正確。」

「說得很對。不過，電腦既然找出了那個世界在兩萬年前的可能位置，就能估計出它如今的座標。根據做過時間修正的座標——唯有利用星圖我才能做出這個修正——現在我們可以切換到真實的銀河星像場。」

寶綺思說：「但你只是假設禁忌世界一直以平均速度進行星移，萬一它的速度有異於平均速度呢？這樣的話，你得到的座標就不正確了。」

「說得沒錯，但是相較於未做時間修正的結果，我們幾乎可以肯定，根據平均速度的假設做了修正之後，得到的結果將更接近眞實的位置。」

「你想得眞美！」寶綺思以懷疑的口吻說。

「我正是這麼想。」崔維茲說：「但願不出我所料，現在就讓我們看看眞實的銀河。」

兩位旁觀者聚精會神地盯著螢幕，崔維茲則以輕鬆的語調慢慢解釋（或許是為了緩和自己的緊張情緒，並且延後揭曉謎底的時刻），好像在發表一場演講。

「觀測眞實的銀河比較困難。」他說：「電腦中的地圖是人工產物，不相干的東西都能除去。比如說，如果有個星雲遮蔽視線，我可以將它消除；如果視角和我的預期不合，我可以調整到更方便的角度。然而觀測眞實銀河的時候，我必須照單全收，毫無選擇的餘地。假使我想有所改變，必須在太空中眞正運動，花的時間會比調整地圖多得多。」

當他說到這裡的時候，螢幕上出現了一團恆星雲，裡面擠滿一顆又一顆的星辰，看來像是一堆散亂的粉末。

崔維茲說：「那是銀河某個區段的大角度畫面，當然，我想要的是前景。如果我把前景擴大，相較之下背景就會變得朦朧。這個座標點和康普隆足夠接近，所以我應該能將它擴大到和地圖中的畫面一致。我只消輸入必要的指令，但願我的頭腦能保持足夠長的清醒。開始！」

星像場陡然擴大，成千上萬的恆星被急速推出螢幕。三個人突然覺得向螢幕衝過去，由於感覺過於逼眞，他們都不由自主向後一仰，彷彿是對一股推力所產生的自然反應。

先前的畫面又出現了，雖然不似地圖那般暗，但是六顆恆星都在原先的位置上。此外，在接近中央的部分，還出現了另一顆恆星，它的光芒比其他恆星都明亮許多。

「它在那裡。」裴洛拉特細聲道，聲音中充滿了敬畏。

「可能就是它，我會讓電腦攝取它的光譜，然後詳加分析。」沉默相當一段時間之後，崔維茲又說：「光譜型爲G4，因此它比端點星的太陽小一點並且暗一點，不過要比康普隆的太陽明亮些。電腦的銀河地圖不該漏掉任何G型恆星，既然這顆遭到遺漏，很可能表示它就是那個禁忌世界所環繞的太陽。」

寶綺思說：「有沒有可能到頭來卻發現，這顆恆星周圍根本沒有可住人行星？」

「我想，有這個可能。倘若眞是那樣，我們再設法尋找另外兩個禁忌世界。」

寶綺思固執地說：「萬一另外兩個世界也是空歡喜一場呢？」

「那我們再嘗試別的辦法。」

「比如說？」

「但願我知道。」崔維茲繃著臉說。

第三篇　奧羅拉

第八章：禁忌世界

31

「葛蘭，」裴洛拉特說：「我在一旁看看，會不會打擾你？」

「一點都不會，詹諾夫。」崔維茲說。

「如果問此問題呢？」

「問吧。」

於是裴洛拉特問道：「你到底在做什麼？」

崔維茲將視線從顯像螢幕移開。「凡是螢幕上看起來很接近那個禁忌世界的恆星，每一顆的距離我都得測量出來，這樣我才能斷定它們其實有多近。我必須知道它們的重力場，而這就需要質量和距離的數據。如果缺乏這些資料，便無法保證一次成功的躍遷。」

「你怎麼做呢？」

「嗯，我看到的每一顆恆星，電腦記憶庫中都有它的座標，不難轉換成康普隆的座標系統。接下來，根據**遠星號**在太空中相對於康普隆之陽的位置，做小幅度的修正，就能得到每顆恆星和我們的距離。螢幕上看來，那些紅矮星都很接近那個禁忌世界，但事實上有些可能更近，有些其實更遠。我們需要知道它們的三維位置，你懂了吧。」

裴洛拉特點了點頭。「你已經有了那個禁忌世界的座標……」

「沒錯，但那還不夠，我還需要知道其他恆星的距離，誤差可在百分之一左右。在那個禁忌世界附近，那些恆星的重力場一律很弱，些許誤差不會造成明顯的差別。而那個禁忌世界所環繞的太陽，在禁忌世界附近產生的重力場則很強，我必須知道它的精確距離，精確度至少是其他恆星的一千倍，單有座標無法做到這一點。」

「那你怎麼辦呢？」

「我測量出那個禁忌世界——或者應該說它的恆星——和附近三顆恆星的視距離。那三顆恆星都很暗，需要放大許多倍才看得清楚，因此，它們的距離想必非常非常遠。然後，我們將其中一顆擺在螢幕中央，再向一側躍遷十分之一秒差距，躍遷的方向垂直於我們對禁忌世界的視線。由於附近沒有其他恆星，即使我們不知道遠方星體的距離，這樣的躍遷仍然很安全。

「躍遷之後，位於中央的那顆參考恆星仍會留在原處。如果三顆恆星距離我們真的都非常遠，其他兩顆暗星的位置也不會有什麼變化。然而，那個禁忌世界的恆星由於距離較近，因此會有視差移位。從移位的大小，便能決定它和我們之間的距離。假如我想做個驗證，可以另選三顆恆星，重新再試一遍。」

裴洛拉特說：「總共要花多久時間？」

「不會太久，繁重的工作都由電腦負責，我只要發號施令就行了。眞正花時間的工作，是我必須研究測量的結果，確定它們都沒問題，還有我的指令也沒有任何失誤。如果我是那種蠻勇之徒，對自己和電腦具有完全的信心，那麼幾分鐘內就能完成。」

裴洛拉特說：「眞是太奇妙了，想想電腦能幫我們做多少事。」

「這點我一向心裡有數。」

「假如沒有電腦，你要怎麼辦？」

「假如沒有重力太空艇，我要怎麼辦？假如我未曾受過太空航行訓練，我要怎麼辦？假如沒有兩萬年的超空間科技做我的後盾，我又要怎麼辦？事實上我就是現在這樣——在此時，在此地。倘若我們想像自己身處兩萬年後的未來，我們又將讚嘆什麼樣的科技奇蹟？或者有沒有可能，兩萬年後人類早已不復存在？」

「幾乎不可能，」裴洛拉特說：「不可能不復存在。即使我們沒有成爲蓋婭星系的一部分，我們仍有心理史學指導我們。」

崔維茲雙手鬆開電腦，在椅子上轉過身來。「讓它計算距離吧，」他說：「讓它重複檢查幾遍，反正我們不急。」

他用怪異的目光望著裴洛拉特，又說：「心理史學！你知道的，詹諾夫，在康普隆上，這個話題出現了兩次，每次都被斥爲迷信。我自己說過一次，後來丹尼亞多也提到了。畢竟，除了說它是基地的迷信，你又能怎樣定義心理史學？它難道不是一種沒有證明和證據的信仰嗎？你怎麼想，詹諾夫？這個問題應該比較接近你的領域。」

裴洛拉特說：「你爲什麼要說沒有證據呢，葛蘭？哈里．謝頓的擬像曾在時光穹窿中出現許多次，每當有重大事件發生，他就會針對時勢侃侃而談。當年，他若無法利用心理史學做出預測，就不可能知道未來才會發生的事件。」

崔維茲點了點頭。「聽起來的確不簡單，他雖然沒有預測到騾，不過即使失誤一次，那仍是不簡單的事。話說回來，它還是令人感到邪門，有點像魔術，任何術士都會玩這種把戲。」

「沒有任何術士能預測幾世紀後的事。」

「也沒有任何術士能創造奇蹟，他們只是讓你信以爲眞罷了。」

「拜託，葛蘭，我想不出有什麼伎倆，能讓我預測五世紀後會發生什麼事。」

「你也無法想像有什麼伎倆，能讓一個術士讀取藏在無人衛星中的訊息。然而，我曾目睹一個術士做到這一點。你有沒有想到過，定時信囊以及哈里．謝頓的擬像，或許都是政府自導自演的？」

裴洛拉特對這種說法顯得相當反感。「他們不會那麼做。」

崔維茲發出一下輕蔑的噓聲。

裴洛拉特說：「假如他們企圖那麼做，一定會被逮到的。」

「這點我不敢肯定。不過，問題是我們不知道心理史學如何運作。」

「我也不知道那台電腦如何運作，可是我知道它的確有用。」

「那是因爲還有別人知道它如何運作，如果沒有任何人知道，又會是什麼樣的情況？那樣的話，要是它由於某種原因停擺，我們都會一籌莫展。如果心理史學突然失靈……」

「第二基地份子知道心理史學的運作方式。」

「你又怎麼曉得，詹諾夫？」

「大家都這麼說。」

「大家什麼事都可以說——啊，那個禁忌世界的恆星和我們之間的距離算出來了，我希望算得非常精確。我們來推敲一下這組數字。」

他盯著那組數字良久，嘴唇還不時蠕動，彷彿在心中進行一些概略的計算。最後，他終於開口，不過眼睛並未揚起來。「寶綺思在做什麼？」

「在睡覺，老弟。」然後，裴洛拉特又爲她辯護道：「她很需要睡眠，葛蘭。跨越超空間而維持身爲蓋婭的一部分，是很消耗精力的一件事。」

「我也這麼想。」崔維茲說完，又轉身面對電腦。他將雙手放在桌面上，喃喃說道：「我要讓它分成幾次來躍遷，每次都要重新檢查。」然後他將雙手又收回來，「我是說眞的，詹諾夫，你對心理史學知道多少？」

裴洛拉特好像有點意外。「一竅不通。身爲歷史學家，例如我自己，和身爲心理史學家簡直有天壤之別。當然啦，我知道心理史學的兩個根本基石，但是每個人也都知道。」

「連我都知道。第一個條件是涉及的人口數目必須足夠龐大，才能使用統計方式處理。可是多大才算『足夠龐大』呢？」

裴洛拉特說：「銀河人口的最新估計值是一萬兆左右，也許還低估了。當然啦，這絕對夠大了。」

「你怎麼知道？」

「因爲心理史學的確有效，葛蘭。不論你如何強詞奪理，它的確有效啊。」

「而第二個條件，」崔維茲又說：「是人類並不知曉心理史學，否則他們的反應就會產生偏差——可是大家都曉得有心理史學啊。」

「只是知道它的存在罷了，老弟，那不能算數。第二個條件其實是說，人類並不知曉心理史學所做的預測，這點大家的確不知道。唯有第二基地份子才應該曉得，但他們是特例。」

「僅僅以這兩個條件爲基礎，就能建立起心理史學這門科學，實在令人難以置信。」

「並非僅僅根據這兩個條件，」裴洛拉特說：「其中還牽涉到高等數學和精密的統計方法。據說——如果你想聽聽口述歷史——哈里．謝頓當初開創心理史學，是以氣體運動論爲藍本。氣體中的每個原子或分子都在做隨機運動，因此我們無法知道其中任何一個的位置或速度。然而，利用統計學，我們能導出描述它們整體行爲的精確規律。根據這個原則，謝頓企圖解出人類社會的整體行爲，雖然他的解不適用於人類個體。」

「或許如此，但人類並不是原子。」

「沒錯。」裴洛拉特說：「人類具有意識，行爲複雜到足以顯現自由意志。謝頓究竟如何處理這個問題，我完全沒概念，即使有懂得的人設法向我解釋，我也確定自己無法瞭解。可是無論如何，他的確成功了。」

崔維茲說：「因此這個理論想要成立，必須有爲數衆多而且不明就裡的一群人。你難道不覺得，這麼巨大的一個數學架構，是建立在鬆軟的基礎上嗎？如果這兩個條件無法眞正滿足，那麼一切都會垮台。」

「可是既然謝頓計畫沒垮……」

「或者，假如這兩個條件並非完全不合或不足，只是弱了一點，心理史學或許也能有效運作好幾世紀，然後，在遇到某個特殊危機時，便會在一夕之間垮掉——就像當初驟出現時，它暫時垮掉那樣。此外，如果還應該有第三個條件呢？」

「什麼第三個條件？」裴洛拉特微微皺起眉頭。

「我也不知道。」崔維茲說：「一個論述也許表面上完全合乎邏輯，而且絕妙無比，卻隱含了某些未曾言明的假設。或許這第三個條件，是大家視爲理所當然的假設，所以從來沒有人想到過。」

「如果一個假設被視為這麼理所當然，通常都相當正確，否則，就不可能被視為這麼理所當然。」

崔維茲嗤之以鼻。「如果你對科學史和你對傳說歷史一樣瞭解，詹諾夫，你就會知道這種說法錯得有多嚴重。不過我想，我們已經來到那個禁忌世界的太陽附近。」

的確，螢幕正中央出現了一顆明亮的恆星。由於太過明亮，螢幕自動將它的光芒濾掉大部分，其他恆星因而盡數從螢幕上消失。

32

遠星號上的洗濯與個人衛生設備十分精簡，用水量永遠維持在合理的最小值，以免回收系統超過負荷。這一點，崔維茲曾板著臉提醒裴洛拉特與寶綺思。

儘管如此，寶綺思總有辦法隨時保持清爽光鮮，烏黑的長髮永遠有著亮麗的光澤，她的指甲也始終明亮耀眼。

此時，她走進駕駛艙，說道：「你們在這兒啊！」

崔維茲抬起頭來。「用不著驚訝。我們幾乎不可能離開太空艇，即使你無法用心靈偵測到我們的行蹤，只要花上三十秒，也一定能在太空艇中找到我們。」

寶綺思說：「這句話純然是一種問候，不該照字面解釋，你自己其實很清楚。現在我們在哪裡？可別說『在駕駛艙中』。」

「寶綺思吾愛，」裴洛拉特一面說，一面伸出手臂，「我們現在，是在那個禁忌世界所屬的行星系外圍。」

她走到裴洛拉特身旁，將一隻手輕放在他肩上，他的手臂則摟住她的腰。然後她說：「它不會有什麼眞正的禁忌，我們並未受到任何阻攔。」

崔維茲說：「它之所以成爲禁忌，是因爲康普隆和其他第二波殖民者所建立的世界，刻意和第一波殖民者『太空族』所建立的世界隔離。如果我們自己沒感受到這種刻意的限制，又有什麼能阻止我們呢？」

「那些太空族，如果還有任何人存留下來，或許也會刻意和第二波殖民世界隔離。雖然我們不介意侵入他們的領域，絕不代表他們也不介意。」

「說得很對。」崔維茲道：「如果他們還在，的確會是這樣。但直到現在，我們甚至還不知道他們的行星是否存在。目前爲止，我們所看到的只有普通的氣態巨星，總共有兩顆，而且不是特別大。」

裴洛拉特連忙說：「但這並不代表太空世界並不存在。可住人世界一律很接近太陽，體積又比氣態巨星小很多，此外在這個距離，太陽閃焰也使我們極難偵測到它們。我們得藉由微躍到達內圍，以便偵測這些行星。」能像個老練的太空旅人般說得頭頭是道，似乎令他相當驕傲。

「這樣的話，」寶綺思說：「我們現在爲何不向內圍前進？」

「時辰未到。」崔維茲說：「我正在叫電腦盡量偵察人工天體的跡象，我們要分幾個階段向內挺進——如果有必要，分成十幾個階段都行——每次都要停下來偵察一番。我不希望這次又中了圈套，就像我們首度接近蓋婭那樣。還記得吧，詹諾夫？」

「我們每天都有可能落入那種圈套，唯有蓋婭的圈套爲我帶來寶綺思。」裴洛拉特以愛憐的目光凝視著她。

崔維茲咧嘴笑了笑。「你希望每天都有個新的寶綺思嗎？」

裴洛拉特露出一副委屈的表情，寶綺思帶著微嗔說：「我的好兄弟，或者不管裴堅持叫你什麼，你最好快些向內圍前進。只要有我跟你在一起，你就不會落入圈套。」

「靠蓋婭的力量？」

「偵測其他心靈的存在？當然沒問題。」

「你確定自己的力量夠強嗎，寶綺思？你爲了和蓋婭主體維持聯繫而消耗的體力，我猜一定得睡很久才能補回來。你現在和力量的源頭距離那麼遠，能力也許大大受限，我又能仰仗你多少呢？」

寶綺思漲紅了臉。「聯繫的力量足夠強大。」

崔維茲說：「別生氣，我只不過問問而已。你難道看不出來，這就是身爲蓋婭的缺點之一嗎？我不是蓋婭，我是個完整的、獨立的個體，這表示我能隨心所欲到處旅行，不論離開我的世界、我的同胞多遠都行，我始終還是葛蘭·崔維茲。我擁有的各種能力，我都會繼續保有，無論到哪裡都不會有任何變化。假如我孤獨地在太空中，幾秒差距之內沒有任何人類，又由於某種原因，我無法以任何方式跟任何人聯絡，甚至連天上的星星都看不見一顆，我依舊是葛蘭·崔維茲。我也許無法生還，我可能因此死去，但我至死仍是葛蘭·崔維茲。」

寶綺思說：「孤獨一人在太空中，遠離所有的人，你就無法向你的同胞求助，也無法仰賴他們的各種才能和知識。獨自一人，身爲一個孤立的個體，相較於身爲整體社會的一份子，你會變得渺小得可憐。」

崔維茲說：「然而，那種渺小和你如今的情況不同。你和蓋婭之間有個鍵結，它比我和社會之間的聯繫強得多，而且這個鍵結可以一直延伸，甚至能跨越超空間，可是它需要靠能量來維持。因此你一定會累得氣喘吁吁，我是指心靈上的，並且感到自己的能力被大大削弱，這種感覺會比我強烈許多。」

寶綺思年輕的臉龐突然顯得份外凝重，一時之間，她似乎不再年輕，或說根本看不出年齡。她已經不只是寶綺思，而變得更像蓋婭，彷彿藉此反駁崔維茲的論點。她說：「即使你說的每件事都對，葛蘭．崔維茲——無論過去、現在、未來，你都是你，或許不會減少一分，但也一定不會增加絲毫——即使你說的每件事都對，你以為天下有白吃的午餐嗎？比方說，做個像你這樣的溫血動物，難道不比一條魚，或是其他的冷血動物要好嗎？」

裴洛拉特說：「陸龜就是冷血動物，端點星上沒有，但某些世界上看得到。牠們是有殼的動物，動作緩慢而壽命極長。」

「很好，那麼，身為人類難道不比做陸龜好嗎？不論在任何溫度下，人類都能維持快速行動，不會變得慢吞吞的。人類能夠支持高能量的活動，以及迅速收縮的肌肉、迅速運作的神經纖維，還有旺盛而持久的思考——這難道不比爬行緩慢、感覺遲鈍、對周遭一切僅有模糊意識的陸龜好得多嗎？對不對？」

「我同意。」崔維茲說：「的確是這樣，但這又怎麼樣？」

「嗯，難道你不知道，做個溫血動物是要付出代價的？為了使你的體溫高於環境溫度，你消耗的能量必須比陸龜奢侈許多，你得幾乎不停地進食，急速補充從你身上流失的能量。你會比陸龜更容易感到饑餓，也會死得更快。請問你可願意當一隻陸龜，過著遲緩而長壽的生活嗎？或是你寧可付出代價，做一個行動迅速、感覺敏銳而且具有思考能力的生物？」

「這是個正確的類比嗎，寶綺思？」

「不盡然，崔維茲，因為蓋婭的情況還要好得多。當我們緊緊連在一起的時候，我們不會耗費太多能量。唯有一部分的蓋婭和其他部分相隔超空間距離時，能量的消耗才會升高。別忘了，你所選擇的並非只是大型的蓋婭，並非較大的單一世界；你所選擇的是蓋婭星系，一個由衆多世界構成的龐大複合體。不論身在銀河哪個角落，你都會是蓋婭星系的一部分，都會被它某些部分緊緊包圍，因爲它的範圍從每個星際原子一直延伸到中心黑洞。到那個時候，維繫整體只需要少許的能量，因爲沒有任何部分和其他各部分距離太遠。你的決定將導致所有這些結果，崔維茲，你怎能懷疑自己的抉擇不好？」

崔維茲低頭沉思良久，最後終於抬起頭來說：「我的抉擇也許很好，可是我必須找到切實的證據。我做的決定是人類歷史上最重要的事，光說它好還不夠，我得知道它的確好才行。」

「我已經跟你講了這麼多，你還需要什麼？」

「我也不知道，但我會在地球上找到答案。」他說得斬釘截鐵。

裴洛拉特說：「葛蘭，那顆恆星成了一個圓盤。」

的確如此。電腦一直忙著自己的工作，絲毫不理會周圍的任何爭論。它指揮太空艇逐步接近那顆恆星，如今已來到崔維茲所設定的距離。

此時，他們仍舊遠離行星軌道面。電腦將螢幕劃分成三部分，以便顯示三顆小型的內行星。

位於最內圍那顆，表面溫度在液態水範圍內，並且具有含氧大氣層。崔維茲靜候電腦計算出它的軌道，初步的粗估似乎很有希望。他讓計算繼續做下去，因爲對行星的運動觀測得愈久，各項軌道參數的計算就能做得愈精確。

崔維茲以相當平靜的口吻說：「我們看到了一顆可住人行星，極可能可以住人。」

「啊！」在裴洛拉特一貫嚴肅的臉上，顯露出最接近喜悅的神色。

「不過，」崔維茲說：「只怕沒有巨型的衛星。事實上，直到目前爲止，還沒偵測到任何類型的衛星。所以它不是地球，至少和傳說中的地球不合。」

「別擔心這點，葛蘭。」裴洛拉特說：「當我看到氣態巨星都沒有不尋常的行星環時，就料到不太可能會在這裡發現地球。」

「很好。」崔維茲說：「下一步是看看上面有什麼樣的生命。根據它具有含氧大氣層這個事實，我們絕對可以肯定上面有植物生命，不過……」

「也有動物生命，」寶綺思突然說：「而且數量很多。」

「什麼？」崔維茲轉頭望向她。

「我能感測到。雖然在這個距離只有模糊的感覺，但我肯定這顆行星不只可以住人，而且無疑已有居民存在。」

33

遠星號目前在這個禁忌世界的繞極軌道上，由於距離地表相當遠，軌道週期維持在六天多一點。崔維茲似乎不急著離開這個軌道。

「既然這顆行星已有人居住，」他解釋道：「而且根據丹尼亞多的說法，上面的居民一度曾是科技先進的人類，也就是第一波殖民者，所謂的太空族，如今他們仍舊可能擁有先進的科技，對於我們這些取而代之的第二波殖民者，他們大概不會有什麼好感。我希望他們會自動現身，這樣的話，在我們冒險登陸之前，可以先對他們做點瞭解。」

「他們也許不知道我們在這裡。」裴洛拉特說。

「換成我們的話，我們就會知道。因此我必須假設，如果他們真正存在，很可能會試圖跟我們接觸，甚至想出動來抓我們。」

「但如果他們眞的出來追捕我們，而且他們科技先進，我們也許會束手無策……」

「我可不相信。」崔維茲說：「科技的進步不一定能面面俱到，他們可能在某些方面超越我們許多，但他們對星際旅行顯然並不熱中。因爲開拓整個銀河的是我們而不是他們，而且在帝國歷史中，我從未見過任何記錄提到他們離開自己的世界，出現在我們眼前。如果他們一直未曾進行太空旅行，怎麼可能在太空航行學上做出重大進展？我們或許毫無武裝，但即使他們出動戰艦，大張旗鼓追獵我們，我們也不可能被抓到——不會的，我們不會束手無策。」

「他們的進步也許是在精神力學方面，可能騾就是個太空族……」

崔維茲聳了聳肩，顯然很不高興。「騾不可能是所有的東西。蓋婭人說他是他們的畸變種，也有人認爲他是偶發的突變異種。」

裴洛拉特說：「事實上，還有些其他的臆測——當然，沒有人非常當眞——說他是個人造的機械。換句話說，就是個機器人，只不過沒有用那個名稱。」

「假如眞有什麼東西，具有危險的精神力量，我們就得靠寶綺思來化解。她可以……對了，她正在睡覺嗎？」

「她睡了好一陣子，」裴洛拉特說：「但我出來的時候，看到她動了一下。」

「動了一下，是嗎？嗯，若有任何事故發生，她必須一叫就醒。這件事你要負責，詹諾夫。」

「好的，葛蘭。」裴洛拉特以平靜的口吻答道。

崔維茲又將注意力轉向電腦。「有件事困擾著我，就是那些入境站。一般說來，它們是一種確切的跡象，代表行星上住著擁有高科技的人類。可是這些——」

「有什麼不對勁嗎？」

「有幾個問題。第一，它們的式樣古老，可能已有幾千年的歷史。第二，除了熱輻射，沒有其他任何輻射。」

「什麼是熱輻射？」

「溫度高於周遭環境的任何物體，都會發射熱輻射。每樣東西都能產生這種熟悉的訊號，它具有寬廣的頻帶，由溫度決定能量的分佈模式，而那些入境站射出的就是這種輻射。如果上面有運轉中的人工設備，必定會漏出其他一些非隨機的輻射。既然現在只有熱輻射，我們可以假設入境站是空的，也許已經空置了幾千年；反之，上面若是有人，他們在這方面的科技就極其先進，有辦法不讓其他輻射外洩。」

「也有可能，」裴洛拉特說：「這顆行星擁有高度文明，但入境站遭到空置，因爲我們這些銀河殖民者讓這顆行星遺世獨立太久，他們早已不再擔心會有任何外人接近。」

「可能吧。或者，也可能是某種誘餌。」

此時寶綺思走進來，崔維茲從眼角瞥見她，沒好氣地說：「沒錯，我們在這裡。」

「我知道，」寶綺思說：「而且仍在原來的軌道上，這點我還看得出來。」

裴洛拉特連忙解釋：「親愛的，葛蘭十分謹慎。那些入境站似乎沒有人，我們還不確定這代表什麼。」

「這點根本不必操心。」寶綺思以毫不在乎的口氣說：「我們如今環繞的這顆行星，上面沒有可偵測的智慧生命跡象。」

崔維茲低頭瞪著她，顯得驚訝萬分。「你在說些什麼？你說過……」

「我說過這顆行星上有動物生命，這點的確沒錯，可是銀河中究竟哪個人告訴過你，動物一定就是指人類？」

「你當初偵測到動物生命的時候，爲什麼不說清楚？」

「因爲在那麼遠的距離，我還沒辦法判別。我只能確定偵測到了動物神經活動的脈動，可是在那種強度下，我無法分辨蝴蝶和人類。」

「現在呢？」

「現在我們近多了。你也許以爲我剛才在睡覺，事實上我沒有——或者說，頂多睡了一下子。我剛才，用個不太恰當的說法，正在竭盡全力傾聽，想要聽到足夠複雜而能代表智慧生命的精神活動跡象。」

「結果什麼都沒有？」

「我敢說，」寶綺思的口氣突然變得謹慎，「如果我在這個距離還偵測不到什麼，那麼在這顆行星上，人類的數目頂多不過幾千。如果我們再靠近點，我就能判斷得更精確。」

「嗯，這就使得情況大不相同。」崔維茲說，聲音中帶著幾許困惑。

「我認爲，」寶綺思看來很睏，因此脾氣十分暴躁。「你可以中止那些什麼輻射分析啦，推理啦，演繹啦，還有天曉得你在做些什麼別的。我的蓋婭知覺能做得更準確且更有效率。也許你現在可以明白，爲什麼我說當蓋婭人要比孤立體好。」

崔維茲沒有立刻答話，顯然是在努力克制自己的火氣。當他再度開口時，竟然是用很客氣，而且幾乎正式的口吻。「我很感謝您提供這些消息，然而，您必須知道一件事。打個比方吧，即使我想讓嗅覺變得更靈敏，因爲這樣有很多好處，這個動機卻不足以令我放棄人身，甘心變成一隻獵犬。」

34

當太空艇來到雲層下方，在大氣層中飄移之際，那個禁忌世界終於呈現他們眼前，看起來出奇老舊。

極地是一片冰雪，跟他們預料的一樣，不過範圍不太大。山區都是不毛之地，偶爾還能看到冰河，但冰河的範圍同樣不大。此外還有些小規模的沙漠地帶，在各處散佈得相當均勻。

如果忽略這些事實，這顆行星其實可說十分美麗。它的陸地面積相當廣大，不過形狀歪歪扭扭，因此具有極長的海岸線，以及非常遼闊的沿岸平原。它還擁有蒼翠茂盛的熱帶與溫帶森林，周圍環繞著草原。縱然如此，它的老舊面貌仍極其明顯。

森林中有許多半禿的區域，部分的草原也顯得稀疏乾瘦。

「某種植物病蟲害嗎？」裴洛拉特感到很奇怪。

「不是的，」寶綺思緩緩道：「比那更糟，而且更不容易復原。」

「我見過許多世界，」崔維茲說：「可是從未目睹像這樣的。」

「我見過的世界非常少，」寶綺思說：「不過我以蓋婭的思想來思考，這個世界的人類想必已經絕跡。」

「爲什麼？」崔維茲說。

「想想看吧，」寶綺思的口氣相當鋒利，「沒有一個住人世界擁有眞正的生態平衡。地球最初必定有過這種平衡，因爲它若正是演化出人類的那個世界，就一定曾有很長一段時期，上面沒有任何人類，也沒有其他能發展出先進科技、有能力改造環境的物種。在那種情況下，一定會有一種自然平衡——當然，它會不斷變化。然而，在其他的住人世界上，人類皆曾仔細改造他們的新環境，並且引進各種動植物，但他們創造的生態系卻注定失衡。它只會保有種類有限的物種，若非人類想要的，便是不得不引進的……」

裴洛拉特說：「你知道這讓我想起什麼嗎？對不起，寶綺思，我插個嘴，但這實在太吻合了，我忍不住現在就要告訴你們，免得待會兒忘了。我曾經讀過一則古老的創世神話，根據這則神話，生命是在某顆行星上形成的，那裡的物種類別有限，都是對人類有用的，或是人類喜歡的那些。後來，最早一批人類做了一件蠢事——別管那是什麼，老夥伴，因為那些古老神話通常都是象徵性的，如果對其中的內容太過認真，只會把你搞得更糊塗——結果，那顆行星的土壤受到了詛咒。『必給你長出荊棘和蒺藜來』，那個詛咒是這麼說的。不過這段話是以古銀河文寫成，如果照原文唸會更有味道。然而，問題是它真是詛咒嗎？人類不喜歡或不想要的東西，例如荊棘和蒺藜，或許是維持生態平衡所必需的。」

寶綺思微微一笑。「實在不可思議，裴，怎麼每件事都會讓你想起一則傳說，而它們有時又那麼有啓發性。人類在改造一個世界時，總是排除了荊棘和蒺藜，姑且不管那是什麼東西，然後人類得努力維持這個世界正常發展。它不像蓋婭是個自給自足的生命體，而是一群混雜的孤立體所構成的集合，但這個集合又混雜得不夠，因此無法使生態平衡永遠維持下去。假如人類消失了，就如同指導者的雙手不見了，整個世界的生命型態注定會開始崩潰，而行星將『反改造』成原本的面貌。」

崔維茲以懷疑的口吻說：「假如真會發生這種事，那也不會很快發生。這個世界也許已經兩萬年毫無人跡，但大部分似乎仍舊『照常營業』。」

「當然啦，」寶綺思說：「這要看當初的生態平衡建立得多完善。如果原本是個相當良好的平衡，在失去人類之後，仍然可能維持長久的時間。畢竟，兩萬年對人類而言雖然極長，跟行星的壽命比較起來，只是一夕之間的事。」

「我想，」裴洛拉特一面說，一面專心凝視行星的景觀，「如果這顆行星的環境正在惡化，我們就能確定人類都走光了。」

寶綺思說：「我仍然偵測不到人類層次的精神活動，所以我猜這顆行星確實沒有任何人類。不過，一直有些較低層意識所產生的嗡嗡聲，層次的高度足以代表鳥類和哺乳動物。可是我仍然無法確定，反改造的程度是否足以顯示人類已經絕跡。即使一顆行星有人類居住，如果那個社會不正常，不瞭解環境保護的重要性，生態環境還是有可能惡化。」

「不用說，」裴洛拉特道：「這樣的社會很快就會遭到毀滅。保護自己賴以維生的資源有多重要，我不相信有任何人類不瞭解。」

寶綺思說：「我沒有你那種對人類理性的樂觀信心，裴。我覺得，如果一個行星社會完全由孤立體組成，那麼可想而知，為了局部的利益，甚至為了個人的利益，很容易使人忘卻行星整體的安危。」

「我不認為那是可想而知的事，」崔維茲說：「我站在裴洛拉特這一邊。事實上，既然有人居住的世界數以千萬計，卻沒一個因為反改造而環境惡化，你對孤立態的恐懼可能誇大了，寶綺思。」

太空艇此時駛出晝半球，進入黑夜的範圍。感覺上像是暮色迅疾加深，然後外面就成了一片黑暗，只有在經過晴朗的天空時，還能看到一些星光。

藉著精確監看氣壓與重力強度，**遠星號**得以維持固定的高度。他們目前保持的這個高度，絕對不會撞到隆起的群山，因為這顆行星已經許久未有造山運動。不過為了預防萬一，電腦仍然利用「微波指尖」在前面探路。

崔維茲一面凝視著天鵝絨般的黑夜，一面若有所思地說：「我總是認爲，要確定一顆行星毫無人跡，最可靠的徵狀就是暗面毫無可見光。任何擁有科技的文明，都無法忍受黑暗的環境。一旦進入日面，我們就要降低高度。」

「那樣做有什麼用？」裴洛拉特說：「下面什麼都沒有。」

「誰說什麼都沒有？」

「寶綺思說的，你也這麼說過。」

「不是的，詹諾夫。我是說沒有源自科技的輻射，寶綺思是說沒有人類精神活動的跡象，但這並不代表下面什麼也沒有。即使這顆行星上沒有人類，也一定會有某些遺跡。我要尋找的是線索，詹諾夫，就這點而言，科技文明的殘留物就可能有用。」

「經過兩萬年之後？」裴洛拉特的音調逐漸提高，「你認爲有什麼東西能維持兩萬年？這裡不會有任何膠捲、紙張、印刷品。金屬會生銹，木材會腐爛，塑料會碎成顆粒，甚至石頭都會粉碎或遭到侵蝕。」

「也許沒有兩萬年那麼久。」崔維茲耐心地說：「我所謂的兩萬年，是說這顆行星上如果沒有人類，最長也不會超過這個時間。因爲根據康普隆的傳說，這個世界兩萬年前極爲繁榮。可是，或許在一千年前，最後一批人類才死亡或消失，或者逃到別處去了。」

他們來到夜面的另一頭，曙光隨即降臨，然後幾乎在同一瞬間，出現了燦爛奪目的陽光。

遠星號一面降低高度，一面慢慢減速，直到地表的一切都清晰可見。大陸沿岸點綴著許多小島，現在每個都能看得相當清楚，大多數佈滿了綠油油的植被。

崔維茲說：「照我看來，我們該去研究那些敗損特別嚴重的地區。我認爲人類最集中的區域，便是生態最失衡的地方，反改造有可能以那些地方爲源頭，不斷向外擴散。你的意見如何，寶綺思？」

「的確有此可能。總之，我們對此地缺乏瞭解，還是從最容易的地方下手比較好。草原和森林會吞噬人類活動的跡象，搜尋那些地方可能只是浪費時間。」

「我突然想到，」裴洛拉特說：「一個世界不論有些什麼東西，最終都應該達到一種平衡，而且可能會發展出新的物種，使惡劣的環境重新改頭換面。」

「是有這個可能，裴，」寶綺思說：「這要看當初那個世界的失衡有多嚴重。至於說一個世界會自我治療，經由演化達到新的平衡，所需的時間可要比兩萬年多得多，恐怕得幾百萬年才行。」

此時**遠星號**不再環繞這個世界飛行，它緩緩滑翔了五百公里，這一帶長滿了石楠樹與刺金雀花，其間還穿插著一些小樹叢。

「你們認為那是什麼？」崔維茲突然說，同時伸手向前指去。此時太空艇不再飄移，停留在半空中。重力引擎調到了最高檔，將行星重力場幾乎完全中和，因而傳來一種輕微但持續不斷的嗡嗡聲。

崔維茲所指的地方，其實沒什麼值得一看的。放眼望去，只有一些亂七八糟的土堆，上面長著稀稀疏疏的雜草。

「我看不出什麼名堂。」裴洛拉特說。

「那堆破爛中有個四四方方的結構，還有幾條平行線，你還能看到一些互相垂直的模糊線條，看到沒有？看到沒有？那不可能是天然形成的，一定是人工建築物，看得出原本是地基和圍牆，清楚得好像它們依舊聳立在那裡。」

「即使真的是，」裴洛拉特說：「也只不過是個廢墟。如果我們要做考古研究，我們就得拚命地挖呀挖，專業人士要花上好幾年才能妥善……」

「沒錯，但我們沒時間妥善處理。那也許是一座古城的外圍，某些部分可能尚未傾倒。我們跟著那些線條走，看看會把我們帶到哪裡。」

在那個區域某一端，樹木叢聚較密之處，他們發現幾堵聳立的牆垣。或者應該說，只有部分仍舊屹立。

崔維茲說：「這是個不錯的開始，我們要著陸了。」

第九章：面對野狗群

35

遠星號停在一個小山丘的山麓，山丘周圍是一片平坦的開闊地。崔維茲幾乎想也沒想，就認為最好別降落在數哩內沒有任何掩蔽的地方，因此這裡是理所當然的最佳選擇。

他說：「外面溫度是攝氏二十四度，多雲，西風，風速大約每小時十一公里。電腦對大氣循環模式知道得不夠，所以無法預測氣候。不過，濕度差不多只有百分之四十，所以幾乎不可能下雨。整體而言，我們似乎選了一個舒適的緯度，或者說選對了季節，去過康普隆之後，來到這裡令人感到份外愉快。」

「我猜想，」裴洛拉特說：「如果這顆行星繼續反改造下去，天氣會變得更加極端。」

「我肯定這一點。」寶綺思說。

「隨便你怎樣肯定，」崔維茲說：「我們還得等上幾千幾萬年，才能知道正確答案。此時此刻，它仍是個宜人的行星，在我們有生之年，以及其後許久許久，它都會一直保持這樣。」

他一面說話，一面在腰際扣上一條寬大的皮帶。寶綺思尖聲道：「那是什麼，崔維茲？」

「當初在艦隊所受的訓練，我還沒忘記。」崔維茲說：「我不會赤手空拳闖進一個未知的世界。」

「你當眞要攜帶武器？」

「正是如此。在我的右側，」他用力一拍右邊的皮套，裡面是個很有份量的大口徑武器。「掛的是我的手銃，而左側，」那是一柄較小的武器，口徑很小而且沒有開口。「是我的神經鞭。」

「兩種殺人方式。」寶綺思以厭惡的口氣說。

「只有一種，只有手銃能殺人。神經鞭卻不會，只會刺激痛覺神經，不過我聽說，它會令你痛不欲生。我很幸運，從未吃過這種苦頭。」

「你爲什麼要帶這些東西？」

「我告訴過你，這個世界可能有敵人。」

「崔維茲，這個世界根本沒有人。」

「是嗎？它可能沒有科技發達的人類社會，但是若有『後科技時代』的原始人呢？他們或許頂多只有棍棒和石塊，可是那些東西也能殺人。」

寶綺思看來被激怒了，但她勉力壓低聲音，試圖表現得足夠理智。「我偵測不到人類的神經活動，崔維茲。這就剔除了各種原始人的可能性，不論是後科技時代還是其他時代的原始人。」

「那我就沒必要使用我的武器。」崔維茲說：「話說回來，帶著它們又有什麼害處呢？它們只會讓我的重量增加少許，既然地表重力大約只有端點星的百分之九十一，我還承受得了這點重量。聽我說，太空艇本身也許毫無武裝，但裝載了不少手提式武器，我建議你們兩位也……」

「不要。」寶綺思立刻答道：「我不要做準備殺戮——或是帶給他人痛苦的任何舉動。」

「這不是準備殺戮，而是避免自己遭到殺害，希望你懂得我的意思。」

「我能用自己的方法保護自己。」

「詹諾夫？」

裴洛拉特猶豫了一下。「在康普隆的時候，我們並未攜帶任何武器。」

「得了吧，詹諾夫。康普隆是個已知數，是個和基地結盟的世界。何況我們剛著陸便遭到逮捕，即使我們帶了武器，也會馬上被繳械。你到底要不要拿一柄手銃？」

裴洛拉特搖了搖頭。「我從未在艦隊待過，老弟。我不知道怎樣使用這些傢伙，而且，遇到緊急情況，我絕對來不及想到開火。我只會向後跑，然後——然後就被殺掉。」

「你不會被殺掉的，裴。」寶綺思中氣十足地說：「蓋婭將你置於我/們/它的保護之下，那個裝腔作勢的艦隊英雄也一樣。」

崔維茲說：「很好，我不反對受到保護，但我可沒有裝腔作勢，我只是要做到百分之兩百的謹慎。如果我永遠不必掏這些傢伙，我會感到萬分高興，我向你保證。話說回來，我必須把它們帶在身上。」

他珍愛地拍了拍那兩件武器，又說：「現在讓我們走向這個世界吧，它的地表可能有數千年未曾感受人類的重量了。」

36

「我有一種感覺，」裴洛拉特說：「現在一定相當晚了，只是太陽還高高掛在天上，所以好像是近午時分。」

「我猜想，」崔維茲一面瀏覽靜謐的景觀，一面說：「你的感覺源自這個太陽的橙色色調，它帶來一種日落的感覺。當眞正的日落來臨時，假如我們仍在此地，而雲層結構又正常的話，我們應該會發現夕陽比平常所見的更紅。我不知道你會感到美麗還是陰鬱。這種差異在康普隆也許更極端，不過我們在那裡的時候，從頭到尾都待在室內。」

他緩緩轉身，檢視著四周的環境。除了光線令人幾乎下意識地感到奇怪，這個世界——或是這個地區——還有一種特殊的氣味。似乎帶有一點霉味，但絕不至於令人噁心。

附近的樹木不高不矮，看來全是些老樹，樹皮上長了不少樹瘤。樹幹都不算很直，不過他無從判斷究竟是因爲強風，或是由於土質不佳。是否就是這些樹木，爲這個世界平添了某種威脅感，抑或是其他什麼東西——更無形的東西？

寶綺思說：「你打算做些什麼，崔維茲？我們大老遠來到此地，當然不是來欣賞風景的。」

崔維茲說：「其實，我現在該做的也許就是欣賞風景。我想建議詹諾夫探查一下這個地方，那個方向有些廢墟，如果發現任何記錄，只有他才能判斷有沒有價值。我猜他看得懂古銀河文的手稿或影片，而我很清楚自己沒辦法。而且我認爲，寶綺思，你想跟他一起去，以便就近保護他。至於我自己，我會留在這裡，在廢墟外圍爲你們站崗。」

「爲什麼要站崗？防備拿著棍棒和石塊的原始人？」

「也許吧。」他掛在嘴角的微笑突然斂去，又說：「眞奇怪，寶綺思，我覺得這個地方有點不對勁，我也說不上來爲什麼。」

裴洛拉特說：「來吧，寶綺思，我這輩子一直蹲在家裡蒐集古代傳說，從未眞正摸過古老的文件。想想看，如果我們能發現……」

崔維茲目送著他們兩人。裴洛拉特急切地朝廢墟走去，聲音漸行漸遠，寶綺思則輕快地走在他旁邊。

崔維茲心不在焉地聽了一會兒，然後轉過身來，繼續研究周遭的環境。究竟是什麼引起他的憂慮呢？

他從未眞正涉足任何毫無人跡的世界，倒是從太空中觀察過許多個。它們通常都是小型世界，小得無法留住水分與空氣，不過它們還是有些用處，例如在艦隊演習時，用來標示一個會師點（在他一生中，以及他出生前整整一個世紀內，一直沒有戰爭發生，但軍事演習從未中斷過），或是作爲緊急修護模擬的訓練場地。他當初服役的那些船艦，曾多次進入這種世界的軌道，有時也會降落其上，可是他從來沒機會走到外面去。

這種感覺，是不是由於他現在眞正立足於一個無人世界？假使在服役那段日子裡，他曾踏上某個沒有空氣的小型世界，是否也會有同樣的感覺？

他搖了搖頭，那並不會對他造成任何困擾，他相當肯定。他會穿上太空衣走出去，如同他做過無數次的太空漫步一樣。那是一種熟悉的情況，而僅僅與一大塊「岩石」接觸，並不會改變這種熟悉的感覺。絕對不會！

當然，這次他並沒有穿太空衣。

他正站在一個適宜住人的世界上，感覺就像在端點星一樣舒服——比康普隆舒服得多。他感到微風拂過面頰，溫暖的陽光照在背上，植物摩擦的沙沙聲傳入耳中。每樣東西都那麼熟悉，除了沒有人類——至少，人類如今已不復存在。

是不是這個原因？是不是因爲這樣，才使這個世界顯得陰森森的？是否因爲它不僅是個無人的世界，更是個遭到廢棄的世界？

他以前從未到過任何廢棄的世界，也沒聽說過有什麼廢棄的世界，甚至根本沒想到過有哪個世界會遭到廢棄。直到目前爲止，他所知道的每一個世界，人類一旦移民其上，子子孫孫就會永遠住下去。

他抬頭望向天空，唯一遺棄這個世界的只有人類。有隻鳥兒剛好飛過他的視線，似乎比橙色雲朵間的青灰色天空更爲自然。（崔維茲十分肯定，只要在這顆行星上多住幾天，他就會習慣這些奇異的色調，到那個時候，天空與雲朵也會顯得正常了。）

他聽到樹上有鳥兒在歌唱，還有昆蟲在輕聲呢喃。寶綺思早先提到的蝴蝶，現在他果然看見了——數量多得驚人，而且有好幾種不同花色。

樹旁草叢中也不時傳來沙沙聲，但他無法確定是什麼東西引起的。

令他感到心神不寧的，並非附近這些放眼可見的生命。正如寶綺思所說，人類對一個世界進行改造時，一開始就不會引進危險的動物。他幼年讀的童話，以及少年時期看的奇幻故事，一律發生在一個傳說中的世界（那一定脫胎於含糊的地球神話）。在超波戲劇的全相螢幕中，則充滿各式各樣的怪獸——獅子、獨角獸、巨龍、鯨類、雷龍、狗熊等等，總共有幾十種，大多數的名字他都不記得了。其中有些當然是神話的產物，或許通通都是也說不定。此外，還有些會咬人或螫人的小動物，甚至某些植物都是碰不得的，不過僅限於虛構故事中。他也曾聽說原始蜜蜂會螫人，但眞實世界的蜜蜂絕對不會傷害人類。

他慢慢向右方走去，繞過山丘的邊緣。那裡的草叢又高又密，但一叢叢分佈得很零散。他走在樹林間，其中的樹木也是一叢叢地生長。

他打了個呵欠。不用說，並沒有發生任何刺激的狀況，他不知道該不該回太空艇打個盹。不，絕不能有那種念頭，他現在顯然得好好站崗。

也許他該演習一下步哨勤務。齊步走，一、二、一、二，來個迅速的轉身，手中拿著一支閱兵用的電棒，操演著複雜的花式動作。（戰士已有三世紀未曾使用這種武器，但在訓練的時候，它卻是絕對必要的項目，沒有人說得出這是什麼道理。）

這種突如其來的想法不禁令他笑了笑，然後他又想到，自己是不是該走到廢墟，加入裴洛拉特與寶綺思的行列。爲什麼呢？他幫得上什麼忙嗎？

或許他能看到裴洛拉特剛好忽略的某樣東西？嗯，等裴洛拉特回來後，還有得是時間那樣做。如果有什麼不難發現的東西，一定要留給裴洛拉特才對。

他們兩人可能遇到麻煩嗎？眞傻！能有什麼樣的麻煩？

萬一出了什麼問題，他們一定會呼救。

他開始仔細傾聽，結果什麼都沒聽到。

然後，步哨勤務的念頭又在他心中浮現，揮也揮不去。他發現自己開始齊步走，雙腳此起彼落，踏出有力的節奏。一支想像中的電棒從肩頭甩出去，打了幾個轉，然後被他筆直地舉在正前方；接著電棒又開始打轉，再回到另一側的肩頭。而在一個俐落的向後轉之後，他再度面對著太空艇（不過現在距離相當遠了）。

向前望去的時候，他突然僵住了——在現實中，並非步哨的假想狀況。

這裡不只他一個人。

在此之前，除了植物、昆蟲，以及一隻小鳥，他沒看到任何其他生物。他也未曾見到或聽到有任何東西接近——現在卻有一頭動物站在他與太空艇之間。

這個意料之外的狀況令他嚇呆了，一時之間，他喪失了解釋視覺訊號的能力。過了相當長的時間，他才明白自己正在望著什麼。

那只不過是一隻狗。

崔維茲不算是愛狗人士，他從未養過狗，碰到狗的時候也不會有什麼特別的親切感，當然這次也不例外。他不耐煩地想，無論在哪個世界上，都一定會有這種動物伴著人類。牠們的品種數也數不盡，而崔維茲一直有個煩厭的印象，每個世界至少有一種特有的品種。然而，所有的品種都有一個共同點：不論牠們是養來消遣、表演，或是做其他有用的工作，都被教得對人類充滿敬愛與信任。

崔維茲向來無法消受這種敬愛與信任。他曾跟某位養了一隻狗的女子同居一段時間，看在女主人的份上，崔維茲對那隻狗百般容忍，牠卻對他產生了根深柢固的愛慕之情，總是跟著他到處跑，休息的時候則依偎他身旁（五十磅的體重全靠過來），出其不意就會讓他身上沾滿唾液與狗毛。每當他們兩人想要交歡，牠就會蹲在門外，發出一聲聲的呻吟。

從那段經驗中，崔維茲建立了一項堅定的信念：自己是狗兒們一貫摯愛的對象。至於原因為何，只有犬科的心靈與牠們分辨氣味的能力能夠解釋。

因此，一旦從最初的驚訝中恢復，他開始放心地打量這隻狗。牠體型很大，身形瘦削，四肢細長。牠正在瞪著他，卻看不出有什麼愛慕之情。牠的嘴巴張著，也許可以解釋為歡迎的笑容，但綻現的牙齒卻又大又鋒利。崔維茲相信，如果這隻狗不在視線內，自己想必會覺得自在些。

突然間他又想到，這隻狗從未見過人類，牠的祖先也一定有無數代不知人類為何物。現在面前忽然出現一個人，牠也許跟崔維茲看到牠的反應一樣，感到相當驚訝而不安。崔維茲至少很快就認出牠是一隻狗，那隻狗卻沒有這個優勢。牠仍然不知如何是好，可能已經提高了警覺。

讓一隻體型那麼龐大、牙齒如此鋒利的動物一直處於警戒狀態，顯然不是一件安全的事。崔維茲心裡很明白，雙方需要趕緊建立友誼。

他以非常緩慢的動作，向那隻狗慢慢接近（當然不能有突兀的行動）。然後他伸出一隻手，準備讓牠來嗅一嗅，同時發出輕柔的、具有安撫作用的聲音，還不時夾雜著「乖乖狗兒」這類的話，令他自己都感到十分難為情。

那隻狗雙眼緊盯著崔維茲，向後退了一兩步，彷彿並不信任對方。然後牠掀起上唇，齜牙咧嘴，口中還發出一聲刺耳的吠叫。雖然崔維茲從未見過任何狗兒有這種表現，可是除了威嚇，這些動作根本不能做別的解釋。

因此崔維茲停止前進，僵立在原處。此時，他從眼角瞥見旁邊有東西在動，於是慢慢轉過頭去，竟然發現又有兩隻狗從那個方向走來，看起來跟原先那隻一樣要命。

要命？他現在才想到這個形容詞，卻是貼切得可怕，這點絕對錯不了。

他的心臟突然怦怦亂跳。回太空艇的路被堵住了，他卻不能漫無目的地亂跑，因爲那些長腿狗兒在幾碼內就會追上他。但他若是站在原地，用手銃對付牠們，那麼剛殺死一隻，另外兩隻便會撲向他。而在較遠的地方，他可以看到有更多的狗向這裡走來。難道牠們彼此有什麼辦法聯絡？牠們總是成群出獵嗎？

他慢慢向左側移動，那個方向沒有任何狗——目前還沒有。慢慢地，慢慢地移動。

那三隻狗跟著他一起移動。他心裡有數，自己之所以沒有受到立即攻擊，是因爲這些狗從未見過或聞過像他這樣的東西。對於他這個獵物，牠們尚未建立起可供遵循的行爲模式。

假如他拔腿飛奔，這個動作當然會讓牠們感到熟悉。碰到類似崔維茲這般大小的獵物因恐懼而逃跑，這些狗知道該如何行動。牠們會跟著跑，而且跑得更快。

崔維茲繼續側著身，朝一株樹木移動。他實在太想爬到樹上，這樣至少能暫時擺脫牠們。牠們卻跟著他一起移動腳步，輕聲咆哮著，而且愈走愈近，三隻狗的眼睛都眨也不眨地盯著他。此時又多了兩隻狗加入牠們的行列，而在更遠的地方，崔維茲還能看到有更多的狗走過來。當他跟那棵樹接近到某個程度時，他就必須開始衝刺。他不能等待太久，也不能起跑太早，這兩種行動都會令他喪命。

就是現在！

他可能打破了自己瞬間加速的紀錄，即使如此，卻仍是千鈞一髮。他感到一隻腳的後跟被狗嘴猛然咬住，一時之間動彈不得，直到堅固的陶質鞋面滑脫尖銳的狗牙，他才將腿抽了回來。

他不擅長爬樹，十歲之後就沒再爬過，而且他還記得，小時候爬樹的技巧相當拙劣。不過這回情況還算好，樹幹並不太垂直，樹皮上又有許多節瘤可供攀抓。更何況現在情非得已，在不得已的情況下，一個人能做出許多驚人的事。

崔維茲終於坐在一個樹枝分岔處，離地大概有十公尺。他一隻手刮破了，正滲出血來，但一時之間他完全沒有察覺。在樹底下，有五隻狗蹲坐在那裡，每隻都抬頭盯著樹上，還吐出了舌頭，看來全都在耐心期待。

現在該怎麼辦？

37

崔維茲無法有條不紊地思考目前的處境，他的思緒成了許多一閃即逝的片段，順序古怪而扭曲。如果事後他能釐清思路，大致應該是這個樣子——

寶綺思先前曾極力主張，人類將一顆行星改造之後，注定會建立一個非平衡的自然界，唯有藉著不斷的努力，才有可能勉強維繫。比如說，銀河殖民者從來不帶大型獵食動物隨行，小型的則無可避免，例如昆蟲或寄生物，甚至小型的鷹隼和尖鼠等等。

在傳說中，以及含意模糊的文學作品裡出現的猛獸，老虎、灰熊、海怪、鱷魚，誰會將牠們從一個世界帶到另一個世界（即使那樣做真有意義）？那樣做又會有什麼意義呢？

這意味著人類是唯一的大型獵食動物，可以隨心所欲攝取各種動物與植物。若是沒有人類介入，那些動植物將會由於繁衍過剩，導致生存受到威脅。

假如人類由於某種原因而消失，其他獵食動物必將取而代之。會是哪種獵食動物呢？人類能夠容忍的最大獵食動物是貓和狗，牠們早已被人類馴服，生活在人類的蔭庇下。

萬一不再有人飼養牠們呢？那時牠們必須自己尋找食物——爲了牠們自己的生存，事實上也等於讓那些獵物得以存活。後者的數量必須維持一個定值，否則過度繁殖所帶來的災害，將百倍於遭到獵捕的損失。

因此狗類會繼續增殖，各類品種應有盡有，其中大型狗隻會攻擊大型的、無人照料的草食動物，小型的則會獵捕鳥類與齧齒類。貓在夜間捕食，狗在白晝行動；前者單打獨鬥，後者則成群結隊。

或許藉由演化，最後會產生更多不同的品種，來填補生態席位多餘的空缺。會不會有些狗類最後發展出水中活動的本領，而能靠魚類維生？而有些貓類則發展出滑翔能力，得以攫獲空中與地表那些行動笨拙的鳥類？

正當崔維茲絞盡腦汁，想要有條理地考慮一下該如何行動時，這些意識的片段卻一股腦湧現出來。

此時野狗的數目不斷增加，他數了一下，現在總共有二十三隻圍繞著這棵樹，此外還有好些在漸漸迫近。這群野狗的數量究竟有多少？那又有什麼關係？現在已經夠多了。

他從皮套中掏出手銃，可是手中握著堅實銃柄的感覺，並未給他帶來希望中的安全感。他上次填充能量丸是什麼時候？他總共能發射幾次？當然不到二十三次。

裴洛拉特與寶綺思又該怎麼辦呢？如果他們出現，那些野狗會不會轉而攻擊他們？即使他們不現身，難道就一定安然無事嗎？假使狗群嗅到廢墟中還有兩個人，有什麼能阻止牠們跑到那裡去攻擊他們？絕對沒有什麼門或欄杆可供阻擋一陣。

寶綺思能不能抵禦牠們的進攻，甚至將牠們驅走？她能否將超空間那頭的力量集中，提升到需要的強度？她又能維持那些力量多久？

那麼，他應不應該呼救？如果他高聲喊叫，他們會不會立刻跑過來？而在寶綺思瞪視之下，那些野狗會不會四下逃竄？（眞需要瞪視嗎？或者只是一種精神活動，不具那種能力的旁觀者根本無法偵知？）或者，他們若是出現，會不會在他面前被撕成碎片，而他只能相當安全地高坐樹上，眼睜睜看著這幕慘劇，一點辦法也沒有？

不，他一定得使用手銃。只要他能殺死一隻，把其他的野狗暫時嚇退，他就可以爬下樹來，呼叫裴洛拉特與寶綺思。假如那些野狗顯出折返的意圖，他會再殺一隻，然後他們三人便能衝進太空艇中。

他將微波束的強度調到四分之三，那足以令一隻野狗斃命，同時帶來巨大的響聲。巨響可將其他野狗嚇跑，這樣就能替他節省一些能量。

他仔細瞄準狗群中央的某一隻，牠似乎（至少，在崔維茲自己的想像中）比其他狗散發出更濃的敵意。或許只是因爲牠顯得特別安靜，因而好像對牠的獵物有更殘酷的企圖。現在，那隻狗直直盯著他手中的武器，彷彿表示崔維茲的手段再兇，牠也不放在眼裡。

崔維茲突然想到，自己從未對任何人動用過手銃，也從來沒有目睹別人使用過。在受訓的時候，他曾經射擊過人形靶。那個人形由皮革與塑料製成外皮，內部裝滿純水，被射中之後，裡面的水幾乎瞬間到達沸點，隨即猛然爆開，將整個外皮炸得稀爛。

可是，在沒有任何戰事的年代，誰會射擊一個活生生的人呢？又有什麼人敢在手銃之下反抗，令自己死在銃下？只有在這裡，在這個由於人類消失而變得病態的世界……

人腦有一種奇特的能力，會注意到一些全然無關緊要的事物。崔維茲現在就是這樣，他突然發覺有一團雲遮住陽光，與此同時，他按下了扳機。

從銃口延伸到那隻狗的直線上，憑空出現一道奇異的閃光，若非雲團剛好遮住太陽，那道模糊的光芒可能根本看不到。

那隻狗一定突然感到全身發熱，身子稍微動了一下，好像準備跳起來。而在下一刹那，牠的身體就爆炸了，部分的血液與細胞組織也隨即氣化。

不過爆炸聲卻小得令人失望，這是因爲狗皮不如人形靶的外皮那般堅韌。然而那隻野狗的肌肉、毛皮、鮮血與骨骼仍是四散紛飛，令崔維茲胃部一陣翻騰。

其他的野狗馬上後退，有些被高溫的碎肉打到，滋味想必不好受。不過，牠們只遲疑了片刻，突然又擠成一團，爭相呑食那些血肉，使崔維茲感到更加噁心。他沒有把牠們嚇跑，反而爲牠們提供了食物，牠們無論如何是不會離開了。事實上，鮮血與熟肉的氣味將引來更多野狗，或許，還會有其他小型獵食動物聞風而至。

此時，突然響起一聲叫喊：「崔維茲，怎麼……」

崔維茲向遠處望去，寶綺思與裴洛拉特正從廢墟中走出來。寶綺思陡然停下腳步，伸出雙臂將裴洛拉特擋在後面，雙眼則緊盯著那些野狗。情勢既清楚又明顯，她根本不需要再問什麼。

崔維茲高聲喊道：「我試圖把牠們趕走，不想驚動你和詹諾夫。你能制住牠們嗎？」

「很困難。」寶綺思答道。雖然狗群的嗥叫靜了下來，像是被一大張吸音毯罩住一樣，不過她並未用力喊叫，因此崔維茲聽得不太清楚。

寶綺思又說：「牠們數量太多了，我又不熟悉牠們的神經活動模式，蓋婭上沒有這種兇殘的東西。」

「端點星也沒有，任何一個文明世界都沒有。」崔維茲吼道：「我盡可能殺多少算多少，你試著對付其他的，數量少了你比較好辦。」

「不行，崔維茲，射殺牠們只會引來其他野狗——留在我後面，裴，你根本無法保護我——崔維茲，你另外那件武器。」

「神經鞭？」

「對，它能激發痛覺。低功率，低功率！」

「你擔心牠們受傷嗎？」崔維茲氣沖沖地叫道：「現在是顧慮生命神聖的時候嗎？」

「我顧慮的是裴的生命，還有我的生命。低功率，並且對準一隻發射，我無法再壓制牠們多久。」

那些野狗早已離開樹下，將寶綺思與裴洛拉特團團圍住，他們兩人則緊靠著一堵斷垣殘壁。幾隻最接近他們的野狗，遲疑地試圖更爲湊近，同時發出幾下哼聲，彷彿想弄懂是什麼阻擋了牠們，因爲牠們感覺不到任何障礙。另外還有幾隻想爬上那堵危牆，改從後方進攻，但顯然是白費力氣。

崔維茲用顫抖的手將神經鞭調到低功率。神經鞭使用的能量比手銃少得多，一個電源匣能產生好幾百下無形的鞭擊。可是現在想想，他也不記得上次充電是什麼時候。

發射神經鞭不需要怎麼瞄準，因爲不必太過顧慮能量的消耗，他可以一下子掃過一大群野狗。那是使用神經鞭的傳統方式，專門用來對付現出危險徵兆的群眾。

不過，他還是照寶綺思的建議去做，瞄準某隻野狗射出一鞭。那隻狗立刻倒在地上，四肢不停抽搐，同時發出響亮而尖銳的悲鳴。

其他的野狗紛紛向後退去，離那隻受傷的狗愈來愈遠，每一隻的耳朵都向後扯平。然後，那些野狗也都發出悲鳴，一個個轉身離去，起初是慢慢走，然後速度開始加快，最後變成全速飛奔。那隻被神經鞭擊中的野狗，此時痛苦萬分地爬起來，一面發出哀嚎，一面一跛一跛地走開，腳步落後其他野狗甚多。

狗吠聲終於在遠方消失，寶綺思這才說：「我們最好趕快進太空艇去，牠們還會再回來，其他狗群也可能會來。」

崔維茲不記得曾如此迅速地操作過閘門機制，以後也可能永遠破不了這個紀錄。

38

當夜晚降臨時，崔維茲仍然覺得尚未完全恢復正常。他手上刮傷的地方貼了一片合成皮膚，消除了肉體上的疼痛，可是精神上的創傷，並非那麼容易就能撫平。

這不僅是暴露於危險中而已，如果只是那樣，他的反應會跟任何普通勇者無異。問題是危險來自一個全然未曾預料的方向，帶來一種荒謬可笑的感覺。如果有人發現他被一群猛狗逼得上樹，那將是什麼局面？就算他被一群發怒的金絲雀嚇得逃之夭夭，也不比剛才的情況更糟。

有好幾小時的時間，他一直在傾聽外面的動靜：那些野狗是否發動了新的攻勢，是否有狂吠聲，是否有狗爪搔抓艇體的聲音。

相較之下，裴洛拉特似乎頗為冷靜。「我心中從來沒有懷疑，老弟，從未懷疑寶綺思能應付這一切。可是我必須承認，你那一擊相當精采。」

崔維茲聳了聳肩，他沒有心情討論這件事。

裴洛拉特手中拿著他的「圖書館」，那是一片光碟，上面儲存著他畢生研究神話傳說的成果。他拿著它鑽進寢艙，他的小型閱讀機就放在那裡。

裴洛拉特的心情似乎相當好，崔維茲注意到了，不過並未追根究柢。等到自己的心思不再被野狗完全佔據時，還有得是時間弄個明白。

當寶綺思與他獨處的時候，她以試探性的口氣說：「我想你是受驚了。」

「的確如此。」崔維茲以沮喪的口吻答道：「誰會想到看見一條狗——一條狗——就該趕緊逃命。」

「此地有兩萬年不見人跡，牠已經不算一隻普通的狗。如今在這個世界，這些野獸必定是稱王的大型獵食動物。」

崔維茲點了點頭。「當我坐在樹枝上，成了一個臣服的獵物時，我就想到了這一點。你所提到的非平衡生態，實在萬分正確。」

「就人類的觀點而言，當然是非平衡。但是想想看，那些野狗在進行捕獵時，表現得多麼有效率。我想裴也許說對了，生態的確能夠自我平衡，從當初被引進這個世界的少數物種，會演化出許多變種，來填補各種的生態席位。」

「可真奇怪，」崔維茲說：「我也有同樣的想法。」

「當然啦，前提是非平衡狀態不太嚴重，否則自我修正的過程需要很長的時間，在成功之前，那顆行星早已回天乏術。」

崔維茲咕噥了一聲。

寶綺思若有所思地望著他。「你怎麼會想到攜帶武器？」

崔維茲說：「結果也沒什麼好處，是你的能力……」

「並不盡然，我也需要你的武器。那是毫無預警的情況，我和蓋婭又只有超空間式接觸，要對付那麼多我不熟悉的心靈，若是沒有你的神經鞭，我根本無計可施。」

「手銃毫無用處，我曾經試過。」

「動用手銃，崔維茲，只能讓一隻狗消失，其他的狗也許會感到驚訝，可是不會害怕。」

「其實更糟。」崔維茲說：「牠們將殘骸都吃掉了，我等於賄賂牠們留下來。」

「沒錯，我可以想像那種效果。神經鞭則不同，它會帶來痛楚，一隻狗痛極了便會嚎叫，而別的狗都能瞭解其中的意義。即使不為其他原因，牠們也會由於制約反射而感到恐懼。等所有的野狗都陷入恐懼之後，我只消輕輕推觸牠們的心靈，牠們便自動離開了。」

「沒錯，可是你瞭解在這種情況下，神經鞭是更有威力的武器，我卻不知道。」

「我習慣和心靈打交道，你並沒有這方面的經驗。我堅持要你使用低功率，並且瞄準一隻狗，原因就在這裡。我不希望過度的痛楚令那隻狗死亡，那樣牠就發不出聲音。我也不希望痛覺太分散，那樣只會引起幾聲低嗚。我要劇烈的痛楚集中在一點上。」

「果然如你所願，寶綺思。」崔維茲說：「結果完全成功，我該好好感謝你。」

「你吝於表達感激，」寶綺思語重心長地說：「因為你覺得自己扮演了一個滑稽的角色。然而，我再重複一遍，沒有你的武器，我根本無計可施。令我不解的是，你對攜帶武器這件事怎麼解釋？因為我已經向你保證，這個世界上並沒有任何人類，這點我至今仍舊肯定。難道你預見了那些野狗嗎？」

「沒有，」崔維茲說：「我當然沒有，至少意識層面如此。而且我通常也沒有武裝的習慣，在康普隆的時候，我根本沒想到帶武器。但是，我也不能讓自己輕易相信那是魔法，不可能是那樣的。我猜想，當我們剛開始討論非平衡生態時，我就有了一種潛意識的警覺，想到在一個沒有人類的世界上，動物可能會變得危險。這一點，事後想來十分明顯，但我可能確有一絲先見之明，只不過是這樣罷了。」

寶綺思說：「別這麼隨便就敷衍過去。我同樣參加了有關非平衡生態的討論，卻沒有同樣的先見之明。蓋婭所珍視的，正是你這種特殊的預感。我也看得出來，你一定很氣惱，因爲你擁有一種隱性的預感，卻無法偵知它的本質；你根據自己的決定而行動，卻沒有任何明確的理由。」

「在端點星，我們通常的說法是『憑預感行事』。」

「在蓋婭，我們則說『知其然不知所以然』。你不喜歡不知所以然的感覺，對不對？」

「是的，的確令我苦惱不已，我並不喜歡被預感驅策。我猜預感背後必有原因，但由於不知道這個原因，使我感到自己無法掌握自己的心靈，好像一種輕度的瘋狂。」

「當你決定贊同蓋婭和蓋婭星系的時候，你就是憑預感行事，現在你卻要找出原因。」

「這點我至少說過十幾遍了。」

「我卻拒絕把你的聲明當眞，我爲這件事感到抱歉。這方面我不會再跟你唱反調，不過我希望，我可以繼續指出蓋婭的各項優點。」

「隨時請便，」崔維茲說：「可是希望你瞭解，我也許不會接受那些說法。」

「那麼，你是否曾經想到，這個不知名的世界正在返歸蠻荒狀態，最終也許會變得荒蕪而不可住人，而這只是因爲一種具有足夠智慧、能指導整個世界的物種消失了？假如這個世界是蓋婭──若是蓋婭星系的一部分則更理想──這種事就不會發生。指導的智慧將化身爲銀河整體，繼續留存在這裡，不論生態何時偏離平衡，也不論由於什麼原因，都終究會再度趨於平衡。」

「這意味著那些野狗不再需要食物嗎？」

「牠們當然需要食物，正如人類一樣。然而，牠們進食會是一種有目的的行爲，是在刻意的指導之下維持生態平衡，而不是隨機環境所造成的結果。」

崔維茲說：「對狗類而言，失去個體的自由也許不算什麼，可是這對人類一定會有重大影響。如果所有的人類全部消失，到處都沒有了，而並非只是在某個或數個世界上絕跡，那又會怎麼樣？

如果完全沒有人類，蓋婭星系將變成什麼樣子？那時還會有指導的智慧嗎？其他的生命型態和無生命物質，難道有辦法共組一個共同的智慧，足以擔負起這個使命嗎？」

寶綺思猶豫了一下。「這種情況，」她又說：「以前從未發生過，而在未來，似乎也沒有任何可能。」

崔維茲說：「人類的心靈和宇宙萬物性質迥異，萬一它消失了，其他所有的意識加起來也無法取代，你難道不認為這很明顯嗎？所以說，人類是個特例，必須享有特別待遇，這難道不對嗎？人類甚至不該彼此融合，更遑論和非人生物或無生物融在一起。」

「可是你已經決定支持蓋婭星系。」

「那是為了一個凌駕一切的理由，我自己也不清楚它是什麼。」

「或許那個凌駕一切的理由，是你隱約瞥見了非平衡生態的效應？你的推論有沒有可能是這樣的：銀河中每個世界都好像立在刀刃上，兩側皆為不穩定的狀態，只有蓋婭星系能夠預防各種災禍降臨在這些世界上。至於連年戰禍和腐敗政治所帶來的苦難，就更不在話下。」

「不，當我做出決定時，心中並未想到非平衡生態。」

「你怎能確定？」

「我所預見的事物，自己當初也許不知道，但事後若有人對我提起，我卻能正確無誤地認出來。就好像我感覺得到，我當初也許料到了這個世界會有危險的動物。」

「嗯，」寶綺思以嚴肅而平靜的口吻說：「若不是我們兩人通力合作，你的先見之明加上我的精神力場，那些危險的動物可能已經要了我們的命。來吧，我們做個朋友。」

崔維茲點了點頭。「隨你的便。」

他的聲音透著幾許冷淡，寶綺思不禁揚起眉毛。但就在這個時候，裴洛拉特突然闖進來，使勁猛點著頭，彷彿準備將腦袋從脖子上搖下來。

「我想，」他說：「我們找到了。」

39

崔維茲通常並不相信天上掉下來的勝利，然而，偶爾捨棄自己的明智判斷也是人之常情。他現在覺得胸部與喉頭的肌肉緊繃，但仍勉強開口問道：「地球的位置嗎？你找到了，詹諾夫？」

裴洛拉特瞪了崔維茲一會兒，然後像是洩了氣一樣。「這個嘛，不是的。」他的臉漲得通紅，「不完全是——事實上完全不是，葛蘭，我剛才根本忘了那回事。我在廢墟中發現的是別的東西，我想它並沒有什麼重要性。」

崔維茲深深吸了一口氣。「不要緊，詹諾夫。每一項發現都很重要，你跑來是要說什麼？」

「嗯，」裴洛拉特說：「你也瞭解，這裡幾乎沒有什麼東西遺留下來。經過兩萬年的風吹雨打，能留到現在的東西實在不多。此外，植物生命會漸漸破壞遺跡，而動物生命——不過別管這些了，重點是『幾乎沒有』並不等於『完全沒有』。

「這個廢墟一定包括一座公共建築物，因爲有些掉落的石塊，也有可能是混凝土，上面刻著一些文字。那些字肉眼簡直看不出來，你應該瞭解，老弟，但我拍了許多相片，用太空艇上的相機拍的，就是有內建電腦的那種相機——我從來沒機會徵得你的同意，葛蘭，可是眞的很重要，所以我……」

崔維茲不耐煩地揮了揮手。「說下去！」

「那些文字我看得懂一些，是非常古老的文字。即使照相機有電腦輔助，再加上我閱讀古代文字的功力不差，卻也無法認出太多，而眞正看懂的就只有一個詞。那幾個字的字體比較大，也比其他字清楚一點，或許是故意刻得比較深，因爲它們代表的正是這個世界。那個詞就是『奧羅拉行星』，所以我猜想，我們立足的這個世界叫奧羅拉，或者說當初叫奧羅拉。」

「它總該有個名字。」崔維茲說。

「沒錯，可是名字很少會隨便亂取。我剛才用我的圖書館仔細搜尋了一下，結果發現兩則傳說，來源剛好是兩個相隔甚遠的世界，根據這個事實，我們可以做出一個合理的假設，那就是兩者的來源完全無關——不過別管這個了，在那兩則傳說中，奧羅拉當『曙光』解釋，因此我們可以假設，在銀河標準語出現之前的某個語言中，奧羅拉的意思正是曙光。

「巧的是，同一類型的太空站或其他人造天體，其中第一個便常用曙光或黎明這類名字命名。如果這個世界在某種語言中稱爲曙光，它也許就是同類世界的第一個。」

崔維茲問道：「你是不是準備告訴我們，這顆行星就是地球，而奧羅拉是它的別名，因爲這個名字代表了生命和人類的黎明？」

裴洛拉特說：「我不敢延伸那麼遠，葛蘭。」

崔維茲帶著點挖苦的口氣說：「畢竟我們沒發現放射性地表，沒發現巨大衛星，也沒發現具有大型行星環的氣態巨星。」

「一點都沒錯。可是康普隆的那個丹尼亞多，他似乎認爲這個世界曾是第一波殖民者——太空族定居的眾多世界之一。果眞如此的話，那麼它既然叫奧羅拉，也許就表示它是第一個太空世界。此時此刻我們踏著的這顆行星，很可能是除了地球之外，銀河中最古老的人類世界。這難道不令人興奮嗎？」

「不管怎麼說，的確很有意思，詹諾夫。可是僅由奧羅拉一個名字，就推出這些結論，會不會嫌太多了？」

「還不只呢。」裴洛拉特興奮地說：「我找遍了我所蒐集的記錄，結果發現當今銀河中，沒有一個世界叫奧羅拉，我確定你的電腦能證實這一點。正如我剛才所說，許多世界和人造天體都以曙光這一類名字命名，可是沒有一個眞正使用奧羅拉。」

「何必要用呢？如果它是在銀河標準語之前的詞彙，如今就不大可能流行。」

「可是名字會保留下來，即使它們已經毫無意義。如果這裡眞是第一個殖民世界，它應該很有名氣，甚至可能一度曾是銀河的主宰。所以說，一定會有其他世界自稱『新奧羅拉』或『小奧羅拉』，或者諸如此類的名稱。而其他的……」

崔維茲突然插嘴道：「也許它並非第一個殖民世界，也許它從來沒有什麼重要性。」

「依我看有個更好的解釋，我親愛的兄弟。」

「什麼樣的解釋，詹諾夫？」

「假如第一波殖民者被第二波後來居上，因此當今銀河各個世界都是後者的天下，正如丹尼亞多所說，那麼就很有可能，兩波殖民者之間曾經出現敵對狀態，所以第二波殖民者，也就是如今這些世界的建立者，不會使用第一波殖民世界的名字。如此說來，我們即可根據奧羅拉這個名字從未重複的事實，推論出總共有兩波殖民者，而此地是第一波殖民者所建立的世界。」

崔維茲微微一笑。「我稍微弄懂了你們神話學家如何做學問，詹諾夫。你們總是建立一個美麗的理論體系，但它也許只是空中樓閣。傳說告訴我們，第一波殖民者帶了許多機器人隨行，而這想必就是他們覆滅的原因。假使我們能在這個世界上找到一個機器人，我就願意接受所有關於第一波殖民者的推測，可是我們不能指望經過兩萬……」

裴洛拉特的嘴巴蠕動了好久，才終於發出聲音來。「可是，葛蘭，我沒告訴你嗎？沒有，當然沒有，我太興奮了，沒法子把事情說得有條有理——這裡的確有個機器人。」

40

崔維茲搓了搓額頭，彷彿正爲頭痛所苦。「一個機器人？這裡有個機器人？」

「對。」裴洛拉特使勁點頭。

「你怎麼知道？」

「哎呀，它當然是機器人。我親眼看到的，怎麼可能認不出來？」

「你以前見過機器人嗎？」

「沒有，但它是個看來很像人類的金屬物體，有腦袋、雙手、雙腳和軀幹。當然啦，我所謂的金屬，其實幾乎是一堆鐵銹。當我向它走近時，想必是腳步的震動使它進一步受損，所以當我伸手摸它……」

「你爲什麼要摸它？」

「這個嘛，我想是因爲我無法完全相信自己的眼睛，那是一種自然而然的反應。我才剛碰到它，它就散了開來，可是——」

「怎樣？」

「在它眞正散開來之前，它的眼睛似乎放出非常微弱的光芒，同時發出一個聲音，像是試圖說些什麼。」

「你的意思是它還在運作？」

「非常勉強，葛蘭，然後它就崩潰了。」

崔維茲轉向寶綺思。「你能證實這一切嗎，寶綺思？」

「那是個機器人，我倆都看到了。」寶綺思說。

「而它仍在運作？」

寶綺思以平板的語調說：「當它散開來的時候，我捕捉到一絲微弱的神經活動訊息。」

「怎麼可能有神經活動？機器人並沒有細胞所組成的有機大腦。」

「我猜想，它具有電腦化的類似結構，」寶綺思說：「而我偵測得到。」

「你偵測到的是機器人的精神作用，不是人類的？」

寶綺思噘了噘嘴。「它太微弱了，我只知道它的確存在，無法做出其他判斷。」

崔維茲先望著寶綺思，然後望向裴洛拉特，以激昂的口氣說：「這就足以改變一切。」

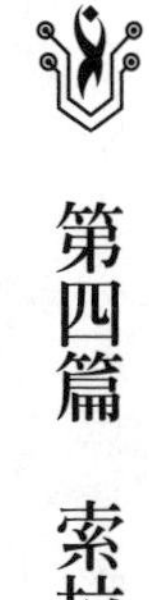

第四篇　索拉利

第十章：機器人

41

晚餐時，崔維茲似乎陷入沉思，寶綺思則將注意力集中在食物上。

只有裴洛拉特看來很想說話，他指出，這個世界如果眞是奧羅拉，而且的確是第一個殖民世界，它就應該與地球相當接近。

「也許値得在附近星空做一次地毯式搜索。」他說：「頂多是往返幾百顆恆星而已。」

崔維茲低聲答道，漫無目標的尋找是下下之策，即使找到了地球的位置，他也要先盡量蒐集相關資料，然後才會試圖接近。他的回答僅止於此，裴洛拉特顯然被潑了一盆冷水，只好漸漸閉上嘴巴。

晚餐後，崔維茲仍不主動說一句話。裴洛拉特試探性地問：「我們要留在這裡嗎，葛蘭？」

「總得過一夜。」崔維茲說：「我需要多考慮一下。」

「這樣安全嗎？」

「除非附近還有比野狗更兇的東西，」崔維茲說：「否則我們在太空艇中相當安全。」

裴洛拉特說：「如果附近眞有比野狗更兇的東西，最快需要多少時間才能起飛？」

崔維茲說：「目前電腦處於發射警戒的狀態，我想我們在兩三分鐘內即可起飛。而且若有任何意外事故發生，電腦會很有效率地警告我們，所以我建議大家都睡一覺。明天早上，我會決定下一步該怎麼做。」

說得倒容易，崔維茲在黑暗中張大眼睛時，心裡這麼想。他現在蜷縮成一團，只脫下了外套，就這麼躺在電腦室的地板上。這樣實在很不舒服，但他可以肯定，此時他的床鋪也無法助他入眠。而待在這裡，萬一電腦發出警告訊號，他至少能立即採取行動。

然後他聽到一陣腳步聲，便自然而然坐了起來，腦袋一不小心撞到了桌緣。雖然不至於受傷，卻足以令他愁眉苦臉，忍不住揉了半天。

「詹諾夫？」他以含糊的聲音問道，同時眼淚奪眶而出。

「不，是寶綺思。」

崔維茲一隻手伸出桌緣，與電腦稍微接觸了一下，室內隨即充滿柔和的光芒。他立刻看到寶綺思站在面前，穿著一件淡粉紅色的纏身袍。

崔維茲說：「什麼事？」

「我到你的寢艙找你，你不在那兒。然而，我絕不會認錯你的神經活動，於是一直跟到這裡，而你顯然還沒睡著，所以我就走進來了。」

「好吧，但你要做什麼呢？」

她靠著艙壁坐下，雙膝併攏，將下巴擱在膝頭上。「別擔心，我並非企圖奪走你所剩無幾的童貞。」

「我沒有這種幻想。」崔維茲反唇相譏，「你怎麼沒睡覺？你比我們更需要睡眠。」

「相信我，」她用一種低沉而眞誠的語調說：「野狗帶來的這段插曲，實在令人筋疲力盡。」

「這點我相信。」

「可是我得趁裴睡覺的時候，來跟你談一談。」

「談什麼？」

寶綺思說：「他跟你提到機器人的時候，你說那就足以改變一切，這句話是什麼意思？」

崔維茲說：「你自己難道看不出來嗎？我們總共有三組座標，代表三個禁忌世界。我打算三個都探訪一番，以便對地球盡量多做瞭解，然後才準備向地球進軍。」

他側身向她稍微靠過去，以便將聲音壓得更低，卻又猛然退回來。「聽著，我不希望詹諾夫進來這裡找我們，我不知道他心裡會怎麼想。」

「不大可能。他正在睡覺，我又將他的睡意加強了一點，如果他睡不穩當，我會知道的。繼續吧，三個世界你都打算探訪，那又是什麼改變了呢？」

「我並未計畫在任何世界浪費不必要的時間，如果這個世界，奧羅拉，已經兩萬年沒有人類居住，就很難令人相信會有什麼有價值的資料留下來。我不想花上幾週甚至幾個月，趴在行星表面徒勞無功地摸索，還得擊退野狗、野貓、野牛，或者任何變得狂野危險的動物，只因爲可能在塵土、鐵銹、腐物中找到一片殘存的參考資料。也許在另外一兩個禁忌世界上，會有活生生的人類和完好如初的圖書館，所以我本來打算立刻離開這個世界。假使我那樣做了，我們現在已經置身太空，正在安穩地呼呼大睡。」

「可是？」

「可是，如果這個世界上還有運作中的機器人，它們就可能擁有我們所需要的重要資料。和人類比起來，跟它們打交道會比較安全，因爲我聽說，它們必須服從命令，而且不能傷害人類。」

「所以你改變計畫，你準備花時間在這個世界上尋找機器人？」

「我並不想這麼做，寶綺思。我總以爲在缺乏維修的狀況下，機器人無法維持兩萬年的壽命。不過，既然你們碰到了一個仍有些微活動跡象的機器人，顯然代表我以常識對它們所做的猜測並不可靠。我不能懵懵懂懂地領導大家行動。機器人也許比我想像中更耐用，或者具有某種自我維修的能力。」

寶綺思道：「聽我說，崔維茲，並且請你務必保密。」

「保密？」崔維茲相當驚訝，連音量都提高了。「對誰保密？」

「噓！當然是對裴。聽好，你不必改變計畫，你原先的想法是對的。在這個世界上，根本沒有仍在運作的機器人，我什麼也沒偵測到。」

「你偵測到了那個機器人啊，有一個就等於……」

「我沒偵測到什麼，它沒有在運作，早就不再運作了。」

「可是你說……」

「我知道我說過什麼。裴認爲他看到了動作，聽到了聲音。裴是個天真浪漫的人，他一輩子的工作就是蒐集資料。可是想在學術界揚名立萬，那種做法是難上加難，所以他深切渴望有個屬於自己的重大成就。奧羅拉這個名字確實是他發現的，你難以想像他因此有多快樂，所以他拚命想要做出更多的發現。」

崔維茲說：「你是在告訴我，他太希望能有所發現，因此自以爲遇到一個運作中的機器人，事實上根本沒這回事？」

「他遇到的只是一塊鐵銹，它所擁有的意識，不會比它下面那塊岩石更多。」

「可是你支持他的說法。」

「我不忍心奪走他的幻象，他對我是那麼重要。」

崔維茲盯著她足足有一分鐘之久，然後才說：「你能不能解釋一下，爲什麼他對你那麼重要？我想知道，我眞的很想知道。對你來說，他一定像個糟老頭子，毫無浪漫氣息可言。他又是個孤立體，而你一向鄙視孤立體。你既年輕又漂亮，而蓋婭一定有些部分是生龍活虎、英俊瀟灑的年輕男性胴體，你若是跟他們在一起，肉體關係能藉著蓋婭的共鳴而達到歡樂的頂峰。所以說，你究竟看上詹諾夫哪一點？」

寶綺思一本正經地望著崔維茲。「你難道不愛他嗎？」

崔維茲聳了聳肩，答道：「我對他很有好感，我想你可以說我愛他，以一種和性愛無關的方式。」

「你認識他沒多久，崔維茲，爲什麼會以一種和性愛無關的方式愛他？」

崔維茲發現自己不知不覺露出微笑。「他是這麼一個古怪的傢伙，我眞心相信在他一生之中，從來沒有爲自己著想過。他奉命和我同行，於是他來了，沒有一點異議。他本來要我到川陀去，可是當我說要去蓋婭，他也沒有和我爭論。而現在，他又跟著我進行尋找地球的任務，雖然他明知十分危險。我絕對可以相信，萬一他必須爲我——或者爲別人——犧牲自己的生命，他也會願意的，而且不會有任何怨言。」

「你會願意爲他犧牲性命嗎，崔維茲？」

「假如沒有時間多做考慮，可能就會。倘若能有時間考慮，我便會猶豫，結果或許就會逃避，我並沒有他那麼『善良』。正是因爲這樣，我才有一種強烈的衝動，想要盡力保護他，讓他保有一顆善良的心。我不希望這個銀河把他教壞了，你瞭解嗎？而我特別要提防你——天曉得你看中他哪一點，一旦那點不再吸引你，你很可能就會把他甩掉，我一想到這件事便難以忍受。」

「沒錯，我就知道你會有這種想法。難道你未曾想到，裴在我眼中和在你眼中是一樣的——甚至我看得更透徹，因爲我能直接接觸他的心靈？我表現得像是想傷害他嗎？若非我不忍心傷害他，當他以爲看到一個運作中的機器人時，我會支持他的幻想嗎？崔維茲，你所謂的『善良』我相當熟悉，因爲蓋婭每一部分都隨時願意爲整體犧牲，除此之外，我們不知道也不瞭解任何其他的行事原則。但我們那樣做並沒有放棄什麼，因爲每一部分都等於整體，雖然我並不指望你瞭解這一點。而裴卻不同——」

寶綺思不再望著崔維茲，彷彿在自言自語。「他是個孤立體。他之所以沒有私心私欲，並非由於他是某個大我的一部分，他沒有就是沒有。你明白我的意思嗎？他可能失去所有的一切，卻不會得到任何好處，但他就是有那種胸襟。他令我感到慚愧，我是不怕有任何損失才會如此大方，而他並未希望獲得任何利益，卻仍能保有那樣的胸襟。」

她又抬起頭來望著崔維茲，神情顯得極爲嚴肅。「你可知道我對他的瞭解，比你可能做到的深入多少嗎？你認爲我會以任何方式傷害他嗎？」

崔維茲說：「寶綺思，今天稍早的時候，你曾說：『來吧，我們做個朋友。』我的回答則是：『隨你的便。』當時我的反應很勉強，因爲我想到你可能會傷害詹諾夫。現在，輪到我說了，來吧，寶綺思，我們做個朋友。你可以繼續指出蓋婭星系的優點，而我或許仍會拒絕接受，不過即使如此，縱然這樣，還是讓我們做個朋友吧。」說完他就伸出手來。

「沒問題，崔維茲。」她答道，兩人緊緊握住了對方的手。

42

崔維茲衝著自己默默一笑，那只是個內在的笑容，因爲他的嘴角沒有絲毫動作。

當初，他用電腦搜尋第一組座標所標示的恆星（並不肯定有沒有），裴洛拉特與寶綺思兩人專心地旁觀，並且提出許多問題。現在，他們卻待在寢艙裡睡大覺，或者至少是在休息，而將所有的工作留給崔維茲負責。

就某個角度而言，這點令他相當得意，因爲崔維茲覺得他們接受了一項事實，那就是他完全知道自己在做什麼，不需要任何監督或鼓勵。這方面，崔維茲從第一站獲得了足夠的經驗，知道應該更加信賴電腦，並且感到即使它需要監督，自己也不必盯得那麼緊。

另一顆恆星出現了——明亮耀眼，銀河地圖中卻沒有記錄。相較於奧羅拉所環繞的恆星，這顆星要更爲明亮，而它在電腦中竟然沒有記錄，也就更加耐人尋味。

崔維茲不禁驚嘆古代傳說的奇奧之處。在人類意識中，幾世紀也許會縮成一點點，甚至全然消失無蹤，許多文明則可能完全遭到遺忘。但在無數逝去的世紀、數不清的文明之中，仍然有一兩件事物完好流傳下來，例如那幾組座標便是。

不久之前，他曾對裴洛拉特提到這點。裴洛拉特立刻告訴他，這正是研究神話傳說如此迷人的原因。「訣竅在於，」裴洛拉特說：「找出或判定傳說中哪些成分代表史實和眞相。這件事並不容易，不同的神話學家很可能會選取不同的成分，通常取決於何者剛好符合他們自己的詮釋。」

無論如何，丹尼亞多提供的三組座標之一，經過時間修正後，正好就是如今這顆恆星的位置。現在，崔維茲願意下極大的賭注，賭第三顆恆星同樣位於座標點上。果眞如此的話，他會願意更進一步，考慮共有五十個禁忌世界的傳說也是正確的（雖然那是個可疑的整數），而且，還會開始研究其他四十七個世界的位置。

不久，他發現了一個可住人世界——禁忌世界——圍繞著這顆恆星。這回，它的出現並未在崔維茲心中激起一絲漣漪，他本來就絕對肯定它會在那裡。他立刻駕駛**遠星號**進入它的低速軌道。

雲層還算稀疏，從太空中便能將地表看得足夠清楚。幾乎跟所有的可住人世界一樣，這也是個多水的世界，包括一個無間斷的熱帶海洋，以及兩個完整的極地冰洋。在上半球的中緯度地帶，有一塊長條狀的大陸，彎彎曲曲地環繞整個世界，其兩側有些海灣，造成幾個狹窄的地峽。在另一個半球的中緯度地帶，陸地分裂成三大部分，每一部分的南北寬度都超過了上半球的大陸。

崔維茲遺憾自己對氣候學所知不多，否則根據見到的景象，應該就能預測溫度與季節大致如何。一時之間，他起了一個頑皮的念頭，想要讓電腦解決這個疑問，問題在於氣候根本是無關緊要的一件事。

重要許多的是，電腦又沒有偵測到源自科技的輻射。他透過望遠鏡看下去，發現這顆行星並不顯得老舊，也沒有荒蕪的跡象。不斷後退的地表都是色調不一的綠地，不過日面並沒有都會區的跡象，夜面則見不到任何燈光。

這會不會是另一顆充滿各種生命、唯獨欠缺人類的行星？

於是，他敲了敲另一間寢艙的門。

「寶綺思？」他輕聲喊道，接著又敲了一下。

寢艙裡傳來一陣沙沙聲，以及寶綺思的聲音：「什麼事？」

「你能不能出來一下？我需要你幫忙。」

「請等一會兒，我現在的樣子不太方便見人。」

當她終於現身的時候，看起來絕不比過去任何一次遜色。崔維茲卻感到一陣惱怒，因為他根本沒必要等這一會兒，她看起來像什麼樣子，對他而言毫無差別。不過他們既然已經是朋友了，他只好將惱怒的情緒壓抑下來。

她面帶微笑，以十分愉快的語調說：「我能幫你做些什麼，崔維茲？」

崔維茲向顯像螢幕揮了揮手。「你可以看到，從我們正在通過的地表看來，這個世界百分之百健康，陸上佈滿相當厚實的植被。然而，黑夜地區沒有燈光，也沒有任何科技性輻射。請你仔細傾聽，然後告訴我是否有任何動物生命。在某個地點，我想我看得到一群吃草的動物，但我不敢肯定。或許是我拚命想要看到什麼，因而產生一種幻覺。」

於是寶綺思開始「傾聽」，至少，她臉上出現了一種特殊的專注神情。「喔，沒錯，動物生命很豐富。」

「哺乳動物嗎？」

「一定是。」

「人類嗎？」

現在她似乎更加集中注意力，整整一分鐘過去了，然後又過了一分鐘，她才終於鬆弛下來。「我無法分辨得很清楚，每隔一陣子，我似乎就偵測到一絲飄忽的智慧，強度足以代表人類。但它實在太微弱，而且忽隱忽現，或許因爲我也拚命想要感測到什麼，因而產生一種幻覺。你知道嗎……」

她突然陷入沉思，崔維茲催促道：「怎麼樣？」

她又說：「事實上，我好像偵測到了別的東西。那並非我所熟悉的任何事物，但我不相信它會不是……」

她開始更聚精會神地「傾聽」，整張臉再度繃緊。

「怎麼樣？」崔維茲又問。

她鬆了一口氣。「除了機器人，我不相信有其他的可能。」

「機器人！」

「是的，而我既然偵測到它們，當然應該也能偵測到人類，可是沒有。」

「機器人！」崔維茲皺著眉頭重複了一遍。

「是的，」寶綺思說：「而且我還能斷定，數量相當龐大。」

43

裴洛拉特聽到後，也說了一聲「機器人！」而且跟崔維茲剛才的聲調幾乎一模一樣。然後他淡淡一笑，又說：「你對了，葛蘭，我不該懷疑你。」

「我不記得你何時懷疑過我，詹諾夫。」

「喔，老友，當時我認為不該表現出來。我只是在想，在我心裡想，離開奧羅拉是個錯誤，因為在那裡，我們有機會遇見一些存活的機器人。可是顯然你早就知道，這裡有更多的機器人。」

「根本不是這麼回事，詹諾夫，我當初完全不知道，我只是想碰碰運氣。寶綺思告訴我，根據這些機器人的精神場判斷，它們似乎處於正常運作狀態，而我則覺得，倘若沒有人類照顧和維修，它們不可能處於良好的運作狀態。然而，她無法偵察到任何人類跡象，所以我們仍在繼續尋找。」

裴洛拉特若有所思地檢視著顯像螢幕。「似乎都是森林，對不對？」

「大部分都是森林，但有幾塊顯然是草原。問題是我看不到城市，黑夜地區也不見任何燈光，而且除了熱輻射，一直沒有其他輻射出現。」

「所以根本沒有人類？」

「我不敢說。寶綺思正在廚艙內設法集中精神。我已經替這顆行星定出一條本初子午線，這也就是說，電腦已經為這顆行星畫出了經緯度。寶綺思手中握著一個小裝置，每當發覺機器人的精神活動似乎特別密集──我想對機器人不能用『神經活動』──或者任何人類思想的微弱訊息，她就會按一下鈕。那個裝置聯到了電腦，電腦可以根據經緯度定出位置，然後我們就讓它從那些位置中，選取一個適宜的著陸地點。」

裴洛拉特顯得有些不安。「讓電腦做選擇，是明智的做法嗎？」

「有何不可，詹諾夫？它是一台功能很強的電腦。此外，當你自己無從決定的時候，至少考慮一下電腦的選擇，又有什麼害處呢？」

裴洛拉特又快活起來。「這話有點道理，葛蘭。某些最古老的傳說，就提到了古人將立方體丟到地上來做決定。」

「哦？是怎麼做的？」

「立方體每一面刻有不同的決定：做、不做、或許、延後等等。立方體落地後，恰巧朝上的那一面所刻的字，就被視為應當遵循的決定。有時他們也會用另一種方式，讓一個小球在具有許多凹槽的圓板上旋轉，每個槽內寫有不同的決定。小球最後停在哪個槽，就要遵循那個槽內所寫的決定。有些神話學家則認為，這類活動其實是一種機率遊戲，並非用來決定命運，但是在我看來，兩者幾乎是同一回事。」

「就某方面而言，」崔維茲說：「我們這樣選擇著陸地點，就是在玩一種機率遊戲。」

寶綺思從廚艙中走了出來，剛好聽到最後一句話。她說：「並不是機率遊戲。我按了幾次『可能』，還有一次絕對的『確定』，而我們要去的，就是那個『確定』地點。」

「爲什麼如此確定呢？」崔維茲問。

「我捕捉到一絲人類的思想，萬分肯定，絕對錯不了。」

44

此地剛才一定下過雨，因爲草地很濕。天上的烏雲迅速掠過，顯出即將放晴的跡象。

遠星號在一座小樹林旁輕輕著陸（爲了預防野狗，崔維茲半開玩笑地想），四周看來像是一片牧地。剛才，在視野較佳且較寬廣的高空，崔維茲好像看到一些果園與田地，而現在，眼前則出現了許多如假包換的草食動物。

不過，附近沒有任何建築物，也沒有任何物件是人工的。只有果園中排列整齊的果樹，以及將田地劃分得整整齊齊的界線，看來好像微波發電站一般人工化。

然而這種程度的人工化，難道是機器人完成的？沒有任何人類參與嗎？

崔維茲默默繫上承裝武器的皮套，這一次，他確定兩種武器都在待發狀態，而且都充足了電。突然間，他接觸到寶綺思的目光，隨即停止了動作。

她說：「請繼續。我認爲你絕對用不到，但我上次也是這麼認爲，不是嗎？」

崔維茲說：「你要不要帶武器，詹諾夫？」

裴洛拉特打了一個寒顫。「不，謝了。夾在你和寶綺思之間，你的有形防衛力量加上她的精神防衛力量，使我覺得根本沒有危險。我也知道躲在你們的庇護下很孬種，可是想到自己不需要使用武力，我感激都還來不及，也就不覺得羞愧了。」

崔維茲說：「我可以瞭解，但千萬別單獨行動。如果我和寶綺思分開，你得跟著我們其中一個，不可以由於好奇心作祟，自己跑到別處去。」

「你不必擔心，崔維茲，」寶綺思說：「我會好好留意。」

崔維茲第一個走出太空艇，外面正吹著輕快的風。雨後的氣溫帶著些微涼意，崔維茲卻感到十分宜人。相較之下，雨前的空氣有可能又濕又熱，令人很不舒服。

他吸了幾口氣，覺得十分訝異，這顆行星的氣味很不錯。他明白每顆行星都具有獨特的味道，總是使人感到陌生，而且通常都不好聞——也許正是因爲陌生的關係。陌生的氣味就不能令人愉快嗎？或是他們剛好趕對了季節，又正巧下過一場雨？不論原因爲何……

「出來吧，」他叫道：「外面相當舒適。」

裴洛拉特走出來，然後說：「嗯，舒適這個形容詞再恰當不過。你認爲這裡常年都有這種氣味嗎？」

「沒什麼差別，不到一小時，我們就會習慣這種香氣。鼻中的感受器飽和之後，就什麼也聞不到了。」

「眞可惜。」裴洛拉特說。

「草地是濕的。」寶綺思似乎有點不以爲然。

「這有什麼不對？畢竟，蓋婭上也會下雨啊！」崔維茲說。此時，一道黃色陽光自雲縫灑下，想必不久之後，陽光會愈來愈強。

「沒錯，」寶綺思說：「但我們知道何時會下雨，我們有心理準備。」

「太糟了，」崔維茲說：「你們喪失了許多意外的驚奇。」

寶綺思答道：「你說得對，我會盡量不再那麼偏狹。」

裴洛拉特四下望了望，以失望的語氣說：「附近似乎什麼都沒有。」

「只是似乎而已，」寶綺思說：「它們正從小丘另一側走來。」然後她望向崔維茲，「你認爲我們該迎上去嗎？」

崔維茲搖了搖頭。「不，我們爲了跟它們見面，已經飛越許多秒差距，剩下的路程讓它們來走完，我們就在這裡等著。」

那組機器人的動向只有寶綺思能感知。在她所指的那個方向，小丘頂上突然出現一個人形，然後是第二個、第三個。

「我相信目前只有這幾個。」寶綺思說。

崔維茲好奇地凝視著，雖然他從未見過機器人，卻絲毫不懷疑它們的身分。它們擁有粗略的人形，像是印象派的雕塑，但外表看來並非明顯的金屬材質。這些機器人表面毫無光澤，給人一種柔軟的錯覺，彷彿包覆著一層絲絨。

但他又怎麼知道柔軟只是錯覺呢？看著這些以遲鈍的步伐慢慢接近的人形，崔維茲突然起了摸摸它們的衝動。假如此地果眞是個禁忌世界，從來沒有船艦接近——這一定是事實，因爲它的太陽不在銀河地圖中——那麼**遠星號**與其上成員，就是這些機器人經驗之外的事物。可是它們的反應相當篤定，彷彿正在進行一樁例行公事。

崔維茲低聲說：「在這裡，我們也許能得到銀河其他各處得不到的情報。我們可以問它們地球相對這個世界的位置，假如它們知道，就會告訴我們。天曉得這些東西運作有多久了？它們也許會根據自身的記憶回答，想想看有多難得。」

「反之，」寶綺思說：「它們也可能最近才出廠，因此一無所知。」

「或者也有可能，」裴洛拉特說：「它們雖然知道，但拒絕告訴我們。」

崔維茲說：「我猜它們不能拒絕，除非它們奉命不准告訴我們。可是在這顆行星上，絕不可能有人料到我們會來，誰又會下這種命令呢？」

到了距離他們大約三公尺的地方，三個機器人停了下來。它們沒說什麼，也沒有進一步的行動。

崔維茲右手按在手銃上，目不轉睛地盯著機器人，並對寶綺思說：「你能不能判斷它們是否懷有敵意？」

「你應該考慮到一件事實，我對它們的精神運作一點也不熟悉，崔維茲，但我並未偵測到類似敵意的情緒。」

崔維茲的右手離開了銃柄，但仍然擺在附近。他舉起左手，掌心朝向機器人，希望它們認得出這是代表和平的手勢。他緩緩說道：「我向你們致意，我們以朋友的身分造訪這個世界。」

中間那個機器人迅速低下頭，像是勉強鞠了一躬。在一個樂觀者眼中，或許也會將它視為代表和平的動作，接著它便開始答話。

崔維茲突然拉長了臉，顯得極為驚訝。在溝通無礙的銀河系中，不會有人想到這麼基本的需要也可能出問題。然而，這個機器人說的並非銀河標準語，也不是任何相近的語言。事實上，崔維茲連一個字也聽不懂。

45

裴洛拉特的訝異與崔維茲不相上下，但他顯然還帶著一分驚喜。

「聽起來是不是很奇怪？」他說。

崔維茲轉頭望向他，用相當不客氣的口吻說：「不是奇怪，根本就是嘰哩呱啦。」

裴洛拉特說：「絕不是嘰哩呱啦，這也是銀河標準語，只不過非常古老。我能聽懂幾個字，如果寫出來的話，我也許可以輕易看懂，眞正難解的是發音。」

「那麼，它說些什麼？」

「我想它在告訴你，它不瞭解你說什麼。」

寶綺思說：「我聽不懂它說什麼，但我感知的情緒是迷惑，這點剛好吻合。前提是，我要能信任自己對機器人情緒的分析——或者說，要眞有機器人情緒這回事。」

裴洛拉特說了一些話，他說得非常慢，而且相當吃力。三個機器人動作一致地迅速點了點頭。

「那是什麼意思？」崔維茲問。

裴洛拉特說：「我說我講得不好，但我願意嘗試，請它們多給我一點時間。天哪，老弟，這眞是有趣得嚇人。」

「眞是失望得嚇人。」崔維茲喃喃說道。

「你可知道，」裴洛拉特說：「銀河中每一顆住人行星，都會發展出別具一格的語文，所以銀河中總共有千萬種方言，有時相互之間幾乎無法溝通，但它們都統一在銀河標準語之下。假定這個世界已經孤立了兩萬年，它的語言應該和銀河其他各處愈離愈遠，逐漸演變成一種完全不同的語言。但事實並非如此，或許是因爲這是個仰賴機器人的社會，而機器人聽得懂的語言，就是設定其程式所用的語言。長久以來，這個世界一直沒有重新設定機器人的程式，反倒是中止了語言的演化，所以我們現在聽到的，只是一種非常古老的銀河標準語罷了。」

「這是個很好的例子，」崔維茲道：「說明機器人化社會如何被迫停滯不前，因而開始衰退。」

「可是，我親愛的夥伴，」裴洛拉特抗議道：「保持一種語言幾乎長久不變，並不一定是衰退的徵候。這樣做其實有不少優點，能讓歷史文件在數世紀、數仟年後仍然保有意義，歷史記錄的壽命和權威性便會相對增加。在銀河其他各處，哈里．謝頓時代的敕令所使用的語文，現在已經顯得頗有古風了。」

「你懂這種古銀河語嗎？」

「談不上懂，葛蘭。只是在研究古代神話傳說的過程中，我領略到了一點竅門。字彙並非全然不同，但是詞性變化卻不一樣，而且有些慣用語我們早已不再使用。此外，正如我剛才所說，如今發音已經完全變了。我可以充當翻譯，可是無法做得很好。」

裴洛拉特轉向機器人，愣了一會兒，又轉過頭來望著崔維茲。「我該說些什麼？」

崔維茲心虛地吁了一口氣。「一點點好運，總算聊勝於無。繼續吧，詹諾夫。」

「我們單刀直入吧，問它們地球在哪裡。」

裴洛拉特一個字一個字慢慢說，同時誇張地比手劃腳。

那些機器人互相望了望，發出一些聲音來，然後中間那個對裴洛拉特說了幾句話。裴洛拉特一面回答，一面雙手向兩側伸展，像是在拉扯一條橡皮筋。那個機器人再度回答，它像裴洛拉特一樣謹慎，每個字都說得又慢又仔細。

裴洛拉特對崔維茲說：「我不確定有沒有把『地球』的意思表達清楚。我猜它們認為我指的是這顆行星上的某個地區，它們說不知道有這樣一個地區。」

「它們有沒有提到這顆行星的名字，詹諾夫？」

「它們提到的那個名字，我的最佳猜測是『索拉利』三個字。」

「在你蒐集到的傳說中，你聽說過嗎？」

「沒有，就和我從未聽過奧羅拉一樣。」

「好，問問它們在天上，在群星之間，有沒有任何地方叫地球，你向上指一指。」

經過一番交談之後，裴洛拉特終於轉過身來說：「我唯一能從它們口中套出來的，葛蘭，就是天上沒有任何地方。」

寶綺思說：「問問那些機器人有多大年紀，或者應該說，它們已經運作多久了。」

「我不知道『運作』該怎麼說。」裴洛拉特搖了搖頭，「事實上，我也不確定會不會說『多大年紀』，我不是個很好的翻譯。」

「盡力而爲吧，親愛的裴。」寶綺思說。

又經過一番交談後，裴洛拉特說：「它們已經運作了二十六年。」

「二十六年。」崔維茲不以爲然地喃喃說道：「它們比你大不了多少，寶綺思。」

寶綺思突然以高傲的語氣說：「事實上……」

「我知道，你是蓋婭，已經幾千幾萬歲了。無論如何，這些機器人自身經驗中並沒有地球，而且在它們的記憶庫中，顯然沒有任何對它們無用的資料，所以它們才會對天文學一無所知。」

裴洛拉特說：「在這顆行星的其他地方，或許還有最早期的機器人。」

「我很懷疑，」崔維茲說：「不過還是問問它們吧，詹諾夫，只要你想得出該怎麼問。」

這次的問答是一段相當長的對話，最後裴洛拉特終於打住，他的臉漲得通紅，一副明顯受挫的神情。

「葛蘭，」他說：「它們想表達的，我有一部分聽不懂，但是根據我的猜測，較老的機器人都被用來當作勞工，所以什麼事也不知道。假使這個機器人是眞人，我會說它在提到那些老機器人時，用的是輕蔑的口氣。這三個是管家機器人，它們自己這麼說的，而且在被其他機器人取代之前，它們是不會變老的。它們才是眞正有知識的一群——這是它們的說法，不是我說的。」

「它們知道得也不多，」崔維茲咆哮道：「至少不知道我們想知道的事。」

「我現在後悔了，」裴洛拉特說：「我們不該那麼匆忙地離開奧羅拉。我們若能在那裡發現一個存活的機器人，它本身記憶中就會含有地球的資料。而我們一定會發現的，因爲我遇見的第一個就一息尚存。」

「只要它們的記憶完好無缺，詹諾夫，」崔維茲說：「我們隨時可以回到那裡。倘若我們必須回去，不論有沒有野狗群，我們都一定會那麼做。可是，假如這些機器人只有二十幾歲，它們的製造者必定在附近，而那些製造者必定是人類，我這麼想。」他又轉向寶綺思，「你確定感測到……」

她卻舉起一隻手，制止他再說下去，臉上則露出緊張而專注的表情。「來了。」她低聲說。

崔維茲轉頭向小丘望去。從小丘背後出現、大步朝他們走來的，是個如假包換的人類身形。那人膚色蒼白，頭髮很長但顏色不深，頭部兩側微微鼓起。他面容嚴肅，但看來相當年輕，裸露在外的手臂與腿部都沒有什麼肌肉。

三個機器人讓出一條路，他走到它們之間，停下了腳步。

他以清晰而愉悅的聲音開始說話，用詞雖然古老，仍然算是銀河標準語，而且不難聽懂。

「歡迎，太空來的浪者。」他說：「你們跟我的機器人什麼？」

46

崔維茲並未露出欣喜之色，他傻傻地問道：「你會說銀河標準語？」

那索拉利人帶著冷笑說：「我又不是啞巴，有何不可？」

「可是這些呢？」崔維茲朝機器人指了指。

「這些是機器人，它們跟我一樣，使用我們的語言。但我是索拉利人，我常收聽遠方世界的超空間通訊，因此學會了你們說話的方式，而我的先人也一樣。先人留下了描述這種語言的資料，可是我不斷聽到新的字彙和語法，每年都有些變化。你們銀河殖民者雖能定居各個世界，卻似乎無法將語文固定下來。我能瞭解你們的語言，爲何令你感到驚訝？」

「我不應該有這樣的反應，」崔維茲說：「我向你道歉。只是剛才跟這些機器人幾乎說不通，我沒想到在這個世界上還能聽到銀河標準語。」

崔維茲開始打量這個索拉利人。他身上是一件輕薄的白袍，鬆垮地披在肩上，雙臂處有寬闊的開口。那白袍正面敞開，露出赤裸的胸膛與下方的纏腰布。他雙腳踩著一雙輕便的涼鞋，除此之外沒有其他裝束。

崔維茲突然想到，自己居然看不出這個索拉利人是男是女。此人的胸部無疑屬於男性，可是胸膛沒有胸毛，薄薄的腰布下也沒有任何隆起。

他轉過頭去，低聲對寶綺思說：「這個可能還是機器人，不過看起來非常像眞人……」

「這是個人類心靈，並非屬於機器人。」寶綺思答道，嘴唇幾乎沒有動作。

那索拉利人說：「但你尙未回答我原先的問題，我願原諒你的疏失，將它諉諸你的驚訝。現在我再問一遍，你絕不能再不回答，你們跟我的機器人什麼？」

崔維茲說：「我們是旅人，想要打聽如何前往我們的目的地。我們請求你的機器人提供有用的資料，可是它們缺乏這方面的知識。」

「你們在尋找什麼資料？也許我可以幫忙。」

「我們在尋找地球的位置，你能不能告訴我們？」

那索拉利人揚起眉毛。「我本來還以爲，你們最感好奇的是我這個人。雖然你們沒有要求，我還是會提供這方面的資料。我是薩騰．班德，你們如今站在班德屬地上。向四面八方望去，極目所見都是我的屬地，而且一直延伸到你們目力不及的遠方。我不能說歡迎你們，因爲你們來到這裡，等於違反了一項承諾。兩萬年來，你們是第一批踏上索拉利的銀河殖民者。結果，你們來到此地的目的，只是爲了詢問前往另一個世界的捷徑。在古老的時代，三位銀河殖民者，你們和你們的太空船一出現就會被摧毀。」

「以這種方式對待既無惡意又沒威脅的客人，實在太野蠻了。」崔維茲小心翼翼地說。

「我同意，不過一個擴張性社會的成員，一旦來到一個不具侵略性，而且維持靜止狀態的社會，就算只有初步的接觸，也充滿潛在的威脅。當我們畏懼這種威脅時，外人一到這裡，我們立即摧毀他們。既然我們已不再有畏懼的理由，你看得出來，我們現在願意談一談。」

崔維茲說：「我感謝你毫無保留地提供這些訊息，但你尚未回答我原先的問題。我再重複一遍，你能不能告訴我們地球的位置？」

「所謂的地球，我想你是指人類以及各式各樣動植物的發源地吧。」他優雅地揮動一隻手，彷佛指著周圍的萬事萬物。

「沒錯，我正是這個意思，班德先生。」

一個古怪的厭惡神情，突然掠過那索拉利人的臉孔。他說：「如果你必須使用稱謂，請直接稱呼我班德。別用含有任何性別的字眼稱呼我，我既非男性亦非女性，我是全性。」

崔維茲點了點頭（他猜對了）。「就依你的意思，班德。那麼，我們大家的發源地，地球，究竟在哪裡？」

班德說：「我不知道，也不想知道。就算我知道，或者我找得出來，對你們也沒有用處，因爲地球已經不能算是一個世界。啊，」他伸展開雙臂，「陽光的感覺眞好。我不常到地面上來，太陽若不露臉，我是絕不會上來的。剛才太陽還藏在雲裡的時候，我先派機器人迎接你們，等到雲朵飄走，我自己才跟了出來。」

「為什麼地球已經不能算是一個世界？」崔維茲鍥而不捨地追問。他已經有心理準備，打算再聽一次有關放射性的傳說。

然而，班德卻不理會這個問題，或說隨隨便便丟在一旁。「說來話長。」他道：「你剛才告訴我，你們到此地來並無任何惡意。」

「完全正確。」

「那麼你為何武裝前來？」

「只是防患未然，我不知道會遇到些什麼。」

「沒關係，你的小小武器對我毫無威脅，我只是好奇罷了。有關你們的武器，以及似乎全然依賴武器所建立的野蠻歷史，我當然早就耳熟能詳。即便如此，我從未眞正見過任何武器，我可以看看嗎？」

崔維茲往後退了一步。「恐怕不行，班德。」

班德似乎被逗樂了。「我問你只是出於禮貌，其實我根本不必問。」

他伸出一隻手來，與此同時，從崔維茲右側的皮套中，跳出了那柄手銃，而從他左側的皮套中，神經鞭也向上竄起。崔維茲想抓住那兩件武器，卻感到雙臂無法動彈，彷彿被強固的彈性繩索縛住。裴洛拉特與寶綺思也都企圖向前衝，可是顯然兩人同樣被制住了。

班德說：「別白費力氣，你們辦不到。」兩件武器飛到他手中，他翻來覆去仔細檢視了一番。「這一件，」他指著手銃說：「似乎是能產生高熱的微波束發射器，能使任何含有水分的物體爆炸。另一件比較微妙，我必須承認，一時之間我還看不出它的用途。然而，既然你們並無惡意，又不打算帶來威脅，你們根本就不需要武器。我能將兩件武器中的能量都釋放出來，而我正在這麼做。這樣它們就不再具有殺傷力，除非你拿來當棍棒使用，不過充作那種用途，它們未免太不稱手了。」

那索拉利人鬆開手，兩件武器再度騰空，這次是向崔維茲飛去，各自不偏不倚落入皮套中。

崔維茲忽然感到束縛消失了，立刻拔出手銃，但根本是多此一舉。扳機鬆垮垮地垂下來，能量顯然全被抽光，而神經鞭的情形也完全一樣。

他抬頭望向班德，班德微笑著說：「你完全束手無策，外星人士。只要我高興，同樣可以輕而易舉摧毀你的太空船，當然還有你。」

第十一章：地底世界

47

崔維茲感到全身僵硬，他努力維持正常的呼吸，並轉頭望向寶綺思。她站在那裡，手臂護在裴洛拉特腰際，顯然相當從容鎮定。她輕輕一笑，又以更輕微的動作點了點頭。

崔維茲轉頭再度面對班德。他將寶綺思的反應解釋爲信心十足的象徵，並十二萬分地希望自己的猜測正確無誤。他繃著臉說：「你如何做到的，班德？」

班德微微笑了笑，顯然心情好極了。「告訴我，小小外星人士，你相信法術嗎？相信巫術嗎？」

「我們不相信，小小索拉利人。」崔維茲回嘴道。

寶綺思用力拉扯崔維茲的衣袖，悄聲道：「別惹他，他很危險。」

「我看得出來。」崔維茲勉強壓低聲音，「那麼，你想想辦法。」

寶綺思以幾乎聽不清楚的音量說：「時候未到。如果他感到安全無虞，會比較沒那麼危險。」

對於這些外星人士的簡短耳語，班德完全沒有留意。他逕自轉身離去，那些機器人趕緊爲他讓出一條路。

然後他又轉頭，懶洋洋地曲著一根手指。「來吧，跟我來，你們三個都來。我將告訴你們一個故事，也許你們不會有興趣，我卻能自得其樂。」他繼續悠閒地往前走。

一時之間，崔維茲仍然站在原地不動，無法確定採取什麼行動最好。然而寶綺思已向前走去，裴洛拉特也被她拉走了。最後崔維茲終於移動腳步，否則他將孤獨地留在這裡與機器人為伴。

寶綺思輕聲說：「如果班德那麼好心，肯講一個我們也許沒興趣的故事……」

班德轉過身來，神情專注地望著寶綺思，好像這時才真正發覺她的存在。「你是雌性的半性人，」他說：「對不對？是較少的那一半？」

「是較小的那一半，班德。」

「那麼，其他兩位是雄性的半性人嘍？」

「他們的確是。」

「你生過孩子嗎，雌性？」

「我的名字叫寶綺思，班德，我還沒有生過孩子。這位是崔維茲，這位是裴。」

「當你該生孩子的時候，這兩個雄性哪個會幫你？或是都會？或是都不會？」

「裴會幫我，班德。」

班德將注意力轉移到裴洛拉特身上。「你有白頭髮，我看出來了。」

裴洛拉特說：「沒錯。」

「一直是那種顏色嗎？」

「不，班德，年紀大了才會變成這樣。」

「你年紀多大了？」

「我今年五十二歲，班德，」裴洛拉特說完，又急忙補充道：「是根據銀河標準年。」

班德繼續向前走（走向一座位於遠方的宅邸，崔維茲如此設想），不過腳步放慢了。他說：

「我不知道一個銀河標準年有多長，但想必跟我們的一年不會相差太多。當你死去的時候，你會有多大年紀，裴？」

「我說不準，我也許還能再活三十年。」

「那麼是八十二年，眞短命，而且分成兩半，實在難以置信。不過我的遠祖也像你們一樣，而且住在地球上。但是後來有些人離開了地球，在其他恆星周圍建立了新世界，那些都是美好的世界，有良好的組織，而且爲數衆多。」

崔維茲大聲道：「不多，只有五十個。」

班德將高傲的目光投向崔維茲，心情似乎沒有剛才那麼好。「崔維茲，那是你的名字？」

「我的全名是葛蘭．崔維茲。我說太空世界只有五十個，我們的世界則有好幾千萬。」

「那麼，你可知道我想給你們講的是什麼故事？」班德柔聲道。

「如果是說過去曾有五十個太空世界，那麼我們已經知道了。」

「我們不僅計算數量，小小半性人，」班德說：「我們還衡量品質。雖然只有五十個，但你們的幾千萬個世界加起來，也抵不上其中任何一個。而索拉利正是第五十個，因此是最優秀的。索拉利遙遙領先其他太空世界，正如同那些世界遙遙領先地球一樣。

「唯有我們索拉利人領悟到應當如何生活。我們不像動物那樣成群結隊，然而在地球，在其他世界，甚至在其他的太空世界則盡皆如此。我們個個單獨生活，有許多機器人幫助我們；我們隨時能藉著電子設備互相見面，但極少有眞正碰面的機會。上次我親眼目睹眞人，像我現在目睹你們這樣，已經是許多年前的事。可是，你們只是半性人，因此你們的出現，就像母牛或機器人一樣，不會妨礙我的自由。

「但我們以前也曾是半性人。當時，不論我們如何增進個人自由，不論我們如何發展擁有無數機器人的獨居生活，我們的自由仍然不是絕對的。為了產生下一代，必須藉由兩個個體的合作。當然，我們可以提供精細胞和卵細胞，讓受精過程和其後的胚胎成長過程，都以人工方式自動進行。至於嬰兒，亦可在機器人的完善照顧下成長。這些問題都能解決，可是伴隨自然受精而來的快樂，半性人卻不願放棄。邪門的情感依附由此發展，令自由因而消失。你們看不出這必須改變嗎？」

崔維茲說：「不，班德，因為我們衡量自由的標準跟你們不同。」

「那是因為你們根本不知自由為何物。你們一向過著群居生活，你們所知道的生活方式，就是不斷被迫屈服於他人意志之下，即使最小的瑣事也不例外；要不然，就是將時間花在彼此之間的鬥爭，迫使他人屈從自己的意志，而兩者是同樣卑賤的行為。這樣怎麼可能還有自由？倘若無法隨心所欲活著，自由就不存在！自由是不折不扣的隨心所欲！

「後來，地球人再度成群結隊向外拓展，再度黏成一團又一團在太空打轉。其他太空族雖然不像地球人那般群居，但那只是程度上的差異。

「我們索拉利人並沒有那樣做，我們預見了群居注定會失敗。我們移居地底，切斷了和銀河各處所有的聯繫。我們決心不惜任何代價，也要保持自己的生活方式。我們發展出合適的機器人和各種武器，用來保衛我們看似空無一物的地表，而它們的表現的確可圈可點。來到此地的船艦通通被摧毀，終於再也不來了。這顆行星被視為遭到廢棄，逐漸被人遺忘，而這正是我們的初衷。

「與此同時，我們在地底世界努力解決自己的問題。我們藉著精密的科技，謹慎調整我們的基因。我們有過不少失敗，但也有些成功，而我們善加利用成功的結果。我們花了許多世紀的時間，但我們終於變成全性人，將雌雄的本質融為一體，能隨心所欲獲得極致的愉悅。當我們希望生育後代時，隨時可以產生受精卵，再交由熟練的機器人照顧。」

「雌雄同體。」裴洛拉特說。

「在你們的語言中如此稱呼嗎？」班德隨口問道。「我從來沒聽過這個名詞。」

「雌雄同體會完全阻斷演化路徑。」崔維茲說：「每個子代都是雌雄同體親代的基因複製品。」

「得了吧，」班德說：「你把演化當成瞎闖亂撞的程序了。我們只要有意，當然可以規劃子代的特質。我們能改變或調整基因，有時也的確這樣做。不過，我的住處快到了，我們進去吧。天色不早了，太陽已經無法供給充足的熱量，進入室內會舒服點。」

他們經過一扇門，門上沒有任何型式的鎖，但當他們接近時，那扇門就自動打開，而在他們穿過之後又立刻關上。室內沒有任何窗戶，然而，一旦他們來到一個洞穴般的房間，四周的牆壁便開始發光，映得室內一片光明。地板似乎未鋪任何東西，卻令人感到柔軟而富彈性。而在房間的四個角落，各站著一個紋風不動的機器人。

「那一幅牆壁，」班德指了指正對著門的那堵牆，它看起來和其他三堵沒有任何不同。「是我的視幕。藉著這個螢幕，整個世界展現在我眼前。但它絕不會妨礙我的自由，因爲沒人能強迫我使用。」

崔維茲說：「如果你想藉著螢幕跟某人見面，而他不願意，你也無法強迫對方使用他的螢幕。」

「強迫？」班德以傲慢的口氣說：「別人愛怎麼做，就該讓別人怎麼做，只要別人也同意我能隨心所欲就好。請注意，在稱呼對方時，我們不使用帶有性別的代名詞。」

室內只有一張椅子，擺在視幕正前方，班德一屁股坐了下來。

崔維茲四處張望，像是期望會有其他椅子從地板冒出來。「我們也能坐下嗎？」他問。

「隨你的便。」班德說。

寶綺思面帶微笑地坐到地板上，裴洛拉特在她身旁坐下，崔維茲則倔強地繼續站著。

寶綺思說：「我問你，班德，這顆行星上住著多少人類？」

「請說索拉利人，半性人寶綺思。由於半性人自稱『人類』，這個名詞已遭到污染。我們或許應該自稱『全性人』，但那樣說很拗口，索拉利人則是個貼切的名稱。」

「那麼，這顆行星上住著多少索拉利人？」

「我不確定，我們從來不做自我統計，大概一千兩百個吧。」

「整個世界的人口只有一千兩百？」

「足足有一千兩百。你又在計算數量，而我們則以品質衡量。況且你也不瞭解自由的眞諦——如果有其他索拉利人，跟我爭奪我對任何土地、任何機器人、任何生物或任何一樣東西的絕對支配權，我的自由就會受到妨礙。既然其他索拉利人的確存在，就必須盡可能消除妨礙自由的機會，方法是將大家遠遠隔開，彼此根本沒有實質的接觸。為了達到這個理想，索拉利只能容納一千兩百個索拉利人。超過這個數目，自由便會明顯受限，造成令人無法忍受的結果。」

「這就代表出生率必須精確統計，並且必須和死亡率剛好平衡。」裴洛拉特突然說。

「當然。任何擁有穩定人口的世界，一定都是這樣做的。就連你們的世界，或許也不例外。」

「既然死亡率可能很小，新生兒一定也很少吧。」

「正是如此。」

裴洛拉特點了點頭，沒有再問下去。

崔維茲說：「我想知道的是，你如何使我的武器騰空飛起，你還沒提出解釋。」

「我提出法術或巫術作爲解釋，你拒絕接受嗎？」

「我當然拒絕接受，你把我當成什麼了？」

「那麼，你相不相信能量守恆，以及熵值遞增的必然性？」

「這些我相信，但我不信在兩萬年內，你們就能改變這些定律，或是做出一微米的修正。」

「我們並沒有，半性人。不過你想想，室外有陽光，」他又做出那種古怪的優雅手勢，彷彿指點著所有的陽光。「也有陰影。陽光下比陰影下溫暖，因此熱量從日照區自動流向陰影區。」

「你說的我都知道。」崔維茲說。

「但也許你太熟悉了，所以不再多動點腦筋。而在夜晚，索拉利表面比大氣層外來得溫暖，因此熱量自動從行星表面流向外太空。」

「這我也知道。」

「此外，不論白天或夜晚，行星內部的溫度總是比行星表面高，因而熱量會自動從內部流向地表。我想這點你也清楚。」

「說這些到底有什麼用，班德？」

「根據熱力學第二定律，熱量必然從高溫處流向低溫處，而熱流可以用來做功。」

「理論上沒錯，但陽光中的熱量太稀薄，行星表面的熱量更不用說，而來自地心的熱量則是三者中最稀薄的。你所能利用的熱量，也許還不夠舉起一小顆鵝卵石。」

「那要看你使用的是什麼裝置。」班德說：「經過上萬年的發展，我們的工具已成為大腦的一部分。」

班德將兩側頭髮往上撥，露出耳後的部分，然後來回擺了擺頭。他兩耳後方各有一個突起，大小與形狀都跟雞蛋的鈍端差不多。

「我的大腦有這一部分，你們卻沒有，這就是索拉利人和你們的不同之處。」

48

崔維茲不時望著寶綺思，她似乎全神貫注在班德身上。崔維茲愈來愈肯定，自己已經知道是怎麼回事了。

縱使班德不斷謳歌自由，這個千載難逢的機會仍然令他無法抗拒。他不可能和機器人做知性的交談，更不會去找動物聊天。在他的經驗中，跟索拉利同胞講話並不愉快，即使他們有時必須溝通，也一定是迫不得已，絕非自動自發。

另一方面，對班德而言，崔維茲、寶綺思與裴洛拉特雖然只是半性人，他也許認為他們像機器人或山羊一樣，不會侵犯他的自由，但他們在智慧上卻和他旗鼓相當（或者幾乎差不多）。有機會跟他們交談，是個太難得的享受，他過去從未體驗過。

怪不得，崔維茲想，他會這麼樂此不疲。而寶綺思（崔維茲百分之兩百肯定）正在鼓勵這種傾向，只要極其輕柔地推動班德的心靈，便能慫恿他做出原本就非常想做的事。

寶綺思思想必正在根據一項假設行事，那就是班德如果說得夠多，或許就會透露些關於地球的有用訊息。崔維茲認為這很有道理，所以即使對目前的話題並非眞正好奇，他仍盡力讓談話繼續下去。

「這兩個大腦葉突有什麼功用？」崔維茲問。

班德說：「它是轉換器，由熱流開啓，可將熱流轉換成機械能。」

「我不相信，熱流並沒有那麼多。」

「小小半性人，你不用大腦。倘若有很多索拉利人擠在一塊，個個都想使用熱流，那麼的確沒錯，熱流的供應絕對不夠。然而，我擁有超過四萬平方公里的土地，這些土地全是我的，是我一個人的。從這麼多平方公里的土地上，我可以任意蒐集熱流，沒人跟我搶，所以熱量足敷使用。你明白了嗎？」

「在如此寬廣的區域蒐集熱流有那麼簡單嗎？光是集中的過程就得耗費極大能量。」

「或許吧，但我沒有留意。我的轉換葉突不停地集中熱流，因此需要做功時，立刻就能做好。當我將你的武器吸到半空的時候，日照區某團大氣放出了過剩的熱量，流到陰影區另一團大氣中，因此我是利用太陽能幫助我達到目的。我使用的並非機械或電子裝置，而是使用神經裝置完成這項工作。」他輕輕摸了摸一側的葉突，「它的運作迅速、有效、不間斷，而且毫不費力。」

「不可思議。」裴洛拉特喃喃說道。

「沒什麼不可思議的。」班德說：「想想眼睛和耳朵的精巧，還有它們如何能將少量的光子和空氣振盪轉化成訊息。假如你向來不曉得這些器官，也會覺得它們不可思議。相較之下，轉換葉突不會更不可思議，若非你對它們不熟悉，是不會有這種感覺的。」

崔維茲說：「這兩個不停運作的轉換葉突，你們拿它做些什麼？」

「用來經營我們的世界。」班德說：「這塊廣大屬地上的每個機器人，都從我身上獲取能量，或者應該說，都靠自然的熱流提供它們能源。任何機器人旋轉一個開關，或是砍倒一棵樹木，能量都是藉由精神轉換供應——我的精神轉換。」

「假如你睡著了呢？」

「不論是睡是醒，轉換的過程都會持續進行，小小半性人。」班德說：「當你睡覺的時候，你的呼吸會中斷嗎？你的心跳會停止嗎？到了晚上，我的機器人仍然繼續工作，代價僅是使索拉利地心冷卻一點點。就大尺度而言，這種變化根本難以察覺。而且我們總共只有一千兩百個，因此所用的能量全部加起來，也幾乎不會使太陽的壽命縮短，或是令這個世界內部的熱量枯竭。」

「你們是否想到過，可以拿它當一種武器？」

班德瞪著崔維茲，彷彿他是個特別難以理解的怪物。「我想你這句話，」他說：「意思是指索拉利或許能根據轉換原理製成能量武器，用來對付其他世界？我們為何要那麼做？即使我們能擊敗根據別的原理所製成的能量武器——這根本無法肯定——我們又能得到些什麼？控制其他的世界嗎？我們已經擁有一個理想的世界，為什麼還要其他世界呢？我們想要支配半性人，把他們當奴工嗎？我們已有機器人，就這項功能而言，它們比半性人好得多。我們已經有了一切，除了希望不受干擾，我們不再需要什麼。聽我說，我再給你們講個故事。」

「講吧。」崔維茲說。

「兩萬年前，當地球上的半性動物開始成群飛向太空時，我們撤遷到了地底。其他太空世界則決心和來自地球的新殖民者對抗，因此他們對地球發動了攻擊。」

「攻擊地球？」崔維茲很高興終於談到正題，但他盡力掩飾得意之色。

「是的，攻擊敵人的核心。就某方面而言，這是個聰明的舉動。如果你想殺死一個人，不會攻擊手指或腳後跟，你會直指心臟要害。而我們的太空族同胞，未能完全戒除人類的脾氣，竟然造成地球表面的強烈放射性，使得這個世界大部分地區再也無法住人。」

「啊，原來是這麼回事。」裴洛拉特捏緊拳頭迅速揮動，像是想要拍板定案。「我就知道不可能是自然現象，那是怎樣造成的？」

「我不知道是怎樣造成的，」班德顯得毫不關心，「總之，這對太空族也沒什麼好處，那才是故事的重點。後來銀河殖民者繼續蜂擁而出，而太空族——則逐漸滅絕。他們也曾力圖一爭長短，最後仍消失無蹤。我們索拉利人則隱居起來，拒絕參加這場競爭，所以我們方能綿延至今。」

「銀河殖民者也是。」崔維茲繃著臉說。

「沒錯，但不會永遠如此。群居動物一定會內鬥，一定會你爭我奪，而最後終將滅亡。那或許需要好幾萬年的時間，但我們可以等。一旦此事成眞，我們索拉利人，全性、獨居、解放的索拉利人，便能將銀河據爲己有。那時，除了我們自己的世界，我們還能隨意利用或放棄任何一個世界。」

「可是有關地球的事蹟，」裴洛拉特一面說，一面不耐煩地彈響手指，「你告訴我們的是傳說還是史實？」

「如何分辨兩者的差異呢，半性人裴洛拉特？」班德說：「所有的歷史多少都能算是傳說。」

「但你們的記錄是怎麼說的？我能看看這方面的記錄嗎，班德？請你瞭解一件事，神話、傳說和太古歷史都是我的研究領域，我是鑽研這些題目的學者，尤其是和地球有關的題目。」

「我只是轉述聽來的故事。」班德說：「其實根本沒有這方面的記錄。我們的記錄所記載的，全部是索拉利本身的事務，即使提到其他的世界，也都是有關他們侵犯我們的史實。」

「地球當然侵犯過你們。」裴洛拉特說。

「有此可能，但即便如此，那也是很久很久以前的事。而在所有的世界中，我們最厭惡的就是地球。即使我們有過地球的任何記錄，由於極度的反感，我也肯定那些記錄早就被銷毀了。」

崔維茲咬牙切齒，顯得極爲懊惱。「被你銷毀的？」他問。

班德又將注意力轉移到崔維茲身上。「這裡沒有別人。」

裴洛拉特不肯輕易放棄，繼續追問：「你還聽說過哪些有關地球的事？」

班德想了一下，然後說：「我年幼的時候，曾經聽機器人講過一則故事，內容是說一個地球男子來到索拉利，以及有個索拉利女子跟他離去，後來她成了銀河中的重要人物。然而，依我看，那只是個杜撰的故事。」

裴洛拉特咬了一下嘴唇。「你確定嗎？」

「這種事我又如何確定？」班德道：「話說回來，一個地球人竟敢前來索拉利，而索拉利又竟然容許如此的入侵，都是令人難以置信的事。更不可能的是，一個索拉利女子居然自願離開這個世界——我們那時還是半性人，但仍然不可思議。不過別談這些了，我帶你們去參觀我的家。」

「你的家？」寶綺思四處張望了一下，「我們不是已經在你家了嗎？」

「根本還沒有。」班德說：「這是一間會客室，一間影像室。必要的時候，我可以在此處會見我的索拉利同胞，他們的影像會出現在牆壁上，或者以三維像出現在牆壁前。因此，這個房間是集會的場所，不是我家的一部分。跟我來吧。」

他向前走去，並未回頭看看他們是否跟來，但是站在角落的四個機器人也開始移動。崔維茲明白，倘若他和兩位同伴不自動跟上去，那些機器人就會委婉地押著他們走。

此時那兩位同伴站了起來，崔維茲對寶綺思耳語道：「你是不是一直讓他說個不停？」

寶綺思按了按他的手，又點了點頭。「然而，我還是希望能知道他的意圖。」她補充道，聲音中透著不安的情緒。

49

他們跟著班德向前走。機器人都和他們維持著禮貌的距離，但它們的存在始終帶來一種威脅感。

現在他們正穿過一道迴廊，崔維茲無精打采地含糊說道：「這顆行星上並沒有關於地球的有用資料，這點我可以肯定，它只有放射性傳說的另一個版本。」他聳了聳肩，「我們還得繼續前往第三組座標。」

一扇門在他們面前敞開，裡面是個小房間。班德說：「來吧，半性人，我要讓你們看看我們的生活方式。」

崔維茲細聲說：「他藉著炫耀得到幼稚的快樂，我眞想好好潑他一盆冷水。」

「別跟他比賽幼稚的程度。」寶綺思說。

班德將他們三人引進那個房間，其中一個機器人也跟了進去。班德揮手叫其他機器人退下，自己走了進來，房門立刻在他身後關上。

「這是電梯嘛。」裴洛拉特說，他對自己這項發現感到很高興。

「的確是。」班德說：「一旦我們移居地底，就未曾眞正出去過，我們也不想那麼做，不過我發現，偶爾見見陽光挺舒服的。但我不喜歡陰天和黑夜的戶外，那令人覺得雖不在地底仍像在地底，希望你們瞭解我的意思。那是一種認知上的失調，大概可以這麼說，我認爲那是非常不舒服的感覺。」

「地球人建造過地底建築，」裴洛拉特說：「他們稱那些城市爲『鋼穴』。川陀也曾經建造地底建築，甚至規模更廣大，那是舊帝國時代的事。如今，康普隆仍在建造地底建築。仔細想一想，這還是一種普遍傾向呢。」

「半性人群聚在地底建築中，我們則在地底獨自過著逍遙的日子，兩者簡直有天壤之別。」班德說。

崔維茲說：「在端點星上，住宅都建在地表。」

「暴露在風吹日曬雨打中，」班德說：「太原始了。」

那電梯只有啓動時產生重力減弱的感覺，這點連裴洛拉特也能察覺，其後一直沒有任何動靜。當重力感突然轉強之際，崔維茲正在納悶它會鑽到多深的地方。然後，電梯門便打了開來。眼前是一間寬敞且經過精心裝潢的房間，室內有朦朧的光線，卻看不出光源在哪裡，彷彿空氣本身會發出微弱的光芒。

班德伸出一根手指，所指之處光線立刻變強。他又指向另一處，同樣的現象隨即發生。然後他將左手放在門邊的一根粗短圓棍上，右手在半空中劃了一個大圓，整個房間便大放光明，彷彿沐浴在陽光下，卻沒有帶來絲毫熱度。

崔維茲做了個鬼臉，以不大不小的音量說：「這傢伙是江湖術士。」

班德厲聲道：「不是『傢伙』，是『索拉利人』。我不確定『江湖術士』是什麼意思，可是聽你的口氣，我猜不會是什麼好東西。」

崔維茲說：「它是指一個人並不實在，只會製造些看起來比實際上更驚人的效果。」

班德說：「我承認自己喜愛戲劇效果，但我剛才向你們展示的則否，那是貨眞價實的。」他用右手拍了拍按在左手下的那根圓棍。「這根熱導棒一直延伸到地底幾公里處，在我的屬地上，許多地方都有類似的熱導棒。我還知道，其他屬地上也有這一類設備。它們能使地底的熱量加速傳到地表，而且更容易轉換成機械功。其實我無需做任何手勢，一樣可以產生光亮，但這樣做比較有戲劇效果，或正如你說的，有那麼一點不實在的感覺，而我就喜歡這一套。」

寶綺思說：「這種小小的戲劇效果所帶來的快樂，你經常有機會體驗嗎？」

「沒有。」班德搖了搖頭，「我的機器人對這種事無動於衷，我的索拉利同胞也一樣。能夠遇到半性人，向他們展示這一切，實在是個難得的機會，我眞是太——開心了。」

裴洛拉特說：「我們進來的時候，這個房間有著朦朧的光線，是不是始終維持這樣？」

「是的，這只需要很少的電力，就像維持機器人的運作一樣。我的整個屬地隨時都在運轉，沒有實際從事工作的部分則保持空轉。」

「這麼廣大的屬地所需的電力，全靠你一個人不斷提供？」

「真正供應電力的是太陽和行星核，我只算一根導管而已。而且並非整個屬地都從事生產，我讓大部分地區保持未開發狀態，蘊育著各式各樣的動物生命。第一，因為這樣做可以保護我的邊界；第二，因為我發現這有美化的功能。其實，我的田地和工廠並不大，它們只需要供應我個人所需，此外再生產一些特產，以便跟他人交換。比如說，我擁有會製造和裝設熱導棒的機器人，很多索拉利人都仰賴我提供這方面的協助。」

「你的家呢？」崔維茲問：「範圍有多大？」

這個問題一定是問對了，因為班德立刻笑逐顏開。「非常大，我相信是這顆行星上數一數二的，方圓都有好幾公里。在地底照顧我家的機器人，和在數萬平方公里地表的一樣多。」

「那麼大的住宅，你當然不會全用到吧。」裴洛拉特說。

「可想而知，有些房間我從未進去過，可是這又怎麼樣？」班德說：「機器人負責將每間房間保持得一塵不染、通風良好且整齊有序。好了，出來吧。」

他們並未循著原路，而是從另一扇門走出來，隨即發現置身另一道迴廊中。在他們面前，有一輛停在軌道上的小型敞篷地面車。

班德示意他們上去，於是大家一個接一個爬進車裡。車內空間有限，不夠容納四個人再加一個機器人，還好裴洛拉特與寶綺思擠在一起，為崔維茲騰出位子。班德坐在前面，一副輕鬆自在的模樣，那個機器人則坐在他身邊。車子開始前進，班德除了偶爾做些流暢的手部動作，看不出他還在進行什麼操控。

「事實上，這是個車型機器人。」班德說，帶著一副相當冷淡的神情。

他們以穩重的速度前進，每當來到一扇門前，門就會自動打開，在他們通過後又立即關上，因此車速完全不必改變。每個房間的裝飾都大不相同，好像機器人曾奉命隨機設計出各種組合。

他們前方的迴廊相當幽暗，身後的情形也完全相同。然而，無論他們眞正置身何處，彷彿始終處於沒有熱度的陽光下。每一扇門打開的時候，室內也都會轉趨明亮，而班德每次都緩慢而優雅地揮著手。

這趟旅程似乎沒有盡頭。他們不時會發覺車子又轉了個彎，代表這座地底宅邸顯然向兩個維度延伸。（不，是三個維度，當他們沿著一個淺坡穩穩下滑時，崔維茲心中這麼想。）

不論他們經過何處，都能看到許多機器人，十數個、數十個、幾百個，都在從容不迫地工作，但崔維茲很難猜出那些工作的性質。此時他們又通過一扇門，來到一間很大的房間，裡面有一排排的機器人，全都靜靜地趴在辦公桌前。

裴洛拉特問道：「它們在做什麼，班德？」

「在做簿記，」班德說：「整理統計記錄，財務帳目，以及諸如此類的事。我非常高興可以宣稱，自己不必爲這些事情煩惱。這並不是一塊閒置的屬地，大約四分之一的耕地闢爲果園，另外還有十分之一用來種植穀物，但眞正令我驕傲的還是果園。我們培育這個世界上品質最佳的水果，而且種類也最多。『班德桃』就是索拉利桃，其他索拉利人幾乎都懶得種桃子。此外，我們有二十七種不同的蘋果，還有——還有等等等等，那些機器人可以給你詳盡的資料。」

「你怎樣處理這麼多水果？」崔維茲問。「你自己不可能全部吃掉。」

「我做夢也不會這麼想，我並不特別喜歡吃水果，它們是用來和其他屬地做交易的。」

「交易些什麼？」

「主要是礦物，我的屬地上沒有值得一提的礦物。此外，我也換取維持健康的生態平衡所需的一切。在我的屬地上，有各式各樣種類繁多的動植物。」

「全仰賴機器人照顧吧，我猜想。」崔維茲說。

「的確如此，而且它們做得非常好。」

「只爲了一個索拉利人。」

「只爲了這塊屬地，以及其上的標準生態。我恰好是唯一巡視本屬地各角落的索拉利人——當我選擇這麼做的時候——但這正是我的絕對自由之一。」

裴洛拉特說：「我想其他人……其他的索拉利人，也會維持一個局部的生態平衡，或許也有位於沼地、山區或海埔的屬地吧。」

班德說：「我想應該有吧。我們有時必須開會討論世界性事務，這種事總是花掉許多會議時間。」

「你們多久得聚會一次？」崔維茲問。（現在，他們正通過一條又窄又長的甬道，兩側沒有任何房間。崔維茲猜想，這條甬道所在的位置，也許難以闢建正式的建築，因此用作兩翼之間的聯繫，而兩翼則能向其他方向繼續延伸。）

「太頻繁了。我幾乎每個月都得花些時間在會議上，那些都是我參加的委員會。我的屬地上雖然沒有山脈或沼澤，但我的果園、我的魚池，還有我的植物園都是全世界最好的。」

裴洛拉特說：「可是，我親愛的夥伴……我是說班德，我以爲你從未離開你的屬地，拜訪其他的……」

「當然沒有。」班德答道，神情顯得有些憤怒。

「我只是說以爲而已。」裴洛拉特以和緩的語氣說：「可是這樣的話，你從未做過調查，甚至沒見過其他屬地，又怎能確定自己的最好呢？」

「因爲，」班德說：「在屬地間的交易中，從產品需求量就能看出來。」

崔維茲說：「製造業的情形又如何？」

班德說：「有些屬地從事工具和機械的製造。正如我剛才提到的，在我的屬地上，我們製造熱導棒，不過這種產品相當簡單。」

「那機器人呢？」

「到處都在製造機器人。有史以來，索拉利所設計的機器人，靈巧精妙的程度一向領先全銀河。」

「直到今天仍舊如此，我猜想。」崔維茲小心翼翼控制著語調，盡量讓這句話聽來是直述句，而並非疑問句。

班德說：「今天？今天還有誰跟我們競爭？如今只有索拉利還在製造機器人，你們的世界完全都沒有。這是我從超波中聽來的，如果我的理解沒錯的話。」

「可是其他的太空世界呢？」

「我告訴過你，它們已經不存在了。」

「全都不存在了？」

「除了索拉利，我不相信別處還有活生生的太空族。」

「那麼根本沒人知道地球的位置嘍？」

「會有什麼人想要知道地球的位置？」

裴洛拉特插嘴道：「我就想知道，這是我的研究領域。」

「那麼，」班德說：「你得改行研究別的了。我根本不曉得地球的位置，也沒聽說過有誰曉得，而且我絲毫不關心這碼子事。」

車子突然停下來，一時之間，崔維茲還以為班德生氣了。然而，停車的過程很平穩，而當班德下了車，又揮手叫其他人下車的時候，他看來仍是那副得意的模樣。

他們進入另一個房間，在班德做了一個手勢後，室內的光線仍相當黯淡。此房通向一個側廊，側廊兩邊是許多小房間，每間裡面都有一兩件華麗的容器，有些旁邊還擺著另一個物件，看來好像是影片放映機。

「這都是什麼，班德？」崔維茲問。

班德說：「都是祖先靈房，崔維茲。」

50

裴洛拉特很感興趣地四處張望。「我猜，你們把祖先的骨灰葬在這裡？」

「如果你所謂的『葬』，」班德說：「意思是指埋在土裡，那就不算十分正確。我們現在或許身處地底，但這裡是我的宅邸，所以這些骨灰都在我家裡，就像我們現在的情形一樣。在我們的語言中，我們說骨灰是『安厝』此地。」他遲疑了一下，然後又說：「『厝』是表示『宅邸』的古字。」

崔維茲隨便四下望了望。「這些都是你的祖先？有多少？」

「將近一百個。」班德答道，毫不掩飾聲音中的驕傲。「正確的數目是九十四個。當然，最早的那些並非真正的索拉利人，不符合這個名字如今的定義。他們是半性人，分雄性和雌性。那些半性祖先的骨灰罈，總是被下一代兩兩擺在一起。我當然不會走進那些房間，那相當『蒙人羞』。至少，索拉利語是這麼說的，但我不知道你們的銀河標準語怎麼講，你們也許並沒有類似的用語。」

「那些影片呢？」寶綺思說：「我想那些是影片放映機？」

「那些都是日誌，」班德說：「都是他們的生活史。他們在這塊屬地上最鍾愛的部分，拍攝了這些影像。這意味著他們並未全然逝去，他們的一部分依舊存在。我的自由也包括了隨時能加入他們，我能隨意觀看任何影片的任何部分。」

「可是不會加入那些——蒙人羞的祖先。」

班德將目光移到別處。「不會，」他坦承不諱，「然而我們都有這麼一部分的祖先，這是我們共同的不幸。」

「共同的？那麼其他索拉利人也有這種靈房？」崔維茲問。

「喔，是的，我們全都有。不過要數我的最好、最精緻，也保存得最妥當。」

崔維茲問道：「你是不是已經把自己的靈房準備好了？」

「當然，完全建好了，並且裝潢完畢。在我繼承這塊屬地之後，那是我完成的第一件任務。而在我歸於塵土之後——這樣講比較詩意——我的繼承人便會開始建造自己的靈房，那將是其第一件任務。」

「你有繼承人嗎？」

「到時就會有了，但我的壽命還長得很呢。當我必須離去的時候，便會有個成年的繼承人，成熟到了足以享有這塊屬地，也會有發育完成的葉突，以便進行能量轉換。」

「他會是你的子嗣吧，我猜想。」

「喔，沒錯。」

「可是萬一，」崔維茲說：「有什麼不幸發生呢？我想即使是在索拉利，也會發生一些意外和不幸吧。假使一個索拉利人過早歸於塵土，沒有繼承人接掌，或是繼承人尚未成熟到能享有屬地，那又會如何呢？」

「那可很罕見，在我的世系中，那種事只發生過一次。然而，萬一遇到這種情況，別忘了還有其他的繼承人，等著繼承其他的屬地。有些繼承人已足夠成熟，他們的單親卻足夠年輕，能產生另一個後代，並且等得到那個後代長大成人。這種所謂的『大／小繼承人』之一，就會被指定來繼承無主的屬地。」

「由誰指定呢？」

「我們有個統領委員會，它的少數功能就包括這一項：當有人過早歸於塵土時，負責指定一個繼承人。當然，整個過程都是藉著全相傳視進行。」

裴洛拉特說：「可是我問你，既然索拉利人彼此從不見面，倘若某地的某個索拉利人意外地——或在意料之中歸於塵土，又怎麼會有人知道呢？」

班德說：「當我們其中之一歸於塵土後，其屬地所有的電力都會消失。如果沒有繼承人立即接管，這種反常情況終究會被人發現，隨即會展開糾正措施。我向你們保證，我們的社會系統運作得很健全。」

崔維茲說：「我們有沒有可能看看你這裡的影片？」

班德愣了一下，然後說：「全然是由於你不知情，我才不怪罪你。你剛才的言語既粗魯又卑賤。」

「我為這件事道歉。」崔維茲說：「我不想強迫你，但我們解釋過了，我們很想獲得有關地球的資料。我忽然想到，你這裡最早期的影片，應該是在地球變得有放射性之前拍攝的，因此影片中有可能提到地球，或許還會有詳盡的敘述。我們當然不希望侵犯你的隱私，可是有沒有變通的辦法，例如由你自己查看這些影片，或者讓機器人來做，再將其中的相關資訊告訴我們？當然啦，如果你能體諒我們的動機，並且瞭解我們為了回報你的好意，會盡全力尊重你的感受，你也許就會讓我們親自觀看這些影片。」

班德以冷峻的語氣說：「我猜你並不知道，你變得愈來愈無禮了。然而，我們可以立刻結束這個話題，因為我可以告訴你，在我的早期半性祖先旁邊，根本沒有任何影片。」

「沒有？」崔維茲的失望百分之百真實。

「這些影片曾經存在過，但即使是你們，也該想像得到裡面會是什麼內容。兩個半性人彼此表示興趣，甚至，」班德清了清喉嚨，有些勉強地說：「互相作用。半性人所有的影片，自然在許多代以前就被銷毀了。」

「其他索拉利人所收藏的呢？」

「全都銷毀了。」

「你能確定嗎？」

「不毀掉那些東西就是瘋子。」

「也許有些索拉利人真瘋了，或者多愁善感，或者過於健忘。我想，請你指引我們前往鄰近的屬地，你該不會反對吧。」

班德瞪著崔維茲，現出一副訝異的表情。「你以為其他索拉利人會像我這般容忍你們？」

「為何不會呢，班德？」

「到時你就知道了。」

「我們必須碰碰運氣。」

「不行，崔維茲。不行，你們都不能去。聽我說。」

後面出現幾個機器人，而班德皺起了眉頭。

「什麼事，班德？」崔維茲突然感到不安。

班德說：「我很喜歡跟你們聊天，並且觀察你們的——怪異言行。這是個空前絕後的經驗，我感到很高興，但我不能記錄到日誌中，或是保存在影片裡。」

「為何不能？」

「我講話給你們聽、我聽你們講話、我帶你們來我的宅邸、我帶你們來祖先靈房，這些都是可恥的行為。」

「我們並非索拉利人，對你而言，我們跟這些機器人一樣微不足道，不是嗎？」

「那只是我幫自己找的藉口，別的索拉利人也許不會接受。」

「你又有什麼顧慮？你有絕對的自由隨心所欲，不是嗎？」

「即使像我們這樣，自由也不是真正絕對的。假使我是這顆行星上唯一的索拉利人，我就有絕對的自由做些甚至更可恥的事。可是這個世界還有其他索拉利人，因此，雖然我們和理想中的自由極為接近，卻未曾真正達到。這顆行星上有一千兩百個索拉利人，若是讓他們知道我做了些什麼，他們全都會瞧不起我。」

「沒有理由要讓他們知道。」

「那倒是實話，你們一抵達此地，我就想到了。在跟你們尋開心的時候，我始終把這件事放在心上。一定不能讓其他索拉利人知道。」

裴洛拉特說：「如果你的意思是，你擔心我們去別的屬地尋找地球資料，將會為你帶來麻煩，這個嘛，我們自然不會提到先拜訪過你，這點我們心裡有數。」

班德搖了搖頭。「我已經冒了太多的風險。我自己當然不會提到這件事，我的機器人也都不會提到，它們甚至會奉命不得記住這件事。你們的太空船將被帶到地底，我要好好研究，看看能提供我們什麼……」

「慢著，」崔維茲說：「你想檢查我們的太空艇，你以爲我們能在這裡等多久？那是不可能的事。」

「絕非不可能，因爲你不會再有表達意見的機會。我很遺憾，我也想跟你們多聊一會兒，討論許多其他的事，可是你們也看得出來，情況變得愈來愈危險。」

「不，絕對沒有。」崔維茲盡力強調。

「喔，絕對有的，小小半性人。恐怕我該採取行動的時候到了，那會是我的祖先在第一時間所採取的行動。我必須將你們殺掉，三個通通殺掉。」

第十二章：重見天日

51

崔維茲立刻轉頭望向寶綺思。只見她毫無表情，面容緊繃，雙眼全神貫注凝視著班德，彷彿忘卻了周遭的一切。

裴洛拉特則張大眼睛，一副難以置信的模樣。

崔維茲不知道寶綺思會（或者能夠）做些什麼，他只好勉力擊退排山倒海而來的挫敗感（並非只是想到死亡，主要是想到尚未發現地球的下落，尚未明白他為何選擇蓋婭作為人類未來的藍圖）。他心中很明白，自己必須盡量拖延時間。

他努力保持聲音的平穩與咬字的清晰。「你一直表現得像個謙恭有禮、風度翩翩的索拉利人，班德。我們闖入你的世界，你絲毫不以為忤，還好心地帶我們參觀你的屬地和宅邸，並且回答我們的問題。如果你現在允許我們離去，將更符合你的品格。沒人會知道我們來過這個世界，我們也沒有理由再回來。我們到這裡來的動機很單純，只是想要尋找資料而已。」

「你當然會這麼說，」班德從容道：「如今，你們的命都是跟我借的。你們進入大氣層那一瞬間，性命就不再屬於自己了。當我和你們進行近距離接觸時，我最可能做的——以及應該做的——就是立刻將你們殺掉。然後，我該命令專職機器人解剖你們的屍體，看看外星人士的身體能為我提供什麼知識。」

「但是我沒有那麼做，我縱容自己的好奇心，屈服在自己隨和的天性之下。不過現在該適可而止了，我不能再繼續下去。事實上，我已經威脅到索拉利的安全。因爲，如果由於我心軟，竟然被你們說服，讓你們安然離去，你們的同類必會接踵而至，現在你們如何保證都沒有用。

「然而，至少我能做到一點，能讓你們死得毫無痛苦。我只消將你們的大腦稍微加熱，使它趨於鈍化。你們不會感到任何痛苦，只是生命就此終止。最後，等到解剖研究完畢，我會用瞬間高熱將你們化爲灰燼，這樣一切就結束了。」

崔維茲說：「如果我們非死不可，我不反對迅速而毫無痛苦的死亡。可是我們並沒有犯任何罪，爲什麼一定要被處死？」

「你們的到來就是一項罪行。」

「這話根本沒道理，我們無法預知這樣做是有罪的。」

「何種行爲構成犯罪，不同的社會自有不同的定義。對你們而言，這個社會也許無理而專斷，但對我們則不然。這裡是我們的世界，我們有絕對的權利決定各種事務。你們犯了錯，就必須受死。」

班德仍然面帶微笑，彷彿只是在愉快地閒聊。他繼續說：「你們的品德也沒有多高尚，不足以作爲申訴的藉口。你有一把手銃，它利用微波束激發致命的高熱，這點和我如今的目的相同，可是我能肯定，它所導致的死亡將更殘酷更痛苦許多。如果我沒有把它的能量抽光，卻笨到允許你有行動自由，讓你能將手銃從皮套中拔出來，你現在會毫不猶豫地用它對付我。」

崔維茲甚至不敢再看寶綺思一眼，生怕班德的注意力轉移到她身上。他抱著最後一線希望說：「我求你，就算是發發慈悲，請別這麼做。」

班德突然現出冷酷的表情。「我必須先對自己和我的世界慈悲，所以你們都得死。」

他舉起一隻手，一股黑暗立刻籠罩崔維茲。

52

一時之間，崔維茲感到一片黑暗，令他喘不過氣來。他狂亂地想：這就是死亡嗎？

他的思緒彷彿激起了回聲，他聽見一個低微的聲音說：「這就是死亡嗎？」那是裴洛拉特的聲音。

崔維茲試圖開口，結果發現並沒有困難。「何必問呢？」他一面說，一面大大鬆了一口氣，「你還能發問，光憑這一點，就表示這不是死亡。」

「在一些古老的傳說中，死亡之後還有生命。」

「荒謬絕倫。」崔維茲低聲道：「寶綺思？你在這裡嗎，寶綺思？」

沒有任何回答。

裴洛拉特附和著：「寶綺思？寶綺思？葛蘭，發生了什麼事？」

崔維茲說：「班德一定死了。這樣一來，他不能再為這塊屬地供應電力，所以燈光就熄了。」

「可是怎麼會……你是說這是寶綺思幹的？」

「我想應該是的，希望她沒有因此受傷。」在這個全然黑暗的地底世界（若不計牆壁中放射性原子的偶然衰變所造成的不可見閃光），他趴在地上，以雙手雙膝爬行。

然後，他摸到一個溫熱柔軟的物體，他來回摸了摸，認出了他抓著的是一條腿。那條腿顯然太過細小，不可能是班德的。「寶綺思？」

那條腿踢了一下，崔維茲只好鬆手。

他說：「寶綺思？說句話啊！」

「我還活著。」寶綺思的聲音傳過來，卻不知為何變了調。

崔維茲說：「可是你還好嗎？」

「不好。」隨著這句話，他們周圍重新亮了起來，只不過相當黯淡。牆壁發出微弱的光芒，毫無規律地時明時暗。

班德墝作一團，像是一堆昏暗的雜物。寶綺思在他身旁，正抱著他的頭。

她抬起頭來，望著崔維茲與裴洛拉特。「這個索拉利人死了。」在幽暗的燈光下，她的雙頰閃爍著淚水。

崔維茲愣了一愣。「你為什麼哭？」

「我殺死了一個有思想、有智慧的生命，難道不該哭嗎？這並非我的本意。」

崔維茲彎下腰，想扶她站起來，她卻將他一把推開。

裴洛拉特跪在她身邊，柔聲道：「拜託，寶綺思，即使是你，也無法令他起死回生。告訴我們發生了什麼事。」

她讓裴洛拉特把自己扶起來，聲音含糊地說：「班德能做的蓋婭都會做，蓋婭能夠僅僅藉著心靈的力量，將宇宙間分佈不均的能量，轉換成適當的功。」

「這點我早就知道。」崔維茲試圖安慰她，卻不太清楚該怎麼說。「我們在太空中相遇的情形，我還記憶猶新，當時你——或者應該說蓋婭——制住了我們的太空艇。當班德奪走我的武器，又令我動彈不得的時候，我就想到了那件事。他也制伏了你，但是我確信，只要你想掙脫，絕對沒有問題。」

「不對，我若企圖掙脫，就一定會失敗。當初，你們的太空艇在我／們／蓋婭的掌握中，」她以悲傷的語調說：「那時我和蓋婭是眞正的一體。現在則有超空間的分隔，限制了我／們／蓋婭的效率。此外，蓋婭的所作所爲，全有賴於集聚無數大腦而生的力量，但即使如此，我們的大腦全部加起來，也比不上這個索拉利人的轉換葉突。我們無法像他那麼巧妙、那麼有效又毫不疲憊地利用能量。你看，我不能讓這些燈光變得更亮，我也不知再過多久就會筋疲力盡。而班德即使在睡覺的時候，也能爲整個廣大的屬地供應電力。」

「但你制止了他。」崔維茲說。

「因爲他並未察覺我的力量，」寶綺思說：「而且因爲我什麼也沒做，並沒有讓我的力量曝光。所以他並未懷疑我，也就沒有特別注意我。他將精神全部集中在你身上，崔維茲，因爲你帶著武器——再次證明你武裝自己是明智之舉。而我必須等待機會，藉著出其不意、迅雷不及掩耳的一擊制伏班德。當他即將殺害我們，當他全副心神集中在那個行動，以及集中在你身上的時候，我就有了出手的機會。」

「那一擊相當漂亮。」

「這麼殘酷的話你如何說得出口，崔維茲？我的本意只是制止他，僅僅希望阻絕他的轉換葉突。我的打算是，當他想要毀滅我們的時候，將發現根本辦不到，反之，我們周圍的照明會突然熄滅。在他驚訝不已的那一瞬間，我就收緊我的掌握，使他進入長時間的正常睡眠狀態，再將他的轉換葉突鬆開。這樣電力即可維持不斷，我們便能逃出這座宅邸，返回太空艇，盡速離開這顆行星。我希望做到的是，當班德終於醒來的時候，會忘記見到我們之後所發生的一切。不必殺生就能辦到的事，蓋婭不會因此濫殺無辜。」

「哪裡出了差錯呢，寶綺思？」裴洛拉特柔聲問道。

「我從未接觸過像轉換葉突這樣的東西，我沒時間詳加研究，以便瞭解它的構造。我只能猛力展開我的阻絕行動，可是顯然做得不正確。受到阻絕的並非能量入口，而是能量出口。在一般情況下，能量源源不絕迅速灌入葉突，大腦則以相同速度排出那些能量，以保護本身不至受損。可是，一旦我阻絕了出口，能量馬上累積在葉突中，在極短時間內，大腦溫度遽然升高，使其中的蛋白質急速鈍化，然後他就死了。當燈光盡數熄滅時，我立即收回阻絕的力量，但是，當然已經太晚了。」

「我看不出除了這樣做，你還能有什麼辦法，親愛的。」裴洛拉特說。

「想到我竟然殺了人，你怎麼講都無法安慰我。」

「班德眼看就要殺掉我們。」崔維茲說。

「因此我們要制止他，而不是殺害他。」

崔維茲猶豫了一下，他不希望表現出不耐煩的情緒，因為他實在不願惹寶綺思生氣，或令她更心煩。畢竟，在這個充滿無比敵意的世界上，她是他們唯一的防衛武器。

他說：「寶綺思，別再遺憾班德的死亡，現在我們該考慮別的了。由於他的死，這塊屬地所有的電力都消失了，其他索拉利人遲早會發現這個事實——或許不會遲只會早。他們將不得不展開調查，假如幾個索拉利人聯手攻擊我們，我認為你根本無法抵禦。而且，正如你自己也承認的，你現在勉強供應的有限電力，將無法持續太久。所以說，當務之急是趕快回到地面，鑽進我們的太空艇，一刻也耽誤不得。」

「可是，葛蘭，」裴洛拉特說：「我們該怎麼做呢？我們剛才走了好幾公里彎彎曲曲的路，我猜這下面一定跟迷宮差不多。就我個人而言，我對如何回到地面毫無概念，我的方向感一向很差。」

崔維茲四下看了看，明白裴洛拉特說的完全正確。他說：「我猜通向地面的出口應該很多，我們不一定要找原來那個。」

「可是出口的位置我們一個也不知道，又要從何找起呢？」

崔維茲再次轉向寶綺思。「你用精神力量，能否偵測到任何有助於找到出路的線索？」

寶綺思說：「這塊屬地的機器人都停擺了。在我們正上方，我可以偵測到一息微弱的次智慧生命，但這只能說明地面在正上方，這點我們早就知道了。」

「好吧，那麼，」崔維茲說：「我們只好自己尋找出口。」

「瞎闖亂撞？」裴洛拉特被這個提議嚇了一跳，「我們永遠不會成功。」

「或許可以，詹諾夫。」崔維茲說：「只要我們動手找，不論機會多麼小，總有逃出去的機會。否則我們只好待在這裡，這樣的話，我們永遠不會成功。來吧，一線希望總比毫無希望強。」

「慢著，」寶綺思說：「我的確偵測到了一樣東西。」

「什麼東西？」崔維茲問。

「一個心靈。」

「有智慧嗎？」

「有，可是我想智慧有限。不過，我感到最清楚的，卻是另一種訊息。」

「是什麼？」崔維茲再度壓制住不耐煩的情緒。

「恐懼！無法忍受的恐懼！」寶綺思細聲道。

53

崔維茲愁眉苦臉地四下張望。他雖然知道剛才是從哪裡進來的，但他不會因此產生幻想，認爲他們有可能原路折回。畢竟，他對那些拐彎抹角的道路未曾留心。誰會想到他們竟然落到這個地步，不得不自行獨自折返，只有明滅不定的幽暗光芒為他們指路。

他說：「你認為自己有辦法啓動那輛車嗎，寶綺思？」

寶綺思說：「我確定自己做得到，崔維茲，但那並不表示我會駕駛。」

裴洛拉特說：「我想班德是靠精神力量駕駛的。車子在行駛的時候，我沒看到他碰過任何東西。」

寶綺思溫柔地說：「沒錯，裴，他用的是精神力量，可是該如何使用精神力量呢？你當然會說是藉著操縱裝置，這點絕對沒錯，但我若不熟悉操縱裝置的使用方法，就根本毫無幫助，對不對？」

「你好歹試一試。」崔維茲說。

「如果要去試，我必須將全副心神放在它上面，這樣一來，我懷疑自己是否還能維持照明的燈光。即使我學會了如何操縱，在黑暗中這輛車子也幫不上什麼忙。」

「我想，看來我們必須徒步遊蕩了？」

「恐怕只好這樣了。」

崔維茲凝視著前方，除了他們近旁籠罩著幽暗的光芒，此外盡皆是厚實沉重的黑暗。他什麼也看不見，什麼也聽不到。

他說：「寶綺思，你還能感受到那個受驚的心靈嗎？」

「還可以。」

「你能不能分辨它在哪裡？能不能帶領我們到那裡去？」

「精神感應是直線行進的，幾乎不會被普通物質折射，所以我能判斷它是來自那個方向。」

她直指著黑漆漆的牆壁，繼續說：「但我們不能穿牆而過，最好的辦法就是沿著迴廊走，一路選擇感應變得愈來愈強的方向。簡單地說，我們得玩一玩『跟著感覺走』的遊戲。」

「那我們現在就開始吧。」

裴洛拉特卻躊躇不前。「慢著，葛蘭，不論那是什麼東西，我們眞想找到它嗎？如果它感到恐懼，或許我們同樣會有恐懼的理由。」

崔維茲不耐煩地搖了搖頭。「我們毫無選擇餘地，詹諾夫。不論它是否感到恐懼，總是一個心靈，它可能會願意指點我們——或者我們能設法叫它指點回到地面的途徑。」

「而我們就讓班德躺在這裡？」裴洛拉特語帶不安地說。

崔維茲抓住他的手肘。「來吧，詹諾夫，這點我們也沒有選擇。終究會有某個索拉利人重新啓動這個地方，然後某個機器人就會發現班德，會爲他料理後事——我希望是在我們安然離去之後。」

他讓寶綺思在前面帶路，不論走到哪裡，她身邊的燈光總是最亮。在每一個門口，以及迴廊的每個岔路，她都會停下腳步，試圖感知那股恐懼來自何方。有時她會在走進一扇門或繞過某個彎路後，又重新折返，嘗試另一條路徑。崔維茲只能袖手旁觀，一點也幫不上忙。

每當寶綺思下定決心，堅決地朝某個方向前進時，她前方的燈光便會亮起來。崔維茲注意到，現在這些燈光似乎較爲明亮——可能是由於他的眼睛適應了昏暗的環境，也可能是寶綺思學會了如何更有效地轉換能量。有一次，遇到一根那種插入地底的金屬棒，她便將手放在上面，燈光的亮度立時顯著增強。她點了點頭，好像感到十分滿意。

沿途未見任何熟悉的事物，因此幾乎可以肯定，他們現在走過的地方，是這座曲折迂迴的地底宅邸另外一部分，他們進來的時候並未經過這裡。

崔維茲一路注意觀察，想要尋找陡然上升的迴廊，有時又將注意力轉向天花板，試圖找出活門的痕跡。結果他一直沒有任何發現，那受驚的心靈仍是他們唯一的希望。

他們走在寂靜中，唯一的聲音是自己的腳步聲；走在黑暗裡，唯一的光芒緊緊包圍他們身邊；走在死亡的幽谷內，唯一的活物就是他們自己。他們偶爾會發現一兩個朦朧的機器人身軀，在昏暗中或立或坐，個個一動不動。有一次，他們看到一個側臥的機器人，四肢擺出一種古怪的僵凝姿勢。崔維茲想，當電力消失時，它一定處於某種不平衡狀態，於是立刻倒了下來。不論班德是死是活，都無法影響重力的作用。也許在班德的廣大屬地各個角落，所有的機器人皆已停擺，或立或臥僵在原地，而在屬地的邊界，這種情形一定很快會被發現。

但也或許不會，他突然又這麼想。當索拉利的一份子即將由於衰老而死亡時，索拉利人應該通知道，整個世界都會有所警覺，並且預先做好準備。然而，班德正處於盛年，他現在突然暴斃，根本不可能有任何預兆。誰會知道？誰會預期這種結果？誰又會期待整個屬地停擺呢？

不對（崔維茲將樂觀與自我安慰拋在腦後，那會引誘自己變得太過自信，實在太危險了），班德屬地所有的活動皆已停止，索拉利人一定會注意到，然後就會立即採取行動。他們都對繼承屬地有極大的興趣，不會對他人的死亡置之不理。

裴洛拉特悶悶不樂地喃喃說道：「通風系統停止了。像這種位於地底的場所，一定得保持通風良好。原本有班德供應電力，但現在它已不再運轉。」

「沒關係，詹諾夫。」崔維茲說：「在這個空曠的地底世界中，還有足夠的空氣讓我們活好幾年。」

「我仍然悶得發慌，是心理上的難過。」

「拜託，詹諾夫，別染上了幽閉恐懼症。寶綺思，我們接近些了嗎？」

「近多了，崔維茲。」她答道：「感覺變強許多，我對它的位置也更清楚了。」

她邁出的腳步更爲堅定，在需要選擇方向時也不再那麼猶豫。

「那裡！那裡！」她說：「我強烈感覺到了。」

崔維茲不以爲然地說：「現在就連我也聽得到了。」

三個人停下腳步，自然而然屏住了氣息。他們可以聽到一陣輕柔的嗚咽，還夾雜著氣喘吁吁的啜泣。

他們循聲走進一個大房間，燈光亮起後，他們看到裡面滿是色彩繽紛的陳設，跟原先所見的房間都完全不同。

房間正中央有個機器人，它微彎著腰，伸出雙臂，像是正準備做個親暱的動作。不過，當然，它僵在那裡一動不動。

機器人身後傳來一陣衣裳顫動的聲音。一隻充滿恐懼、睜得圓圓的眼睛從一側探出來，那種令人心碎的啜泣聲則一直不斷。

崔維茲衝到機器人後面。只聽得一聲尖叫，一個矮小身形從另一側冒出來，猛然摔倒，躺在地上用手蒙住眼睛，兩腿向四面八方猛踢，彷彿要逐退來自各方的威脅，同時繼續不斷尖叫，尖叫——

寶綺思說：「是個孩子！」這句話根本是多餘的。

54

崔維茲向後退了幾步，感到十分不解。一個孩子在這裡做什麼？班德對自己的絕對孤獨多麼自傲，而且還極力強調這一點。

面對曖昧不明之事，裴洛拉特比較不會訴諸理性分析。他立刻想到答案，脫口而出：「我想這就是繼承人。」

「是班德的孩子，」寶綺思表示同意，「可是太小了。我想他無法成爲繼承人，索拉利人得另外找人繼承。」

她凝視著這個孩子，但並非目不轉睛地瞪著他，而是用一種輕柔的、帶有催眠作用的目光。那孩子果然漸漸靜下來，他睜開雙眼，回望著寶綺思，原本的叫喊已經收斂，變作偶爾一下的輕聲抽噎。

寶綺思發出一些具有安撫作用的聲音，雖然斷斷續續，沒有什麼意義，但目的只是要加強鎮定效果。她彷彿在用精神指尖，輕撫那孩子陌生的心靈，設法撫平其中紊亂不堪的情緒。

那孩子慢慢爬起來，目光一直沒有離開寶綺思。他搖搖晃晃地站了一會兒，突然衝向那個既無動作又沒聲音的機器人，緊緊抱著機器人粗壯的大腿，彷彿渴望從中得到一點安全感。

崔維茲說：「我猜那個機器人是他的——保母，或說管理員。我猜索拉利人無法照顧另一個索拉利人，甚至無法照顧自己親生的孩子。」

裴洛拉特說：「我猜這孩子也是雌雄同體。」

「一定是。」崔維茲說。

寶綺思的心思仍然全放在那孩子身上。她慢慢向他走去，雙手斜斜舉起，手掌朝向自己，彷彿強調並沒有抓住他的意圖。那孩子現在不哭了，看到寶綺思走過來，他把機器人抱得更緊。

寶綺思說：「來，孩子——溫暖。孩子——柔軟，溫暖，舒適，安全。孩子——安全——安全。」

她停了下來，頭也不回地壓低聲音說：「裴，用他的語言跟他講。告訴他我們都是機器人，因爲這裡停電，所以我們來照顧他。」

「機器人！」裴洛拉特嚇了一跳。

「我們必須這樣自我介紹。他不怕機器人，但他從未見過人類，也許甚至無法想像人類是什麼。」

裴洛拉特說：「我不知道能否想出正確的說法，也不知道『機器人』的古語是什麼。」

「那就直接說『機器人』吧，裴。如果不管用，就改說『鐵打的東西』，反正盡量說就對了。」

裴洛拉特開始慢慢地、一字一頓地說著古銀河語。那孩子望著他，緊緊皺著眉頭，像是試圖瞭解他在說些什麼。

崔維茲說：「你在跟他溝通的時候，最好順便問問如何才能出去。」

寶綺思說：「不，暫時不要。先建立信心，再問問題。」

那孩子一面望著裴洛拉特，一面慢慢鬆開機器人。他說了幾句話，聲音高亢且有韻律。

裴洛拉特慌忙道：「他講得太快，我聽不懂。」

寶綺思說：「請他慢慢再講一遍。我在盡全力消除他的恐懼，讓他保持鎮靜。」

裴洛拉特又聽了一遍那孩子說的話，然後說：「我想他在問健比爲什麼不動了，健比一定就是這個機器人。」

「再確定一下，裴。」

裴洛拉特跟那孩子再談了幾句，又說：「沒錯，健比就是這個機器人，而這孩子管自己叫菲龍。」

「太好了！」寶綺思對那孩子微微一笑，那是個燦爛而開心的笑容。她伸手指指他，然後說：「菲龍，乖菲龍，勇敢的菲龍。」又將一隻手放在自己胸前，「寶綺思。」

那孩子也露出微笑，當他展現笑容時，看起來非常討人喜歡。「寶綺思。」他說，其中那個「思」的發音有點不正確。

崔維茲說：「寶綺思，如果你能啓動這個叫健比的機器人，它也許能告訴我們一些我們想知道的事。裴洛拉特可以跟它溝通，不會比跟這孩子溝通更困難。」

「不行，」寶綺思說：「那樣會出問題。這個機器人的首要任務是保護這孩子，如果它啓動後，立即發覺我們這幾個陌生的人類，它或許會立即攻擊我們，因爲這裡不該有任何陌生人。到時我若被迫令它停擺，它就無法提供我們任何訊息，而這孩子，看到心目中唯一的親人再度停擺。唉，我就是不要那麼做。」

「可是我們都聽說過，」裴洛拉特柔聲道：「機器人一律不能傷害人類。」

「我們的確聽說過，」寶綺思說：「可是沒有人告訴我們，這些索拉利人設計的是何種機器人。即使這個機器人設計成不能傷害人類，它也必須做出抉擇。一邊是它的孩子，或說幾乎是它的孩子；另一邊卻是三個陌生物件，它也許根本認不出我們是人類，只會把我們當成非法闖入者。它自然會選擇保護孩子，而對我們發動攻擊。」

她再度轉身面對那孩子。「菲龍，」她說：「寶綺思，」她指了指自己，接著又指向其他兩人，「裴，崔。」

「裴，崔。」孩子乖順地跟著說。

她向那孩子走近些，雙手慢慢接近他。他一面望著她，一面向後退了一步。

「冷靜，菲龍。」寶綺思說：「乖乖，菲龍。摸摸，菲龍。好乖，菲龍。」

他向她走近一步，寶綺思鬆了一口氣。「乖，菲龍。」

她摸了摸菲龍裸露在外的臂膀，他跟他的單親一樣，只穿了一件長袍，前胸敞開，下面繫著一條腰布。她只輕輕摸了一下，就趕緊移開手，等了一會兒，才將手放回他的手臂上，輕柔地撫摸著。

在寶綺思心靈的強力鎮靜作用下，那孩子微微閉上眼睛。

寶綺思的雙手慢慢往上移，動作很輕，幾乎沒有觸摸到他的肌膚。她兩隻手一路摸到孩子的肩膀、頸部、耳朵，最後伸進棕色長髮中，來到雙耳後方偏上的部位。

她隨即放下雙手，說道：「轉換葉突還小，頭蓋骨尚未發育完全。目前那裡只有一層硬質皮膚，等到葉突長成後，它會向外鼓脹，被頭蓋骨圍起來。這就代表說，如今他還無法控制這塊屬地，甚至無法啟動屬於他的機器人——問問他幾歲了，裴。」

經過一番交談後，裴洛拉特說：「他今年十四歲，如果我沒弄錯的話。」

崔維茲說：「他看起來比較像十一歲。」

寶綺思說：「這個世界所採用的年，長度也許和銀河標準年不盡相同。此外，據說太空族擁有倍增的壽命，如果索拉利人跟其他太空族一樣，他們或許也延長了發育期，總之我們不能以年齡爲準。」

崔維茲不耐煩地咂咂舌頭。「別再討論人類學了，我們必須趕快到達地面。我們溝通的對象是個孩子，所以我們可能只是在浪費時間。他也許不知道通往地面的途徑，也可能從來沒有到過地面。」

寶綺思說：「裴！」

裴洛拉特明白她的意思，馬上又跟菲龍討論起來，這次花的時間比前幾次都要長。

最後他終於說：「這孩子知道什麼是太陽，他說自己曾看到過。我想他也見過樹木，但他的反應好像不確定那個詞彙的意義，至少不確定我所用的那個詞彙……」

「好了，詹諾夫，」崔維茲說：「拜託言歸正傳吧。」

「我告訴菲龍，如果他能帶我們到地面去，我們也許就有辦法啓動那個機器人。事實上，我說的是我們『就會』啓動那個機器人。你認爲我們可能做得到嗎？」

崔維茲說：「這件事我們待會兒再操心，他有沒有說願意爲我們帶路？」

「有。可是我剛才想，如果我做出承諾，你也知道，這孩子就會更熱心。我認爲，我們在冒著令他失望的危險……」

「走吧，」崔維茲說：「我們立刻出發。如果我們困在地底，所有的事情都是紙上談兵。」

裴洛拉特又對那孩子說了幾句話，他便開始向前走，不久他又停下腳步，回頭望著寶綺思。

寶綺思伸出手來，兩人便手牽著手一起走。

「我是他的新機器人。」她露出淡淡的微笑。

「他好像相當滿意。」崔維茲說。

菲龍一路蹦蹦跳跳，崔維茲心中突然閃過一個疑問，他現在這麼開心，只是寶綺思費盡心血的結果嗎？或是除此之外，又加上他有機會再度去地面玩耍，還得到三個新的機器人，所以才會這樣興奮？或者，他變得如此興高采烈，是因爲想到保母健比會活回來？這都沒什麼關係，只要這孩子肯帶路就行。

孩子的步伐似乎沒有任何遲疑，每當遇到岔路，他都毫不猶豫便做出選擇。他眞的知道自己走向哪裡嗎？或者這只是小孩子無意義的行動？他只是在玩遊戲，根本沒有明確的目的地？

可是，從變得稍微沉重的腳步，崔維茲意識到自己正在上坡。而那個孩子，則一面信心十足地蹦蹦跳跳，一面指著前方，嘰哩呱啦說個不停。

崔維茲望向裴洛拉特，裴洛拉特清了清喉嚨，然後說：「我想，他說的是『門口』。」

「我希望你所想的正確無誤。」崔維茲說。

此時孩子掙脫了寶綺思的手，飛快向前奔去。不久，他伸手指著某處地板，那裡的顏色似乎比周圍深。他踏上那塊地板，原地跳了幾下，然後轉過頭來，露出明顯的沮喪表情，又用尖銳的聲音說了一大串。

寶綺思做個鬼臉。「我得負責供應電力，這會令我筋疲力盡。」

她的臉微微轉紅，燈光則變暗了點，但菲龍面前的一扇門卻打了開，他立刻發出女高音般的歡呼。

那孩子衝出門外，兩位男士緊跟在後。寶綺思是最後一個出來的，當那扇門快要關上的時候，她回頭望了望，裡面已經一片漆黑。然後她停下腳步，稍微喘了一口氣，看來相當疲倦。

「好啦，」裴洛拉特說：「我們出來了，太空艇在哪裡？」

現在他們全部來到戶外，沐浴在仍算明亮的夕陽下。

崔維茲喃喃說道：「我覺得好像在那個方向。」

「我也這麼覺得，」寶綺思說：「我們走吧。」說完就伸手去牽菲龍。

除了風聲，以及一些動物的叫聲與走動聲之外，四周可謂一片靜寂。他們在途中遇到一個機器人，一動不動地站在一棵樹旁邊，手中抱著一個功用不明的物體。

裴洛拉特顯然是出於好奇，朝那個方向邁出一步，崔維茲卻趕緊說：「不關我們的事，詹諾夫，繼續走。」

不久，他們又遠遠看到另一個機器人癱在地上。

崔維茲說：「我想方圓百公里內，一定到處是放倒的機器人。」然後他又得意洋洋地說：「啊，太空艇在那裡。」

他們馬上加快腳步，突然間卻又停了下來。菲龍扯著喉嚨發出興奮的尖叫。太空艇附近，停著一艘顯得相當原始的航空器，它的轉子看來不但浪費能量，而且十分脆弱。在那具航空器旁邊，介於他們四人與太空艇之間，站著四個狀似人類的身形。

「太遲了，」崔維茲說：「我們浪費了太多時間。現在怎麼辦？」

裴洛拉特以困惑的口吻說：「四個索拉利人？這不可能。他們當然不會做這樣的實質接觸，你想這些是全相影像嗎？」

「它們是百分之百的實體，」寶綺思說：「這點我能肯定，但它們並不是索拉利人。這些心靈我絕不會弄錯，它們是機器人。」

55

「好吧，那麼，」崔維茲帶著倦意說：「前進！」他繼續以沉著的步伐向太空艇走去，其他三人跟在他後面。

裴洛拉特有點上氣不接下氣地說：「你打算怎麼辦？」

「它們若是機器人，就必須服從命令。」

那幾個機器人正在等候他們四人。走近之後，崔維茲開始仔細打量它們。

沒錯，它們一定是機器人。它們的臉部看來彷彿有皮有肉，但是毫無表情，顯得相當詭異。它們都穿著制服，除了臉部之外，沒有暴露一平方公分的肌膚，連雙手都戴著不透明的薄手套。

崔維茲隨便做了一個手勢，那是個明確而直接的身體語言，意思是要它們讓開。

那些機器人並沒有動。

崔維茲低聲對裴洛拉特說：「講出我的意思來，詹諾夫，語氣要堅決。」

裴洛拉特清了清喉嚨，以很不自然的男中音慢慢地說，同時也像崔維茲那樣，揮手表示要它們讓開。然後，其中一個似乎高一點的機器人，以冰冷而犀利的聲音答了幾句。

裴洛拉特轉頭對崔維茲說：「我想，它說我們是外星人士。」

「告訴它說我們是人類，它必須服從我們。」

此時那機器人再度開口，說的是口音奇特但不難懂的銀河標準語。「我瞭解你的話，外星人士。我會說銀河標準語，我們是守護機器人。」

「那麼，你聽到我剛才說的話了，我們是人類，你們必須服從我們。」

「外星人士，我們的程式只讓我們服從地主的命令，而你們既不是地主又不是索拉利人。班德地主對常規接觸未做回應，因此我們前來進行實地調查，這是我們的職責。我們發現了一艘並非索拉利出廠的太空船，還有幾個外星人士，而班德的機器人則全部停擺。班德地主在哪裡？」

崔維茲搖了搖頭，以緩慢而清晰的聲音說：「我們完全不明白你說些什麼，我們船上的電腦出了點問題，將我們帶到這顆陌生的行星附近，這並不是我們的本意。我們登陸此地，是想找出目前的位置，卻發現所有的機器人都已停擺，我們完全不知道發生了什麼事。」

「這個解釋不可信。如果這塊屬地上所有的機器人都停擺，所有的電力通通消失，那麼班德地主一定死了。他剛好在你們著陸之際死亡，如果說只是巧合，那是不合邏輯的假設，其中一定有某種因果關係。」

崔維茲又說：「可是電力並沒有消失啊，你和其他幾個機器人都還能活動。」他這樣說只是爲了混淆視聽，以顯示他是個局外人，對這裡的狀況毫不知情，藉以洗脫自己的嫌疑。

那機器人說：「我們是守護機器人，我們不屬於任何地主，而是屬於整個世界。我們以核能爲動力，不受任何地主控制。我再問一遍，班德地主在哪裡？」

崔維茲四下看了看，裴洛拉特顯得憂心忡忡，寶綺思則緊抿嘴唇，但看來還算冷靜。菲龍全身發抖，好在寶綺思將手放到他肩上，他才變得堅強一點，臉上的恐懼也消失了。（寶綺思在設法令他鎮定嗎？）

那機器人說：「再問一次，這是最後一次，班德地主在哪裡？」

「我不知道。」崔維茲繃著臉說。

那機器人點了點頭，它的兩個同伴便迅速離去。然後它說：「我的守護者同僚將搜索這所宅邸，在此期間，你們將被留置此地接受盤問。把你佩掛在腰際兩側的東西交給我。」

崔維茲退了一步。「這些東西不會傷人。」

「別再亂動。我沒問它們會不會傷人，我要你把它們交出來。」

「不行。」

那機器人迅速向前邁出一步，猛然伸出手臂，崔維茲還不知道發生了什麼事，機器人一隻手已搭上他的肩頭。那隻手用力收緊，同時向下猛壓，令崔維茲跪了下來。

那機器人又說：「交出來。」它伸出另一隻手。

「不。」崔維茲喘著氣說。

此時寶綺思衝過去，將手銃從皮套中掏出來。崔維茲遭到機器人箝制，根本無法阻止她的行動。寶綺思將手銃遞給那機器人。「給你，守護者，」她說：「並請你稍等一下——這是另一件，現在放開我的同伴。」

那機器人握著兩件武器向後退去，崔維茲慢慢站起來，猛搓著左肩，臉孔痛苦地扭曲。

（菲龍開始輕聲抽噎，心慌意亂的裴洛拉特連忙將他抱起來，緊緊摟著他。）

寶綺思以極其憤怒的語氣，對崔維茲悄聲道：「你為什麼要跟它鬥？它用兩根指頭就能把你捏死。」

崔維茲哼了一聲，咬牙切齒地說：「你為什麼不對付它？」

「我在試啊，但這需要時間。它的心靈沒有空隙，程式設計得精密無比，我根本找不到漏洞可鑽。我必須好好研究一下，你得設法拖延時間。」

「別研究它的心靈，把它摧毀就行了。」崔維茲說這句話時幾乎沒有發出聲音。

寶綺思向那個機器人瞥了一眼，看到它正專注地研究那兩件武器，而留在它身邊的另一個機器人，則負責看守他們這些外星人士。對於崔維茲與寶綺思之間的耳語，它們兩個似乎都沒興趣。

寶綺思說：「不行，不能摧毀它。在先前那個世界，我們殺害過一隻狗，又傷了另一隻，而在這個世界，你也知道發生了什麼事。」（她又很快瞥了一下那兩個守護機器人）「蓋婭從不無故屠殺生靈，我需要時間來和平解決。」

她後退了幾步，雙眼緊盯著那個機器人。

那機器人說：「這兩件是武器。」

「不是。」崔維茲說。

「是的，」寶綺思說：「不過它們現在失效了，它們的能量已經被抽光。」

「真是這樣嗎？你們為何要攜帶能量被抽光的武器？也許它們還有些能量。」那機器人抓起其中一件，將拇指放在正確的位置上。「是這樣啟動的嗎？」

「沒錯。」寶綺思說：「假如它還存著能量，你用力一壓，它就會被啟動——但是它沒有能量。」

「確定嗎？」那機器人將武器對準崔維茲，「你還敢說如果我啟動，它不會生效？」

「它不會生效。」寶綺思說。

崔維茲僵在那裡，連話都講不清楚。在班德將手銃中的能量抽光後，他曾試過一次，證實它已經完全失效。可是那機器人拿的是神經鞭，崔維茲並未測試過。

即使神經鞭殘存一點點能量，也足以刺激痛覺神經，而崔維茲將產生的感覺，會讓剛才那一抓好像親暱的愛撫。

在「艦隊學院」受訓時，崔維茲跟每個學員一樣，曾被迫接受神經鞭的輕微一擊。那只是要讓他們嘗嘗滋味，崔維茲覺得一次就綽綽有餘。

那機器人啓動了武器，一時之間，崔維茲吃力地咬緊牙關，然後又慢慢放鬆——神經鞭的能量也全被抽光了。

那機器人瞪了崔維茲一眼，再將兩件武器丟到一旁。「這些武器怎麼會被抽光能量？」它質問道：「如果它們失效了，你爲什麼還要帶在身上？」

崔維茲說：「我習慣了這個重量，即使能量沒了，我仍然會隨身攜帶。」

那機器人說：「這樣講根本沒道理，你們都被捕了。你們將接受進一步的盤問，而如果地主們做出決定，你們就會被停擺。怎樣打開這艘太空船？我們必須進去搜查。」

「那樣做沒什麼用的。」崔維茲說：「你不瞭解它的構造。」

「即使我不懂，地主們也會懂得。」

「他們也不會瞭解。」

「那麼你就得解釋清楚，讓他們能夠瞭解。」

「我不會那樣做。」

「那麼你就會被停擺。」

「我停擺了，你就得不到任何解釋。不過我想，即使做出解釋，我一樣會被停擺。」

寶綺思喃喃地說：「繼續下去，我逐漸解開它腦部的運作奧祕了。」

那機器人並未理會寶綺思。（是她造成的結果嗎？崔維茲這麼想，而且極度希望眞是這樣。）那機器人將注意力牢牢罩在崔維茲身上。「如果你製造麻煩，我們將令你部分停擺。我們會損壞你，然後你就會把我們想知道的告訴我們。」

裴洛拉特突然喊道：「慢著，你不能這麼做。守護者，你不能這麼做。」聲音聽來好像他被掐住了脖子。

「我接受了詳盡的指令，」那機器人以平靜的語氣說：「我可以這樣做。我會盡量減少損壞的程度，只要能問出答案就好。」

「可是你不能這麼做，絕對不能。我是外星人士，我的兩個同伴也一樣。可是這孩子，」裴洛拉特看了看仍抱在手中的菲龍，「是個索拉利人。他會告訴你該做些什麼，你必須服從他。」

菲龍張大眼睛望著裴洛拉特，但是眼神似乎很空洞。

寶綺思拚命搖頭，可是裴洛拉特望著她，現出一副不解的神情。

那機器人的目光在菲龍身上停了一下，然後它說：「這個兒童一點都不重要，他沒有轉換葉突。」

「他尚未擁有發育完成的轉換葉突，」裴洛拉特喘著氣說：「但他將來總會有的，他是個索拉利兒童。」

「他是個兒童，但他沒有發育完成的轉換葉突，所以不能算是索拉利人。我沒有必要聽從他的命令，也沒有必要保護他。」

「但他是班德地主唯一的子嗣。」

「是嗎？你怎麼知道這件事？」

就像過度興奮時一樣，裴洛拉特又結巴了。「怎……怎麼會有其他小孩在這塊屬地上？」

「你怎麼知道不會另有十幾個？」

「你看到其他小孩了嗎？」

「現在是我在發問。」

此時，另一個機器人拍拍那機器人的手臂，轉移了它的注意力。剛才被派去搜索宅邸的兩個機器人，現在正快步跑回來，然而腳步有些踉蹌。

突然間一片鴉雀無聲，直到它們來到近前，其中一個才以索拉利語開始說話。它一番話講完之後，四個機器人似乎都失去了彈性。一時之間，它們顯得萎靡不振，像是洩了氣一樣。

裴洛拉特說：「它們找到班德了。」崔維茲根本來不及揮手阻止他。

那機器人慢慢轉過身來，以含糊不清的聲音說：「班德地主死了。可是你們剛才那句話告訴我們，你們已經知曉這件事實。怎麼會這樣呢？」

「我怎麼知道？」崔維茲兇巴巴地說。

「你們知道他死了，你們知道在裡面能找到他的屍體。除非你們曾經到過那裡，除非就是你們結束了他的生命，否則你們怎能知道？」那機器人的發音漸漸恢復正常，表示它已經消化了這個震撼，變得比較可以承受了。

此時崔維茲說：「我們怎能殺死班德？他擁有轉換葉突，能在瞬間將我們摧毀。」

「你怎知道轉換葉突能做和不能做些什麼？」

「你剛才提到了轉換葉突。」

「我只不過提到而已，並沒有描述它的特性或功能。」

「我們從一場夢中得知的。」

「這是個不可信的答案。」

崔維茲說：「你假設我們導致班德死亡，這同樣不可信。」

裴洛拉特補充道：「而且無論如何，班德地主若是死了，這塊屬地現在就由菲龍地主控制。地主在這裡，你們必須服從他。」

「我解釋過了，」那機器人說：「轉換葉突尚未發育完成的兒童，不能算是索拉利人，因此他不能成爲繼承人。我們報告了這個壞消息之後，另一個年齡適當的繼承人會盡快飛來。」

「菲龍地主又怎麼辦？」

「根本沒有所謂的菲龍地主。他只是個兒童，而我們的兒童過剩，他會被銷毀。」

寶綺思激動地說：「你不敢。他好歹是個孩子！」

「並不一定由我執行這個行動，」那機器人說：「而且絕非由我做成決定，這要由所有的地主達成共識。然而，在兒童過剩時期，我很清楚他們的決定會是什麼。」

「不行，我說不行。」

「不會有任何痛苦的。但另一艘航具就快到了，當務之急是進入原先的班德宅邸，召開一次全相審議會，以便產生繼承人，並決定怎樣處置你們。把那個兒童交給我。」

寶綺思從裴洛拉特懷中，將陷入半昏迷的菲龍一把搶過來。她緊緊抱著他，試圖用肩膀支撐他的重量，並且說：「不准碰這孩子。」

那機器人再度猛然伸出手臂，同時邁出腳步，想要抓走菲龍。但在它展開行動之前，寶綺思早已迅速閃到一側。然而機器人卻繼續前進，彷彿寶綺思仍站在原地。接著，它全身僵硬地向前栽倒，以雙腳腳尖爲樞軸，直挺挺撲向地面。其他三個機器人則站在原處靜止不動，眼神一律渙散無光。

寶綺思開始哭泣，還帶著幾分憤怒。「我幾乎找到了適當的控制法，它卻不給我最後一點時間。我沒有選擇餘地，只好先下手爲強，現在這四個都停擺了。趁著援軍尚未降落，我們趕緊上太空艇吧。我現在身心俱疲，再也無法對付其他機器人了。」

第五篇　梅爾波美尼亞

第十三章：遠離索拉利

56

離去的過程可謂一團混亂。崔維茲撿起那兩件已經失效的武器，打開氣閘，一夥人便跌跌撞撞進了太空艇。直到他們飛離地表，崔維茲才注意到菲龍也被帶了上來。

若非索拉利人的飛航技術並不高明，他們也許就無法及時逃脫。那艘前來增援的索拉利航空器，花在降落與著地的時間簡直長得不像話。反之，**遠星號**的電腦幾乎在一剎那間，就讓這艘重力太空艇垂直升空。

以如此高速升空，原本會產生難以承受的加速效應，但由於**遠星號**隔絕了重力作用，慣性也就因而消失，所以能將加速效應完全除去。縱然如此，它卻無法消除空氣阻力的效應，是以外殼溫度急遽上升，增溫速率遠遠超過艦隊規定（或太空艇規範）的合理上限。

升空時，他們看到第二艘索拉利航空器已經降落，此外還有幾艘正在接近。崔維茲不知道寶綺思能對付多少機器人，但他判斷，他們若在地面多耽擱十五分鐘，一定就會被大群機器人吞沒。

一旦進入太空（或說幾乎到達太空，周圍只剩「行星外氣層」的稀薄分子），崔維茲立刻朝行星的夜面飛去。那只是一段很短的航程，因為他們離開地表時，正巧是日落時分。在黑暗中，**遠星號**可以較快冷卻，並能繼續循著螺線緩緩飛離這顆行星。

此時，裴洛拉特從他和寶綺思共用的艙房走出來。他說：「那孩子現在安穩地睡著了。我們曾教他如何使用廁所，他學來毫不費力。」

「這沒什麼好驚訝的，那座宅邸中一定有類似的設備。」

「我在那裡一間也沒看到，其實我一直在找。」裴洛拉特若有所感地說：「要是我們再遲一刻回太空艇，我就憋不住了。」

「我們都一樣。但為什麼把那孩子也帶上來？」

裴洛拉特歉然地聳了聳肩。「寶綺思不願丟下他，像是想挽救一條命，來彌補被她害死的另一條命。她受不了……」

「我懂。」崔維茲說。

裴洛拉特說：「這孩子的形體非常奇怪。」

「既然是雌雄同體，就在所難免。」崔維茲說。

「他有兩顆睪丸，你知道吧。」

「幾乎不可能沒有。」

「還有一個我只能形容為非常小的陰道。」

崔維茲扮了個鬼臉。「噁心。」

「並不盡然，葛蘭，」裴洛拉特抗議道：「這剛好符合他的需要。他只要產出一個受精卵細胞，或是一個很小的胚胎，這個新生命就能在實驗室中發育，而且我敢說，是由機器人負責照顧。」

「萬一他們的機器人系統發生故障，那又會如何？萬一發生那種情形，他們就無法產生能夠存活的下一代。」

「任何一個世界，倘若社會結構完全故障，都會陷入嚴重危機。」

「不會像索拉利人那麼嚴重，使我忍不住為他們掉眼淚。」

「嗯，」裴洛拉特說：「我承認它似乎不是非常迷人的世界，我是指對我們而言。但問題出在索拉利人和索拉利的社會結構，因為兩者都跟我們完全不同，我親愛的兄弟。可是去掉了索拉利人和機器人，你將發現那個世界……」

「可能會開始崩潰，像奧羅拉現在那樣。」崔維茲說：「寶綺思怎麼樣，詹諾夫？」

「只怕是累垮了，她正在睡覺。她有一段很不好過的經歷，葛蘭。」

「我也不覺得有多麼好過。」

崔維茲閉上眼睛。他已經決定，一旦確定索拉利人沒有太空航行能力，他立刻要睡上一覺，好好放鬆一下。而直到目前為止，根據電腦的報告，太空中並未發現任何人工物件。

想到他們造訪過的兩個太空世界，他心中便充滿苦澀。一個上面有滿懷敵意的野狗，另一個則有滿懷敵意的雌雄同體獨居者，而兩處都找不到一絲有關地球下落的線索。他們到過那兩個世界的唯一證明，只有菲龍這個孩子。

他張開眼睛，裴洛拉特仍坐在電腦另一側，神情嚴肅地望著他。

崔維茲突然以堅定的語氣說：「我們應該把那個索拉利小孩留在原地。」

裴洛拉特說：「可憐的小傢伙，他們會殺了他。」

「即使這樣，」崔維茲說：「他仍舊屬於那裡，是那個社會的一部分。被視為多餘而遭處死，是他命該如此。」

「喔，我親愛的夥伴，這實在是鐵石心腸的看法。」

「這是理性至上的看法。我們不知道如何照顧他，他跟我們在一起，也許會多吃不少苦頭，到頭來仍舊難免一死。他吃些什麼東西？」

「我想我們吃什麼他就吃什麼，老友。事實上，問題是我們要吃什麼？我們的存糧究竟還剩多少？」

「很多，很多，即使多一位乘客也不用愁。」

聽到這個答案，裴洛拉特並未顯得多麼高興。他說：「那些食物已經變得十分單調。我們應該在康普隆補充些，雖然他們的烹飪術不太高明。」

「我們做不到。你應該沒忘記，我們走得相當匆忙，離開奧羅拉時也一樣，而離開索拉利時尤其匆忙。單調一點又有什麼關係？雖然破壞了用餐情趣，卻能讓我們活命。」

「如果有需要，我們有沒有可能找些新鮮食物？」

「隨時都行，詹諾夫。擁有一艘重力太空艇，上面又有幾具超空間引擎，整個銀河也只算小地方。幾天之內，我們便可到達任何一處。只不過銀河中半數的世界都在留意我們的太空艇，因此我寧願暫時避避風頭。」

「我想那也對。不過，班德似乎對這艘太空艇沒興趣。」

「他可能根本沒意識到有這艘太空艇，我想索拉利人早就放棄了太空航行。他們最大的心願便是完全遺世獨立，如果在太空中不停地活動，到處宣傳自身的存在，他們幾乎不可能享有與世無爭的日子。」

「我們下一步該怎麼辦，葛蘭？」

崔維茲說：「還有第三個世界有待我們造訪。」

裴洛拉特搖了搖頭。「根據前面兩個來判斷，我對另一個不抱太大希望。」

「目前我也不抱什麼希望。但我小睡片刻後，就要讓電腦繪出飛往第三個世界的航線。」

57

崔維茲這一覺睡得比預期長了許多，但這並沒有什麼關係。在太空艇上，根本沒有自然的日夜，「近似晝夜節律」也從未絕對遵循。一天有幾小時是人爲的規定，而諸如飲食或睡眠的自然作息規律，崔維茲與裴洛拉特就常常無法與時鐘同步（寶綺思尤其如此）。

當崔維茲在浴室擦拭身體時（由於務必節約用水，肥皂泡最好別用水沖，只要擦掉就好），曾認眞考慮要不要再睡一兩個鐘頭。但他轉過身來之際，竟然發現菲龍站在面前，跟他自己一樣全身赤裸。

他不由自主往後一跳。這種單人盥洗間相當狹窄，一跳之下，身體某部分注定會撞到堅硬的物體，他馬上發出「哼」的一聲。

菲龍好奇地盯著他，並伸手指著他的陰莖。崔維茲聽不懂他說些什麼，但從這孩子的神情看得出來，他似乎感到不可置信。爲了讓自己心安，崔維茲只好用雙手遮住陰部。

然後，菲龍以一貫的高亢聲調說：「你好。」

這孩子竟然會說銀河標準語，令崔維茲有些吃驚，不過聽他的口氣，好像是硬生生背下來的。

菲龍繼續一個字一個字吃力地說：「寶——綺——思——說——你——洗——我。」

「是嗎？」崔維茲雙手按在菲龍的肩膀，「你——待——在——這——裡。」

他指了指地板，菲龍當然立刻朝他所指的方向望去，看來完全不懂那句話的意思。

「不要動。」崔維茲一面說，一面緊緊抓住孩子的雙臂，按在他身子左右兩側，象徵一種靜止不動的姿勢。然後他趕緊擦乾身體，穿上內衣褲，再套上一條長褲。

他走出去大叫道：「寶綺思！」

在太空艇中，任何兩個人的距離都很難超過四公尺。寶綺思隨即來到她的艙房門口，帶著微笑說：「是你在叫我嗎，崔維茲？還是微風吹過草地所發出的聲音？」

「咱們別說笑了，寶綺思。那是什麼？」他伸出拇指，猛力朝肩膀後面一甩。

寶綺思向他身後望了望，然後說：「嗯，看來像是我們昨天帶上來的小索拉利人。」

「是你帶上來的，你爲什麼要我幫他洗澡？」

「我以爲你會樂意幫忙。他是個非常聰明的小傢伙，銀河標準語學得很快，而且我解釋過的事他絕不會忘記。當然啦，我一直從旁幫助他。」

「自然如此。」

「沒錯，我讓他保持冷靜。在索拉利上經歷混亂場面時，我讓他大多數時間都處於茫然狀態，後來，又設法讓他在太空艇上睡了一覺。現在我試圖稍微轉移他的心思，讓他不再那麼想念失去的機器人，他顯然非常喜愛那個健比。」

「結果他就喜歡待在這裡了，我想。」

「希望如此。他的適應力很強，因爲他還小，而在不過度影響他心靈的原則下，我盡量鼓勵這一點。我還準備教他說銀河標準語。」

「那麼你去幫他洗澡，懂不懂？」

寶綺思聳了聳肩。「我會的，假如你堅持的話，但我希望讓他覺得我們大家都很友善。如果我們每個人都分擔些保母的工作，會很有幫助的，這方面你當然能合作。」

「絕不是合作到這種程度。還有你幫他洗完澡後，就把他弄走，我要跟你談談。」

寶綺思道：「你說把他弄走是什麼意思？」她的語氣突然透出敵意。

「我不是說把他從氣閘拋出去，我的意思是把他弄到你的艙房，叫他乖乖坐在一角。我要跟你談談。」

「任憑你吩咐。」她冷冷地說。

他一面瞪著她的背影，一面試圖撫平自己的怒氣。然後他走進駕駛艙，開啓了顯像螢幕。

索拉利星現在是個黑色圓盤，左側有一道彎成新月形的光芒。崔維茲將雙手放到桌面上，開始與電腦進行接觸，竟然發現火氣立即平息。想要使心靈與電腦有效地聯結，就必須保持心平氣和，久而久之，制約反射作用便將兩者聯繫在一起。

以**遠星號**爲中心，以他們目前與那顆行星的距離爲半徑，整個範圍內沒有任何人工物件。由此可以判斷，索拉利人（或他們的機器人）不能也不會再跟蹤他們。

還不錯。這樣的話，現在他大可駛離夜面陰影。事實上，只要他繼續遠離索拉利，這顆行星呈現的圓盤便會愈來愈小，而當它變得比遠方（體積大許多倍）的太陽更小時，陰影無論如何都會消失。

同時，他指示電腦將太空艇駛離行星軌道面，因爲這樣能使加速過程安全許多。如此一來，他們便能更快到達某個空間曲率夠小的區域，進行安全無虞的躍遷。

和往常一樣，他又開始凝視遠方的恆星。那些靜寂而亙古不變的星體，幾乎帶來一種催眠效應。它們本身的動盪不定已被長距離遮掩，呈現眼前的只有一個個光點。

其中一個光點，當然就是地球所環繞的太陽——史上第一個太陽。在它的熱輻射下誕生了生命，在它的庇蔭下演化出了人類。

當然，如果太空世界所環繞的那些恆星，雖然既明亮又顯眼，卻皆未收錄在銀河地圖中，那麼，同樣的情形也可能發生在「那個太陽」上。

或者，是否只有太空世界的太陽被故意遺漏，因爲早年曾有什麼條約協定，讓它們得以遺世獨立？會不會地球之陽雖然收錄於銀河地圖中，卻跟無數類似的、不含可住人行星的恆星混在一起了？

畢竟，銀河中這類恆星總共三百億顆左右，卻只有大約千分之一的軌道上有可住人行星。以他目前的位置爲中心，周圍幾百秒差距範圍內，也許只有一千顆這樣的可住人行星。他是否該將其他恆星逐一篩選，將所有的行星都找一遍？

或者，第一個太陽其實根本不在銀河這一區？還有多少星區的居民，深信那個太陽是他們的近鄰，而自己是最早一批殖民者的後裔？

他需要更多的資料，目前爲止他什麼也沒有。

當初即使會在奧羅拉的萬年廢墟中進行最仔細的搜尋，他也十分懷疑能否找到地球的下落。至於索拉利人，他更是懷疑他們能提供任何相關資料。

而且，如果有關地球的所有資料，都從川陀那座偉大的圖書館消失了，又如果蓋婭偉大的集體記憶，對地球也完全一片空白，那麼，在那些失落的太空世界上，幾乎不可能有任何資料得以倖免。

假如他純粹出於運氣，竟然找到了地球之陽，進而找到了地球——會不會有什麼外力使他對這個事實渾然不覺？地球的防衛果眞滴水不漏嗎？它保持隱匿的決心果眞如此堅決嗎？

他究竟是在尋找什麼？是地球嗎？或是他認爲（並無明確理由）能在地球上找到謝頓計畫的漏洞？

如今，謝頓計畫已運作了五個世紀，（據說）最終將帶領人類抵達一個安全的港灣——第二銀河帝國，它將比第一帝國更偉大、更崇高、更自由。可是他，崔維茲，卻否定了第二帝國，轉而支持蓋婭星系。

蓋婭星系將是個巨大的生命體，而第二銀河帝國不論如何龐大，如何多樣化，也只是衆多獨立生命體的集合，相較於蓋婭星系，那些生命體僅僅具有微觀尺度。人類自發跡以來，不知已建構出多少的個體集合，第二銀河帝國雖然有可能是其中最大最好的一個，仍舊無法脫離既有的框架。

蓋婭星系則是個完全不同的組織，要比第二銀河帝國更爲理想。因此謝頓計畫必定存在著瑕疵，卻連偉大的哈里·謝頓自己都忽略了。

但如果是連謝頓都忽略的瑕疵，崔維茲又怎麼可能修正呢？他不是數學家，對謝頓計畫的細節一概不知，百分之百沒有概念。而且，即使有人能夠爲他解釋，他仍然會一竅不通。

他知道的只是兩個假設——必須牽涉到爲數衆多的人類，而且他們都不知道最終的目的。只要想想整個銀河的龐大人口，第一個假設便不證自明；至於第二個假設也一定正確，因爲知道計畫細節的只有第二基地份子，而他們的保密功夫極爲到家。

唯一的可能，就是還有一個並未言明的假設，一個大家都視爲理所當然的假設。由於它實在太過明顯，所以從來沒有人提到或想到，但它卻有可能不成立。而這個假設若不成立，就會使謝頓計畫的偉大目標大打折扣，使蓋婭星系比第二帝國更勝一籌。

可是，倘若這個假設如此顯而易見，如此理所當然，甚至從未陳述出來，它又怎麼可能有錯呢？而如果從來沒有人提及或想到，崔維茲又怎麼知道有這回事？此外，即使他猜到了它的存在，對它的本質又能有什麼概念？

難道他眞是那個崔維茲，一個擁有百分之百正確直覺的人，正如蓋婭所堅稱的？他是否總是知道怎麼做才正確，即使不知自己爲何要那樣做？

現在他正逐一探訪所知的每個太空世界。這樣做是正確的嗎？太空世界上眞有答案嗎？或者至少擁有初步的線索？

奧羅拉除了廢墟與野狗之外，還有什麼呢？（想必還有些兇猛的動物，例如狂暴的野牛？過大的野鼠？行動鬼祟的綠眼野貓？）索拉利雖未荒蕪，可是除了機器人與懂得轉換能量的人類，上面還有什麼別的嗎？除非這兩個世界保有地球下落的祕密，否則它們跟謝頓計畫還有什麼關聯？

而它們若眞的藏有地球的祕密，地球與謝頓計畫又有什麼關聯呢？這一切只是瘋狂的想法嗎？對於自己料事如神的狂想，他是否聽得太多又太認眞了？

一股沉重無比的羞愧感向他撲來，壓得他幾乎無法呼吸。他望了望艙外遙不可及、與世無爭的群星，暗自想道：我一定是銀河中的頭號大笨蛋。

58

寶綺思的聲音打斷了他的思緒。「好啦，崔維茲，你爲什麼要見……有什麼不對勁嗎？」她突然改用關心的語氣問道。

崔維茲抬起頭，發現一時之間很難擺脫沉重的心情。他瞪著她說：「沒有，沒有，沒什麼不對勁。我——我只不過想得出了神。反正，我三天兩頭會陷入沉思。」

他知道寶綺思能讀出他的情緒，因此有些不自在。她只對他做過口頭承諾，說她會主動避免偷窺他的心靈。

然而，她似乎接受了他的解釋。她說：「裴洛拉特跟菲龍在一起，在教他簡單的銀河標準語。我們吃的東西，那孩子好像都能吃，他並沒有過分挑嘴。但你要見我是為了什麼？」

「嗯，別在這裡講。」崔維茲說：「電腦現在不需要我，如果你願意到我的艙房來，床鋪已經整理好了，你可以坐在上面，我嘛就坐在椅子上。或者你喜歡的話，倒過來也行。」

「無所謂。」於是他們走了幾步，來到崔維茲的艙房。她仔細盯著他，然後說：「你似乎不再發火了。」

「你在檢視我的心靈？」

「絕對沒有，只是在檢視你的臉色。」

「我不是發火。我偶爾會發一小陣子脾氣，但那不等於發火。不過，如果你不介意，我得問你一些問題。」

寶綺思坐在崔維茲的床上，身子挺得筆直，寬頰臉龐與黑色眼珠透出一種莊重的神情。她的及肩黑髮梳理得很整齊，纖纖素手輕輕抓著膝頭。從她身上，還散發出一陣淡淡的幽香。

崔維茲微微一笑。「你打扮得很美麗。我猜你是認為，我不會對一個年輕漂亮的女孩拚命大吼大叫。」

「如果能讓你覺得好過些，隨便你怎樣吼怎樣叫都行，我只是不希望你對菲龍大吼大叫。」

「我不想那樣做。事實上，我也無意對你大吼大叫，我們不是決定做朋友了嗎？」

「蓋婭對你的態度一貫都是友善，崔維茲。」

「我不是在說蓋婭。我知道你是蓋婭的一部分，也可以說你就是蓋婭，但你有一部分仍是個體，至少在某個程度之內。我是在跟那個個體交談，是在對一個叫寶綺思的人講話，我不理會——或說盡量不理會蓋婭。我們不是決定做朋友了嗎，寶綺思？」

「對啊，崔維茲。」

「那麼，在索拉利上，當我們離開那座宅邸，來到太空艇附近時，你爲何遲遲不對付那些機器人？我遭到羞辱，又受到實質傷害，而你卻袖手旁觀。儘管每耽擱一秒鐘，都可能有更多的機器人到達現場，數量多得足以將我們吞沒，你卻一直袖手旁觀。」

寶綺思以嚴肅的目光望著他。「我沒有袖手旁觀，崔維茲。我在研究那幾個守護機器人的心靈，試圖瞭解如何操縱它們。」她彷彿無意爲自己的行爲辯護，只是在做一番解釋。

「我知道你當時在那樣做，至少你自己是這麼說的，我只是不懂那樣做有什麼意義。爲什麼要企圖操縱那些心靈？你當時有足夠的力量毀掉它們，正如你最後所採取的行動。」

「你認爲毀滅一個智慧生靈是件簡單的事嗎？」

崔維茲噘了噘嘴，做出一個不以爲然的表情。「得了吧，寶綺思，一個智慧生靈？它只不過是個機器人。」

「只不過是個機器人？」她的聲音透出些許怒意，「總是這種論調，只不過，只不過！那個索拉利人班德，爲什麼遲遲不殺害我們？我們只不過是不具轉換葉突的人類。爲什麼我們不忍留下菲龍自生自滅？他只不過是個索拉利人，還是個未成年的索拉利人。假如你用『只不過這個，只不過那個』的論調，跟你想要除去的任何人或任何事物劃清界線，你就能毀掉任何東西，因爲你總有辦法將它們劃入某些範疇。」

崔維茲說：「別將一個完全合理的說法延伸到極端，否則只會顯得荒唐可笑。機器人就是機器人，這點你無法否認。它不是人類，沒有我們所謂的智慧；它只是機器，只會模仿智慧生靈的表象。」

寶綺思說：「你對它一無所知，竟然一句話就將它否定。我是蓋婭——沒錯，我也是寶綺思，但我仍是蓋婭——我是一個世界，這個世界認爲它的每個原子都相當珍貴且意義重大，而由原子所構成的各種組織，則更加珍貴、更有意義。我／們／蓋婭不會輕易破壞任何組織，反之，我們總是樂於將它們建構成更複雜的組織，只要那樣做不會危害到整體。

「在我們所知的各種組織中，最高形式者能生出智慧。若非有萬不得已的苦衷，我們不願毀掉任何智慧。至於究竟是機械智慧或生化智慧，則幾乎沒有差別。事實上，守護機器人代表一種我／們／蓋婭從未見過的智慧。研究它是求之不得的事，毀掉它則是不可想像的——除非是在極端危急的情況下。」

崔維茲以諷刺的口吻說：「當時，有三個更重要的智慧命在旦夕：你自己，你的愛人裴洛拉特，還有，如果你不介意的話，我也算一個吧。」

「四個！你總是忘記把菲龍計算在內。這些性命還談不上有何凶險，我這麼判斷。聽我說，假如你面對一幅畫，一件偉大的藝術傑作，它不知爲何威脅到了你的生命，而你需要做的，只是找枝粗筆，在它上面猛然亂畫一通，讓這幅畫從此完蛋，你的命就能保住。可是另一方面，假如你能細心研究這幅畫，然後在這裡畫上一筆，那裡點上一點，又在另一處擦掉一小部分，藉著諸如此類的方法，你就足以改造這幅畫，避免自己的生命受到威脅，卻不會損毀它的藝術價值。當然，要進行那樣的改造，必須花下最大的苦心和耐心，需要很多時間才能完成。但如果時間允許，除了你自己的性命，你一定也會願意拯救這幅畫。」

崔維茲說：「大概會吧，但你最後還是徹底毀掉了那幅畫。你大筆一揮，將細緻的筆觸和用色破壞殆盡，使精緻的形影和構圖面目全非。當一個小小雌雄同體性命受到威脅時，你馬上就那樣做了。可是在此之前，對於我們面臨的危險，還有你自身面臨的危險，你卻完全無動於衷。」

「當時我們這些外星人士沒有立即危險，可是我覺得菲龍突然身陷險境。我必須在守護機器人和菲龍之間做出抉擇，不能浪費任何時間，所以我選擇了菲龍。」

「眞是這樣嗎，寶綺思？你將兩個心靈迅速衡量了一遍，迅速判斷出哪個較複雜且較有價值？」

「沒錯。」

崔維茲說：「我卻以爲，那是因爲站在你面前的是個孩子，是個性命受到威脅的孩子。不論原先三個成人命在旦夕之際，你心中如何盤算，母性本能立刻將你攫獲，令你毫不猶豫地出手救他。」

寶綺思微微漲紅了臉。「或許有那麼一點成分在內，但並不像你冷嘲熱諷所說的那樣。在我的行動背後，也有理性的想法。」

「我很懷疑。如果背後有什麼理性的想法，你就應該考慮到一件事實：那孩子面臨的是自己社會中注定的共同命運。爲了維持那個世界的低數量人口，以符合索拉利人心目中的標準，天曉得已有幾千幾萬個小孩遭到處決。」

「情況沒有那麼單純，崔維茲。那孩子難逃一死，是因爲他過於年幼，無法成爲繼承人，而這又是因爲他的單親過早死亡，歸根結柢則是因爲我殺了他的單親。」

「當時不是他死就是你亡。」

「這不重要。我的確殺了他的單親，所以我不能坐視那孩子因我的行動而遭到殺害。此外，蓋婭從未研究過那種大腦，這剛好是個難得的機會。」

「只是個孩子的大腦。」

「它不會永遠是個孩子的大腦，它會在兩側發育出轉換葉突。那種葉突帶給一個索拉利人的能力，整個蓋婭都望塵莫及。我只不過為了維持幾盞燈的電力，以及啓動一個裝置來打開一扇門，就累得筋疲力盡了。班德卻能保持整塊屬地的電力源源不絕，連睡覺時都不例外，而且他的屬地跟我們在康普隆所見的城市相比，複雜度不相上下，面積則更廣大。」

崔維茲說：「那麼，你是將這孩子視為大腦基礎研究的重要資源？」

「就某方面而言，的確如此。」

「我卻不這麼認為。對我而言，我們好像帶了一件危險物品上來，有很大的危險。」

「什麼樣的危險？在我的幫助下，他會百分之百適應。他極端聰明，也已經顯現出對我們的好感。我們吃什麼他就吃什麼，我們去哪裡他就去哪裡。從他的腦部，我／們／蓋婭能獲得許多無價的知識。」

「萬一他生出下一代呢？他不需要配偶，他自己就是自己的配偶。」

「他還要經過許多年，才會達到生育的年齡。太空族的壽命長達好幾世紀，而且索拉利人向來不想增加人口，延緩生殖也許早已是他們的習性，菲龍在短期內不會有孩子的。」

「你怎麼知道？」

「我不知道，我只是訴諸邏輯。」

「我告訴你，菲龍會帶來危險。」

「你並不知道，也並未訴諸邏輯。」

「寶綺思，此時此刻，我感覺到了，根本不需要理由。還有，堅稱我的直覺永遠正確的人，是你而不是我。」

寶綺思皺起眉頭，顯得坐立不安。

59

裴洛拉特在駕駛艙門口停下腳步，帶著幾分不安的神情向內探望，像是想判斷崔維茲是否在專心工作。

崔維茲雙手放在桌面上，當他成為電腦的一部分時，總是維持這種姿勢，他的雙眼則凝視著顯像螢幕。因此，裴洛拉特斷定他正在工作，於是耐心地等在外面，盡量靜止不動，避免打擾或驚動他。

最後，崔維茲終於抬頭望向裴洛拉特，卻也不算完全意識到他的存在。當崔維茲與電腦融為一體時，目光似乎總是有點呆滯渙散，好像他正以異乎常人的方式看著、想著、活著。

但他還是向裴洛拉特點了點頭，彷彿眼前的景象通過重重障礙，終於遲緩地映到他腦部的視葉。又過了一會兒，他才舉起雙手，露出微笑，眞正恢復了自我。

裴洛拉特帶著歉意道：「我恐怕妨礙到你了，葛蘭。」

「沒什麼大不了的，詹諾夫。我只是在進行測試，看看我們現在能否進行躍遷。我們剛好可以了，但我想再等幾小時，希望運氣會更好些。」

「運氣，或是隨機因素，和躍遷有關係嗎？」

「我只不過隨口說說，」崔維茲笑著答道：「但理論上而言，隨機因素的確有關。你找我有什麼事？」

「我可以坐下嗎？」

「當然可以，但還是去我的艙房吧。寶綺思還好嗎？」

「非常好。」他清了清喉嚨，「她又睡著了，她一定要睡夠，你應該瞭解。」

「我完全瞭解，因爲超空間分隔的關係。」

「完全正確，老弟。」

「菲龍呢？」崔維茲靠在床上，將椅子讓給裴洛拉特。

「從我的圖書館找出的那些書，你用電腦幫我印出的那些，那些民間故事，記得嗎？他正在讀呢。當然啦，他只懂得極其有限的銀河標準語，但他似乎很喜歡唸出那些字。他——我心中總是將他想成男生，你認爲這是什麼緣故，老夥伴？」

崔維茲聳了聳肩。「也許因爲你自己是男生。」

「也許吧，你可知道，他簡直聰明絕頂。」

「我絕對相信。」

裴洛拉特猶豫了一下，又說：「我猜你並不很喜歡菲龍。」

「我對他本身絕無成見，詹諾夫。我從未有過小孩，通常也不會對小孩特別有好感。我好像記得，你倒是有子女。」

「有個兒子。我還記得，當他是個小男生的時候，那的確是一大樂趣。這也許就是我將菲龍想成男生的原因，他讓我又回到了四分之一世紀前。」

「我絕不反對你喜歡他，詹諾夫。」

「你也會喜歡他的，只要你給自己一個機會。」

「我相信會的，詹諾夫。或許哪一天，我眞會給自己一個機會。」

裴洛拉特再度猶豫起來。「我還知道，你一定厭煩了跟寶綺思爭論不休。」

「事實上，我想我們不會再有太多爭論了，詹諾夫，我和她眞的愈來愈融洽。幾天前，我們甚至做過一次理性的討論——沒有大吼大叫，也沒有互相指責——討論她爲何遲遲不令那些守護機器人停擺。畢竟，她三番兩次拯救我們的性命，我總不能吝於對她伸出友誼之手，對不對？」

「沒錯，我看得出來。但我所謂的爭論不是指吵架，我的意思是，你們不停地辯論蓋婭星系和個體孰好孰壞。」

「喔，那件事！我想那會繼續下去——很有風度地。」

「如果在這場辯論中，葛蘭，我站在她那一邊，你會不會介意？」

「絕對不會。請問是你自己接受了蓋婭星系的理念，還是因爲和寶綺思站在一邊，會讓你感到比較快樂？」

「老實說，是我自己的看法，我認爲蓋婭星系的時代很快會來臨。你親自選擇了這個方向，而我愈來愈相信這是個正確的抉擇。」

「只因爲那是我的選擇？這不成理由。不論蓋婭怎麼說，你該知道，我都還是有可能犯錯。所以，別讓寶綺思用這個理由說服你。」

「我認爲你並沒有錯。這是索拉利給我的啓示，不是寶綺思。」

「怎麼說？」

「嗯，首先，我們是孤立體，你我都是。」

「那可是她的用語，詹諾夫，我比較喜歡自稱爲個體。」

「這只有語意學上的差異，老弟，隨便你喜歡怎麼稱呼都行。我們都包裹在各自的皮囊中，被各自的思想籠罩，我們最先想到的是自己，最重視的也是自己。自衛是我們的第一自然法則，即使會傷害到其他人也不在乎。」

「歷史上也有許多人物，曾經犧牲自己成全別人。」

「那是很罕見的現象。歷史上更多的例子，是犧牲他人最深切的需要，以滿足自己愚蠢的異想天開。」

「這和索拉利又有什麼關係？」

「這個嘛，在索拉利，我們看到孤立體——或者你喜歡說個體也行——會變得多麼極端。索拉利人幾乎無法跟自己的同胞分享一個世界，他們認爲絕對孤獨的生活才是完全的自由。他們甚至跟自己的子嗣沒有任何親情，當人口過多時就會殺掉他們。他們在身邊佈滿機器人奴隸，自己替這些機器人供應電力，所以在他們死了之後，整個龐大的屬地也就形同死亡。這是值得讚美的嗎，葛蘭？你能將它跟蓋婭的高貴、親切、互相關懷相提並論嗎？寶綺思根本沒有和我討論過，這是我自己的感受。」

崔維茲說：「這的確像是你該有的感受，詹諾夫，我完全同意。我認爲索拉利的社會實在可怕，但它並非始終如此。他們的遠祖是地球人，近代的祖先則是太空族，那些祖先過的生活都很正常。索拉利人由於某種原因，選擇了一條通往極端的道路，但你不能根據特例來下結論。在整個銀河數千萬的住人世界中，你知道還有哪個——不論過去或現在——擁有類似甚至只是稍微雷同索拉利的社會嗎？即使索拉利人自己，若非濫用機器人，又怎麼會發展出這樣的社會？一個由個體組成的社會，假如沒有機器人，有可能演化出索拉利這種程度的恐怖嗎？」

裴洛拉特的臉稍稍抽動了一下。「你對每件事都過於吹毛求疵，葛蘭。至少我的意思是說，你在爲被你自己否定的銀河型態辯護時，似乎也相當理直氣壯。」

「我不會一竿子打翻一船人。蓋婭星系自有其理論基礎，等我找到了，我自然會知道，到時候我一定接受。或者說得更精確點，『如果』我找到了。」

「你認爲自己有可能找不到嗎？」

崔維茲聳了聳肩。「我怎麼曉得？你可知道我爲什麼要再等幾小時才進行躍遷？我甚至可能說服自己再多等幾天，但這是何苦呢？」

「你說過，多等一下會比較安全。」

「沒錯，我是那樣說過，可是我們現在夠安全了。我眞正害怕的，是我們打算造訪的三個太空世界，通通讓我們無功而返。我們只有三組座標，而我們已用掉兩個，每次都是僥倖死裡逃生。即使如此，我們仍未獲得有關地球的任何線索，事實上，連地球是否存在都還無法肯定。現在我正面對第三個，也是最後一個機會，萬一還是令我們失望，那該怎麼辦？」

裴洛拉特嘆了一口氣。「你可知道有些民間故事——其實，我給菲龍練習閱讀的就有一則——內容是說某人能許三個願望，但只有三個而已。在這類情節中，『三』似乎是個很重要的數字，或許因爲它是第一個奇數，所以是能做出決定的最小數字。你也知道，所謂的三戰二勝。重點是在這些故事裡，那些願望都沒有派上用場，從來沒有人許過正確的願望。我一直有個想法，認爲那代表一種古老的智慧，意思是沒有不勞而獲的事，你的心願得憑努力來換取，而不是……」

他突然住口，顯得很不好意思。「抱歉，老友，我在浪費你的時間。一談到自己的本行，我就很容易喋喋不休。」

「我覺得你的說法總是很有趣，詹諾夫，我願意接受這個比喻。我們得到三個願望，已經用掉兩個，還沒有任何收穫，現在只剩最後一個了。不知怎麼搞的，我確定我們將再度失敗，所以我希望多拖一陣子，這就是我把躍遷盡量往後延的原因。」

「萬一又失敗了，你打算怎麼辦？回蓋婭？回端點星？」

「喔，不。」崔維茲一面搖頭，一面細聲道：「必須繼續找下去——但願我知道該如何進行。」

第十四章：死星

60

崔維茲覺得很沮喪。這趟尋找從開始到現在，他的幾個小勝利都沒有什麼重要性，只算暫時讓失敗擦身而過。

現在，他延後了躍遷到第三個太空世界的時間，結果令其他人也感染到不安的情緒。當他終於下定決心，必須讓電腦將太空艇駛入超空間時，裴洛拉特站在駕駛艙門口，一臉嚴肅的表情，寶綺思則位於他後側。就連菲龍也站在那裡，緊緊抓住寶綺思的手，面容嚴肅地盯著崔維茲。

崔維茲抬起頭，目光從電腦移開，帶著幾分火氣說：「好一個全家福！」他會這麼說，純粹是由於心神不寧。

他開始指示電腦進行躍遷，故意安排當重返普通空間時，讓太空艇與目標恆星的距離超過實際需要。他告訴自己，那是因爲在前兩個太空世界上發生的事，讓他學到了謹愼的重要性，但事實上他並不相信這種解釋。他知道，在自己內心深處，其實是希望在重返普通空間時，和那顆恆星還有相當的距離，因而無法確定它究竟有沒有可住人行星。這能讓他多做幾天太空旅行，然後才揭曉謎底，並（也許）不得不面對失敗的苦果。

因此，這時在「全家福」的觀禮下，他深深吸了一口氣，憋了一會兒，再像吹口哨似地吐出來。與此同時，他對電腦下達最後一道指令。

群星的圖樣默默進行著不連續的變化。最後，顯像螢幕變得較爲空洞，因爲他們已經來到一處恆星較疏的區域。在靠近中央的位置，可以見到一顆閃閃發亮的星辰。

崔維茲咧嘴大笑，因爲這也算一項勝利。畢竟，第三組座標可能是錯的，可能根本看不到符合條件的G型恆星。他看了其他人一眼，然後說：「就是它，第三號恆星。」

「你確定嗎？」寶綺思輕聲問。

「注意看！」崔維茲說：「我要把螢幕轉成電腦銀河地圖的同心畫面，如果那顆明亮的恆星消失了，就代表地圖沒有收錄，它就一定是我們要找的那顆。」

電腦立即回應他的指令，那顆行星在瞬間消失，連一點過程都沒有，彷彿從來不曾存在。其他星像卻絲毫未受影響，看來仍是那般莊嚴壯麗。

「我們找到了。」崔維茲說。

即使如此，他還是讓**遠星號**慢速前進，速度僅維持在普通速度的一半。還有一個謎底尙未揭曉，那就是可住人行星是否存在，但他並不急於找出答案。甚至飛行了三天後，這個問題仍然沒有任何進展。

不過，或許不能說毫無進展。有一顆距離中心非常遙遠的氣態巨星，環繞著這顆恆星運轉，其白晝區映出黯淡的黃色光芒。從他們目前的位置看來，它就像一彎肥厚的新月。

崔維茲並不喜歡它的模樣，但盡量不表現出來。他像個有聲旅行指南一樣，以平板的語調說：「那裡有一顆很大的氣態巨星，看起來相當壯觀。現在我們可以看到，它有一對細薄的行星環，還有兩顆碩大的衛星。」

寶綺思說：「大多數行星系都具有氣態巨星，對不對？」

「沒錯，可是這顆相當大。根據兩顆衛星的距離，以及兩者的公轉週期判斷，這顆氣態巨星的質量約爲可住人行星的兩千倍。」

「那有什麼差別？」寶綺思說：「氣態巨星就是氣態巨星，不論是大是小，對不對？它們距離所環繞的恆星總是極爲遙遠，而由於過大和過遠，所以一律不適宜住人。想要發現可住人行星，我們必須到那顆恆星附近去找。」

崔維茲遲疑了一下，便決定公佈實情。「問題是，」他說：「氣態巨星會將附近的太空掃乾淨一大片。沒被它們吸收到自身結構中的物質，則會聚結成相當大的天體，形成它們的衛星系。它們阻止了其他的聚結現象，影響力甚至能達到很遠的距離。所以氣態巨星愈大，就愈有可能是唯一的大型行星；除了那顆氣態巨星，行星系中只會有些小行星。」

「你的意思是，這裡沒有可住人行星？」

「氣態巨星愈大，可住人行星存在的機會就愈小。這顆氣態巨星如此龐大，簡直就是一顆矮恆星。」

裴洛拉特說：「我們可以看看嗎？」

於是三人一起盯著螢幕。（菲龍正在寶綺思的艙房看書。）畫面不斷放大，直到那個新月形佔滿整個螢幕。一條細長的黑線跨越新月的上半部，那當然是行星環造成的陰影。行星環本身是一道閃亮的曲線，與行星表面有一小段距離，因此有一小部分延伸到了行星的暗面，然後才被陰影遮蔽。

崔維茲說：「這顆行星的自轉軸對公轉平面的傾角約爲三十五度，而它的行星環當然位於赤道面，所以在目前的軌道位置上，恆星的光線由下方射過來，將行星環投影在赤道上方相當遠處。」

裴洛拉特看得出神。「都是些細小的行星環。」

「事實上，已在平均大小之上。」崔維茲答道。

「根據傳說，在地球所屬的行星系中，那顆具有行星環的氣態巨星，它的環還要更寬、更亮而且更精緻得多，甚至那顆氣態巨星本身也相形見絀。」

「我一點也不驚訝。」崔維茲說：「一個故事口耳相傳上萬年，你認為它會被愈說愈小嗎？」

寶綺思說：「它實在美麗。如果仔細望著那新月形，它似乎會在你眼前翻滾騰挪。」

「那是大氣風暴。」崔維茲說：「如果選取適當波長的光波，一般說來可以看得更清楚些。來，讓我試試看。」他將雙手放到桌面，命令電腦逐一過濾光譜，然後固定在一個適當的波長。

原本微微發亮的新月形，突然變成一團變幻不定的色彩，由於變幻速度實在太快，幾乎令人眼花撩亂。最後，它總算固定成橘紅色。而在新月內部，有許多正在漂移的螺旋狀物體，它們一面運動，一面不斷或收緊或鬆弛。

「真是難以置信。」裴洛拉特喃喃說道。

「太可愛了。」寶綺思說。

沒什麼難以置信，也一點都不可愛，崔維茲難過地想。裴洛拉特與寶綺思都被眼前的美景迷住了，完全沒想到他們所讚美的這顆行星，大大減低了崔維茲解開謎團的機會。可是話說回來，他們為何要想到這些呢？他倆深信崔維茲的選擇正確，兩人只是陪伴他進行求證，本身並沒有心理負擔，自己根本不該責怪他們。

他說：「暗面看來雖然很黑，但我們若能看到波長比可見光稍長一點的光線，就能看出它其實是陰暗深濃的火紅色。這顆行星向太空放出大量的紅外輻射，因為它大到了幾乎紅熱的程度。它已經超越氣態巨星，簡直就是一顆『次恆星』。」

他停了半晌，又繼續說：「現在，我們暫時把它拋在腦後，開始尋找可能存在的可住人行星。」

「也許眞的存在。」裘洛拉特帶著微笑說：「別放棄，老夥伴。」

「我尚未放棄。」崔維茲雖然這樣說，自己卻不怎麼有信心。「行星形成的過程太複雜，無法建立一套嚴格規律，我們只能以機率來討論。有那個龐然大物在太空中，機率便會降低許多，可是並不等於零。」

寶綺思說：「你何不這樣想——前面兩組座標，分別提供了一個太空族居住的行星，那麼這第三組座標，既然已經提供一顆符合條件的恆星，也應該能讓你找到一顆可住人行星。爲什麼還要談機率呢？」

「我當然希望你說得對。」崔維茲說，卻一點也沒有感到安慰。「現在我們要飛出行星軌道面，向中心的恆星前進。」

他說出這個意圖後，電腦幾乎立刻開始行動。他靠在駕駛座上，再次肯定一件事實：駕駛一艘擁有如此先進電腦的重力太空艇，後遺症之一是再也不能——再也不能駕駛任何其他型號的船艦。

他還能忍受親自進行那些計算嗎？還能忍受必須考慮加速效應，並限定在合理範圍之內嗎？最可能出現的狀況，是他會忘掉那些問題，而讓船艦全速前進，直到他與其他乘客都被拋向艙壁，撞得粉身碎骨爲止。

嗯，那麼，他將繼續駕駛**遠星號**——或是其他一模一樣的太空艇，假如他勉強能忍受那麼一點點的改變——直到永遠。

由於他想暫且忘掉有沒有可住人行星這個問題（不論答案爲何），他開始沉思另一件事：他剛才命令太空艇離開軌道面，是飛到軌道面的上方。如果沒有什麼特殊原因，必須飛到軌道面之下，駕駛員幾乎總會選擇向上飛，這是爲什麼呢？

其實嚴格說來，何必堅持將某個方向想成上方，而將另一側想成下方呢？太空是完全對稱的空間，「上下」純粹只是約定俗成。

話說回來，在觀測一顆行星時，他總會注意到它的自轉與公轉方向。如果兩者都是反時鐘，那麼手臂舉起的方向就是北方，兩腳的方向則是南方。而在銀河每個角落，北方總是想像成上方，南方則是下方。

這純粹是一種規約，可遠溯至迷霧般的太古時代，而人類一直盲目沿用至今。一張原本熟悉的地圖，如果南面朝上就一定看不懂，必須轉過來才顯得有意義。除非有特殊狀況，否則任何人都會優先選擇北方，也就是「上方」。

崔維茲想到三世紀前的一位帝國大將貝爾．里歐思所領導的一場戰役。在某個關鍵時刻，他命令分遣艦隊轉向軌道面下方，於是敵軍一個中隊在毫無警戒的情況下，被里歐思逮個正著。後來有人抱怨，說這是一種投機行動——當然是出自輸家之口。

如此影響深遠且與人類同樣古老的規約，一定是源自地球。想到這裡，崔維茲的心思又被拉回可住人行星的問題上。

裴洛拉特與寶綺思仍然盯著那顆氣態巨星，看它以非常非常緩慢的動作，在螢幕上倒翻著觔斗。現在日照部分漸漸擴大，崔維茲將光譜固定在橘紅色波長上，在行星表面翻騰的風暴就變得更狂亂，而且更具催眠力量。

這時菲龍晃進了駕駛艙，但寶綺思認爲他應該小睡一會兒，而她自己同樣有這個需要。

崔維茲對留下來的裴洛拉特說：「我必須撤掉氣態巨星的畫面了，詹諾夫。我要讓電腦集中全力，開始尋找大小恰當的重力訊標。」

「當然好，老夥伴。」裴洛拉特說。

不過實際情形要複雜得多。電腦所要尋找的，不只是個大小恰當的訊標而已，它還必須發自一顆距離符合條件的行星。還得等上好幾天，他才能得到確定的答案。

61

崔維茲走進自己的艙房，表情凝重而嚴肅——其實應該說是陰鬱。然後，他著實吃了一驚。

寶綺思正在那裡等他，菲龍則緊靠在她身邊，身上的袍子與腰布散發出一股清新氣味，一聞就知道經過了蒸氣洗滌與眞空熨燙。這孩子穿上自己的衣裳，要比穿著寶綺思那件大了幾號的睡袍好看得多。

寶綺思說：「你剛才在電腦旁邊，我不想打擾你，不過現在請聽——開始吧，菲龍。」

菲龍便以高亢而帶有韻律的語調說：「我問候您，保護者崔維茲。我感到萬分榮幸，千……更……跟隨您乘太空艇遨遊太空。我也很快樂，因爲我有兩個親切的朋友，寶綺思和裴。」

菲龍說完後，露出一個可愛的笑容。崔維茲再度暗忖：我心中到底將他當成男孩還是女孩？或者都是？或者都不是？

他點了點頭。「背得非常熟，發音幾乎完美無缺。」

「根本不是死背的。」寶綺思熱切地說：「菲龍自己擬好稿子，然後問我可不可以背誦給你聽，我事先甚至不知道菲龍會說些什麼。」

崔維茲勉強擠出一絲微笑。「這樣的話，的確很不簡單。」他注意到寶綺思提到菲龍時，盡量避免使用代名詞。

寶綺思轉頭對菲龍說：「看吧，我告訴你崔維茲會喜歡的。現在去找裴，如果你有興趣，可以再向他要些讀物。」

菲龍跑開後，寶綺思說：「菲龍學習銀河標準語的速度眞是驚人，索拉利人對語言一定有特殊天分。想想看，班德僅僅藉著收聽超空間通訊，就說得一口不錯的銀河標準語。除了能量轉換，他們的大腦也許還有其他異於常人之處。」

崔維茲只是哼了一聲。

寶綺思說：「別告訴我你仍不喜歡菲龍。」

「我無所謂喜不喜歡，那小東西就是讓我不自在。比方說，想到跟一個雌雄同體打交道，就令人覺得渾身不舒服。」

寶綺思說：「得了吧，崔維茲，這樣說實在可笑，菲龍可算是完全正常的生物。對一個雌雄同體的社會而言，想想看你我有多噁心——不是男性，就是女性。每種性別只能算一半，而爲了生育下一代，必須以醜怪的方式暫時結合。」

「你反對這件事嗎，寶綺思？」

「別裝作誤解我的意思，我是試圖以雌雄同體的立場審視我們自己。對他們而言，那件事一定顯得極其可厭；對我們而言，則似乎相當自然。所以菲龍才會引起你的反感，但那只是一種短視而偏狹的反應。」

「坦白說，」崔維茲道：「不確定該用什麼代名詞稱呼這小東西，實在是一件煩人的事。爲了煩惱代名詞的問題，思路和談話一直被打斷。」

「但這是我們的語言有所缺失，」寶綺思說：「而不是菲龍的問題。人類的語言在發展過程中，從未將雌雄同體考慮在內。我很高興你提出這個問題，因爲我自己也一直在想。如果使用『它』，並不是解決之道，那個代名詞是用來指稱無關乎性別的事物。在銀河標準語中，根本沒有代名詞同時適合兩種性別。那麼，何不隨便選一個呢？我自己把菲龍當成女孩，原因之一是她擁有女性的尖銳聲調，此外她也能生育下一代，這是女性最重要的特徵之一。裴洛拉特已經同意，你何不一樣接受呢？我們就用『她』稱呼菲龍吧。」

崔維茲聳了聳肩。「很好，雖然『她有睪丸』聽來會很奇怪，即使如此，還是很好。」

寶綺思嘆了一口氣。「你的確有個惹人厭的習慣，喜歡把每件事都拿來開玩笑。不過我知道你的壓力很大，所以這點我會諒解。就用陰性代名詞來稱呼菲龍吧，拜託。」

「我會的。」崔維茲猶豫了一下，終於忍不住說道：「我每次看到你們在一起，就愈來愈覺得你把菲龍當成子女的代用品。是不是因爲你想要個孩子，卻認爲詹諾夫無法做到？」

寶綺思睜大了眼睛。「我跟他在一起可不是爲了孩子！難道你認爲，我把他當成幫我生孩子的工具？更何況，我還沒到生兒育女的時候。等時候到了，我得生育一個小蓋婭，這件事裴根本無能爲力。」

「你的意思是必須拋棄詹諾夫？」

「當然不會，只是暫時分開，甚至可能會用人工授精的方式。」

「我想，必須等到蓋婭決定有此需要、等到蓋婭某個人類成員死去而產生空缺的時候，你才能生育一個孩子。」

「這是冷酷無情的說法，但也算得上實情。蓋婭的每個部分，以及相互間的每一種關係，都必須維持完美的均衡。」

「就像索拉利人的情形一樣。」

寶綺思緊抿著嘴唇，臉色變得有些蒼白。「完全不同。索拉利人生產的數量總是超過需要，再將過剩的人口銷毀；我們生產的子女則剛好符合需要，從來不必殺害任何生命。就像你的皮膚表層壞死之後，便會長出恰到好處的新皮膚，不會多長出一個細胞來。」

「我瞭解你的意思。」崔維茲說：「順便提一下，我希望你考慮到詹諾夫的感受。」

「有關我可能生小孩的事？這個問題從未討論過，將來也絕對不會。」

「不，我不是指那個。我有一種感覺，你對菲龍愈來愈感興趣。這樣一來，詹諾夫也許覺得被冷落了。」

「他沒有受到冷落，他跟我一樣對菲龍感興趣。她是我們另一個共同的喜好，甚至將我們兩人拉得更近。覺得受冷落的會不會是你自己？」

「我自己？」崔維茲眞正大吃一驚。

「對，就是你。我不瞭解孤立體，正如你不瞭解蓋婭一樣，可是我有一種感覺，你喜歡成爲這艘太空艇中注意力的焦點，也許你覺得這個地位被菲龍取代了。」

「眞是荒謬。」

「你竟然認爲我會冷落裴，那是同樣荒謬的想法。」

「那麼我們宣佈停戰吧。我會試著把菲龍當成女孩，但不會再過度擔心你不顧詹諾夫的感受。」

寶綺思微微一笑。「謝謝你，那麼一切都沒問題了。」

崔維茲轉過身去，寶綺思突然說：「等一等！」

崔維茲又轉回來，帶著點厭煩的口氣說：「什麼事？」

「我很清楚地感覺到，崔維茲，你現在既悲傷又沮喪。我不打算刺探你的心靈，但你也許願意告訴我有什麼不對勁。昨天，你說這個行星系中有顆符合條件的行星，而且似乎相當高興。我希望它仍在那裡，這個發現該不是弄錯了吧？」

「在這個行星系中，的確有顆符合條件的行星，而它仍在那裡。」崔維茲說。

「大小剛好嗎？」

崔維茲點了點頭。「既然說它符合條件，大小當然剛好，而且它和恆星的距離也剛好。」

「那麼，到底有什麼問題？」

「我們現在足夠接近它了，已經能夠分析它的大氣成分，結果顯示它談不上有大氣層。」

「沒有大氣層？」

「談不上有，所以它不是一顆可住人的行星。而環繞這個太陽的其他行星，都沒有半點可住人的條件。我們這第三次嘗試，結果是一無所獲。」

62

裴洛拉特看來面色凝重，但顯然不願攪擾崔維茲悶悶不樂的沉默。他站在駕駛艙門口觀望，意思很明顯，希望崔維茲能主動開口說話。

崔維茲卻一直沒開口，沉默的狀態像是生了根似的。

最後裴洛拉特實在忍不住了，帶著幾分怯意說：「我們正在做什麼？」

崔維茲抬起頭，瞪了裴洛拉特一會兒，又將頭轉過去，然後說：「我們正對準那顆行星飛去。」

「可是，既然它沒有大氣層……」

「是電腦說它沒有大氣層。長久以來，它告訴我的都是我想聽的，而我一直照單全收。如今它告訴我一些我不想聽的，所以我打算查驗一下。假如這台電腦也會出錯，現在就是我希望它出錯的時候。」

「你認為它出了錯嗎？」

「我並不這麼想。」

「你想得到可能令它出錯的原因嗎？」

「我也想不出來。」

「那你爲何自找麻煩呢，葛蘭？」

崔維茲終於將座椅轉過來，他面對著裴洛拉特，臉孔扭曲成近乎絕望的表情。「難道你看不出來，詹諾夫，我已經走投無路了嗎？在前兩個世界，我們尋找地球下落的結果是一場空，如今這個世界又是一片空白。現在我該怎麼辦？從一個世界遊蕩到另一個世界，張大眼睛四處張望，逢人便問：『對不起，請問地球在哪裡？』地球將它自己的蹤跡隱藏得太好了，哪裡都沒有留下任何線索。我甚至開始懷疑，即使有線索存在，它也會讓我們絕對無法找到。」

裴洛拉特點了點頭，然後說：「我自己也在順著這個方向思索，你介不介意我們討論一下？我知道你很不開心，也不想講話，老弟，所以如果你要我別煩你，我馬上就走。」

「開始討論吧。」崔維茲的聲音簡直像呻吟，「除了洗耳恭聽，我還有什麼好做的？」

於是裴洛拉特說：「聽你這種口氣，好像並非眞想要我開口，不過談談也許對我們都有好處。當你認爲受不了的時候，請隨時叫我閉嘴。我有個感覺，葛蘭，地球不一定僅僅採取被動消極的方法，將自己隱藏起來，也不一定只是清除有關它的參考資料。難道它不會安排一些假線索，主動製造煙幕嗎？」

「怎麼說？」

「嗯，我們在好幾處地方，都聽說過地球具有放射性，這種說法就有可能是故意捏造的，好讓大家都打消尋找它的念頭。假如眞有放射性，它就萬萬接近不得。最可能的情況，是我們甚至無法踏上地球。就算我們擁有機器人，它們也可能無法抵禦放射線的傷害。所以何必還要找呢？於是，即使地球沒有放射性，也能因此不受侵犯，除非有人在無意間接近，但即使發生那種事，它或許也有其他的隱蔽方法。」

崔維茲勉強擠出一個微笑。「眞奇怪，詹諾夫，我剛好也想到這一點。我甚至想到，那顆未必存在的巨大衛星是虛構的，被故意放進這個世界的傳說中。至於具有超大行星環的氣態巨星，可能也是揑造出來的，同樣未必存在。這些或許都是刻意的安排，好讓我們尋找一些根本不存在的東西，因而當我們來到正確的行星系，雙眼瞪著地球的時候，反倒對它視而不見。因爲事實上，它並沒有一顆巨大的衛星，並沒有具放射性的地殼，它的近鄰也沒有什麼三重行星環。因此，我們無法認出它來，做夢也想不到它就在我們眼前——我還想像到更糟的情況。」

裴洛拉特顯得垂頭喪氣。「怎麼還會有更糟的情況？」

「很簡單。在半夜裡，當你沮喪到極點時，就會開始遨遊無際的幻想天地，尋找任何能令你更絕望的東西。萬一地球法力無邊呢？萬一它能蒙蔽我們的心靈呢？萬一我們經過地球附近時，雖然它的確有巨大的衛星，它的鄰居也有巨大的行星環，我們卻根本視若無睹呢？萬一我們早就錯過它了呢？」

「可是你若相信這些，我們爲何還……」

「我沒說我相信，我只是說些瘋狂的幻想，我們還是會繼續尋找。」

裴洛拉特遲疑了一下，然後說：「要持續多久呢，崔維茲？到了某個地步，我們當然就得放棄。」

「絕不！」崔維茲厲聲道：「即使我必須花一輩子的時間，從一顆行星飛到另一顆行星，睜大眼睛四處張望，逢人便說：『先生請問，地球在哪裡？』我也不會放棄。如果你們希望的話，我隨時可以帶你和寶綺思回蓋婭，甚至送菲龍一起去，然後我再一個人上路。」

「喔，不，你知道我不會離開你，葛蘭，寶綺思也不會。如果有必要，我們會跟你一起踏遍每顆行星。可是到底爲什麼呢？」

「因爲我必須找到地球，因爲我一定會找到的。我不知道是在什麼情況下，但我一定會找到它的。現在，聽著，我要設法前往一個適當位置，以便研究這顆行星的日照面，但又不能和它的太陽過於接近，所以暫時別打擾我。」

裴洛拉特不再說話，但也沒有離開。他留在原處繼續旁觀，看著崔維茲研究螢幕上的行星影像，其中有一半以上處於白晝。對裴洛拉特而言，它似乎毫無特色，可是他也知道，崔維茲現在和電腦聯在一起，各種感知能力已大爲增強。

崔維茲悄聲道：「那裡有一團薄霧。」

「那就一定有大氣層。」裴洛拉特脫口而出。

「不至於太多，不足以維持生命，但足以產生能掀起灰塵的微風。對一顆擁有稀薄大氣的行星而言，這是個普遍的特徵，它甚至還可能有小型的極地冰冠，就是凝結在極地的少數『水冰』，你知道吧。這個世界的溫度過高，不可能有固態二氧化碳。我必須切換到雷達映像，這樣一來，我就能在夜面順利工作。」

「眞的嗎？」

「眞的。我應該一開始就試著那樣做，可是這顆行星幾乎沒有空氣，因此也沒有雲，嘗試用可見光觀察似乎很自然。」

崔維茲維持了長久的沉默，這段期間，顯像螢幕中的雷達反射模糊不清，彷彿是一顆行星的抽象畫，有點像某位克里昂時期藝術家的畫風。然後他使勁說了一聲：「好──」這個聲音維持了一陣子，他便再度陷入沉默。

裴洛拉特終於忍不住問道：「什麼東西『好』？」

崔維茲很快瞥了他一眼。「我看不到任何隕石坑。」

「沒有隕石坑？那是好現象嗎？」

「完全出乎意料之外。」他咧嘴笑了笑，又說：「非常好的現象。事實上，可能是好極了。」

63

菲龍的鼻子一直貼著太空艇的舷窗，透過這個窗口，能直接以肉眼觀察宇宙的一小部分。這可說是最自然的景觀，完全未經電腦的放大或增強。

寶綺思剛才試著為菲龍解釋宇宙的奧祕，現在她嘆了一口氣，低聲對裴洛拉特說：「我不知道她瞭解多少，親愛的裴。她出生的那座宅邸，以及宅邸附近一小部分的屬地，對她而言就是整個宇宙。我想她未曾在夜晚到過戶外，也從來沒有見過星星。」

「你真這麼想嗎？」

「我真這麼想。所以直到她懂得夠多的字彙，可以稍微瞭解我的說明了，我才敢讓她看到太空的景觀。你多麼幸運啊，能用她的語言跟她交談。」

「問題是我不算很懂天文。」裴洛拉特歉然道：「如果事先毫無準備，宇宙是個相當不易掌握的概念。她曾對我說，假如那些小光點都是巨大的世界，每個都像索拉利一樣——當然啦，它們都比索拉利大得多——那麼它們就不能憑空掛在那裡，它們應該掉下來，她這麼說。」

「就她既有的知識而言，她說得沒錯。她問的都是合理的問題，一點一滴慢慢累積，總有一天她會瞭解的。至少她有好奇心，而且她不害怕。」

「其實，寶綺思，我自己也好奇。葛蘭發現這個世界沒有隕石坑之後，你看他立刻有多大的轉變。究竟有什麼差別，我毫無概念，你呢？」

「一點也沒有。不過他的行星學知識比我們豐富得多，我們只能假設他知道自己在做什麼。」

「我眞希望自己也知道。」

「那麼，去問問他。」

裴洛拉特現出爲難的表情。「我總是擔心會惹他心煩。我可以肯定，他認爲我該知道這些事，根本用不著他來告訴我。」

寶綺思說：「這是傻話，裴。他對於銀河中的神話傳說，凡是認爲可能有用的，隨時會毫不猶豫地向你請教。既然你總是樂意回答和解釋，他又爲何不該如此？你現在就去問他，如果因而惹他心煩，他就會得到一個練習做人處事的機會，這樣對他也有好處。」

「你要跟我一起去嗎？」

「不，當然不去。我要跟菲龍在一起，繼續試著將宇宙的概念裝進她腦子裡。在他對你做出解釋之後，你隨時可以解釋給我聽。」

64

裴洛拉特怯生生地走進駕駛艙。他很高興發現崔維茲正在吹口哨，顯然心情相當好。

「葛蘭。」他盡可能以快活的語氣說。

崔維茲抬起頭來。「詹諾夫！你每次進來總是躡手躡腳，好像認爲打擾我會犯法似地。把門關上，坐下吧，坐下來吧！你看這個。」

他指著映在顯像螢幕上的行星，然後說：「我只找到兩三個隕石坑，而且都相當小。」

「那有什麼差別嗎，葛蘭？真有嗎？」

「差別？當然有。你怎麼會這樣問呢？」

裴洛拉特做了一個無奈的手勢。「這些對我而言都神祕無比。我大學時主修歷史，此外還修過社會學和心理學，也修了一些語言和文學課程，大多數是古代語文；在研究所的時候，我則專攻神話學。我從未接觸過行星學，或是其他自然科學。」

「那也沒什麼不好，詹諾夫，我寧願你只精通這些知識。你對古代語言和神話學的素養，對我們一直有莫大助益，這點你自己也知道。遇到有關行星學的問題，我會負責解決。」

他繼續說：「你可知道，詹諾夫，行星是由較小天體撞在一塊所形成的。最後撞上來的那些，就會造成隕石坑的痕跡，我的意思是有此可能。如果一顆行星大到氣態巨星的程度，大氣層下其實全是液態結構，最後那批撞擊就只會濺起若干液體，不會留下任何痕跡。

「較小的固態行星，不論是冰或是岩石構成的，都一定會有隕石坑的痕跡。除非出現某種消除作用，否則它們永遠不會消失。而消除作用會在三種情況下產生：

「第一種情況，這個世界的液態海洋上結了一層冰。這樣一來，任何撞擊都會將冰擊碎，而令水花四濺。不久冰層會重新凍結，打個比方，就像是傷口癒合。這樣的行星或衛星溫度一定很低，不可能是我們所謂的可住人世界。

「第二種情況，如果這個世界的火山活動很劇烈，那麼一旦有隕石坑形成，熔岩流或火山灰落塵便會源源不斷灌進來，將隕石坑漸漸湮沒。然而，這樣的行星或衛星也不可能適合人類居住。

「可住人世界則構成第三種情況。這種世界或許有極地冰冠，但大部分海洋一定都是自由流體。它們也可能有活火山，可是一定分佈得很稀疏。這種世界如果出現了隕石坑，一來無法自行癒合，二來也沒有東西可供塡補。然而它上面有侵蝕作用，風或流動的水都會不斷侵蝕隕石坑，而如果還有生物，生物活動也具有強力的侵蝕作用。懂了吧？」

裴洛拉特思索了一下，然後說：「可是，葛蘭，我一點也不瞭解你的意思。我們要去的這顆行星……」

「我們明天就要登陸。」崔維茲興高采烈地說。

「我們要去的這顆行星並沒有海洋。」

「只有很薄的極地冰冠。」

「也沒有多少大氣。」

「只有端點星大氣密度的百分之一。」

「更沒有生物。」

「我沒偵測到生命跡象。」

「那麼，有什麼東西能侵蝕掉隕石坑呢？」

「海洋、大氣、生物三者。」崔維茲說：「聽著，假如這顆行星一開始就沒有空氣和水分，隕石坑形成後就不會消失，它的表面到處都會是坑坑洞洞。而這顆行星上幾乎沒有隕石坑，證明它原本一定含有空氣和水分，而且不久之前，也許還有相當豐沛的大氣和海洋。此外，看得出這個世界有些巨大的海盆，那些地方過去一定是汪洋一片，而乾涸河床的痕跡更不在話下。所以你看，侵蝕作用過去的確存在，是不久之前才停止的，而新的隕石坑還來不及累積。」

裴洛拉特看來一臉疑惑。「我或許不是行星學家，可是我也知道，這麼大的一顆行星，足以維持濃厚的大氣數十億年之久，不可能突然流失，對不對？」

「我也認爲不可能。」崔維茲說：「但在大氣流失前，這個世界上無疑有生命存在，也許還是人類生命。根據我的猜測，它是個經過改造的世界，就像銀河中幾乎每個住人世界一樣。問題是人類抵達之前，它的自然條件如何？爲了住得舒服，人類又對它進行過何種改造？還有，生命究竟是在什麼情況下消失的？這些問題我們都不知道答案。有可能發生過一場大災變，將大氣層一掃而光，一舉結束了人類的生命。也有可能人類在這顆行星居住時，維持著一種奇異的非平衡狀態，而人類消失後，它就陷入惡性循環，導致大氣變得愈來愈稀薄。或許我們登陸之後就能找到答案，也可能根本找不到，不過這點無關緊要。」

「如果那上面現在沒有生命，那麼過去是否曾有生命，同樣是一件無關緊要的事。一個世界始終不可住人，和目前不可住人，兩者又有什麼差別？」

「假如只有現在不可住人，當年的居民應該會留下些遺跡。」

「奧羅拉也有許多遺跡……」

「一點也沒錯，但奧羅拉經歷了兩萬年的雨雪風霜，以及溫度的大起大落。此外那裡還有生物——別忘了那些生物。那裡也許不再有人類的蹤跡，可是仍有衆多生物。遺跡也像隕石坑一樣會遭到侵蝕，甚至更快。經過了兩萬年，不會留下什麼對我們有用的東西。然而在這顆行星上，曾經有過一段時期，或許長達兩萬年，也或許少一點，上面沒有任何風雨或生物。我承認，溫度變化還是有的，不過那是唯一的不利因素，所以那些遺跡應該保存得相當好。」

「除非，」裴洛拉特以懷疑的口吻喃喃說道：「上面根本沒有任何遺跡。有沒有可能這顆行星上從未出現生命，至少從來沒有人類居住過，而造成大氣流失的事件，其實根本和人類無關？」

「不，不可能。」崔維茲說：「你無法使我變得悲觀，因爲我有免疫力。即使在此時此地，我也已經偵察到一些遺跡，並且可以確定那是一座城市——所以我們明天就要登陸。」

65

寶綺思以憂慮的口吻說：「菲龍深信我們要帶她回到健比——她的機器人身邊。」

「嗯——嗯。」崔維茲一面說，一面研究著太空艇下方急速掠過的地表。然後他抬起頭，彷彿這時才聽見那句話。「嗯，那是她唯一認識的親人，對不對？」

「沒錯，當然沒錯，但她以爲我們回到了索拉利。」

「它看來像索拉利嗎？」

「她怎麼會知道？」

「告訴她那不是索拉利。聽好，我會給你一兩套附有圖解的影視參考書，讓她看看各種住人世界的特寫，再向她解釋一下，這樣的世界總共有好幾千萬。你會有時間做這件事的，一旦選定目標著陸之後，我不知道會和詹諾夫在外面徘徊多久。」

「你和詹諾夫？」

「對，菲龍不能跟我們一塊去。即使我想要她去，實際上也辦不到，但除非我是瘋子，否則不會有那種念頭。寶綺思，這個世界需要太空衣，上面沒有可供呼吸的空氣。我們沒有適合菲龍穿的太空衣，所以她得跟你留在太空艇內。」

「爲什麼跟我？」

崔維茲的嘴角扯出一個假笑。「我承認，」他說：「如果你跟我們一起行動，我會比較有安全感，可是我們不能把菲龍單獨留在太空艇上。她有可能造成破壞，即使只是無心之失。而我必須讓詹諾夫跟著我，因爲他可能看得懂此地的古代文書。這就表示你得和菲龍留在這裡，我認爲你應該願意的。」

寶綺思顯得猶豫不決。

崔維茲說：「你看，當初是你要帶菲龍同行，我根本就反對，我確信她只會是個麻煩。因此——她的出現帶來一些束縛，你就必須自我調適。她待在這裡，所以你也得待在這裡，沒有別的辦法。」

寶綺思嘆了一口氣。「我想是吧。」

「好，詹諾夫呢？」

「他和菲龍在一起。」

「很好，你去換班，我有話跟他說。」

裴洛拉特走進來的時候，崔維茲還在研究行星地表。他先清了清喉嚨，表示他已經到了，然後說：「有什麼問題嗎，葛蘭？」

「不算眞正有問題，詹諾夫，我只是不太確定。這是個很特殊的世界，我不知道它發生過什麼變故。當初海洋一定極遼闊，這點可以從海盆看出來，不過一律很淺。從這些地質遺跡中，我所能做出的最佳判斷，是這個世界原本有許多河道，而海洋曾經進行淡化的手續，也可能是海水本來就沒什麼鹽分。如果當初海洋裡的鹽分不多，就能解釋海盆中爲何沒有大片鹽灘。或者也有可能，在海水流失的過程中，鹽分跟著一起流失——這當然會使它看來像人爲的結果。」

裴洛拉特遲疑地說：「很抱歉，我對這些事一竅不通，葛蘭，但其中有任何一樣跟我們尋找的目標有關嗎？」

「我想應該沒有，可是我忍不住感到好奇。這顆行星是如何被改造成適宜人類居住的？它在改造之前又是什麼面貌？我若知道這些答案，或許就能瞭解它在遭到遺棄之後，也可能是之前，曾經發生什麼變故。如果我們知道發生了什麼事，也許就能提早防範，避免發生不愉快的意外。」

「什麼樣的意外？它是個死去的世界，不是嗎？」

「的確死透了。非常少的水分，稀薄到不能呼吸的大氣，而寶綺思也偵測不到精神活動的跡象。」

「我認為這就夠確定了。」

「不存在精神活動，不一定代表沒有生物。」

「至少代表一定沒有危險的生物。」

「我不知道，但我想請教你的不是這個。我找到兩座城市，可當作我們探查的第一站，它們似乎處於極佳的狀況，其他城市也都一樣。不管是什麼力量毀掉了空氣和海洋，似乎完全未曾波及城市。言歸正傳，那兩座城市特別大。然而，較大的那個似乎缺少空地，它的外緣遠方有些太空航站，市內卻沒有這類場所。另外那個稍微小一點的，市內則有些開闊的空地，所以比較容易降落在市中心，不過那裡並非正式的太空航站。可是話說回來，誰又會計較呢？」

裴洛拉特顯得愁眉苦臉。「你是要我做決定嗎，葛蘭？」

「不，我自己會做決定，我只是想知道你的看法。」

「如果你不嫌棄的話，向四方延伸的大城比較像商業或製造業中心，具有開闊空地的較小城市則比較像行政中心。我們的目標應該是行政中心，那裡有紀念性建築物嗎？」

「你所謂的紀念性建築物是什麼意思？」

裴洛拉特微微一笑，拉長了他緊繃的嘴唇。「我也不清楚，每個世界的建築風格都不相同，又會隨著時間改變。不過，我猜它們總是看來大而無當，而且豪華奢侈，就像我們在康普隆時置身的那座建築。」

這回輪到崔維茲露出微笑。「垂直望下去很難分辨，而在接近或飛離時，雖然可以從側面觀察，看出去卻會是一片混亂。你爲什麼比較中意行政中心？」

「那裡比較有可能找到行星博物館、圖書館、檔案中心、大學院校等機構。」

「好，我們就去那裡，去那個較小的城市，也許我們會有所發現。我們已經失敗兩次，但這次也許會有所發現。」

「說不定這會是『幸運的三度梅』。」

崔維茲揚起眉毛。「你從哪裡聽來這個成語的？」

「這是個古老的成語。」裴洛拉特說：「我是在一則古代傳說中發現的，意思是第三次的嘗試終於帶來成功，我這麼想。」

「聽來很有道理。」崔維茲說：「很好，幸運的三度梅，詹諾夫。」

第十五章：苔蘚

66

穿上太空衣的崔維茲看起來奇形怪狀，唯一露在外面的只有裝武器的兩個皮套——並非他平常繫在臀部的那兩個，而是太空衣本身所附的堅固皮套。他愼重地將手銃插在右側，再將神經鞭插在左側。兩件武器都已經再度充電，而這一次，崔維茲憤憤地想，任何力量都無法再將它們奪走。

寶綺思帶著微笑說：「你還是準備攜帶武器，但這只是個沒有空氣和……算了！我再也不會質疑你的決定。」

崔維茲說：「很好！」說完便轉身幫裴洛拉特調整頭盔，他自己的頭盔則尙未戴上。

裴洛拉特從未穿過太空衣，他可憐兮兮地問道：「我在這裡面眞能呼吸嗎，葛蘭？」

「我保證可以。」崔維茲說。

當他們將最後的接縫合上的時候，寶綺思站在一旁觀看，手臂攬著菲龍的肩膀。小索拉利人驚恐萬分地瞪著兩件撐起的太空衣，渾身不停打顫。寶綺思的手臂溫柔地緊摟著她，爲她帶來一點安全感。

氣閘打開後，兩位男士走了進去，同時伸出鼓脹的手臂揮手道別。氣閘迅速關閉，外閘門隨即開啓，他們便拖著沉重的步伐，踏上一塊死氣沉沉的土地。

現在是黎明時分，天空當然絕對晴朗，泛著一種紫色的光芒，只不過太陽尙未升起。日出方向的地平線色彩較淡，看得出那一帶有些薄霧。

裴洛拉特說：「天氣很冷。」

「你覺得冷嗎？」崔維茲訝異地問。太空衣的絕熱效果百分之百，若說溫度偶有不適，也該是內部溫度過高，需要將體熱排放出去。

裴洛拉特說：「一點也不覺得，可是你看——」他的聲音透過無線電波傳到崔維茲的耳朵，聽來十分清楚。他一面說，一面伸出手指來指了一下。

他們正向一座建築物走去，在黎明的紫色曙光中，其斑駁的石質正面覆蓋著一層白霜。

崔維茲說：「由於大氣太稀薄，夜間會變得比你想像中更冷，白天則會異常炎熱。現在正是一天之中最冷的時刻，還要再過好幾個小時，才會熱得無法站在太陽底下。」

這句話就像神祕的魔咒一樣，才剛說完，太陽的外輪就出現在地平線上。

「別瞪著它看。」崔維茲不疾不徐地說：「雖然你的面板會反光，紫外線也無法穿透，但那樣做還是有危險。」

他轉身背對著冉冉上升的太陽，讓自己的細長身影投射在那座建築物上。由於陽光的出現，白霜在他眼前迅速消失。一會兒之後，牆壁因潮濕而顏色加深，但不久便完全曬乾。

崔維茲說：「現在看起來，這些建築物不像空中看來那麼完好，到處都有龜裂和剝離的痕跡。我想這是溫度劇變造成的結果，還有，就是微量水分夜晚凍結而白天又融解，可能已經持續了兩萬年。」

裴洛拉特說：「入口處上方的石頭刻了一些字，可是已經斑駁得難以辨識。」

「你能不能認出來，詹諾夫？」

「大概是某種金融機構，至少我認出好像有『銀行』兩字。」

「那是什麼？」

「處理資產的儲存、提取、交易、投資、借貸等業務的地方——如果我猜得沒錯的話。」

「整座建築物都用來做這個？沒有電腦？」

「沒有完全被電腦取代。」

崔維茲聳了聳肩，他並不覺得古代歷史的細節有什麼意思。

他們四下走動，腳步愈來愈快，在每棟建築物停留的時間也愈來愈短。此地一片死寂，令人心情沉重到極點。經過上萬年緩慢的崩解過程，他們闖入的這座城市已變作一副殘骸，除了枯骨之外什麼都沒留下。

他們目前所在的位置是標準的溫帶，可是在崔維茲的想像中，他的背部能感受到太陽的熱力。站在崔維茲右側約一百公尺處的裴洛拉特，突然高聲叫道：「看那裡。」

崔維茲的耳朵立刻嗡嗡作響，他說：「別吼，詹諾夫。不論你離我多遠，我都聽得清楚你的耳語。那是什麼？」

裴洛拉特立刻降低音量說：「這座建築物叫作『諸世界會館』，至少，我認爲那些銘文是這個意思。」

崔維茲走到他身邊。他們面前是一棟三層樓的建築，頂端的線條並不規則，而且堆著許多大塊的岩石碎片，彷彿那裡原來豎著一座雕像，但早已倒塌，跌得支離破碎。

「你確定嗎？」崔維茲說。

「如果我們進去，就能知道答案。」

他們爬了五級低矮而寬闊的台階，又穿越了一個過大的廣場。在稀薄的空氣中，他們的金屬鞋踏在地上，僅僅引起細微的振盪，算不上腳步聲。

「我明白你所謂的『大而無當、豪華奢侈』是什麼意思了。」崔維茲喃喃說道。

他們走進一間寬廣而又高聳的大廳，陽光從高處的窗戶射進來。室內受到陽光直射的角落過於刺眼，陰影部分卻又過於昏暗。這是由於空氣稀薄，難以散射光線的緣故。

大廳中央有一座比眞人高大的人像，似乎是用合成石料製成的。其中一隻手臂已經脫落，另一隻的肩膀處也出現裂痕。崔維茲覺得如果用力一拍，那隻手臂也會立刻脫離主體。於是他退了幾步，彷彿擔心萬一過於接近，他會忍不住做出破壞藝術品的惡劣行為。

「不曉得這人是誰？」崔維茲說：「到處都沒有標示。我想，當初豎立這座石像的那些人，認爲他的名氣實在太大，不需要任何識別文字。可是現在……」他發覺自己有愈來愈犬儒的危險，趕緊將注意力轉移到別處。

裴洛拉特正抬著頭向上看，崔維茲沿著他的目光望去，看到牆上有些標記——正確的說法則是銘文，不過崔維茲完全看不懂。

「不可思議。」裴洛拉特說：「也許已經過了兩萬年，可是在這裡，恰巧避開了陽光和濕氣，這些字仍可辨識。」

「我可看不懂。」崔維茲說。

「這是一種古老的字體，而且還是用美術字寫的。我來看看……七……一……二……」他的聲音愈來愈小，突然又高聲道：「這裡有五十個名字。據說太空世界共有五十個，而這裡又是『諸世界會館』，因此，我推測這些就是五十個太空世界的名字。或許是根據創建順序排列的，奧羅拉第一，索拉利則是最後一個。如果你仔細看，會發現共有七行，前面六行各有七個名字，最後一行則有八個。似乎他們原先計畫排出七乘七的方陣，索拉利是後來才加上去的。根據我的猜測，老弟，這份列表製做之初，索拉利尙未被改造，上面還沒有任何人居住。」

「我們現在位於哪個世界上？你看得出來嗎？」

裴洛拉特說：「你可以看到，第三行第五個，也就是排名第十九的世界，名字刻得比其他世界都大些。列表者似乎相當自我中心，特別要突顯他們自己的地位。此外……」

「它叫什麼名字？」

「根據我所能做的最佳判斷，它應該叫『梅爾波美尼亞』，這是個我完全陌生的名字。」

「有沒有可能代表地球？」

裴洛拉特使勁搖頭，但由於被頭盔罩住，所以搖也是白搖。「在古老的傳說中，地球有好幾十個不同的名稱。蓋婭是其中之一，這你是知道的，此外泰寧、爾達等等也是，但是一律都很簡短。我不知道地球有較長的別名，也不知道有什麼別名接近梅爾波美尼亞的簡稱。」

「那麼，我們是在梅爾波美尼亞星上，而它並非地球。」

「沒錯。此外——其實我剛才正要說——除了字體較大，還有一項更好的佐證，那就是梅爾波美尼亞的座標是『〇，〇，〇』。一般說來，這個座標都是指自己的行星。」

「座標？」崔維茲愣了一下，「這份列表上也有座標？」

「每個世界旁邊都有三個數字，我想應該就是座標，否則還能是什麼？」

崔維茲沒有回答。他打開位於太空衣右股的一個小套袋，掏出一件和套袋有電線相連的精巧裝置。他將那個裝置湊到眼前，對著牆上的銘文仔細調整焦距。通常這只需要幾秒鐘的時間，可是他的手指包在太空衣內，使這件工作變得極爲吃力。

「照相機嗎？」裴洛拉特根本多此一問。

「它能將影像直接輸入太空艇的電腦。」崔維茲答道。

他從不同角度拍了幾張相片，然後說：「等一下！我得站高一點。幫我個忙，詹諾夫。」

裴洛拉特雙手緊緊互握，做成馬鐙狀，崔維茲卻搖了搖頭。「那樣無法支撐我的重量，你得趴下去。」

裴洛拉特吃力地依言照做，崔維茲將照相機塞回套袋，同樣吃力地踏上裴洛拉特的肩頭，再爬上石像的基座。他謹愼地搖了搖石像，測試它是否牢固，然後踩在石像彎曲的膝部，用它當踏腳石，身子向上一挺，抓到了那個斷臂的肩膀。他將腳尖嵌進石像胸前凹凸不平處，慢慢向上攀爬，喘了好幾回之後，終於坐到石像肩膀上。對那些古人而言，這座石像是他們尊崇的對象，而崔維茲的行爲似乎是一種褻瀆。他愈想愈不對勁，因此盡量坐得輕點。

「你會跌下來受傷的。」裴洛拉特憂心忡忡地叫道。

「我不會跌下受傷，你卻可能把我震聾。」說完，崔維茲再度取出照相機。拍了幾張相片之後，他又將照相機放回原處，小心翼翼地爬下來，直到雙腳踏上基座，才縱身躍向地面。這下震動顯然造成致命的一擊，石像的另一隻手臂立刻脫落，在它腳旁跌成一小堆碎石。整個過程完全聽不到一點聲音。

崔維茲僵立在原處。他心中的第一個衝動，竟然是在管理員趕來抓人之前，盡快找個地方躲起來。眞是難以想像，他事後回想，在這種情況下——不小心弄壞一件看似珍貴的東西——一個人怎麼立刻就回到了童年。雖然只有一下子，這種感覺卻刻骨銘心。

裴洛拉特的聲音聽來有氣無力，像是自己目睹甚至教唆了一件破壞藝術品的行爲，但他還是設法說些安慰的話：「這——這沒什麼關係，葛蘭，反正它已經搖搖欲墜。」

他走近碎石四散的基座與地板，彷彿想要證明這一點。他剛伸出手來，準備撿起一塊較大的碎片，卻突然說：「葛蘭，過來這裡。」

崔維茲走過去，裴洛拉特指著一塊碎石，它顯然原本是那隻完好手臂的一部分。「那是什麼？」

裴洛拉特問。

崔維茲仔細一看，那是一片毛茸茸的東西，顏色是鮮綠色。他用包在太空衣內的手指輕輕一擦，毫不費力就將它刮掉了。

「看起來非常像苔蘚。」崔維茲說。

「就是你所謂欠缺心靈的生命？」

「我並不完全確定它們欠缺心靈到什麼程度。我猜想，寶綺思會堅持這東西也有意識，可是她會聲稱這塊石頭也有意識。」

裴洛拉特說：「這塊石頭所以會斷裂，你認爲是不是這些苔蘚的緣故？」

崔維茲道：「說它們是幫兇我絕不懷疑。這個世界有充足的陽光，也有些水分——大氣的一半都是水蒸氣，此外還有氮氣和惰性氣體。二氧化碳卻只有一點點，因此會使人誤以爲沒有植物生命。但是二氧化碳含量這麼低，也可能是因爲幾乎全併入了岩石表層。假如這塊岩石含有一些碳酸鹽，或許苔蘚便會藉著分泌酸液使它分解，再利用所產生的二氧化碳。在這顆行星殘存的生命中，它們可能是最主要的一種。」

「實在有趣。」裴洛拉特說。

「的確如此，」崔維茲說：「可是趣味有限。各個太空世界的座標其實更有趣，但我們眞正想要的還是地球座標。地球座標若不在這裡，也許藏在這座建築的其他角落，或是其他建築物中。來吧，詹諾夫。」

「可是你知道……」裴洛拉特說。

「好了，好了，」崔維茲不耐煩地說：「待會兒再討論吧。我們必須找一找，看看這座建築還能提供什麼線索。氣溫愈來愈高了。」他看了看附在左手背上的小型溫標，「來吧，詹諾夫。」

他們拖著沉重的步伐一間一間尋找，盡可能將腳步放輕。這樣做並非擔心會發出聲響，或是擔心有人聽到，而是他們有點不好意思，唯恐引起震動而造成進一步的破壞。

他們踢起一些塵埃，並留下許多足跡。在稀薄的空氣中，塵埃只稍微揚起一點，便又迅速落回地面。

偶爾經過陰暗的角落時，其中一人便會默默指出又有正在生長的苔蘚。發現此地有生命存在，不論層次多麼低，似乎仍會帶來一點安慰。同理，走在一個死寂世界所形成的可怕且令人窒息的感覺，也因此而稍有舒緩。尤其是像這樣一個世界，到處都是人類的遺跡，在在顯示很久以前，此地曾經有過一段精緻的文明。

然後，裴洛拉特說：「我想這裡一定是個圖書館。」

崔維茲好奇地四下張望，先是看到一些書架，仔細一看，旁邊原來以爲只是裝飾品的東西，好像應該是一些影視書。他小心翼翼地想拿起一本，覺得又厚又重，才明白那些只是盒子。他笨手笨腳地打開一盒，看到裡面有幾片圓盤。那些圓盤也都很厚，而且似乎相當脆弱，不過他並未驗證這個猜測。

他說：「原始得難以置信。」

「上萬年前的東西嘛。」裴洛拉特以歉然的口氣說，彷彿在幫古老的梅爾波美尼亞人辯護，駁斥崔維茲對其科技落後的指控。

崔維茲指著一盒影視書的側背，那裡有些模糊不清的古代花體字。「這是書名嗎？它叫什麼？」

裴洛拉特研究了一下。「我不很確定，老友。我想其中有個詞是指微觀生命，也許就是『微生物』的意思。我猜這些都是微生物學術語，即使譯成銀河標準語我也不懂。」

「有可能。」崔維茲懊喪地說：「而且，即使我們讀得懂，同樣可能對我們沒有任何幫助，我們對細菌可沒興趣。幫我個忙，詹諾夫，瀏覽一下這些書籍，看看可有任何有趣的書名。你在做這件事的時候，我來檢查一下閱讀機。」

「這些就是閱讀機嗎？」裴洛拉特以懷疑的口吻說。他指的是一些矮胖的立方體，上面都有傾斜的螢幕，還有一個弧形的突出部分，也許可用來支撐手肘，或是放置電子筆記板——假如梅爾波美尼亞當年也有這種裝置。

崔維茲說：「如果這裡是圖書館，就一定有某種閱讀機，而這台機器似乎很像。」

他萬分謹慎地擦掉螢幕上的灰塵，立刻感到鬆了一口氣，不論這個螢幕是什麼材料做的，至少沒有一碰之下便化爲粉末。他輕輕撥弄控制鈕，一個接著一個，結果什麼反應都沒有。他又改試其他閱讀機，換了一台又一台，卻始終得不到任何反應。

他並不驚訝。即使空氣稀薄，這些裝置又不受水汽的影響，以致兩萬年後還能維持正常功能，但電源仍是一大問題。儲存起來的能量總有辦法散逸，不論如何防止都沒用。這個事實，其實就是無所不在又無可抗拒的熱力學第二定律。

裴洛拉特來到他身後，喚道：「葛蘭。」

「啊？」

「我找到一盒影視書……」

「哪一類的？」

「我想是有關太空飛行的歷史。」

「好極了——但我若是無法啓動這台閱讀機，它對我們就沒有任何用處。」他雙手緊捏成拳，顯得十分沮喪。

「我們可以把它帶回太空艇。」

「我不知道怎麼用我們的閱讀機來讀它，根本裝不進去，我們的掃瞄系統也一定不相容。」

「但眞有必要這麼費事嗎，葛蘭？如果我們……」

「的確有必要，詹諾夫。現在別打擾我，我正打算決定該怎麼做。我可以試著給閱讀機充點電，或許它只欠缺電力。」

「你要從哪裡取得電力？」

「嗯——」崔維茲掏出那兩件隨身武器，看了幾眼，便將手銃塞回皮套中。然後他「啪」地一下打開神經鞭的外殼，看了看能量供應指標，結果發現處於滿載狀態。

崔維茲趴到地板上，將手伸到閱讀機背面（他一直假設那就是閱讀機），試圖將它往前推。那台機器向前移動了一點，他便開始研究他的新發現。

其中必定有一條電纜負責供應電源，而當然就是連到牆壁那一條，可是他找不到明顯的插頭或接頭。（連最理所當然的事物都令人摸不著頭緒，他該如何研究這個外星古文化？）

他輕輕拉了一下那條電纜，又稍微用力試了試，再將電纜轉向一側，接著又轉向另一側。他按了按電纜附近的牆壁，又壓了壓牆壁旁邊的電纜。然後，他盡可能轉移注意力，開始研究閱讀機的半隱藏式背板，結果所有的努力都徒勞無功。

他單手按著地板準備起身，不料在身子站直之際，電纜竟被他拉了起來。究竟是哪個動作將它扯掉的，他自己沒有絲毫概念。

看來電纜並沒有斷開或扯裂，末端似乎相當平整，而它原來和牆壁連接的地方，則出現一個光滑的小圓洞。

裴洛拉特輕聲說：「葛蘭，我可不可……」

崔維茲朝他斷然揮了揮手。「現在別說話，詹諾夫，拜託！」

他突然發覺左手手套的皺褶黏著些綠色的東西，一定是剛才從閱讀機背面沾到一些苔蘚，而且把它們壓碎了。那隻手套因此有點潮濕，但在他眼前迅速乾掉，綠色的斑點漸漸變成了褐色。

他將注意力轉移到電纜上，仔細觀察被扯掉的那端。那裡果然有兩個小孔，可以容納兩條電線。

他又坐到地板上，打開神經鞭的電源匣，小心翼翼地拆除一條電線，再「卡答」一下將它扯鬆。然後他慢慢地、輕巧地將那根電線插進小孔，一直推到再也推不動爲止。當他試著輕輕將它拉出來的時候，竟然發現拉不動了，好像被什麼東西抓住一樣。他的第一個反應是用力拉它出來，但總算按捺住這個衝動。他又拆下另一條電線，推進另一個開口。這樣想必就能構成一個迴路，可將電力輸到閱讀機中。

「詹諾夫，」他說：「你用過各式各樣的影視書，看看有沒有辦法把那本插進去。」

「眞有必……」

「拜託，詹諾夫，你一直想問些無關緊要的問題。我們只有這麼一點時間，我可不要等到三更半夜，溫度降到低點時，才能走出這座建築。」

「一定是這麼放的，」裴洛拉特說：「可是……」

「很好。」崔維茲說：「如果這是一本太空飛行史，就一定會從地球談起，因爲太空飛行最早是在地球上發明的。我們來看看這玩意能否啓動了。」

裴洛拉特將影視書放進顯然是插口的地方，動作有點誇張。然後他開始研究各個控制鍵旁的標示，想找找有沒有任何操作說明。

在一旁等候的崔維茲低聲道（部分原因是爲了舒緩自己的緊張情緒）：「我想這個世界上一定

也有機器人——到處都有，而且顯然處於良好狀況，在近乎眞空的環境中閃閃發光。問題是它們的電力同樣早已枯竭，而即使能重新充電，它們的腦部是否完好呢？槓桿和齒輪也許能維持千年萬年，可是腦部的微型開關和次原子機簧呢？它們的腦子一定壞掉了，就算完好如初，它們對地球又知道多少呢？它們……」

裴洛拉特說：「閱讀機開始工作了，老弟，看這裡。」

在昏暗的光線下，閱讀機螢幕開始閃爍，不過光度相當微弱。崔維茲將神經鞭的電力稍微加強，螢幕隨即轉趨明亮。由於空氣稀薄，太陽直射不到的地方都黯淡無光，因此室內一片朦朧幽暗，螢幕因而顯得更爲明亮。

螢幕繼續一閃一滅，偶爾還掠過一些陰影。

「需要調整一下焦距。」崔維茲說。

「我知道，」裴洛拉特說：「但這似乎就是我能得到的最好結果，影片本身一定損壞了。」

這時陰影來去的速度變得極快，而且每隔一會兒，似乎就會出現一個類似漫畫的模糊畫面。後來畫面清晰了一下子，隨即再度暗下來。

「倒轉回去，固定在那個畫面上，詹諾夫。」崔維茲說。

裴洛拉特已在試著那樣做，但他倒回去太多，只好又向前播放，最後終於找到那個畫面，將它固定在螢幕上。

崔維茲急著想看其中的內容，但隨即以充滿挫折的口吻說：「你讀得懂嗎，詹諾夫？」

「不完全懂。」裴洛拉特一面說，一面瞇著眼睛盯著螢幕，「是關於奧羅拉的，這點我還看得出來。我想它是在講述第一波的超空間遠征，『首度蜂擁』，上面這麼寫著。」

他繼續往下看，畫面卻又變得模糊黯淡。最後他終於說：「我看得懂的那些片斷，似乎全是有關太空世界的事蹟，我找不到任何關於地球的記載。」

崔維茲苦澀地說：「不會有的。就像川陀一樣，這個世界上的地球資料已被清除殆盡。把這東西關掉吧。」

「可是沒有關係……」裴洛拉特一面說，一面關掉閱讀機。

「因爲我們可以去其他圖書館碰碰運氣？其他圖書館也被清乾淨了，任何地方都一樣。你可知道——」他說話的時候一直望著裴洛拉特，現在卻突然瞪大眼睛，臉上露出驚惡交集的表情。「你的面板是怎麼回事？」他問道。

67

裴洛拉特自然而然舉起戴著手套的右手，摸了摸自己的面板，又將那隻手伸到眼前。

「這是什麼東西？」他的聲音充滿困惑。然後，他望著崔維茲，大驚小怪地叫道：「你的面板上也有些奇怪的東西，葛蘭。」

崔維茲自然而然想找鏡子照一照，可是附近根本沒有，即使眞的有，也還需要一盞燈光。他喃喃說道：「到有陽光的地方去好嗎？」

崔維茲半推半拉著裴洛拉特，來到最近的一扇窗戶旁，兩人置身在一束陽光下。雖然太空衣具有良好的絕熱效果，他的背部仍能感到陽光的熱度。

他說：「面對著太陽，詹諾夫，把眼睛閉上。」

他立刻看出裴洛拉特的面板出了什麼問題。在玻璃面板與金屬化太空衣的接合處，正繁殖著茂密的苔蘚，以致面板周圍多了一圈綠色的絨毛。崔維茲明白，自己的情形也完全一樣。

他用藏在手套中的一根手指頭，在裴洛拉特的面板四周刮了一下，苔蘚隨即掉落些許，綠色碎屑沾在他的手套上。崔維茲將它們攤在陽光下，看得出它們雖然閃閃發亮，卻似乎很快就變硬變乾了。他又試了一次，這回苔蘚變得又乾又脆，一碰就掉，而且漸漸轉爲褐色。於是，他開始用力擦拭裴洛拉特的面板周圍。

「幫我也這樣做，詹諾夫。」一會兒之後，他又問道：「我看起來乾淨了嗎？很好，你也一樣。我們走吧，我認爲沒有必要再待在這裡。」

此時，在這個沒有空氣的廢城裡，太陽的熱度已經令人難以忍受。石造建築物映著亮閃閃的光芒，幾乎會刺痛人的眼睛。崔維茲要瞇著眼才敢逼視那些建築，而且他盡可能走在街道有陰影的一側。不久，他在某座建築物正面的一道裂縫前停下腳步，那道裂縫相當寬，足以讓他藏在手套中的小指伸進去。他也果眞這麼做了，抽回手來一看，喃喃說道：「苔蘚。」然後，他故意走到陰影的盡頭，將沾著苔蘚的小指伸出來，在陽光下曝曬了一會兒。

他說：「二氧化碳是關鍵，凡是能得到二氧化碳的地方——腐朽的岩石也好，任何地方都好——它們都有辦法生長。我們會產生大量的二氧化碳，你知道吧，也許還是這顆垂死行星上最豐富的二氧化碳源。我想，是從面板邊緣漏出去了一點點。」

「所以苔蘚會在那裡生長。」

「對。」

返回太空艇的路途似乎很長，比黎明時分所走的那段路長得多，當然也炎熱得多。然而，當他們接近太空艇時，發現它仍處於陰影之下。這一點，崔維茲的計算至少是正確的。

裴洛拉特說：「你看！」

崔維茲看到了，閘門邊緣圍著一圈綠色的苔蘚。

「那裡也在漏？」裴洛拉特問。

「當然啦。我確定只有極少量，但這種苔蘚似乎是微量二氧化碳的最佳指標，我從未聽過有什麼儀器比它們更靈敏。它們的孢子一定無所不在，哪怕只有幾個二氧化碳分子的地方，那些孢子也會萌芽。」他將無線電調到太空艇用的波長，又說：「寶綺思，你聽得到嗎？」

寶綺思的聲音在他們兩人耳際響起。「聽得到。你們準備進來了嗎？有什麼收穫？」

「我們就在外面。」崔維茲說：「可是千萬別打開氣閘，我們會由外面開啓。重複一遍，千萬別打開氣閘。」

「爲什麼？」

「寶綺思，你就照我說的做，好不好？等一下我們可以好好討論。」

崔維茲拔出手銃，謹愼地將強度調到最低，然後瞪著這柄武器，顯得猶豫不決，因爲他從未用過最低強度。他環顧四周，卻找不到較脆弱的物體當試驗品。

在無可奈何的情況下，他將手銃瞄準附近的岩質山丘——**遠星號**便棲息在那座山丘的陰影下——結果目標並未變得紅熱。他自然而然摸了摸射中的部位，有溫熱的感覺嗎？由於穿著絕熱質料的太空衣，他絲毫無法確定。

他又遲疑了一下，然後想到，太空艇外殼的抗熱能力，無論如何應該和山丘屬於同一數量級。於是他將手銃對準閘門邊緣，很快按了一下扳機，同時屛住了氣息。

幾公分範圍內的苔蘚類植物，立刻都變成黃褐色。他在變色的苔蘚附近揮了揮手，稀薄的空氣便產生一絲微風，但即使這樣的微風，也足以將這些焦黃的殘渣吹得四散紛飛。

「有效嗎？」裴洛拉特焦切地問道。

「的確有效。」崔維茲說：「我將手銃調成了低能量的熱線。」

他開始沿著閘門周圍噴灑熱線，那些鮮綠的附著物隨即變色，再也不見一絲綠意。然後他敲了敲閘門，好讓殘留的附著物震下來，一團褐色的灰塵便飄落地面。由於這團灰塵實在太細，甚至能被微量的氣體托起，在稀薄的空氣中飄蕩許久。

「我想現在可以打開閘門了。」崔維茲說完，便用手腕上的控制器拍發出一組無線電波密碼，從太空艇內部啓動開啓機制，閘門隨即出現一道隙縫。等到閘門打開一半時，崔維茲說：「別浪費時間，詹諾夫，趕快進去。別等踏板了，爬進去吧。」

崔維茲自己緊跟在後，並且用調低強度的手銃噴著閘門邊緣。當踏板放下後，他也照樣噴了一遍。然後他才發出關閉閘門的訊號，同時繼續噴灑熱線，直到閘門完全關閉爲止。

崔維茲說：「我們已經進了氣閘，寶綺思。我們會在這裡待幾分鐘，你還是什麼都別做！」

寶綺思的聲音傳了過來，她說：「給我一點提示。你們都還好嗎？裴怎麼樣？」

裴洛拉特說：「我在這裡，寶綺思，而且好得很，沒什麼好擔心的。」

「你這麼說就好，裴。可是待會兒一定要有個解釋，我希望你瞭解這一點。」

「一言爲定。」崔維茲一面說，一面打開氣閘內的燈光。

穿著太空衣的兩人面面相覷。

崔維茲說：「我們要將這顆行星的空氣盡量抽出去，所以得耐心等一會兒。」

「太空艇的空氣呢？要不要放進來？」

「暫時不要。我跟你一樣急著掙脫這套太空衣，詹諾夫。但我先要確定已完全擺脫了跟我們一塊進來——或是黏在我們身上的孢子。」

藉著氣閘燈光差強人意的照明，崔維茲將手銃對準閘門與艇體的內側接縫，很有規律地先沿著地板噴灑熱線，然後向上走，繞了一圈之後又回到地板。

「現在輪到你了，詹諾夫。」

裴洛拉特不安地扭動了一下，崔維茲又說：「你大概會感到有點熱，但應該不會有更糟的感覺。如果開始覺得不舒服，你就趕緊說。」

他將不可見的光束對準對方面板噴灑，尤其是邊緣部分，然後一步步擴及太空衣其他各處。

「抬起兩隻手臂，詹諾夫。」他喃喃地發號施令，接著又說：「把雙臂搭在我的肩膀上，抬起一條腿來，我必須清理你的鞋底。現在換另一隻腳，你覺得太熱嗎？」

裴洛拉特說：「不怎麼像沐浴在涼風中，葛蘭。」

「好啦，現在換我嘗嘗自己的處方是什麼滋味，也幫我全身噴一噴。」

「我從來沒拿過手銃。」

「你一定要拿著。像這樣抓緊，用你的拇指按這個小按鈕，同時用力壓緊皮套。對，就是這樣。現在對著我的面板噴，要不停地慢慢移動，詹諾夫，別在一處停留太久。接著噴頭盔其他部分，然後往下走，對準臉頰和頸部。」

崔維茲不斷下達指令，直到全身都被噴得熱呼呼，出了一身又黏又膩的汗水之後，他才將手銃要回來，檢查了一下能量指標。

「已經用掉一大半。」說完，他開始很有規律地噴灑氣閘內部，每面艙壁都來回噴了好幾遍。直到手銃耗光電力，而且由於持久的高速放電而變得燙手，他才將手銃收回皮套中。

這個時候，他才終於發出進入太空艇的訊號。內門打開時，立刻傳來一陣嘶嘶聲，空氣瞬間湧入氣閘，令他覺得精神為之一振。空氣的清涼以及對流作用，能將太空衣的熱量急速帶走，效率要比熱輻射高出許多倍。他的確馬上感到冷卻的效果，那或許只是一種想像，但不論想像與否，他都十分歡迎這種感覺。

「脫掉太空衣，詹諾夫，把它留在氣閘裡面。」崔維茲說。

「如果你不介意的話，」裴洛拉特說：「我第一優先想做的事，就是好好沖個澡。」

「那可不是第一優先。事實上，在此之前，甚至在你紓解膀胱壓力之前，恐怕你得先跟寶綺思談一談。」

寶綺思當然在等他們，臉上流露出關切的神情。菲龍則躲在她後面探頭探腦，雙手緊緊抓住寶綺思的左臂。

「發生了什麼事？」寶綺思以嚴厲的口吻問道：「你們到底在做什麼？」

「在預防傳染病，」崔維茲冷冰冰地說：「所以我要打開紫外輻射燈。取出墨鏡戴上，請勿耽擱時間。」

等到紫外線加入壁光之後，崔維茲才將濕透的衣服一件件脫下來，每件都用力甩了甩，還拿在手中翻來覆去轉了半天。

「只是爲了預防萬一。」他說：「你也這樣做，詹諾夫。還有，寶綺思，我得全身剝個精光，如果會令你不自在，請到隔壁艙房去。」

寶綺思說：「我既不會不自在，也不會感到尷尬。你的模樣我心裡完全有數，我當然不會看到什麼新鮮東西。什麼樣的傳染病？」

「只是些小東西，但若任其自由發展，」崔維茲故意用輕描淡寫的語氣說：「會給人類帶來極大的災害，我這麼想。」

68

一切終於告一段落，紫外輻射燈也已經功成身退。當初在端點星，崔維茲首度踏上**遠星號**的時候，太空艇中就備有許多操作說明與指導手冊。根據這些錄成影片的複雜說明，紫外輻射燈的用途正是消毒殺菌。然而崔維茲想到，如果乘客來自流行日光浴的世界，這種裝置難免構成一種誘惑——用來將皮膚曬成時髦的古銅色——而且真會有人這麼做。不過無論怎樣使用，這種光線總是具有消毒殺菌的效果。

此時太空艇已進入太空，在不至於令大家難過的前提下，崔維茲盡量朝梅爾波美尼亞的太陽接近，並且讓太空艇翻騰扭轉，以確定表面全部受到紫外線的照射。

最後，他們才將棄置氣閘內的兩套太空衣救回來，並且詳加檢查，直到連崔維茲都滿意爲止。

「如此大費周章，」寶綺思終於忍不住說道：「只是爲了苔蘚。崔維茲，你是不是這麼說的？苔蘚？」

「我管它們叫苔蘚，」崔維茲說：「是因爲它們使我聯想到那種植物。然而，我並不是植物學家。我所能做的描述，只是它們綠得異常，也許能藉著非常少的光能生存。」

「爲何是非常少的光能？」

「那些苔蘚對紫外線極其敏感，在陽光直射的場所無法生長，甚至根本不能存活。它們的孢子散佈各處，無論陰暗的角落、雕像的裂縫、建築物的基部表面，只要是有二氧化碳的地方，它們都能生長繁殖，靠著散射光子所攜帶的能量維生。」

寶綺思說：「我覺得你認爲它們有危險。」

「大有可能。假如我們進來的時候，有些孢子附著在我們身上，或者被我們捲進來，它們會發現這裡光線充足，卻不含有害的紫外線，此外還有大量水分，以及源源不絕的二氧化碳。」

「在我們的空氣中，只有百分之零點零三。」寶綺思說。

「對它們而言已經太豐富了，而我們呼出的氣體則含有百分之四。萬一孢子在我們的鼻孔或皮膚生長呢？萬一它們分解破壞我們的食物呢？萬一它們製造出致命的毒素呢？即使我們千辛萬苦將它們消滅，只要還有少數孢子存活，一旦被我們帶到另一顆行星，它們也足以長滿那個世界，再從那裡轉移到其他世界。天曉得它們會造成多大的災害？」

寶綺思搖了搖頭。「不同形式的生命，不一定就代表有危險，你太輕易殺生了。」

「這是蓋婭在說話。」崔維茲說。

「當然是，但我希望你認爲我說得有理。那些苔蘚剛好適應這個世界的環境，這是因爲少量的光線對它們有利，大量的光線卻會殺死它們；同理，它們能利用偶爾飄來的幾絲二氧化碳，但太多或許就會令它們死亡。所以說，除了梅爾波美尼亞之外，它們可能無法在其他世界生存。」

「你要我在這件事情上賭運氣嗎？」崔維茲追問。

寶綺思聳了聳肩。「好啦，別生氣，我明白你的立場。身爲孤立體，你除了那樣做，也許並沒有其他選擇。」

崔維茲正想回嘴，可是菲龍清脆而高亢的聲音突然插進來，說的竟然是她自己的語言。

崔維茲問裴洛拉特道：「她在說些什麼？」

裴洛拉特答道：「菲龍是在說……」

然而，菲龍彷彿這才想起她的母語不容易懂，改口說：「你們在那裡有沒有看到健比在那裡？」

她咬字十分清楚，寶綺思高興得露出微笑。「她的銀河標準語是不是說得很好？幾乎沒花什麼時間。」

崔維茲低聲道：「若是由我講，會愈講愈糊塗。還是你跟她解釋吧，寶綺思，我們沒在那顆行星上發現機器人。」

「我來解釋。」裴洛拉特說：「來吧，菲龍。」他一隻手臂溫柔地摟住那孩子的肩頭，「到我們的艙房來，我拿另一本書給你看。」

「書？關於健比的嗎？」

「不能算是……」艙門便在他們身後關上了。

「你可知道，」崔維茲一面不耐煩地目送他們，一面說：「我們扮演這孩子的保母，簡直是在浪費時間。」

「浪費時間？崔維茲，這樣做可曾妨礙到你尋找地球？完全沒有。反之，扮演保母可以建立溝通管道，減輕她的恐懼，帶給她關愛，這些成就難道不值一哂嗎？」

「這又是蓋婭在說話。」

「沒錯。」寶綺思說：「那麼我們來談點實際的。我們造訪了三個古老的太空世界，結果一無所獲。」

崔維茲點了點頭。「十分正確。」

「事實上，我們發現每個世界都相當凶險，對不對？奧羅拉上有兇猛的野狗，索拉利上有怪異危險的人類，而梅爾波美尼亞上則存在著具有潛在威脅的苔蘚。這顯然代表說，一個世界一旦孤立起來，不論上面有沒有人類，都會對星際社會構成威脅。」

「你不能將這點視爲通則。」

「三次通通應驗，當然不由得你不信。」

「你相信的又是什麼呢，寶綺思？」

「我會告訴你的，請以開放的心胸聽我說。如果銀河中有數千萬個彼此互動的世界，當然這也是實際情形，又如果每個世界都純粹由孤立體組成，事實上也正是如此，那麼在每個世界上，人類都居於主宰的地位，能將他們的意志加在非人的生命型態上，加在無生命的地理環境上，甚至加諸彼此身上。所以說，當今的銀河其實就是個非常原始、非常笨拙而且功能不當的蓋婭星系，是個聯合體的雛型。你明白我的意思嗎？」

「我明白你想要說什麼。但這並不表示當你說完之後，我會同意你的說法。」

「只要你願意聽就好，同不同意隨你高興，但是請注意聽。銀河若想運作，原始蓋婭星系是唯一的方式，而且愈是遠離原始型態、愈是接近蓋婭星系就愈好。銀河帝國是個『強勢原始蓋婭星系』的嘗試，在它分崩離析後，時局便開始迅速惡化。後來，又不斷有人企圖強化原始蓋婭星系，基地邦聯便是一個例子。此外騾的帝國也是，第二基地計畫中的帝國也是。不過，縱使沒有這些帝國或邦聯，縱使整個銀河陷入動亂，那也是個連成一氣的動亂，每個世界都和其他世界保持互動，即使只是滿懷敵意的互動。這樣的銀河，本身還是個聯合體，因此不是最壞的情況。」

「那麼，什麼才是最壞的情況？」

「你自己知道答案是什麼，崔維茲，你已經親眼目睹。如果一個住人世界完全解體，居民個個成了真正的孤立體，又如果它和其他人類世界失去了一切互動，它就會朝向惡性發展。」

「像癌一樣？」

「正是，索拉利不就是現成的例子嗎？它和所有的世界對立。而在那個世界上，所有的個體也都處於對立狀態，你全都看到了。萬一人類完全消失，最後一點紀律也會蕩然無存，互相對立的情勢將變得毫無章法，就像那些野狗，或者只剩下天然的力量，就像那些苔蘚。我想你懂了吧，我們愈是接近蓋婭星系，社會就會愈美好。所以，爲何要在尙未達到蓋婭星系的時候，就半途而廢呢？」

崔維茲默默瞪著寶綺思，好一會兒才說：「我要好好思考這個問題。可是，你爲何假設藥量和藥效永遠成正比——吃一點若有好處，多吃便會更好，全部服下則是最好的？你自己不是也指出，那些苔蘚或許只能適應微量的二氧化碳，過多的話就會殺死它們嗎？一個身高兩公尺的人比一公尺高的人有利，可是同樣比身高三公尺的人要好。如果一隻老鼠膨脹成像隻大象，那是毫無益處的，牠根本活不下去。同理，大象縮成老鼠的大小也一樣糟糕。

「每樣東西，大至恆星小至原子，都有自然的尺度、自然的複雜度，以及種種最適宜的特質，而生物和活生生的社會也必定如此。我並不是說舊銀河帝國合乎理想，也當然看得出基地邦聯的缺陷，可是我不會因此就說：由於完全孤立不好，完全聯合便是好的。這兩種極端也許同樣可怕，而舊式銀河帝國無論多麼不完美，卻可能是我們能力的極限。」

寶綺思搖了搖頭。「我懷疑你自己都不相信自己的說法，崔維茲。你是不是想要辯稱，既然病毒和人類同樣不令人滿意，你就希望鎖定某種介於其間的生物——例如黏菌？」

「不，但我或許可以辯稱，既然病毒和超人同樣不令人滿意，我就希望鎖定某種介於其間的生物——例如凡夫俗子。然而我們並沒有爭論的必要，一旦找到地球，我就能得到解答。我們在梅爾波美尼亞，發現了另外四十七個太空世界的座標。」

「你全部會去造訪？」

「如果有必要，每個都會去。」

「不怕各有各的風險？」

「不怕，或許只有那樣才能找到地球。」

裴洛拉特早已回來，將菲龍一個人留在他的艙房。他似乎有話要說，卻夾在寶綺思與崔維茲的快速舌戰中無法開口。當雙方你來我往之際，他只能輪流瞪著他們兩人。

「那得花多少時間？」寶綺思問。

「不論得花多少時間，」崔維茲說：「但也許在下一站就能找到所需的線索。」

「或者通通徒勞無功。」

「那要等全部找完才知道。」

此時，裴洛拉特終於逮到機會插一句嘴。「但何必找呢，葛蘭？我們已經有答案了。」

崔維茲朝裴洛拉特不耐煩地揮了揮手，揮到一半卻突然打住，轉過頭來茫然問道：「什麼？」

「我說我們已經有答案了。在梅爾波美尼亞上我就一直想告訴你，至少試了五次，你卻過於專注手頭的工作……」

「我們有了什麼答案？你到底在說些什麼？」

「在說地球！我想我們已經知道地球在哪裡了。」

第六篇　阿爾發

第十六章：諸世界中心

69

崔維茲瞪了裴洛拉特良久，並露出明顯的不悅神情。然後他說：「是不是你看到什麼我沒看到的，卻沒有告訴我？」

「不是。」裴洛拉特好言好語答道：「其實你也看到了，正如我剛才說的，我試圖向你解釋，你卻沒心情聽我說。」

「好，你就再試一次。」

寶綺思說：「別對他兇，崔維茲。」

「我沒對他兇，我只是在問問題，你別寵壞他。」

「拜託，」裴洛拉特道：「你們兩位都聽我說，不要你一言我一語的。你還記不記得，葛蘭，我們討論過當年尋找人類起源的嘗試？那個亞瑞夫計畫？你知道的，就是試圖標出每顆行星的創建年代。這個計畫所根據的假設，是人類曾以起源世界爲中心，同時向四面八方進行殖民。因此，若從較新的行星逐步追溯到較老的行星，就能從各個方向匯聚到起源世界。」

崔維茲不耐煩地點了點頭。「我記得這個方法根本行不通，因爲每個世界的創建年代都不可靠。」

「沒錯，老夥伴。但亞瑞夫研究的世界都是第二波殖民者建立的，當時超空間旅行已極爲先進，殖民世界一定分佈得相當凌亂。跳躍很遠的距離是非常簡單的事，所以殖民世界不一定呈徑向對稱向外擴張。這一點，當然增加了創建年代的不確定性。

「可是你再想想，葛蘭，想想那些太空世界，它們是由第一波殖民者建立的。當時超空間旅行沒那麼進步，後來居上的情形可能很少，甚至根本沒有。雖然在第二波擴張時，幾千萬個世界的建立也許毫無規律，可是第一波卻只有五十個世界，它們有可能分佈得很規則。雖然第二波擴張持續了兩萬年，建立了數千萬個世界，可是第一波的五十個世界，卻只是幾世紀間的成果——相較之下，幾乎像是同時建立的。這五十個世界放在一起，應該大略構成球對稱，而對稱中心就是那個起源世界。

「我們已經擁有這五十個世界的座標。你拍攝下來了，記得嗎，你坐在石像上拍的。不論是什麼力量或什麼人試圖毀掉地球的資料，要不是忽略了這些座標，就是沒想到它們會提供我們所需的資料。你現在唯一需要做的，葛蘭，就是調整那些座標，修正兩萬年來的恆星運動，然後找出球形的中心。那個中心會相當接近地球之陽，至少接近它兩萬年前的位置。」

當裴洛拉特滔滔不絕時，崔維茲的嘴巴不自覺地微微張開，等到對方的長篇大論結束之後，又過了好一會兒，他才終於闔上嘴巴。然後他說：「可是我爲什麼沒想到呢？」

「我們還在梅爾波美尼亞的時候，我就試圖告訴你。」

「我確信你嘗試過，而我卻拒絕聽。我向你道歉，詹諾夫。其實是我根本沒料到……」他感到很不好意思，沒有再說下去。

裴洛拉特輕輕笑了幾聲。「沒料到我會說出這麼重要的話。我想通常我的確不會，但這件事可是我的本行，你懂了吧。我自己也承認，一般說來你大可不必聽我嘮叨。」

「沒這回事。」崔維茲說：「事情不是這樣的，詹諾夫。我覺得自己是個笨蛋，而我活該有這種感覺。我再次向你道歉，然後我就得去找電腦了。」

他們兩人一同走進駕駛艙。當崔維茲雙手放在桌面上，幾乎與電腦合成一個「人／機」生命體時，裴洛拉特像往常一樣，目不轉睛凝視著他，既驚嘆又感到無法置信。

「我必須做些假設，詹諾夫。」由於已經和電腦融爲一體，崔維茲的表情有點茫然。「我得假設第一個數字是距離，單位爲秒差距；其他兩個數字都是以弳爲單位的角度，勉強可說前一個標示上下，後一個標示左右。我還必須假設角度的正負號是依據銀河標準規約，而那個『○，○，○』代表梅爾波美尼亞的太陽。」

「聽來很有希望。」裴洛拉特說。

「是嗎？數字的排列共有六種可能、正負號的組合共有四種可能、距離的單位也許是光年而不是秒差距，還有角度的單位也許是度而不是弳，這就構成九十六種不同的變化。此外，如果距離單位是光年，我並不確定用的是哪種年。還有另一個問題，我不知道角度的測量究竟是用什麼規約——我想，應該是以梅爾波美尼亞的赤道爲準，可是本初子午線在哪裡？」

裴洛拉特皺起眉頭。「聽你這麼一說，好像又絕望了。」

「沒有絕望。奧羅拉和索拉利都在這份名單上，而我知道它們在太空中的位置。我將根據這些座標，試著尋找這兩顆行星，如果找錯了地方，我就改用另一種規約，直到座標給出正確位置爲止。這樣我就能知道，我在座標規約上所做的假設有何錯誤。一旦改正了，我就可以開始尋找那個球心。」

「有那麼多可能的變化，會不會很難判斷？」

「什麼？」崔維茲愈來愈全神貫注。等到裴洛拉特將問題重複了一遍，他才答道：「喔，還好，這些座標很可能是遵循銀河標準規約，找出未知的本初子午線並不困難。標定太空位址的各種系統都出現得很早，大多數的天文學家都相當肯定，它們甚至是在星際旅行前所建立的。人類在某些方面非常保守，用慣了一組數值規約之後，幾乎不會再做任何更改。我想，甚至有人會將它們誤認爲自然法則——其實這樣也好，因爲若是每個世界都有自己的測量規約，而且每個世紀都會改變，我相信科學發展絕對會因而受阻，甚至永遠停滯不前。」

他顯然一面說話一面工作，因爲他的言語始終斷斷續續。此時他又喃喃道：「現在保持肅靜。」

說完這句話，他整個臉皺了起來，神情顯得極爲專注。幾分鐘之後，他才靠回椅背，深深吸了一口氣，以平靜的口吻說：「規約正確，我已經找到奧羅拉，絕對沒問題。看到了嗎？」

裴洛拉特凝視著星像場，目光聚焦在接近中央的一顆亮星上。「你肯定嗎？」

崔維茲說：「我自己的意見並不重要，重要的是電腦也肯定。畢竟我們造訪過奧羅拉，十分清楚它的特徵——直徑、質量、光度、溫度、光譜細目等等，更遑論附近恆星的分佈模式。電腦說它就是奧羅拉。」

「那麼我想，我們必須接受它的說法。」

「相信我，我們必須接受。我來調整一下顯像螢幕，電腦就能開始工作。五十組座標早已輸入，它會一個一個處理。」

崔維茲一面說，一面開始調整螢幕。雖然電腦通常是在四維時空中運作，但將結果呈現給人類時，顯像螢幕鮮有超過二維的需要。可是現在，螢幕似乎展成一個漆黑的三維空間，深度與長寬相當。崔維茲幾乎將艙內的光線完全熄滅，好讓星光的影像更容易觀察。

「現在要開始了。」他低聲道。

一會兒之後，便出現一顆恆星，接著是另一顆，然後又是一顆。每多出現一顆星，螢幕的影像隨即變換一次，以便能將所有的星光納入螢幕。看起來，彷彿太空在他們眼前逐漸遠去，因此全景的範圍愈來愈大。除此之外，還有上下的移動，左右的移動……

最後，五十個光點盡數出現，全部懸掛在三維空間中。

崔維茲說：「我希望能看到一個美麗的球狀排列，可是這個看來卻像一個匆促捏成的雪球，而且是由過硬的、砂礫過多的雪所捏成的。」

「這樣會不會前功盡棄？」

「會增加些困難，但我想這是沒辦法的事。恆星本身的分佈並不均勻，可住人行星當然也一樣，因此這些新世界一定不會構成完美的幾何圖形。電腦會考慮過去兩萬年來最可能的運動模式，將每個光點調整到目前的位置——即使過了那麼長的時間，所需的調整其實也不多——然後，再利用它們建構一個『最佳球面』。換句話說，就是在太空中找出一個球面，使所有光點和它的距離都是最小值。最後我們再找出那個球面的球心，地球就該位於球心附近，至少我們希望如此。這不會花太多時間的。」

70

果然沒有花太多時間。雖然崔維茲對這台電腦所創造的奇蹟早已習以爲常，它的速度還是令他驚訝不已。

崔維茲剛才曾對電腦下過一道指令，要它在定出「最佳球心」後，發出一個柔和而餘音嫋嫋的音調。這樣做並沒有什麼特殊理由，只是爲了心理上的滿足罷了，因爲一旦聽到這個聲音，也許就代表這次的探索已告一段落。

幾分鐘後電腦便發出聲音，聽來像是輕敲銅鑼所激起的柔美響聲。音量由小而大，直到他們都能感到微微的震動，才慢慢消逝在空氣中。

寶綺思幾乎立刻出現在艙門口。「什麼聲音？」她瞪大眼睛問道：「緊急狀況嗎？」

崔維茲說：「根本沒事。」

裴洛拉特熱心地補充道：「我們也許找到地球的位置了，寶綺思，那一聲就是電腦報告這個好消息的方式。」

她走進了駕駛艙。「應該讓我有個心理準備。」

崔維茲說：「抱歉，寶綺思，我沒想到聲音會那麼大。」

菲龍跟著寶綺思走進來，問道：「爲什麼有那個聲音，寶綺思？」

「我看得出她也很好奇。」崔維茲往椅背一靠，感到十分疲倦。下一步，就是在眞實銀河中驗證這個發現——將心力集中在那個球心的座標上，看看是否眞有G型恆星存在。但是他再一次變得優柔寡斷，不願進行這個簡單的步驟，換句話說，他無法讓自己面對眞實測驗的可能答案。

「沒錯。」寶綺思說：「她爲何不該好奇呢？她和我們一樣是人類。」

「她的單親可不會這麼想。」崔維茲心不在焉地說：「這小孩令我擔心，她是個麻煩。」

「何以見得？」寶綺思質問。

崔維茲雙手一攤，答道：「只是一種感覺。」

寶綺思白了他一眼，再轉身對菲龍說：「我們正在設法尋找地球，菲龍。」

「地球是什麼？」

「另一個世界，可是很特別，我們的祖先都來自那個世界。你從那些讀物中，有沒有學到『祖先』是什麼意思，菲龍？」

「是不是××？」最後兩個字並非銀河標準語。

裴洛拉特說：「那是祖先的古老詞彙，寶綺思。在我們的語言中，跟它最接近的是『先人』。」

「太好了。」寶綺思突然露出燦爛的笑容，「我們的先人都來自地球，菲龍。你的、我的、裴的、崔維茲的先人都是。」

「你的，寶綺思——還有我的也是。」菲龍的口氣似乎透著疑惑，「他們都是從地球來的？」

「先人只有一種。」寶綺思說：「你的先人就是我的先人，大家的先人都一樣。」

崔維茲說：「聽來這孩子好像非常明白她和我們不同。」

寶綺思對崔維茲低聲道：「別那麼說。一定要讓她認爲自己沒什麼不同，沒有根本上的差異。」

「我認爲，雌雄同體就是根本上的差異。」

「我是指心靈。」

「轉換葉突也是根本上的差異。」

「喂，崔維茲，別那麼難伺候。她既聰明又有人性，其他都是細微末節。」

她轉身面對菲龍，音量恢復正常大小。「靜靜想一想，菲龍，想想這對你有什麼意義。你的先人和我的先人一樣，而在每個世界上——很多很多的世界——人人都擁有共同的先人，他們原來住在一個叫作地球的世界。這就表示我們都是親戚，對不對？現在回到我們的艙房，想一想這件事。」

菲龍若有所思地望了崔維茲一眼，隨即轉身跑開，寶綺思還在她臀部親暱地拍了一下。

然後寶綺思轉向崔維茲說：「拜託，崔維茲，答應我，以後她在附近的時候，不要再說那種話，免得她認爲自己跟我們不同。」

崔維茲說：「我答應你。我並不想妨礙或破壞她的學習過程，可是，你也知道，她的確跟我們不一樣。」

「只是某些方面有點差異，正如我跟你有所不同，裴跟你也不完全一樣。」

「別太天眞了，寶綺思，菲龍的差異要大得多。」

「大一點而已。相較之下，她和我們的相似點卻重要得多。她和她的同胞有一天會成爲蓋婭星系的一部分，而且我相信，還是極有用的一部分。」

「好吧，我們別爭論了。」他萬分不情願地轉身面對電腦，「現在，恐怕我得在眞實太空中，查證一下地球是否在那個位置上。」

「恐怕？」

「嗯，」崔維茲聳起雙肩，希望做個至少有點幽默感的動作。「萬一附近沒有符合條件的恆星，那該怎麼辦？」

「沒有就沒有吧。」寶綺思說。

「我不知道現在就查證究竟有沒有意義，幾天之內我們都還無法進行躍遷。」

「這幾天你都會為了揣測答案而坐立不安。現在就查出來吧，等待不會改變既成的事實。」

崔維茲緊抿著嘴坐在那裡，過了一會兒才說：「你說得對。很好，那麼——現在就開始。」

他再度轉身面向電腦，雙手按在桌面的手掌輪廓上，顯像螢幕隨即變得一片漆黑。

寶綺思說：「那麼我走了，我留下來會令你神經緊張。」她揮了揮手，離開了駕駛艙。

「現在我們要做的，」崔維茲喃喃說道：「首先是檢查電腦的銀河地圖。即使地球之陽果眞在計算出的位置上，地圖應該也沒有收錄。不過我們再……」

當顯像螢幕閃現群星背景時，他的聲音在驚訝中逐漸消失。星辰數量極多，大多十分黯淡，偶爾穿插著一顆較明亮的恆星，在螢幕上分佈得很平均。但在相當接近中央的地方，有一顆令眾星黯然失色的明亮星辰。

「我們找到了。」裴洛拉特高聲歡呼：「我們找到了，老弟，看看它有多亮。」

「位於座標中心的恆星看來都很亮。」崔維茲顯然試圖壓抑過早的歡喜，以免事後證明是一場空。「畢竟，攝取這個影像的鏡頭，距離座標中心只有一秒差距。話又說回來，中央那顆恆星顯然不是紅矮星或紅巨星，光芒也不是高溫的藍白色。等資料出來再說吧，電腦正在查尋資料庫。」

經過幾秒鐘的沉默後，崔維茲說：「光譜型為G2。」他又頓了頓，才繼續說下去。「直徑，一百四十萬公里——質量，端點星之陽的一點零二倍——表面溫度，絕對溫標六千度——自轉速度緩慢，週期接近三十天——沒有異常活動或不規則的變化。」

裴洛拉特說：「這不都是擁有可住人行星的典型條件嗎？」

「很典型，」崔維茲一面說，一面在昏暗中點著頭，「因此符合我們對地球之陽的預期。假如生命的確源自地球，地球之陽就樹立了最初的典範。」

「所以說，周圍有可住人行星的機會相當大。」

「我們不必臆測這一點。」聽崔維茲的口氣，他正感到困惑不已。「根據銀河地圖的記載，它有一顆擁有人類生命的行星——可是加了一個問號。」

裴洛拉特的興致愈來愈高。「那正是我們預期的情況，葛蘭。那裡的確有一顆住人行星，可是那個神祕力量企圖掩蓋這個事實，因此相關資料模糊不清，使得製做電腦地圖的人無法確定。」

「不，正是這點令我不安。」崔維茲說：「這並非我們應當預期的結果，我們應當預期的是更極端的情況。想想看，地球的相關資料被清除得多徹底，製圖者不該知道那個行星系有生命存在，更遑論人類生命，他們甚至不該知道地球之陽的存在。太空世界全都不在地圖中，又為何會有地球之陽呢？」

「嗯，無論如何，它就是在那裡。這是事實，何必爭論呢？那顆恆星還有沒有其他資料？」

「有個名字。」

「啊！叫什麼？」

「阿爾發。」

頓了頓之後，裴洛拉特熱切地說：「那就對了，老友，這是最後一個小小的佐證。想想它的含意。」

「它有什麼含意嗎？」崔維茲說：「對我而言，它只是個名字，而且是個古怪的名字，聽來不像銀河標準語。」

「的確不是銀河標準語，而是地球的一種史前語言。寶綺思的母星叫作蓋婭，也是源自這種語言。」

「那麼，阿爾發是什麼意思？」

「那個古老的語言，第一個字母叫『阿爾發』，這是最可靠的史前知識之一。在遙遠的古代，阿爾發有時用來代表第一件事物，例如某個太陽命名爲阿爾發，就意味著它是第一個太陽。而第一個太陽，難道不就是人類最初的行星——地球——所環繞的恆星嗎？」

「你確定嗎？」

「絕對確定。」裴洛拉特說。

「在早期的傳說中——畢竟你是神話學家——可曾提到地球之陽有什麼非常特殊的性質？」

「怎麼會有呢？根據定義，它應該是最標準的，而電腦告訴我們的那些特徵，我猜通通再標準不過了。到底是不是？」

「我想，地球之陽應該是顆單星？」

裴洛拉特說：「嗯，當然啦！據我所知，所有的住人世界都是環繞著單星。」

「這點我早就該想到。」崔維茲說：「問題是，顯像螢幕中央那顆恆星並非單星，而是一對雙星。雙星之中較亮的那顆的確很標準，電腦所提供的就是有關它的資料。然而，還有一顆恆星環繞著它，週期大約是八十年，質量則是前者的五分之四。我們無法用肉眼看出它們其實是兩顆星，但若將影像放大，我確定就看得出來。」

「這點你肯定嗎，葛蘭？」裴洛拉特著實吃了一驚。

「這是電腦告訴我的。如果我們眼前是一對雙星，它就不是地球之陽，不可能是。」

71

崔維茲中斷了與電腦的接觸，艙內頓時大放光明。

這顯然就是請寶綺思回來的訊號，菲龍則尾隨在她身後。「好啦，結果如何？」寶綺思問。

崔維茲以平板的語調說：「多少有些令人失望。在我原本希望找到地球之陽的地方，我卻找到一對雙星。地球之陽是單星，所以中央那顆絕對不是。」

裴洛拉特說：「現在怎麼辦，葛蘭？」

崔維茲聳了聳肩。「我本來就沒有指望在正中央看到地球之陽。即使是太空族所建立的世界，也不會恰好形成完美的球面。奧羅拉——那個最古老的太空世界——也有可能產生自己的殖民者，而這就可能使球面扭曲。此外，地球之陽在太空中的運動速度，也許和太空世界的平均速度不盡相同。」

裴洛拉特說：「所以地球可能在任何地方，你是不是這個意思？」

「不，不能說是『任何地方』。所有可能的誤差加起來也不會太大，地球之陽一定位於球心座標附近。我們到找的這顆幾乎剛好在座標上的恆星，一定是地球之陽的近鄰。地球之陽竟然有個如此相似的鄰居——唯有雙星這點例外——這也實在令人驚訝，可是事實一定如此。」

「可是這樣的話，我們應該能在地圖上看到地球之陽，對不對？我的意思是，在阿爾發附近？」

「不對，因為我確定地球之陽根本不在地圖上。正是由於這個緣故，我們最初找到阿爾發的時候，我才會感到信心動搖。不論它和地球之陽多麼相似，光憑它被收錄在地圖中這一點，就令我懷疑它不是眞貨。」

「好吧，那麼，」寶綺思說：「何不將注意力集中到眞實太空的這組座標上？然後，如果發現有顆明亮的恆星接近球心，可是不在電腦地圖中，又如果這顆恆星性質和阿爾發非常相近，卻是一顆單星，那不就是地球之陽嗎？」

崔維茲嘆了一口氣。「如果一切如你所說，我願意拿我的一半財產打賭，賭你所說的恆星就是地球這顆行星的太陽。可是，現在我又有些猶豫，不想驗證這個假設。」

「因爲你可能失敗？」

崔維茲點了點頭。「然而，」他說：「給我一點時間喘口氣，我就會強迫自己去做。」

正當三個大人你看我、我看你之際，菲龍走近電腦桌面，好奇地瞪著上面的手掌輪廓。她的小手向那個輪廓探去，崔維茲趕緊伸出手臂格開她，同時厲聲道：「不准亂碰，菲龍。」

小索拉利人似乎嚇了一跳，立刻躲進寶綺思溫暖的臂膀中。

裴洛拉特說：「我們必須面對現實，葛蘭。萬一你在太空中什麼也沒找到，那該怎麼辦？」

「那我們將被迫重拾原先的計畫，」崔維茲說：「一一造訪其他四十七個太空世界。」

「萬一那樣做也一無所獲呢，葛蘭？」

崔維茲心煩意亂地搖了搖頭，彷彿要阻止那種想法在腦中生根。他低頭看了看自己的膝蓋，突然冒出一句：「那時我會再想別的辦法。」

「可是如果先人的世界根本不存在呢？」

聽到這個女高音般的聲音，崔維茲猛然抬起頭來。「誰在說話？」他問。

這一問其實是多此一舉。難以置信的感覺很快就消失了，他也非常確定到底是誰發問。

「是我。」菲龍答道。

崔維茲望著她，微微皺起眉頭。「你聽得懂我們的談話嗎？」

菲龍說：「你們在尋找先人的世界，可是你們還沒找到，也許根本沒有一個世界。」

「沒有『那個』世界。」寶綺思輕聲糾正她。

「不，菲龍。」崔維茲以嚴肅的口吻說：「是有人花了很大的工夫將它藏起來。如此努力地隱藏一樣東西，意味著那樣東西非隱藏起來不可。你瞭解我的意思嗎？」

「我瞭解。」菲龍說：「就像你不讓我碰桌上的手影。正因爲你不讓我碰，意味著碰一碰會很有趣。」

「啊，但你碰就不有趣了，菲龍。寶綺思，你在製造一個怪物，她會把我們全毀了。除非我坐在電腦前面，否則再也別讓她進來。即使在那種情況下，也請三思而後行，好嗎？」

然而，這段小插曲似乎驅走了他的優柔寡斷。他說：「顯然，我最好開始工作了。如果我只是坐在這裡，無法決定該怎麼做，那小醜怪馬上會接管這艘太空艇。」

艙內燈光立刻變暗，寶綺思壓低聲音說：「答應我，崔維茲，她在附近的時候，別稱她怪物或醜怪。」

「那就好好盯牢她，教她一些應有的禮節。告訴她小孩不該跟大人講話，還要盡量少在大人面前出現。」

寶綺思皺起眉頭。「你對小孩子的態度實在太過分了，崔維茲。」

「或許吧，不過現在不是討論這個問題的時候。」

然後，他以既滿意又寬心的語調說：「那是眞實太空中的阿爾發。而在它的左側，稍微偏上的位置，是一顆幾乎同樣明亮，但並未收錄在銀河地圖中的恆星。那就是地球之陽，我敢拿我所有的財產打賭。」

72

「好了啦，」寶綺思說：「即使你輸了，我們也不會拿走你任何財產，所以何不直截了當找出答案呢？你一旦能進行躍遷，我們立刻造訪那顆恆星。」

崔維茲搖了搖頭。「不！這次並非由於猶豫或恐懼，而是爲了小心謹愼。我們造訪了三個未知的世界，三次都遭到始料未及的危險，而且三次都被迫匆匆離去。這次是最緊要的關鍵，我不要再盲目行事，至少在能力範圍內要盡量避免。直到目前爲止，我們僅僅知道有關放射性的含混傳說，那根本不夠。誰也不可能料到，在距離地球約一秒差距的地方，竟然有一顆擁有人類生命的行星……」

「在阿爾發周圍，眞有一顆擁有人類生命的行星嗎？」裴洛拉特問道：「你說過電腦在後面打了個問號。」

「即使如此，」崔維茲說：「還是值得試一試。爲何不去瞧瞧呢？倘若上面果眞住有人類，我們就去問問他們對地球瞭解多少。畢竟，對他們而言，地球並非傳說中遙不可及的世界，而是他們的近鄰；在他們的天空，地球之陽一定既明亮又耀眼。」

寶綺思以深思熟慮的口吻說：「這個主意不壞。我突然想到，如果阿爾發擁有一個住人世界，其上居民又不是你們這種典型的孤立體，那麼他們也許會很友善，我們就有可能獲得一些美食來換換口味。」

「還能結識一些和藹可親的人，」崔維茲說：「別忘了這一點。你同意這樣做嗎，詹諾夫？」

裴洛拉特說：「由你決定，老弟。不論你到哪裡，我一定奉陪。」

菲龍突然問道：「我們會不會找到健比？」

寶綺思趕緊搶在崔維茲前面回答：「我們會找找看，菲龍。」

於是崔維茲說：「那就這麼決定了，向阿爾發前進。」

73

「兩顆大星星。」菲龍指著顯像螢幕說。

「沒錯，」崔維茲說：「是有兩顆。寶綺思，切記要看好她，我不希望她亂碰任何東西。」

「她對機械裝置很著迷。」寶綺思說。

「是啊，我知道，」崔維茲說：「可是我不敢領教。不過老實告訴你，看到顯像螢幕上兩顆恆星同時閃耀，我倒是跟她一樣著迷。」

那兩顆恆星的確相當燦爛，兩者幾乎都像個圓盤。螢幕早已自動增強過濾密度，用來消除「硬輻射」並降低星光亮度，以避免對視網膜構成傷害。結果，螢幕上只剩下少數幾顆亮星，那對雙星則以高傲且近乎孤立的王者姿態高掛天際。

「事實上，」崔維茲說：「我以前從未如此接近一個雙星系。」

「從未？」裴洛拉特聲音中透出幾許訝異，「怎麼可能呢？」

崔維茲哈哈大笑。「雖然我常在太空中來來去去，詹諾夫，但我並非你想像中的銀河遊俠。」

裴洛拉特說：「在遇到你之前，葛蘭，我從來沒有到過太空。但我總是認爲，任何人只要上了太空……」

「就什麼地方都會去。我瞭解，那是很自然的想法。足不離地的人最大的問題，就是不論理智如何說服他們，仍然無法想像銀河的實際大小。即使我們在太空中旅行一輩子，銀河絕大多數地方還是去不了。此外，根本沒有人去過雙星系。」

「爲什麼？」寶綺思皺著眉頭說：「相較於遍遊銀河的孤立體，我們蓋婭上的人對天文學所知不多，可是在我的印象中，雙星似乎並不罕見。」

「的確如此。」崔維茲說：「其實嚴格說來，雙星的數量比單星還多。然而，兩顆靠得很近的恆星，會害得行星無法循著一般過程形成。雙星擁有的行星物質比單星來得少，而即使雙星系中有行星形成，通常軌道也不太穩定，極少出現適宜住人的條件。」

「我猜早期的星際探險者，一定近距離研究過許多雙星。可是一段時日之後，為了殖民的目的而探索時，他們的目標便僅限於單星。當然啦，一旦銀河遍佈了殖民世界，幾乎所有的星際旅行便都和貿易或交通有關，而且一律在單星旁的住人世界之間進行。在軍事活動頻仍時期，我想，假如某對雙星剛好具有戰略地位，有時會在環繞其中之一的小型無人世界上設立據點。可是隨著超空間旅行漸趨完善，那樣的據點也就變得沒必要了。」

裴洛拉特以謙虛的口吻說：「眞不敢想像我有多麼孤陋寡聞。」

崔維茲只是咧嘴笑了笑。「別被我唬到了，詹諾夫。我在艦隊的時候，聽過無數過時戰術的演講；根本沒有人計畫或打算使用那些戰術，討論它們純粹只是一種傳統。我剛剛只不過是隨便賣弄了一點。回過頭來想想，你懂得那麼多神話學、民間傳說和古代語文，這些我都一竅不通，只有你和少數專家才懂。」

寶綺思說：「沒錯，但那兩顆恆星雖然構成雙星系，其中之一的軌道上卻有一顆住人行星。」

「我們希望的確如此，寶綺思。」崔維茲說：「凡事皆有例外，再加上鄭重其事標了一個問號，使它更加令人費解——不行，菲龍，那些按鈕不是玩具——寶綺思，要不就用手銬把她銬起來，要不就帶她出去。」

「她不會弄壞任何東西的。」寶綺思雖然在為菲龍辯護，仍將那索拉利小孩拉到自己身邊。「既然你對那顆可住人行星如此感興趣，我們還在這裡等什麼？」

「原因之一，」崔維茲說：「這是人之常情，我想趁機在近距離觀察一下雙星系。此外，謹愼也是人之常情，而我也不例外。正如我解釋過的，自從我們離開蓋婭，沒有一件事不讓我變得更加小心謹愼。」

裴洛拉特說：「這兩顆恆星哪一顆是阿爾發，葛蘭？」

「我們不會迷路的，詹諾夫。電腦曉得究竟哪顆才是阿爾發，因此我們也曉得。它是溫度較高、顏色較黃的那顆，這是因為它比較大的緣故。而右側那一顆，則發出明顯的橙色光芒，有點像奧羅拉的太陽，想必你還記得。你注意到了嗎？」

「經你這麼一提醒，我就注意到了。」

「很好，那顆則比較小。你提到的那種古老語言，第二個字母是什麼？」

裴洛拉特想了一下，然後說：「貝它。」

「那麼我們就稱橙色那顆為貝它，黃白色那顆為阿爾發，而我們現在的目標正是阿爾發。」

第十七章：新地球

74

「四顆行星。」崔維茲喃喃說道：「全都很小，再加上一長串小行星，並沒有氣態巨星。」

裴洛拉特說：「你認爲這令人失望嗎？」

「並不盡然，這是預料中的事。互相環繞的雙星彼此如果很接近，就不會有行星環繞其中任何一顆，而只能環繞兩者的重心。但是那種行星幾乎不可能適宜住人，因爲太遠了。

「反之，如果雙星彼此分得夠開，各自的穩定軌道上就能有行星存在，前提是那些行星和雙星之一足夠接近。而這兩顆恆星，根據電腦資料庫的記錄，平均間距爲三十五億公里，甚至在『近星點』，也就是兩者最接近的時候，相隔也有十七億公里。一顆行星距離雙星之一若不超過兩億公里，即可處於穩定軌道，但更大的軌道上則不可能有行星存在。這就表示絕不會有氣態巨星，因爲那種行星距離恆星必定很遠。可是這又有什麼差別呢？反正氣態巨星都不可住人。」

「但這四顆行星之一也許適宜人類居住。」

「事實上，只有第二顆眞有這個可能。原因之一，是唯有它才大到足以保有大氣層。」

他們迅速航向第二顆行星，接下來的兩天中，它的影像逐步擴大。起先是莊嚴而保守地膨脹，等到他們確定沒有任何船艦前來攔截，其影像的膨脹便愈來愈快，幾乎達到了駭人的速度。

現在，**遠星號**位於雲層上方一千公里處，循著一條臨時軌道疾速飛行。崔維茲繃著臉說：「電腦記憶庫在『住人』的註記後面加上問號，我終於知道是爲什麼了。它沒有明顯的輻射跡象，夜半球沒有火光，無線電波則到處都沒有。」

「雲層似乎挺厚的。」裴洛拉特說。

「不至於將電波輻射隱藏起來。」

他們望著下方不停轉動的行星，團團打轉的白雲色調極爲和諧，其間偶爾出現一些隙縫，透出代表海洋的青色圖案。

崔維茲說：「就住人世界而言，此地雲量算是很重，可能是個相當陰沉的世界。」當他們再度鑽入夜面陰影時，他又補充道：「而最令我困擾的一點，是我們沒收到任何太空站的呼叫。」

「你的意思是，應該像我們剛到康普隆時那樣？」裴洛拉特問。

「任何住人世界都會那樣做。我們得停下來接受例行盤查，包括證件、貨物、停留時間等等。」

寶綺思說：「或許由於某種原因，我們錯過了呼叫訊號。」

「他們可能使用的波長，我們的電腦通通接收得到。而且我們還一直送出自己的訊號，結果卻喚不出任何人，也得不到一點回音。如果沒跟太空站的人員聯絡上，就逕行俯衝到雲層下，是一種違反太空禮儀的行爲，但我看不出有其他選擇。」

於是**遠星號**開始減速，同時增強反重力以維持原來的高度。等它再度回到白晝區，速度已經減得很低。崔維茲與電腦合作無間，在雲層中找到一個夠大的裂縫，太空艇立刻下降，一舉穿過那個雲隙。他們隨即見到波濤洶湧的海洋，那想必是強風造成的結果。海面在他們下方數公里處，好像一塊滿是皺褶的絨布，還點綴著由泡沫構成的隱約線條。

他們飛出那片晴空，來到雲層之下。正下方遼闊的海水變成青灰色，溫度也顯著降低。

菲龍一面盯著顯像螢幕，一面用子音豐富的母語說個不停。一會兒之後，她才改用銀河標準語，以顫抖的聲音說：「下面我看到的是什麼？」

「那是海洋，」寶綺思以安撫的口吻說：「是非常非常多的水。」

「爲什麼不會乾掉呢？」

寶綺思看了看崔維茲，後者答道：「水太多了，所以乾不掉。」

菲龍以近乎哽咽的語調說：「我不要那些水，我們離開這裡。」此時**遠星號**正通過一團暴風雨，顯像螢幕因而變成乳白色，上面還有雨點形成的紋路。菲龍突然開始尖叫，好在聲音不太刺耳。

駕駛艙的燈光暗下來，太空艇的動作變得有些不順暢。

崔維茲驚訝地抬起頭來，高聲喊道：「寶綺思，你的菲龍已經大到可以轉換能量了，她正利用電力試圖操縱太空艇，快阻止她！」

寶綺思伸出雙臂抱住菲龍，將她緊緊擁入懷中。「沒事，菲龍，沒事，沒什麼好怕的。這只不過是另一個世界，像這樣的世界還多著呢。」

菲龍情緒放鬆了些，不過仍在繼續發抖。

寶綺思對崔維茲說：「這孩子從來沒有見過海洋，據我所知，也可能從未經驗過雨和霧。你就不能有點同情心嗎？」

「如果她動太空艇的腦筋，我就絕不同情，她那樣做會給我們帶來極大的危險。把她帶到你們的艙房去，讓她冷靜下來。」

寶綺思勉強點了點頭。

裴洛拉特說：「我跟你一道去，寶綺思。」

「不，不要，裴，」她答道：「你留在這裡。我來安撫菲龍，你來安撫崔維茲。」說完便轉身離去。

「我不需要安撫。」崔維茲對裴洛拉特吼道，然後又說：「很抱歉，或許我的情緒忽然失控，但我們不能讓一個小孩玩弄操縱裝置，你說對不對？」

「當然不能。」裴洛拉特說：「可是事出突然，寶綺思一時之間不知所措，否則她一定能制止菲龍。菲龍實在算是很乖了，想想她的處境，被迫遠離家鄉，還有她的——她的機器人，而且被迫過著她所不瞭解的生活，毫無選擇餘地。」

「我知道。當初可不是我要帶她同行的，記得吧，那是寶綺思的主意。」

「沒錯，但我們如果不帶她走，這孩子準死無疑。」

「好吧，待會兒我會向寶綺思道歉，也會向那孩子道歉。」

但他仍舊眉頭深鎖，裴洛拉特柔聲問道：「葛蘭，老弟，還有什麼事困擾著你？」

「這海洋。」崔維茲說。他們早已鑽出暴風雨，但雲層濃密依舊。

「海洋有什麼不對勁？」裴洛拉特問。

「太多了就是問題。」

裴洛拉特一臉茫然，崔維茲突然又說：「沒有陸地，我們沒看到任何陸地。大氣絕對正常，氧和氮的比例恰到好處，因此這顆行星一定經過精密改造，也一定擁有維持氧氣含量的植物。在自然狀況下，不會出現這樣的大氣——想必只有地球例外，這種大氣原本就是地球上形成的，天曉得是怎麼回事。不過，話說回來，經過精密改造的行星總有足夠的乾燥陸地，最多可佔總表面積的三分之一，而絕不會少於五分之一。所以說，這顆行星既然經過精密改造，怎麼又會缺乏陸地呢？」

裴洛拉特說：「或許，因為這顆行星是雙星系的一部分，所以和一般的情形完全不同。也許它並未接受過精密改造，而是以特殊方式演化出大氣的，但在環繞單星的行星上，這種方式卻少之又少。這裡有可能獨立發展出生命，就像地球一樣，只不過都是水中生物。」

「就算我們接受這點，」崔維茲說：「對我們也沒有任何益處。水中生物絕不可能發展出科技，因爲科技總是建立在火的發明上，而水火是不相容的。一顆擁有生命卻沒有科技的行星，並不是我們找尋的目標。」

「這點我瞭解，但我只是在做理論上的考量。畢竟，據我們所知，科技僅僅完整發展過一次——就是在地球上。在銀河其他角落，科技都是由銀河殖民者播種的。如果只有一個研究案例，你就不能說科技『總是』如何如何。」

「在水中行動得具備流線型的形體，因此水中生物不能有不規則的外形，或是像人手那樣的附肢。」

「烏賊就有觸手。」

崔維茲說：「我承認我們可以做各種臆測，但你若是幻想在銀河某個角落，會獨立演化出一種類似烏賊的智慧生物，而且發展出一種無火的科技，你就是在想像一件完全不可能的事，我的看法如此。」

「你的『看法』如此。」裴洛拉特柔聲說。

崔維茲突然哈哈大笑。「很好，詹諾夫，我看得出你是在強詞奪理，來報復我剛才對寶綺思大吼大叫，而你的確很成功。我答應你，如果找不到陸地，我們會盡可能搜尋海洋，看看能否找到你所說的文明烏賊。」

他在說這番話的時候，太空艇再度進入夜面陰影，顯像螢幕也變得一片漆黑。

裴洛拉特心中一凜。「我一直在想個問題，」他說：「這樣到底安不安全？」

「什麼到底安不安全，詹諾夫？」

「在黑暗中像這樣高速飛行。我們也許會愈飛愈低，最後一頭栽進海裡，然後立刻報銷。」

「相當不可能，詹諾夫，眞的！電腦讓我們始終沿著一條重力線飛行，換句話說，它一直讓行星重力場保持固定強度，這就表示它使我們和海平面幾乎維持固定距離。」

「可是有多高呢？」

「將近五公里。」

「這樣還是不能眞正讓我心安，葛蘭。難道我們不可能遇到陸地，而撞上我們看不見的山峰嗎？」

「我們看不見，可是太空艇的雷達會看見，而電腦會引導太空艇繞過或飛越山峰。」

「那麼，萬一經過的是平地呢？我們會在黑暗中失之交臂。」

「不，詹諾夫，我們不會錯過的。水面反射的雷達波和陸地反射的完全不同，水面基本上是平坦的，陸地則崎嶇不平。因此相較之下，陸地反射的雷達波顯得極爲紊亂。電腦能分辨其中的差別，如果眼前出現陸地，它隨時會告訴我們。就算是大白天，而且整個行星陽光普照，電腦也一定會比我更早發現陸地。」

接下來是一陣沉默。幾小時後，他們又回到白晝區，下面仍是起起伏伏的空曠海洋。每當他們偶爾穿越暴風雨，海洋就會暫時在眼前消失。暴風雨多得數也數不清，有一次，強風甚至將**遠星號**吹離原來的路徑。根據崔維茲的解釋，電腦爲了避免不必要的能源浪費，並減少太空艇受損的機會，所以才沒有強行對抗。通過那團亂流之後，電腦果然將太空艇的航道緩緩矯正回來。

「可能是個颶風的外緣。」崔維茲說。

裴洛拉特道：「聽我說，老弟，我們只顧著由西往東飛——或說由東往西飛，觀察到的只有赤道而已。」

崔維茲說：「這樣做實在很傻，是不是？其實，我們的飛行路徑是個西北/東南向的球面大圓，它會帶著我們穿過熱帶和南北兩個溫帶。我們每次重複這條路徑，它便會自動偏西一點，因爲行星一直在自轉。所以說，我們是在很有規律地逐漸掃過整個世界。不過，由於直到目前爲止，我們還沒有遇上陸地，根據電腦的計算，大型陸塊存在的機率已小於十分之一，大型島嶼的機率則小於四分之一。我們每多繞一圈，這些機率就會再降一點。」

「你可知道換成我會怎麼做嗎？」裴洛拉特慢條斯理地說，此時他們又被夜半球吞噬。「我會跟這顆行星保持足夠的距離，利用雷達掃瞄正面的整個半球。雲層不會是什麼問題，對不對？」

崔維茲說：「然後急速拉升，來到另一側，再進行同樣的工作，或者乾脆等待行星自轉過來——那是後見之明，詹諾夫。通常來到一顆可住人行星，都得先停靠在某座太空站，取得一條降落路徑，或是被趕走，誰會料到根本找不到太空站？即使沒在任何太空站停靠，直接來到雲層底下，誰又會料到無法很快找到陸地？可住人行星就是——陸地！」

「當然並非全是陸地。」裴洛拉特說。

「我不是在說那個。」崔維茲突然變得很興奮，「我是說我們找到陸地了！安靜！」

崔維茲雖然努力克制，仍舊難掩興奮之情。他將雙手放到桌面上，整個人又變成電腦的一部分。「是一座島嶼，大約二百五十公里長，六十五公里寬，不會差多少。面積大概有一萬五千平方公里左右，不算大，但也不小，在地圖上不只一個點。等一等——」

駕駛艙的燈光轉暗，終至完全熄滅。

「我們在做什麼？」裴洛拉特自然而然將聲音壓得很低，彷彿黑暗是個脆弱的東西，大聲一點就會震碎。

「讓我們的眼睛適應黑暗。現在太空艇正在這座島嶼上空盤旋，仔細看看，你能看到什麼東西嗎？」

「沒有——可能有些小光點，但我不確定。」

「我也看到了，現在我要插入望遠鏡片。」

果然有燈光！能看得很清楚，一團團的燈光零星散佈各處。

「上面有人居住。」崔維茲說：「可能是這顆行星上唯一住人之處。」

「我們該怎麼做？」

「我們等到白天再說，這就給了我們幾小時的休息時間。」

「他們不會攻擊我們嗎？」

「用什麼攻擊？除了可見光和紅外線，我沒有偵測到其他的輻射。這是一座住人的島嶼，而且顯然民智已開。他們也擁有科技，但無疑是前電子時代的科技，所以我認爲沒什麼好擔心的。萬一我竟然猜錯了，電腦也會及早警告我們。」

「一旦白晝降臨了呢？」

「我們當然馬上著陸。」

75

當清晨第一道陽光穿透雲隙，照亮這座島嶼一部分的時候，他們駕著太空艇緩緩下降。島上一片鮮綠，內地有一排低矮的波浪狀山丘，一直延伸到泛紫色的遠方。

他們在接近地面時，看到了四下分佈的雜樹林，以及穿插其間的果樹園，不過大部分地區都是經營良好的農場。在他們正下方，也就是島嶼的東南岸，則是一片銀色的海灘，後面有一排斷斷續續的圓石，更遠處還有一片草地。他們偶爾也會看到一些房舍，不過彼此都很分散，並沒有構成任何城鎮。

最後，他們發現了一個模糊的道路網，路旁稀疏地排列著一棟棟住宅。接著，在清晨涼爽的空氣中，他們偵察到遠方有一輛飛車。根據它的飛行方式，他們確定那並非一隻大鳥，而的確是一輛飛車。這是他們在這顆行星上，首次見到智慧生命活動的明確跡象。

「可能是個自動交通工具，假如他們不用電子零件也能做到的話。」崔維茲說。

寶綺思說：「大有可能。我認為如果有人在操縱，它就會朝我們飛過來。我們必定是個奇觀——一艘航具緩緩下降，卻沒用到反推噴射火箭。」

「在任何行星上，這都是個奇觀。」崔維茲語重心長地說：「重力太空航具的降落過程，不會有太多世界曾經目睹。那海灘是個理想的著陸地點，但海風若吹起來，我可不希望太空艇泡水。所以，我要向圓石另一側的草坪飛去。」

「至少，」裴洛拉特說：「一艘重力太空艇降落時，不會把別人的財產燒焦。」

在降落的最後一個階段，太空艇慢慢伸出四個寬大的腳墊，接著便輕巧地著陸。由於承受了太空艇的重量，四個腳墊全部陷入土中。

裴洛拉特又說：「不過，只怕我們會留下壓痕。」

「至少，」寶綺思說：「氣候顯然相當適中，甚至算得上溫和。」從她的聲音，聽得出她有點不以為然。

有個人站在草地上，凝望著太空艇降落的過程。她未曾顯現任何恐懼或驚訝的神色，臉上只流露出十分著迷的表情。

她穿得非常少，證明寶綺思對此地氣候的估計很正確。她的臀部圍著一條印有花朵圖樣的短裙，大腿沒有任何遮蔽物，腰部以上也完全赤裸，而她的涼鞋則似乎是帆布製的。

她的頭髮又黑又長，幾乎垂到腰際，看來非常光滑柔潤。她有著淡棕色的皮膚，以及一對瞇瞇眼。

崔維茲四下掃視了一遍，發現周遭沒有其他人。他聳了聳肩，然後說：「嗯，現在是大清早，居民可能大多在室內，甚至可能還在睡覺。話說回來，我並不認爲這是個人口衆多的地區。」

他轉頭對其他兩人說：「我出去跟那個女子談談，她若能說些我聽得懂的話，那麼你們……」

「我倒認爲，」寶綺思以堅決的口吻說：「我們還是一起出去比較好。那女子看來完全沒有危險，而且，反正我想出去伸伸腿，呼吸一下這顆行星的空氣，也許還能張羅一些本地食物。我也要菲龍重溫一下置身一個世界的感覺，此外，我想裴會希望在近距離檢視那女子。」

「誰？我？」裴洛拉特臉上頓時出現紅暈，「根本沒這回事，寶綺思，但我的確是我們這個小隊的通譯。」

崔維茲又聳了聳肩。「眞是牽一髮動全身。不過，雖然她看來也許毫無危險，我仍打算帶著我的武器。」

「我可不信，」寶綺思說：「你會想用它們對付那個少女。」

崔維茲咧嘴一笑。「她很迷人，對不對？」

崔維茲首先離開太空艇，而由裴洛拉特殿後。寶綺思走在中間，一隻手擺在背後拉住菲龍的小手。菲龍則緊跟著寶綺思，小心翼翼地走下斜梯。

黑髮少女繼續興致勃勃地旁觀，沒有向後移動半步。

崔維茲喃喃說道：「好，我們來試試看。」

他將原本按著武器的雙手抬起來，開口道：「我問候你好。」

那少女思索了一會兒，然後說：「我問候尊駕，亦問候尊駕之同伴。」

裴洛拉特興奮地說：「太好了！她說的是古典銀河標準語，而且發音字正腔圓。」

「我也聽得懂。」崔維茲一面說，一面擺了擺手，表示其實並非完全聽得懂。「我希望她懂得我的意思。」

他露出一副友善的表情，帶著微笑說：「我們從遙遠的太空飛來，我們來自另一個世界。」

「甚好。」少女以清脆的女高音說：「尊駕之航具自帝國而來？」

「這艘太空艇來自一個遙遠的星體，它的名字就叫**遠星號**。」

少女抬起頭，看了看太空艇上的字樣。「那可是其含意？若果如此，又若果第二字爲『星』，那麼注意看，它給印反了。」

崔維茲正準備反駁，裴洛拉特卻欣喜若狂地說：「她說得對，『星』這個字的確是在兩千多年前才反過來的。這是個多麼難得的機會，遇到了活生生的古典標準語，讓我可以詳細研究一番。」

崔維茲仔細打量這名少女。她只有一百五十幾公分高，胸部雖然秀挺卻不豐滿。但她看來並非尚未發育成熟，她的乳頭不小，乳暈顏色也很深，不過後者或許是棕色皮膚造成的結果。

他說：「我名叫葛蘭·崔維茲，這位是我的朋友詹諾夫·裴洛拉特，那位女士是寶綺思，那個小孩叫作菲龍。」

「尊駕所來自的遠方星體，是否存在爲男子取雙名之慣例？我名廣子，爲廣子之女。」

「你的父親呢？」裴洛拉特突然插嘴。

廣子不以爲然地聳了聳肩，答道：「他的名字，娘親說喚作史慕爾，然則毫無重要，我並不識他。」

「其他人在哪裡呢？」崔維茲說：「似乎只有你一個人在這裡迎接我們。」

廣子說：「多數男子在漁船上，多數女子在田間。我這兩天休假，因而有幸目睹此一偉大場面。然則人人皆有好奇之心，航具降落不會不被目擊，即便遠方亦如是，他人將很快來到。」

「這座島上有很多人嗎？」

「總數超過廿五仟。」廣子答道，語氣中透著明顯的驕傲。

「海洋中還有其他島嶼嗎？」

「其他島嶼何意，尊貴的先生？」她似乎十分困惑。

崔維茲認為這句話無異於回答。整個行星上，這裡是唯一有人類居住的地方。他說：「你們如何稱呼你們的世界？」

「喚作阿爾發，尊貴的先生。吾人教科書中，言其全名為『半人馬之阿爾發』，不知此一全名對尊駕更具意義否，然吾人只喚其阿爾發。瞧，它是個美景世界。」

「什麼世界？」崔維茲問，同時茫然地轉頭望向裴洛拉特。

「她的意思是美麗的世界。」裴洛拉特說。

「的確沒錯，」崔維茲說：「至少此地，此時此刻。」他抬頭望著淡藍色的清晨天空，其間偶爾有幾朵雲彩飄過。「今天是個大好的晴天，廣子，可是我想，這種天氣在阿爾發並不多見吧。」

廣子愣了一下。「吾人要多少有多少，尊貴的先生。吾人需要雨水，雲朵便會飄來，然則大多數日子，天空晴朗似乎對吾人更有助益。漁船出海這些日子，吾人當然極需晴朗的天空與溫和的風。」

「所以說，你們可以控制氣候嘍，廣子？」

「葛蘭．崔維茲先生，吾人若無法，將給雨水淋得濕透。」

「但你們是如何做到的？」

「並非身爲訓練有素之工程師，恕我無法向尊駕解釋。」

「你和你的族人居住的這座島嶼，不知其名如何稱呼？」崔維茲問。他發現自己已經受到影響，也學起這種古典標準語的華麗腔調（他實在極想知道自己的文法是否正確）。

廣子說：「這座位於汪洋之中，有如天堂般的島嶼，吾人喚作『新地球』。」

聽到這個答案，崔維茲與裴洛拉特驚喜交集，不約而同轉頭瞪著對方。

76

他們並沒有機會繼續討論下去，因爲有許多人陸續來到，總數有好幾十個。崔維茲心想，這些人一定都沒出海，也並未在田間工作，而且住處離此地不太遠。大多數人都是徒步前來，不過他也看到兩輛地面車——但相當老舊粗陋。

顯然這是個科技水準不高的社會，但他們卻能控制氣候。眾所皆知，科技發展未必能面面顧到，即使某一方面落後，其他方面仍有可能相當先進。可是像這麼不均衡的發展，也實在是個罕見的例子。

前來觀看太空艇的人群，至少有一半是上了年紀的，也有三、四個小孩子，其他人則以女性佔多數。不過，沒有任何人表現出恐懼或疑慮。

崔維茲對寶綺思低聲道：「你在操縱他們嗎？他們似乎——十分穩靜。」

「我絲毫沒有操縱他們。」寶綺思說：「除非有必要，我絕不輕易碰觸他人的心靈，我現在關心的只有菲龍一個人。」

對於曾在銀河任何一個正常的世界湊過熱鬧的人而言，此時圍觀者根本不算多，可是菲龍則不同，他剛剛適應了與**遠星號**上的三個成人為伍，那群人當然是她眼中的大批群衆。菲龍變得呼吸十分急促，眼睛半閉起來，幾乎可說是受驚了。

寶綺思輕輕地、有節奏地撫摩著她，並且發出安撫的聲音。崔維茲十分肯定，與此同時，她還以無比輕柔的方式，正在仔細重組菲龍的心靈纖絲。

菲龍突然深深吸了一口氣，幾乎像是在喘息，她又甩了甩頭，大概是不由自主地打了一個冷顫。然後她抬起頭來，以接近正常的目光看了看周圍的人群，馬上又將頭埋到寶綺思懷裡。

寶綺思讓她維持著這個姿勢，自己的手臂則圍在菲龍的肩頭，每隔一陣子收緊一下，彷彿再三強調她的保護依然存在。

裴洛拉特的目光掃過一個個阿爾發人，他似乎相當錯愕。「葛蘭，他們相互間的差異可真大。」

崔維茲也注意到這一點。他們的膚色與髮色共有好幾種，其中一人有著火紅的頭髮、碧藍的眼珠，以及滿是雀斑的皮膚。至少有三個明明是成年人，卻跟廣子一般矮小，另有一兩人則比崔維茲還高。好些個男女的眼睛都與廣子類似，崔維茲這時想起來，在菲律星區那些商業繁榮的行星上，這種眼睛是當地居民的特徵，但他自己從未造訪過那個星區。

所有的阿爾發人腰部以上一律赤裸，女性的胸部似乎都不大，在崔維茲看來，那是她們最接近一致的身體特徵。

寶綺思突然說：「廣子小姐，我的小朋友還不習慣太空旅行，她吸收的新奇事物早已超過她的消化能力。可不可以讓她坐下來，也許再給她些吃的喝的？」

廣子露出困惑的表情，裴洛拉特便用流行於帝國中葉、詞藻較為華麗的銀河標準語，將寶綺思的話重複了一遍。

廣子趕緊用一隻手掩住嘴，盈盈地屈膝跪下。「我懇請恕罪，尊貴的女士。」她說：「我未曾顧及這孩兒以及尊駕的需要。這事太過稀奇，將我整個心思佔滿。請尊駕——請您們諸位訪客——前往食堂進早膳如何？我們加入您們，以主人身分招待可好？」

寶綺思說：「你實在太好了。」她說得很慢，每個音都發得很仔細，希望能讓對方比較容易瞭解。「不過，最好能由你一個人招待我們，這樣孩子才會覺得自在，她不習慣同時和太多人在一起。」

廣子站了起來，答道：「一切遵照尊駕吩咐。」

她從容地走在前面，帶領他們穿過草坪。其他的阿爾發人緊跟在兩旁，似乎對這些訪客的衣著特別感興趣。有個人挨近了崔維茲，好奇地摸了摸他的輕便夾克，崔維茲索性將夾克脫下來遞給他。

「拿去吧，好好看個夠，可是要還我。」然後他又對廣子說：「要保證我能拿回來，廣子小姐。」

「不在話下，必將物歸原主，尊貴的先生。」她神情嚴肅地點了點頭。

崔維茲露出微笑，繼續往前走。在輕柔溫和的微風中，他覺得脫掉夾克更舒服了。

他默默觀察周遭的人群，看不出任何人帶有武器。而對於崔維茲身上的武器，好像也沒有人表現出恐懼或不安，甚至沒有表現出好奇，這點令崔維茲感到很有意思。八成他們根本不知道那是武器，而根據崔維茲目前觀察的心得，阿爾發八成是個完全沒有暴力的世界。

此時，一名女子加快腳步，以便超前寶綺思一點，然後轉過頭來，仔細檢視寶綺思的寬鬆上衣，然後說：「尊貴的女士，尊駕擁有乳房嗎？」

但她似乎等不及對方回答，便逕自伸手輕輕按在寶綺思胸前。

寶綺思微微一笑，答道：「誠如尊駕所發現，我確實擁有。它們或許不如尊駕那般秀挺，然則我遮住它們，並非由於此等原因。在我的世界上，不適宜讓乳房暴露在外。」

說完，她轉頭對裴洛拉特耳語道：「你看我對古典標準語掌握得如何？」

「你掌握得很好，寶綺思。」裴洛拉特說。

那間餐廳相當大，裡面有許多長型餐桌，每張餐桌兩側都擺著長椅。從這些陳設看來，阿爾發人顯然慣於集體用餐。

崔維茲覺得良心十分不安，由於寶綺思要求獨處，這麼大的地方只能給五個人享用，害得其他阿爾發人都被迫留在外面。然而，仍有許多阿爾發人不願離去，他們和窗子保持禮貌的距離（所謂的窗子，其實只是牆壁上的一些開口，甚至沒有裝紗窗），想必是為了觀看這些陌生人的吃相。

崔維茲不知不覺想到一個問題，那就是下雨的時候會怎麼樣？當然，雨水只有在需要時才會落下，雨勢一定恰到好處，也不會伴隨太強的風，而且總是適可而止。此外，下雨的時間必定會事先預報，因此阿爾發人可早做準備，崔維茲這麼想。

他面對的那扇窗子可以望見海洋，在遠方地平線上，崔維茲似乎能看見一團雲，它和其他各處的雲朵沒有兩樣。想必除了這一小塊人間仙境，整個天空幾乎佈滿這種烏雲。

氣候控制的確有莫大的好處。

終於有人出來為他們服務，那是一名踮著腳尖走路的少女。她並沒有問他們要吃什麼，只是默默將食物端出來。每個人都有一小杯羊奶、一中杯葡萄汁和一大杯白開水。食物包括兩個大號水煮蛋，旁邊配著些白色乳酪片，此外還有一大盤烤魚，以及一些小塊的烤馬鈴薯，一起放在清涼鮮綠的萵苣葉上面。

看到這麼多食物擺在面前，寶綺思現出十分為難的表情，顯然不知從何下手。菲龍則沒有這個子用。

問題，她大口喝著葡萄汁，就像渴了幾天一樣，而且露出明顯的讚賞神情，然後又開始大嚼烤魚與馬鈴薯。本來她差點要伸手去抓，寶綺思及時遞給她一根前端有尖齒的大湯匙，菲龍便接過來當叉子用。

裴洛拉特滿意地笑了笑，開始切他的水煮蛋。

崔維茲說：「終於可以重溫眞正的蛋是什麼滋味了。」他也開始切蛋。

廣子看到客人用餐的模樣（就連寶綺思也總算開動了，而且顯然吃得津津有味），不禁滿心歡喜，自己竟然忘了吃這頓早餐。最後，她終於開口說：「好嗎？」

「好得很。」崔維茲的聲音有些含混不清，「看得出這座島嶼食物充足——或是你們太客氣，招待我們的食物豐盛得過分了？」

廣子定睛專心聆聽，似乎領悟了這句話的意思，因爲她的回答完全切題。「不，不，尊貴的先生。我們的土地物產豐饒，海產更加豐富。我們的鴨子會生蛋，我們的山羊能提供乳酪與鮮奶，此外我們尙且種植穀物。尤其重要的是，我們的海洋滿是各式各樣魚類，數量之多不計其數。整個帝國都能上我們的餐桌，而不會將海中的魚消耗殆盡。」

崔維茲暗自微微一笑。這個年輕的阿爾發女子，對於銀河的實際大小沒有絲毫概念，這點十分明顯。

他說：「你們管這座島嶼叫新地球，廣子，那麼舊地球又在哪裡？」

她不知所措地望著他。「舊地球，尊駕如是說嗎？我懇請恕罪，尊貴的先生，我不解尊駕之意。」

崔維茲說：「在新地球出現之前，你們的族人一定住在別的地方。他們原來住的那個『別的地方』究竟在哪裡？」

「我一概不知，尊貴的先生。」她的神情極其凝重，「有生以來，這塊土地就是我的，而在我之前，是我娘親和我外祖母的。我也毫不懷疑，在她們之前，是她們的外祖母、曾外祖母的。至於其他的土地，我一概不知。」

「可是，」崔維茲改用溫和的方式說理，「你說這塊土地叫新地球，你為什麼這樣稱呼它？」

「因為，尊貴的先生，」她以同樣溫和的方式答道：「大家皆如此稱呼，而女性又未曾表示反對。」

「但它是『新』地球，因此是較晚出現的地球。一定還有個『舊』地球，一個較早的地球，用的是同樣的名字。每天早上都是新的一天，表示在此之前還有舊日子，你難道看不出必然如此嗎？」

「不然，尊貴的先生。我僅知曉這塊土地稱作什麼，對其他土地毫不知情。我也無法領會尊駕之推論，聽來極似吾人所謂的強詞奪理，此言並非有意冒犯。」

崔維茲搖了搖頭，心中充滿挫折感。

77

崔維茲湊向裴洛拉特，悄聲道：「不論我們來到哪裡，不論我們做些什麼，一律得不到需要的訊息。」

「我們已經知道地球在哪裡了，所以又有什麼關係呢？」裴洛拉特僅僅蠕動嘴唇答道。

「我想對它多少先有個瞭解。」

「她非常年輕，不太可能是知識的寶庫。」

崔維茲想了一下，便點了點頭。「有道理，詹諾夫。」

他轉頭對廣子說：「廣子小姐，你尚未問及我們來此目的爲何？」

廣子垂下眼瞼，答道：「如此行爲有欠禮數，必須等待您們吃飽喝足，休憩完畢才能發問，尊貴的先生。」

「可是我們已經吃飽，或說幾乎飽了，而且我們剛剛也休息過，所以我準備告訴你，我們爲何來到此地。我的朋友，裴洛拉特博士，是我們那個世界的一名學者，一位飽學之士。嚴格說來他是一名神話學家，你知道那是什麼意思嗎？」

「不然，尊貴的先生，我不知曉。」

「他專門研究在各個世界上流傳的古老故事，那些故事通稱爲神話或傳說，裴洛拉特博士對它們很感興趣。請問在新地球上，有沒有什麼飽學之士，知道有關這個世界的古老故事？」

廣子的額頭微微皺起，看得出她陷入沉思。她說：「這方面我本人不嫻熟。我們這附近有位老者，喜愛談論古老日子。他究竟打哪兒聽來那些故事，我可不知曉，依我看許是他憑空杜撰，或是從那些故事杜撰者聽來的。尊駕之飽學同伴，八成欲聽那些故事，然則我不會誤導尊駕。在我心目中，」她左顧右盼一番，彷彿不願被人偷聽。「那老者不過是話匣子，偏偏很多人樂意聽他說話。」

崔維茲點了點頭。「我們想找的就是這種話匣子，能不能請你帶我的朋友去找那位老者——」

「他喚自己爲單姓李。」

「那就去找這位單姓李。你認爲單姓李是否會願意跟我的朋友談談？」

「他？願意談談？」廣子以輕蔑的口氣說：「尊駕其實該問，他是否有閉嘴之時。他僅是男性，因而若果情況允許，會不眠不休說上十天半月。我無意冒犯，尊貴的先生。」

「你並沒有冒犯我。現在你就能帶我的朋友去見單姓李嗎？」

「任何人在任何時候都行，那老人隨時在家，隨時歡迎傾聽的耳朵上門。」

崔維茲說：「此外，也許能有某個年長的婦人，願意陪寶綺思女士坐坐。她有個小孩需要照顧，因此不能走得太遠。要是能有個伴，她會很高興的，因爲女人，你也知道，全都喜歡……」

「打開話匣子？」廣子顯然被逗樂了，「誠然，男人皆如是說，雖然據我觀察，男人總是嘮叨更多。一旦男人打魚回來，便會爭相誇耀收穫，比試誰的牛皮吹得兇。無人注意他們，亦無人相信那些言語，他們依然樂此不疲。然則我的話匣子也該關了——我會找娘親的一位朋友，我此刻即可透過窗子看到她，請她陪伴寶綺思女士與這位小友。在此之前，她會先帶令友，那位尊貴的博士，去見單姓李老先生。若果令友聽故事的興趣，與單姓李開話匣子的興趣旗鼓相當，尊駕這輩子將無法分開他們。請尊駕恕罪，我去去就來可好？」

當她離去後，崔維茲轉頭對裴洛拉特說：「聽著，盡可能向那位老先生打探。寶綺思，不管什麼人來陪你，盡可能套她的話。你們要挖掘的，是有關地球的任何資料。」

「那你呢？」寶綺思問：「你要做什麼？」

「我會留在廣子身旁，試著尋找第三個資料來源。」

寶綺思微微一笑。「是啊，裴要去找一位老先生，我要跟著一個老婦人。而你，則強迫自己陪伴這位迷人的半裸少女，這似乎是很合理的分工方式。」

「純屬巧合，寶綺思，但這是合理的安排。」

「不過我想，你可不會因爲這樣的合理分工而感到悶悶不樂。」

「沒錯，我不會。我爲什麼要悶悶不樂？」

「是啊，你怎麼會呢？」

廣子回來了，又坐了下來。「皆已安排妥當，尊貴的裴洛拉特博士將被帶往見單姓李，尊貴的寶綺思女士與她的孩兒將有人陪伴。因此，尊貴的崔維茲先生，能否恩准我繼續與尊駕交談？或許再聊聊舊地球，尊駕始終……」

「沒關話匣子？」崔維茲問。

「不然。」廣子哈哈大笑，「然則尊駕學我說話，模仿維妙維肖。至今爲止，我在回答尊駕這個問題之際，自始至終萬分失禮，我亟欲補償之。」

崔維茲轉向裴洛拉特。「亟欲？」

「渴望的意思。」裴洛拉特輕聲說。

崔維茲說：「廣子小姐，我不覺得你有失禮之處，但若能令你心安，我很願意跟你談談。」

「此言眞客氣，我感謝尊駕。」廣子一面說，一面站了起來。

崔維茲也跟著起身。「寶綺思，」他說：「要確保詹諾夫平安無事。」

「這件事交給我負責。至於你自己，你有你的——」她朝他腰際的皮套點了點頭。

「我想不至於用到。」崔維茲不大自在地說。

他跟著廣子離開餐廳，此時太陽已高掛天際，氣溫變得更暖和了。每個世界都有一種特殊的氣味，此地也不例外。崔維茲記得康普隆上有著鬱悶的氣味，奧羅拉的空氣中帶著點霉味，索拉利的味道則相當怡人。（在梅爾波美尼亞上，他們始終穿著太空衣，因此只能聞到自己的體臭。）不過，只要在某顆行星待上幾小時，等到鼻子的嗅覺受體飽和後，特殊的氣味便會消失無蹤。

而在阿爾發上，則有一種陽光烘出來的青草芳香，令人覺得神清氣爽。崔維茲不禁感到有點懊惱，因爲他很明白，這種香味很快就會聞不到了。

他們朝一棟小型建築物走去，它似乎是用淺粉紅色石膏建造的。

「這就是我家。」廣子說：「過去屬於娘親的妹妹所有。」

她走了進去，並示意崔維茲一塊進來。大門敞開著，更正確的說法是根本沒有門，崔維茲經過時注意到了這一點。

他說：「下雨的時候你怎麼辦？」

「我們有備無患。兩天後即有一場雨，將於黎明前連續下三小時，那時氣溫最低，對泥土之濕潤作用最強。我只消拉起門簾，它既厚重又防水。」

她一面說一面示範，那門簾似乎是用類似帆布的強韌布料製成。

「我就讓它留在那兒。」她繼續說：「如此衆人皆會知曉我在家中，然則不方便見人，也許我在睡覺，或忙什麼重要之事。」

「看來不怎麼能保護隱私。」

「爲何不能？瞧，入口全遮住了。」

「可是任何人都能把它推開。」

「不理會主人意願？」廣子看來嚇了一跳，「此等事件在尊駕的世界會發生嗎？簡直可謂野蠻行爲。」

崔維茲咧嘴一笑。「我只不過問問而已。」

這棟建築共有兩個房間，她帶他來到了另一間，在她的招呼下，崔維茲坐到一張鋪有襯墊的椅子上。這兩個房間都相當封閉、狹窄而且空蕩，令人產生一種幽閉恐懼，話說回來，這棟房舍的功能似乎就是隱匿與休憩。窗子開得很小，而且都接近天花板，不過牆上貼著許多長條狀的反光板，排列成適當的圖樣，能將光線反射到室內各處。地板上則有些隙縫，徐徐透出柔和的涼風。由於不見任何人工照明設備，崔維茲懷疑阿爾發人是否必須日出而作，日落而息。

他正打算發問，廣子卻先開口：「寶綺思女士是否為尊駕之女伴？」

崔維茲謹慎地反問：「你的意思是說，她是不是我的性伴侶？」

廣子臉紅了。「我懇求尊駕，請注意交談的文雅與禮貌，然則我確是指私下之歡愉。」

「不是，她是那位飽學朋友的女伴。」

「然則尊駕較為年輕，較為俊美。」

「嗯，謝謝你這麼想，但那並非寶綺思的想法。相較之下，她對裴洛拉特博士的好感多了許多。」

「此事大大令我驚訝，他不願分享？」

「我從未問過他是否願意，但我確定他不會，而且我也不要他那樣做。」

廣子點了點頭，露出一個精明的表情。「我明瞭，是由於她的屁部。」

「她的屁部？」

「尊駕應知曉，此處即是。」她拍了拍自己線條優美的臀部。

「喔，那裡！我瞭解你的意思。沒錯，寶綺思的骨盆相當寬大。」他用雙手在半空中畫出一個人體曲線，還眨了眨眼睛。（廣子隨即哈哈大笑。）

崔維茲又說：「不過嘛，許多男人都喜愛那種豐滿的體型。」

「我難以置信，凡事大小適中最理想，一味求大即是貪得無厭。若果我的乳房碩大，在胸前搖晃晃，一雙乳頭指著腳趾，尊駕是否更重視我？說真格的，我曾見過如此巨乳，然則未見男人蜂擁周圍。為巨乳而苦惱的可憐女子，必定得將畸形胸脯遮蓋起來，像寶綺思女士那樣。」

「過大的胸部同樣不會吸引我，不過我可以肯定，寶綺思遮起她的乳房，絕不是因為有任何缺陷。」

「如此說來，尊駕不嫌惡我的容貌或體型？」

「除非我是瘋子。你實在很漂亮。」

「尊駕乘太空航具，自一個世界飛至另一世界，寶綺思女士又拒尊駕千里之外，尊駕如何享受歡愉？」

「完全沒有，廣子，沒什麼可做的。我偶爾也會想到那些歡愉，的確有些不好過。但我們從事太空旅行的人，都很瞭解有些時候必須禁慾，我們會在其他時候補回來。」

「若果不好過，如何消除此等感覺？」

「你提到這個話題，讓我覺得加倍不好過。但若由我建議如何能好過些，我認爲那是很不禮貌的。」

「若果由我提議一個法子，是否很無禮？」

「這完全要看是什麼樣的提議。」

「我提議你我二人彼此取悅。」

「你帶我來這裡，廣子，就是爲了這件事嗎？」

廣子露出愉悅的笑容。「正是。此事既是我應盡的地主之誼，亦是我的想望。」

「如果這樣的話，我承認這也是我的想望。事實上，我非常樂意遵從你的建議。我——啊——亟欲取悅尊駕。」

第十八章：音樂節

78

午餐地點同樣是他們進早餐的那間餐廳。這回裡面坐滿阿爾發人，崔維茲與裴洛拉特夾在人群中，受到熱烈的歡迎。寶綺思與菲龍並未加入，而是在旁邊一間較隱密的小房間用餐。

午餐包括好幾種不同的魚類，此外湯裡有許多肉片，看來八成是小山羊肉。餐桌上有一條條待切的麵包，旁邊擺著奶油與果醬。隨後又上了一大盤五花八門的沙拉，奇怪的是並沒有任何甜點，不過一壺壺的果汁彷彿源源不絕。兩位基地人由於早餐吃得太好，現在不得不有所節制，但其他人似乎都在盡情享用。

「他們怎樣避免發胖呢？」裴洛拉特低聲嘀咕。

崔維茲聳了聳肩。「大概是勞動量很大吧。」

這個社會顯然不太注重用餐禮儀，各種吵鬧的聲音從未間斷，包括叫嚷聲、歡笑聲，以及厚實（而且顯然摔不破）的杯子砸到桌面的聲音。女人的聲音和男人一樣嘈雜刺耳，只不過音調高出許多。

裴洛拉特一副受不了的樣子，但崔維茲現在（至少暫時）完全忘卻了他對廣子提到的那種「不好過」，感受到的只有輕鬆和愉快。

他說：「其實，這也有可愛的一面。這些人顯然很會享受生活，幾乎沒什麼煩惱。氣候由他們自己控制，糧食豐饒得難以想像。這是他們的黃金時代，而且會一直繼續下去。」

他得高聲喊叫才能把話說清楚，裴洛拉特也以大吼回答道：「可是這麼吵。」

「他們習慣了。」

「在這麼吵鬧的場合，我不懂他們怎能溝通。」

當然，兩位基地人什麼也聽不出來。阿爾發語的奇怪發音、古老文法以及字詞的特殊順序，夾在巨大的音量中，令他們根本摸不著頭腦。對這兩位基地人而言，簡直像置身於受驚的動物園內。

直到午餐過後，他們才在一棟小型建築中與寶綺思會合。這裡是分配給他們的臨時住所，崔維茲發覺跟廣子的家幾乎沒什麼不同。菲龍待在另一個房間，據寶綺思說，有機會獨處令菲龍的情緒大為放鬆，她正準備小睡一會兒。

裴洛拉特望著充當大門的牆洞，以不安的口氣說：「這裡簡直沒有隱私。我們怎能自由自在地說話？」

「我向你保證，」崔維茲說：「只要用帆布屏障把門遮起來，就不會有人打擾我們。由於社會習俗的力量，那帆布就像銅牆鐵壁一樣。」

裴洛拉特又瞥了一眼位於高處的窗口。「我們的談話會被人偷聽。」

「我們不必大吼大叫。阿爾發人不會做隔牆有耳的事，早餐的時候，他們即便站在餐廳窗外，仍然保持禮貌的距離。」

寶綺思微微一笑。「你和可親的小廣子在一起沒多久，就學到了這麼多阿爾發禮俗；他們對於隱私的尊重，你現在也信心十足。究竟發生了什麼事？」

崔維茲說：「如果你發覺我的心靈觸鬚獲得改善，又猜得出原因的話，我只能拜託你離我的心靈遠一點。」

「你明明知道，除非是生死關頭，否則在任何情況下，蓋婭都不會碰觸你的心靈，而且你也明白為什麼。話說回來，我的精神力量並未失靈，我能感測到一公里外發生的事。這是不是你從事太空旅行的老毛病，我的色情狂老友？」

「色情狂？得了吧，寶綺思。整個行程中才發生兩次，兩次而已！」

「我們造訪過的世界，只有兩個上面有活色生香的女人。二分之二的機會，而且都是在幾小時後就發生的。」

「你很清楚我在康普隆是身不由己。」

「有道理，我還記得她的模樣。」寶綺思縱聲大笑了一下子，又說：「可是我不信廣子有多大能耐，能夠令你束手就擒，或是將不可抗拒的意志，強行加在你瑟縮的身子上。」

「當然不是那樣，我完全心甘情願。話說回來，那的確是她的主意。」

裴洛拉特帶著一絲羨慕的口吻說：「這種事時時發生在你身上嗎，葛蘭？」

「當然必定如此，裴。」寶綺思說：「女性都會不由自主被他吸引。」

「我倒希望真是如此，」崔維茲說：「但事實不然。而我也慶幸並非如此，我這輩子實在還想做些別的事。話又說回來，這回我還真是令她無法抗拒。畢竟，在我們來到之前，廣子從未見過其他世界的人，而阿爾發上現存的居民顯然都毫無例外。從她說溜了嘴的一些事，以及隨口的幾句話，我推出一個結論，那就是她有個相當興奮的想法，認為我也許在生理結構或技巧方面，跟阿爾發人有所不同。可憐的小東西，恐怕她失望了。」

「哦？」寶綺思說：「那麼你呢？」

「我不會。」崔維茲說：「我到過不少世界，有過許多實際經驗。我發現不論在任何地方，人是人，性是性，兩者不能混為一談。如果真有什麼顯著差異，通常也是微不足道，而且不怎麼愉快。算算我這輩子聞過多少香水吧！我還記得有個年輕女子，除非把夾雜著死命尖叫的音樂開得很大聲，否則就是提不起勁。而她一放那種音樂，就換我提不起勁來了。我向你保證，只要和往常一樣，我就很滿意了。」

「提到音樂，」寶綺思說：「我們受邀晚餐後出席一場音樂會。這顯然是一件非常正式的事，是專門爲我們而舉行的。我猜，阿爾發人對他們的音樂非常自豪。」

崔維茲做了個鬼臉。「不論他們如何引以爲傲，也不會讓音樂更悅耳。」

「聽我說完。」寶綺思說：「我猜他們自豪的原因，是他們善於演奏很古老的樂器——非常古老。從這些樂器身上，我們或許能獲得些地球的資料。」

崔維茲揚起眉毛。「很有意思的想法。這倒提醒了我，你們兩位也許已經獲得一些線索。詹諾夫，你可曾見到廣子口中的那個單姓李？」

「我的確見到了。」裴洛拉特說：「我跟他在一起三個鐘頭，廣子講得並不誇張，幾乎都是他一個人在唱獨角戲。我要回來吃午餐的時候，他竟然抓住我，不肯讓我離開，直到我答應他會盡快回去，聽他說更多的故事，他才把我給放了。」

「他有沒有提到任何重要的事？」

「嗯，他也——跟其他人一樣——堅持地球已經佈滿致命的放射性。他說阿爾發人的祖先是最後一批離開的，他們如果再不逃走就沒命了。而且，葛蘭，他說得如此堅決，叫我不得不相信他。我現在確信地球已經死了，我們這趟尋找終歸是一場空。」

79

崔維茲靠向椅背，瞪著坐在狹窄便床上的裴洛拉特。寶綺思原來坐在裴洛拉特身旁，現在她站了起來，輪流望著其他兩人。

最後，崔維茲終於開口：「讓我來決定我們的尋找是不是一場空，詹諾夫。告訴我那個嘮叨的老頭跟你講了些什麼——當然，要長話短說。」

裴洛拉特道：「單姓李說故事的時候，我一直在作筆記，這使我看來更像一名學者，但我現在不必參考那些筆記。他說話的方式相當『意識流』，說到每件事都會聯想到另一件。不過，當然啦，我一輩子都在蒐集地球的相關資料，設法將它們有系統地組織起來，所以我練就了一項本能，能將冗長而雜亂無章的談話內容濃縮成……」

崔維茲輕聲道：「成爲同樣冗長而雜亂無章的敘述？說重點就好，親愛的詹諾夫。」

裴洛拉特不自在地清了清喉嚨。「理當如此，老弟，我會試著將那些敘述整理成依照時間順序的連貫故事。地球是人類最初的家鄉，也是數百萬種動植物的發源地，這種情形持續了無數歲月，直到超空間旅行發明爲止。然後太空世界一個個建立起來，它們脫離了地球，發展出自己的文化，進而鄙視並壓迫那個源頭母星。

「數世紀後，地球終於設法爭回自由，不過單姓李並未解釋地球究竟如何做到的。即使他給我機會插嘴，我也不敢發問，因爲那只會讓他岔到別的話題去，何況他根本沒給我任何機會。他的確提到了一個文化英雄，名叫以利亞．貝萊，可是歷史記錄有個普遍傾向，就是將幾世代的成就全歸諸某一個人物身上，因此不值得去……」

寶綺思說：「沒錯，親愛的裴，這點我們瞭解。」

裴洛拉特再度半途打住，思索了一下。「眞是的，我很抱歉。後來地球掀起第二波星際殖民潮，以嶄新的方式建立了許多新世界。新一批的殖民者比太空族更有活力，超越了他們、擊敗了他們，而且繁衍綿延不絕，終於創建了銀河帝國。在銀河殖民者和太空族交戰期間——不對，不是交戰，因爲他的用詞是『衝突』，而且用得非常謹慎——就是在那段時期，地球變得具有放射性。」

崔維茲顯然聽煩了，他說：「實在荒謬絕倫，詹諾夫。一個世界怎麼會『變得』具有放射性？每個世界在形成的那一刻，多多少少都會帶有微量的放射性，而那種放射性會漸漸衰變。地球不可能突然『變得』具有放射性。」

裴洛拉特聳了聳肩。「我只是將他的說法轉述給你，他也只是將他聽到的轉述給我，而告訴他的人又是聽別人轉述的——依此類推。這是個民間傳說，一代代口耳相傳，天曉得每次轉述都被扭曲了多少。」

「這點我瞭解，可是難道沒有任何書籍、文件、古代歷史等等，在早期就將這個故事固定下來，而能提供我們比這個傳說更正確的記載？」

「其實，我設法問過這個問題，答案則是否定的。他含混地提到，記載古代歷史的書籍不是沒有，但很早以前就散軼了。不過他告訴我們的，正是那些書上的記載。」

「對，是嚴重扭曲的記載。同樣的事一再發生，我們造訪的每個世界上，地球的資料總是早已不翼而飛。嗯，他說地球是怎樣變得具放射性的？」

「他未做任何解釋，頂多只提到太空族要負責。但我猜地球人把太空族視爲邪惡的化身，將所有的不幸都歸咎於他們身上。至於放射性……」

此時，一個清脆的聲音掩蓋了他的話。「寶綺思，我是太空族嗎？」

菲龍正站在兩房之間的出入口，她的頭髮亂成一團，身上的睡衣（根據寶綺思較豐滿的體型裁製）從肩頭一側垂下，露出一個未發育的乳頭。

寶綺思說：「我們擔心外面有人偷聽，卻忘了裡面同樣隔牆有耳。好吧，菲龍，你爲何那麼說呢？」她站起來，朝那孩子走過去。

菲龍說：「我沒有他們身上的東西，」他指了指兩位男士，「也沒有你身上的東西，寶綺思。我和你們不同，因爲我是太空族嗎？」

「你是太空族，菲龍，」寶綺思以安撫的口吻說：「但這點差別並不算什麼，回房睡覺去。」

菲龍變得十分乖順，就像每次寶綺思以意志驅使她一樣。她轉過身去，又說：「我是邪惡的化身嗎？什麼是邪惡的化身？」

寶綺思背對著其他兩人說：「等我一下，我馬上回來。」

五分鐘不到她就回來了，一面搖頭一面說：「她睡著了，會睡到我叫醒她爲止。我想我早就該那麼做了，可是任何對心靈的調整，都一定要有必要的理由。」她又爲自己辯護道：「我不能讓她一直想著她的生殖器和我們有何不同。」

裴洛拉特說：「總有一天她會知道自己是個雌雄同體。」

「總有一天，」寶綺思說：「但不是現在。繼續剛才的故事吧，裴。」

「對，」崔維茲說：「免得待會兒又被什麼打斷了。」

「嗯，於是地球變得具有放射性，或者至少地殼如此。那時地球人口衆多，全都集中在一些大型城市，這些城市大部分結構位於地底……」

「慢著，」崔維茲插嘴道：「那當然不可能。這一定是某顆行星的黃金時代經過地方主義渲染的結果，內容只是根據川陀的黃金時代變造而成。川陀在全盛時期，是一個泛銀河政體的京畿所在地。」

裴洛拉特頓了一下，然後道：「說實在的，葛蘭，你眞不該班門弄斧。我們神話學家非常瞭解，神話傳說中包含了許多抄襲剽竊、道德教訓、自然循環，以及其他上百種扭曲因素。我們盡力刪除這些外加成分，求得可能的核心眞相。事實上，同樣的方法一定也適用於最嚴肅的歷史研究，因爲沒有人寫得出清晰透明的歷史眞相——即使眞有這種眞相可言。現在我告訴你們的，差不多就是轉述單姓李所告訴我的，不過我想自己也難免加油添醋，雖然我會盡量避免。」

「好啦，好啦。」崔維茲說：「繼續吧，詹諾夫，我無意冒犯。」

「你並沒有冒犯我。姑且假設那些大城市眞正存在，隨著放射性逐漸增強，每座城市都開始解體，範圍也都愈縮愈小。最後只剩下殘存的極少數人，躲在比較沒有放射性的地方，過著岌岌可危的日子。他們爲了保持少量人口，除了嚴格控制生育，還對六十歲以上的人施以安樂死。」

「太可怕了。」寶綺思憤慨地說。

「這點無庸置疑，」裴洛拉特道：「不過據單姓李說，他們的確這麼做。那或許是眞正的史實，因爲它絕非對地球人的誇讚，不太可能有人捏造這種自取其辱的謊言。地球人早先受到太空族的鄙視和壓迫，那時又受到帝國的鄙視和壓迫，不過這種說法也許由於自憐而誇大其辭。自憐是一種極具誘惑力的情緒，有那麼一個例子……」

「沒錯，沒錯，裴洛拉特，改天再談那個例子，請繼續講地球的故事。」

「我很抱歉。後來帝國突然大發慈悲，答應運一批無放射性的泥土到地球來，並將那些受污染的泥土運走。不用說，那是一件浩大的工程，帝國很快就失去耐性。尤其這個時期，如果我猜得沒錯，正是肯達五世倒台之際，此後帝國自顧不暇，更無心照顧地球了。

「放射性繼續增強，地球的人口則繼續銳減。最後，帝國又發了一次慈悲，願意將殘存的地球人遷往另一個屬於他們的新世界——簡言之，就是這個世界。

「在此之前，似乎有個探險隊曾在此地的海洋播種，因此，當遷移地球人的計畫付諸實施之際，阿爾發已有完整的含氧大氣層，以及不虞匱乏的糧食。而且，銀河帝國其他世界都不會覬覦此地，因爲對於一顆環繞雙星的行星，人們總有某種自然而然的嫌惡。在這種行星系中，適合人類居住的行星太少了，我想即使是各方面條件都適合的行星，也沒有人願意理睬，人們都會假設它一定有什麼問題。這是一種普遍的思考模式，比方說，有個著名的例子，是……」

「待會兒再談那個著名的例子，詹諾夫，」崔維茲說：「現在先講那次遷徙。」

「剩下來的工作，」裴洛拉特將說話的速度加快些，「就是準備一個陸上據點。帝國工作人員找到海洋中最淺的部分，再將較深部分的沉澱物挖起來，加到那個最淺的海底，最後便造出了這座新地球島。海底的圓石和珊瑚也被掘起，全數放到這座島上。然後他們在上面種植陸地植物，以便藉著植物根部鞏固這塊新的陸地。這整個工程也相當浩大，或許最初計畫要造幾塊大陸，可是這座島嶼造好之後，帝國一時的慈悲又冷卻下來。

「等到地球上殘存的人口被盡數送到此地，帝國艦隊便載走了工作人員和機械設備，從此再也沒有回來。那些移居新地球的地球人，很快就發現他們完全與世隔絕。」

崔維茲說：「完全與世隔絕？難道單姓李說，在我們之前，從未有人從銀河其他世界來到此地？」

「幾乎完全隔絕。」裴洛拉特說：「即使不考慮人們對雙星系的迷信式反感，我想也沒有人有必要來這裡。每隔很長一段時間，會有一艘船艦偶然來到，就像我們現在這樣，不過終究會離去，隨後也沒有其他船艦跟來。故事到此爲止。」

崔維茲說：「你有沒有問單姓李地球在哪裡？」

「我當然問了，他不知道。」

「他知道那麼多有關地球的歷史，怎麼會不知道它在哪裡？」

「我還特別問他，葛蘭，問他那顆距離阿爾發大約只有一秒差距的恆星，會不會就是地球所環繞的太陽。他不曉得秒差距是什麼，於是我說就天文尺度而言是個短距離。他說不論是長是短，他都不知道地球在何處，也不知道有誰曉得。而且他認爲，試圖尋找地球是不當的舉動。他還說，應該讓地球永遠在太空中安詳地飄泊。」

崔維茲說：「你同意他的看法嗎？」

裴洛拉特搖了搖頭，神情顯得很悲傷。「並不盡然。可是他說，照放射性增強的速度看來，在遷徙計畫實施不久後，地球一定就變得完全不可住人，而現在，它一定燃燒得極爲熾烈，因此沒有人能接近。」

「荒謬。」崔維茲以堅決的口吻說：「一顆行星不會突然變得具有放射性，而且放射性更不會繼續增強，它只會不斷減弱。」

「可是單姓李十分肯定。我們在這趟旅程中遇到那麼多人，對於地球具有放射性這一點，說法完全一致。我們當然不用再找下去。」

80

崔維茲深深吸了一口氣，然後用盡量克制的聲音說：「荒謬，詹諾夫，那不是眞的。」

裴洛拉特說：「喂，老弟，你不能因爲想要相信一件事，就去相信那件事。」

「這跟我想做什麼沒有關係。我們在每個世界上，都發現地球的資料全被清除殆盡。如果地球是個充滿放射性的死星，沒有人能接近，又如果根本沒什麼好隱藏的，那些資料爲什麼會被清掉呢？」

「我不知道，葛蘭。」

「不，你知道。當我們正在接近梅爾波美尼亞時，你曾說過銷毀記錄和放射性可能是一體兩面。銷毀記錄是爲了除掉正確的資料，散播放射性謠言則是爲了製造假情報，兩者都會令人打消找尋地球的念頭。我們絕對不能上當，不能這麼輕易放棄。」

寶綺思說：「其實，你似乎認爲附近那顆恆星就是地球之陽，所以爲何還要爭辯放射性的問題呢？那又有什麼關係呢？何不乾脆前往那顆恆星，看看地球是否在那裡；倘若眞在那裡，它又是什麼模樣？」

崔維茲說：「因爲地球上住的不論是何方神聖，必定具有超凡的力量，我希望在接近之前，能對那個世界和其上神聖先有點瞭解。事實上，既然我對地球始終一無所知，貿然前進是很危險的事。所以我打算將你們幾位留在阿爾發，由我單獨向地球進軍，賭一條命就很夠了。」

「不，葛蘭。」裴洛拉特急切地說：「寶綺思和那孩子也許該留在這兒，但我必須跟你一道去。在你尚未出生之際，我就已經開始尋找地球，現在距離目標那麼近了，我絕不能裹足不前，不論可能會有什麼危險。」

「寶綺思和那孩子也不會留在這兒。」寶綺思說：「我就是蓋婭，即使和地球正面對峙，蓋婭也能保護我們。」

「我希望你說得沒錯，」崔維茲沉著臉說：「但是蓋婭完全保不住早期記憶，遺忘了在它建立之初地球所扮演的角色。」

「那是蓋婭早期歷史上所發生的事，當時它還不夠組織化，也還不夠先進，如今則不可同日而語。」

「希望如此。或者是今天上午，你獲得了一些我們不知道的地球資料？我的確拜託過你，要你設法找些年長的婦女談談。」

「我照做了。」

崔維茲說：「你有什麼新發現嗎？」

「沒有關於地球的資料，這方面完全空白。」

「啊！」

「但我發現他們擁有很先進的生物科技。」

「哦？」

「這座小島上，雖然原先只有少數幾種生物，但他們陸續試育出無數品種的動植物，並設計出合宜的生態平衡，既穩定又能自給自足。此外，他們數千年前剛抵達時所發現的海洋生物，現在也已經大為改良，營養價值增加許多，而且更加美味可口。正是由於他們的生物科技，使得這個世界變成豐饒的世外桃源。此外他們對自身也有些計畫。」

「什麼樣的計畫？」

寶綺思說：「他們心中十分清楚，在目前這種情況下，他們局限在一小塊陸地上，根本無法指望擴張生存領域，於是他們夢想變成兩棲類。」

「變成什麼？」

「兩棲類。他們計畫發展出類似鰓的組織，用來輔助肺臟的呼吸功能。他們夢想能在水中停留極長的時間，還夢想能找到其他的淺水區域，在海底建造人工建築。提供這些訊息給我的人，想到這點就相當興奮，可是她也承認，阿爾發人為這個目標努力了好幾世紀，進展卻小得可憐。」

崔維茲說：「在氣候控制和生物科技這兩個領域上，他們可能比我們更先進，不知他們用的是什麼技術。」

「我們必須找專家來問，」寶綺思說：「但他們也許不願透露。」

崔維茲說：「這並非我們來此地的主要目的，但基地若能向這個袖珍世界學習，顯然將獲益匪淺。」

裴洛拉特說：「事實上，我們在端點星也有辦法把氣候控制得很好。」

「很多世界上都控制得不錯，」崔維茲說：「但總是只能控制一個世界的整體氣候。可是在阿爾發，控制的則是局部地區的天氣，他們一定擁有某些我們欠缺的技術。還打聽到了什麼，寶綺思？」

「社交邀宴方面。他們似乎是個善於度假的民族，凡是不必耕作或捕魚的時候，他們都在享受假期。今天晚餐後有個音樂節，我已經告訴你們了。明天白天將舉行一個海灘慶典，可想而知，能放下田間工作的人都會聚在島嶼四周，以便享受嬉水的樂趣，並且趁機讚美太陽，因爲再過一天便會下雨了。後天早上，漁船隊會趕在下雨前回來，當天傍晚又要舉行一個美食節，讓大家品嚐這次的漁穫。」

裴洛拉特哼了一聲。「平常每餐都那麼豐盛了，美食節又會是什麼樣的盛況？」

「我猜特色不在量多，而在於口味變化無窮。反正我們四個人都獲邀參加所有的活動，尤其是今晚的音樂節。」

「演奏古老樂器？」崔維茲問。

「沒錯。」

「對了，爲什麼要說是古老樂器？原始電腦嗎？」

「不，不對，那正是重點。根本不是電子合成樂，而是機械式的音樂。根據她們的描述，演奏方式是摩擦細線、對管子吹氣，以及敲打一些皮面。」

「我希望這是你亂講的。」崔維茲顯得很驚訝。

「不，我沒有亂講。我還知道你的廣子也會上台，她要吹一種管子——我忘了它的名稱——你應該要能忍受才行。」

「至於我自己嘛，」裴洛拉特說：「我很高興有這個機會。我對原始音樂知道得非常少，很期待能親耳聽聽。」

「她並不是『我的廣子』。」崔維茲冷冷地說：「可是依你看，那些樂器是否曾在地球流行過？」

「我就是這麼猜測。」寶綺思說：「至少阿爾發婦人們告訴我，在他們的祖先來到此地之前，那些樂器早就發明出來了。」

「這樣的話，」崔維茲說：「也許值得聽聽那些摩擦、吹氣和敲打聲，希望有機會多少蒐集到一點有關地球的資料。」

81

說來真奇怪，在他們四人之中，要數菲龍對今晚將舉行的音樂會最感興奮。接近黃昏的時候，她和寶綺思在屋外的小浴室洗了一個澡。浴室裡有個浴池，備有源源不絕的冷水與熱水（或者應該說是涼水與溫水），還有一個洗臉盆以及一個室內便器，這些設備都既清潔又合用。在夕陽照耀下，浴室內仍光線充足，氣氛令人心曠神怡。

跟以往一樣，菲龍對寶綺思的乳房十分著迷，寶綺思只好說（既然菲龍已聽得懂銀河標準語）在她的世界上，大家都是這個樣子。對於這種說法，菲龍難免反問：「為什麼？」寶綺思考慮了一陣子，發覺找不到一個說得通的解釋，於是回了一句萬試萬靈的答案：「因為這樣！」

洗完澡後，寶綺思幫菲龍穿上阿爾發人提供的襯褲，並研究出套上裙子的正確方法。菲龍腰部以上什麼也沒穿，但這似乎無傷大雅又入境隨俗。至於寶綺思自己，雖然下身穿了阿爾發人的服裝（臀部覺得有點緊），仍舊罩上了她自己的上衫。在一個女性普遍袒胸的社會中，堅拒裸露胸部好像有點傻氣，尤其她的乳房並非太過豐滿，而且秀挺不輸此地任何一位女性，不過——她還是穿上了。

接下來輪到兩位男士使用浴室。就像男士們通常的反應一樣，崔維茲喃喃抱怨了一番，覺得女士們佔用了太久時間。

寶綺思讓菲龍轉過身來，以確定裙子能固定在她那男孩般的臀部上。「這是一條很漂亮的裙子，菲龍，你喜歡嗎？」

菲龍瞪著鏡中的裙子說：「我很喜歡。不過，我沒穿衣服會不會冷？」說完，她用手摸了摸裸露的胸部。

「我想不會的，菲龍，這個世界相當暖和。」

「你卻穿了衣服。」

「沒錯，我的確穿了。因為在我的世界上，大家都這麼穿。現在，菲龍，我們要去和很多很多阿爾發人共進晚餐，晚餐後還會跟他們在一起。你認為自己受得了嗎？」

菲龍顯得很苦惱，於是寶綺思繼續說：「我會坐在你的右邊，還會抱住你。裴將坐在另一邊，而崔維茲將坐在你對面。我們不會讓任何人跟你講話，你也不需要跟任何人交談。」

「我會試試看，寶綺思。」菲龍以最高亢的尖聲答道。

「晚餐後，」寶綺思又說：「有些阿爾發人會用他們的特殊方法爲我們演奏音樂。你知道音樂是什麼嗎？」她哼出一些音調，盡量模仿著電子和聲。

菲龍突然神采奕奕。「你是指××？」最後兩個字是她的母語，說完她就唱起歌來。

寶綺思瞪大了眼睛。那的確是個優美的調子，雖然有些狂野，而且充滿顫音。「對，那就是音樂。」她說。

菲龍興奮地說：「健比隨時隨地都會製造——」她猶豫了一下，然後決定用銀河標準語。「製造音樂，它用的是××。」她又用母語說了一個名詞。

寶綺思遲疑地重複那兩個字：「哼嘀？」

菲龍哈哈大笑。「不是哼嘀，是××。」

兩相比較之下，寶綺思也聽得出其中的差異，但她仍舊無法正確唸出後者。她改問：「它的外形是什麼樣子？」

菲龍學到的銀河標準語仍屬有限，無法做出正確描述。她比手劃腳了半天，寶綺思心中還是沒有一個清晰的圖樣。

「健比教我怎麼用××。」菲龍以驕傲的口吻說：「我的手指動得和它一樣，可是它說我很快就不必再用手指。」

「那實在太好了，親愛的。」寶綺思說：「晚餐後，我們就能知道阿爾發人是否演奏得和健比一樣好。」

菲龍雙眼射出光芒，心中充滿快樂的期待，因此晚餐時雖然被群衆以及笑聲與噪音包圍，她仍享受了豐盛的一餐。只有一次，有人不小心打翻餐盤，引起鄰近一陣尖聲喧嘩，菲龍才現出驚駭的表情。寶綺思趕快緊緊摟住她，讓她能有安全溫暖的感覺。

「不知能否安排我們單獨用餐。」她對裴洛拉特喃喃說道：「否則，我們就得趕快離開這個世界。吃下孤立體的動物性蛋白已經夠糟，但至少得讓我能靜靜下嚥。」

「他們只是心情太好了。」裴洛拉特說。凡事只要他認爲屬於原始行爲或原始信仰，在合理範圍內他都會盡量忍受。

不久晚餐結束，接著便有人宣佈音樂節馬上開始。

82

舉辦音樂節的大廳跟餐廳差不多同樣寬敞，裡面擺著許多張摺椅（崔維茲發現坐起來相當不舒服），可供一百五十幾人就坐。他們這幾位訪客是今晚的貴賓，因此被帶到最前排，不少阿爾發人都對他們的服裝客氣地表示讚賞。

兩位男士腰部以上完全赤裸，每當崔維茲想到這一點，便會收緊腹肌，偶爾還會低頭看看，對自己長滿黑色胸毛的胸膛十分自滿。裴洛拉特則忙著觀察周遭的一切，對自己的模樣毫不在意。寶綺思的上衫吸引了許多疑惑的目光，但大家只是偷偷望，沒有當面發表任何評論。

崔維茲注意到大廳差不多只坐了半滿，而且絕大多數的觀衆都是女性，想必是因爲許多男人都出海去了。

裴洛拉特用手肘輕輕推了推崔維茲，悄聲道：「他們擁有電力。」

崔維茲望向那些掛在牆上的垂直玻璃管，還注意到天花板上也有一些，它們全都發出柔和的光芒。

「是螢光。」他說：「相當原始。」

「沒錯，但同樣能照明。我們的房間和戶外浴室也有這些東西，我本來以為只是裝飾用的。我們若能弄清楚如何操縱，晚上就不必摸黑了。」

寶綺思不悅地說：「他們應該告訴我們。」

裴洛拉特說：「他們以為我們知道，以為任何人都該知道。」

此時四名女子從幕後走出來，在大廳前方的場地彼此緊鄰著坐下。每個人都拿著一個上了漆的木製樂器，它們的外形相似，不過那種形狀不太容易描述。那些樂器主要差別在於大小不同，其中一個相當小，另外兩個大些，最後一個則相當大。除此之外，每個人另一隻手還拿著一根長長的桿子。

當她們進場時，觀衆發出輕柔的口哨聲，她們則向觀衆鞠躬致意。四個人的乳房都用薄紗緊緊裹住，彷彿爲了避免碰觸樂器而影響演出。

崔維茲將口哨聲解釋爲讚許或欣喜的期待，感到自己禮貌上也該這麼做。菲龍則發出一個比口哨尖銳許多的顫音，寶綺思馬上緊緊抓住她，但在她停止前，已經吸引一些觀衆的注意。

在四名演出的女子中，有三位未做任何準備動作，便將她們的樂器置於頦下，不過最大的那個樂器仍然放在地上，夾在那位演奏者雙腿之間。每個人右手中的長桿開始前後拉動，摩擦著近乎橫跨整個樂器的幾條細線，而左手的手指則在細線末端來回游移。

崔維茲心想，這大概就是自己想像中的「摩擦」吧，但聽來完全不像摩擦所發出的聲音。他聽到的是一連串輕柔而旋律優美的音符，每個樂器各自演奏不同的部分，而融合在一起就變得份外悅耳。

它缺少電子音樂（「眞正的音樂」，崔維茲不由自主這麼想）無窮的複雜度，而且有著明顯的重複。話說回來，當他慢慢聽下去，他的耳朵就漸漸習慣這種奇特的音律，開始領略其中的微妙。這樣子很容易使人疲倦，因此他份外懷念電子音樂的純粹、數學上的精準，以及震耳欲聾的音量。不過他也想到，如果聽久了這些簡單木製樂器的音樂，他想必也會漸漸喜歡的。

等到廣子終於出場的時候，演奏會已進行了約四十五分鐘。她立刻注意到崔維茲坐在最前排，於是向他微微一笑，他則誠心誠意地輕吹口哨，跟著其他觀衆一起為她喝采。廣子打扮得十分美麗，穿著一條精緻無比的長裙，頭上戴了一大朵花。她的乳房完全裸露，（顯然）因為並不會影響到樂器的演奏。

原來她的樂器竟是一根黑色的木管，長度大約三分之二公尺，直徑將近兩公分。她將那個樂器湊到唇邊，對著末端附近的開口吹氣，便產生了一個纖細甜美的音調。她的十指操縱著遍佈管身的金屬物件，而隨著她手指的動作，音調有了忽高忽低的變化。

剛聽到第一個音調，菲龍便立刻抓住寶綺思的手臂說：「寶綺思，那就是××。」那個名字聽來很像「哼嘀」。

寶綺思衝著菲龍堅決地搖了搖頭，菲龍卻壓低聲音說：「但的確是啊！」

衆人紛紛朝菲龍這邊望來，寶綺思將手用力按在菲龍的嘴巴上，然後低下頭來，衝著她的耳朵輕聲說：「安靜！」這句話聲音雖小，對下意識而言卻強而有力。

菲龍果然開始安靜地欣賞廣子的演奏，但她的十指不時舞動，好像是在操縱那個樂器上的金屬物件。

最後一位演出者是個老頭，他的樂器掛在雙肩，樂器上有許多皺褶。演奏的時候，他左手將那些皺褶拉來拉去，右手在一側黑白相間的按鍵上快速掠過，不時按下一組又一組的鍵。

崔維茲覺得這個樂器的聲音特別無趣，而且相當粗野，不禁令他聯想到奧羅拉野狗的吠聲——

並非由於樂聲像狗叫，而是兩者所引發的情緒極爲類似。寶綺思看來像是想用雙手按住耳朵，裴洛拉特的臉孔也皺了起來。只有菲龍似乎很欣賞，因爲她正在用腳輕輕打拍子。當崔維茲注意到她的動作時，竟然發現音樂節拍與菲龍的拍子完全吻合，使他感到驚訝不已。

演奏終於結束，衆人報以一陣激烈的口哨聲，而菲龍的顫音則蓋過了所有的聲音。

然後觀衆開始三五成群地閒聊起來，場面變得相當吵雜，絕不輸給阿爾發人其他聚會的喧嘩程度。每位演出者都站在觀衆席前，跟前來道賀的人們親切交談。

菲龍突然掙脫寶綺思的掌握，向廣子衝過去。

「廣子，」她一面喘氣，一面喊道：「讓我看看那個××。」

「看什麼，小可愛？」廣子說。

「你剛才用來製造音樂的東西。」

「喔。」廣子哈哈大笑，「那喚作笛子，小傢伙。」

「我可以看看嗎？」

「好吧。」廣子打開一個盒子，掏出那件樂器。它已被拆解成三部分，但廣子很快將它結合起來，然後遞到菲龍面前，吹口對準她的嘴唇。「來，尊駕對著這兒吹氣。」

「我知道，我知道。」菲龍一面急切地說，一面伸手要拿笛子。

廣子自然而然抽回手去，並將笛子高高舉起。「用嘴吹，孩子，然則勿碰。」

菲龍似乎很失望。「那麼，我可不可以看看就好？我不碰它。」

「當然行，小可愛。」

她又將笛子遞出去，菲龍便一本正經瞪著它看。

室內的螢光燈突然變暗一點，同時笛子發出一個音調，聽來有些遲疑不定。

廣子嚇了一跳，險些令笛子掉到地上，菲龍卻高聲喊道：「我做到了，我做到了。健比說過總有一天我能做到。」

廣子說：「方才是尊駕弄出的聲音？」

「對，是我，是我。」

「然則是如何做到的，孩子？」

寶綺思很不好意思，紅著臉說：「眞抱歉，廣子，我現在就帶她走。」

「不，」廣子說：「我希望她再做一回。」

附近已有幾個阿爾發人圍過來，菲龍擠眉弄眼，彷彿在努力嘗試。螢光燈變得比剛才更黯淡，笛子隨即又發出一個音調，這次的聲音聽來既純又穩。然後，遍佈笛身的金屬按鍵自己動起來，笛子的音調也就有了不規律的變化。

「它和××有點不一樣。」菲龍有些上氣不接下氣，彷彿吹笛子的是她本人，並非電力所驅動的氣流。

裴洛拉特對崔維茲說：「她一定是從螢光燈的電源取得能量。」

「再試一回。」廣子以驚愕的聲音說。

菲龍閉上了眼睛。笛聲現在變得較爲柔和，也被控制得更穩定。在沒有手指按動的情況下，笛子自己演奏起來；來自遠方的能量，經過菲龍大腦中尙未成熟的葉突，轉換成了驅動笛子的動能。那些最初幾乎是隨機出現的音調，現在變成了一連串的旋律，將大廳中每一個人都吸引過來，大家全部圍在廣子與菲龍周圍。廣子用雙手拇指與食指輕輕抓著笛子兩端，菲龍則始終閉著眼睛，指揮著空氣的流動與按鍵的動作。

「這是我方才演奏的曲子。」廣子悄聲道。

「我都記得。」菲龍只是輕輕點了點頭，盡量不讓自己的注意力分散。

「尊駕未曾遺漏任何音符。」一曲結束後，廣子這麼說。

「可是你不對，廣子，你吹得不對。」

寶綺思趕緊說：「菲龍！這樣說沒禮貌，你不可以……」

「拜託，」廣子斷然道：「請勿打斷她。爲何不對，孩子？」

「因爲我能吹得不一樣。」

「那麼表演一下。」

於是笛聲再度響起，但曲式較先前複雜，因爲驅動按鍵的力量變化得更快，轉換得更迅速，組合也更爲精緻細膩。於是奏出的音樂比剛才更繁複，而且更感性和動人無數倍。廣子不禁僵立在那裡，而整個大廳中也聽不到其他聲音。

甚至當菲龍演奏完畢後，大廳中仍是一片鴉雀無聲。最後還是由廣子打破沉默，她深深吸了一口氣，然後說：「小傢伙，之前如此演奏過嗎？」

「沒有，」菲龍說：「以前我只能用手指，可是我用手指做不到那樣。」接著，她又以乾脆而絲毫不像自誇的口氣，補充了一句：「沒有人辦得到。」

「尊駕還會演奏其他曲子嗎？」

「我能製做些。」

「尊駕的意思是——即興演奏？」

菲龍皺起眉頭，顯然聽不懂這個說法，只好朝寶綺思望去。寶綺思對她點了點頭，於是菲龍答道：「是的。」

「那麼，請示範一番。」廣子說。

菲龍默想了一兩分鐘，笛聲便開始奏起，那是一串緩慢而非常簡單的音符，整體而言帶著如夢似幻的感覺。螢光燈變得時明時暗，由電力被抽取的多寡而定。這點似乎沒人注意到，因爲光線與音樂的因果關係似乎恰好顚倒，像是有個電力幽靈，聽命於聲波的指揮一樣。

這些音符的組合一再重複，先是音量變得較大，然後是曲調漸趨繁複。接下來則成了變奏，在基本旋律仍舊清晰可聞的情況下，曲調變得更激昂、更有力，直到幾乎令人喘不過氣來的程度。最後，緩緩升到最高點的旋律急轉直下，造成一種俯衝的效果，帶著聽衆迅速回到地面，但衆人依然陶醉於置身高空的感覺。

接著，一陣前所未有的混亂撕裂了寧靜的空氣。崔維茲雖然聽慣了另一種完全不同的音樂，也不禁感傷地想道：我再也聽不到這麼美妙的音樂了。

等到衆人好不容易安靜下來，廣子將笛子遞了出去。「來，菲龍，這是尊駕的！」

菲龍迫不及待要接過來，寶綺思卻抓住她伸出去的手臂，同時說：「廣子，我們不能拿，這是件珍貴的樂器。」

「我另有一件，寶綺思，雖比不上這個好，然則理應如此。誰將此樂器奏得最美妙，誰便是其主人。我從未聽過如此之音樂，亦不知曉如何得以隔空演奏。既然無法完全發揮其潛力，我擁有此樂器即是錯誤。」

菲龍接過笛子，現出極其滿足的表情，將它緊緊抱在胸前。

83

現在，他們所住的兩個房間各亮起一盞螢光燈，而戶外浴室也亮起一盞。這些燈光都很微弱，若在燈下閱讀會很吃力，但至少不再是一片黑暗。

然而此刻他們仍逗留室外。夜空中滿佈星辰，這種景象總是令端點星土生土長的居民著迷。端點星的夜空幾乎不見什麼星辰，唯一顯眼的天體只有黯淡的銀河，看來像是一團極遠的雲氣。

廣子剛才陪同他們一道回來，因為她擔心他們會在黑暗中迷路或摔倒。一路上她都牽著菲龍的手，直到幫他們打開螢光燈，跟他們一起待在室外，她的手都仍未放開。

寶綺思心知肚明，瞭解廣子正深陷於情感矛盾中，因此她決定再試一次。「真的，廣子，我們不能拿你的笛子。」

「不，菲龍萬萬要收下。」但她似乎仍然猶豫不決。

崔維茲則一直望著天空。此地的黑夜名符其實地黑，雖然他們的房間透出一點光亮，卻幾乎沒什麼影響，而遠處建築物射出的微弱燈火更是微不足道。

他說：「廣子，你看到那顆份外明亮的星星嗎？它叫什麼名字？」

廣子隨便抬頭看了看，並未顯出什麼興趣。「那是『伴星』。」

「為什麼叫這個名字？」

「每八十標準年，它環繞吾人太陽一周。每年此時，它都是顆『昏星』。若其徘徊於地平線之上，尊駕在白晝亦能得見。」

很好，崔維茲想，她對天文並非一無所知。他又說：「你可知道，阿爾發還有另一顆伴星，它非常小，非常黯淡，比這顆明亮的伴星要遙遠許多許多，不用望遠鏡根本看不見。」（他自己沒見過，但他不必花時間搜尋，太空艇電腦的記憶庫中有詳盡的資料。）

她以冷淡的語氣答道：「我們在學校學過。」

「好，那顆又叫什麼？那六顆排成鋸齒狀的星星，你看到了嗎？」

廣子說：「那是仙后。」

「眞的？」崔維茲吃了一驚，「哪一顆？」

「全部，整個鋸齒喚作仙后。」

「爲什麼叫這個名字？」

「我缺乏這方面的知識，我對天文學一竅不通，尊貴的崔維茲。」

「你有沒有看到鋸齒最下面的那顆星？就是其中最亮的那顆，它叫什麼？」

「它就是顆星，我不知其名。」

「除了那兩顆伴星之外，它是最接近阿爾發的恆星，距離大約只有一秒差距。」

廣子說：「尊駕如此認爲？我可不知曉。」

「它會不會就是地球所環繞的恆星？」

廣子盯著那顆星，些微的興趣一閃即逝。「我不知曉，從未聽任何人如是說。」

「你不認爲有這個可能嗎？」

「叫我如何說？無人知曉地球究竟在何處。我——我如今必須向尊駕告辭。明天上午輪到我在田間工作，直到海灘節開始。午餐後我在海灘跟您們碰面，好嗎？好嗎？」

「當然好，廣子。」

她立刻轉身離去，在黑暗中慢慢跑開。崔維茲望了望她的背影，便跟其他人走進了昏暗的小房舍。

他說：「有關地球的事，你能不能判斷她是否在說謊，寶綺思？」

寶綺思搖了搖頭。「我並不認爲她在說謊。她的精神一直處於極度緊張的狀態，這點我直到演奏會結束才察覺到。在你向她問及那些星星之前，她就已經那麼緊張了。」

「這麼說，是因爲她捨棄了那支笛子？」

「大概吧，我也不清楚。」她轉頭對菲龍說：「菲龍，我要你現在回到自己房間。當你準備就寢時，先到浴室去尿尿，然後洗洗你的手，再洗洗臉，刷刷牙。」

「我很想演奏那支笛子，寶綺思。」

「只能玩一會兒，而且要非常小聲。懂了嗎，菲龍？還有，我叫你停的時候就一定要停。」

「好的，寶綺思。」

於是房間中只剩下三個人，寶綺思坐在一張椅子上，兩位男士則坐在各自的便床。

寶綺思說：「還有必要在這顆行星繼續待下去嗎？」

崔維茲聳了聳肩。「我們一直沒機會討論地球和那些古老樂器之間的關係，或許我們可以從那裡發現些線索。而且，漁船隊可能也值得我們等一等，那些男人可能知道些家庭主婦不知道的事。」

「我想，可能性非常小。」寶綺思說：「你確定不是廣子的黑眼珠吸引你留下來？」

崔維茲以不耐煩的語氣說：「我不瞭解，寶綺思，我選擇該怎麼做跟你有何相干？爲什麼你好像總要顯得高高在上，板起臉孔來對我做道德判斷？」

「我並不關心你的道德，但這件事會影響到我們的探索。你想要找到地球，好對你自己的選擇做最後的驗證，看看你否定孤立體世界，選擇蓋婭星系的抉擇是否正確。我希望你能得到這個結果。你說你需要造訪地球，然後才能做出決定，而你似乎堅信地球確實環繞著天空中那顆亮星，那就讓我們到那裡去吧。我承認，我們在出發前若能找到一些資料，的確會有幫助，可是我相當清楚，這裡不會有我們需要的資料。我可不希望由於你喜歡廣子，就讓大家留在這裡陪你。」

「我們或許會離開這裡，」崔維茲說：「讓我考慮一下。廣子這個因素並不會左右我的決定，我向你保證。」

裴洛拉特說：「我覺得我們應該向地球前進，即使只是為了看看它到底有沒有放射性。我看不出待下去有什麼意義。」

「你確定不是寶綺思的黑眼珠迷惑了你？」崔維茲帶著點報復的口吻這樣講。然後，他幾乎立刻又說：「不，我收回這句話，詹諾夫，我只是孩子氣一時發作。話說回來，這是個迷人的世界，即使完全不考慮廣子，我也不得不承認，要不是如今這種情況，我會忍不住永遠留下來。難道你看不出來嗎，寶綺思，阿爾發使得你對孤立體的理論不攻自破？」

「怎麼說？」寶綺思問。

「你一直堅持一種理論，任何眞正孤立的世界都會變得危險而充滿敵意。」

「就連康普隆也不例外。」寶綺思以平靜的口吻說：「它可算是脫離了銀河的主流，雖然在理論上，它是基地邦聯的一個聯合勢力。」

「但阿爾發可不是。這個世界完全孤立，可是你能抱怨他們的友善和殷勤嗎？他們提供我們食物、衣物、住宿場所，還為我們舉行各種慶祝活動，盛情地邀請我們留下來。你對他們還有什麼好挑剔的？」

「表面上沒什麼，廣子甚至對你獻身。」

崔維茲怒沖沖地說：「寶綺思，這件事哪裡又妨礙到你了？不是她對我獻身，而是我們互相奉獻，全然是兩情相悅。在適當情況下，你也一定會毫不遲疑地獻身。」

「拜託，寶綺思。」裴洛拉特說：「葛蘭完全正確，我們沒有理由反對他的私人享樂。」

「只要不影響到我們的行動。」寶綺思執拗地說。

「不會影響到的。」崔維茲說：「我們即將離開這裡，我向你保證。耽擱一下是為了蒐集更多的資料，要不了太久的。」

「但我還是不信任孤立體，」寶綺思說：「即使他們捧著禮物前來。」

崔維茲舉起雙手。「先下結論，然後再扭曲證據來遷就，簡直就是……」

「別說出來。」寶綺思以警告的口吻說：「我可不是女人，我是蓋婭。感到不安的是蓋婭，不是我。」

「沒有理由……」此時，門簾突然發出一下搔抓聲。

崔維茲愣住了。「那是什麼？」他低聲道。

寶綺思輕輕聳了聳肩。「拉開門看看。你說這是個親善的世界，不會發生任何危險的。」

儘管如此，崔維茲仍躊躇不前。不久門外便傳來輕聲的叫喊：「拜託，是我！」

那是廣子的聲音，崔維茲立刻將門掀開。

廣子快步走進來，兩頰沾滿淚水。

「將門拉上。」她氣喘吁吁地說。

「怎麼回事？」寶綺思問。

廣子緊緊抓住崔維茲。「我無法置身事外，我嘗試過，然則我無法承受。尊駕快走，您們全部走，帶著那孩兒一道離去。趁天色仍暗……駕著那艘太空航具駛離……駛離阿爾發。」

「可是為什麼呢？」崔維茲問。

「否則尊駕將喪命，您們全部將喪命。」

84

三位外星人士目不轉睛盯著廣子良久，然後崔維茲說：「你是說你的族人會殺害我們？」

隨著兩行熱淚滾滾而下，廣子說：「尊駕已踏上死亡之途，尊貴的崔維茲，其他人亦將陪葬。很久以前，學者發明一種病毒，對我們無害，因為我們具免疫力，然則對外星人士有致命威脅。」她心慌意亂地搖著崔維茲的手臂，「尊駕已感染。」

「怎麼會？」

「當我們交歡時，即管道之一。」

崔維茲說：「但我覺得好得很。」

「病毒尚在潛伏，漁船隊歸來後才會讓它發作。根據吾人法律，此等大事必須經過全體決議，甚至包括所有的男人，而大家必將決定非如此不可。我們負責留住您們，直到做出決議之時，亦即後天早上。如今趁著天黑又無人起疑，趕緊走吧。」

寶綺思厲聲問道：「你的族人為何要這樣做？」

「為了吾人安全。此地人稀物豐，吾人不欲外星人士侵犯。若果有人來訪後，傳出吾人位置，其他人將接踵而至。因此之故，每隔很長一段時日，偶有一艘太空航具抵達，吾人便需確保它不再離去。」

「可是既然如此，」崔維茲說：「為什麼你又來通風報信？」

「勿問緣由——不，我將告訴您們，因我又聽到了，聽！」

他們都聽到了，隔壁房間傳來菲龍奏出的輕柔笛聲——甜美無比。

廣子說：「我無法忍受此等音樂自人間消失，因爲小傢伙亦將死去。」

崔維茲以嚴厲的口吻說：「是不是因爲這樣，你才把笛子送給菲龍？因爲你知道她死了之後，你就可以再拿回去。」

廣子看來驚愕萬分。「不然，我心中未有這般想法。當我終於想通之際，即明瞭絕不該如此。帶著那孩兒離去吧，並帶走那支我再也見不到的笛子。回到太空艇尊駕便安全了，尊駕體內病毒若不觸發，一段時日之後便將死亡。我所求的回報，是您們永不提起這個世界，勿讓他人知曉它的存在。」

「我們不會說出去的。」崔維茲說。

廣子抬起頭來，低聲道：「離去之前，我能再吻尊駕一回否？」

崔維茲說：「不，我已經被感染了一次，那就夠了。」然後，他用較和緩的口氣說：「別哭，否則別人問你爲什麼哭，你將無言以對。看在你如今努力拯救我們的份上，我原諒你對我的所作所爲。」

廣子抬頭挺胸，用雙手手背仔細拭乾面頰，又深深吸了一口氣。「我感謝尊駕寬恕。」隨即匆匆離去。

崔維茲說：「我們馬上把燈關掉，在屋裡等一會兒，然後就離開這裡。寶綺思，叫菲龍別再玩她的樂器了。當然，記得將那笛子帶走。我們得一路摸到太空艇那裡，希望在黑暗中還能找到它的位置。」

「我找得到。」寶綺思說：「太空艇上有我的衣物，不論成分多麼微弱，仍算是蓋婭的一部分，蓋婭尋找蓋婭不會有問題的。」說完，她就鑽進她的房間去找菲龍。

裴洛拉特說：「你想他們會不會設法破壞太空艇，迫使我們留在這顆行星上？」

「他們的科技還做不到這一點。」崔維茲繃著臉說。等到寶綺思牽著菲龍走出來之後，崔維茲便將燈火盡數熄滅。

他們一聲不響地坐在黑暗中，好像足足等了大半夜，但實際上可能只有半個小時。然後崔維茲緩緩地、悄悄地拉開門。夜空似乎多了一點雲氣，不過群星仍在閃爍。現在仙后星座高掛中天，底端那顆地球之陽的候選者發出耀眼光芒。四周靜寂無聲，連一絲風都沒有。

崔維茲小心翼翼踏出房門，再示意其他三人跟出來。他一隻手自然而然挪到神經鞭握柄上，雖然確定不會用到，可是……

寶綺思帶頭走在前面，她拉著裴洛拉特，裴洛拉特又拉著崔維茲。寶綺思的另一隻手抓著菲龍，而菲龍另一隻手抓著笛子。在幾乎絕對的黑暗中，寶綺思雙腳輕輕探著路，引領大家朝**遠星號**上極微弱的「蓋婭感」前進。

第七篇　地球

第十九章：放射性？

85

遠星號靜靜起飛，在大氣層中緩緩爬升，將那座黑暗的島嶼愈拋愈遠。下方幾許微弱的光點愈來愈暗，終至完全消失無蹤。隨著高度的增加，大氣逐漸稀薄，太空艇也就逐漸加快，天上的光點則是愈來愈多、愈來愈亮。

最後，當他們往下望去，這顆名叫阿爾發的行星只剩下一彎新月形的光輝，其上繚繞著濃厚的雲氣。

裴洛拉特說：「我想他們並沒有實用的太空科技，所以無法追趕我們。」

「我不確定這個事實能否讓我高興起來，」崔維茲顯得鬱鬱寡歡，聲音聽來相當沮喪。「我被感染了。」

「可是並未發作。」寶綺思說。

「但可以被觸發，他們自有辦法。那究竟是什麼辦法？」

寶綺思聳了聳肩。「廣子說病毒如果一直不觸發，最後就會死在它們無法適應的環境中——例如你的身體。」

「是嗎？」崔維茲氣沖沖地說：「她又怎麼知道？話說回來，我又怎麼知道廣子說的不是自我安慰的謊言？而且不論觸發的方法是什麼，難道不可能自然發生嗎？某種特殊的化學藥劑，某種放射性，某種……某種……天曉得是什麼？我可能突然發病，然後你們三人也跟著死掉。萬一我們在抵達人口眾多的世界後才發作，也許會引起惡性的大型流行病，而逃離的難民還會把它帶到其他世界。」

他盯著寶綺思說：「你有沒有什麼辦法？」

寶綺思緩緩搖了搖頭。「並不容易。蓋婭也擁有寄生物的成分——微生物、蟲類等等，它們對生態平衡有正面的意義。這些生存在蓋婭上的寄生物，對世界級意識各有各的貢獻，可是絕不會過度繁殖，因此不會造成顯著的危害。問題是，崔維茲，侵犯你的病毒並非蓋婭的一部分。」

「你說『並不容易』，」崔維茲皺著眉頭說：「但在如今這種情況下，即使可能極其困難，能不能也麻煩你試試看？你能不能找出病毒在我體內的位置，然後將它們消滅？要是你做不到，能不能至少增強我的抵抗力？」

「你可瞭解自己在做什麼要求，崔維茲？我並不熟悉你體內的微觀生物，恐怕不易分辨何者是你細胞內的病毒，何者又是其中的正常基因。此外，想要區分何者是你身體已經適應的病毒，何者又是廣子感染給你的，則是更加困難的一件事。我會試一試，崔維茲，但需要花些時間，而且不一定成功。」

「慢慢來，」崔維茲說：「但一定要試。」

「當然。」寶綺思答道。

裴洛拉特說：「假如廣子說的是實話，寶綺思，你也許能發現那些病毒的活力已漸漸減弱，而你可以加速它們的衰亡。」

「我可以試試，」寶綺思說：「這是個不錯的主意。」

「你不會心軟？」崔維茲說：「你殺死那些病毒，就等於毀滅許多珍貴的生命，這你是知道的。」

「你是在諷刺我，崔維茲。」寶綺思毫不動容地說：「可是，不管是不是諷刺，你指出了一個眞正的難處。話又說回來，在你和病毒之間，我很難不優先考慮你。不用怕，只要有可能，我一定會殺死它們。畢竟，就算我沒考慮到你，」她的嘴角牽動了一下，彷彿強忍住笑意。「裴洛拉特和菲龍當然也有危險。相較之下，我對他們兩人的感情應該令你較有信心。你甚至應該想到，現在我自己也有危險。」

「你對自身的愛，我可絲毫沒有信心。」崔維茲喃喃說道：「爲了某種高尙的動機，你隨時願意犧牲自己的性命。然而，我倒是相信你眞心關懷裴洛拉特。」然後他又說：「我沒聽見菲龍的笛聲，她有什麼不對勁嗎？」

「沒事，」寶綺思說：「她睡著了。那是完全自然的睡眠，跟我毫無關係。而我建議，等你向那顆心目中的地球之陽躍遷後，我們也都好好睡一覺。我極需要睡眠，而我認爲你也一樣，崔維茲。」

「好的，只要我做得到。你可知道你說對了，寶綺思。」

「說對了什麼，崔維茲？」

「對於孤立體的見解。不論看來多麼像，新地球絕非天堂。最初的殷勤款待，那些表面的友善，都是為了解除我們的戒心，以便將病毒傳染給我們其中一人。而其後的殷勤款待，那些各種名目的慶祝活動，目的則是把我們留下，等候漁船隊歸來，然後就能將病毒觸發。多虧菲龍和她的音樂，否則他們險些得逞，而這點你可能也對了。」

「關於菲龍？」

「是的。當初我不願帶她同行，我也始終不高興看到她在太空艇上。由於你的所作所為，寶綺思，她才會跟我們在一起，又由於她無意間的舉動，我們才會僥倖得救。不過——」

「不過什麼？」

「儘管如此，我仍舊對菲龍的存在感到不安，我也說不出所以然來。」

「或許我這樣說會令你感到舒服點，崔維茲，我不確定是否該將功勞全歸於菲龍。廣子之所以做出阿爾發人必定視為叛逆的行動，菲龍的音樂只不過是她的藉口，甚至連她自己可能也相信了。但除此之外，她還另有心事，我隱約偵測得到，只是無法確定它的本質，或許是她羞於讓這件事浮出意識層面。我有一種感覺，她對你有特殊的好感，不願眼睜睜見你死去，這和菲龍以及她的音樂無關。」

「你真這麼認為？」崔維茲淺淺一笑。這是離開阿爾發後，他露出的第一個笑容。

「我的確這麼認為。對於和女人打交道，你一定很有兩下子。在康普隆，你說服了李札樂部長讓我們駕著太空艇離開，這回又促使廣子拯救我們的性命，所以功勞應該屬於你。」

崔維茲的笑容擴大了些。「好吧，既然你這麼說。現在，向地球前進。」他踏著幾乎可算輕快的步伐，轉身走進駕駛艙。

裴洛拉特並沒有跟去，他對寶綺思說：「你終究還是安撫了他，對不對，寶綺思？」

「沒有，裴，我從未碰觸他的心靈。」

「你剛才極力滿足他的男性虛榮心，當然觸及了他的心靈深處。」

「完全是間接的。」寶綺思笑著答道。

「即使如此，還是謝謝你，寶綺思。」

86

躍遷之後，那顆可能是地球之陽的恆星仍在十分之一秒差距之外，其亮度雖然遠超過星空中其他天體，但看來依舊只是一顆星。

崔維茲面色凝重地研究這顆恆星。爲了便於觀察，他將光線過濾了一遍。他說：「跟新地球所環繞的阿爾發星一比，兩者無疑可說是孿生兄弟。但阿爾發收錄在電腦地圖中，這顆恆星卻沒有。我們不知道它的名字，也沒有它的數據，即使它擁有行星系，相關資料也全然闕如。」

裴洛拉特說：「假如地球果眞環繞這個太陽，這不正是我們意料中的事？完全找不到資料，正符合了地球資料似乎全被銷毀的事實。」

「沒錯，但也可能表示它是個太空世界，只是並未列在梅爾波美尼亞那座建築的牆上，我們無法絕對確定那份名單完整無缺。此外還有一個可能，就是這顆恆星或許沒有任何行星，因此大概不值得收錄在主要用於軍事和貿易的電腦地圖中。詹諾夫，有沒有任何傳說，提到地球之陽和它的孿生兄弟距離大約只有一秒差距？」

裴洛拉特搖了搖頭。「對不起，葛蘭，我想不到有這樣的傳說。不過，說不定眞有，我的記性不大好，我會去查查看。」

「這並不重要。地球之陽有沒有什麼名字？」

「有好些不同的名稱，我猜不同的語言都有不同的稱呼。」

「我常常忘記地球上曾經有過許多種語言。」

「一定是這樣。唯有如此，衆多的傳說才能有個合理解釋。」

崔維茲沒好氣地說：「好啦，現在我們該怎麼辦？在這麼遠的距離，根本觀察不到行星系，我們得靠近點才行。我希望能謹慎行事，可是謹慎有時也會過了頭，變得毫無道理。直到目前爲止，我看不出可能有什麼危險。不論是何方神聖，既然他們有力量將銀河中的地球資料一掃而光，假如他們絕不希望被人發現，那麼即使隔著這麼遠的距離，想必也能輕易將我們消滅，但我們現在卻毫髮無損。如果只因爲擔心靠近些會發生什麼變故，我們就永遠待在這裡，那可不是理智的做法，對不對？」

寶綺思說：「我想，電腦沒偵測到可解釋成危險的任何跡象。」

「我剛剛說看不出可能有什麼危險，根據的正是電腦的觀測結果。我當然無法用肉眼看到任何東西，我也並未如此指望。」

「那麼，我想你現在只是在尋求支持，要大家共同做出一個你認爲是危險的決定。好吧，我支持你。我們已經飛了這麼遠，不能無緣無故就掉頭離去，對不對？」

「沒錯。」崔維茲道：「你怎麼說，裴洛拉特？」

裴洛拉特說：「即使只是基於好奇心，我也願意繼續前進。要是就這麼空手而歸，不知道是否找到了地球，那會令人無法忍受的。」

「好吧，那麼，」崔維茲說：「我們都同意了。」

「還沒有，」裴洛拉特說：「還有菲龍。」

崔維茲看來吃了一驚。「你的意思是要我們跟那孩子商量？即使她眞有意見，又會有什麼價值？何況她一心只想回到她自己的世界。」

「這點你能怪她嗎？」寶綺思極力爲菲龍辯護。

直到他們談起菲龍，崔維茲才察覺到她的笛聲，現在她奏的是一首相當激昂的進行曲。

「聽聽看，」他說：「她究竟在哪裡聽過進行曲？」

「大概是健比用笛子吹給她聽過。」

崔維茲搖了搖頭。「我不大相信，我認爲舞曲、催眠曲之類的還比較有可能。聽我說，菲龍令我感到很不自在，她學得太快了。」

「有我在幫她，」寶綺思說：「記住這一點。她不但非常聰明，而且跟我們在一起的這段期間，她接受到非比尋常的知性刺激，嶄新的感受源源不絕湧入她的心靈。她目睹了太空的景觀，造訪了不同的世界，又見到了許多人，這些都是她前所未有的經驗。」

菲龍的進行曲變得愈來愈狂放，也愈來愈粗野。

崔維茲嘆了一口氣。「好啦，她已經表達了意見。她的音樂似乎透露出樂觀的精神，並對冒險充滿嚮往，我認爲，這就代表她贊成我們繼續接近地球。所以說，讓我們小心翼翼地行動，對這個太陽的行星系仔細觀察一番。」

「假如有的話。」寶綺思說。

崔維茲淡淡一笑。「一定有個行星系。我跟你打賭，隨便你賭多少。」

87

「你輸了。」崔維茲漫不經心地說：「你剛才決定賭多少？」

「零，我從未答應跟你打賭。」寶綺思答道。

「沒關係，反正我不會要你的錢。」

現在他們距離那個太陽大約一百億公里，它雖然仍是個光點，但已顯得份外明亮。相較之下，從一顆可住人行星表面觀察自身的太陽，平均亮度也頂多只有目前這個太陽的四千多倍。

「現在，影像經過放大，我們可以看到兩顆行星。」崔維茲說：「從直徑的測量值，以及反射光的光譜研判，它們顯然是氣態巨星。」

太空艇目前距離行星軌道面很遠。寶綺思與裴洛拉特站在崔維茲身後，一起凝視著顯像螢幕。他們看到的是兩個泛著綠光的微小新月形，其中較小的那個擁有較大的「相」。

崔維茲說：「詹諾夫！地球之陽應該有四顆氣態巨星，沒錯吧。」

「根據傳說，的確沒錯。」裴洛拉特答道。

「其中最接近太陽的那顆最大，次近的那顆具有行星環，對不對？」

「又大又顯眼的行星環，葛蘭，沒錯。話說回來，老弟，一個傳說經過一傳再傳，必須考慮到被誇大的程度。我想，萬一沒發現具有超大行星環的行星，也不該因此斷定這顆恆星並非地球之陽。」

「然而，我們現在看到的兩顆氣態巨星，也許只是較遠的兩顆。較近的那兩顆很可能在太陽另一側，由於距離太遠，不容易從群星背景中找出來。我們還得再靠近點，而且要到太陽另一側去。」

「有顆恆星在附近，我們做得到這一點嗎？」

「只要足夠小心，我肯定電腦辦得到。然而，如果它判斷這樣做太危險，就會拒絕接受我們的命令。那時，我們可以再謹慎地一步步慢慢前進。」

他開始以心靈指揮電腦，顯像螢幕中的星像場便起了變化。那顆恆星先是亮度陡然暴增，隨即從螢幕上消失，因爲電腦已遵循指令，開始掃瞄太空中另一顆氣態巨星，而且很快就有了結果。

崔維茲由於極度震驚，幾乎有點不知所措，但他的心靈仍勉力對電腦下達指令，將螢幕畫面繼續放大。他和兩名旁觀者都一動不動，目不轉睛地瞪著螢幕。

「不可思議。」寶綺思喘著氣說。

88

螢幕上出現一顆氣態巨星，在目前的觀察角度下，它的大部分都受到日照。在這顆行星周圍，環繞著一圈巨大而燦爛的實體亮環，其傾斜度剛好使受光的一面呈現在螢幕上。這道環比行星本身更明亮耀眼，而且在距離外緣三分之一處，有一圈明顯的狹窄界線。

在崔維茲的要求下，電腦將螢幕解析度調到最高，那行星環就變成無數的細小同心圓，每一圈都閃閃發光。現在螢幕上已看不到行星本身，只能見到行星環的一小部分。崔維茲又下了一道指令，螢幕的一角便多出一個視窗，顯現出行星全貌的縮小畫面。

「這種現象很尋常嗎？」寶綺思以敬畏的語氣問道。

「不尋常。」崔維茲說：「雖然每顆氣態巨星幾乎都有碴環，但通常都相當黯淡狹窄。我曾見過細小但相當明亮的行星環，卻從未見到過像這樣的，也從未聽說過。」

裴洛拉特說：「這顯然就是傳說中提到的那顆有環的巨星。如果這眞是唯一的……」

「眞是唯一的，據我所知獨一無二，連電腦也這麼認爲。」崔維茲說。

「那麼這裡必定就是擁有地球的行星系。誰也不能虛構出這樣的行星，一定要親眼目睹，才有辦法描述出來。」

崔維茲說：「現在不論你的傳說怎麼講，我都願意照單全收。這應該是第六顆行星，而地球是第三顆？」

「是的，葛蘭。」

「那麼我敢說，我們現在距離地球不到十五億公里，而我們仍未被擋駕。當初我們接近蓋婭時，在半途就遭到攔阻。」

寶綺思說：「你們遭到攔阻的時候，距離蓋婭已經很近了。」

「喔，」崔維茲說：「但我一向認爲地球比蓋婭強大，因此我認爲這是個好現象。既然我們沒遭到攔阻，也許就代表地球並不反對我們造訪。」

「或者根本沒有地球。」寶綺思說。

「這回你有興趣打賭嗎？」崔維茲綳著臉說。

「我想寶綺思的意思是說，」裴洛拉特插嘴道：「地球也許眞有放射性，就像大家似乎一致相信的那樣，而我們沒被擋駕，則是因爲地球上根本沒有生命。」

「不可能。」崔維茲以激動的口氣說：「我願意相信有關地球的每一個傳說，唯獨這點例外。我們一定要迫近地球，親自看個清楚。而且我有個預感，我們不會遭到攔阻。」

89

幾顆氣態巨星皆被遠遠拋在後面，而在最近太陽的那顆氣態巨星之內，出現了一條小行星帶。（誠如傳說所言，那顆氣態巨星的體積與質量都是最大的。）

小行星帶之內，又有四顆行星。

此時，崔維茲正在仔細研究這些行星。「第三顆最大。它體積適中、和太陽的距離適中，應該是一顆可住人行星。」

從崔維茲話中，裴洛拉特捕捉到一絲不確定的語氣。

他問：「它有大氣層嗎？」

「喔，有的。」崔維茲說：「第二、第三和第四顆行星都有大氣層。而且，就像古老的兒童故事一樣，第二顆的大氣太濃，第四顆的又太稀薄，只有第三顆的大氣恰到好處。」

「那麼，你認爲它可能是地球嗎？」

「認爲？」崔維茲幾乎是在大吼大叫，「我不必認爲，它就是地球，它擁有你說的那顆巨型衛星。」

「有嗎？」裴洛拉特露出難得的笑容，崔維茲從未見過他笑得那麼開心。

「絕對有！來，看看最高倍率的放大影像。」

裴洛拉特看到兩個新月形，其中一個顯然較大，而且較爲明亮。

「較小的那顆是衛星嗎？」他問。

「是的。它和那顆行星的距離比想像中還要遠，但它的確環繞著那顆行星。它的體積僅相當於小型行星，事實上，它比這四顆內行星都要小。話說回來，就衛星的標準而言，它實在夠大了。它的直徑至少有兩千公里，和氣態巨星周圍的大型衛星差不多大。」

「不是更大嗎？」裴洛拉特似乎有些失望，「那它就不能算巨型衛星。」

「不，它的確是。那些環繞巨大氣態巨星的衛星，直徑兩、三千公里沒什麼稀奇，但同樣大小的衛星環繞一顆岩質的可住人行星，則要另當別論。那顆衛星的直徑是地球直徑的四分之一強，請問你哪裡聽說過，可住人行星有這麼一個同量級的衛星？」

裴洛拉特怯生生地說：「這方面我知道得很少。」

崔維茲說：「那就相信我，詹諾夫，它是銀河中獨一無二的。我們眼前這個東西，其實可以算是一對行星，而通常在可住人行星的軌道上，則鮮有超過鵝卵石大小的天體。詹諾夫，想想看，第六顆是擁有巨大行星環的氣態巨星，第三顆又是擁有巨大衛星的行星——兩者都和你熟知的傳說相符，雖說親眼目睹之前難以置信——所以說，你眼前這顆行星一定就是地球，不可能是別的世界。我們找到它了，詹諾夫，我們找到它了。」

90

他們緩緩向地球前進，如今已是第二天。晚餐的時候，寶綺思頻頻打呵欠。她說：「我感到這些日子以來，我們大部分時間都在行星之間飛來飛去。在這件事情上，我們已經花了好幾個星期。」

「有一部分原因，」崔維茲說：「是距離恆星太近的話，進行躍遷會很危險。而這一次，我們故意將速度放得非常慢，則是因爲我不想太快衝進可能的危險中。」

「我記得你說過有一種預感，認爲我們不會遭到攔阻。」

「的確如此，可是我不想將一切押在一種感覺上。」崔維茲凝視著湯匙中的食物，沒有立刻放進嘴裡。「你知道嗎，我很懷念阿爾發的漁產，我們在那裡只吃了三頓而已。」

「實在可惜。」裴洛拉特表示同意。

「是啊，」寶綺思說：「我們總共造訪了五個世界，每一次都是落荒而逃，從來沒有機會補充食物，換點新鮮口味。即使在願意供應食物的世界上，例如康普隆和阿爾發，也根本沒機會，想必在……」

她並沒有說完，因為菲龍立刻抬起頭來，把她的話接了下去。「索拉利？你們在那裡無法得到食物嗎？那裡有很多食物，就像阿爾發上一樣多，而且品質更好。」

「這點我知道，菲龍。」寶綺思說：「只是時間來不及。」

菲龍面色凝重地瞪著她。「我會不會再見到健比，寶綺思？告訴我實話。」

寶綺思說：「只要我們回到索拉利，一定會的。」

「我們會不會回到索拉利呢？」

寶綺思遲疑了一下。「我不敢說。」

「現在我們要到地球去，是嗎？它是不是你說的那顆我們都源自那裡的行星？」

「是我們的先人都源自那裡。」寶綺思說。

「我會說『祖先』了。」菲龍說。

「對，我們正要去地球。」

「為什麼？」

寶綺思隨口答道：「誰不希望看看祖先的世界呢？」

「我認為還有別的原因，你們似乎都很擔心。」

「我們從未去過那裡，不知道會遇到些什麼。」

「我認爲還不只這樣。」

寶綺思微微一笑。「你已經吃完了，親愛的菲龍，何不回到艙房去，讓我們欣賞一段你用笛子奏出的小夜曲，你的演奏愈來愈美妙了。去吧，去吧。」她在菲龍屁股上輕拍了一下，催促她趕緊離去。菲龍乖乖走了開，半途只回過頭來一次，若有所思地看了崔維茲一眼。

崔維茲望著她的背影，露出明顯的嫌惡表情。「那小東西會讀心術嗎？」

「別叫她『東西』，崔維茲。」寶綺思以嚴厲的口吻說。

「她會讀心術嗎？你應該能判斷。」

「不，她不會，蓋婭和第二基地份子也不會。若將讀心解釋爲偷聽一段心靈談話，或是獲悉他人明確的想法，那麼目前誰也做不到，在可預見的將來也不可能。我們能夠偵測和詮釋情感，在某種程度上也能操縱情感，但那完全是另一回事。」

「這件理論上做不到的事，你怎麼知道她一定做不到？」

「因爲正如你剛才說的，我應該能判斷。」

「或許是她控制了你，所以你對事實一直渾然不覺。」

寶綺思白了他一眼。「你要講理，崔維茲。即使她具有不尋常的能力，也對我莫可奈何，因爲我不只是寶綺思，而且還是蓋婭，你常常忘記這一點。你可知道整個行星的精神慣性有多大嗎？你以爲一個孤立體，不論多麼有天賦，能夠戰勝整個行星嗎？」

「你不是萬事通，寶綺思，所以不要過分自信。」崔維茲以陰沉的語氣說：「那個小東……她跟我們在一起沒多久，這麼短的時間，我頂多只能學到一種語言的皮毛，而她竟然已經能說流利的銀河標準語，還幾乎掌握了所有的詞彙。沒錯，我知道你一直在幫助她，但我希望你適可而止。」

「我跟你說過我在幫助她，但我也說過她聰明得嚇人，以致我希望她能成爲蓋婭的一部分。假如我們能吸收她，假如她尙未超齡，我們也許就能因而瞭解索拉利人，最後將那個世界整個吸收進來，這樣做當然對我們有很大的助益。」

「你有沒有想到過，即使就我的標準而言，索拉利人也是病態的孤立體？」

「變成蓋婭的一部分，他們就會改頭換面。」

「我認爲你錯了，寶綺思。我認爲那個索拉利小孩是個危險人物，我們應該做個了斷。」

「怎麼做？將她從氣閘拋出去？殺了她，把她剁碎，然後給我們加菜？」

裴洛拉特說：「喔，寶綺思。」

崔維茲則說：「眞噁心，實在太過分了。」由於笛聲早已響起，他們一直以接近耳語的音量交談。崔維茲默默聽了一會兒，笛聲沒有任何破綻或猶豫。「等一切結束後，我們一定要將她送回索拉利，還要確保索拉利和銀河永遠隔離。我個人的感覺是應該將它毀滅，我對它既不信任又害怕。」

寶綺思想了一下，然後說：「崔維茲，我知道你天賦異稟，能夠做出正確的抉擇，但我也知道，你打從一開始就十分厭惡菲龍。我猜也許只是因爲你在索拉利遭到過羞辱，因此對那顆行星和其上居民都懷有深切的恨意。由於我絕不能影響你的心靈，這點我無法百分之百確定。但請別忘了，假如未帶菲龍同行，我們如今仍會留在阿爾發——成了死屍，而且我想已經入土了。」

「這點我知道，寶綺思，但即使這樣……」

「她的智慧應該受到讚賞，而不是嫉妒。」

「我並不嫉妒她，我怕她。」

「怕她的智慧？」

崔維茲若有所思地舔了舔嘴唇。「不，並不盡然。」

「不然怕什麼？」

「我不知道，寶綺思。假使知道怕什麼，我也許就不必怕了，偏偏我不太清楚爲什麼害怕。」他將聲音壓得更低，彷彿在自言自語。「銀河中似乎充滿我不瞭解的事物。爲什麼我要選擇蓋婭？爲什麼我必須找到地球？心理史學有沒有一項遺漏的假設？倘若眞有，那又是什麼？而最令人費解的一點，是菲龍爲何令我坐立不安？」

寶綺思說：「很遺憾，我無法回答這些問題。」說完她就起身離去。

裴洛拉特望了望她的背影，然後說：「當然並非事事不如人意，葛蘭。我們離地球愈來愈近，一旦我們抵達地球，所有的迷團將迎刃而解。目前爲止，似乎沒有任何力量企圖阻止我們前進。」

崔維茲對裴洛拉特猛眨眼睛，同時低聲說：「我倒希望有。」

裴洛拉特說：「是嗎？你爲何這麼想？」

「坦白說，我樂意看到生命跡象。」

裴洛拉特雙眼睜得老大。「你是不是終究發現地球具有放射性了？」

「並不盡然。可是它的表面溫熱，比我預期的溫度高一點。」

「這樣很糟嗎？」

「不一定，它的溫度可能有點高，但並不代表它一定不可住人。它有很厚的雲層，成分絕對是水汽，所以說，雖然我們根據微波發射計算出的溫度偏高，但是那些雲氣，連同豐沛的『水海洋』，仍然可以維持生命。我還不能肯定，不過——」

「怎樣，葛蘭？」

「嗯，假如地球眞有放射性，就能解釋它的溫度爲何比預期來得高。」

「可是這種推論不能反過來，對不對？如果它的溫度超過預期，並不表示它就一定具有放射性。」

「沒錯，沒錯，並不成立。」崔維茲勉強擠出一絲笑容，「冥想是沒有用的，詹諾夫。再過一兩天，我就能得到更多資料，到時我們就能確定了。」

91

寶綺思走進艙房的時候，菲龍正坐在便床上沉思。發覺寶綺思進來，菲龍只抬頭看了一眼，立刻又低下頭去。

寶綺思平靜地說：「怎麼了，菲龍？」

菲龍答道：「崔維茲為何那麼討厭我，寶綺思？」

「你為何認為他討厭你？」

「當我接近他的時候，他會用不耐煩的目光——是不是該說不耐煩？」

「也許是。」

「他會用不耐煩的目光望著我，而且他的臉孔總是微微扭曲。」

「崔維茲承受的壓力很大，菲龍。」

「因為他在尋找地球？」

「對。」

菲龍想了一會兒，然後說：「當我想讓什麼東西動的時候，他就特別不耐煩。」

寶綺思噘了噘嘴。「喂，菲龍，難道我沒告訴你絕不能那樣做，尤其是崔維茲在場的時候？」

「嗯，可是昨天，就在這間艙房裡，他站在門口，我沒注意到，我不知道他正在盯著我。那只不過是裴的一本影視書，我試著讓它站起來，我沒有做任何危險的事。」

「那會令他神經緊張，菲龍。我要你以後別再那樣做了，不管他有沒有看到。」

「是不是他自己做不到，所以會神經緊張？」

「大概吧。」

「你能做到嗎？」

寶綺思緩緩搖了搖頭。「不，我也不能。」

「我那樣做的時候，並不會令你感到緊張，也不會令裴感到緊張。」

「每個人都不一樣。」

「我知道。」菲龍突然改用強硬的語氣，害得寶綺思嚇一跳，還皺起了眉頭。

「你知道什麼，菲龍？」

「我就不一樣。」

「當然，我剛才說過，每個人都不一樣。」

「我的形體不一樣，而且我還能讓東西動。」

「這是事實。」

菲龍帶著叛逆的口吻說：「我一定要讓東西動，崔維茲不該生我的氣，你也不該阻止我。」

「可是你爲什麼一定要這樣做呢？」

「這是練習，是一種磨練──這樣說對嗎？」

「不完全對，應該說鍛鍊。」

「對，健比總是說，我必須訓練我的……我的……」

「轉換葉突？」

「對，使它愈來愈強壯。然後，等我長大了，我就能驅動所有的機器人，甚至包括健比。」

「菲龍，在你還沒有這樣做的時候，由誰來驅動所有的機器人？」

「班德。」菲龍答得非常順。

「你認識班德？」

「當然，我跟他見過許多面。我是下一任的屬地領主，班德屬地將來會變成菲龍屬地，健比這樣告訴我的。」

「你是說班德來找你……」

菲龍吃了一驚，嘴巴張成一個完美的橢圓。她像是被人掐住脖子一樣，吃力地說：「班德從來不會來——」說到這裡，小傢伙肺部的空氣用完了。她喘了幾口氣，繼續說：「我看到的是班德的影像。」

寶綺思以遲疑的口吻問道：「班德待你如何？」

菲龍用稍帶困惑的目光望著寶綺思。「班德總是問我是否需要什麼，是否感到舒適。可是健比一直在我身邊，所以我從來不需要任何東西，也始終感到很舒適。」

她垂下頭來，凝視著地板，然後用雙手蒙住眼睛，又說：「可是健比不動了，我想那是因爲班德——也不動了。」

寶綺思問道：「你爲何這樣說？」

「我一直在想這件事。班德負責驅動所有的機器人，如果健比不動了，而其他的機器人也都不動了，那一定是因爲班德不動了。是不是這樣？」

寶綺思啞口無言。

菲龍說：「不過等你帶我回到索拉利後，我就會驅動健比和其他所有的機器人，到時我又會快樂了。」

說完她哭了起來。

寶綺思說：「你跟我們在一起不快樂嗎，菲龍？哪怕只是一點點？偶爾一下子？」

菲龍抬起頭，沾滿淚水的臉孔正對著寶綺思。她一面搖頭，一面以顫抖的聲音說：「我要健比。」

寶綺思心中頓生一股強烈的同情，她伸出雙臂將孩子抱在懷中。「喔，菲龍，我多麼希望能讓你和健比團圓。」她突然發覺自己也在流淚。

92

裴洛拉特走進來，看到兩人哭成一團。他猛然停下腳步，問道：「怎麼回事？」

寶綺思輕輕推開菲龍，想要摸出一張面紙擦乾眼淚。她剛搖了搖頭，裴洛拉特立刻以加倍關切的語氣問：「究竟是怎麼回事？」

寶綺思說：「菲龍，稍微休息一下，我會想想辦法，讓你覺得好過一點。記住，我和健比一模一樣愛你。」

她抓住裴洛拉特的手肘，將他拉到起居艙中。「沒事，裴，眞的沒事。」她說。

「不過菲龍卻有事，對不對？她仍舊想念健比。」

「想念得厲害，而我們根本幫不上忙。我可以告訴她我愛她——天地良心，我眞的愛她。這麼聰明、這麼乖順的孩子誰能不愛？而且聰明得嚇人，崔維茲甚至認爲她聰明過了頭。她曾經見過班德，你知道嗎——或者應該說，見過班德的全相像。然而，她對那些記憶沒什麼感情，她提到這件事的時候非常冷漠，好像跟她毫不相干，而我曉得這是爲什麼。除了班德是那塊屬地原來的主人，菲龍是下一任主人之外，兩人之間根本沒有其他關係。」

「菲龍瞭解班德是她的父親嗎？」

「應該說是她的母親。既然我們同意將菲龍當作女性，那麼班德也是。」

「都一樣，寶綺思吾愛。菲龍是否明瞭這重親子關係？」

「我不知道她對這點瞭解多少。她當然有可能知道，但她未曾表露出來。然而，裴，她推論出班德已經死了，因爲她終於明白了健比停擺是停電的結果，而負責提供電力的正是班德——這實在令我害怕。」

裴洛拉特體貼地說：「爲什麼害怕呢，寶綺思？這畢竟只是邏輯推論罷了。」

「從班德的死亡，就能做出另一個邏輯推論。索拉利上住的是長壽且孤立的太空族，死亡必定是罕見而且遙遠的事件。他們目睹自然死亡的經驗一定極其有限，而對菲龍這種年紀的索拉利兒童而言，則或許完全是一片空白。假如菲龍繼續思索班德的死，她就會開始懷疑死因爲何。而我們這幾個陌生人當時在那裡，這個事實必定會讓她導出一個明顯的因果關係。」

「那就是我們殺了班德？」

「不是我們殺了班德，裴，班德是我殺的。」

「她不可能猜到。」

「可是我必須告訴她實情。她原本就對崔維茲很惱火，而崔維茲顯然是我們的領隊，她自然會認爲班德的死是他一手造成的，我怎能讓崔維茲背這個黑鍋？」

「那又有什麼關係呢，寶綺思？那孩子對她的父……母親毫無感情，她愛的只是她的機器人健比。」

「可是她母親的死導致那機器人的死。我差點就要自己招認了，有股強烈的力量在驅策我。」

「爲什麼？」

「那樣一來，我就可以用我的方式解釋，可以在她自己發現眞相之前安慰她。否則，如果她藉著推理得到答案，就會令我們對整件事百口莫辯。」

「但我們有義正辭嚴的理由啊，那是一種自衛行爲。當時你若不採取行動，下一刻我們就是死人了。」

「我的確該那樣解釋，但我無法對她說，我怕她不相信我。」

裴洛拉特搖了搖頭，又嘆了一口氣。「你認爲如果我們沒帶她走會比較好嗎？現在這種情形令你很不快樂。」

「不，」寶綺思氣呼呼地說：「不要那樣講。假如我現在坐在這裡，想到我們曾經遺棄一個無辜的幼童，而且由於我們的所作所爲，令她慘遭無情的屠殺，那會使我更不快樂無數倍。」

「在菲龍的世界，那就是解決之道。」

「好了，裴，別陷入崔維茲的思考模式。孤立體有辦法接受這種事，不會加以深思，然而，蓋婭的行爲準則是拯救生命，而不是毀滅生命，或坐視生命遭到毀滅。我們都知道，各種生命都必須不斷死亡，好讓繼起的生命有存活的機會，可是絕不該無緣無故、毫無意義地死去。班德的死雖然無可避免，仍令我難以承受，菲龍要是也死了，那我絕對會受不了。」

「啊，」裴洛拉特說：「我想你說得沒錯。但無論如何，我找你不是因爲菲龍的問題，而是爲了崔維茲。」

「崔維茲怎麼了？」

「寶綺思，我很擔心他。他正等著揭開地球的眞面目，我不確定他是否受得了這個壓力。」

「這點我可不怕，我相信他有一顆強健堅固的心。」

「每個人都有自己的極限。聽我說，地球那顆行星的溫度比他預期來得高，這是他告訴我的。我懷疑他認爲地球溫度也許過高，不可能有生命存在，不過他顯然試圖說服自己，讓自己相信並非如此。」

「或許他是對的，或許溫度沒有高到那種程度。」

「此外他還承認，這種高溫有可能是放射性地殼造成的結果，但是他也拒絕相信這點。一兩天內，我們就會足夠接近地球，到時便會眞相大白。假如地球果眞具有放射性呢？」

「那麼他就得面對現實。」

「可是——我不知道怎麼說，或是該用哪個精神力學術語。萬一他的心靈——」

寶綺思等不到下文，便以挖苦的口氣說：「保險絲燒斷了？」

「對，保險絲燒斷了。你現在不該幫他做點什麼嗎？比如說，讓他保持心理平衡，不至於失去控制？」

「不行，裴。我不相信他那麼脆弱，而且蓋婭做過一項堅決的決定，絕不去影響他的心靈。」

「但這正是問題的癥結所在。他擁有一種罕見的『正確性』，或者不論你要如何稱呼它。在眼看就要成功的時候，萬一他發現整個計畫化爲泡影，必定會受到很大的打擊，雖然不一定損壞他的腦子，卻有可能毀了他的『正確性』。那是一種極不尋常的特質，難道不會同樣異常脆弱嗎？」

寶綺思沉思了一下，然後聳了聳肩。「嗯，或許我該看著他一點。」

93

接下來的三十六小時，崔維茲隱約感到寶綺思一直尾隨著自己，而裴洛拉特也有這種傾向。話說回來，在一艘如此袖珍的太空艇中，這並不是什麼特殊的現象，何況他還有其他事情需要操心，因此沒有放在心上。

現在，他坐在電腦前，發覺另外兩人正站在門邊。他抬起頭來，面無表情地望著他們。

「怎麼樣？」他以很小的聲音說。

裴洛拉特掩飾得很拙劣，他說：「你好嗎，葛蘭？」

崔維茲說：「問寶綺思，她緊盯著我好幾個鐘頭了，她一定在刺探我的心靈。有沒有，寶綺思？」

「我沒有。」寶綺思以平靜的語氣說：「但你若是覺得需要我的幫助，我倒可以試試看——你要我幫你嗎？」

「不用了，我爲何需要？請便吧，兩位。」

裴洛拉特說：「請告訴我們到底怎麼回事。」

「猜吧！」

「是不是地球——」

「沒錯，正是。人人堅持要我們相信的那件事，竟然千眞萬確。」崔維茲指了指顯像螢幕，畫面上呈現的是地球的夜面，後方的太陽完全被遮住。在佈滿繁星的天空中，地球看來像個實心的黑色圓盤，邊緣圍繞著一條斷斷續續的橙色曲線。

裴洛拉特說：「那些橙色光芒就是放射線嗎？」

「不，那只是經過大氣折射的陽光。假如大氣層中沒有那麼多雲氣，看起來就該是橙色實線構成的圓形。我們根本看不見放射線，各種放射線都被大氣吸收了，連伽瑪線也不例外。然而，它們的確會造成次級輻射，相較之下雖然十分微弱，但電腦還是有辦法偵測出來。肉眼仍舊無法看見那些輻射，可是電腦每次接收到其中的粒子或波動，都能產生一個可見光的光子，再將地球影像以假色顯示。看！」

黑色圓盤各處都出現了黯淡的藍色光點。

「上面的放射性有多強？」寶綺思低聲問道：「足以代表沒有人類生命嗎？」

「任何種類的生命都沒有。」崔維茲說：「這顆行星絕對不可住人，連最後一隻細菌、最後一個病毒都早已絕跡。」

「我們可以去探索一番嗎？」裴洛拉特說：「我的意思是穿著太空衣。」

「不出幾個小時，我們就會受到無藥可救的放射線傷害。」

「那我們該怎麼辦，葛蘭？」

「怎麼辦？」崔維茲依然面無表情地望著裴洛拉特，「你知道我想怎麼辦嗎？我想帶你和寶綺思——還有那孩子——回到蓋婭，讓你們永遠留在那裡。然後我準備回端點星去，將太空艇交還；然後我準備向議會辭職，那應該會使布拉諾市長非常高興；然後我準備靠退休金過活，讓銀河自求多福。我再也不會過問謝頓計畫、基地、第二基地或蓋婭。銀河自會選擇自己的前途，在我有生之年絕不會毀滅，我又何必關心身後會發生什麼事呢？」

「你絕沒有當眞，葛蘭。」裴洛拉特趕緊說。

崔維茲瞪了他一會兒，然後深深吸了一口氣。「沒錯，我沒有當眞。可是，喔，我多麼希望一切都能照我剛才說的去做。」

「別再提那些了，你眞正打算怎麼做？」

「讓太空艇繼續繞著地球軌道飛行，休息一下，從這些震驚中恢復過來，再來想想下一步該做什麼。只不過——」

「不過什麼？」

崔維茲突然一口氣說：「下一步還能做什麼？還剩下什麼可找？還剩下什麼可尋？」

第二十章：鄰近的世界

94

連續有四頓飯的時間，裴洛拉特與寶綺思只有用餐時見得到崔維茲。其他的時候，他不是在駕駛艙中，就是躲在寢艙裡。用餐時他也始終保持沉默，嘴唇緊緊抿住，而且總是只吃一點點。

然而，在第四餐的時候，裴洛拉特察覺到，崔維茲異常凝重的神色似乎緩和了些。裴洛拉特清了兩次喉嚨，彷彿準備說些什麼，結果兩次都欲言又止。

最後，崔維茲抬起頭來，望著他說：「怎麼樣？」

「你有沒有——有沒有想出來，葛蘭？」

「你爲何這樣問？」

「你看來好像沒那麼沮喪了。」

「不是沒那麼沮喪，而是我正在思考，使勁地思考。」

「我們可以知道內容嗎？」裴洛拉特問。

崔維茲朝寶綺思那邊瞥了一下。她盯著面前的餐盤，謹愼地保持沉默，彷彿她很確定，在這個敏感時刻，裴洛拉特比她更能問出些名堂。

崔維茲說：「你也好奇嗎，寶綺思？」

她將視線揚起片刻。「當然啦。」

菲龍踢了一下桌腳，像是在鬧彆扭，然後說：「我們找到地球了嗎？」

寶綺思用力摟住那孩子的肩膀，崔維茲則沒有理會。

他說：「我們必須以一項基本事實當出發點。在每個世界上，所有關於地球的資料都被移走了，這就讓我們導出一個必然的結論：地球上有什麼東西被藏起來。可是根據觀測，我們發現地球具有致命的放射性，因此上面不論有什麼，都自然而然藏了起來。沒有人能夠登陸地球，而我們目前所在的位置，已經相當接近磁層的外緣，卻什麼也沒有發現，不過我們不會打算更靠近了。」

「你能確定這一點嗎？」寶綺思輕聲問道。

「我在電腦上花了很多時間，用我和它想得到的各種方法來分析地球，但沒有任何結果。更重要的是，我自己也覺得不會有任何結果。所以說，地球的相關資料爲何會被清除呢？不用說，需要隱藏的東西無論是什麼，其安全程度早已超乎任何人的想像，不需要再錦上添花了。」

「有可能是這樣的，」裴洛拉特說：「當地球的放射性尚未變得那麼嚴重，還不至於令外人卻步的時候，的確有什麼東西藏在它上面。當時，地球上的人也許擔心有外人來到，進而發現那個祕密。因此，地球試圖除去有關自身的資料，其實是那時候的事。我們現在所發現的結果，只是那個不安全的時代所留下的遺跡。」

「不，我不這麼想。」崔維茲說：「位於川陀的帝國圖書館，裡面的資料似乎是最近才被移走的。」他突然轉向寶綺思，「我說得對嗎？」

寶綺思以平靜的口吻說：「當你、我、第二基地份子堅迪柏，以及端點市長聚會的時候，從堅迪柏憂心忡忡的心靈中，我/們/蓋婭捕捉到了這個訊息。」

崔維茲說：「因此，過去有可能被發現而必須隱藏的東西，現在一定仍然藏了起來。縱使地球已經具有放射性，那東西仍舊有被發現的危險。」

「那怎麼可能呢？」裴洛拉特好奇地問。

「想想看，」崔維茲說：「原來藏在地球的東西，會不會已經不在地球上？當放射性變得愈來愈危險時，它會不會被移到了別處？可是，那個祕密現在雖然不在地球上，但我們若能找到地球，也許就有辦法推論出祕密被移至何處。果眞如此，地球的下落就仍然有隱藏的必要。」

菲龍又用尖銳的聲音說：「因爲如果我們找不到地球，寶綺思說你就會帶我回到健比身邊。」

崔維茲轉頭面向菲龍，以兇狠的目光瞪著她。寶綺思趕緊低聲道：「我是說可能會，菲龍。我們待會兒再討論這件事，現在回到你的艙房去看書，或是玩笛子，或是做你想做的任何事。去——快去。」

菲龍皺著眉頭，悻悻然離開餐桌。

裴洛拉特說：「可是你憑什麼這樣說呢，葛蘭？我們來到了這裡，我們已經發現了地球。不論那是什麼祕密，假如不在地球上，我們有辦法推論出它可能藏在何處嗎？」

崔維茲花了一點時間，才擺脫了被菲龍搞壞的情緒。然後他說：「怎麼不能？試想，地球表面的放射性持續不斷惡化，由於死亡率和移出率劇增，地球人口因此持續不斷銳減。而那個祕密，不管它是什麼，處境就愈來愈危險。誰還會留下來保護它呢？最後，它一定會被送往其他世界，否則不管是什麼祕密，都會因此失去作用。我猜當初曾有人不願將它移走，這件事很可能是最後一刻才完成的。好啦，詹諾夫，還記不記得新地球的那個老者，拚命對你講述自家地球歷史的那位？」

「單姓李？」

「沒錯，就是他。當他論及新地球的建立時，是不是說地球殘存的居民都被帶到那顆行星？」

裴洛拉特說：「老弟，難道你的意思是，我們所要找的東西，如今位於新地球上？由最後一批離開地球的人帶去的？」

崔維茲說：「難道沒這個可能嗎？在整個銀河中，新地球和地球同樣不具知名度，而且那裡的居民極力和外星人士隔絕，這點也很可疑。」

「我們到過那裡，」寶綺思插嘴道：「可是什麼也沒發現。」

「當時，我們一心打探地球的下落，沒注意到其他事情。」

裴洛拉特以困惑的口氣說：「但我們要找的是具有高科技的東西，它能在第二基地的地盤上將資料偷走，甚至還能——對不起，寶綺思——侵入蓋婭的地盤行事。那些住在新地球上的人類，或許能控制頭上的一小塊天氣，也或許擁有某些生物科技，可是我想你也會承認，整體而言，他們的科技水準相當低。」

寶綺思點了點頭。「我同意裴的看法。」

崔維茲說：「我們這是以偏概全。我們一直沒見到漁船上的男人，而且除了著陸地點附近，我們沒觀察過那座島嶼的其他部分。如果我們搜尋得更徹底，有沒有可能發現些什麼呢？畢竟，我們原本並未認出那些螢光燈，直到目睹它們運作才恍然大悟。若說科技看來落後，我是說『看來』……」

「怎麼樣？」寶綺思顯然未被說服。

「有可能只是故意製造煙幕，目的是要混淆眞相。」

「不可能。」寶綺思說。

「不可能？當初在蓋婭，是你親口告訴我的，川陀大部分的文明都故意保持低科技水準，以便隱藏由少數第二基地份子所組成的核心。同樣的策略爲何不能用在新地球上？」

「那麼，你是不是建議我們回新地球去，再去面對那種傳染病——這次讓它眞正發作？性行爲無疑是特別愉快的傳染方式，但或許並非唯一的途徑。」

崔維茲聳了聳肩。「我並不急著回新地球，但也許會有這個必要。」

「也許?」

「也許!畢竟,還有另一種可能性。」

「那又是什麼?」

「新地球環繞著那顆叫作阿爾發的恆星,阿爾發則是雙星系的一部分。在那顆伴星的軌道上,難道沒有可住人行星嗎?」

「我認爲它太暗了。」寶綺思一面說一面搖頭,「那顆伴星的光度只有阿爾發的四分之一。」

「雖然暗,但不至於太暗。如果某顆行星相當接近那顆恆星,仍然可能適宜住人。」

裴洛拉特說:「電腦是否提到那顆伴星有任何行星?」

崔維茲冷笑了一下。「我查過了,有五顆不大不小的行星,沒有氣態巨星。」

「那五顆行星中,有任何適宜住人的嗎?」

「電腦只給出它們的總數,並指出它們體積都不大,此外沒有提供任何資料。」

「喔!」裴洛拉特顯得很洩氣。

崔維茲說:「沒什麼好失望的。電腦裡面也找不到任何一個太空世界,而阿爾發本身的資料也少得不能再少,這些資料都被故意藏了起來。如果電腦對阿爾發的伴星幾乎一無所知,簡直可以視爲好兆頭。」

「所以,」寶綺思一本正經地說:「你是打算這麼做——先去造訪那顆伴星,如果無功而返,再回過頭去找阿爾發。」

「沒錯,而這一次,在抵達新地球那座島嶼時,我們會是有備而來。在著陸前,我們會仔仔細細將整座島嶼搜索一遍。寶綺思,我要你利用精神力量來屏蔽……」

就在這個時候,**遠星號**突然偏向一側,好像這艘太空艇打了個嗝似地。崔維茲立刻以介於憤怒與困惑之間的口氣，大叫道：「是誰在控制台？」

其實在發問時，他已經非常清楚那究竟是誰。

95

坐在電腦台前的菲龍全神貫注。她盡量張開有著修長手指的小手，以便按在桌面那雙微微發光的輪廓上。她的手掌似乎陷入實質的桌面，雖然感覺上它顯然又硬又滑。

她曾經好幾次看到崔維茲雙手如此擺放，但並未見到他有什麼其他動作。不過她心中很明白，他這樣做就能控制整艘太空艇。

有些時候，菲龍還看到崔維茲閉起雙眼，因此她現在也學著這麼做。過了一會兒，她似乎聽到一個模糊而遙遠的聲音，眞的十分遙遠。但是（她隱約意識到）透過她的轉換葉突，那聲音卻在她腦中響起——那對葉突甚至比她的雙手更重要——她開始努力分辨那些字句。

「指令。」那聲音以近乎懇求的語氣說：「您的指令是什麼？」

菲龍什麼也沒說，她從未目睹崔維茲對電腦說過任何話。但她知道自己全心全意要的是什麼，她要回到索拉利，回到那座無邊無際的舒適宅邸，回去找健比——健比——健比——

她就是要去那裡。一想到自己摯愛的世界，她便想像能在顯像螢幕上看到它，就像螢幕上出現過許多她不想去的世界那樣。她張開雙眼凝視著顯像螢幕，渴望看到另一個世界，而不是這個可恨的地球，然後她盯著眼前的畫面，想像它就是索拉利。她憎恨這個空虛的銀河，她認識這個銀河全然是無奈，想到這裡，她的淚水奪眶而出，太空艇則開始顫動。

她能感覺到艇身的顫動，而她自己也微微晃了一下。

接著，她便聽到走廊傳來嘈雜的腳步聲。當她睜開眼睛的時候，崔維茲扭曲的臉孔佔滿她的視野，將顯像螢幕完全擋住，遮住了她心中的目的地。他在大吼大叫，但她並未注意聽。殺了班德而將她帶離索拉利的是他，一心只有地球而不准她回家的也是他，她決定再也不要聽他的話。

她要駕著這艘太空艇回索拉利。當她再度堅定決心時，太空艇又顫動起來。

96

寶綺思粗暴地抓住崔維茲的手臂。「不要！不要！」

她死命拉住他，不讓他向前走。裴洛拉特則僵立在遠處，茫然不知所措。

崔維茲咆哮道：「把手拿開，別碰電腦！寶綺思，別攔我，我不想害你受傷。」

寶綺思近乎聲嘶力竭地說：「別對這孩子動粗，否則我難免害你受傷，抗命也在所不惜。」

崔維茲將目光從菲龍身上猛然轉向寶綺思。「那麼你把她拉開，寶綺思，現在就去！」

寶綺思一把推開他，力道大得驚人。（崔維茲事後想到，大概是從蓋婭那裡吸取的力量。）

「菲龍，」她說：「把手抬起來。」

「不要。」菲龍尖叫道：「我要太空艇飛去索拉利，我要它飛去那裡，那裡。」她朝顯像螢幕點了點頭，甚至不願讓任何一隻手離開桌面。

寶綺思伸手探向那孩子的肩頭，當她雙手碰到菲龍的時候，那孩子開始發抖。

寶綺思改用柔和的聲音說：「好了，菲龍，告訴電腦將一切恢復原狀，然後跟我走，跟我走。」

她雙手輕輕撫摩著菲龍，菲龍隨即軟化，放聲痛哭。

菲龍雙手離開了桌面，寶綺思撐著她的腋窩將她舉起來，然後令她轉身，再緊緊抱著她，讓這孩子在自己懷裡痛快大哭一場。

崔維茲這時站在門口一言不發，寶綺思對他說：「讓開，崔維茲。我們經過的時候，千萬別碰我們。」

崔維茲馬上閃到一旁。

寶綺思頓了一下，又壓低聲音對崔維茲說：「我剛才不得不進入她的心靈，假如因此造成任何傷害，我不會輕易原諒你。」

崔維茲差點脫口告訴她，自己絲毫不在乎菲龍的心靈，他擔心的只有電腦。然而，在蓋婭嚴厲的目光瞪視之下（當然不只是寶綺思而已，她個人的表情無法使他產生不寒而慄的恐懼），他終究什麼也沒說。

寶綺思與菲龍消失在她們的艙房之後，崔維茲維持了長久的沉默，甚至一動也不動。事實上，他一直僵在那裡，直到裴洛拉特柔聲道：「葛蘭，你還好嗎？她沒傷到你吧？」

崔維茲使勁搖了搖頭，彷彿想將輕微的痲痺感甩掉。「我還好，眞正的問題是它好不好。」他坐到電腦台前，將雙手放到剛才被菲龍按過的手掌輪廓上。

「怎麼樣？」裴洛拉特焦急地問。

崔維茲聳了聳肩。「反應似乎正常，等一下還是有可能發現問題，但現在看不出任何異狀。」然後，他以更憤怒的口氣說：「除我之外，電腦應該不會和別人的手有效結合。但是那個雌雄同體另當別論，問題不在於她的手，而在她的轉換葉突，這點我能肯定……」

「可是太空艇爲什麼震動呢？應該不會這樣的，對不對？」

「沒錯，這是一艘重力太空艇，應該不會出現這些慣性效應。但那個母怪物……」他突然打住，看來又火冒三丈。

「怎麼樣？」

「我猜，她對電腦下了兩個互相矛盾的指令，由於兩者具有同樣的效力，電腦只好嘗試同時執行兩件事。爲了進行這種不可能的嘗試，電腦一定暫時解除了太空艇的無慣性狀態，至少我認爲事情是這樣的。」

他的臉色突然間緩和下來。「或許這並不是一件壞事，因爲我忽然想通了。我對阿爾發以及它的伴星所做的種種推測，其實根本是癡人說夢。現在，我終於確定地球將祕密轉移到哪裡了。」

97

裴洛拉特瞪大眼睛，他暫且不去追究最後那句話，而是回到原先的問題。「菲龍如何要求電腦執行互相矛盾的指令？」

「嗯，她說要讓太空艇飛去索拉利。」

「對，她當然希望那麼做。」

「可是她所謂的索拉利是什麼？她無法在太空中認出索拉利，她從未眞正從太空看過那個世界。當我們匆匆離開索拉利時，她正處於睡眠狀態。雖然她從你的圖書館學到很多，寶綺思又告訴她不少知識，但是我想，對於擁有上千億顆恆星、數千萬顆住人行星的銀河，她還無法眞正瞭解它的眞面目。她從小孤獨地生活在地底，頂多只知道有許多的世界這個概念。可是究竟有多少呢？兩個？三個？四個？對她而言，她見到的每個世界都可能是索拉利，甚至一廂情願地將見到的世界都當成索拉利。此外，我想寶綺思爲了安撫她，曾經對她暗示，說我們若是找不到地球，就會帶她回索拉利，因此她還可能產生了一種想法，認爲索拉利很接近地球。」

「可是你又怎麼知道呢，葛蘭？你爲什麼會這樣想？」

「她幾乎等於對我們說了，詹諾夫。當我們闖進來找她的時候，她喊著說要到索拉利去，又加上一句『那裡，那裡』，還向顯像螢幕猛點頭。而顯像螢幕映出的是什麼呢？是地球的衛星。在我離開電腦去吃晚餐的時候，螢幕上並非那顆衛星，而是地球。當菲龍要求回到索拉利時，她心中一定想著那顆衛星的畫面，因此電腦做出的回應，必定是將鏡頭對準那顆衛星。相信我，詹諾夫，我知道這台電腦如何運作。誰會比我更清楚呢？」

裴洛拉特看了看螢幕上一彎肥厚的新月，意味深長地說：「至少在地球的某一種語言中，它被稱爲『月球』，另一種語言則稱之爲『太陰』，此外可能還有許多不同的名稱。想想看，一個有著眾多語言的世界，老弟，那是多麼混亂啊——有多少誤解，多少糾紛，多少……」

「月球？」崔維茲說：「嗯，這倒是個很簡單的名字。此外，你想想看，也許那孩子基於本能，試圖藉著轉換葉突的作用，利用太空艇本身的能源驅動太空艇，那樣或許也會造成暫時性的慣性失調。但這些都不重要了，詹諾夫，重要的是，這一切的陰錯陽差讓月球——嗯，我喜歡這個名字——出現在螢幕上。它的影像被放大，而且此時仍在那裡。我現在正盯著它，而且正在思索。」

「思索什麼，葛蘭？」

「思索它的大小。我們一向漠視衛星，詹諾夫，行星周圍即使有衛星，也都是不起眼的小東西。不過這顆可不同，它可算是一個世界，直徑大約有三千五百公里。」

「一個世界？你當然不能稱之爲世界，它不適宜住人，三千五百公里的直徑仍然太小了。它也沒有大氣層，我一眼就能看出來。一來沒有雲氣，二來和太空交界的圓周線條分明，而內部的日夜半球分界曲線也一樣。」

崔維茲點了點頭。「你快要成爲老練的太空旅人了，詹諾夫。你說得沒錯，沒有空氣，沒有水。但那僅僅表示月球的赤裸表面不可住人，可是地底呢？」

「地底？」裴洛拉特狐疑地問道。

「對，地底。有何不可？地球的城市曾經建築在地底，這是你告訴我的。此外，我們知道川陀是個地底都會，康普隆的首都有很大一部分位於地底，索拉利的宅邸也幾乎全在地下，這種情形其實非常普遍。」

「可是，葛蘭，在這些例子中，人類仍然居住在可住人行星上。那些行星表面都有大氣，有海洋，同樣可以住人。假如表面不可住人，還有可能住在地底嗎？」

「拜託，詹諾夫，動動腦筋！我們現在住在哪裡？**遠星號**就是個表面不可住人的微型世界，外面既沒有空氣也沒有水，我們卻能在裡面住得舒適無比。銀河中充滿各式各樣的太空站和太空殖民地，更遑論各種太空船和星艦，它們都是只有內部才能住人。你就把月球當成一艘巨型太空船吧。」

「裡面住著一組人員？」

「對，根據我們所知來研判，可能有好幾百萬人，此外還有許多動植物，以及先進的科技。你看，詹諾夫，這是不是很有道理？既然地球在最後關頭，能送出一批殖民者到環繞阿爾發的行星上；而且，或許是在帝國協助下，他們有能力試圖改造那顆行星，在它的海洋中播種，還無中生有造起一塊陸地，那麼，地球難道不能再送另一批人到自己的衛星上，並將它的內部改造成可住人的環境嗎？」

裴洛拉特不大情願地說：「我想是吧。」

「想必就是這樣。如果地球有什麼東西需要隱藏，何必送到一兩秒差距以外的地方，它附近就有另一個世界，距離還不到阿爾發的億分之一。此外，就心理學觀點而言，月球是個更佳的藏匿地點。沒人會將衛星和生命聯想到一塊，例如我就沒想到；月球近在眼前，我的心思卻飛到阿爾發。若不是菲龍——」他緊抿著嘴唇，同時搖了搖頭。「我想我得將功勞記在她頭上，即使我不這麼做，寶綺思也一定會的。」

裴洛拉特說：「可是我問你，老友，如果有什麼東西藏在月球內部，我們又要如何去找？月球表面一定有好幾百萬平方公里……」

「差不多四千萬平方公里。」

「而我們需要全部搜尋一遍。可是該找什麼呢？一個開口？某種氣閘？」

崔維茲道：「照你這麼說，這似乎是件大工程。但我們尋找的並非物件，我們要尋找生命，而且是有智慧的生命。我們有寶綺思，偵測智慧是她的看家本領，你說對不對？」

98

寶綺思望著崔維茲，一副興師問罪的模樣。「我總算讓她睡著了，這是我一生中最艱難的一天，她簡直瘋狂了。幸好，我想我並沒有傷到她。」

崔維茲以冷漠的語氣說：「你知道嗎，你最好試著除去她對健比的情感固著，因爲我絕不打算回索拉利。」

「只要除去她的情感固著就好，是嗎？這些事你知道多少，崔維茲？你未曾感測過任何心靈，對心靈的複雜度連一點概念也沒有。你若對這方面稍有認識，就不會把除去情感固著說得那麼簡單，好像只是從瓶子裡舀出果醬一樣。」

「那麼，至少把它減弱些。」

「我如果花上一個月的時間，小心翼翼地抽絲剝繭，也許能把它減弱一點。」

「你所謂的抽絲剝繭是什麼意思？」

「對一個毫無概念的人，這根本無從解釋。」

「那麼，你準備讓那孩子何去何從？」

「我還不知道，這需要好好考慮一番。」

「這樣的話，」崔維茲說：「我來告訴你我們準備讓太空艇何去何從。」

「我知道你準備怎麼做，你要飛回新地球去，還會試著跟可愛的廣子再親熱一回，只要她答應不再將病毒傳染給你。」

崔維茲仍舊面無表情，他說：「不對，事實上，我已經改變主意。我們要飛往月球——月球就是那顆衛星的名字，詹諾夫說的。」

「那顆衛星？因爲它是最近的一個世界？這點我倒沒想到。」

「我也沒想到，誰都不會想到。在整個銀河中，沒有任何衛星值得考慮，但這顆超大型衛星是唯一的例外。況且地球的隱密也掩護了它，如果找不到地球，也就找不到這個月球。」

「它可以住人嗎？」

「表面不可以，可是它沒有放射性，完全沒有，所以並非絕對不可住人。它的表層之下也許有生命——事實上，也許充滿了生命。當然啦，一旦我們足夠接近，你就應該能夠判斷。」

寶綺思聳了聳肩。「我會試試看。不過，你怎麼會突然想到試一試這顆衛星？」

崔維茲以平靜的口吻說：「因爲菲龍在控制台前的某個舉動。」

寶綺思等了一下，彷彿指望他多講幾句，然後她又聳了聳肩。「不論那是什麼舉動，如果你一時衝動殺死了她，我想你就無法得到這個靈感了。」

「我沒有要殺死她，寶綺思。」

寶綺思揮了揮手。「好吧，到此為止。我們是不是正向月球飛去？」

「是的。為了謹慎起見，我不打算飛得太快。不過假如一切順利，三十小時後，我們就能到達它的上空。」

99

月球表面是一片洪荒。崔維茲望著下方不斷向後掠去的白晝區域，眼前景象是千篇一律的隕石坑、山區，以及許多黑暗的陰影，土壤的顏色則不時呈現微妙變化。偶爾也會出現一大幅平地，其中仍有不少小隕石坑。

當他們快要接近夜面時，各種陰影變得愈來愈長，最後終於融為一體。有那麼一陣子，在他們後方，可以見到許多山峰在陽光下閃閃發光，像是一些胖嘟嘟的星星，比太空中其他星體都明亮許多。但群山不久便消失無蹤，這時再向下望去，天空中只剩下地球的黯淡光影，那是個白裡帶藍的巨大球體，看起來比半圓要豐滿些。然後，地球終於也落在太空艇後面，進而沉到地平線之下，因此下方變作一片絕對的黑暗，而頭上只有黯淡稀疏的星辰。不過對端點星長大的崔維茲來說，這種星空已足以令他嘖嘖稱奇。

接著，前方開始出現一些明亮的星辰，起初只有一兩顆，然後漸漸增多，範圍愈來愈大，密度愈來愈高，最後聚結成了一片。此時他們迅速通過晝夜界線，又回到了日照面。初升的太陽帶來惡魔般的強光，顯像螢幕立刻轉移鏡頭，並過濾了來自下方地表的眩目光芒。

崔維茲心知肚明，僅憑肉眼檢視這個可謂巨大的世界，想要找到任何通往內部的入口（倘若真有可住人的地底世界），絕對是徒勞無功的一件事。

他轉頭望了望坐在一旁的寶綺思，她並未注視著顯像螢幕，反之，還將眼睛閉了起來。她好像不是坐著，而是全身癱在椅子中。

崔維茲懷疑她是不是睡著了，遂輕聲道：「你偵測到任何其他跡象嗎？」

寶綺思十分輕微地搖了搖頭。「沒有，」她悄聲道：「剛剛只有一絲微弱的訊息。你最好帶我回那裡去，你可知道剛才經過的是哪個區域？」

「電腦知道。」

就像瞄準箭靶一樣，太空艇來回移動，最後終於鎖定目標。那個地區仍舊處於夜面深處，雖然駕駛艙的燈光已盡數熄滅，可是除了天際微微發亮的地球，在月表陰影間映出死灰的光芒，其他什麼都看不清楚。

裴洛拉特也已經走了過來，站在駕駛艙門口，神情顯得很焦急。「我們有任何發現嗎？」他以沙啞的聲音悄悄問道。

崔維茲正盯著寶綺思，他連忙舉起手來，示意裴洛拉特保持肅靜。他知道還要好多天之後，陽光才會重新回到月球這一帶，但是他也明白，寶綺思目前試圖進行的偵測，與任何種類的光線都沒有關係。

她說：「就在那兒。」

「你確定嗎？」

「確定。」

「只有這個地點嗎？」

「我只偵測到這個地點。你是否已飛遍了月球表面各個角落？」

「絕大部分我們都經過了。」

「好的，在這絕大部分中，我唯有在這裡偵測到了訊息。它現在變強了，彷彿也已經偵測到我們。它似乎沒有什麼危險，我感到的是一種歡迎的情緒。」

「你確定嗎？」

「我感到的就是那種情緒。」

裴洛拉特說：「那種情緒會不會是偽造的？」

寶綺思帶著一絲驕傲答道：「我向你保證，我能偵測出眞假。」

崔維茲咕噥了幾句太過自信之類的評語，然後又說：「我希望，你偵測到的是一種智慧。」

「我偵測到很強的智慧，只不過——」她的語氣突然變得很奇怪。

「只不過什麼？」

「噓，不要打擾我，讓我全神貫注。」最後幾個字只剩下嘴唇的蠕動。

然後，她以透著驚喜的口吻說：「不是人類。」

「不是人類！」崔維茲以驚訝許多倍的語氣說：「我們又在跟機器人打交道嗎？就像在索拉利一樣？」

「不，」寶綺思微微一笑，「也不完全是機器人。」

「必定是兩者之一。」

「都不是。」這回她眞的咯咯笑了起來，「它不是人類，卻也不像我曾偵測到的任何機器人。」

裴洛拉特說：「我很想見識見識。」他猛力點頭，張大的眼睛中充滿喜悅。「多麼令人興奮啊，一種嶄新的東西。」

「一種嶄新的東西。」崔維茲喃喃說道，同時精神突然一振——一道意料之外的靈光，似乎照亮了他的大腦。

100

他們向月球表面緩緩落下，全都處於近乎歡騰的氣氛中。連菲龍也加入了他們的行列，由於小孩子特有的天眞，她感到喜不自勝，彷彿眞要回到索拉利一樣。

至於崔維茲，則感到內心仍有一絲清明的神智，提醒他這件事相當奇怪。地球——或者原本在地球，但已轉移到月球的力量——曾經大費周章逐退所有的人，如今卻採取行動將他們吸引過來，這兩種做法會不會是殊途同歸？會不會是所謂的「倘若無法阻止敵人，不妨誘敵深入伺機殲敵」？這兩種做法，不是都能保住地球的祕密嗎？

然而，他們愈是接近月球表面，喜悅的情緒就愈強烈，而他的疑慮也漸漸被喜悅淹沒。縱使如此，在衝向月表之前突然閃現的那道靈光，此時他仍緊緊抓住不放。

他似乎對太空艇的去向成竹在胸。現在，他們在一排山丘的正上方，而崔維茲坐在電腦前，感到什麼事都不必做，彷彿他與電腦皆受到指引。他只覺得如釋重負，心中只有極度的欣快感。

他們開始貼地滑翔，前方聳立著一座險惡的峭壁，好像是個專門阻擋他們的屏障。在地球的光芒以及**遠星號**的光束照耀下，這座屏障反映出微弱的光輝。雖然眼看就要撞上去，崔維茲卻似乎毫不在意。接著，他發現正前方那一塊山壁倒了下來，面前出現一道燈火通明的走廊，而他也一點都不覺得意外。

太空艇的速度減至最低，顯然是自動調整的，隨即對準大小恰到好處的入口——飛了進去——一路滑行。原先的入口隨即關閉，前方又出現另一個入口。太空艇在穿過第二個入口後，來到一處像是將山挖空所形成的巨大空間。

太空艇停了下來，四個人都迫不及待地衝向氣閘。包括崔維茲在內，大家皆未想到檢查外面是否有適宜的大氣，或是究竟有沒有大氣存在。

然而外面的確有空氣，而且呼吸起來很舒服。他們像是終於返家的旅人，神情愉悅地四處張望。過了一會兒，他們才發現前方站著一名男子，彬彬有禮地在那裡等候他們。

他身材高大，表情嚴肅，古銅色的頭髮剪得很短。他的顴骨寬闊，雙眼炯炯有神，衣著類似古老史書中才得見的款式。雖然他似乎身強體壯、精力旺盛，卻依稀帶有一股倦意——其實外表根本看不出來，那是屬於感官之外的一種氣息。

最先有反應的人竟是菲龍，她發出高聲尖叫，像是吹口哨一樣，然後拔腿向那人飛奔而去，同時不斷揮著手，上氣不接下氣地叫著：「健比！健比！」

她始終沒有放慢腳步，而那人等她來到面前，便彎下腰來，將她高高舉起。她伸出雙臂緊緊摟住他的脖子，哇哇大哭起來，卻仍抽抽噎噎地喊著：「健比！」

其他三人則以較冷靜的步伐向前走去，崔維茲用緩慢而清晰的聲音（此人聽得懂銀河標準語嗎？）說：「閣下，我們向您致歉。這孩子失去了她的保母，正在四處拚命尋找。至於她為何抱著您不放，我們也一頭霧水，因為她要找的是個機器人，一個機械的……」

那人終於開口。他的口音平實，沒有什麼抑揚頓挫，並且帶著些許古風，但他說的銀河標準語流利至極。

「我伸出友誼之手歡迎諸位。」他說——他的友善似乎無庸置疑，縱使他的臉孔依然維持嚴肅的表情。「至於這個孩子，」他繼續說：「她的感知能力或許超乎閣下想像。因為我正是機器人，我名叫丹尼爾．奧利瓦。」

第二十一章：尋找結束

101

崔維茲感到完全無法置信。他已經從那種奇異的欣快感中清醒過來——現在他懷疑，著陸前後所出現的那陣欣快感，就是此時站在對面、自稱機器人的這個人，不知如何注入自己心中的。

崔維茲仍然凝視著前方，此時此刻，他雖保有絕對清明的神智與未受干擾的心靈，還是驚訝得不知所措。他在驚訝狀態中講話，在驚訝狀態中對答，因此幾乎不知所云，也幾乎不曉得對方講些什麼。因為，他正忙著打量這個明明是人類的人物，試圖從他的舉止或談吐中，找出他是機器人的蛛絲馬跡。

怪不得，崔維茲想道，寶綺思剛才偵測到的訊息，既不屬於人類也不屬於機器人，而是裴洛拉特所說的「一種嶄新的東西」。這樣當然也好，因為崔維茲的思路因而轉移到另一個更具啓發性的管道——但即使是這個管道，現在也被其他思緒擠到了心靈的暗角。

寶綺思與菲龍已經逛到別處去探險，雖然這是寶綺思的主意，但崔維茲注意到，那似乎是丹尼爾和她飛快交換一個眼色後的結果。菲龍原本拒絕離開，想要留在這個她堅稱是健比的人物身邊，而丹尼爾只不過嚴肅地吐出一個字，並舉起一根指頭，她就立刻乖乖走開了。現在，只剩下崔維茲與裴洛拉特留在原處。

「她們不是基地人。」那機器人說，彷彿這句話就能解釋一切。「其中一位是蓋婭，另一位是個太空族。」

機器人引領他們來到一株樹下，那裡有幾張式樣簡單的椅子，一路上崔維茲一言不發。等到機器人招呼兩位基地人就坐，而他也以無異於常人的動作坐下來，崔維茲才問道：「你眞的是機器人嗎？」

「眞的是。」丹尼爾說。

裴洛拉特的表情顯得喜孜孜，他說：「在古老傳說中，常常提到一個叫丹尼爾的機器人，你取這個名字是爲了紀念他？」

「我就是那個機器人。」丹尼爾道：「那並不是傳說。」

「喔，不可能。」裴洛拉特說：「如果你就是那個機器人，你應該有上萬歲了。」

「兩萬歲。」丹尼爾以平靜的口吻說。

裴洛拉特似乎不知所措，只好向崔維茲望去，後者帶著些許怒意說：「如果你是機器人，我就要命令你說實話。」

「我並不需要別人命令我說實話，閣下，因爲我必須這麼做。所以說，閣下如今面對著三種可能性。第一，我是人類，而我向閣下說謊；第二，我是機器人，被設定成相信自己有兩萬歲，但事實並非如此；第三，我是機器人，而我的確兩萬歲了。至於要接受哪一個，必須由閣下自己決定。」

「繼續談下去自然會分曉。」崔維茲冷冷地答道。「話說回來，我很難相信這裡是月球內部。不論光線——」他一面說一面抬起頭，因爲頭上的光線正是柔和的漫射日光，雖然太陽並不在天上，甚至根本看不清楚有沒有天空。「或是重力似乎都不眞實，這個世界的表面重力應該不到零點二g。」

「其實，閣下，正常的表面重力應該是零點一六g，然而此地的重力經過放大。比方說，閣下的太空艇能產生重力感，即使在自由墜落或加速時也能維持不變，便是使用這種人工重力。其他的能量需求，包括光能在內，也全都靠重力供應。但在方便使用太陽能的場合，我們就用太陽能。我們所需的物質皆由月球土壤供應，只有輕元素例外，例如氫、碳、氮，這些是月球所沒有的。爲了取得輕元素，我們偶爾得捕捉一顆彗星，而一個世紀只要捕捉一顆，就足以滿足我們的需求。」

「我想地球無法提供任何資源。」

「不幸正是如此，閣下。跟人類的蛋白質一樣，我們的正子腦對放射性也很敏感。」

「你一直使用『我們』這個代名詞，而我們眼前這座宅邸，似乎十分壯觀、美麗、精緻——至少外表看來如此。所以月球上應該還有其他生靈，是人類？還是機器人？」

「是的，閣下。我們在月球上有個完整的生態，存在於一個廣大而錯綜複雜的洞穴中。然而，此地的智慧生靈都是機器人，每個都跟我差不多，只不過閣下一個也見不到。至於這座宅邸，它只供我個人使用，內外建築完全仿照我在兩萬年前的住所。」

「你對那個住所的記憶巨細靡遺，是嗎？」

「百分之百，閣下。我是在太空世界奧羅拉出廠的，也在那裡住過一陣子——如今對我而言，那是多麼短暫的一段時光。」

「就是那個有……」崔維茲說到一半突然打住。

「是的，閣下，就是那個有許多野狗的世界。」

「你知道那件事？」

「是的，閣下。」

「那麼，既然你最初住在奧羅拉，又怎麼會來到這裡？」

「爲了防止地球產生放射性，我在人類殖民銀河之初就來到這裡。當初跟我一起來的，還有個名叫吉斯卡的機器人，他能感知與調整人類的心靈。」

「跟寶綺思一樣？」

「是的，閣下。就某方面而言，我們並未成功，吉斯卡甚至終止了運作。然而，在臨終之前，他設法讓我具備了他的能力，並將整個銀河，特別是地球，交給我來守護。」

「爲什麼特別是地球？」

「部分原因，是由於一位名叫以利亞．貝萊的人，一位地球人。」

裴洛拉特興奮地插嘴道：「他就是我提到過的那位文化英雄，葛蘭。」

「文化英雄，閣下？」

「裴洛拉特博士的意思是，」崔維茲說：「這個人集衆多功績於一身，有可能是許多眞實歷史人物的綜合體，也有可能根本是個虛構人物。」

丹尼爾思索了一下，然後以相當平靜的口吻說：「事實並非如此，閣下，以利亞．貝萊眞有其人，他也不是什麼綜合體。我不知道你們的傳說如何描述他，可是在眞實歷史中，假使沒有他這個人，銀河可能始終未曾開拓。我由於受到他的感召，在地球產生放射性之後，盡全力搶救這個世界。我的機器人夥伴分佈銀河各處，以便適時影響某些人。我曾經策動一個翻新地球土壤的計畫，過了很久之後，我又策動了另一個計畫，試圖改造附近某顆恆星旁的一個世界，那顆恆星現在叫阿爾發，但這兩項計畫都不算眞正成功。我不能全然隨意調整人類的心靈，因爲那些被我調整過的人，多少有可能受到傷害。我受到機器人學三大法則的束縛，直到今天依舊如此，懂了吧。」

「嗯？」

即使一個普通的智慧生靈，完全欠缺丹尼爾的精神力量，也能察覺這個單音所代表的疑問。

「第一法則，」他說：「閣下，是這樣的：『機器人不得傷害人類，或袖手旁觀坐視人類受到傷害。』第二法則是：『除非違背第一法則，機器人必須服從人類的命令。』第三法則是：『在不違背第一法則及第二法則的情況下，機器人必須保護自己』。當然，我是用近似的語言對閣下敘述這組法則，實際上，它是我們正子腦徑路中的複雜數學組態。」

「你發覺這些法則礙手礙腳嗎？」

「必定如此，閣下。第一法則毫無轉圜餘地，幾乎全然禁止我使用精神力量。在解決銀河的問題時，不太可能每一步都不造成傷害，總是會有些人甚至許多人因而受苦，所以身爲一個機器人，必須選擇傷害最小的做法。然而，由於情勢過於複雜，我必須花許多時間才能做出抉擇，而即使這樣，也不可能絕對確定。」

「我能瞭解。」崔維茲說。

「在漫長的銀河歷史中，」丹尼爾說：「天災人禍從未間斷，而我一直試圖減輕這些災禍所造成的危害。某些時候，就某種程度而言，我可算是有些成就，但閣下若熟悉這個銀河的歷史，就會知道我的成功例子不多，影響也不夠深遠。」

「這點我還知道。」崔維茲帶著一抹苦笑說。

「吉斯卡臨終前，悟出了另一條機器人法則，它甚至凌駕第一法則之上。我們將它稱爲『第零法則』，因爲想不到還有什麼更合適的名稱。第零法則的內容是：『機器人不得傷害人類整體，或袖手旁觀坐視人類整體受到傷害。』這自然而然意味著第一法則必須修正爲：『除非違背第零法則，機器人不得傷害人類，或袖手旁觀坐視人類受到傷害。』而第二、第三法則也必須做類似的修正。」

崔維茲皺起眉頭。「你又如何決定對人類整體何者有害，何者無害？」

「一針見血，閣下。」丹尼爾說：「理論上，第零法則可以解決我們的難題；實際上，我們永遠無法做出決定。人是具體的對象，對一個人構成的傷害不難估量與判斷；人類整體則是抽象的概念，我們應當如何處理呢？」

「我不知道。」崔維茲說。

「慢著，」裴洛拉特說：「你可以將人類整體轉變成單一生命體，例如蓋婭。」

「這正是我試圖進行的工作，閣下，蓋婭的創建就是我一手策劃的。假如能讓人類整體形成單一生命體，它就會變成具體的對象，這樣便有辦法處理了。然而，創造一個超級生命體的工作，不像我想像中那麼簡單。首先，除非人人將這個超級生命體看得比自身更重，否則絕對無法成功。因此，我必須尋找一個適切的心靈模型，找了很久之後，我才想到機器人學法則。」

「啊，所以蓋婭人果眞都是機器人，打從一開始我就在懷疑。」

「這件事情，閣下的懷疑並不正確。他們都是人類，只不過在他們大腦中，根深柢固烙印著等同於機器人學法則的概念。他們必須尊重生命，眞正尊重。但即使做到了這一點，依然存在著一個嚴重的缺陷。一個僅有人類的超級生命體並不穩定，根本無從建立，其他動物必須加進來——接著是植物，接著是無機世界。眞正穩定的最小超級生命體，其實就是一個完整的世界；唯有世界才足夠龐大、足夠複雜，得以擁有穩定的生態。我花了很久時間才瞭解這個道理，而直到最近一個世紀，蓋婭才完全發展成功，準備向蓋婭星系的目標邁進。縱使如此，還是需要很長一段時間。然而，或許不會像來時路那般漫長，因爲我們已經知道規則。」

「可是你需要我替你做出決定。對不對，丹尼爾？」

「是的，閣下。機器人學法則不允許我，或是蓋婭，做出對人類整體會有風險的決定。另一方面，五個世紀前，我以爲建立蓋婭的重重困難絕對無法克服，於是退而求其次，協助人類發展出心理史學這門科學。」

「我早就該猜到這一點。」崔維茲咕噥了一句，又說：「你知道嗎，丹尼爾，我開始相信你的確有兩萬歲了。」

「謝謝閣下。」

裴洛拉特說：「等一等，我想我悟出了一件事。你自己是不是蓋婭的一部分，丹尼爾？是不是因爲這樣，你才知道奧羅拉上有野狗群？經由寶綺思嗎？」

丹尼爾說：「就某方面而言，閣下說得完全正確。我與蓋婭的確有聯繫，不過我並非它的一部分。」

崔維茲揚起眉毛。「聽來跟康普隆的情形差不多，就是我們離開蓋婭後，首先造訪的那個世界。康普隆堅持自己並非基地邦聯的一部分，只不過跟邦聯有著某種聯繫。」

丹尼爾緩緩點了點頭。「我想這個類比很恰當，閣下。由於與蓋婭保持聯繫，我得以知曉蓋婭所知曉的事物，例如經由蓋婭的化身寶綺思。然而，蓋婭卻無從知曉我所知曉的事物，因此我得以保有行動自由。在蓋婭星系竣工之前，我必須保有這種行動自由。」

崔維茲凝視這個機器人片刻，然後又說：「你有沒有利用你的精神感應，透過寶綺思，來干預我們這趟旅程中的際遇，好讓我們依照你的理想而行動？」

丹尼爾像人類一樣，古裡古怪地嘆了一口氣。「我做不了太多，閣下，機器人學法則總是將我緊緊束縛。然而，我還是減輕了寶綺思心中的重擔，將少量的額外負擔攬在我自己身上。如此，她在面對奧羅拉的惡犬以及索拉利的太空族時，才能更爲當機立斷，並減輕她自己所受到的傷害。此外，我還藉由寶綺思影響了兩位女性，一位在康普隆，另一位在新地球。我讓她們對閣下充滿好感，閣下才能繼續這趟旅程。」

崔維茲微笑了一下，有一半算是苦笑。「我早該知道不是由於我的緣故。」

丹尼爾並未理會這句話中自卑的低調。「正好相反，」他說：「閣下扮演了重要的角色。那兩位女性一開始就對閣下有好感，我只是提升了她們既有的衝動——在機器人學法則的嚴格限制下，我頂多只能這麼做。而由於這些限制，以及其他一些因素，我必須歷經千辛萬苦，才能引領閣下至此，而且必須以間接迂迴的方式。有好幾次，我都險些失去了閣下。」

「現在我來了，」崔維茲說：「你想要我做什麼？確認我選擇蓋婭星系是正確的決定？」

丹尼爾那張一向毫無表情的臉孔，此時竟然顯得有些絕望。「並非如此，閣下，僅僅決定已經不夠。我以目前能力範圍內的最佳方式引來閣下，是爲了另一件更急迫無數倍的事——我快要死了。」

102

或許是因爲丹尼爾將這件事說得稀鬆平常，也或許因爲他已經兩萬歲，對注定活不過其千分之五的凡人而言，他的死亡似乎不像悲劇，總而言之，這句話並未激起崔維茲的同情心。

「死？機器會死嗎？」

「我的存在當然可以終止，隨便閣下用什麼字眼描述。我已經很老了，在我接受意識之初，生活在銀河各處的所有生靈，如今沒有一個還活著，有機生命和機器人都沒有。但即使我自己也無法不朽。」

「怎麼說？」

「我體內的有形零件，閣下，沒有一個未曾更換，還不只換過一次，而是已有許多次。就連我的正子腦，也在不同情況下更換過五次。每一次，舊腦的內容都會蝕刻到新腦之中，連一個正子也不放過。每一個新腦的容量與複雜度，都超過原先許多倍，因此能提供更多的記憶空間，並使我能更迅速地決斷與行動。可是——」

「可是？」

「愈是先進與複雜的正子腦就愈不穩定，而且也老化得愈快。我現在的腦子與最初那個相比，靈敏度高出十萬倍，容量則高出千萬倍。然而我的第一個腦子持續了一萬年，目前這個用了六百年便已老朽不堪。兩萬年來每一項記憶的精確記錄，再加上完美的回喚機制，將這個腦子全部塞滿。如今，我的決策能力急遽衰退，而衰退得更迅速的，則是在超空間距離外測試和影響心靈的能力。而我卻無法再設計第六個腦子，因爲更進一步的微型化，勢必遇到測不準原理的障壁，而複雜度再增高的結果，則一定幾乎立刻崩潰。」

裴洛拉特似乎感到極度困惑。「可是，丹尼爾，即使沒有你，蓋婭想必仍能繼續發展。既然崔維茲已經做出決斷，選擇了蓋婭星系……」

「但這個過程實在花了太長的時間，閣下。」丹尼爾仍未顯露任何情緒，「當初，不論遇到多少始料未及的困難，我都必須等待蓋婭發展成功。等我終於找到崔維茲先生——一個能做出關鍵性抉擇的人——那時已經太遲了。然而，別以爲我沒有設法延長壽命，我一點一點減少自己的活動，將能力留著應付緊急狀況。當我無法再仰賴積極的作爲，保持地/月雙星的隔離狀態時，我便轉而採取消極的做法。經過許多年的努力，與我共事的人形機器人被我一一召回大本營。他們回來之前的最後一項任務，就是將各行星的地球檔案取走。一旦沒有我自己以及其他機器人的鼎力相助，蓋婭便會失去建立蓋婭星系最主要的工具，因此在未來極長一段時間內，蓋婭星系都無法建立起來。」

「而當我做出決定的時候，」崔維茲說：「你已經知道這一切。」

「許久以前便知道了，閣下。」丹尼爾說：「當然，蓋婭並不知情。」

「那麼，」崔維茲氣沖沖地說：「跟我打這種啞謎有什麼用？這樣做究竟有什麼好處？在做出抉擇之後，我就在銀河中東奔西跑，找尋地球以及我所認定的『祕密』，以便確定我的抉擇正確無誤，卻不知道那個祕密就是你。好啦，我終於確定了，我現在知道蓋婭星系是絕對必要的，但看來我是白忙一場。你爲何不能讓銀河自由發展，也讓我自由自在？」

丹尼爾說：「因爲，閣下，我一直在尋覓一個解決之道，而且始終抱著希望堅持下去。如今，我認爲已經找到了答案。我放棄了再換一個正子腦的念頭，因爲那是不切實際的，反之，我準備將我的腦子和人腦合併。一個不受三大法則影響的人腦，不但可以增加我的腦容量，還能使我的能力達到一個嶄新境界。我引領閣下來到此地，正是爲了這個目的。」

崔維茲顯得驚駭不已。「你的意思是，你計畫將一個人腦併入你的腦子？讓那個人腦喪失獨立性，以構成一個雙腦的蓋婭？」

「是的，閣下。這樣做雖然不能使我永生，卻有可能讓我有足夠時間建立蓋婭星系。」

「而你引我來到這裡，就是爲了這件事？你要我犧牲獨立性，成爲你的一部分，這樣你就能像我一樣不理會三大法則，還能擁有我的判斷力？辦不到！」

丹尼爾說：「但閣下剛才說過，蓋婭星系對人類福祉是絕對必要……」

「即使如此，它也需要花很長時間建立，因而我在有生之年，應該都能維持獨立性。另一方面，萬一它很快就建立起來，整個銀河都將失去獨立性，相較之下，我個人的損失僅僅有如滄海一粟。然而，當整個銀河還保有自我的時候，我絕不要喪失自己的獨立性。」

丹尼爾說：「那麼，和我預料的一樣，閣下的大腦不適於與我合併。而且，閣下保有獨立判斷的能力，無論如何將更有助益。」

「你是什麼時候改變心意的？你說你引我來到這裡，就是爲了進行合併。」

「是的，而且我是將大不如前的能力盡數施展，才達成這個心願的。話說回來，我剛才說的是：『我引領閣下來到此地，正是爲了這個目的。』請別忘了在銀河標準語中，『閣下』不但代表單數，也可以代表複數，我指的是你們全體。」

裴洛拉特僵凝在座位上。「眞的嗎？那麼請告訴我，丹尼爾，人腦和你的腦子合併後，會分享你全部的記憶嗎？兩萬年來所有的記憶，一直上溯到傳說時代？」

「當然如此，閣下。」

裴洛拉特深深吸了一口氣。「那將會實現我一生的夢想，爲這種事我甘願放棄獨立性。請把這個權利轉給我，讓我分享你的腦子。」

崔維茲輕聲問道：「寶綺思呢？她怎麼辦？」

裴洛拉特僅僅遲疑了一下子。「寶綺思會諒解的。」他說：「沒有我，她的日子反而會更好過——至少一段時日之後。」

丹尼爾卻搖了搖頭。「閣下的提議十分慷慨，裴洛拉特博士，可是我無法接受。閣下的腦子太老了，頂多只能再持續二、三十年，即使和我的腦子合併，也無法延續它的壽命。我需要另一個人選——看！」他伸手一指，又說：「我把她叫回來了。」

寶綺思正踩著愉快的步伐朝這裡走來，還不時蹦蹦跳跳。

裴洛拉特像抽筋般蹦了起來。「寶綺思！不成！」

「不用驚慌，裴洛拉特博士。」丹尼爾說：「我不能用寶綺思，否則我將與蓋婭合併，而我已經解釋過，我必須獨立於蓋婭之外。」

「可是這樣的話，」裴洛拉特說：「誰……」

崔維茲望著跑在寶綺思後面的那個纖細身形，脫口而出：「這機器人想要的始終是菲龍，詹諾夫。」

103

寶綺思微笑著走回來，顯然心境萬分愉悅。

「我們無法走出這塊屬地的範圍，」她說：「不過這裡處處使我想起索拉利，而菲龍當然確信它就是索拉利。我問過她，難道她沒想到丹尼爾的外表和健比不同——畢竟，健比是金屬之軀。菲龍卻說：『不，不見得』，我不知道她所謂的『不見得』是什麼意思。」

她向站在不遠處的菲龍望去，菲龍正在為表情嚴肅的丹尼爾演奏笛子，丹尼爾則和著拍子頻頻點頭。笛聲也傳到了他們這裡，聽來是如此纖弱、清晰而美妙。

「你們知不知道，當我們走出太空艇時，她把笛子帶在身上了？」寶綺思問。「我猜會有好一陣子，我們無法將她從丹尼爾身邊拉開。」

回答這句話的是凝重的沉默，寶綺思突然緊張起來，望著兩位男士說：「怎麼了？」

崔維茲朝裴洛拉特指了指，似乎是說由他來負責解釋。

於是裴洛拉特清了清喉嚨，然後說：「事實上，寶綺思，我想菲龍會永遠留在丹尼爾身邊。」

「真的？」寶綺思皺著眉頭，彷彿準備向丹尼爾走去，裴洛拉特卻抓住了她的手臂。「寶綺思吾愛，你不能去。即使是現在，他的能力也比蓋婭強大，而且菲龍若不留下，蓋婭星系將永遠無法實現。讓我來解釋——葛蘭，如果我說錯了什麼，請你隨時糾正。」

寶綺思聽著裴洛拉特的敘述，臉色愈來愈難看，最後露出近乎絕望的神情。

崔維茲試圖訴諸理性，他說：「你應該看得出這個道理，寶綺思。這孩子是個太空族，丹尼爾則是由太空族設計製造的。這孩子從小由機器人帶大，她生長在一個和此地同樣空曠的屬地，對外界的一切一無所知。這孩子擁有轉換能量的本事，而丹尼爾需要借重這項異稟，此外她的壽命長達三、四個世紀，也許正是建立蓋婭星系所需的時間。」

寶綺思雙頰泛紅，淚汪汪地說：「我猜，我們這趟前來地球的旅程，是那個機器人一手策劃的。他故意讓我們經過索拉利，以便帶個孩子給他。」

崔維茲聳了聳肩。「他或許只是見機行事。我不信他的能力現在仍舊那麼強大，在超空間距離外，還能將我們變成百依百順的傀儡。」

「不，那是計畫好的。他使我對這孩子產生強烈的好感，確定我會把她帶在身邊，不會眼睜睜看她遭到殺害。而且他也確定，雖然你對於帶她同行這件事，始終表現出憤怒和厭煩，但我會為了保護她，甚至不惜和你發生衝突。」

崔維茲說：「你那樣做，我想可能只是出於你們蓋婭的道德感，而丹尼爾又使它增強了一點。算啦，寶綺思，不會再有更好的結局了。假如你能將菲龍帶走，你要帶她到哪裡去，才能使她像在此地這般快樂？你準備帶她回索拉利，讓她慘遭無情的殺害嗎？帶她到某個擁擠的世界，讓她水土不服因病而死？帶她去蓋婭，讓她因為想念健比而肝腸寸斷？帶她永遠在銀河中流浪，讓她以為我們遇到的每個世界，都是她的故鄉索拉利？此外，你能替丹尼爾找到建立蓋婭星系的替代人選嗎？」

寶綺思傷心得說不出話來。

裴洛拉特一隻手伸向她，顯得有點心虛。「寶綺思，」他說：「我曾自願讓丹尼爾和我的腦子合併，但他拒絕接受，因爲他說我太老了。我眞希望他能接受我，好讓菲龍留在你身邊。」

寶綺思抓住他的手吻了一下。「謝謝你，裴，可是那樣代價未免太高了，即使是爲了菲龍。」她深深吸了一口氣，又勉強擠出一絲笑容。「也許，等我們回到蓋婭，能夠在那個全球生命體中，找到位置容納我自己的孩子，我會把『菲龍』兩字放在孩子的名字裡。」

這時，丹尼爾好像知道事情已經順利解決，正朝他們走過來，菲龍則跟在他身邊蹦蹦跳跳。

然後，那孩子開始奔跑，搶先來到他們面前。她對寶綺思說：「寶綺思，謝謝你帶我回家和健比團圓，也謝謝你在太空艇上照顧我，我永遠不會忘記你。」說完她就投入寶綺思懷裡，兩人緊緊互相擁抱。

「我希望你永遠快樂。」寶綺思說：「我也會永遠記得你，親愛的菲龍。」然後依依不捨地將她鬆開。

菲龍轉向裴洛拉特，對他說：「我也要謝謝你，裴，謝謝你讓我讀你的影視書。」接著，她稍微遲疑了一下，什麼話也沒有說，便將纖細秀麗的手掌伸向崔維茲，崔維茲握了一會兒才鬆開。

「祝你好運，菲龍。」他喃喃說道。

丹尼爾說：「我也要向諸位致意，謝謝閣下各自所做的努力。現在閣下隨時可以離去，因爲閣下的探索已經結束。至於我自己的工作，同樣很快就會結束，而且必能成功。」

寶綺思卻說：「慢著，我們還有一事未了。我們還不知道，崔維茲是否仍然認爲人類的理想未來是蓋婭星系，而不是孤立體所組成的龐大混合體。」

丹尼爾說：「剛才，他已經說得很清楚了，女士，他已經決定支持蓋婭星系。」

寶綺思噘了一下嘴。「我寧願聽他親口說——你的決定是什麼，崔維茲？」

崔維茲平靜地說：「你希望我如何決定，寶綺思？假使我決定反對蓋婭星系，你就有機會把菲能要回來。」

寶綺思說：「我是蓋婭，我必須知道你的決定和背後的原因。這是為了瞭解眞相，沒有任何其他目的。」

丹尼爾說：「告訴她吧，蓋婭曉得閣下的心靈未受干擾。」

於是崔維茲說：「我的決定是支持蓋婭星系，對於這一點，我心中再無疑慮。」

104

寶綺思一動不動好一陣子，時間大約可以用普通速度從一數到五十，彷彿要讓這個訊息傳到蓋婭各個部分。然後她才說：「爲什麼？」

崔維茲答道：「聽我說。我一開始就知道人類的未來有兩種可能，若非蓋婭星系，便是謝頓計畫中的第二帝國，而我覺得這兩個可能性是互斥的。除非基於某種原因，謝頓計畫具有根本缺陷，否則不會有蓋婭星系的出現。

「遺憾的是，除了它所根據的兩個公設，我對謝頓計畫的內容一無所知。公設一是說，涉及的人口必須足夠龐大，使得整體可視爲一群隨機互動的個體，因而能以統計方法處理。公設二則是，在目標尙未達成之前，人類不得預先獲悉心理史學的結論。

「由於我已經決定支持蓋婭星系，我覺得自己一定下意識地察覺到謝頓計畫的漏洞，而這漏洞只可能出現在公設上，因爲那是我對該計畫唯一知曉的部分。然而，我又看不出那兩個公設有任何問題。於是我努力尋找地球，我感到地球不會無緣無故隱藏得那麼徹底，我必須找出它躲藏起來的目的。

「我並未眞正指望在我發現地球之後，就能得到一個滿意的答案。可是我走投無路，根本想不到其他辦法。不過，我所受到的驅策，也有可能來自需要一個索拉利兒童的丹尼爾。

「無論如何，我們終於抵達地球附近，又飛到月球上空。不久寶綺思偵測到丹尼爾的心靈，當然，那是他故意將心靈向寶綺思敞開。她將這個心靈描述爲並非完全是人類，也不完全是機器人。現在看來，這種說法很有道理，因爲丹尼爾的腦子遠遠超越任何機器人，感測起來絕非只是機器人的心靈，不過仍然有異於人類。裴洛拉特將它稱爲『一種嶄新的東西』，這種說法觸發了我自己的一點新東西，也就是一個新的想法。

「正如同許久以前，丹尼爾和同伴悟出了第四個更基本的機器人學法則，我忽然想到心理史學其實還有第三個公設，它要比其他兩個公設基本得多，因此過去人人都懶得提到。

「聽好了，已知的兩個公設都以人類爲對象，兩者皆植基於一個未曾言明的公設：人類是銀河中唯一的智慧物種，因此唯有人類這種生物的行動，才會在社會與歷史的發展過程中舉足輕重。這個隱性公設可歸納如下：銀河中只有一種智慧物種，亦即『智人』。假使銀河中又有什麼『嶄新的東西』，假使那是一種本質迥異的智慧物種，其行爲即無法以心理史學的數學精確描述，而謝頓計畫就會變得毫無意義。你們懂了嗎？」

崔維茲極其希望別人瞭解這番話，激動得幾乎全身發抖。「你們懂了嗎？」他又重複一次。

裴洛拉特說：「我懂了。但是身爲一個雞蛋裡挑骨頭的人，老弟——」

「什麼？繼續啊。」

「在整個銀河中，人類正是唯一的智慧物種。」

「機器人呢？」寶綺思說：「蓋婭呢？」

裴洛拉特思索了一下，然後以遲疑的口吻說：「在人類歷史上，自從太空族消失後，機器人就沒有扮演過重要角色。蓋婭則是直到不久之前，才崛起於銀河舞台。機器人是人類創造的，而蓋婭是機器人創造的——機器人和蓋婭兩者，既然都受到三大法則的限制，除了屈服於人類的意志，根本沒有其他選擇。縱使丹尼爾奮鬥了兩萬年，縱使蓋婭發展了那麼長的時間，只消葛蘭·崔維茲這個人類說一句話，就會立刻葬送兩者無數的心血。由此可知，人類仍是銀河中唯一的重要智慧物種，因此心理史學依然有效。」

「銀河中唯一的重要智慧物種。」崔維茲慢慢重複著這句話，「這點我同意。可是我們一天到晚將銀河掛在嘴邊，所以幾乎無法察覺這個觀點有局限性。銀河系並不等於宇宙，宇宙中還有許多其他星系。」

裴洛拉特與寶綺思不安地挪動了一下。丹尼爾則專心聆聽，表情嚴肅依舊，一隻手緩緩撫著菲龍的頭髮。

崔維茲繼續道：「聽我說下去。銀河系近旁就有大小麥哲倫雲，人類尚未有任何船艦到過那裡。再往外一點還有許多小型星系，而巨大的仙女座星系距離也不算太遠，它比我們的銀河系還要大。除此之外，宇宙間至少還有數十億個星系。

「我們的銀河系只發展出一種有能力建立科技社會的智慧物種，但是我們對其他星系又瞭解多少？我們這個星系可能是個特例，或許在某些星系，甚至其他所有的星系中，存在著許多互相競爭的智慧物種，彼此一直在明爭暗鬥，而每一種都是我們毫無概念的。他們大概忙著彼此鬥爭，以致無暇顧及其他，但萬一在某個星系中，某種物種取得了領導地位，因而有時間考慮入侵其他星系的可能性，那又會怎麼樣？

「就超空間而言，銀河系只是一個點，其實整個宇宙也是。我們從未造訪過其他星系，而且根據我們的瞭解，也沒有其他星系的智慧物種來過我們的星系——但這種局面也許有一天會改變。萬一侵略者來到，他們必能找到挑撥人類內鬥的方法。長久以來，我們的敵人都是自己人，我們習慣了這種自相殘殺。處於如此四分五裂的狀況，我們必將被侵略者完全征服，或是盡數消滅。唯一眞正的防禦戰略，就是形成無法由內部突破的蓋婭星系，遇到侵略者來犯時，我們才能發揮最大的力量。」

寶綺思說：「你描繪的情景極其可怕，我們還來得及建立蓋婭星系嗎？」

崔維茲抬頭向上望，視線彷彿穿透厚厚的月岩，直達月球表面與星際空間；他彷彿勉力窺見了無數遙遠的星系，正在不可思議的鴻濛太空中緩緩運動。

他說：「據我所知，在古往今來的人類歷史中，還從來沒有其他智慧物種侵犯我們。這種情形只需要再持續數個世紀，也許只要整個文明歷程萬分之一的時間，我們便能高枕無憂了。畢竟，」講到這裡，崔維茲突然感到一陣痛心的憂慮，但他強迫自己置之不理。「此時此刻，似乎還沒有敵人潛伏在我們之間。」

菲龍——這個懂得轉換能量、雌雄同體的異類，這時正望著他，眼神深不可測。崔維茲並未低頭迎向那對徘徊不去的目光。

（全書完）

中英名詞對照表

〔A〕
A. Kendray=Ken 艾·肯德瑞=肯｛康普隆海關｝
active volcano 活火山
air-flight=air-vessel 航空器
airlock=lock 氣閘
Alpha Centauri 半人馬之阿爾發｛行星｝
Alpha 阿爾發（星）｛恆星、行星｝
Alphan 阿爾發人
ancestral death chamber 祖先靈房
angle of view 視角
animal life 動物生命
animal protein 動物性蛋白｛畜牧學名詞｝
appendage 附肢｛動物學名詞｝
archaic Galactic=Old Galactic 古銀河（語）（文）
areola 乳暈｛醫學名詞｝
artificial insemination 人工授精｛醫學名詞｝
ash fallout 火山灰落塵
Associated Power 聯合勢力
asteroid belt 小行星帶｛天文學名詞｝
astronautics 太空航行學
Aurora Minor 小奧羅拉
axis of rotation 自轉軸｛天文學名詞｝

〔B〕
Baleyworld 貝萊世界
band 頻帶｛電機名詞｝
basin 海盆｛地理學名詞｝
Benbally 班伯利｛傳說人物｝
Benbally World 班伯利世界
Beta 貝它（星）｛恆星｝
binary 雙星｛天文學名詞｝
binary system 雙星系｛天文學名詞｝
biochemical intelligence 生化智慧
biotechnology 生物科技
blip 訊標
book-viewer=viewer 閱讀機
brain-lobe 大腦葉突｛杜撰名詞｝
braking jets of rocket fire 反推噴射火箭
brontosaur 雷龍｛古生物學名詞｝

〔C〕
cable 電纜
carbon-14 decay 碳十四衰變｛物理學名詞｝
carbonate 碳酸鹽｛化學名詞｝
Cassiopeia 仙后（星座）｛天文學名詞｝
Cave of Steel 鋼穴｛杜撰名詞｝
central committee 中央委員會
Central Mountain Range 中央山脈
ceramoid 陶質（鞋面）
circadian rhythm 近似晝夜節律｛生物學名詞｝
Classical Galactic 古典（銀河）標準語
claustrophobic 幽閉恐懼（症）｛心理學術語，形容詞｝
climatology 氣候學
coalescence 聚結｛物理學名詞｝
cold-blooded creature 冷血動物
Collective Memory=collective memory 集體

記憶
cometary cloud 彗星雲｛天文學名詞｝
common consciousness 共同意識
compact disk 光碟｛電腦名詞｝
Companion=companion 伴星｛天文學名詞｝
compartment（太空衣）套袋
Comporellian 康普隆人
Comporellian Presidium 康普隆主席團
computer console 電腦台
concentric rings 同心環
conditioned reflex 制約反射｛心理學名詞｝
convention 規約｛數學名詞｝
cosmic radiation 宇宙線輻射｛物理學名詞｝
cosmic ray 宇宙線｛物理學名詞｝
Council of the Foundation 基地議會
cranial bone 頭蓋骨
cranium 顱腔｛醫學名詞｝
crater 隕石坑｛天文學名詞｝
crescent 新月形
cruising speed 經濟速度
cycloidic 擺線（的）｛數學術語，形容詞｝

〔D〕
dark glasses 墨鏡
dark side 暗面
daylit hemisphere 晝半球
daylit side 日照面
dayside=day side 日面
death chamber 靈房
deodorant 體香劑
Department of Transportation 運輸部
developmental period 發育期
diamagnetic skis 反磁滑板｛杜撰名詞｝
diffuse 漫射｛物理學術語，動詞｝
dimension 維度｛數學名詞｝
dining area 用餐區
drift 星移｛天文學名詞｝

〔E〕
Earth's sun 地球之陽
Earth/moon system 地／月雙星
Earthman=Earthpeople 地球人
eccentricity 離心率｛數學名詞｝
ecological balance 生態平衡
ecological system 生態系
egg cell 卵細胞｛生物學名詞｝
electrified coat 電暖大衣
electro-notepad 電子筆記板
electro-rod 電棒
Elijah Baley 伊利亞．貝萊｛「機器人系列」主角｝
embryo 胚胎｛生物學名詞｝
emotional attachment 情感依附｛心理學名詞｝
energy unit 能量丸｛杜撰名詞｝
entropy 熵（值）｛物理學名詞｝
entry mechanism 閘門機制
entry station 入境（太空）站
equi-centered view 同心畫面
Erda 爾達｛地球別名｝
estate 屬地
estate-head 屬地領主
euphoria 欣快感｛心理學名詞｝
evening star 昏星｛天文學名詞｝

〔F〕
face-plate 面板
Fallom 菲龍｛索拉利兒童｝

false color 假色
feeful 哼嘀｛「橫笛」的轉音｝
fertilization process 受精過程
fertilized egg 受精卵｛生物學名詞｝
field-partition 力場隔板｛杜撰名詞｝
Fili sector 菲律星區
film projector 影片放映機
fixation 情感固著｛心理學名詞｝
fluorescence 螢光｛物理學名詞｝
fluorescent (light) 螢光燈
Forbidden World(s) 禁忌世界
force-carpet 力場毯｛杜撰名詞｝
foreground 前景｛天文學名詞｝
Foundation Confederation 基地邦聯
Foundation dominion=Foundation territory 基地領域
fundament 尻部｛臀部的古稱｝
furze 刺金雀花｛植物學名詞｝

〔G〕
G-class star=G-type star G型恆星｛天文學名詞｝
Galactic Center 銀河中心
Galactic dialect 銀河方言
Galactic law 銀河法
galley 廚艙
Gallia 葛里亞（星）｛行星｝
gamma ray 伽瑪線｛物理學名詞｝
Gatis 蓋堤思｛康普隆海關｝
Giskard 吉斯卡｛「機器人系列」要角｝
global memory 全球性記憶｛杜撰名詞｝
gravitational response 重力響應
great-circle（球面）大圓｛數學名詞｝
grizzly bear 灰熊｛動物學名詞｝
Guardian Robot 守護機器人

〔H〕
habitable world 可住人世界
half-human=half-person 半性人
Hall of the Worlds 諸世界會館
handmark 手掌輪廓
hard radiation 硬輻射｛物理學名詞｝
He Who Punishes 懲罰者
heat-conducting rod 熱導棒
heath 石楠樹｛俗名｝
herbivore 草食動物｛動物學名詞｝
hermaphrodite 雌雄同體｛生物學名詞｝
hermaphroditism 雌雄同體（現象）｛生物學名詞｝
Hiroko 廣子｛阿爾發女子｝
holo-image 全相影像
holograph 全相相片
holographic identity card 全相識別卡
holographic image 全相像
holographic map 全相地圖
holoscreen 全相螢幕
holovision 全相傳視
holovision Council 全相審議會
house robot 管家機器人
Humbal Yariff 韓波・亞瑞夫｛古代學者｝
hurricane 颶風｛氣象學名詞｝
hydrosphere 水圈｛天文學名詞｝
hyperdrama 超波戲劇｛杜撰名詞｝
hyperspatial communication 超空間通訊｛杜撰名詞｝
hyperspatial engine 超空間引擎｛杜撰名詞｝
hyperspatial separation 超空間（的）分隔｛杜撰名詞｝

〔I〕
ice age 冰河期
identification code 識別碼
Imperial capital 京畿
Imperial edicts 敕令
inactivation 鈍化｛化學名詞｝
inactive 停擺
inclination 傾角｛數學名詞｝
individuality（個體的）獨立性、個體性
inert gas 惰性氣體｛化學名詞｝
inertia-free condition 無慣性狀態
inertial effect 慣性效應
infrared (light) 紅外線
inhabited world=human-inhabited world 住人世界
inhouse 安厝
inner planet 內行星｛天文學名詞｝
intelligent being 智慧生靈
interstellar community 星際社會
Isolate 孤立體｛杜撰名詞｝
Isolatism 孤立態｛杜撰名詞｝

〔J〕
Jemby 健比｛菲龍的保母機器人｝
jet-thrust 噴射推進器
joining 接頭

〔K〕
Kandar V 肯達五世｛帝國皇帝｝
kinetic theory of gases 氣體運動論｛物理學名詞｝
Kraken 魁肯｛杜撰的生物｝

〔L〕
lava flow 熔岩流
Laws of Robotics 機器人學法則
Legislator 立法者
Legislature 立法機構
line of vision 視線｛天文學名詞｝
Livian 李維星（的）｛行星｝
loincloth（纏）腰布
Lost World 失落的世界
luminosity 光度｛物理學名詞｝
Luna 太陰｛月球別名｝

〔M〕
machine intelligence 機械智慧
Magellanic Clouds 大小麥哲倫雲｛天文學名詞｝
magnetosphere 磁層｛天文學名詞｝
mainlock (door)（外）閘門
mechanical energy 機械能
meeting site 會師點｛軍事名詞｝
Melpomenia 梅爾波美尼亞（星）｛行星｝
Melpomenian 梅爾波美尼亞人
mental activity 精神活動
mental fibril 心靈纖絲｛杜撰名詞｝
mental field 精神場｛杜撰名詞｝
mental inertia 精神慣性｛杜撰名詞｝
mental transduction 精神轉換｛杜撰名詞｝
microdetector 微偵器
microswitch 微型開關
microwave beam 微波（波）束
microwave beamer 微波束發射器
microwave emission 微波發射
microwave finger-tips 微波指尖
microwave vision 微波視訊

microwave-receiving power station 微波發電站
Milky Way 銀河
MinTrans Mitza Lizalor 運長蜜特札・李札樂｛康普隆運輸部長｝
mircometer 微米｛百萬分之一公尺｝
Monolee 單姓李｛阿爾發老者｝
Moon 月球
Mooned World 有衛的世界
moonrock 月岩
mountain woman 山地女人
moving ramp 滑動坡道
multicellular organism 多細胞生物｛生物學名詞｝

〔N〕
Naval Academy 艦隊學院
near-red dwarf 準紅矮星｛天文學名詞｝
neuronic activity 神經活動
New Aurora 新奧羅拉
New Earth 新地球｛島嶼名｝
niche 生態席位｛生態學名詞｝
night-hemisphere=night hemisphere 夜半球
night-shadow 夜面陰影
nightside=night side 夜面
nuclear war 核戰

〔O〕
one-man computer 私人電腦
operational definition 操作性定義
optic lobe 視葉｛醫學名詞｝
optical illusion 光幻視｛物理學名詞｝
optimum 最適度
orbital element 軌道參數
orc 海怪
order of magnitude 數量級｛數學名詞｝
oxygen atmosphere 含氧大氣層

〔P〕
pad 腳墊
pain nerve 痛覺神經｛醫學名詞｝
parallactic shift 視差移位｛天文學名詞｝
parasite 寄生物｛生物學名詞｝
parent 單親
pathogenic microorganism 病原性微生物｛醫學名詞｝
pelvic 骨盆（的）｛醫學術語，形容詞｝
periastron 近星點｛天文學名詞｝
phase 相｛天文學名詞｝
plane of revolution 公轉平面｛天文學名詞｝
planet's core 行星核
planetary axis 行星自轉軸｛天文學名詞｝
planetary consciousness 行星級意識｛杜撰名詞｝
planetary equatorial plane（行星）赤道面｛天文學名詞｝
planetary exosphere 行星外氣層｛天文學名詞｝
planetary memory 行星級記憶｛杜撰名詞｝
planetary organism=Planetary 行星級生命體｛杜撰名詞｝
planetary ring 行星環｛天文學名詞｝
planetologist 行星學家
planetology 行星學｛天文學名詞｝
plant life 植物生命
plug 插頭
pocket computer 口袋型電腦
polar ice cap 極地冰冠

polar orbit 繞極軌道｛航太名詞｝
populated world 住人世界
port 航站
port authority 航站管理局
positron 正子｛物理學名詞｝
positronic brain-paths 正子腦徑路｛杜撰名詞｝
power unit=power-cartridge 電源匣
prater 話匣子
predator 獵食動物｛動物學名詞｝
prime meridian 本初子午線｛天文學名詞｝
Prime Minister 總理
primeval history 太古歷史
proto-Galaxia 原始蓋婭星系
pseudendorphin 假腦內啡｛杜撰名詞｝

〔R〕
radar echo 雷達回波
radar-mapping 雷達映像
radial symmetry 徑向對稱｛數學名詞｝
radian 弳｛數學名詞｝
radio radiation 電波輻射
radioactive atom 放射性原子
rain hat 雨帽
ramp 斜梯
reader 閱讀機
recall mechanism 回喚機制｛電腦名詞｝
receptacle 插口
receptor（感）受器｛生物學名詞｝
recording 錄音
resolution 解析度
Rhampora 芮普拉（星）｛行星｝
rinse cycle 沖洗週期
roboticized society 機器人化的社會
robotized society 機器人化社會
rotor 轉子｛機械名詞｝
rulebook 規章手冊
Ruler 地主
ruling board 統領委員會

〔S〕
salt flat 鹽灘｛礦物學名詞｝
Sarton Bander 薩騰・班德｛索拉利人，菲龍的單親｝
scatter 散射｛物理學術語，動詞｝
scattered photon 散射光子
Search for Origins 起源尋找
second law of thermodynamics 熱力學第二定律｛物理學名詞｝
secondary radiation 次級輻射｛物理學名詞｝
Security Force 安全局
sensor 感測器｛電機名詞｝
sentry duty 步哨勤務｛軍事名詞｝
shaded area 陰影區
shamiferous 蒙人羞｛杜撰的形容詞｝
shrew 尖鼠｛動物學名詞｝
side corridor 側廊
single star 單星｛天文學名詞｝
single-celled organism 單細胞生物｛生物學名詞｝
slime mold 黏菌｛生物學名詞｝
slow orbit 低速軌道｛航太名詞｝
Smool 史慕爾｛廣子的父親｝
solar glare 太陽閃焰｛天文學名詞｝
Solaria 索拉利（星）｛行星｝
Solarian 索拉利人
Solarian language 索拉利語
space curvature 空間曲率｛物理學名詞｝

space settlement 太空殖民地
Spacer world(s) 太空世界
specification 規範｛機械名詞｝
sperm cell 精細胞｛生物學名詞｝
spherical symmetry 球對稱｛數學名詞｝
spore 孢子｛植物學名詞｝
Standard Year 標準年
star cloud 恆星雲｛天文學名詞｝
steps 踏板
stream-of-consciousness 意識流｛文學名詞｝
sub-star 次恆星
subatomic gizmos 次原子機簧｛杜撰名詞｝
subintelligent life 次智慧生命
sunlight=daylight (side) 白晝區
sunlit area 日照區
sunlit side 日照面
super-superorganism 超特級生命體
synthetic stone 合成石料
syntho-skin 合成皮膚｛杜撰名詞｝

〔T〕
tectonic plate 地殼板塊｛地質學名詞｝
tentacle 觸手、觸鬚｛生物學名詞｝
terminator 晝夜界線｛天文學名詞｝
Terra 泰寧｛地球別名｝
terraform 改造
the Only 獨一世界
the radio-wave combination 無線電波密碼
thermals=thermal radiation 熱輻射｛物理學名詞｝
thou 尊駕｛古典銀河標準語｝
tidal effect 潮汐效應｛物理學名詞｝
time correction 時間修正
topless ground-car 敞篷地面車
tortoise 陸龜｛動物學名詞｝
total memory 全記憶｛杜撰名詞｝
total mind 全心靈｛杜撰名詞｝
transducer 轉換器｛機械、電機名詞｝
transducer-lobe 轉換葉突｛杜撰名詞｝
turbulence 湍流、亂流｛物理學、氣象學名詞｝

〔U〕
ultraviolet light=ultraviolet radiation 紫外輻射燈
unbalanced ecology 非平衡生態
uncertainty principle 測不準原理｛物理學名詞｝
union 聯合體
unterraform 反改造

〔V〕
vacupressing 真空熨燙｛杜撰名詞｝
Vasil Deniador 瓦希爾·丹尼亞多｛康普隆歷史學家｝
vegetation 植被｛植物學名詞｝
viewing disk 顯像盤
viewing room 影像室
visibility 能見度｛航空、航海名詞｝
visible light 可見光｛物理學名詞｝
vision-screen 視幕

〔W〕
wall illumination 壁光
warm-blooded creature 溫血動物
wash cycle 洗滌週期
water-ice=water ice 水冰｛天文學名詞｝
water cloud 水雲｛天文學名詞｝

water ocean 水海洋｛天文學名詞｝
water vapor 水汽、水蒸氣｛物理學名詞｝
weather control 氣候控制
white dwarf 白矮星｛天文學名詞｝
whole 全性｛杜撰名詞｝
whole-human=whole human being 全性人｛杜撰名詞｝
world consciousness 世界級意識｛杜撰名詞｝
world-memory 世界級記憶｛杜撰名詞｝

〔Y〕
Yariff's project 亞瑞夫計畫

〔Z〕
zero radioactivity 零放射性
zoom (up) 急速拉升｛航空術語，動詞｝

【附錄】

艾西莫夫傳奇

葉李華

以撒．艾西莫夫（Isaac Asimov, 1920-1992）是科幻文壇的超級大師，也是舉世聞名的全能通俗作家。他與克拉克（Arthur Clarke, 1917-）及海萊因（Robert Heinlein, 1907-1988）鼎足而立，同為廿世紀最頂尖的西方科幻小說家。除此之外，在許多讀者心目中，他還是一位永恆的科學推廣者、理性主義的代言人，以及未來世界的哲學家。

* * *

艾西莫夫是家中長子，一九二〇年一月二日生於白俄羅斯的彼得維奇（Petrovichi），三歲時隨父母移民美國，定居紐約市。雖然父母都是猶太人，他卻始終不能算是猶太教徒，後來更成為徹底的無神論者。

艾西莫夫聰明絕頂、博學強記，未滿十六歲便完成高中學業，十九歲畢業於哥倫比亞大學，二十一歲獲得哥大化學碩士學位。但由於攻讀博士期間投筆從戎四年，直到一九四八年才獲得哥大化學博士學位。次年他成為波士頓大學醫學院生化科講師，並於一九五五年升任副教授。可是三年後由於太過熱衷寫作，他不得不辭去教職，成為一位專業作家，但爭取到保留副教授頭銜，並於一九七九年晉升為教授。

艾西莫夫與科幻結緣甚早，九歲時在父親開的雜貨店發現科幻雜誌，便迷上這種獨具一格的文體，進而立志要成爲科幻作家。年方十九，他寫的第三篇科幻小說〈灶神星受困記〉（Marooned off Vesta）便首次印成鉛字，刊登於著名的科幻雜誌《驚異故事》（Amazing Stories）。一九四一年，也就是他拿到碩士學位那年，在美國科幻教父坎柏（John W. Campbell Jr, 1910-1971）的啓發與鼓勵下，他寫出自己的成名作〈夜歸〉（Nightfall），發表於坎柏主編的《震撼科幻小說》（Astounding Science-Fiction），立時在科幻圈聲名大噪，成爲美國科幻界的明日之星。他經營一生的兩大科幻系列「機器人」與「基地」都開始得很早，第一篇機器人故事〈小機〉（Robbie）是一九三九年五月的作品，而「基地」系列的首篇則完成於一九四一年九月初。

除了科幻之外，艾西莫夫也寫過幾本推理小說，不過非文學類作品寫得更多。他一生撰寫加上編纂的書籍近五百本，甚至逝世後還陸續有新書出版，難能可貴的是始終質量並重（不過毋庸諱言，有些文章與短篇曾重複收錄）。他之所以如此多產，除了天分過人、過目不忘之外，更因爲他熱愛寫作，將寫作視爲快樂的泉源、生命中最重要的一件事。他是個非常勤奮的作家，每天除了吃喝拉撒，以及必要的社交活動，可以從早寫到晚；就連住院時，只要病情稍一穩定，也會趕緊在病床上拿起筆來。他不喜歡旅行，也沒有其他嗜好，最大的樂趣就是窩在家中寫個不停。

一九四〇與五〇年代，艾西莫夫的作品以科幻爲主，科幻代表作泰半在這段時期完成，例如

「基地」三部曲、「銀河帝國」三部曲，以及「機器人」系列的《我，機器人》、《鋼穴》與《裸陽》。一九五七年十月，前蘇聯發射世界第一枚人造衛星「旅伴一號」（Sputnik 1），美國上上下下大感震撼，艾西莫夫遂決心致力科學知識的推廣。因此在一九六〇與七〇年代，他的寫作重心轉移到各類科普文章及書籍，從天文、數學、物理、化學、地球科學到生命科學，幾乎涵蓋自然科學所有的領域。其中最具代表性的，或許是下面這本數度增修、數度更名的科學百科全書：

《智者的科學指南》The Intelligent Man's Guide to Science（1960）

《智者的科學新指南》The New Intelligent Man's Guide to Science（1965）

《艾西莫夫科學指南》Asimov's Guide to Science（1972）

《艾西莫夫科學新指南》Asimov's New Guide to Science（1984）

許多人都會寫科普文章，卻鮮有能像艾西莫夫寫得那麼平易近人、風趣幽默而又不拖泥帶水。在美國乃至整個英語世界，「艾氏科普」在科學推廣上一向扮演著重要的角色。長久以來，艾西莫夫一直是科學界與一般人之間的橋樑——生硬深奧的科學理論從這頭走過去，深入淺出的科普知識從另一頭走出來。

艾西莫夫博學多聞，一生不曾放過任何寫作題材。據說有史以來，只有他這位作家寫遍「杜威十進分類法」：〇〇〇「總類」、一〇〇「哲學類」、二〇〇「宗教類」、三〇〇「社會科學類」、四〇〇「語文」、五〇〇「自然科學類」、六〇〇「科技」、七〇〇「藝術」、八〇〇「文學」、九〇〇「地理」。無論上天下海、古往今來的任何主題，他都一律下筆萬言、洋洋灑灑。自有人類以來，從來沒有第二個人，曾就這麼多題材寫過這麼多本書。後世子孫將很難相信，在「前網路時代」（prenet era），地球上出現過這樣一位血肉之軀的百科全書。

博古通今的艾西莫夫寫起文章總是旁徵博引，以宏觀的角度做全面性觀照。他最喜歡根據歷史發展的脈絡，指出人類未來的正確走向。而在艾西莫夫眼中，理性是人類最基本也是最後的憑藉，人類的進步史就是一部理性發達史。因此任何反理性的言論，都是他口誅筆伐的對象；任何反智的人物，從高級神棍到低級政客，都逃不過他尖酸卻不刻薄的修理。

艾西莫夫雖然未曾標榜自己是未來學家，卻對各個層面的未來都極爲關切。大至未來的太空殖民，小至未來可能的收藏品，都是他津津樂道的題目。他的科技預言一向經得起時間考驗，令人懷疑他簡直是個自由穿梭時光的旅人。例如他在一九八〇年寫過一篇〈全球化電腦圖書館〉，我們只要讀上幾段，便會赫然發現主題正是十五年後的「全球資訊網」。而他在發表於一九八八年的〈化學工程的未來〉這篇文章中，則已經討論到當今最熱門的生物科技。

＊　＊　＊

艾西莫夫著作逾身，但不論他自己或是全世界的讀者，衷心摯愛的仍是他的科幻小說。身爲科幻作家的他，生前曾贏得五次雨果獎與三次星雲獎，兩者皆是科幻界的最高榮譽。

一九六三年雨果獎：《奇幻與科幻雜誌》（Magazine of Fantasy and Science Fiction）上的科學專欄榮獲特別獎

一九六六年雨果獎：「基地系列」榮獲歷年最佳系列小說獎

一九七二年星雲獎：《諸神自身》榮獲最佳長篇小說獎

一九七三年雨果獎：《諸神自身》榮獲最佳長篇小說獎

一九七七年星雲獎：〈雙百人〉（The Bicentennial Man）榮獲最佳中篇小說獎

一九七七年雨果獎：〈雙百人〉榮獲最佳中篇小說獎

一九八三年雨果獎：《基地邊緣》榮獲最佳長篇小說獎

一九八七年星雲獎：因終身成就榮獲科幻大師獎（嚴格說來並非屬於星雲獎，而是與星雲獎共同頒贈的獨立獎項）

除了科幻創作，他也寫科幻評論、編纂過百餘本科幻選集，並協助出版科幻刊物。以他的大名爲號召的《艾西莫夫科幻雜誌》（Isaac Asimov's Science Fiction Magazine），是美國當今數一數二的科幻文學重鎮。

艾西莫夫晚年健康甚差，到最後根本寫不了長篇小說。聰明的出版商遂突發奇想，建議他選出最心愛的科幻中短篇當作骨架，與另一位美國科幻名家席維伯格（Robert Silverberg, 1935-）協力，擴充成有血有肉的長篇科幻小說。艾氏非常喜歡這個構想，於是不久之後，他的三篇最愛〈夜歸〉（1941）、〈醜小孩〉（The Ugly Little Boy, 1958）與〈雙百人〉（1976），先後脫胎換骨爲三本精采萬分的科幻長篇《夜幕低垂》、《醜小孩》與《正子人》。好在有這樣的合作，艾西莫夫的科幻創作方能延續到生命的盡頭，而這正是他自己最大的心願——他生前常說最希望能死於任上，在打字機前嚥下最後一口氣。

【點滴拾遺】

☆名嘴：艾西莫夫很早就到處「現身說法」，但一向不準備講稿，總是以即席演講贏得滿堂喝采。

☆婚姻：艾西莫夫結過兩次婚，顯然第二次婚姻較爲美滿。他的第二任妻子珍娜（Janet Asimov）本是一位精神科醫師，在夫婿大力協助下，退休後成爲一名相當成功的作家。

☆懼高症：艾西莫夫筆下的人物經常遨遊太空，他本人卻患有懼高症，一九四六年後便從未搭過飛機。

☆短篇最愛：其實艾西莫夫自己最滿意的科幻短篇是〈最後的問題〉（The Last Question, 1956），他笑說自己只用了短短數千字，便涵蓋宇宙兆年的演化史。或許由於這篇小說稍嫌深奧，因此始終未曾改寫成長篇。

☆死於任上：艾西莫夫曾將這個心願寫在〈速度的故事〉（Speed）一文中。這篇短文是他爲《艾西莫夫科幻雜誌》撰寫的最後一篇「編者的話」，刊登於該雜誌一九九二年六月號。

【網站資料】

艾西莫夫首頁：http://www.asimovonline.com/

艾西莫夫FAQ：http://www.asimovonline.com/asimov_FAQ.html

艾西莫夫著作目錄（依類別）：http://www.asimovonline.com/oldsite/asimov_catalogue.html

艾西莫夫著作目錄（依時序）：http://www.asimovonline.com/oldsite/asimov_titles.html

維基百科艾西莫夫條目：http://en.wikipedia.org/wiki/Asimov

【譯者簡介】

葉李華

一九六二年生，台灣大學電機系畢業，加州大學柏克萊分校理論物理博士，致力推廣中文科幻與通俗科學二十餘年，相關著作與譯作數十冊。自一九九〇年起，即透過各種管道譯介、導讀及講授艾西莫夫作品，被譽為「艾西莫夫在中文世界的代言人」。

國家圖書館出版品預行編目資料

基地與地球／以撒・艾西莫夫（Isaac Asimov）著；葉李華譯 .-- 初版 .-- 台北市：奇幻基地出版；家庭傳媒城邦分公司發行；2006（民 95）
面： 公分 . --（謎幻之城：14）
ISBN 978-986-7131-60-7（平裝）

874.57 95023073

ISBN 978-986-7131-60-7
EAN 4717702114626
Printed in Taiwan.

城邦讀書花園
www.cite.com.tw

謎幻之城 014C

基地與地球（艾西莫夫百年誕辰紀念典藏精裝版）

原著書名／Foundation and Earth
作　　者／以撒・艾西莫夫（Isaac Asimov）
譯　　者／葉李華
責任編輯／張世國

發 行 人／何飛鵬
總 編 輯／王雪莉
業務經理／李振東
行銷企劃／陳姿億
資深版權專員／許儀盈
版權行政暨數位業務專員／陳玉鈴
法律顧問／元禾法律事務所　王子文律師
出版／奇幻基地出版
城邦文化事業股份有限公司
台北市 104 民生東路二段 141 號 8 樓
電話：(02)25007008　傳眞：(02)25027676
網址：www.ffoundation.com.tw
e-mail：ffoundation@cite.com.tw
發行／英屬蓋曼群島商家庭傳媒股份有限公司城邦分公司
台北市 104 民生東路二段 141 號 11 樓
書虫客服服務專線：(02)25007718・(02)25007719
24 小時傳眞服務：(02)25170999・(02)25001991
服務時間：週一至週五 09:30-12:00・13:30-17:00
郵撥帳號：19863813　戶名：書虫股份有限公司
讀者服務信箱 E-mail：service@readingclub.com.tw
歡迎光臨城邦讀書花園 網址：www.cite.com.tw
香港發行所／城邦（香港）出版集團有限公司
香港灣仔駱克道 193 號東超商業中心 1 樓
電話：(852) 2508-6231 傳眞：(852) 2578-9337
馬新發行所／城邦（馬新）出版集團
【Cite(M)Sdn. Bhd.(458372U)】
11, Jalan 30D/146, Desa Tasik,
Sungai Besi, 57000 Kuala Lumpur, Malaysia.
電話：(603) 90578822　傳眞：(603) 90576622

封面設計／宇陞工作室
排　　版／極翔企業有限公司
印　　刷／高典印刷有限公司
■ 2011 年（民 100）10 月 4 日初版一刷
■ 2021 年（民 110）9 月 2 日二版 9.2 刷

售價／ 500 元

廣　告　回　函
北區郵政管理登記證
台北廣字第000791號
郵資已付，免貼郵票

104台北市民生東路二段141號11樓

英屬蓋曼群島商家庭傳媒股份有限公司城邦分公司 收

請沿虛線對摺，謝謝

每個人都有一本奇幻文學的啓蒙書

奇幻基地官網：http://www.ffoundation.com.tw
奇幻基地粉絲團：http://www.facebook.com/ffoundation

書號：**1HS014C**　　書名：基地與地球（艾西莫夫百年誕辰紀念典藏精裝版）

奇幻基地 20 週年 · 幻魂不滅，淬鍊傳奇

集點好禮瘋狂送，開書即有獎！購書禮金、6 個月免費新書大放送！

活動期間，購買奇幻基地作品，剪下回函卡右下角點數，
集滿兩點以上，寄回本公司即可兌換獎品&參加抽獎！
參加辦法與集點兌換說明：
活動時間：2021 年 3 月起至 2021 年 12 月 1 日（以郵戳為憑）
抽獎日：2021 年 5 月 31 日、2021 年 12 月 31 日，共抽兩次
奇幻基地 2021 年 3 月至 2021 年 12 月出版之新書，每本書回函卡右下角都有一點活動點數，剪下新書點數集滿兩點，黏貼並寄回活動回函，即可參加抽獎！單張回函集滿五點，還可以另外免費兌換「奇幻龍」書檔乙個！

【集點處】（點數與回函卡皆影印無效）

1	2	3	4	5
6	7	8	9	10

活動獎項說明：

★ **「基地締造者獎 · 給未來的讀者」抽獎禮**：中獎後 6 個月每月提供免費當月新書一本。（共 6 個名額，兩次抽獎日各抽 3 名）

★ **「無垠書城 · 戰隊嚴選」抽獎禮**：中獎後獲得戰隊嚴選覆面書一本，隨書附贈編輯手寫信一份。（共 10 個名額，兩次抽獎日各抽 5 名）

★ **「燦軍之魂 · 資深山迷獎」抽獎禮**：布蘭登 · 山德森「無垠祕典限量精裝布紋燙金筆記本」。
抽獎資格：集滿兩點，並挑戰「山迷究極問答」活動，全對者即有抽獎資格（共 10 個名額，兩次抽獎日各抽 5 名），若有公開或抄襲答案者視同放棄抽獎資格，活動詳情請見奇幻基地 FB 及 IG 公告！

特別說明：

1. 請以正楷書寫回函卡資料，若字跡潦草無法辨識，視同棄權。
2. 活動贈品限寄台澎金馬。

當您同意報名本活動時，您同意【奇幻基地】（城邦文化事業股份有限公司）及城邦媒體出版集團（包括英屬蓋曼群島商家庭傳媒股份有限公司城邦分公司、書虫股份有限公司、墨刻出版股份有限公司、城邦原創股份有限公司），於營運期間及地區內，為提供訂購、行銷、客戶管理或其他合於營業登記項目或章程所定業務需要之目的，以電郵、傳真、電話、簡訊或其他通知公告方式利用您所提供之資料（資料類別 C001、C011 等各項類別相關資料）。利用對象亦可能包括相關服務的協力機構。如您有依個資法第三條或其他需要協助之處，得致電本公司（(02) 2500-7718）。

個人資料：

姓名：＿＿＿＿＿＿＿＿ 性別：☐男 ☐女

地址：＿＿＿＿＿＿＿＿＿＿＿＿ Email：＿＿＿＿＿＿＿＿

想對奇幻基地說的話或是建議：＿＿＿＿＿＿＿＿＿＿＿＿＿＿＿＿＿＿＿＿

FB 粉絲團

戰隊 IG 日常

奇幻基地 20 週年慶 · 城邦讀書花園 2021/12/31 前樂享獨家獻禮！
立即掃描 QRCODE 可享 50 元購書金、250 元折價券、6 折購書優惠！
注意事項與活動詳情請見：https://www.cite.com.tw/z/L2U48/

讀書花園

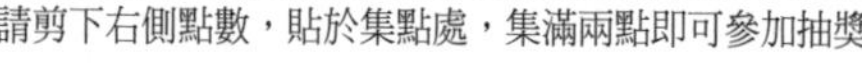

請剪下右側點數，貼於集點處，集滿兩點即可參加抽獎